中国当代文学经典必读

中国当代文学经典必读

ZHONGGUO
DANGDAI
WENXUE
JINGDIAN
BIDU

吴义勤 ◎ 主编　　张元珂 ◎ 点评

2022短篇小说卷

百花洲文艺出版社

图书在版编目（CIP）数据

中国当代文学经典必读.2022短篇小说卷 / 吴义勤主编. — 南昌：
百花洲文艺出版社，2023.10
ISBN 978-7-5500-5219-2

Ⅰ.①中… Ⅱ.①吴… Ⅲ.①中国文学 – 当代文学 – 作品综合集
②短篇小说 – 小说集 – 中国 – 当代 Ⅳ.①I217.1

中国国家版本馆CIP数据核字（2023）第129175号

中国当代文学经典必读·2022短篇小说卷

吴义勤　主编

出 版 人	陈　波	
责任编辑	杨　洁	
书籍设计	方　方	
制　　作	何　丹	
出版发行	百花洲文艺出版社	
社　　址	南昌市红谷滩区世贸路898号博能中心一期A座20楼	
邮　　编	330038	
经　　销	全国新华书店	
印　　刷	江西千叶彩印有限公司	
开　　本	850mm×1168mm　1/16　　印张 25.75	
版　　次	2023年10月第1版	
印　　次	2023年10月第1次印刷	
字　　数	310千字	
书　　号	ISBN 978-7-5500-5219-2	
定　　价	52.00元	

赣版权登字　05-2023-196

邮购联系　0791-86895108
网　　址　http://www.bhzwy.com
图书若有印装错误，影响阅读，可向承印厂联系调换。

我们该为"经典"做点什么?

/吴义勤

当今时代,对经典的追怀和崇拜正在演变为一种象征性的精神行为,人们幻想着通过对经典的回忆与抚摸来抵抗日益世俗和商业化的物质潮流。在这一过程中,一方面,经典作为人类文学史和文明史的基石与本源,其价值得到了充分的认同与阐扬;另一方面,经典的神圣化与神秘化又构成了对于当下文学不自觉的遮蔽和否定。可以说,如何面对和正确理解"经典",正是当代中国文学必须正视的一个问题。

什么是经典呢? 就人类的文学史而言,"经典"似乎是一个约定俗成的概念,它是人类历史上那些杰出、伟大、震撼人心的文学作品的指称。但是,经典又是无法科学检验的主观性、相对性概念。经典并不是十全十美、所有人都认同的作品的代名词。人类文学史上其实根本就不存在十全十美、所有人都喜欢、没有缺点的所谓"经典"。那些把"经典"神圣化、神秘化、绝对化、乌托邦化的做法,其实只是拒绝当下文学的一种借口。通常意义上,经典常常是后代"追认"的,它意味着后人对前代文学作品的一种评价。经典的标准也不是僵化、固定的,政治、思想、文化、历史、艺术、美学等因素都可能在某种特殊的历史条件下成为命名"经典"的原因或标准。但是,"经典"的这种产生方式又极容易让人形成一种错觉,即"经典"仿佛总是过去时、历时态的,它好像与当代没有什么关系,当代人不能代替后人命名当代"经典",当代人所能做的就是对过去"经典"的缅怀和回忆。这种错觉的一个直接后果就是在"经典"问题上的厚古薄今,似乎没有人敢于理直气壮地对当代文学作品进行"经典"的命名,甚至还有人认为当代人连写当代史的权利都没有。

然而,后人的命名就比同代人更可信吗? 我当然相信时间的力量,相信时间会把许多污垢和灰尘荡涤干净,相信时间会让我们更清楚地看清模糊的、被掩盖的真相，但我怀疑，时间同时也会使文学的现场感和鲜活性受到磨损与侵蚀，甚至时间本身也难逃意识形态的污染。我不相信后人对我们身处时代"考古"式的阐释会比我们亲历的"经验"更可靠，也不相信，后人对我们身处时代文学的理解会比我们亲历者更准确。我觉得，一部被后代命名为"经典"的作品，在它所处的时代也一定会是被认可为"经典"的作品，我不相信，在当代默默无闻的作品在后代会被"考古"挖掘为"经典"。也许有人会举张爱玲、钱锺书、沈从文的例子，但我要说的是，他们的文学价值在他们生活的时代就早已被认可了，只不过新中国成立后很长时间由于意识形态的原因我们的文学史不允许谈及他们罢了。

这里其实就涉及了我们编选这套书的目的。我认为，文学的经典化过程，既是一个历史化的过程，又更是一个当代化的过程。文学的经典化时时刻刻都在进行着，它需要当代人的积极参与和实践。文学的经典不是由某一个"权威"命名的，而是由一个时代所有的阅读者共同命名的，可以说，每一个阅读者都是一个命名者，他都有命名的"权力"。而作为一个文学研究者或一个文学出版者，参与当代文学的进程，参与当代文学经典的筛选、淘洗和确立过程，正是一种义不容辞的责任和使命。事实上，正是出于这种对"经典"的认识，我才决定策划和出版这套书的，我希望通过我们的努力，真实同步地再现21世纪中国文学"经典化"的进程，充分展现21世纪中国文学的业绩，并真正把"经典"由"过去时"还原为"现在进行时"，切实地为21世纪中国文学的"经典化"作出自己的贡献。与时下各种版本的"小说选"或"小说排行榜"不同，我们不羞羞答答地使用"最佳小说"之类的字眼，而是直截了当、理直气壮地使用了"经典"这个范畴。我觉得，我们每一个作家都首先应该有追求"经典"、成为"经典"的勇气。我承认，我们的选择标准难免个人化、主观化的局限，也不认为我们所选择的"经典"就是十全十美的，更不幻想我们的审美判断和"经典"命名会得到所有人的认同，而由于阅读视野和版面等方面的原因，"遗珠之憾"更是不可避免，但我们至少可以无愧地说，我们对美和艺术是虔诚的，我们是忠实于我们对艺术和美的感觉与判断的，我们对"经典"的择取是把审美和艺术放在第一位的。说到底，"经典"是主观

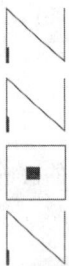

的，"经典"的确立是一个持续不断的"过程"，"经典"的价值是逐步呈现的，对于一部经典作品来说，它的当代认可、当代评价是不可或缺的。尽管这种认可和评价也许有偏颇，但是没有这种认可和评价，它就无法从浩如烟海的文本世界中突围而出，它就会永久地被埋没。从这个意义上说，在当代任何一部能够被阅读、谈论的文本都是幸运的，这是它变成"经典"的必要洗礼和必然路径，本套书所提供的同样是这种路径，我们所选的作品就是我们所认可的"经典"，它们完全可以毫无愧色地进入"经典"的殿堂，接受当代人或者后来者的批评或朝拜。

感谢百花洲文艺出版社对我的经典观的认同以及对于这套书的大力支持，感谢让这个文学工程可以在百花洲文艺出版社这个平台美丽绽放。我们的编选仍将坚持个人的纯文学标准，而为了更好地阐析我们的"经典观"，我们每本书将由青年学者对每一篇入选小说进行精短点评，希望此举能有助于读者朋友对本丛书的阅读。

目　录

灰色丝绒大衣/

/叶兆言

一

　　云裳姓陈，很漂亮的一个女孩。时间是1936年深秋，地点在南京。这个叫云裳的女孩正读初二，读的是一所非常有名的女子中学。在这学校读书的女生，非富即贵，都是有钱有势家庭的千金。上学放学有人接送，有的直接是坐小汽车。接送云裳的是老邓，陈家女眷出门，通常都是坐老邓的三轮车。云裳家也有小汽车，不过是她爸的专车，别人很少有机会坐，除了云裳的哥哥云龙，云龙是这个家里的独子，只有他才能享受这种特权。

　　就是在这个深秋，一向多愁善感的云裳，突然感到一种说不出的惆怅。那时候，学校的女生流行穿像风衣一样的大衣，转眼间，几乎人手一件，都打扮得像好莱坞电影上的女明星。确实与看过的美国电影有关，反正一下子就流行起来，大家都穿，谁不穿件大衣，都不好意思去上学。女校有校服，天气凉了，校服外套上一件风衣似的大衣显得正合适。

　　云裳也想有件与大家一样的漂亮大衣，她向自己的姨娘提了出来。姨娘其实是云裳亲妈，是她爸的姨太太，云裳是庶出，自小就称呼自己亲妈叫姨娘，叫她爸的正房太太为姆妈。姨娘说你跟我说又有什么用，当然是跟你姆妈去说，我是不会给你钱的。云裳知道姨娘会这么说，虽然她是她的亲妈，但云裳一点也不喜欢她。云裳是姨娘生的，这个出身害得她在这个家里的地位大打折扣。

　　姨娘一共生了两个孩子，还有一个就是云龙。云龙是陈家的独苗，与云裳一样，他也喊亲妈是姨娘，喊大太太是姆妈，可是因为是男的，在这个家的地位截然不同。姆妈生了四个女儿，云龙一生下来，就抱到她那去养护，宠爱得不得了。与云裳一样，云龙对自己亲妈也谈不上喜欢，直到上了小学，才知道自己是姨娘生的，为此他很生气，在家里乱摔东西，不承认姨娘是他亲妈。

姆妈很严肃地对云裳说，为什么非要穿大衣呢，你觉得冷，外面罩上棉袄不就行了，女孩子，不要老想着臭美，这样不好。

云裳每天都与云龙同路，他们学校挨得很近，就隔着一堵高高的围墙，老邓正好送他两个一起上学。云龙知道妹妹想买大衣，知道姆妈不同意，就对小自己两岁的云裳说，这还不好办，哥帮你买好了。在这个家里，对云裳最好的就是云龙，他特别爱护这个小妹妹。云龙是家里的小皇帝，因为有姆妈宠着，他可以无法无天，同父异母的四个姐姐都把他当作小祖宗一样供着，都不敢招惹他。他说要拿钱出来为云裳买件大衣，确实是件很容易的事，但是云裳不敢让他为自己花钱，买了也不敢穿，姆妈在这个家里有着绝对权威，她说不行，那就是不行。

云裳的同学问她，说云裳你为什么不穿大衣呢，你看我们差不多都穿了，就像我身上的这件，太平路上好几家店里都有，正宗的美国货。云裳掩饰说自己不喜欢穿大衣，她没觉得大衣穿在身上有什么好看。这个学校没有穷孩子，好几个同学也是姨太太生的，与云裳不一样，同样是姨太太生的，她们的母亲比正房太太更厉害，都是花钱的大好佬，特别舍得在孩子身上花钱，怎么时髦怎么打扮。

二

有一天，云龙心血来潮，宣布要亲手为云裳做件大衣。他已经认真研究过，觉得这事很容易。云龙相信他做的大衣，肯定会比买的更好看。姆妈只当是说着玩玩，没想到他翻箱倒柜，从橱里找了一条毛毯出来，二话不说就动了剪刀，将好端端一条毛毯中间剪了一个大口子。负责照看他的女仆急了，说小祖宗啊，这么好的一条毯子，就让你给剪了，太太知道了，非骂你不可。

姆妈知道了，没骂他，反倒骂了云裳，说都怪你丫头，都怪你要买什么大衣。反正毛毯都剪坏了，骂谁也没用，只好由着云龙的性子胡来。他参照的是电影画报，仿佛古代欧洲骑士驰骋时的披风，看着容易，真做起来完全不是那么回事，姆妈让会做针线活的女仆崔妈帮忙，云龙在一旁指

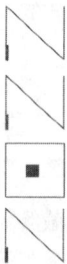

手画脚，崔妈便按照他的意思加工。领口应该怎么样，袖口应该怎么样，还有口袋放在什么位置，纽扣在什么位置。云龙一个劲地说，一边说，一边急，崔妈被他说得束手无策，不知道该怎么办。最后还是云裳帮着出主意，崔妈不得要领，云龙急得直跺脚，埋怨说你真笨，跟你说不要这样，不要这样，你非要这样，你看你看，不是这样的。

前前后后花了六天，才算完工，大衣已经不是最初设想的那样，更不是云裳希望的那样。结果是不伦不类，有点怪模怪样。姆妈又一次责怪云裳，说都是你撺掇云龙干的，好好的一条俄罗斯毛毯，多么好的料子，就这么糟践了，现在好了，你总算称心了。不管怎么好看不好看，既然已经做出来了，姆妈说你就要穿，必须得穿。云裳只好服从，只能穿，她房间书桌上有一面小镜子，那种可以抓在手上的镜子，从镜子照了左肩，看不到右肩，照着前胸，又看不到旁边的两个袖管，往远处放，她是近视眼，看不真切。

女仆安慰说，这不是挺好吗，我觉得很好看。

云裳说好看什么，肯定是丑死了。

云裳问云龙觉得怎么样，云龙说就这样。云裳说什么叫就这样，到底是怎么样。云龙说如果你觉得好看，就是好看，如果你觉得不好看，就是不好看。云裳说你这话等于没说，肯定是不好看，你才会这样说。云龙大大咧咧，又认真地看了一眼，说我真没觉得不好看，当然呢，也没觉得特别好看，不就是一件大衣吗，你干吗要那么在乎。

云龙不明白云裳为什么会那么在乎一件大衣，然而云裳是真的在乎，非常在乎，她一定要让云龙陪她去大街上照镜子。她家住在杨公井，出了院子门，走不多远就是繁华热闹的太平路。太平路是当时南京最热闹的街区，商店林立，到处闪耀着霓虹灯。天刚刚黑下来，他们来到商店的大玻璃窗前，想通过橱窗的大玻璃，照出云裳的全身。

橱窗里的电灯太亮了，云裳的设想完全落空，她只能看见橱窗里的摆设，根本看不清楚自己。自己只是一个很模糊的影子，若有若无似是而非。云裳看到了一排排口红，像子弹匣一样排列着。一条条鲜艳光亮的丝围巾，折成了一只只飞翔的蝴蝶，挂在半空中。一个木制的女模特站在橱窗中间，身上披着一件灰色的丝绒大衣，那可是云裳心目中最美的一件大衣，她已经偷偷地注视过无数遍。

云裳情不自禁地说了一句，你不觉得这件大衣太好看了吗。云龙看着橱窗里的灰色丝绒大衣，看着云裳非常仰慕的目光，笑着说这是女人穿的，你还是个女孩子，是个小姑娘，要等你大一点才能穿。云裳不同意云龙的话，说她好几个同学都有这样一件大衣，穿在身上真的很好看，太好看了。云龙说你这么喜欢，我回去跟姆妈说，让她为你买一件就是了。云裳说姆妈不会同意的，她肯定不会同意，我不要你说。云龙说我用我的钱帮你买，你既然喜欢，我帮你买。云裳听了很开心，心里已经非常领情。她知道云龙是家里的大少爷，但是姆妈才是这个家的慈禧太后，什么事都要她说行才行，都必须是她做主，云裳可不愿意云龙为了她挨骂。

往前走一点，是一家糖果店的橱窗，篮子里搁着各式糖果。再往前走，是卖鞋子的，架子上展示着一双双好看的皮鞋，男人穿的黑皮鞋、咖啡色皮鞋，女人穿的高跟鞋、红皮鞋。然后是一家理发店，有个年轻帅气的伙计站在门口，招呼他们兄妹进去。透过玻璃窗，云裳注意到店里一位剃头师傅正歪在椅子上打瞌睡。灯光有些暗淡，从橱窗的大玻璃上映出了兄妹俩的影像，只能看出一个大概，不是很清晰，云裳仍然感觉不出自己的大衣到底合适不合适。她让云龙往旁边站站，自己在原地打了一个转，不是很有信心地问云龙：

"我身上这件大衣，是不是很难看？"

云龙没理她，这话云裳问过好多遍了，他不愿意再回答。

云裳又说："我知道，就是难看，你也不会肯说出来。"

云龙的身材像父亲，不是很高大。云裳像姨娘，个子很高。男女有别，他们兄妹并排站在一起，个子几乎一样高。云裳说我要是穿上高跟皮鞋，肯定会比你高。说着略略踮起脚，说你看，我现在都快比你高了。她和云龙在一起，心情总是会特别好。这个家里，只有云龙这个哥哥最疼她，同父异母的大姐二姐，岁数比姨娘还大，她们永远是板着面孔，永远是用一种大人管小孩的口吻教训，不许这样，不许那样。三姐和四姐很少跟云裳说话。几个姐姐都出嫁了，她们回到娘家，只知道给弟弟云龙带东西，根本不把小妹妹云裳放在眼里。

云裳父亲是大律师，很能挣钱，总是很忙的样子，天天坐着小汽车进

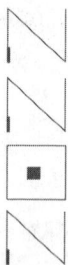

出。家里的事很少过问，里外都是姆妈在掌握。有一天是姆妈生日，去小西湖餐厅上馆子，父亲看完报纸，气得往桌上一扔，说真是胡闹，这样一来，天下非大乱不可。原来是西安发生了政变，把蒋委员长扣了。过些日子，又没事了，蒋委员长回到南京，南京城到处都放爆竹，庆祝他平安脱险。云裳的学校组织游行，街上有许多看热闹的，对着女生队伍指指点点，评头论足。与云裳并排走的同学就对她说，这些人一定是觉得你这件大衣很奇怪。说者无心，听者很往心上去，云裳顿时想把身上的大衣脱了扔了。天气有点凉，她只是这么想，并没有真的脱，脱了也不敢扔，抓在手上更不合适。

从此，云裳有了严重的心病，越想越觉得自己大衣难看。难看也不能不穿，学校里没人再穿棉袄，所有女生都会有件漂亮的大衣。云裳因此闷闷不乐，整个冬天心里都不痛快。一直熬到春天，终于可以脱了，可以不用再穿这件该死的大衣。云裳便向云龙抱怨，她告诉他，说自己终于不用再受那个罪。她已经恨透了这件大衣，说这事怪来怪去，都要怪云龙，是他害得云裳不得不穿它，是他异想天开，为她弄了一件这么奇奇怪怪的大衣，说来说去，都要怪他。

三

在这一年夏天，云龙考上了杭州的浙江大学。云裳问为什么要去杭州读书，他说杭州多好玩呀，有西湖，西湖很大的，等有了机会，带你到西湖上去划船。云裳舍不得他走，说你去了，我真会想你的。没想到抗战突然就爆发了，炮火连天，在上海打得难解难分，云龙去杭州没几天，便跟着学校西迁，先是去了浙江的建德，然后又去了江西的吉安，然后是广西，再然后才是贵州的遵义。从大学一年级到三年级，就没有安生过，总是在搬家，永远在撤退。

国难当头，同学们心情都很苦闷，往贵州迁移的时候，昆仑关战役打响了，几个同学便在一起开会，说我们干脆做些更有意义的实事，组织一个战地服务团，到前线去慰问抗战将士。云龙会吹口琴，他口琴吹得非常棒，就报名参加，真的去了前线。所谓去前线，当然不是扛枪打仗，能做的事情，无非是慰问演出，到战地医院帮助救护伤员，代从战场上撤退下来的士兵写家信，当时士兵中还有许多不识字的文盲。昆仑关战役打得很艰苦，中日双方各自损失惨重，但都宣布自己大捷，都说自己打胜了。

战役接近尾声，云龙所在的服务团被日军的一场突袭冲散了。事前大家曾有过约定，遇到特殊情况，与队伍失去了联系，各自分散了，就要想方设法赶往遵义。战地服务团是在迁移途中成立的，他们出发时，学校还没到达目的地遵义。现在学校不仅已到了遵义，而且早就安顿下来，正式开始复课。分散逃跑的过程中，云龙非常慌乱，这可是从未遇到过的状况，自小他就是一个衣来伸手、饭来张口的少爷，上了大学，虽然也经历了一些锻炼，毕竟过的是集体生活，有学校管吃管喝，如今真要让他独自面对，真不知道应该怎么办。

去国统区的道路封锁了，学校所在地遵义遥不可及。云龙这样的学生娃子，混在逃难的人群中很显眼，一下子就被日本人识别出来。他怎么看都不像个当兵的，也不太像普通老百姓，日本兵把他抓住了，扣也不是，放也不是，最后便交给伪军，由伪军看管，与其他战俘一起，押送到汉口进行甄别。

这时候，汪精卫的南京政府正式宣告成立，拥护汪的和平救国大标语，刷得到处都是。云龙在收容所关了一阵，也就被释放了。收容所吃的是难以下咽的猪狗食，好歹还有人管饭，流落汉口街头，就是真的饿肚子。云龙充分品尝到了走投无路的滋味，他身上有一张类似良民证的身份证明，凭着这张纸条子并没人肯管他饭吃。按照云龙的心思，应该想办法去遵义，去学校与老师和同学会合。不过光是设想没有用，身无分文的云龙寸步难行，给南京的家里写信，让家里给他寄钱，但远水救不了近火。

当时的汉口与首都南京一样，属于民国八个特别市之一，战前也曾经很繁华，经过三年抗战洗礼，满眼破败迹象。昔日老字号店铺有的倒闭，有的易主。云龙在一家日本人开的旧货铺前游荡，神使鬼差，他也不明白怎么就流落到了这条街上，沿街好几家店面，都是日本侨民的商铺，店主竟然还会说中国话。云龙注意到了那件灰色丝绒大衣，挂在店铺门口铁丝上，各式各样衣服很多，有新有旧，他的目光却盯在了这件大衣上不肯离开。

这件灰色丝绒大衣，与南京太平路玻璃橱窗里云裳看中的那件几乎一模一样，起码云龙这么认为。此时此刻乍暖还寒，这件大衣勾起了浓郁的

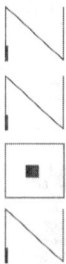

思乡之情。转眼间，离家已经两年多，云龙无限怀念在家的日子，怀念自己的妹妹云裳。他甚至产生一种错觉，感觉云裳这时候正和他站在一起，她就站在他身边，他们正一起欣赏眼前的这件灰色丝绒大衣。店主有两个女儿，小的七八岁，大的十一二岁，云龙觉得这两个女孩都像自己的妹妹，都仿佛云裳小时候的样子。

急中可以生智，从一张被遗弃街头的旧报纸上，云龙读到荆陵先生正在连载的小说。这个叫荆陵的小说家是安徽铜陵人，常居汉口，是云龙父亲的学生，本来正经八百学法律，不知道怎么就写起小说来，旧派的言情小说，还挺有读者。既然走投无路，云龙便去报社打听荆陵先生住址，报社的人先是拒绝，后来看云龙也不像坏人，便告诉他荆先生每天下午一时，会准时到报社来送稿子，你若是真想见他，可以在那个时间过来。

结果真见到了留着长长山羊胡子的荆陵先生，一看是老师的儿子，又是张口向自己借钱，荆陵先生抹了抹胡子，很有点为难，借也不是，不借也不是。眼见着师弟陷入困境之中，不帮忙说不过去。这位荆陵先生是明白人，云龙父亲在法律界大名鼎鼎，南京律师公会的几任主席，据传即将到汪伪政权司法部任职，自己现在写通俗小说，不再吃法律这碗饭，但是也得罪不起。毕竟云龙登门求救过，陷入了困境的师弟在汉口有个三长两短，他将难辞其咎。

借到钱的云龙立刻赶往日侨商店，将看中的灰色丝绒大衣买下来。然后买了一张去南京的船票，因为买了大衣，身上盘缠只能再买张大统铺票，连吃饭钱都不够。天气突然又开始降温，降得很厉害，一路上，云龙又饿又冷，靠在经过的码头买点最便宜的红薯填饱肚子。他冷得吃不消，索性将那件女式的丝绒大衣穿在身上，稍稍小了一些，穿着有点绷紧，防寒效果挺不错。

四

三十年后，也就是1970年的春天，云裳对自己女儿玲安讲述了云龙的故事。玲安有两个哥哥，大哥是"文革"前最后一批大学生，毕业分配去了石家庄，二哥当兵去了。现在轮到玲安，必须要下乡插队，临行前，帮女儿整理箱子，云裳一次次地提到了云龙。云裳说玲安你真想象不出，我这个哥哥，你那个从未见过面的舅舅，当年对我有多好。云裳很少对孩子们提及云龙，孩子们出生时，云龙早就死在了异乡，而且他死的时候，身份还是国军，也就是国民党的兵，这一点对孩子们解释不清楚，既然解释不清楚，干脆也就不说了。

云裳告诉玲安，三十年前那个初春，云龙突然出现在了她的面前，衣衫褴褛，蓬头垢面。她立刻激动地哭起来，他显然是吃了很多苦，受了不少罪。兄妹之间感情实在是太好了，无法想象云裳多么高兴，无法想象她是多么爱她哥哥。自小到大，这是他们第一次分别这么长时间，第一次这么长时间音讯全无。那时候，云裳正好与现在的玲安岁数差不多，高中的最后一年，仍然还是个天真少女，还是有点傻。全市中学生运动会即将召开，她参加的项目是跳绳，云裳是全校冠军。运动会那天，她大出风头，穿着云龙为她买的那件灰色丝绒大衣，不比赛的时候披着，比赛时脱去，一会儿穿上一会儿脱下，非常引人注目。

云龙应邀去体育场观看比赛，云裳告诉女儿玲安，当时她并没有意识到云龙心情不好，自己恰恰是因为哥哥在场，发挥得十分出色。场面挺热闹，云龙为她鼓掌，为她叫好，然而突然就不高兴了，变沉默了，最后干脆拉下脸来，说云裳你知道不知道，有一句唐诗，叫"商女不知亡国恨"。云裳没想到他会这么说，有点煞风景，高兴的劲头顿时打了折扣。与汉口街头的所见一样，南京也到处是和平救国的标语口号，运动会期间，汪伪政权负责教育的一位官员莅临会场，装腔作势发表了十分钟谈话，大谈体育和公共卫生，大谈健康和东亚各民族前途的相互关系。

云裳父亲以年事已高为由，拒绝去汪伪政府任职，公开拒绝之前，传说国民党军统特务要刺杀他，公开拒绝之后，又说汪伪特务机关已把他列入暗杀名单。云裳并不太了解实际情况，她并没有感受到那种紧张。父亲不再去上班，他很少与家人说话，总是把自己关在书房里读书，云龙回来后，他把儿子叫到书房狠狠地训了一顿。那段时间，兄妹虽然相聚，可是云龙明显不快乐，再也不像过去那样有说有笑。回家后，他仿佛变了一个人。有一天，云龙告诉云裳，他已给内地的同学写了信，也接到同学回信，云龙是战地服务团唯一的失踪者，同学们都以为他牺牲了，没想到他竟然还神奇地活着。

云龙又一次离家出走，临行前，悄悄告诉云裳，此行要去内地与同学会合。他没告诉妹妹怎么去，也没告诉她路上可能会遭遇什么风险，他跟

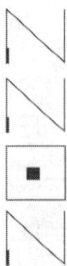

云裳说起这件事的时候，一切已经决定好了，根本不可能改变。他去了上海，绕道香港，然后七转八绕，终于到达遵义，终于与他的同学会合。他的同学非常震惊，没想到他死而复活，学校为他隆重地开过追悼会，会作曲的同学专门为他谱写了一首挽歌。云龙重新回到了学校，在为他举办的欢迎大会上，这首挽歌在欢乐的气氛中又一次被唱起，大家非常高兴他的回归。

云裳告诉女儿玲安，云龙后来又报名参加了远征军，就在大学即将毕业的那一年。他本来学习文科，最初学的是法律，早在重返学校前，还是在广西的宜山，已经转学去了物理系，他觉得这门功课更有用，国家更需要。战时通信极不方便，云裳对于云龙的真实想法，也不是太了解，只知道报名参加远征军是为了去做翻译，当时前线极需要懂外语的人，云龙的身体状况并不适合当兵，谁都没想到，在缅北反攻中，他会死于日军飞机的一次轰炸。

玲安弄不明白远征军是怎么回事，在那个特定的年头，不可能弄明白。她问云裳这支军队是不是由国民党领导，如果是，又说明什么呢，说明舅舅当时还是参加了一支反动军队，还是在为国民党卖命。云裳无话可说，她觉得女儿说的也有一定道理，云龙要是不参加远征军，要是不去缅北战场，也就不会丢掉自己的性命。

五

云龙死讯传来，最伤心的还不是云裳。姆妈哭得死去活来，昏厥过去好几次。云龙是姆妈的命根子，当初要去浙江上大学，她一千个舍不得，一万个不放心。坚持要让平时照顾云龙的崔妈陪云龙一起去杭州，如果不是云裳父亲，也就是玲安的爷爷阻拦，这完全可能成为真事。

很长时间，云裳都在想，云龙之死会不会又是一次误传。然而一切都是确定的，无疑的，有阵亡通知书，有坟墓和墓碑的照片。玲安听四姨说起过云龙，她说你大奶奶在世的时候，把你舅舅宠得像太子一样，那时候，我们姐妹几个都对他好得不得了，什么事都惯着他，都依着他，就因为他是男的，是这个家里的独苗，现在想想，真没什么道理。

云裳告诉玲安，她舅舅死了以后，自己成了大奶奶最喜欢的孩子，几个姨妈早就出嫁了，大奶奶把对云龙的心思，都转移到了云裳身上。云裳那时候正上大学，刚开始谈恋爱，玲安父亲比云裳高一届，他开始追求云裳，说云裳穿着灰色丝绒大衣在银杏树下看书，那模样实在是太美了，就像一幅油画。大学校园有一棵巨大的银杏树，秋天落叶之际，云裳喜欢在银杏树下读书。

玲安父亲是外地农村的，大奶奶对这个未来女婿很满意，她提出的唯一要求，就是与云裳结婚，要住到陈家。陈家有太多的空房间，他们没必要再住到外面去。大奶奶的意思就是要招女婿，担心玲安父亲是苏北乡下人，不太能够接受，没想到他一口答应了，玲安父亲接受过新式的高等教育，只要能和自己心爱的女人在一起，无所谓做不做招女婿，抗战胜利后，南京住房很紧张，能有个现成住处又何乐而不为。玲安的大哥出生，父亲主动提出让孩子姓陈，等以后第二个孩子再跟自己姓，如果不是大奶奶很快离世，玲安的大哥完全有可能被宠溺成另外一个云龙。

玲安下乡插队当农民，待了整整八年，云裳把心爱的灰色丝绒大衣，郑重其事送给女儿，然而八年过去了，一直都压在箱底，从来也没穿过，一次也没穿过。在农村，这样的大衣根本穿不上，它只是看上去漂亮，并不御寒，太不实用。所谓漂亮，也是早就过时，一种应该淘汰的美丽。飒爽英姿五尺枪，不爱红装爱武装，在玲安的生长年代，接受革命化教育，记得她小学时想养金鱼，大三岁的二哥坚决不同意，说这是资产阶级的玩意，剥削阶级的爱好。

下乡八年后高考恢复，玲安考上大学，重新回到南京。许多东西都留在乡下，送给了当地农民。她曾认真考虑过，要不要把大衣也送掉，最后没送出去的原因，一是考虑到农民不一定会喜欢，二是既然云裳那么在乎它，还是物归原主最好，还是带回去还给她，原来属于谁，仍然还给谁。这时候云裳已退休，女儿回南京上大学，让她感到非常高兴。不知不觉已经老了，退休在家，屋里空空荡荡，两个儿子都不在身边，一个在石家庄工作，一个还在部队，正准备出发去参加对越自卫反击战。

云裳夫妇都是学化学的，云裳是中学老师，老公是化工厂工程师。化工厂在长江北岸，长江大桥建成前，夫妻一直分居。在女儿玲安的记忆中，父母关系很一般，经常处于冷战状态。云裳曾向四姨抱怨，说玲安父亲有个相好，这女人暗恋他，他也喜欢她，对方是军人老婆，破坏军婚是很大罪名，所以俩人始终不敢越雷池一步。玲安大学二年级时，她父亲也

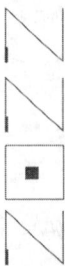

退休，退休了，便搬回来住，与云裳关系完全改善。过去的阴影不复存在，少年夫妻老来伴，这句话在他们身上充分体现。他们几乎是立刻变成了女儿完全不熟悉的两个人，晚年的玲安父亲变得非常体贴，处处细心照顾云裳。云裳过生日那天，正好是一个星期天，他建议上馆子，去福昌饭店吃西餐。

临行前，衣服试了一件又一件，云裳居然把那件灰色丝绒大衣又找出来，试了又试，在镜子前照了再照，最后唉声叹气，说穿不下了，老了，没办法再穿，还是年轻好呀，这大衣就适合年轻人穿。她自己穿着不合适，逼着女儿试，强烈建议她穿。玲安父亲在一旁帮腔，说她穿着太合适了，挺好看的。又说就是让你妈高兴，今天这日子，你也应该穿，真的挺好看，我们不哄你。玲安拗不过父母，只好硬着头皮穿上，心想就算是哄他们高兴吧。她从来没有吃过西餐，也许吃西餐就应该穿这样的大衣。

去福昌饭店不远也不近，这是一家民国老饭店，很有点来头，所谓西餐，也是刚恢复不久。玲安对它一无所知，云裳说她小时候来过好几次，玲安爷爷喜欢吃西餐，玲安的舅舅云龙也喜欢吃西餐。路边的梧桐树叶已经枯黄，秋天正在往深处走，一家三口散步去福昌饭店。玲安自小就习惯父母的冷战，因为习惯，现在看他们这么亲密无间，一路都是手挽着胳膊，反倒觉得不习惯。父亲的个子不高，边走边说，说玲安穿着灰色丝绒大衣，让他想起了自己年轻的时候，他说你妈那时候可漂亮啦，她就穿着你身上穿的这件大衣，漂亮极了，我那时候做梦都不敢想能把你妈追到手，真的，真的是不敢想。

云裳说你肉麻不肉麻，肉麻不肉麻，女儿都这么大了，还说这个。她想女儿肯定也会觉得这话肉麻，会想她父亲现在怎么变成这样。老字号的福昌饭店眼见就到了，看着身边早已长大成人的女儿，云裳对自己的老公叹气，说你看见这件丝绒大衣，想到的是我们年轻的时候，我呢，我看见它，就想到了云龙，我现在突然是很想念他。说着眼睛红了，泪水在眼眶中打转，她重重地叹了一口气，很感慨地说，跟你们说这个又有什么意思呢，你们对云龙一无所知。

原载《作品》2022年第2期

点评

在写法上，将长篇的要素、处理方式，转换、浓缩为一个短篇的格调、样式，使得这个短篇在格局、主题、意蕴方面展现出独特气象。首先，与云裳关联的一件灰色丝绒大衣穿越历史，不仅将汪伪统治下的南京、西安事变、滇西抗战、远征军、对越自卫反击战、"上山下乡"运动等宏大历史运动背景和要素引入小说，也见证和呈现了云裳、云龙、玲安在历史长河中命运浮沉的宏阔景深。这种原本在长篇小说中才能彰显出的格局、格调、效果，却在这个短篇中得到充分显现。其次，这件灰色丝绒大衣，不仅见证云裳与云龙的兄妹情深以及云龙在抗战洪流中赴汤蹈火、为民族捐躯的壮举，还引出云裳与玲安在另一历史语境中的因缘际遇、岁月情深，从而在个体记忆与历史书写之间描绘了一幅深阔而幽远的时代变迁史、心灵史。在历史长河中，灰色丝绒大衣一直被云裳保存着，既是对代表青春与美的少女时代的一种祭奠，也是兄妹之爱、民族大义的传递、宣扬。当这件灰色丝绒大衣被云裳赠予女儿玲安时——无论她是否理解、是否接受——关于一代人的青春记忆和峥嵘岁月，也就愈发彰显其非同寻常的内涵和意义。大开大合书写人物命运，以小见大映照宏大历史，这是小说的辩证法，也是对历史和生命的另一种探寻与见证。

（张元珂）

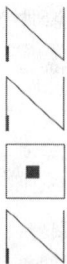

同 情

韩 东

庆总是我的大学同学，毕业快三十年我们素无联系。突然他要求加我微信，告诉我他来南京出差，我们"必须"见一面。我问："您有事找我？"庆总回复："想你了不行吗？"我不禁起了一身鸡皮疙瘩。不不，不是反感，而是想不到，我想不到庆总会这么说。我是一个一事无成的人，我们的关系也没到这份上啊。

如约前往某五星级酒店，某座某层某某餐厅，某个包房。我本以为是庆总单约我，走进去才发现一桌的贵宾，公司经理、董事长、书法家，当然还有官员；分管我们系统的市领导也在座。宴会气氛就不说了，我傻不啦唧地赔笑了一晚，终于坚持到最后。

下面仍有安排，但庆总说他刚从欧洲回国，时差没有倒过来。大家表示理解，于是开始道别。我坐的地方靠门，趁乱想溜，被庆总一把捉住。这时他才说："这是我大学同学。"算是一个迟到的介绍吧。庆总对我说："你留一下……"转身又去与众人话别了。

庆总将我领往他的房间。电梯上行的时候他嘴里骂着，我没想到庆总会爆粗口，但随即就明白了他的用心，这是在和我套近乎，这类评论不正是我此刻的心里话吗？仿佛我们又回到了学生时代，对一切都横竖看不顺眼。

在客房外间的沙发上坐下，庆总忙着煮水泡工夫茶（他让助理回房间睡觉了）。我说："老朱，你到底有啥事儿啊？"庆总姓朱，大名叫朱庆和；我掂量半天，此时此地叫他"庆总"有点不太合适，叫"庆和"又显得轻浮。于是"老朱"便脱口而出。

老朱顽皮起来，说："老韩，你猜。"

这我哪能猜到啊。是目前的经济形势不好，老朱公司的生意堪忧？就算如此，他也不至于找我聊呀。是老朱老房子着火，喜欢上了其他女人，比如一个比自己女儿还小的妖精，要抛弃原配分家产？那也没有必要找我。也许是他女儿到了叛逆期，上房揭瓦……不对不对，刚才在酒桌上老朱已经说了，这次去英国他就是去看女儿女婿的，和公务无关；而且他还说，他女婿是个老外，英伦某著名乐团的演奏艺术家，颇有几分为女儿骄傲的意思。那肯定是身体，老朱的身体出了问题。我们这个年龄也算正常，没准老朱得了绝症。

"猜不出来。"我说，"当然了，我们这个年龄段碰上啥事儿都不奇怪……但有什么事，你非得找我聊不可呢？一件发生在你身上但非得找我聊的事……"

"难以启齿啊……"

"等等，你先别说，我知道了。"我打断老朱，"是不是你ED了？"

"ED？"老朱随即反应过来，"就算我ED了，为什么要找你聊呢？"

是啊，这正好是我的问题，就算老朱ED了，也不需要找我聊。他这么一个人（在各方面都是楷模，所有的同学无不羡慕，且能量无限），无论出了什么事都没有必要找我（一事无成，人微言轻之辈）聊。

"难以启齿啊。"老朱又说。

他还是说了，而且说了很多。什么"家父""老妈""丈母娘""岳母""亲家"，绕得我头晕。老朱一向能说会道，看来他真的很激动，情绪波动下词不达意也是可以理解的。其实事情特简单，也就是老朱父亲和老朱岳母可能有染。我正要问，到底是可能还是已经坐实了，老朱按下不表，说起他夫人的家庭情况。

老朱夫人是单亲家庭，从小父母离异，夫人是岳母一手带大的。和老朱谈恋爱以前，夫人没有谈过任何恋爱，并且岳母一再向她灌输，男人没一个好东西。如果夫人不是这样的情况，老朱可能也不会和她结婚，可一旦结了，这才明白了夫人的好处。"倒也不是我有处女情结，"老朱对我说，"而是，这样的女孩是绝对不会背叛你的。热恋期一过，我们这种搞事业的人不就是图个婚姻稳定吗？"老朱告诉我，他之所以小有所成，夫人是要记头功的。

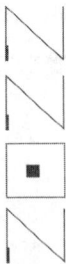

但今天的话题不是说他夫人，是说岳母。因为感戴岳母培养出这么一个好女儿，老朱对丈母娘非常孝敬。不仅他孝敬，老朱的父母对亲家也另眼相看，两家人走动十分频繁，就像一家人一样。不是像，后来岳母干脆从上海搬来了深圳，和他们住在一起。老朱在深圳最贵的地段购置了一幢独栋别墅，加上女儿出生，家里有四个保姆两条狗，一大家子当真是过得滋润无比，其乐融融。由于没有了后顾之忧，老朱在生意场上更是放开了手脚。可后来……

"后来怎么样了，"我问，"坐实了吗？"

老朱的脸色转而变得非常阴沉。"我们不敢想，"他说，"可我妈一口咬定，闹得不可开交。岳母也不辩解，家父避之不及，她也不好和我夫人吵，那就只有冲我来了。摔桌子打板凳，寻死觅活。我说，你不能凭空乱说，凡事都要有证据。我妈说，你以为我拿不出来？我是给你们朱家留张老脸，不要给脸不要脸，把老娘惹急了！

"我断定我妈没有证据，但也难说。事已至此，有证据没证据也已经不重要了，岳母是没法再住下去。我和夫人只好把岳母送回上海，因为内疚，也是要补偿她受到的侮辱，在上海最贵的地段我买了一栋比我们的房子还要大的房子，写的是夫人也就是她女儿的名字。夫人一年中有半年要飞过去陪她妈，我们原来的家算是名存实亡了。

"这头，我妈还不安生，把家父盯死了。不允许他用手机，说家里有电话，可她把座机的电话线通通剪断了。家父的身份证也被我妈没收了，说瞅着个机会老不正经的就要私奔。任何人在家都不准提我岳母的名字陈蓉。夫人可以说'我妈'，我可以说'她妈'，我女儿可以说'外婆'，而她只说'她'，家父连'她'都不可以提。唉，可怜啊，老人家一定郁闷坏了。正当我们为家父的身心状况担忧时，我妈却病倒了，并且一病不起，竟然不治去世了。家里所有的人都认为我妈是给她自己气死的，意思是她放着好日子不过，没事找事，除了癌症还得了老年痴呆症，是由老年痴呆症引起的癌症。只有我知道是怎么回事。一直到死我妈都绝对清醒，比任何人都要清醒、明白。"

"喝口茶。"我说。现在已经换了我在泡茶了。

"不用。"老朱说，"我们应该来点酒。"他跑过去打开电冰箱，一通搜罗，抱了一堆小瓶装的也不知道是什么牌子的酒过来，旋开瓶盖仰头就灌下去一瓶，也不劝我。

"说我妈清醒我不是乱说的。"他说，"临终那天正好轮到我陪床，我妈突然从被子下面伸出一只手，我以为我妈让我握着她的手，可她伸出来的是一个拳头，攥得紧紧的。我试图打开那拳头，没承想一个垂亡的人有那么大的劲儿。好不容易掰开了，我妈手里攥着一团纸；我拿起来展平了一看，上面写着一行字：'蓉，我跟她实在过不下去了！'分明是家父的笔迹无疑，我再熟悉不过。啊，原来这就是证据，原来证据的确是有的！当时我再看我妈，她似乎吐出了一口气，应该就是那一刻，把纸条交到我手上，她她就撒手人寰了……"

说到此处，老朱不禁流了眼泪。我站起来走过去，伸出手臂给了他一个拥抱。"节哀顺变。"我说。

老朱接受了我的致意，在我的手背上拍了拍。"没事，没事，"他说，"都已经过去了。最关键的部分我还没说呢。"这样我就又坐了回去。

"我还没来得及伤心，听见医院走廊里脚步声响，有人过来了。当时我手上正捏着那张纸条，情急之下你猜怎么着，我窝巴窝巴就塞进了嘴里，咽下去了！和电影里的革命烈士一模一样。果然是夫人，她来换班了。在她踏进病房以前，那纸条就已经到了我的肚子里。真悬啊，就差一点。所以直到今天我夫人都不知道纸条的事，家父知不知道就不好说了。这事我只对你一个人说过。

"其实当时完全是下意识，我也可以不咽的，随手往垃圾桶里一扔也就完了。虽然那纸条早就消化干净，变成了大便，可吞咽的感觉一直都在喉咙里，消失不掉。有一阵我甚至怀疑食道是否被割伤了。也是事情来得太急，我无暇多想；说句不中听的话，如果是为掩盖本人的奸情，我也不至于如此手忙脚乱。但那是家父啊，是我岳母！

"我妈过世以后，按说家父和岳母之间的障碍已经消除，可以把岳母接过来住了，或者家父以看望孙女儿的名义，前往上海幽会岳母——当时我女儿在上海读大学。但是没有。岳母没有要求来深圳，家父也没提去上海逛逛。他们不提，我们自然更不会提。我们不提这事有前因，而家父和岳母的无动于衷着实令人费解。有一天我突然就想明白了，他们不过是要

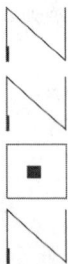

证明我妈错了，他俩之间啥事没有，闹到这一步完全是我妈老年痴呆症发作的自说自话。脸面啊，脸面，对他们来说太重要了。

"如果家父和岳母大大方方地吐露心声，我和夫人也不是那么保守的人，八成不会阻挡，甚至会帮忙成其好事——我是这么想的啊，当然事到临头也说不定。可他们就是不说，也不行动，就这么硬挺着，力度之大时间之长当真匪夷所思；最后我甚至都开始怀疑自己，怀疑那张纸条是否真的存在过。当然了，纸条是肯定存在的，我喉咙里的感觉还在。但也有可能是我妈模仿家父的笔迹写的呢？就算是家父亲笔所书，那也只是他那一头坐实了，岳母很可能无辜。家父向岳母表白，可纸条根本没有到对方手上……如果不是发生了一件奇怪的事，我真的会顺着这个思路想下去，直到把二老洗白。"

"又发生了什么事？"我问。

"还能有什么事，这个年纪的人。"老朱说，"一年前家父突发脑出血，弄到医院去抢救，人没有死，但成了植物人！这是后话。当时我和夫人正在忙家父的事，忽然接到上海保姆打来的电话，岳母也脑出血了！你说，天下哪有这么凑巧的事。事后我仔细追究了一下他们分别发病的时间，两人竟然相差不到半小时，这不是心灵感应又是什么？不是相爱到一定地步，这样的心灵感应也不会发生啊。而且，我岳母也被抢救过来了，人没死，成了植物人！"

"是有点奇怪。"

"岂止是奇怪，这就是证据，比那张纸条还要说明问题的证据。"

这以后老朱陷入了短暂的沉默。他将那堆喝干的小酒瓶挨个拿起来，往一只玻璃杯里沥出残酒。捣鼓了半天，然后端起玻璃杯一口喝干了，这才又开始说话。

"现在，我们家里有两个植物人，一个在深圳，一个在上海；一个我守着，一个我夫人守着。虽说有保姆、护工，但这还是人过的日子吗？我女儿也去了英国，嫁了英国佬，这辈子恐怕是不会回来了。这个家算是彻底散了。我成天在天上飞来飞去，去年一年乘了两百多趟航班，去英国看我女儿，去上海看我老婆，来南京谈项目。我老婆也到处乱飞，英国、深圳、上海，上海、深圳、英国，一年到头我都不记得在哪儿见过她，也许是在天上吧，隔着飞机舷窗打了个招呼……"

"真不容易，老朱你辛苦了。"

"是不容易，真太辛苦太累了。"老朱说，然后话锋一转，"所以说这就是成功所要付出的代价，这帮人只看见我风光、体面、有钱，要知道我的努力是他们的一百倍，一千倍，一万倍，还不止！真站着说话不腰疼！"

"是是。"我一面答应着，一面在想：他说的"他们"是指我们这帮老同学吧，其中也包括我。

这以后老朱顺口说了一些他生意上的事，也知道我不懂。半小时后他站起身，明显是要送客，"这酒也没了，时间也不早了……"虽说身体打晃，但仍不失一个企业家应有的风度，我怎么觉得他又变回庆总了呢？

庆总大臂不动，向我伸过小臂，一只软绵绵的温暖的大手握住我的手，另一只手则拍着我们相握在一起的手，"感谢，感谢，今晚我过得非常愉快！"

我在想，这事儿就这么完了？他找我来就是为说个故事？庆总还没有说，接下来他打算怎么办；我们还没有好好商量合计一番呢。我不无抱怨地问他（也是借着酒劲）："你找我来就是说这些？"

"是啊，否则我干吗找你？"

"干吗非得找我说呢？"

"不找你，我找哪个？"

"找谁都可以，您干吗非得找我？"

"我总不能去找夫人说吧，她不知道纸条的事。也不可能找我女儿……"

"你就没有一两个朋友？"

"嘿，生意场上，不兴说这些的。"

庆总见我较劲，索性又坐下了。见他坐下，我在原先坐的沙发上也坐下了。拉在一起的手分开了。

"我真怀念咱们年轻的时候。"庆总说，"那年头，坐个火车住个旅店，能认识一堆人，萍水相逢啥事儿都可以说。你不认识我，我也不认识你，说完拉倒，这辈子都不会再见了。你说那时候的人怎么就这么单纯呢，人与人之间从不设防，陌生人之间比亲兄弟还亲，越是陌生就越亲近。艳遇就不说了，我喜欢旅行主要是喜欢找人说话。其实那会儿我也没什么可说的，吹牛逼又不交税。痛快，真痛快！"

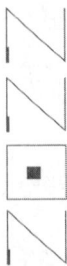

原来如此。我说："那你可以上网，找网友聊啊。"

"不行不行。一来，现在的年轻人不会理解这种事；二来，我们这种人，一百度马上就知道你是谁了，就是化名也能把你人肉出来，只要有蛛丝马迹。得不偿失，绝对得不偿失。"

"你把我当成陌生人了？"

"不不不，不是这么个意思，我们毕竟是老同学……"

从酒店出来，已经是凌晨快三点。这一片虽然是市中心，此刻大街上几乎不见行人，一溜出租车停在酒店外的马路边。我决定还是先走一段再说。

街道空旷，我的思路深远，不知怎么的，那两栋我从未见过的别墅出现在眼前，也是空荡荡的，甚至孤零零的。我一直看到了别墅里面。分别有两个植物人躺在幽暗的空间里，病床前守着两个人，是庆总和他夫人。这是两栋房子，两幅画面，却奇怪地重叠在一个幻象中。由此灵光一现，我想到，为何不把两个植物人搬到一起呢？两张病床并列，中间放一个床头柜，就像那些睡不好觉的夫妻，躺在他们各自的小床上，既在一个房间里又避免了互相打扰。

如果庆总父亲和他岳母的确是同时中风的，也如庆总认为的是由于心灵感应，搬到一起也是如其所愿，也顺理成章吧。也许他们正是因为要在一起才同时倒下的。不是同时死去，而是"冬眠"，采取了某种蛰伏状态。在近距离的感应或刺激下，他们两个或者其中的一个没准会苏醒过来呢？这真是一个好主意……至少庆总的两个家又变成了一个家，他和夫人也不必分居两地满天飞了，照应病人会方便许多……

思虑至此，我想立刻返回酒店，把这个绝妙的解决方案告知庆总。实际上我也已经转身了，向酒店方向走了有一百米，但还是站住了。我在想，庆总是一个多么聪明的人，智商和情商都远远高于我，我能想到的事他想不到吗？而且，这事儿是明摆着的，两栋别墅，两个植物人，两组资源配置……庆总肯定有他自己的想法。再说了，今天他找我去是当垃圾桶的，并非和我商量怎么办……

我用手机叫了一辆车，立马有应答。那辆车就在我眼前，其实我在人行道上徘徊时它就一直跟着我。上车后，半小时不到我就到家了。上床睡觉，在被子里挣扎半天，最后还是在黑暗中给庆总发了一条微信，告知对方我想到的办法。详详细细毫无保留地写了一大篇，无论对庆总是否有帮助，也算是尽到了责任。我们毕竟是老同学。

至今庆总也没有回复我的微信。

原载《芙蓉》2022年第2期

点评

　　在小说中，"我"是倾听者，庆总是"主述人"。庆总姓朱，他所叙述的无非是一个由他、他老婆、朱父、朱母、岳母、女儿、保姆构成的一个复杂交叉的涉及婚变与情变的家庭故事。小说以庆总和朱母的关系为明线，以朱父和岳母陈蓉的私恋交集为暗线，讲述发生于这个家庭的一系列暗中角力的情感故事，并由此上升为带有一定寓言性、总体性的表达诉求。然而，作者总是竭力将这些故事置于背景之下，即使由朱父写给岳母的纸条——"蓉，我跟她实在过不下去了！"——看似最直接、明了地指向一种事实，即朱母据此认定朱父与岳母有染，但这似乎也不是小说所要最终达成的旨归所在。它所引人深思的地方还在于接下来的"讲述"和"我"的那份建议：朱母去世，朱父与岳母的关系非但没有按照常规常理发展，而是作者让他俩双双在远隔千里的大城市里因脑出血而成为"植物人"；"我"建议将两个植物人放到一起照顾，理由是：既可节省人力、物力，又可实现他们想在一起的愿望，还可以从此成全一家人的"团圆"。在此，小说艺术张力瞬间"内爆"：庆总为什么要把那张纸条吞咽进肚里呢？一如"我"所想——"这事儿是明摆着的，两栋别墅，两个植物人，两组资源配置……庆总肯定有他自己的想法。"——以及小说结尾那句话——"至今庆总也没有回复我的微信。"——就将小说所要深入表达和探讨的主旨引向广阔和深层，即以一个小家庭里隐匿着的种种世相及其角力风景，来隐喻一个大社会的潜流、暗流。用人物作为象征符号，用种种关系隐喻无形之网，用小说方式探讨探察世道人心，由此，这个短篇也就有了某种"寓言"的样式及效果。

（张元珂）

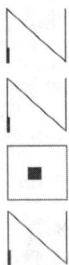

梧桐风／

／刘庆邦

春夏秋冬，一年四季，每个季节都是一个大门槛。迈过门槛，人们遇到的是不同的气候，呈现在面前的是异样的景象。除了大门槛，门里还有小台阶。一季里有六个小节气，四六二十四，等于一年有二十四个节气小台阶。沿着台阶，不管是往上走，还是往下行，一阶一世界，每一阶都有新的变化。比如从处暑到白露，从气温上讲，就是往下行，一步比一步气温低。处暑者，出暑也，意味着已出了暑天，天气不再炎热。白露呢，是指天气渐凉，寒生露凝。古人以四时配五行，秋属金，金色白，故称初秋的露珠为白露。白露还不是白霜，对植物还没什么杀伤性，树上的叶子还稠着，路边的野草还绿着，花园里的花儿还开着。只不过，叶子显得有些沉重，野草绿得有些发糙，花儿也开得艰难多了。只拿花儿来说，攀在灌木丛中的牵牛花儿虽然仍在开放，但开得已经有些瘦弱，有些牵强。花期较长的月季花儿也是，花骨朵倒是举起来了，花瓣儿却迟迟打不开，好像每打开一片花瓣都得举全身之力。一朵绒红的月季花，好不容易打开了，再往下看，花朵下面的叶子上却出现了一些暗褐色的斑点。那些斑点像是用力太过憋出来的，又像是过景的人脸上所生的老年斑。

节令白露的第二天，梅国平没有在草叶子上看到露珠，因为这天下雨了。雨点儿落在草叶子上不会停留，不会凝结成珠，只把草叶子变得湿漉漉的。立秋之后，只要下雨就是秋雨，不再是夏雨。秋雨与夏雨的风格有所不同，夏雨下起来总是电闪雷鸣，大喊大叫，充满激情。而秋雨轻轻的，绵绵的，落地时几乎没什么声音。一般来说，夏天的雨下得时间比较短，忽地来了，忽地走了，来时不打招呼，走时也不说再见。秋天的雨像是成熟的雨，有耐心的雨，细水长流，下得时间长一些。更大的不同是雨的内涵，夏天的雨不管下得有多大，给人的感觉还是热乎乎的，而秋天的雨里就带有了寒意，小雨里也有寒意。梅国平想过，秋雨里的寒意是含有天意，自然之意，也有人的意志在里头，李白的"雨色秋来寒，风严清江爽"，还有民谚"一场秋雨一场寒"，传达的就是秋雨寒的意念。有意念的先入，秋雨就与寒意有了必然联系，只要秋雨来，不寒也是寒。梅国平脱下了夏天穿的半袖衫，换上了秋天穿的长袖衫，手持一把黑色的雨伞，在路边的一棵杨树下面站着。杨树的叶子还很稠密，偶尔从树上落下一片沾满雨水的树叶，树叶还是绿的，一点儿都不发黄。这样的杨树，跟一把绿色的大伞差不多，要是雨刚开始下，雨下得又不大，树冠之伞会把雨水遮住，周边的地是湿的，树下的地是干的。可雨下得时间一长就不行了，树冠对雨的遮蔽效果就没有了。这场雨是从昨晚后半夜开始下的，到了这天早上，已经下了好几个小时。持续不断的秋雨一滴一滴在树叶上积攒下来，雨水积得多了，叶片托不住，就一层一层传递下来，使每一片叶子都像是变成了屋檐滴水，啪嗒啪嗒滴落下来。这样的"屋檐滴水"落在梅国平的伞面上，似乎比细雨直接落在伞面上更有分量，发出的响声也更大一些。煤矿上的煤总是很多，煤燃烧之后，炼成的煤渣也不少，家属房之间的通道就是废物利用，用煤渣铺成的。在干天干地的时候，通道是灰色，一下雨呢，通道就变成了黑色，像是还原成了原煤的颜色。梅国平的黑色雨伞周边，挂满了银色的水珠，伞上有多少根伞骨，伞骨的梢头就有多少颗水珠。当水珠大得不能再大时，就掉在通道上摔碎了，溅起一些细小的水花儿。雨伞罩得了头罩不住脚，水花儿难免溅在梅国平的皮鞋上，还溅在他的裤脚上，使他的皮鞋和裤脚上沾了一些颗粒状的黑点儿。

梅国平是个爱干净的人，平常日子里，他的皮鞋总是擦得亮亮的，裤腿线是线，缝是缝，每天都板板正正。偶尔低眉，梅国平看到了溅在鞋面上和裤脚上的黑点儿。他没有移动脚步，也没有扭过脸看后面的裤脚湿得怎样。没事的，好比下井挖煤的人，身上总难免会沾一些煤尘，下雨天在雨地里久站的人呢，身上也难免会带一些雨。梅国平是习惯早起的人，越是下雨天，或下雪天，他起得越早，从不在雨雪天睡懒觉。还不到上班时间，不少人还在床上躺着，他一大早站在雨地里干什么呢？他在等一个人，或者说在等着看一个人。那个人是一个姑娘，名字叫乔点凤。他跟乔

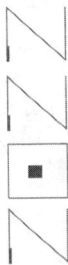

点凤并没有约，甚至跟乔点凤连熟悉都谈不上，只是说过几句话而已。但不知从哪里来的信念，他相信乔点凤一定会从自己家里走出来，一定会到豆师傅家里去，越是天气有变，越能增加乔点凤去豆师傅家的可能性。进而他相信，在这个细雨如愁的早上，他一定会看到乔点凤，说不定还能跟乔点凤说上两句话。

这里是矿上的职工家属生活区，矿大人多，生活区的面积也比较大。生活区铺有三条南北向的通道，每条通道两侧都有好几排一个模式的家属房，每排连脊的房子里都住着五六户人家。有人伸着脖颈在门口刷牙，刷得满嘴都是白沫子。连舌头差不多都刷白了，就从茶缸子里噙一口水，向门外的雨地里喷，喷得地上一片白。有妇女打着雨伞，向生活区底部的公共厕所方向走。妇女的另一只手在裤兜儿里揣着，手里攥着从卷纸上撕下来的手纸。手纸没有完全揣进裤兜儿，在裤兜儿口露出一段白。通道一侧的水龙头里开始供水，有壮年男人手提一只大号的铁皮桶，到水龙头下面拧开水龙头接水。水龙头举得比较高，铁皮桶放在水池里比较低，当颇有压力的水流刚刚注进桶里时，砸得桶底一阵当当响，像敲击铁皮鼓一样。一只连眼珠都是黑色的黑狗，在厕所前面五彩杂陈的垃圾堆里嗅来嗅去。它没有什么收获，像是简单思考了一下，颠颠地跑走了。靠山吃山，靠煤吃煤。这个生活区的各家各户，烧的都是本矿生产的煤。他们把原煤打碎，掺上一些黏土，制成每块煤上有十二个窟窿眼儿的蜂窝煤。烧蜂窝煤的好处，除了可以节约用煤，一天二十四小时还可以保持煤火不灭。晚上睡觉时怎么办呢？他们的办法，是睡觉前往炉孔里添一块新煤，随即用铁饼样的炉盖儿把炉口盖上，再把炉灶下面的通风口堵严，就行了。第二天早上需要烧水，或做早饭，把炉盖儿一掀，并把下方的通风口打开，冒过一阵烟，红中带蓝的火苗很快就会升腾起来。这会儿，各家的炉盖儿应该都打开了，整个生活区弥漫着湿润的煤香。因密集的雨点儿一直在往下压，煤香在地面散去得比较慢，显得格外浓郁。一只不知名的鸟从这棵树上飞起来了，落在另一棵树上。那只鸟在另一棵树上只停留了一会儿，又飞走了，飞到生活区外面去了。生活区里所栽的树木主要是杨树，另外还有一些杂树。杨树是矿上的绿化队统一栽的，栽在通道的两侧。杂树由各家的人自由选择，都栽在自家门口。那些杂树有柿子树、石榴树、葡萄树，还有泡桐树、梧桐树等。豆师傅家门前栽的是一棵梧桐树。

没出梅国平的预想，乔点凤果然从家里走出来了。乔点凤打的也是一把黑伞，她把伞篷压得很低，把头和脸都遮住了，把肩膀也遮住了。如果拿伞作比，好像她把自己也变成了一个伞字。只不过，伞字下面只有一竖，她的"伞"字下面却有两竖，因为她长有两条腿。她脚上穿的是一双深筒胶靴，裤脚掖进了胶靴的筒子里。胶靴看上去还比较新，靴子面上闪耀着明亮的漆光。这样的胶靴，是下井的矿工特有的劳保用品，每个矿工一年才能领到一双。有的矿工只穿旧的，舍不得穿新的，把新的省下来，给家里不下井的人当雨靴穿。乔点凤不下井，没有资格领取胶靴，她穿的胶靴，极有可能是她的男朋友豆明生送给她的。乔点凤的家住在第二排房，她从房前的夹道里走出来，向后面的第五排房走去。豆师傅家住在第五排房，他家门前栽的是一棵梧桐树。一般情况下，一个人打着伞在雨地里走，不会把伞放得那么低，不会把头脸都遮住。乔点凤大概想到了有人想看她，有人想跟她说话，她不想让人看到她，更不想让别人跟她说话，才这样把自己掩盖起来。

秋雨继续在伞面上絮语，梅国平的伞面上有絮语，乔点凤的伞面上也有絮语。花有花的语言，雨有雨的语言。秋雨在两个人伞面上发出的絮语，也许只有絮语和絮语之间才听得懂，并互相以絮语做出了回应。可梅国平没有喊乔点凤，他懂得什么叫理解，什么叫尊重。乔点凤把伞打得那么低，显然使用的是伞的语言，伞的语言在告诉梅国平，乔点凤不愿和任何人说话。梅国平的伞对乔点凤是敞开的，当乔点凤从他身旁走过时，他把伞篷向后面倾斜，宁可让雨水淋在自己身上，也要亮明他对乔点凤的态度。他没有喊乔点凤，却移动脚步，跟在乔点凤后面，也向生活区的后面走去。

乔点凤大概听到了她身后的脚步声，并猜到了跟在她后面的人是谁，她脚下迟疑了一下，一时有些慌乱。但她并没有加快脚步，更没有举起伞来，回头证实一下跟在她后面的人是不是她所猜的那个人，继续一步一步向前走。走到豆师傅家所住的那排房的夹道，她就拐进去了。乔点凤相信，只要她拐进夹道，跟在她后面的人就会停下脚步。果然，她一向右转拐进夹道，她身后的脚步声就不响了。细雨如叹息，乔点凤心想，这个人真是个懂事的人，为人有分寸的人。

有一个水龙头，就安在豆师傅家那排房的西头，梅国平在水龙头旁

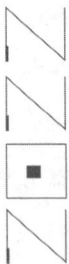

边站下了。他目送着乔点凤从西往东，往那棵梧桐树所在的地方走，也是往豆师傅家里走。这时梅国平有一个期望，也是一个判断，他想，当乔点凤走到豆师傅家门口时，当乔点凤进门前收起雨伞时，应该会回过头看他一眼。这个判断也是一个试验，如果乔点凤能看他一眼呢，表明事情有些希望，他可以把事情继续进行下去；如果乔点凤连看他一眼都不愿意呢，他对乔点凤就不敢抱什么希望了。成败在此一试，梅国平看乔点凤看得有些目不转睛，还有那么一点儿紧张。还好还好，如梅国平所期，如梅国平所望，乔点凤在收伞进门的那一瞬间，果然回过头看了他一眼。光的速度总是很快，目光也是光，目光的速度当然也很快。不管什么东西，一快就有力量。尽管乔点凤只是匆匆看了梅国平一眼，像书面上常说的惊鸿一瞥，梅国平还是迅即就接收到了。因为梅国平一直在等着乔点凤的目光，当乔点凤的目光过来时，两个人的目光就在空中产生了对撞，两光相撞，更有力量。天上并没有打闪，可给梅国平的感觉，他眼前仿佛闪过了一道明亮的闪电。天上并没有打雷，可在梅国平的幻觉中，他耳边像是轰然响起了雷声。"电闪雷鸣"之后，他的信心又坚定了几分。

看见乔点凤走进梧桐树下的豆师傅家，梅国平并没有马上回自己家，仍在水龙头旁边的雨地里站着。梅国平注意到了，自从豆师傅的儿子豆明生出事后，乔点凤作为豆明生曾经的女朋友，几乎天天都到豆师傅家里去，有时是早上去，有时是晚上去。乔点凤只要去豆师傅家，必定会提上豆师傅家的铁桶，到水龙头这里为豆师傅家提水。梅国平听生活区的大妈们说过，在豆明生活着的时候，豆家所吃所用的水都是由年轻力壮的豆明生负责提。豆明生不在之后呢，乔点凤像是从豆明生手里接过了接力棒，就把为豆家提水的责任承担了起来。梅国平还听说，乔点凤之所以时常到豆家，是舍不下豆明生，寄托的是对豆明生的感情。乔点凤和豆明生是矿中的同学，他们两个在中学阶段就开始了恋爱，从十六岁恋爱到二十四岁，已经相爱了八年。他们原定在今年国际劳动节时结婚，两床大红的被子都做好了，照得满室里都是喜气。可因为计划中的大衣柜和箱子还没有做好，他们就推迟了婚期，定于国庆节再举行婚礼。哪里料得到呢，劳动节过去时间不长，还不到儿童节，豆明生就在一天夜间遇上了井下瓦斯爆炸，再也没有从黑夜里走出来。

果然，乔点凤一手打着雨伞，一手提着铁桶，向水龙头这边走来。

梅国平对乔点凤打招呼：乔点凤早上好！

乔点凤也说早上好。她没叫梅国平的名字。

我来帮你提水吧?

不用。谢谢你!

乔点凤把铁桶放在水泥砌成的水池里,拧开水龙头,开始往桶里注水。她一开始没有把水龙头拧至最大,水流打在桶底发出的声音不是很响。等桶底有了一些水,她才把水龙头拧得稍大一些。这时水龙头里喷出的水,才刚刚有一点"水龙"的样子,"水龙"垂直着钻进水里,冒出一簇簇白色的水花。乔点凤低着头,顺着眉,只看着水桶,和水桶里不断增长的水,没有看梅国平。乔点凤戴的是一副透明眼镜框的眼镜,因她的皮肤比较白皙,表情也比较沉静,看上去跟没戴眼镜差不多。

你今天还去矸石山上拣煤吗?梅国平问乔点凤。乔点凤初中毕业后,一直在家里待业,没有参加工作。在好天好地的时候,她会爬到矸石山上拣煤卖钱,为家里增加一点收入。

不一定。乔点凤说。

我建议你今天不要去拣煤了,天下着雨,矸石山上太滑,不安全。

看情况吧。

说话之间,桶里的水快要满了。乔点凤不等桶里的水满得溢出来,就及时关上了水龙头的旋钮。一桶水恐怕有三四十斤重,乔点凤用右手提起水桶往豆师傅家里走时,不得不使劲向左侧倾斜着身子,才能保持整个身体的平衡。梅国平见乔点凤身体瘦弱,提着一大桶水有些吃力,真想追上去,把乔点凤手里的水桶接过来,替乔点凤提。可乔点凤说过不让他帮着提水,他不能违背乔点凤的意志。来日方长,他打定了一个主意,以后要替乔点凤为豆师傅家提水。

和所烧的煤一样,生活区每月所用的水也是从矿井下采取的。矿区在山区,山区干旱的时候多,下雨的时候少,地面上基本上没什么存水。山区的农民,家家打一口水窖,趁下雨时收集一些雨水。水窖里储存的死水当然谈不上干净,里面有树叶子、草毛缨子,还有羊粪蛋子等。就那样浑浊不堪的水,农民们也非常珍惜,用得十分节省。比起农民来,矿上的职工和家属就优越多了。矿工在几百米深的井下挖到了煤,也挖到了水。他

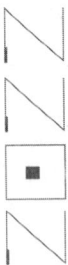

们把地下水抽到一座高高的水塔上，稍作净化处理，就可以通过埋在地下的水管，送到矿上的澡堂、食堂和生活区。只不过，给生活区送水是定时的，早上六点和下午六点各送一次，每次送水的时间不超过两小时。

这天下午刚过六点，梅国平就到豆师傅家去了。乔点凤一般是早上为豆师傅家提水，他提前到头天下午为豆师傅家提水，这样就免得乔点凤第二天早上为豆师傅家提水了。秋雨还在继续下，午后刮了两阵风，雨成了斜雨，零一下子，星一下子，下得小多了。梅国平往豆师傅家走时，没有再打伞。来到豆师傅家门前的那棵梧桐树下，梅国平看见湿地上落着好几片湿漉漉的树叶子，心形的叶片还是绿的，一点儿都不发黄。有一片叶子就在脚前，他似乎从新鲜的叶蒂处闻到了一股梧桐树特有的青气。他绕了一下，把脚前的叶子绕开了。豆师傅家没有关门，梅国平一到门口，就看到了在屋内床边坐着的豆师傅。他喊了豆师傅，自我介绍，说他是小梅。

豆师傅抓过放在床边的一根单拐，欲站起来。

梅国平赶紧上前扶了一下豆师傅，让豆师傅只管坐着，不要起来。

豆师傅说：我认识你，你爸是咱们矿的矿长。

我爸只是一个管机电的副矿长。

副矿长也是矿长。

豆师傅的儿子豆明生出事后，梅国平作为矿上宣传科的一个干事，曾被抽到矿上组织的事故处理临时工作组，参与了豆明生的善后工作。以前他爸爸在另外一个矿工作，只是一个科长。他爸爸调到这个矿，才当上了副矿长。随后，他和妈妈随着爸爸，也来到了这个矿。可以说，他是这个矿的一个新人，对这个矿的一切还不是很熟。因参与了豆明生的善后工作，他对豆师傅家的情况，以及豆明生与乔点凤的恋爱情况，才有了一些了解。豆师傅在井下受了伤，导致一条腿落下了残疾，不能继续下井采煤，只好提前退休，让儿子豆明生顶替他参加了工作。儿子出事的当天夜里，豆师傅穿着工作服，拄着拐棍，一直在井口等。每抬上来一位工亡矿工，他就凑上去仔细辨认，看看是不是他儿子。黑夜深沉，星光惨淡，当他终于在一副担架上认出面目全非的儿子后，他没有扑在儿子身上大哭，只说了一句"我的孩子"，就一瘸一拐地离去了。走出不几步，他就靠在一棵树干上抽泣起来。在微弱的灯光下，只见一个花白的头颅靠在树干上不停地颤抖。善后事宜的协商，是在矿上的招待所里进行的。在儿子的遗体火化前，豆师傅只提了一个要求，希望给他儿子豆明生穿一件棉衣，儿子这一回要走远路，过了夏还要过冬，过了冰天还要过雪地，他担心儿子临走时穿得太薄会受冻。工作组组长的答复是，这次遇难的矿工统一着装，一律穿西服打领带，西服和领带都是崭新的。要是单独给豆明生穿棉衣的话，恐怕还要和矿上和矿务局的领导商量，请示。豆师傅低下头沉默了一会儿，没有坚持他的要求，说既然矿上有统一的安排，那就算了。豆明生的母亲没有参与善后问题的协商，她还住在矿上的医院里。她第一次哭得在家里休克，是豆明生的姐姐和乔点凤把她送到了医院。医生把她抢救过来，她再次哭得昏死过去。医生担心她随时会有生命危险，一直在对她实施监护治疗。豆明生母亲的生命倒是保住了，但从那以后，她就瘫痪了，再也不能下床活动。这样的两位老人，哪里有能力去水龙头那里提水呢！梅国平说：豆师傅，我来帮你们提点儿水。

豆师傅说不用，有乔点凤天天帮我们提水。她早上提的水，我们还没用完呢。我们两口子半死不活，用水用得很少。

乔点凤不如我的力气大，以后你们家用水，就由我来提吧。我们家就住在西边那排房，离你家也很近。梅国平到厨房看了看，见水桶在地上放着，桶里的水只用了小半桶，还剩有多半桶。梅国平说：豆师傅，没用完的水，我先倒进锅里和烧水壶里。以后用水，您不用再省着用，我晚上早上都可以来帮您提。梅国平很快把满满一桶水提了回来，放进了厨房。他问豆师傅：你们家门前的梧桐树长得不错，是您栽的吗？

不是我栽的，是我儿子豆明生和乔点凤一块儿栽的。我儿子参加工作那一年，他们两个去县城里买回了树苗子，就栽上了。树还活着，可惜我儿子没有了。

这话有些悲哀，梅国平一时不知道怎样安慰老人家才好。

你来帮我们家提水，乔点凤知道吗？豆师傅问。

她会知道的。

点凤那孩子可是个好孩子呀！

我知道。

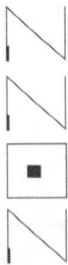

她经常过来帮助我照顾明生他妈，要不是她帮着照顾，明生他妈恐怕活不到现在。豆师傅说着，回过头来看了看躺在床上的豆明生的妈妈。

梅国平也看见了，豆明生的妈妈脸色苍白，只有眼珠在微微转动，嘴里却说不出话来。每个人都有妈妈，看见豆明生的妈妈，梅国平联想到自己的妈妈，眼睛差点儿湿了。自己的妈妈和豆明生的妈妈年纪差不多，自己的妈妈身体很好，洗衣做饭都不成问题。豆明生的妈妈却是因为突然失去了儿子，受到沉重打击，身体才垮掉了。

第二天下午雨停了，太阳出来了。黄黄的阳光一照，气温有了小幅上升。这天傍晚，梅国平刚给豆师傅家提了水，还没有离开，乔点凤到豆师傅家来了，二人在豆家不期而遇。对于在豆叔叔家遇见梅国平，乔点凤似乎并不感到惊奇，因为她听豆叔叔说了，梅国平也在为豆叔叔家提水。但室内相遇不是路边相遇，互相不说话恐怕说不过去。还是梅国平先跟乔点凤打招呼：乔点凤，我没经你允许，给豆师傅家提了点水。

想提就提呗。

这两天你没去矸石山上拣煤吧？

你不是说下雨天矸石山上不安全嘛，所以我就没去。

看来乔点凤很把他的话当话，并没有当成耳旁风，这让梅国平心里一动，几乎接近于感动，他说：这就对了，这就对了，你一定要爱护好自己！

乔点凤低眉微笑了一下，撩开套间的门帘，转入套间里去了。套间是豆家为豆明生布置的婚房，婚虽然没有结成，但房子里的一切都没动，好像豆明生并没有离开人世，还会回来结婚。以前为筹备婚事，乔点凤作为当事人之一，自然会时常到婚房里看看，走得轻车熟路，一走就走到套间里去了。

梅国平感觉出来了，乔点凤还是在回避他。梅国平不会忘记，那天在协商处理豆明生的后事时，因乔点凤没有和豆明生办理结婚登记手续，还不算是豆家的人，就不具备参与协商的名分。豆明生出事后，梅国平听生活区的家属们议论纷纷，说到乔点凤和豆明生的恋爱经过。他们都说乔点凤与豆明生的感情很深，人说矿井深，他们的感情比矿井还要深。不管豆明生上白班还是上夜班，乔点凤经常去井口，等豆明生下班归来。越是下雨天或下雪天，越能在离井口不远处看到乔点凤的身影。豆明生每天下井，他们都像是经历一场离别。而豆明生每天升井呢，这对恋人像是离别后的重逢。往往是，豆明生刚从井口走出来，乔点凤就迎了上去，趁人不注意，用自己的白手，拉住豆明生沾满煤灰的手。那天，梅国平看见一个姑娘在门外的回廊上站着，姑娘脸色苍白，眼泡红肿，正靠着回廊边的栏杆出神。梅国平猜想，这个姑娘应该就是乔点凤。他走过去问：请问你是乔点凤吗？乔点凤愣了一下，否认了自己是乔点凤，问梅国平是谁？找乔点凤干什么？姑娘既然不愿承认自己是乔点凤，梅国平也没有多问，只说：我是矿上宣传科的小梅，我听说乔点凤很痛苦，请转告我对她的安慰。姑娘点点头，眼泪涌流出来。她掏出手绢刚把眼泪擦去，更多的眼泪又涌流出来。梅国平又说：请她不要太悲伤，要珍重自己的身体，因为她的路还很长。姑娘说：谢谢！谢谢！我一定转告她。说罢，咬着嘴唇，转身下楼去了。

梅国平欲走，豆师傅又跟他说了几句话，问他今年多大了？成家了没有？

梅国平说，他今年二十五岁，还没有成家。

那你一定有对象了吧？

梅国平摇摇头。

那你比我儿子还大一岁呢，应该找对象了。

不着急。

小梅我跟你还不太熟，有一件事儿我不该对你提，不提吧我又想提。

豆师傅您只管说。

你跟你爸爸说说，看看能不能让矿上给乔点凤安排一个工作。一个姑娘家，成天风里来雨里去在矸石山上拣煤，终究不是个事。

在协商处理豆明生的后事时，豆师傅也曾提出过，让乔点凤顶替豆明生的名额，能够在矿上参加工作。豆师傅说，豆明生和乔点凤虽然没有领结婚证，但两个孩子谈恋爱已经谈了八年，乔点凤已经跟他的孩子差不多。豆师傅还自责，说让两个孩子在劳动节那天结婚就好了，就是因为家具没打好，他才同意两个孩子推迟了婚期，都是他对不起孩子啊！工作组的组长倒是没有当场拒绝豆师傅的要求，说这事儿要跟矿上劳动人事科的科长商量一下。商量的结果，还是因为乔点凤没有和豆明生正式结婚，还

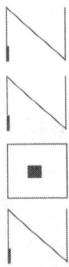

不是豆明生的妻子，不能顶替豆明生参加工作。豆师傅念念不忘这件事，他还是一心在为乔点凤着想啊！梅国平说：我也认为矿上应该为乔点凤安排工作。这样吧，我不一定跟我爸爸说，可以去找人事科的李科长说一下试试。

外屋和套间只隔着一层印花布的布帘子，在套间屋的乔点凤大概听到了豆叔叔和梅国平的对话，拨开布帘子，从套间屋里出来了。她说：梅国平，对不起，我该给阿姨擦洗一下了。

梅国平明白乔点凤的意思，在乔点凤为卧病在床的阿姨擦洗的时候，他不便待在这里，他可以离开了。进一步理解，乔点凤不愿意和他同时待在豆师傅家里，乔点凤心里只有豆明生，还没有从失去豆明生的心理阴影里走出来，要和他保持一定的距离。梅国平说：那我走了，辛苦乔点凤了。

乔点凤去厨房烧热水，把热水倒进洗脸盆里，取一条毛巾在热水里蘸一蘸，绞一绞，准备为阿姨擦洗身子。

豆叔叔拄上拐棍，离开床边，说不下雨了，他也出去活动活动。临出门，他又对乔点凤说：我看小梅这个年轻人不错，他跟明生一样，一看就是个好孩子。

乔点凤没接豆叔叔的话。

人事科的李科长，是梅国平的爸爸在省里煤炭干部学院的同学，梅国平把李科长喊李叔叔。有一天，梅国平到李叔叔的办公室找到了李叔叔，把乔点凤前前后后的情况跟李叔叔说了说，看看矿上能不能为乔点凤安排一个工作。

李叔叔没说能不能为乔点凤安排工作，只是有些漫不经心地问：这是你爸爸的意思？还是你自己的意思呢？

我没跟我爸说过，这是我自己的意思。

噢，那你说说你的理由。

理由嘛，我听说乔点凤是个很重感情的人，也是用情很深的人。因为早恋，她在学校时曾受到校方批评，但她对豆明生的痴心不改，照爱不误。乔点凤的父母嫌豆明生的家庭条件不好，也反对乔点凤跟豆明生谈恋爱，有一段时间，父母把她从家里撵了出去。父母把她撵走，她就去找豆明生。豆明生出事后，她不相信豆明生死了，好像豆明生还活在她心中，有时，她不知不觉间就走到了井口，去那里等豆明生升井。另外，乔点凤对豆明生的父母也很讲情意，豆明生不在之后，她还经常到豆师傅家，帮助两位老人做家务，照顾两位老人。在现在，我觉得像乔点凤这样的女孩子是很少见的，不说凤毛麟角也差不多。

听梅国平说了理由，李叔叔看着梅国平微笑了，说好小子，听你这么说，你是不是对乔点凤有点儿意思呀？

窗户纸被点破，梅国平一下子闹了个大红脸。他没有否认对乔点凤的意思，说不好意思，如果可能的话，还是请李叔叔帮个忙吧！

你放心，这个忙李叔叔一定要帮。

闻听此言，梅国平很是感动。他在替乔点凤感动，感动得眼都湿了。他说：李叔叔，太谢谢您了，怎么感谢您才好呢！

你不用谢我，这事儿赶巧了。今年下半年，咱们矿计划招收一批新工人，优先考虑在家待业的矿工子女。乔点凤属于优先考虑的对象之一。我一直在这个矿工作，对于乔点凤的情况，我恐怕比你还要了解。乔点凤成天不言不语，文文静静，又心事重重，沉沉吟吟，很有点儿古典之风，的确是一个好女子。

古典之风的说法让梅国平感到新鲜，他说：古典之风，我以前可没听说过。

怎么，不是吗？

梅国平说是。

这年的国庆节前夕，乔点凤参加了工作，正式成为矿上的一名工人。她工作的地点是在选煤楼上，和别的女工一起，站在运煤的皮带运输机两侧，把夹杂在煤里的矸石拣起来。这个工作与她上矸石山拣煤有一个共同之处，也是沾得满手都是煤灰。但是，两者却不可同日而语。上矸石山拣煤是风里来，雨里去，在选煤楼里干活儿风刮不着，雨淋不着。上矸石山拣煤是自谋生路，能不能拣到煤很难说，在选煤楼里工作，每月都有工资，是旱涝保收。更大的区别在于，她以前是待业的、漂泊的状态，没有归属感，成了全民所有制企业的国家工人呢，她一下子有了归属感。如此柳暗花明般的变化，乔点凤不认为是赶上了矿上招工的机会，而是梅国平在背后帮了她的忙。不光她这样认为，豆叔叔也是这样认为。豆叔叔不止一次对乔点凤说：都是小梅帮你找到了工作，你一定要好好感谢小梅。这个小梅，真是一个好孩子！更让乔点凤难忘的是，她去人事科办理参加工

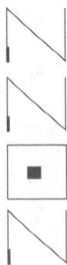

作的手续时，李科长曾对她说：小乔你知道吗，梅国平对你很够意思呀！为让你参加工作的事，他专门来找过我。

乔点凤点头说知道。

你是怎么知道的呢？

乔点凤脸上红了一下，说我也不知道怎么知道的。

这年的中秋节与国庆节挨得比较近，两节之间只隔了两天。也就是说，在阳历10月1日那天，农历是八月十三。新月总是升得比较早，西边的太阳刚落山，东天的月亮就升了起来。月亮已接近圆满，矿区各处都洒满了月光。豆师傅家门前的梧桐树叶子落了一些，枝叶显得比以前稀疏。月光透过梧桐树的枝叶洒在地上，地上花花搭搭，犹如一些盛开的菊花。

国庆节的这天晚上，梅国平和乔点凤不约而同，都来到了豆家。梅国平带的是月饼，乔点凤带的也是月饼。月亮将圆，月饼先圆。梅国平说：乔点凤，我们想到一块儿了。

乔点凤说：梅国平，你帮助我参加了工作，我不知道怎样感谢你才好。

你不用感谢我，这是赶巧了，正好儿赶上矿上要招工，你才顺利地参加了工作。

李科长告诉我了，为我参加工作的事，你专门儿去找过他，帮我说了不少好话。

李科长说，他对你的情况比较了解，他还夸你长得文静呢。我正要跟你商量一件事，看你愿意不愿意做。

乔点凤文静地看了梅国平一眼，让梅国平有啥事只管说。

梅国平说，局里矿工报的编辑交给他们宣传科一项任务，要他们选择一些对煤矿事故有切肤之痛的人，以现身说法的形式，谈一谈自己的感受，并形成第一人称的文章，在矿工报上发表，以期对全局职工、家属进行安全生产意识的教育。

听梅国平提到事故，乔点凤低下了眉头，瞅着脚下的地面。豆师傅家没有椅子，也没有高板凳，只有几个矮脚小板凳，梅国平和乔点凤都只能坐在小板凳上。豆师傅家屋里的地面没有抹水泥，也没有铺砖，只是砸实的土地。土地与地气相通，地面稍稍有一些潮。

梅国平接着说：其实写起来也很简单，你呢，主要写一写与豆明生的恋爱经过，再写一写失去豆明生给你造成的打击和痛苦，提醒大家处处注意安全生产就行了。

乔点凤抬起头来，再次看着梅国平时，眼里渐渐地有一些湿。她的眼不是一下子湿的，像是从眼角那里开始洇起，一点一点把眼睛都洇湿了。那湿不像是水湿，像是眼睛上起了一层雾。乔点凤大概也觉出了眼睛有些模糊，她把眼镜摘下来了，用手指头的肚子把镜片擦了擦。擦过之后重新戴上，她的眼睛不但没有清亮，轻轻吸了一下鼻子之后，双眼似乎模糊得更厉害了。

梅国平想起来了，乔点凤和豆明生原定在今天结婚。倘若豆明生不发生意外，今天应该是他们两个大喜的日子，应该是室内双喜明灯，门外爆竹声声，到处充满喜庆的气氛。因豆明生不在了，一切都成了泡影，预订的喜情就变成了悲情。今天是乔点凤敏感的日子，也是伤怀的日子。梅国平向乔点凤道了声对不起，说他不应该在今天跟乔点凤说这件事。

乔点凤当然不会忘记今天是什么日子，她等日子，日子不等她，她所等的日子已离她而去。她对梅国平说：你不用想那么多，这没什么。只不过，我哪里会写什么东西，我怕写不好。再说，我也不敢写。

好，一切尊重你的意思。

乔点凤不再回避地看着梅国平问：那你说该怎么办呢？

等等再说吧。

我听说你写文章写得很好，你是高中毕业，差一点儿就考上了大学，谁能跟你比呢？

梅国平看了一眼门外的月光，像是想了一下，对乔点凤说：你看这样行不行，我来替你写，写完给你看，得到你的认可之后，咱们再交上去。

乔点凤点了头。

三天之后的农历八月十六晚上，当梅国平和乔点凤又在豆家相聚时，梅国平从乔点凤的角度，以乔点凤的口气，已把稿子写完了。三百字一页的稿纸，他写了六页还多。写完，改完，他又工工整整地把稿子抄写了一遍，才拿给乔点凤看，请乔点凤多提意见。

乔点凤接过稿子，刚看了两页，眼泪就涌流出来。她用牙咬住颤抖的

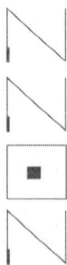

嘴唇，起身到套间里去了。

豆师傅在厨房里炒菜，今天他执意要留梅国平和乔点凤在家里吃晚饭。

月光如水。梅国平不知在外屋等了多长时间，乔点凤才从套间里出来了。乔点凤的心情好像稍稍恢复了一些平静，但她的眼圈儿是红的，鼻头是红的，睫毛还是湿的。可以想见，乔点凤的情感受到了怎样波涛汹涌的冲击，或许她抓过枕巾捂住了自己的嘴，才没有哭出声来。

梅国平示意乔点凤坐下，正要安慰乔点凤几句，乔点凤先说了话，她说：国平，你比我自己还知道我啊！

梅国平说：有你这句话我就放心了。怎么，咱把稿子交给矿工报发表吧？

不料乔点凤却说：不，这篇文章我要自己存着，想看的时候就看。

原载《北京文学》2022年第8期

点评

　　刘庆邦根据现实中真实发生的事件——"1996年5月21日，平顶山十矿井下发生了瓦斯爆炸，84名矿工遇难，68名矿工受伤。有一个机电工，时年24岁。他16岁那年正上初中时开始谈恋爱，恋爱对象是他的女同学。恋爱谈了8年，二人感情极深。他们原定当年的五一劳动节结婚，因钱不凑手，家具没打成，打算把婚礼推迟到十月一日国庆节那天举行。他们把准备结婚的两床大红被子都做好了，小伙子却死于矿难，一去不还"（《用想象给她一点希望》）——创作了《梧桐风》。在小说中，豆明生和乔点凤是一对尚未结婚的恋人，情之切切，爱之绵绵，表现在从井上到井下的每一瞬间，但这美好终因这次矿难而风流云散。小说中的故事和人物要素，与矿难事故有着较大的相似度。但是，所不同的在于，作者只不过是借用这些素材并对之进行整合、加工和感情浸染，从而形成了这篇以细节、风景、心理描写见长的短篇。这主要表现在，小说主要写矿难发生后乔点凤的心态、言行以及在豆家照料豆明生父母的生活细节。对爱和善的表现、讴歌，以及对人的生命尊严的呵护、宣扬，成为这个短篇最感染人的审美向度。作者将自己的情感、意绪、愿景编织进字里行间，借助风景、细节、对话描写予以生动呈现，因此，这是一篇值得逐句阅读、品味的精品。小说笔法绵密、细腻，观察细致、精准，景物描写尤显功力，起承转合也很讲究，展现出刘庆邦特有的那种韵律、情调、节奏，从而尽显语言之美、结构之美。

（张元珂）

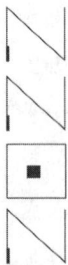

幸福旅社/

/艾　伟

一

哲明在幸福旅社办入住手续时，注意到服务台女孩长得清纯可人。那女孩在填入住单的间隙，抬头瞥了他一眼，目光有些居高临下。他看到女孩的嘴角微微上扬，略带笑意，显得意味深长。办好入住手续，那女孩指了指楼道：

"从这儿上去，没有电梯。"

后来哲明才明白女孩何以用那样的眼神看他。过了午后，幸福旅社开始活了过来。哲明发现他隔壁住着几个女孩，一看就是那种风尘女子。也有一些长相不错的帅小伙，是理发店里经常见到的那种型男。哲明想，那女孩一定把他归入了同类。

果然晚上就有女孩带着男人进来。小旅店的隔音不是很好，哲明听到隔壁的动响和女人夸张的呻吟，一时有些心烦意乱。哲明看时间还早，打算去街头转转。经过旅店简陋的服务台，他看到那姑娘百无聊赖地嗑着瓜子。他试着和那姑娘笑了一下，姑娘一副爱理不理的样子。笑容僵在哲明脸上。

幸福旅社在小镇的中心街后一条隐蔽的巷子里，离中心街花园只不过五分钟路程。哲明在街心花园站了一会儿。小镇的居民正在广场上跳秧歌。这阵子几乎每个城市都流行这种健身方法。广场的对面是百货商店及几家饭店，这会儿霓虹灯断胳膊缺腿地闪烁着。

小镇已今非昔比了。

十年前，哲明和罗志祥曾来过这个小镇。当年小镇以水乡风貌闻名，河道纵横，到处都是旧式木结构建筑。如今小镇难觅旧日模样，河道似乎也比过去窄了许多。

临河的那间酒吧倒还在。只不过酒吧里人很少。他记得十年前这里非常热闹，酒吧中间放着一张台球桌，人们在喝酒之余挥杆赌钱，装出美国西部片里牛仔的模样。现在台球已经不流行了，人们有了新的赌钱方法。他看到隔壁那间酒吧已改成了棋牌室。

哲明要了一杯黑啤，找了一个靠窗的位置坐下。他看到窗外的河流，在灯光下显得黑亮黑亮的。白天他看到过河水，还算清澈，这给他一丝安慰。当然和十年前比是浑浊多了。十年前，至少这个小镇的空气和河流还是干净的。

十年前，从小镇回来的路上，他和罗志祥没说任何话，彼此不看一眼，他们心里面都明白，这趟旅行让他们的关系走到尽头，他们再也无法面对对方了。

回到永城，哲明和罗志祥失去了联系。这是预料中的。永城这么大，如果不想联系倒真是很难再碰上。其间偶尔有几次哲明听到过罗志祥似是而非的消息：有人说志祥出国了；有人说志祥去了父母那儿（志祥的父母在阿克苏兵团，现在兵团已成了一个城市，他父母成了那儿的公务员）；还有人说志祥出家做了和尚。

某天晚上，哲明梦到罗志祥。他梦见罗志祥在水乡小镇生活。梦里的罗志祥像一张刚刚从暗室里显影的黑白照片，浸泡在米突尔液体中，形象皱巴巴的，模糊不清。小镇倒是清晰的，建筑和河流是他记忆中的模样。他努力想知道罗志祥在小镇做什么，越是想知道，梦反而朝令人着急的方向展开，他看到罗志祥从显影液里出来，变成一个气球升到天上。

那天从梦里醒来，哲明再也睡不回去。他从床上起来，在窗口坐了很长一段时间。窗外城市灯火明亮，黑夜让灯光显得既安详又暧昧。这么多年来，哲明在努力忘掉那个小镇，然而关于小镇的消息总会不经意传来，令他心绪难平。还好没有太坏的消息。哲明不清楚这个梦境意味着什么。他们说梦是愿望的一部分，可是在现实中他从来没有产生过这样的念头，相反他总是刻意抗拒此类念头的产生。

自从梦到过罗志祥，哲明老是想起他，并渴望见他一面。十年了，哲明知道自己一直在逃避，他是逃不过去的，十多年前的那个心结，两个人

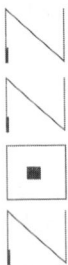

必须一起面对。夏天快要来临的时候，这个念头弄得哲明很焦虑，好像不达成这个心愿他会活不下去。这一次他认真地打听罗志祥的下落，没有确实的消息。在没有办法的情况下，他给阿克苏方面写了一封信。他不知道志祥父母的具体地址，只写了"阿克苏兵团罗志祥收"，当然是石沉大海。想起一个活生生的人消失在自己的生活中，一无踪影，哲明感到既悲哀又恐慌。

一杯黑啤很快下肚了。他感到肚子里似乎翻腾着某种清凉的东西，好像啤酒里的二氧化碳正在他身体里钻来钻去。当年，就在这个位置，罗志祥坐在他的对面，有一个女孩在边上劝他们喝酒。那时候，他们还是少年。

他向对岸望去。过了南边的那座石拱桥，就到了东岸。从前沿河只有一排日式江南民居，再远处就是农田了。现在，在黑夜里，满眼的灯火伸向远方。显然，那儿也已矗立起许多高楼大厦。

哲明想象见到罗志祥的情形。假设罗志祥这会儿来到对面的座位上，会怎样？他想不出来。他想找到罗志祥，但他没有准备好面对他。好像在他们面前有一个深渊，见面后他们会一起坠入其中，万劫不复。

哲明闭上眼，摇了摇头，像是在安慰自己："怎么可能呢，我恐怕这辈子都见不到他了。"这个念头让他放松下来。

午夜时分，有一个女孩来到他前面，说："先生，给我买杯酒喝吧。"

二

早上醒来，哲明感到头痛。昨夜怎么回旅店的他已经记不清了。是那女孩送他回来的吗？

像往常一样，整个早晨是幸福旅社最安宁的时光，悄无声息。哲明还是一早就起来了。幸福旅社不提供早餐，他下楼，准备去中心街买一对大饼油条吃。服务台那姑娘仿佛突然对哲明感兴趣了，目光一直跟随着他。

阳光很好。哲明买了一对大饼油条，还要了一杯热豆奶。他坐在旅店门口的台阶上一边喝豆奶一边吃油条。他感到那女孩的目光一直在他的背上。他回头看了看女孩，女孩的目光这会儿和善多了。昨天她眼里有一种瞧不上人的劲儿。

"喂，你是干什么的？"那女孩问。

"你说我是干什么的？"

他想逗逗这个女孩。她长得不错，只是有些自以为是。

"昨晚你喝醉了，一个女孩送你回来的，要进你房间，你死活不让她进。"

他记不得了。不过他记得那女孩的模样，还算妖艳，穿着一件吊带衫，胸口的风情故意让人看得见。他自己倒并不吃惊，十年来他几乎没碰过女人。当然会有一些艳遇，总会有女孩莫名喜欢上他，最后都不了了之。想起这些，他满怀伤感。

女孩大概因此对他有了些好感。她说："我以为你也是干那一行的。"

"哪一行？"他问。

那姑娘脸红了一下，没回答他。他在心里骂了一句娘。看来幸福旅社住着的都不是正经人。

他把最后那点大饼油条塞进嘴里，拍了拍屁股上的尘埃，来到服务台前。他说："我好像在哪里见过你。"

"不可能吧？"姑娘慌了一下。

"我十年前来过这里，那时候镇子还很小，马路上到处都是尘埃。"

那姑娘仰视着他，目光变得十分冷静。她在观察他。她目光里有一种和她年龄不符的沉着。这是她长年冷眼旁观幸福旅社的女孩而养成的职业目光吗？还是她在心里讥讽他所谓的"见过"只不过是勾引女孩的老掉牙的招式？

"你今年几岁？"

"十九。"

"哦，那我不可能见过你。你那时才九岁。"

哲明回头看了看阳光下的小城。阳光从大门外涌入，分外刺眼。

"你来小镇干什么？"女孩问。

"我来寻找一位朋友。我们有十年没见面了，我不知他如今在哪儿，下落不明。"

"女朋友？"

"不，男的。"

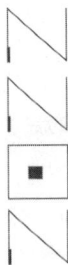

那女孩僵硬地点了点头，目光闪烁。

三

哲明在酒吧那儿找了份临时工。前几年哲明在永城开过一家酒吧，因此会调各式各样的鸡尾酒。他这点功夫足以让小镇酒吧的老板叹服了。薪资不算太高，他一点也不计较。他只想在这个小镇逗留一段时间。

"你们为什么不联系了？你们吵架了吗？"酒吧老板问。

"没有，从没吵过架。"

"有点奇怪。"

"我也觉得。"

"你盼望他某天也会到这酒吧里来吗？"

哲明茫然了。他知道老板正看着他，但他没和老板目光交集。也许老板道出了他的心思。他即便有这种想象，理智告诉他，罗志祥不会出现在这个小镇，天下没那么巧的事。

哲明此次来也是鬼使神差。他也许不该来，更不该在这个地方驻留。"我究竟想干什么呢？"他这样问自己时有些茫然。他心里有一些事需要解决掉，但他不知道如何解决，似乎只有在这儿待一阵子，才能找到解决之道。不过理智告诉他没有解决之道。

他看了看酒吧里那个弹吉他的男孩。他弹得真不错。男孩修长的手指在琴弦上跳动着，如跳动的音符本身。有时候男孩还会唱几句英文歌曲，《离家五百里》，英文发音不是很准，声音倒是干净明丽。

哲明喜欢安静。他去过丽江。丽江酒吧里太闹了，整条酒吧街都在唱凤凰传奇的歌，令他的胃滚滚翻腾。

酒吧里的客人大都是外地人。也有和他同住在幸福旅社的男孩和女孩。他们假装不认识他。其中的一个女孩没坐多久就和一个陌生游客出去了。

幸福旅社服务台那姑娘名叫杜娟。一个很平常的名字，但确实能让人一下子记住。杜娟听说了哲明在酒吧打工。有一天，哲明半夜回来，她叫住了他。

"你打算长住？"

"我不知道。"

"你如果要长住,你可同老板娘说一下,这样可以便宜点,像她们那样。"

"你不是老板娘吗?"

"想哪儿去了。我只是打工的。"

"噢。我考虑一下。"

"你真怪,这有什么好想的,你很有钱吗?"

"我有钱的话会住这里吗?晚上都吵死了。"

女孩会心笑了一下。

女孩的耳朵上一直塞着耳机,脖子上挂着一个有些年头的MP3,长条形,显示屏相当简陋。他猜想她大概想用音乐抵御那些夸张的声音。

哲明一直没和老板娘说包住的事。他自己都不知道会在小镇滞留多久。

工作日的白天,酒吧没客人,哲明对老板说,想去小镇走走。老板说,去吧,小镇现在到处都是文艺青年,你这样的帅哥会有艳遇的。

哲明知道老板只是在逗他开心。这是他要的工资不高的好处,老板对他格外客气。

哲明往小镇深处走,巷子的石子路狭窄,弯弯曲曲的,两边都是木结构老建筑。所谓的老建筑都翻新过了,整得像那么回事,除了卖当地特产和旅游纪念品,已不住人了。哲明记得十年前,这些建筑虽然破败,屋子里是住着小镇居民的,屋外到处都是居民自接的自来水龙头。那年夏天,在哲明的记忆里,他总是满头大汗,经常拧开自来水龙头,洗一把脸。

一会儿,哲明逛遍了老建筑群,穿过西边河道上的一座桥,出了小镇。眼前就是田野,有一条柏油路拐弯抹角地通向远方。远处有一个湖泊。哲明看了看那个湖泊。从远处看,湖泊的水面一动不动,在阳光的照射下,明晃晃的,像一面巨大的镜子。哲明打算去那儿看看。

哲明没走柏油路,他是从田野上穿过去的,这样路可以近不少。当他再次出现在柏油马路上时,看到一辆自行车停在那边,一个女孩骑在上面,一只脚踮在地上。是杜娟。

"你怎么在这儿?"两人几乎同时问出这句话。

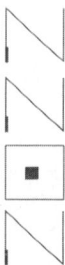

杜娟显然很开心，笑出声来。她指了指远处的一片水杉，说：

"我在那儿玩呢！"

哲明看了看湖边的水杉林。哲明记得十年前，那片水杉刚种下不久，树干只有手臂那么粗，如今水杉已然长大，同湖泊边别的植物比，高大的水杉立在那儿，蓬勃地刺向天空，比周围的植物高出一大截。

"今天不用管旅店？"

"今天休息。我们两个女孩轮流的。我管三天，休息三天。"

"你呢，不用照顾客人？"

"工作日没客人，你都知道的，幸福旅社的客人都还在睡觉呢。"

女孩笑了，笑得意味深长。哲明注意到女孩的肩上背着一个双肩包，不过双肩包是挂在胸前的。哲明不清楚这是一种时髦还是出于自我保护。

"我经常去那儿玩。"杜娟说。

"什么？"

一会儿哲明明白了杜娟的意思，哲明脸上露出茫然的神情。

"你有心事吗？"女孩问。

哲明摇摇头。哲明看了看女孩，她看上去清爽单纯，不过以哲明的经验，看上去清纯的女孩不一定是简单的，女孩的气质是最不可靠的东西，往往出自男性的一厢情愿。

有一点可以断定，这女孩不怎么合群，喜欢独来独往。难道她就是酒吧老板说的文艺女青年吗？"土生土长的小镇文艺女青年。"哲明嘴角露出笑意。哲明想，她可不是老板嘴里的艳遇对象，传说中的艳遇对象应该是来小镇旅游的文艺女青年。

四

一天晚上，杜娟突然来到酒吧。她独自一人来的。她显然精心打扮过，施了粉黛，涂了口红。口红涂得不好，她原本稍显宽大但不失清纯的嘴看起来有些脏脏的。他很想告诉她，她还是素面朝天比较可爱。

她坐在吧台边，对哲明说："给我调一杯颜色最好看的吧。"

哲明给她调了一种低度的鸡尾酒。他知道酒这种东西害人。他不清楚杜娟的酒量。他不喜欢看到这姑娘喝醉。

他自己倒是喜欢酒的，有点迷恋这种东西。精神压力大的时候，一杯酒下了肚，整个肠胃都暖洋洋的，人顿时变得松弛下来。但过分松弛也是危险的，他往往在放松的时刻失去节制，结果就喝高了。所以酒害人。在酒吧工作时，他不喝酒。在酒吧，他只是想象一下自己调出的酒的味道，滴酒不沾，好像这是他对自己立下的戒律。

她接过酒的时候说："哗，很好看。"

她仔细观察起来："有几种颜色？蓝色，金色，乳白……那金色好亮。这酒叫什么名？"

他摇了摇头，说："你愿意叫什么，它就叫什么。"

她沉吟了一会儿，说："它像一个梦境。"

她能说出这个句子还是让哲明吃惊的。哲明以为她只是一个在庸俗生活中稍稍淤泥不染的女孩，应该脱不了庸俗的底子的。她说出这句话时看起来真的像个文艺青年。当然哲明并不觉得文艺青年就不庸俗，他就是一个很好的例子，一个老文艺青年，庸俗并且不堪。

她喝了一口，皱起了眉头。

"没酒味，像汽水。你给我放点辣的，劲儿大一点的。"

"你酒量很好吗？"

"从来没有醉过。"

哲明给她加了一点伏特加。没有多加。他真的害怕看到女孩子醉酒的样子。在永城酒吧做调酒师的时候，他多次目睹女人喝醉的样子。一些是买醉的女人，大都是伤心人。一些是一时高兴，喝着喝着就失态了。醉酒的女人千姿百态，什么样的都有，都不好看。女人是美好的，看过她们醉酒的样子，哲明就轻易不用美好这个词语了。

有一阵子，客人特别多，杜娟坐在临河的位置看窗外。河底有一轮明月。哲明想起一句诗：千江有水千江月。后来，杜娟坐在吉他手边上，唱了一首歌。《千千阙歌》。用广东话唱的。哲明不清楚她的发音是不是准确。不过唱得不错，像那么回事。

中途酒吧里有两个男人吵了起来。为争一个女人。那女人哲明认识，

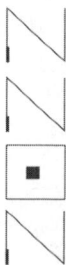

也住在幸福旅社里。眼看着他们借着酒劲要打架，哲明和老板各自抱着一个男人，把他们拖开。哲明叫了无数声"大哥"，说了无数的好话。等劝开后，哲明听到杜娟叫了一声"你在流血。"哲明低头看到自己手被划破了，血正往外涌。

哲明去吧台后面的厨房洗了一把，回来的时候，杜娟已移到吧台喝酒。哲明用一只手按住创可贴。杜娟目光炯炯看着他，说：

"你还挺仗义的嘛。"

"这算什么。"哲明不是谦虚，在这行业，比这更狠的事都见得多了，不过哲明不想谈自己，他转了话题。

"你刚才唱得不错嘛。"

"是吗？"

"哪儿学的，听MP3？"

"我去过城里。"杜娟看着哲明，眼中有某种挑衅的意味，好像在表明她也是见过世面的，"我高中同学让我去的。"

"怎么又回来了，城里不好吗？"

哲明拿起一块擦布，擦了一下吧台。

"我是被骗去的。"杜娟说，"我同学说，城里钱来得快，让我一起发财。我去了后才知道，她干的活同幸福旅社那些女人一样。"

杜娟的脸上露出一种奇怪的正义感，哲明第一次见到她时她就是这种表情，好像她不把正义感写在脸上不足以表达对这类女人的蔑视。

"你可以干别的啊。"哲明想了想，又说，"算了，外面太乱了是不是，你还是待在这镇里比较安全。"

"不，我想离开这儿，但我在城里找不到正经工作。"杜娟看他的目光刹那间有些破碎，有一阵雾一样的东西从眼睛里升起。

哲明假装没有看到杜娟的忧伤，把目光投向别处。他不清楚杜娟何以如此，他不了解这个姑娘。

一会儿，哲明去照顾另一位女客人了。那位女客人是个旅游者，她要了一杯"血玛丽"，一看就是懂得这种鸡尾酒的人。她喝了一口，吁出长长的一口气，说：

"没想到在这镇里也有这么好的调酒师。"

哲明忙完后，在酒吧里找杜娟，杜娟已经走了。哲明的心里竟然有些不安。他深究自己的内心，刚才有没有故意冷落杜娟。确实是有的。他希望杜娟没有感觉到。

哲明发现杜娟留下了一张纸条。杜娟的心很细，纸条放在哲明常用的开酒瓶的工具箱里。纸条上面只写了一行字：

我好像在哪里见过你。

哲明想起自己对杜娟说过同样的话。她这留言是什么意思？哲明一时有些惊心。后来他想，她只是在反讽他而已。

五

也许因为酒吧的那一出，杜娟对哲明特别热情。

一天，杜娟递一本书给哲明，《如何调制鸡尾酒》。

"看这个干吗？"

"我想学这个。"

"学这个没用。"

杜娟摇摇头，哲明也摇摇头，哲明说："没有女孩干这个的。再说了，你都还没吧台高。"

"谁说的，我可有一米六。"

哲明看了看杜娟，想象了一下她调酒的样子。她太单薄了，怎么看都不像。哲明还想，酒吧这种地方不见得有幸福旅社安全。这种地方，人一喝醉酒，免不了丧失理智，什么事情都干得出来。杜娟这种姿色不俗的姑娘，免不了会被骚扰。

"你能教我吗？"

"不能。"哲明回答得相当坚决，几乎脱口而出。

杜娟的目光一下子从刚才的兴奋转变成了某种失望的荫翳。像是为了安慰杜娟，哲明说：

"这玩意儿不好学，需要经验和灵感。"

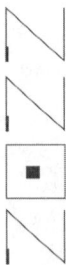

当天晚上，杜娟还是来到酒吧。杜娟安静坐在那儿，也不要酒喝，只是直愣愣看着哲明调酒。

酒吧的生意很好，人们听说哲明能调出五颜六色的酒后，都来品尝。哲明想这些旅游者太无聊了，他们就想见些新奇的事，在他们眼里，他的角色大概同一只猴子差不多，他们只想在无聊时围观他。他摇着酒器，忙个不停。

"体力活。"他对杜娟说，"你不来一杯？今天我请客。"

杜娟说："你给我调一杯彩虹。"

这是杜娟在那本叫《如何调制鸡尾酒》的书中看来的。她叫不出酒的名字了。鸡尾酒的名字都有点怪。她只记得那款酒的颜色像挂在天边的一道彩虹。哲明点点头，开始替她调制。十五分钟后，装在高脚玻璃杯里的"彩虹"放在了杜娟前面。面对这件"艺术品"，杜娟不知如何下手。

"快喝吧，碰到空气后，味道会改变。"

杜娟喝了一口。先是感到酸酸的，接着舌苔品出苦味，然后辣在口腔里，有一种让人想流泪的爽劲。杜娟无端想象洋葱跑进了眼里的感觉，感到眼泪似乎真的被刺激出来了。

"不好喝？"

"好喝。"

杜娟从酒杯的侧面看酒色，不经意地问：

"你是gay吗？"

杜娟的声音细得好像是从"彩虹"里生出来的。

哲明听清楚了，吃了一惊，说："你也知道gay？"

"你这不是瞧不起人嘛。"杜娟看了他一眼。

"对不起，我没这个意思。"

哲明在制作一种新的鸡尾酒。老板过来同他耳语了一句。哲明点点头。他刚想走，杜娟没放过他，问：

"你是吗？"

"你觉得我像gay？"哲明没生气，只是有点哭笑不得。

"你看起来像个不近女色的人。"

"你放心吧，我不是，我对男人没兴趣。"哲明笑了，笑得很欢畅。

杜娟看了看哲明，将信将疑。

"那你为什么到这里来找你的朋友，还是个男的。"

"我们之间有一些问题。是男人之间的事。你不懂。"

酒吧的电视上正在播放一则纪录片。这是一个音乐酒吧，有驻场吉他手，电视机是静音状态。纪录片播的是迈克尔·杰克逊的传奇人生，一个月前这位流行天王意外离世，整个世界都在纪念他。

哲明对付完一位酒客，走过来对杜娟说："我到这儿也不完全是为了找他，我想他不可能在这儿的。他不会来这儿。"

空下来的时候，哲明会想想酒吧老板口中的"艳遇"。在这个被称为"艳遇之地"的小镇，有艳遇并不奇怪。哲明并不觉得自己多有魅力，很多时候甚至有点讨厌自己，奇怪的是总有一些姑娘莫名喜欢上他。杜娟是这类姑娘吗？哲明觉得不是。哲明对这种事的感觉很灵敏。有了这个判断后，他觉得可以对杜娟热情一点。

一天，哲明在整理旅行箱时，看到一只绿松石制成的平安扣挂件。记得是一次去一个绿松石产地玩时买的。有一阵子，他喜欢脖子上挂件饰物手指上扣只银戒。不过他发现来酒吧的时髦青年都戴挂件银戒且文身时，他就不再戴了，这个爱好像一阵风一样过去了。他想起杜娟洁白的脖子，想象她戴上它的样子，觉得会很好看。他打算送给她。这挂件大概扔旅行箱里很久了，他都想不起是什么时候放在旅行箱里的。

哲明来到柜台，对杜娟说："送你个东西。"

杜娟看了看绿松石挂件，说："凭什么送我东西啊？"

"不值钱几个钱，不过你戴着会很好看的，真的。"

杜娟犹豫了一下，收了下来。

"这就对了。我可能马上要回城了，我想以后不会再来了。"这是实话，在小镇待了一段日子了，这几天哲明一直在考虑离开这个小镇。

杜娟看了哲明一眼，严肃地说："那我也得送你件东西，送别礼。"

哲明指了指杜娟的MP3，说："好啊，你不会是送我这个吧？"

杜娟说："这个不行，不值钱了，再说没这个我会被她们吵死的。"

他们会心地笑起来。

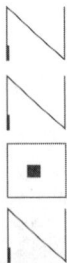

杜娟虽然收下了挂件，不过并没有戴。这让哲明松了口气。如果她戴着这挂件，他会尴尬的，好像他和她之间真的有某种秘密似的，而且会让她显得特别傻。看来她是个聪明的姑娘。这很好。

有一天上午，哲明去酒吧上班时，看到杜娟的脖子上有伤。送了杜娟绿松石挂件，哲明总是不自觉要瞥一眼杜娟的脖子。他吓了一跳，脖子上的伤挺严重的，像是被某利器割伤了一样。哲明指了指她的脖子，问：

"怎么回事？"

杜娟用手掩住了自己的伤痕。她显然不愿有人发现伤疤。这让哲明意识到这伤不是偶然的产物。哲明竟有些揪心，他把杜娟的手移走。伤口笔直的一道，不过已经闭合，无大碍，也不至于留下后遗症。杜娟强忍着，可眼中还是一下子泗满泪水。哲明不敢问下去是怎么回事。哲明小心地抚摸了一下杜娟的伤处。杜娟的身体颤抖了一下。杜娟保持了尊严，没让泪水掉下来。

"没事。"她努力微笑了一下，笑得有些辛酸。

哲明去酒吧的路上，脑子里不能抹去杜娟刚才的笑容。他无端替杜娟忧心。

第二天，哲明去马路边买早点，发现杜娟没来上班。哲明回来的时候看到柜台边坐着另一位姑娘，哲明想，杜娟又到了休息日。

六

哲明还在沉沉睡着的时候，房间门被敲响了。哲明喜欢光着上身睡觉，他拿起身边的T恤，迅速套上，然后开了门。

是杜娟，她看起来很高兴，同前次见到的判若两人。他注意到她脖子上的伤也全好了。

"你今天不是休息吗？"

"是啊。"

"那你来旅店干吗？"

"我来看看你，不能吗？"

哲明让女孩进了房间。哲明还没来得及洗漱。他让杜娟坐会儿，进了洗手间，迅速地刷了牙，洗了脸。从卫生间出来后，发现窗帘拉开了，原本凌乱的被窝也铺平整了。杜娟正坐在靠窗的椅子上，笑眯眯地看着他。他想，毕竟是旅店从业人员，勤快，能干，不像如今的女孩，什么都不会干。

女孩从双肩包里拿出一包豆奶和一对用纸包着的大饼油条。一股食物香味迅速地窜入鼻翼，哲明空荡荡的肚子一阵痉挛。

哲明的思维没有跟着饥饿的肚子跑，他刻意对杜娟保持着适当的距离感。这个女孩究竟是有些特别的。他们之间的交集还不至于让她一早跑来找他。她平时在幸福旅社里是多么瞧不上那些女孩，难道她不觉得一早来他房间有些轻浮吗？

他接过食物，大嚼了一口。

"香。"

女孩笑了。

"你吃了？"

她点点头。

"你找我有事？"

他尽量显得大大咧咧的。

"我今天带你去一个地方玩。"

"哪儿？"

"你跟我走就是了。我带着酒呢，我们野餐去。"

哲明想酒吧没请过假呢。不过请不请假倒无所谓，反正马上要走了，如果老板生气，刚好成为离开的理由。

哲明犹豫之际，看到杜娟企盼的表情，意识到女孩似乎对他另有所图，也许根本不涉及友谊，更不涉及男女之情。看来是他自己有些自作多情了。这样一想，哲明反倒有些不甘。他的身体语言情不自禁地暧昧起来：

"真的很好吃，你要不要来一口？"

女孩在他吃过的地方咬了一口。那一口咬得哲明惊心动魄。

他骑着女孩的自行车驮着女孩。女孩背着一只双肩包。女孩很自然地搂着他的腰。在女孩的引导下，他们出了小镇。他问女孩去哪。女孩指了指小镇不远处湖泊边的水杉林，说我们去那里。哲明一个急刹车，女孩的身体重重撞在哲明的身上，差点从自行车上滚落下来。

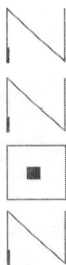

"你怎么了？"女孩问。

"去那儿干吗？"哲明皱了一下眉头。

女孩已下了自行车，说："你瞧，水杉那儿有一块草地。我喜欢那儿，我经常到那儿去玩。"

哲明抬头，茫然看了看天空。天很蓝，好像天上有什么在看着他。他掉过自行车头，说：

"我们别去那儿，那地方没阳光。"

阳光被水杉挡住了。

"天这么热，阴凉一点不好吗？瞧你都出汗了。"女孩说。

哲明没说话，又骑上自行车。哲明带着女孩漫无目的地往另一条道上骑。他的心情忽然恶劣起来，有点后悔今天同女孩出来。女孩大概看到哲明脸色难看，神情变得有些沮丧。

一会儿，女孩指了指湖的北边，用尽量欢快的语气说："要不我们去那儿吧。"

湖的北面有一座小山，小山前有一只水塔，水塔边上到处都是植物。

"看到那水塔了吗？以前小镇的自来水都来自那儿，现在废弃了。听说在那儿要给一个名人造一座美术馆，是我们这儿人，早先去了美国，最近突然在国内红了起来。"女孩说。

哲明知道这位名人。这些年文艺青年都知道这人。哲明不喜欢这人。

哲明向湖的北边骑去。一会儿，他们来到一个小山包脚下。那儿的植物比想象的要丰沛。在水乡，大概什么东西种下去都会繁茂生长。离湖二百米的山坡上，那水塔耸立着。水塔的水泥外墙已被风霜和雨水染成黑色，有些地方水泥脱落，绿色的苔藓从水泥缝中长出来。

哲明把自行车放倒在一棵树边上。从这儿可以看见湖泊对岸那片水杉，距离让水杉显得不那么醒目。他又看了看天空。蓝色的天空一丝白云也没有。二百米外的湖泊，镜子似的割出天空的一部分。湖面的太阳分外晃眼。

女孩已在一棵树下铺好了一张尼龙纸，有一堆零食放在尼龙纸上面，除了面包，还有从超市买来的鸭掌、鹅肝和豆腐干。女孩正从双肩包里掏一瓶高粱酒。哲明没想到女孩的双肩包藏着这么多东西，一定很沉吧。哲明想，早知藏着这么多东西应该他背着才对。女孩大概为这次野餐做了精心的准备。也许在这个小镇，女孩能想出来的最浪漫的事就是野餐了。

有那么一刻，哲明的心里掠过温柔的怜惜。不过，他马上制止了这种情感。哲明告诉自己这种情感是错误的。他觉得自己有点鬼使神差，竟然同一个女孩约会。

哲明认不出这片林子的植物叫什么名字，叶子和板栗树有点儿像。他也不想问女孩这树是不是能长出板栗。他没兴致问。树冠挡住了太阳，哲明在树荫下坐下。有一道低矮的围墙拦住了通向湖边的路。围墙的那边也是植物，哲明认出来，那是南方常见的苦楝树，细碎的叶子间正开着紫白相间的花。

女孩指了指对面的那片水杉林，说："我休息天喜欢躺在那儿，有时候睡着了，会做梦。"

哲明没有问她梦见了什么。

女孩拿着那瓶高粱酒，对着哲明扬了扬，脸上露出诡异的笑容："我爸那儿偷来的，我们家的人酒量都很好。我爸是个酒鬼，常常喝醉。"

她把酒递给哲明，哲明没有拒绝，他甚至都没有想就把酒倒到嘴中，他需要用酒放松自己。是烈酒。哲明被呛着了，他凶猛地咳嗽。

"看来你不会喝酒。"女孩说。

仿佛在驳斥女孩的话，哲明又往口中倒酒，这次他感受到一股辣辣的暖流在胸腔扩展。女孩赌气似的夺过酒瓶，也往自己嘴中倒，倒得更多。他们好像在比赛谁的酒量更好。

"我喜欢酒。酒是个好东西，可以把不高兴的事忘掉。"女孩说。

酒确实是好东西，但有些时候酒是魔鬼。哲明想说一些话，但他不知道同女孩能说些什么。他们缺乏了解。哲明有些晕眩，也许是因为女孩身上的香味，也许是刚才突然生出的恶劣心情的延续。像是为了不使自己晕眩，他又往嘴里灌了酒。女孩一直在说话。她在说幸福旅社的姑娘。

"住在幸福旅社的姑娘们虽然干着这种事，我知道她们都在等一个白马王子，盼着有一天，有一个真命天子把她们带走。"

她抬头看了看哲明，喝了一口酒，又说："有些姑娘真的被带走了，

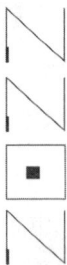

但大都是很老的男人。你觉得对她们来说这是件幸福的事还是不幸的事？"

哲明心不在焉，喝高了吗？她的话此刻进不了他的脑子。一阵风吹来，湖中反射的阳光变成了碎片。这会儿他整个身子像着火一样，但奇怪的是身上的汗水反倒收进去了，他甚至感到自己的肌肤是寒冷的。

"我讨厌这个小镇。"女孩突然说。

"什么？"哲明没听明白。

女孩没理他，继续说："你是个好人。如果你愿意，你可以带走我。我想离开这个地方。"

女孩眼眶突然间湿润了，眼睛里瞬间布满了哀伤。哲明一时不明白她为何这样。她的表情和她说出的话把哲明吓着了。难道她喝醉了吗。

哲明觉得应该安慰她一下，问："你怎么了，怎么突然哭了？"

女孩没有回答，她突然紧紧地抱住他。她在抽泣。她的泪水沾在他的脸颊上。他意识到这抽泣连接着很深的痛苦。哲明并没有用劲搂女孩，他显得有些局促。他又一次闻到女孩的香味，比刚才风送来的更浓烈。

后来女孩止住了哭。她说，我去湖里洗把脸。然后翻过那并不高的墙，消失在湖边的苦楝树丛林里。

一会儿，女孩在林子那边叫他。哲明过去时，发现女孩赤身裸体躺在一片草地上。哲明脑子一片空白。他闭上眼睛，可脑子里依旧是女孩白得耀眼的身体。那身体非常美好，袒露的乳房小巧而精致，只是女孩的身体是僵硬的，好像在抗拒即将到来的伤害。她的身体看上去有些破碎的气息。他还注意到她的脖子上挂着绿松石挂件。刚才没有的，她是特意挂上去的。

哲明没靠近女孩，转身返回水塔边的树林里。他想逃回小镇，但他知道这样会伤害到女孩，他强迫自己坐在那堆放着食品和酒的尼龙纸上。

过了大约半小时，漫长的半小时，女孩回来了，她的神情显得特别清纯，甚至有些笑意，好像什么也不曾发生过。哲明突然觉得自己亏欠了女孩。他想弥补。他主动拥抱住女孩，女孩突然发火了：

"放开。"

哲明没有放开。

女孩拼命挣扎，好像这会儿哲明正在对她非礼。一会儿，女孩又一次哭泣起来：

"我要离开这个该死的地方，知道吗？我姐姐跑了，失踪了，至今下落不明。知道她为什么跑吗？"

哲明点点头。

"你不会知道！"

她泪流满面。

"我恨我的家，他一喝醉酒就乱来，他是个禽兽，他不放过我姐，也不放过我。我要离开这个地方，永不回来。"

七

从湖边回小镇的路上，哲明明显感到身后的女孩与自己之间的距离。她的双手不再搂着他的腰。他担心她会从自行车上掉下来。他想，她对他一定很失望。

在进入小镇临河的酒吧街时，女孩跳了下来，说："你忙去吧，我自己回去。"

哲明一定要送女孩回家。女孩没有拒绝。

自行车过了酒吧街，拐进了一条深巷。两边都是老屋，墙体黑迹斑斑，墙根处生满了白硝。有几家的窗台上放着花盆，开着细碎的红色的或蓝色的花朵。巷子里吹来一阵风，夹带着阴沟水的气息。一个老太太坐在自家门前，看着他俩，目光呆滞，脸上没有表情。一会儿，就到了女孩的家。是一间破旧的两层小楼，南方常见的那种旧屋。墙体刚刷过白，不过瓦片有些凌乱，瓦片上生出几棵不知名的小植物，在阳光下显得生机勃勃。

哲明把女孩送到家后，准备离去。这时候，屋内传来一声巨响。哲明吓了一跳，女孩也愣了一下。哲明回过头，向屋子里望。有一个身影从屋子里闪了一下。不过他没看清，也许只是他的幻觉。

"小偷吗？"他问。

"不知道。我家没什么东西好偷的，只有土制高粱酒。可能是猫吧，有一只野猫经常到我家里来。"

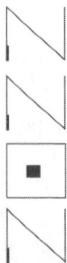

哲明还是不放心，他觉得应该陪女孩进去看看。

哲明跟着女孩走进她家的客厅。屋子里面很整洁，哲明想这是一户爱干净的人家。哲明想起女孩替他整理房间的样子，很利索。他心里忽然有一丝感动。他环顾屋内的陈设，突然间看到了客厅的墙上挂着一张照片。哲明愣在那儿，好像在那瞬间，他遭受到了雷击。有好阵子，他都不敢相信。女孩看了看呆若木鸡的哲明，警觉地问：

"你怎么了？"

"她是你姐？"

"你认识她？"

"不，不认识。"

"我以为你在城里见过她。她十年前离家出走，再没回来。"

"没见过。"他再次说，声音小到几乎在喃喃自语。

让哲明没想到的是杜娟辞去了幸福旅社的工作。哲明听另一个前台的女孩说，杜娟离家出走了，一个人去城里了。哲明愣住了，他感到后悔，他本可以帮她的，他没有。她说得对，对一个女孩来说，城里也是凶险的，可她还是去了。哲明不知道杜娟去了哪里，他还能见到她吗？如果能碰到她，他会帮她的。他甚至可以把自己的屋子让给她住。

哲明决定离开这个小镇。这次是永别，他想他不可能再来这小镇了。老板想挽留他，不过老板是个聪明人，知道哲明不会在此久留的，在表示惋惜的同时，希望哲明以后多来小镇看看他。哲明只是微笑。

离开小镇的那天，哲明从幸福旅社出来，不由自主往女孩的家走。上午十点钟的小镇，人们都在上班，小巷子里空无一人。女孩家的门锁着。他打算撬门进去。他不知道自己为什么想看看那张照片。这是一个怪异的念头，简直和他的愿望完全相反。十年来，他一直在努力忘掉她，现在他却想再看她一眼，仿佛唯有这样能带给他安慰。

他用身份证插入门缝，司必灵啪的一声打开了。他深吸了一口气。

他站在客厅的墙边，仰视那女孩的脸。

十年前，就在那间酒吧，他和罗志祥认识了照片上的女孩。当年他和罗志祥几乎同时喜欢上了这个女孩。因为她的缘故，两人在小镇多滞留了一个礼拜。当年这个女孩就在这间酒吧打工。那时候，哲明和罗志祥还是少年，血气方刚，经常干些出格的事。他们还不知道如何讨女孩欢心。那个星期，哲明和罗志祥整夜围着她打转，一起喝了很多酒。而女孩作风豪放，喝酒生猛，好像内心深处有某种的悲哀让她想要发泄并毁灭自己。最后一个夜晚，他和罗志祥都喝醉了，他们和女孩一起从酒吧出来，他们想和她发生关系，她断然拒绝。在恶念的驱使下，借着酒劲，他们把女孩按倒在地。女孩高叫起来。夜深人静，女孩的叫声非常恐怖，令他们胆战。他使劲按住了女孩的嘴，而罗志祥则死死掐住了女孩的脖子。

当他们清醒过来，女孩已经死了。他们不知道如何处理这事。后来，他们趁着黑夜，背着女孩来到湖边，挖了一个坑，把女孩埋了起来。那儿生长着一片刚种下不久的瘦小的水杉。如今那些水杉已变成参天大树。

他站在照片前面，他听得到自己的心跳。他好像在某个梦境中，他想象自己把椅子移到墙边，爬上去时，因为双脚打战，差点从椅子上跌下来。相框牢牢地钉在墙上，他使了好大的劲，就像当年，他使劲按着女孩的嘴巴。

他已经分不清幻觉和现实。他觉得背后有人盯着他。他紧张地回过身来。他听到了一声尖叫，然后他看到了一双熟悉的眼睛在窗外。等他反应过来，那人低着头迅速离开。

梦境还在继续吗？他是追出去了吗？他此刻意识迷乱。好像那个人是从他的心头幻化出来的，他看到一个苍老的背影迅速消失在街巷尽头。他听到自己的声音在寂静的巷子里响起：

"罗志祥，是你吗？"

原载《花城》2022年第1期

点评

小说家往往因对某一经验的持续关注、思考而发生文本改写现象。比如，杜拉斯以同一文本为基础所生成的几个"情人"版本，

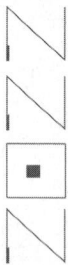

就是以小说方式持续对爱情和欲望本质作深入探讨的典型例证。与此类同，艾伟的《幸福旅社》（《花城》2022年第1期）是对《离家五百里》（《江南》2013年第6期）的改写，再次指向对于人的欲望及其后果的深度表现、探察。这是一个以人性、欲望为表现对象——哲明、少女及其关系不过是一种"道具"——并深入探察其本质、影响以及与时代关系的文本。嘈杂而喧闹的小镇，三教九流暂居的幸福旅社，以及由此所传导出的光怪陆离、五彩缤纷的欲望风景，较为充分地展现出21世纪初"乡镇中国"的世态、人情。"幸福旅社"曾是藏污纳垢之地，十年后，哲明再次来到这个小镇并暂居此处。在此，他结识了一位身心遭受摧折的少女。这位少女试图以身体为诱饵让哲明带她逃离小镇。然而，这注定是徒劳而无果的。因为她所寄予希望的这位"异乡客"同样是一个罪恶的制造者。十年前，正是这个哲明和另一小镇青年在欲望冲动下联手杀死了这位少女的姐姐。十年后，作为当年的两个凶手之一，哲明的罪孽感并未随着时间流逝而消失。因而，哲明和这位少女的相遇和短暂交往，以及在同一地点所将要发生的类似行为，也再次将其精神深处那种挥之不去的难以自我消解的负重感予以强化、累积。十年前那一瞬间的欲望与杀戮，作用于哲明这儿，就是一生不能消解。欲望成了一种自缚其身的精神枷锁，使其永无自由。

（张元珂）

飞来飞去/

/东 西

一

深夜，熟睡中的姚简被手机的铃声吵醒，同时被吵醒的还有他的夫人。他带着不祥的预感接听，果然，听到的是一串哭泣。这在他的意料之中，又仿佛在他的意料之外，心里紧张悲伤之余竟然还夹杂着一丝丝不那么体面的解脱。他需要确认，哪怕是明知故问，于是，便在姚久久一时半会儿尚不能中断的哭泣中很不礼貌地插了一句"到底怎么了？"，似乎还抱着出现奇迹的幻想。"叔，奶奶上呼吸机了。"姚久久一边哭泣一边说。不是最坏的消息，他想，但愿没那么糟糕。他详细地询问母亲的症状后挂断电话。夫人问："怎么办？我们一起回去吧。"姚简说："疫情这么严重，回国的航班几乎熔断，去哪里搞机票？"夫人说："再难搞也得搞，你妈可就你这么一个后代。"

姚简在网上查询航班，找到一趟从纽约直飞广州的，立刻就订了三张。但第二天航空公司来电，说："疫情原因，航班取消，要不要订一周后的？"姚简在网上又搜了一遍，没找到直飞的，便续订。可第三天，航空公司又来电，说："一周后的航班也取消了，要不要续订半个月后的？"姚简想你这是在开玩笑吗？半个月后回去，加上二十来天的隔离，我还能见到活着的母亲吗？他拒绝了续订，开始托熟人找关系，高价求购飞回中国的机票，包括但不限于直飞。

等机票期间，他每天都跟姚久久视频通话，每次通话他都让她把视频凑到母亲的面前。"妈妈……"他在视频里呼唤。不戴呼吸机的时候，母亲的眼睛会努力地睁开一道缝，吃力地盯住视频，一点一点地舒展面肌，

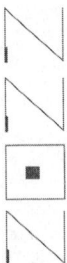

试图给他一个好脸色，但舒展着舒展着，眼看一丝笑容就要浮现却突然一动不动，仿佛静止一般，虽然还有舒展的企图却已经没有了舒展的才华。而大多数时间里她都在昏睡，无论他怎么呼唤她都没有反应，就像地面呼唤发射到外太空的失灵的探测器。

一周后，母亲的病情略有好转，能对着视频说话了，但每说几个字便停顿一会儿，仿佛挑重担的人需要歇气。她说："仔呀，妈想让你赶紧回来，但又怕一时半会儿死不了。每次我病重你都回来，可每次你回来我都没死，你飞来飞去的都飞累了。要不再观察几天？看看病情走向，如果实在挺不住，我再让久久通知你，你再回来不迟。"其实，她何尝不想让他马上回来，而他又何尝不想立即回去。

又过了十天，他买到一套高价票，该票先由纽约飞伦敦，再从伦敦转机飞上海，然后从上海转机飞N市。他把这套机票打印出来放到客厅的茶几上，一家三口像饥饿时盯着面包渣那样盯着，谁也不吱声。夫人想我是第一个必须放弃回去的，因为我跟婆婆既无血缘关系又无共同的文化背景。儿子想我出生于美国新泽西州，不是奶奶带大的，即使我回去也不是她最大的安慰。

"那么，只能是我一个人先回去了。"

"请代我向妈妈问好。"

"告诉奶奶，我非常非常爱她。"

"谢谢。"

二

姚简隔离完毕，姚久久把他从宾馆接到医院。他踮脚走进病房，看见母亲静静地躺在床上，鼻孔插着输氧管，脸庞比视频里的至少瘦一圈。他俯身把脸贴到她的脸上，轻轻地叫了一声："妈……"她嘴唇嗫动，眼睛微微一睁，想举手却没有力气举起来，两行泪从眼角艰难地浸出。她等久了等累了，还在他隔离期间就昏睡过去了。

面对没有声音的母亲，他很不习惯，像走错了地方似的。以前他每次回来，耳朵里房间里走廊上轿车内到处都是她的声音："过得好不好？""累不累？""想吃点什么？""怎么瘦成这样了？"一连串的问句像叮叮当当的打铁声此起彼伏，根本没给他回答的机会，仿佛问只是为了问而不是为了要他回答。他把姚久久支开，一个人坐在床边陪护。真安静，现实中的声音都消失了或者说被他屏蔽了，过去的声音争先恐后："别哭，爬起来。""加油，你会考上的。""留学？那是妈妈梦寐以求的事。""但是，你吃得惯西餐吗？""虽然我不适应洛莉，但只要你喜欢就行。""姚旺长多高啦？""你爸走了，就剩下我了。""美国，我去那地方干什么？人生地不熟的，除了给你们添累，弄不好还给你们添堵。""妈理解，你只要一年回来看我一次就行。""不寂寞，妈有妈的生活。"

经过一阵回忆的轰炸，他出现了暂时失听，就像飞机降落时因气压改变而出现的暂时失听，世界又安静下来。仿佛是为了配合听觉，窗外的光线一抖，突然暗淡，就像被谁动了亮度开关。走廊外的花圃，怒放的鲜花因光线的忽暗反而突显它们的艳丽，有三团红，三团黄，还有两团紫，远远地看着就觉得香。他下意识地抽了抽鼻子，觉得不对劲，竟然闻到了一股朽味，以为是下水道或过期食物发出来的，但经过仔细检查才发觉朽味来自母亲的身体。

他很生气，打来半桶热水，先用香皂把毛巾洗干净，再用毛巾给母亲洗脸，抹身子。抹身子时，他才知道母亲的瘦超乎他的想象，瘦得身上的骨头都磕他的手了。瘦是因为她长期患病，但她的指甲为什么会那么长？说明姚久久没有尽到护理的责任，竟然不给母亲勤剪指甲，简直是……他想骂人，但话到嘴边却很绅士地咽了下去。他从床头柜里找出指甲剪，一边给母亲剪指甲一边问："久久多久给你洗一次澡？"母亲没反应，他知道她不会有反应，但这并不妨碍他的自言自语，并不妨碍他把一年多来想跟她讲的话讲了一遍。

傍晚，姚久久来了，她带来了晚餐和母亲的干净衣服。晚餐是给他带的，母亲已经断食，全靠输液维持生命。他没食欲，坐在一旁看她给母亲换衣服。他说："你没闻到奶奶身上的气味吗？"她说："这叫老人味，老了你也会有。""也许吧……"他岔开话题，"要是当初她跟我去美国，哪至于这样，没准连这个病都不会得。"

"到了美国就不生病了吗？"

"那倒不是，也许那边的环境对她更有利……"

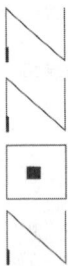

"不可能，"她给母亲换上干净的衣服，"看看你们感染新冠病毒的人数，就知道奶奶没跟你去多幸运。"他震了一下，没想到她从这个角度思考问题，更没想到她把他划为"你们"而不是"我们"。他不想默认，也想把憋了又憋的话痛快地说出来。他说："你多久给奶奶洗一次澡？"

"天天都洗。"

"多久给她剪一次指甲？"

"天天都剪。"

明摆着的谎言她却振振有词，好像撒谎的是他，甚至还让他产生了羞愧。他本想用外交辞令，但看着她那副抵赖的模样，顺嘴说了一声："Shit。"也许是美剧看多了，她竟然听懂了，把被单重重地一抖，坐在床边生气，说："叔，你是不是一直怀疑我没有好好照顾奶奶？"他当然怀疑，但他一直没捅破这层窗户纸，直到现在也还在犹豫要不要捅破。"如果你怀疑，你可以另外请人。"还没等他想好词，她先说了。"每月一万元人民币，相当于你们大学里四级教授的工资，难道你就不想挣这个钱吗？"他也下意识地把她划为"你们"。

"我宁可不挣你的钱，也不想让你怀疑，你也不要因为有几个钱，就学美国欺负我们。"

"我欺负你了吗？"

"怀疑就是欺负。"

"那你干吗撒谎？你明明没有天天给奶奶洗澡，却说天天都给她洗，明明没有天天给她剪指甲，却说天天都给她剪了。"

"奶奶这身子骨，经得起天天洗澡吗？再说她的指甲长得那么慢，有必要天天都剪吗？你不了解实际情况就不要满世界指手画脚。要说撒谎，你们美国人撒得更厉害，你们说伊拉克有化学武器，结果找到的却是洗衣粉。"

他无法辩驳。谁告诉她的？他想，当一个护工不看护理手册却天天刷短视频的时候，你就不容易反驳她了。他很想说美国是美国，他是他，但显然她不会同意他的这种切割，在她的意识里他早就等于美国了。他说："那么，我给你买的轿车呢？本来是想让你方便接送奶奶，但你却拿来做网约车，天天接单挣外快，竟然把奶奶一个人晾在病房里。"

"谁告诉你的？"

"你说呢？"

"真没想到，我对奶奶那么好，她还跟你告密。"她回头看了一眼床上的奶奶，轻轻骂了一声，"叛徒。"

"简儿……"母亲忽然醒了，仿佛是被姚久久骂醒的。姚简走到床边，俯身捧住母亲的手。母亲吃力地断断续续地说："别怪久久，是我叫她去做网约车的……"说完，她又昏睡过去，醒来好像就是为了帮姚久久洗白。

三

病房断断续续来了一些客人，都是姚简昔日的同学与旧交。"你还好吧？"他们反复询问反复打量，充满了对姚简的关切与担心，饱含深深的同情，好像身患绝症的是他而不是奄奄一息的母亲。但是，也有不这么问却仍然想表达这层意思的，比如大学同学张文垂。

"哈哈，老同学……"张文垂声音洪亮，戴着两层口罩走进来。

姚简赶紧起身朝他伸手，但他没接他的手掌，而是用手肘碰了一下他的手肘，生怕握手又得洗手。姚简还在愣神，张文垂已经从床底拉出一张凳子坐下，并指着旁边的凳子说了一声"Please"，好像他是这个房间的主人而姚简是来客。姚简会心一笑，慢慢坐下，发现张文垂的印堂，准确地说是口罩以上的面部闪闪发亮，由此推断他气血充沛心情舒畅。他说："快撑不住了吧？"姚简蒙圈，想他怎么会用这么不礼貌的语言来问候母亲，难道是为了表示他和我的关系非同一般？他不想回答却又怕失礼，便很不情愿地说："目前还算稳定，但不知道能撑多久？"

"再这么发展下去，死定了。"张文垂说。

姚简心头一堵，说："抱歉，你是指我的母亲吗？"

"No，No，No，"张文垂赶紧摇手，"我说的不是伯母。"

"那你说的是谁？"

"你就别装啦，我说的是……"

姚简想说"我没装，我真不知道你说的是谁"，但他像憋屁那样把这句话憋回去了，觉得辩解会让他以为他虚伪。如果这是他们做同学那些年

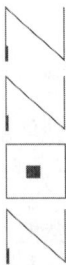

的暗语，而自己又偏偏忘了，那岂不尴尬。于是他笑了笑，摆出一副释然的表情。幸好张文垂没追究，而是转移了话题："我知道你在那边混得不好，但前几年我即使想帮你也使不上劲。""还行吧，我觉得……"姚简支支吾吾，仍在揣摩张文垂的言外之意。

"你看你，还在打肿脸充胖子，老弟我现在可是能帮你了。"张文垂拍了拍胸口。

姚简又被他说迷糊了，不知道他要帮他什么，也不知道自己需要他什么样的帮助，眼下除了母亲病危这个难题，他几乎没有别的难题。张文垂看他没有领悟自己的暗示，便直接问："你一年的收入是多少？"

"不多，也就十来万美金。"姚简说完立刻后悔，觉得这个数虽然打了折扣，却还是怕对张文垂形成刺激，于是马上补了一句，"不过，这是税前，你知道美国的个人所得税极高。"没想到张文垂一拍大腿，说："Out了，像你这样的人才，在国内年薪至少一百万人民币。""真的？"姚简惊讶，觉得张文垂还是一如既往地喜欢吹牛。但似乎是为了证明自己不是吹，张文垂掏出手机，用免提跟西江大学吴校长通话，说要给他推荐人才。吴校长问推荐谁？他说普林斯顿大学化学系的教授姚简。吴校长感叹，说确实是个人才。张文垂问他愿不愿意引进？吴校长说引不引进还不是你一句话吗，你说引进我们就立即办手续。张文垂说像他这样的专家年薪是不是应该百万？住房是不是应该不低于160平米？家属工作也应该一并安排吧？虽然张文垂使用的是问句，但在姚简听来却句句都像命令。果然，吴校长说当然当然，此外还有一笔不小的科研启动经费，还有安家费。张文垂挂断电话，说："过去我不在这个位置上，不知道人才有多奇缺，那么老同学，这事就这么定了。"

"啊……"姚简一脸的诧异，"这么快就定了？"

"这是我一贯的办事风格。"张文垂想摘下口罩，但摘了一半又重新挂上。

"文垂，这么大的事我得慎重考虑，而且还需要跟夫人孩子商量。"

"有啥好商量的，难道你仇恨钱？"

"那倒不至于……"姚简说完就想，他不是来看望母亲的吗，怎么突然就扯到了人才引进上？我没跟他说过要引进呀。张文垂似乎看出了他的疑虑，说："你现在就给嫂子洛莉打个电话，要不我先把她引进了再引进你。"姚简摇头，说："别，你先把引进的速度降一降，你嫂子是学美国历史的，把她引进发挥不了什么作用。"

"让她改学中国历史，让她知道我们的历史有多悠久，多博大，多精深。"

"关键是我都适应了那边的生活，况且，当初我那么渴望出去，现在一听说这边有钱就屁颠屁颠地回来，别人怎么看暂且不说，自己都觉得斯文扫地满脸通红。"

"不怪你，当年我们支持出去，现在欢迎回来。"

"请给我一点时间吧。"姚简犹犹豫豫。

"你就是爱面子，放不下身段，不愿意接受我们强大这一事实。"张文垂不耐烦了，起身徘徊，忽然灵光一闪，指着床上说，"难道你就不想回来陪陪母亲？她可是为你奉献了一辈子。"

"当初就是她劝我出去的。"

"现在她的态度变了，不信你问。"张文垂走到床边，提高嗓门，"伯母，你想不想让姚简回来工作？"

"想……"母亲回答，调门还挺高，"那么好的条件，为什么不回来？"

"我说对了吧。"张文垂一击掌。

姚简羞愧地低下头，他没想到母亲竟然醒了，竟然听清了他们的对话。先不说自己回不回来，但至少回来这个议题让母亲的心情有了好转。

四

一天，姚简在给母亲洗脸时，她突然把毛巾推开，说："你服侍我这么久，是不是烦了？"姚简说："你给我尽孝的机会，高兴还来不及。""那你能不能回来工作？"母亲认真地看着他，目光里有一丝久违的明亮。姚简不敢回答，生怕影响她的情绪。他想，不是说回来就能回来，就像移栽的树，已经把根扎在新的环境，要想再移栽一次谈何容易。但母亲没有放过他，说："只要你回来，我至少还能活十年。"姚简想如果你能再活十年，那我就是绑架也要把你绑架到新泽西州去，就怕你活不得那么久，就怕你连现在的清醒都是回光返照。

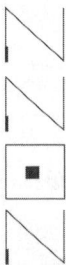

"知道我为什么不愿意跟你出国吗？"母亲突然问。

"你说你不习惯那边的生活。"姚简说。

"那是托词，真实的想法是为了给你留一条后路。"母亲忽然压低嗓门，警惕地看着门口，好像这是一个害怕别人听到的秘密。

"你想多了。"姚简故意提高嗓门。

"但从目前的形势来看，我给你留的这条后路留对了。简儿，实话告诉我，你在那边自在吗？晚上敢上街吗？小偷是不是很多？他们歧视你吗？你是不是买枪了？姚旺没吸毒吧？洛莉没出轨吧？一想到你在外面被人欺负，一想到你每天都过着提心吊胆的生活，我就整晚整晚地睡不着，后悔当初把你送出去，你看你，都瘦成啥样了……"母亲一旦有了精力就会毫不吝啬地用来唠叨，这是姚简熟悉的模式，却不是他熟悉的内容。他觉得奇怪，仅仅一年多时间不见，母亲竟然生出了这么多担心。过去，她可从不担心我在外面的生活和工作，难道是越老越敏感或是越病越糊涂？为了让她放心，他卷起衣服露出腹肌，说："这不是瘦，是结实，我每天都健身呢。你看你，都瘦得只剩下骨头了，还好意思说我瘦。"母亲露出一丝笑容，是事实被所爱的人揭穿后开心加尴尬的那种笑容。

"老房子我一直给你留着，新房子也给你买了一套。"母亲说。

"去年回来，你不是催我赶紧把房卖了吗？"姚简说。

"卖了你住哪里？"

"我又不是经常回来。"

"你那个张同学不是说要把你调回来吗？"

"前天，吴校长找我谈过引进的事，我已经拒绝了。"姚简觉得有必要跟她说实话，否则会增加她无端的期盼。

她叹了一口长气，仿佛在为他也为自己惋惜。她说："你连房子都没有，你住什么地方？晚上睡桥洞吗？"说着，她的眼眶忽然湿了。她不停地抬手抹泪，悲伤得像个孩子。他说："请你放心，我在新泽西住的是别墅。""你的别墅是租的，我这个有房产证，有房产证的住着才像一个家。"她似乎又回到了清醒状态。他说："我买得起别墅，只是不想买而已，租来住更划算。""又骗我，物价那么贵，你买得起个鬼。你骗别人也就算了，怎么连妈都骗？"她好像又糊涂了。

"我没骗你。"

"你骗我，你一直都在骗我。你骗我说你生活幸福，有房有车有钱，可我一眼都没看见。其实，你什么都没有，一点都不幸福，你就像莫泊桑小说里的叔叔于勒。你骗我说不想回来工作，其实你想回来，只是放不下架子。"

"我的状况我清楚，你不用担心。"

"你不清楚，你好糊涂……"

沉默。他不想跟她争执，知道再怎么争执也改变不了她的看法，因为她似乎在绝症的基础上又叠加了阿尔兹海默症。也许是说累了，也许是对姚简深深地失望，她突然感到胸闷，忽然就不想说话了。护士给她插了输氧管，她安静地躺在床上，她的安静让姚简好一阵不适应。深夜，姚简感到困倦，便伏在床边打盹。醒来已是凌晨四点，他抬头一看，母亲没了呼吸，输氧管已从鼻孔拔出，被她的右手紧紧地攥着。

五

处理完母亲的后事，姚久久开车送姚简回家。车上，姚久久说："叔，我知道是你偷偷拔了奶奶的氧气管。"姚简气得面红耳赤，心脏差点停摆。他舒了一口恶气，说："你的想法比蟑螂还脏。""不只我，所有的亲戚都这么认为。"姚久久双手握着方向盘，仿佛握着真相。"我为什么要拔她的氧气管？难道我就不希望她活得更久一点吗？"姚简按下车窗，急迫地呼吸着外面的空气。

"因为你不想飞来飞去，不想影响你回美国挣钱，不想再支付护理费。"

"停车。"姚简近乎呵斥。

姚久久把车"吱"地停住。"从今以后，再也不要让我见到你。"姚简指着姚久久的脑门一字一句地说完，才打开车门钻出去，"嘭"地把门摔回来。"忘恩负义，我跟你绝交，我们全家都跟你绝交。"姚久久怼了一句，"呼"地把车开走，好像车比她还生气，好像车不是姚简给她买的。姚简愣住，想为什么会有这么多的误解？去年回来时不还是好好的吗？他孤独地站了一会儿，百思不得其解，便朝家的方向走去，一边走一

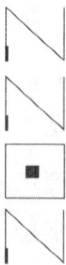

edge想还有谁能相信我？白小鹃，他突然想起了他的初恋女友。

他约白小鹃在茶庄见面，等待期间，他隔着落地玻璃窗看了好久的草坪和湖水。草不是当年的草，水也不是当年的水，但他假装它们还是当年的，只承认周围的树长粗了，长高了。"我知道你的婚姻不幸福。"忽然传来一个女声。他扭过头来，看见白小鹃坐在对面，脸上还是当年那种高高在上的表情，好像她是上帝专程派来俯视他的。虽然他反感这种俯视，却又不得不承认因为她的漂亮而稀释了对她的反感，就像在硫酸里加碱稀释其伤害性。没想到她还保持着当年的脸型与身材，皮肤依然白里透红，就连眼角和脖子也没什么皱纹，也许是因为一直单身，也许是因为注重保养，她看上去显得比实际年龄至少年轻十岁。他一边观察一边想，她怎么一落座就说我的婚姻不幸福？是掌握了确凿的证据抑或是猜测？洛莉不是挺好的吗？她既有事业心也有家庭责任感，平时说话轻声细语，哪怕我说了不对的观点她也总是无条件地先说"OK"，然后再找机会解释。她懂得管控情绪，从来不跟我发生因文化差异而引起的冲突。她就像我的胃，知道什么时候做中餐，什么时候做西餐，什么时候下馆子。如果硬要说我的婚姻不幸，那也只不过是在白小鹃说出来的这一刻我脑海突然产生的一个概念，因为我从来没质疑过婚姻的幸福。

"你母亲住院后，我常来陪她聊天，她有时喊我小鹃，有时喊我洛莉，有时还喊我儿媳妇。"白小鹃说。

"对不起，她的记忆出了问题。"姚简说。

"也许这是她的真实想法，在她的潜意识里一直反感你跟外国人结婚，尤其是……"没等白小鹃说完，姚简赶紧打断："母亲跟洛莉的关系很好。"

"那都是装出来的，她每次看见我，就会把洛莉的照片从手机里调出来进行比较，天哪，洛莉怎么胖成那样了？"白小鹃得意地看着姚简。姚简说："女人嘛，还是丰腴一点好，尤其是到了一定年纪之后。"

"丰腴？"白小鹃张大嘴巴，"那也叫丰腴？叫臃肿好不好？"

"这和婚姻幸不幸福有关系吗？我就喜欢丰腴的。"

"当然有关系，她之所以臃肿是因为有压力，是因为你没有给她幸福，或者说她没有从你这里感受到幸福。"白小鹃一套一套的。

"你说得对。"姚简决定妥协，这几天经历了太多的争论，他不想在离开前再争论一次，于是把茶杯小心地推到白小鹃面前。虽然喝茶能降躁（降低狂躁），但白小鹃只抿了一口，显然茶量达不到降躁的效果。果然，白小鹃又发话了："姚简，你好可怜。"他假装没听见。白小鹃盯着他，就像狙击手通过瞄准镜盯着目标那样，盯得他的脸一阵阵辣。他扭过头，回避她的目光。她说："像你这样的成功人士，竟然连一个情人都没有，好可怜。"

"这恰恰证明我对洛莉的忠诚。"他感到自豪。

"既然你忠诚于她，那干吗还要约我出来？"

"想找你说说话。"

"你想说什么？"

"有人说是我拔了母亲的氧气管，你认为我能做出这样的事情吗？"

"我听说了，亲人群里都在传。"白小鹃迟疑了一会儿，"如果是二十年前，我认为你绝对不会做这种没良心的事，但现在我完全不了解你。再说……你母亲的病一会儿好一会儿坏，这几年你飞来飞去的确实也挺辛苦。这么跟你说吧，我不敢肯定你会拔她的氧气管，但至少你有过拔她氧气管的想法。"

"糟糕，我以为你最了解我，没想到你并不了解，谁会相信我俩曾经在一张床上睡过？"姚简低下头，感到失望。白小鹃感叹，说："姚简，环境会改变人，况且你出去了二十多年，况且西方根本就不讲中国的孝道，你们对生命的理解完全跟我们不同。"

"可我跟你还是一样的。"

"不一样了。"白小鹃伸手在姚简的下巴上撩了一下。姚简的身子本能地往后一躲。白小鹃说："你一躲，就说明你不相信我，语言很狡猾，身体很诚实。既然你都不相信我了，凭什么让我相信你？"

姚简无语，嘲笑自己竟然想从抛弃过自己的女人身上寻找安慰，简直就像幻想病毒自行消失那么幼稚。当初，他们也没多大的矛盾，她蹬掉他仅仅是因为不同意他出国留学，怕他被洋妞勾引。他忍不住重新打量白小鹃。她看见他抬起头来，忍不住又伸手撩了一下他的下巴，他又本能地一躲。她说："你看，想重新建立信任有多困难，当初我摸你的任何一个地方，你不仅不会躲反而会迎难而上。可是现在……"

"现在我已经有老婆孩子了。"

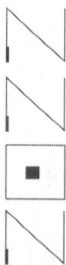

"想不到你们美国人这么保守，姚简呀姚简，无论一个人或一个民族，如果不开放，那就会憋死，难道你不想从我们当初失败的恋爱中吸取教训吗？"

"吸取教训的应该是你。"

"哼……"白小鹃说，"除了对你深表同情，我真没办法救你。"

6

姚简飞向新泽西州，于上午十点回到自家别墅。一放下行李，洛莉就问："亲爱的，这几天你看社交媒体的亲人群了吗？"姚简说："没看。"洛莉说："他们怎么那么邪恶？"姚简问："谁邪恶？"洛莉说："你的中国亲戚，他们说是你拔了母亲的氧气管，让她提前死亡。"姚简说："那不叫邪恶，叫误解或误会，你用词重了。"

"可他们都在污蔑你。"洛莉气得满脸通红。

"他们照顾母亲那么多年，蛮辛苦的，批评几句也是为了宣泄情绪，过一段时间就风平浪静了。"姚简解释。

"我讨厌他们拿母亲的生命来编故事，都是些什么物种呀？"

姚简听得不舒服，便提醒洛莉："亲爱的，请注意你的语言，我们和他们是一样的。"过去，只要姚简一提醒，洛莉会马上说"Sorry"，但这次她竟然没说"抱歉"，说明她骨子里仍然潜伏着天生的优越感，哪怕她平时没有表现，但在不经意间会猛地跳出来。

傍晚，姚旺黑着脸从大学回来了，一进门他就说："爸，你的亲戚为什么总是用恶意揣测你？"姚简说："我的亲戚不也是你的亲戚吗？"姚旺说："什么狗屁亲戚，我已经在网上跟他们开骂了。"姚简心里一沉，后悔没在"亲人群"里及时屏蔽姚旺和洛莉。他怕矛盾升级，劝姚旺停止骂战。姚旺说："可是我气得肺都要炸了。"姚简说："一个人成熟的标志就是能控制脾气。""在谣言面前你不用控制，"洛莉从厨房冲出来，"我支持你骂他们，儿子。"姚简一拍餐桌，说："你们想没想过明年我们还要回去过清明节？还要跟他们打交道，还要拜托他们照看好爷爷奶奶的骨灰。"洛莉和姚旺沉默了，他们用同情的眼神看着他。姚简发现他们的眼神和回国时亲人们看他的眼神相似。

深夜，姚简偷偷打开手机，翻阅"亲人群"里的信息，看见上面全是"阴谋论"。姚久久说她半夜送夜宵，发现叔叔偷偷拔掉奶奶的氧气管，于是赶紧冲进去制止，但已经来不及了。姚简想她什么时候送过夜宵？我从来都不吃夜宵。姚老大，也就是堂哥，姚久久的父亲，他说他调看了医院的监控，确证婶婶的氧气管是堂弟亲手拔掉的。姚简想他们家不就是想多挣一点护理费吗，犯不着这样污蔑陷害。表弟说表哥既有作案的动机也有作案的时间，还有作案的环境。姚简想这个表弟是著名的啃老族，在母亲病重期间他连看都不愿意看一眼。姨妈每求他来看一次，他就跟姨妈收一次出场费。除了真正的亲戚，群里还多了一些不认识的人，他们都是姚久久拉进来的。他们不摆事实不讲道理，只是一通乱骂，而姚旺早在几天前就跟他们怼上了。群里塞满了不干不净的语言，每隔两三行就有人问候别人的祖宗。这个"亲人群"是几年前为了方便沟通由姚简搭建的，现在不仅不能在里面友好地沟通，反而成为相互仇恨的场所。姚简很失望，他的手指悬在屏上许久许久，终是下定决心按了下去，就像按下武器的开关。从此，这个群被他解散了，彼此眼不见心不烦。

但是，姚简仍然心事重重，他的脑海时不时会冒出关于氧气管的各种说法，有时候他竟然怀疑母亲的氧气管真是自己拔掉的，甚至会给这种想法配画面，越配越觉得真实。这种想法就像一块创可贴贴在他的脑海，怎么撕也撕不掉。一天午后，他靠在客厅的沙发上打盹，突然梦见了母亲，这是母亲逝世后他第一次梦见。母亲不停地抹着眼泪，说："简儿，氧气管是我自己拔的，你受委屈了。"姚简一个战栗，忽地惊醒，放声大哭。这是母亲逝世后他第一次痛哭，仿佛要哭出全部的悲伤和思念。哭罢，他算了算时差，发现母亲在梦里出现的时间正好是一个月前她离开的时间。

这边午后，那边凌晨。

原载《收获》2022年第5期

点评

所谓"飞来飞去"，即姚简因母亲屡屡病危而不断往返于中美

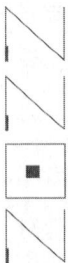

之间。疫情突发以及由此所引发的各类意识形态之争，更让姚简的探母之行变得愈发艰难、复杂、不适应。作为远在美国的亲生儿子，这次排除万难、好不容易回到中国，也因母亲病危之故，但这次中国之行更让他深陷某种不可理喻的"怪圈"之中。首先，从昔日大学同学张文垂、初恋好友白小鹃、护工姚久久，到病危中的母亲，都纷纷站在各自立场，品评或数落姚简在美国生活和工作的种种弊端。他们大都认为美国是一个非常不堪的国度，尽快回国才是最佳选择。其次，身边亲人纷纷指责姚简，说他故意拔掉输氧管，从而致使姚母窒息而死。由姚简这次回国探母所引发的种种舆论，以及由姚母之死所生成的种种谣言，很显然是对现实的一种有力呈示。这个短篇也因其介入现实的鲜明姿态和力量而展现出弥足珍贵的现实主义精神品格。

（张元珂）

小单剃头铺/

/陈世旭

一

张局上任不久就决定，作为职工福利，机关建一个理发室，比去外面理发卫生，也方便。

市直机关集中在一个大院里，卫生局在大院的尽头。局办公楼后面是停车场，临街一排平房是车库。那时公车少，多出的几间，挨着停车场入口的一间做了门卫室，过来一间做了理发室，再过来一间，住了理发师傅小单夫妇。

理发室正面墙上挂着的一个大镜框，是早年办公楼落成时，下边一家医院送来致喜的，本来立在办公楼门厅，现在横着做了理发镜，来理发的人老是忍不住歪着头，去辨认右上角和左下角竖行的红漆字迹。

小单是随父母到江洲的，刚来时住在桂芝家，两个年轻人起先像兄妹，后来就好上了。桂芝家二老都上了年纪，哥哥一大家子人，还有个小老弟。小单在镇上跟一个剃头佬学徒，满师了没有本钱另立门户，留在师傅店里。

省城卫生局的办公室副主任单科回江洲老家探亲，说服小单跟他去省城。

小单把桂芝和两个伢儿都带上了。老大是女儿，小单咬咬牙，借钱交了罚款，又如愿生了个儿子。熟识后小单跟陈志说："决心跟本家来省城，图的是两个伢儿能在省城读书，将来能考上大学。"陈志说："难得你一番苦心，他们会有出息的。"

"谢你吉言。"

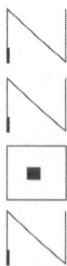

小单眼里满是忧戚。

前面来过几个理发师傅，都不理想。有的是局里干部职工不满意，有的是理发师傅嫌条件差，承包门槛高。因为机关理发室是张局建议的，他也就格外上心，问单科：这回应该靠得住吧？

单科说，品行手艺我都可以保证，出了事撤我职，就是不说话。

"不说话？聋哑人？"

"不是，就是话少。"

"哦。"

张局头一个去理了发，完了说，行，不错。

离开老家剃头铺的时候，师傅把小单学徒时用惯了的一整套剃头工具送给了他：老式的推剪、剃刀、牛皮鐾刀条等等。小单同时带走的还有做手艺的规矩：每个步骤都一板一眼，仔仔细细，决不取巧敷衍，整个流程一成不变，一丝不苟。如果说有什么缺憾，就是他拿手的只有老老实实的几种基本发型：光头，寸头，小分头，大包头。典型的县乡发式。

不过，不管哪种发式，头型各个不同，头发长短不一，只要给小单理过，就有了一个共同的特点：得体。师傅教过面相，比方"甲"字脸，两边的头发就要尽量贴肉；"由"字脸，两边的头发就要多留，弥补脸面的不足。头发从上到下、从厚到薄，自然过渡，层次均匀，不可有明显的分界。

到这里来理发的，大多只是为了干净整洁，没有花里胡哨的讲究。尤其张局，医学院毕业，还喜欢一点文史哲，文绉绉的，唯修洁是尚。小单一丝不乱的头发，一点污垢没有的领子和袖口，让他一见就有好感。

张局还特别欣赏"小单剃头铺"这个叫法：

"有时候，陈旧反而可以是一种时髦。"

局里文件的正规写法是"局理发室"，但小单在老家学徒的那家就叫"剃头铺"，他始终改不了口。

听说市卫生局有个"小单剃头铺"，虽然简陋，但是清爽，师傅实在，陈志大老远地跑去。一来二去，知道原来小单也是江洲出来的，还是在他小说里写过的小镇剃头铺学的徒。之前头发不遮脸就想不起理发，现在稍稍有点感觉了，就去找小单。

"来了？"

"来了。"

"要等等。"

"好。"

每次都是这样开头。不管是过了一个月，还是两个月，都像是隔壁邻居打招呼，不惊不乍，不冷不热，不紧不慢，不高不低。每次小单都在忙，手脚不停但从容不迫。

终于看到围布被两手牵着角，噗地往下一掸，然后是翻转椅子的坐垫，然后是一声轻轻的"来"，然后陈志坐上去，身上被掸过的围布围住，然后是什么话都不必说，听任摆布就是。

各种器具，各种手势，各种角度，各种响声，各种气味，吹拉弹唱，行云流水。完了轻轻一掌落到肩头，如梦方醒。镜子里先前一个乱糟糟的抱鸡婆草窝，变成了一个刚下出的鸡蛋，光鲜贼亮。浑身上下一阵轻松，抖落了十岁。

最惬意又最惊险的是修面：

头仰在椅子靠背上，热毛巾把已经洗得煞白的脸再敷一遍，叠起，横在鼻子下面，剃刀在黑得发亮的牛皮鐾刀条上来回几下荡得寒光闪闪，在你微微眯起的眼睛上面阴森森地晃动，你只能紧闭起眼睛，听天由命。

要命的刀刃贴着凹凸起伏的脸搜刮，像是挨着了，又像是没挨着，嗞嗞的，吱吱的，麻麻的，酥酥的，脑门、额角、眉毛和上眼睑之间，耳郭前后和耳朵眼儿，下巴底下和喉结，一个犄角旮旯也不放过。让人胆战心惊又特别享受。张局的司机胖子有一次躺在围布下咕哝说：什么时候我要想死了，你就这样麻麻酥酥地给我来一刀深的，让我死个糊里糊涂，舒舒服服。

"嗯。"

小单认真答应，随手把一团带杂毛的肥皂沫甩到墙脚。

"我这个秃瓢，天底下只有小单刮得干净。"

摸着后脑成堆的横肉，胖子再三说。那颗巨无霸的秃头，给小单刮得锃光瓦亮。

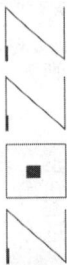

"虽然毫末技艺，却是顶上功夫"，这句双关的话送给小单最合适不过。

渐渐地，外单位托关系买卫生局理发券的人多了，很快小单一个人就顾不过来了。桂芝一面带着两个孩子，一面帮着做下手，洗头，扫地，煮毛巾，忙得团团转。正好初中没上完就不想读书的小舅子疤俚在老家吵着要来学徒，多了一个得力的帮手。

陈志好像是跟着理发店的变化长大的：从街边一头炉子盆子镜子、一头椅子的剃头挑子，到屋顶下吊着大木板让人扯着扇风的剃头铺，到有了电扇和旋转座椅的理发店，到灯光通明、富丽堂皇的美发厅，标志着他的一段段人生。但是，不管将来理发的方式和场所还会怎样变化，哪怕就是变成天堂的样子，陈志相信自己始终念念不忘的一定还会是"小单剃头铺"。

在小单剃头铺，除了享受小单的手艺，还会有许多意料不到的收获。

陈志从插队的县里回到省城后，一直专业写小说，在小圈子里待得久了，不免枯竭。小单剃头铺好像是个八卦中心：谁上了，谁下了，谁大发了，谁破产了……谁戴绿帽子了，谁让小三插足了，谁黄昏恋了，谁一觉不醒了……保健，养生，美容，珠宝……稍微用点心，就总能从男男女女这类永远说不完的话题中得到可以编小说的琐琐碎碎。

不管大家说得多么热闹，小单都像没听见。桂芝跟着咯咯笑、疤俚没大没小地插嘴，他就低低喝一声：

"做你的事！"

两个人立刻就像电视机突然断了电。

一只机关科室淘汰下来的小彩电悬在屋角上，整天忽忽闪闪叽叽呱呱，电路不争气，老是接触不良。

电视上，一个当初蛮神气的企业老总出了车祸，满屋子有疑神疑鬼的，有长吁短叹的，有幸灾乐祸的，小单绝不接腔。忽然有人想起来，问小单，他不是你老乡吗？小单不作声。实在被人逼迫不过，就嘀咕一声：苦了他娘老子。

二

胖子汽车兵复员，分配时正逢张局上任，前任局长带走了司机，办公室就派他给新局长开车。他大块头，气宇轩昂，永远是衣服笔挺、皮鞋锃亮，比局长更像局长。瘦小的张局走在他身边还真像个跟班。随张局出差，他去登记住房，宾馆的前台总是把单间给他，把标间给张局。

理发不理发，胖子都喜欢来小单剃头铺。机关有司机休息室，但只要不出车，他就跑到小单这里来吹牛。当了多年汽车兵，回到地方又老跟头儿出差，见多识广。他来了，所有的话题就都被他的高声大气淹没了。大家也都喜欢听他吹牛。他随和，见到石头都有三句话。

疤俚刚来，没人敢让他上手，胖子拍拍自己的大头，说，来吧，我这里大得可以停车，你随便练。只要记得这是人头，不是冬瓜。

这是剃头行的老笑话：师傅拿个冬瓜给徒弟示范剃光头，剃到中间，内急，就手把剃刀往冬瓜上一剜，尿完了，回来接着示范。徒弟以为这是个必需的程序，以后给人剃光头，剃到中间就把剃刀往人家头上一剜。

南方经济起飞，省里稍有些本事的人纷纷南下，时称"孔雀东南飞"。

"这都飞十几二十年了吧，多少小巴辣子都牛皮烘烘了！"胖子总是怂恿疤俚，"树挪死，人挪活，年纪轻轻的！没听人说吗，世界那么大，我想去看看。"

胖子是在南方服的役，他建议小单另外找个帮手，让疤俚去南方，那里不光钱好赚，收入高，一年四季还都是绿的，鲜花盛开，火车站那儿就叫"流花地"。

"要不是老婆水土不服，受处分我也不会回来。"

胖子说得唾沫四溅，他刚随张局去南方出差回来。

机关工会的姜老眉头直皱："莫非你跟张局去南方是旅游去了？"

姜老是来染发的。第一次染发，套上加热罩加温时他过敏晕倒，被小单掐人中醒过来。众人和医生都劝过他：莫老黄瓜刷绿漆了，保住老命要紧！他毫不畏惧：我才不管过不过敏、癌不癌症，活一天就要讲究一天。自古名将如美人，不许人间见白头！

退休多年，姜老始终保持着一头长发油黑及肩。这是他生命的光彩，也是他区别俗人的特征，比命要紧：生命诚可贵，爱情价更高。若为头发故，二者皆可抛。没了光彩，哪来爱情？他最初的一场风花雪月就是一头

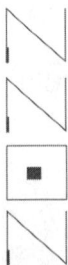

长长的黑发招来的。

"是旅游又怎样？"

胖子不看他，"又不是你那样的旅游。"

"旅游"是姜老专属的一个经典段子。来卫生局前他是市剧团的舞美，那一头长长的黑发把团里的头牌花旦迷得神魂颠倒。两个人常常眨眼就不见了影儿。事后问他，他总说旅游去了。那时候"旅游"还是个陌生的词，有人私下请教：你那"旅游"是指什么？他一甩长发眯眼咂嘴神神秘秘又甜甜蜜蜜地回答：你自己体会。

花旦不停地吹枕边风，让局长提拔舞美当副团长，局长好久以后才恍然大悟。因为是老夫少妻，恨得牙痒痒的局长放过了夫人，却不肯放过"男不男女不女的混账王八蛋"，把他赶出了文化系统。

姜老早已惯受奚落，并无尴尬，也懒得跟胖子计较，随即就转了话头，对小单说："我把给你们写的字带来了。"

调到卫生局之后，姜老在工会打杂，布置会场，张贴墙报，没事就写毛笔字打发无聊。机会总是为有准备的人准备的，忽然有一天，满世界毛笔字吃香起来，文房四宝铺天盖地，书法家如雨后春笋，他跟着脱颖而出，在市卫生系统风生水起，收了几个弟子，内中少不了颇有姿色的女弟子。"姜老"就是那时候喊出来的。

墙里开花墙外香。市直机关大院里，好些公共场所都有姜老的墨宝，反而是本单位办公楼不见他的笔迹。

其实，姜老花了不少工夫，在办公楼上上下下用心勘察，确定适当位置，测出适当尺寸，用心挑选适当内容和适当字体——篆隶行楷一应俱全，并且自掏腰包高价装裱，做到内容与形式的高度统一，抱了一大捆送到办公室请单科过目。

单科说，我定不了，要请示张局。

张局以前在医院是外科主刀，天天洗手，酒精消毒，到局里来后还保持着老习惯，明显有洁癖。果然他不同意把卫生局搞得像字画店：

"办公场所必须整洁！"

话说得斩钉截铁，没有讨论余地。

那一大捆后来被抱到了小单理发室。

"我这是剃头铺。"

小单说。他说话从来只说个头，其他的都埋在肚子里，你自己猜。

"不是给你看的，是让局里的理发室有文化。"

姜老把"局里的"三个字说得特别清楚，意思很明白：你并不是这里的主人。

之后每次来染发，姜老都再三问小单为什么没有把他的"书法"挂出来，问了几次，见始终没有动静，就改了口气，耐心说明：

"我的字很值钱的。乾隆年间砚台、昆仑雪水磨墨，一幅字的润笔买下这间理发室不成问题。"

见小单茫然地眨着眼睛，知道他误解了自己的好意，大度地说：

"我不是要你买。"

"我还不起人情。"

姜老的脸终于拉长：

"对我有意见？"

小单嘴巴动了动，不出声。时不时有人顺便给他提袋米、拎桶油，或是糖果糕点，他客气几句，都收下了。那些杂七杂八，都是本单位和其他单位逢年过节发的福利或平时来办事的下级单位送的土特产，多了，有人就转送给了小单，觉得他们一家五张嘴，不容易。小单都攒着，胖子找到便车，就捎去桂芝家——那里还有一大家人。但姜老的那一堆毛笔字，他实在不敢收。那些字值钱，他绝对相信。老家过年，镇上的一个老先生在街头摆张烂桌子写对联，一上午收的钱比他剃一个月的头赚的还多。他跟姜老非亲非故，当不起这样的人情。姜老越说不要钱他越不能收。他打死也想不到，这反而让姜老觉得被藐视了：一个乡下剃头佬，这么神气，无非是有个有局长撑腰的本家！

胖子见小单窘迫，对姜老说：

"又是乾隆年间，又是昆仑雪水，你就留着卖高价好了。说句好听的，就这么一间车库改的理发室，你的墨宝挂在这里岂不是茅房上挂绣球？说句不好听的，挂上那些白纸黑字，这里就不像理发室，像灵堂了。"

胖子并不知道小单窘迫的原因，只是喜欢打哈哈。

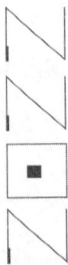

姜老嘴唇发乌，牙巴骨直抖：还真是卫生局，卫生得一点文化也不容！一跺脚昂然出门：

"我要再来就不是人！"

三

胖子每次来，天上地下，口若悬河，疤俚每次都听得目瞪口呆。每次小单都找理由打发他做这做那，不是打酱油，就是买肥皂，明显得连陈志都看出来了。

"你其实应该让他出去，沿海发达地区的机会确实比这里多。"陈志说。

"疤俚不能跟胖子比。胖子走南闯北，疤俚就是个乡下伢儿，没见过世面，容易吃亏上当。"

也许是因为江洲和小镇的经历，有共同话题，小单唯独跟陈志说话不说一半留一半。

"不出去怎么见世面？"

陈志笑起来。

小单担心疤俚，意外的事却先落到自己头上。

单科一直是副主任主持工作，局里这次调整人事，准备给他转正。公示的时候有人提出：让自己本家到局里赚钱，算不算以权谋私？

单科从来谨小慎微，树叶掉下来都怕打破头，在医院当护士长的老婆有时候都笑他窝囊，他认账，说小心驶得万年船。

局里调查核实的结果，小单承包卫生局理发室，给局里交的钱比之前所有承包人都多，服务是大家认为最好的。他从不占卫生局一点便宜，女儿高中假期，单科老婆介绍她去医院做护工，多少增加一点收入，遇到有钱又大方的，给得还不少。他想也不想就说：让她跟着我们，就是来读书的，我们两口子再辛苦也不靠她赚钱。平时家里哪个头疼脑热，他就用土方解决：猪油红糖煎成糖浆，吞服镇咳；鸡内金炒黄碾粉，白糖水冲服消积食；生姜切片加胡椒粉，烧热敷贴治头昏头痛……还绝不让声张，怕有人说他非法行医——卫生局就是管这事的！每年机关职工公费体检，有关的科室主动照顾他们一家，他每次都坚决谢绝。陈志觉得做这样的不粘锅实在没有必要，这是何必呢，也太驳人家面子了，做个体检未必就揩了国家多少油。姜老的误解，还不算教训吗？他闷头说，两码事，姜老是以为我故意伤他面子，他们知道我是为大家清白。何况我们命贱，不值得那么金贵。我已经是硬着头皮赖在这里了。本家为我担了那么大的压力，不是为了两个伢儿读书上学，我这回就该起脚回去的！

"别犯傻！"

胖子说："林子大了什么鸟都有。这么大个院子，还能没有几个吃饱了撑的？"

"我就吃碗手艺饭，哪个也不敢得罪啊。"

小单说不出地委屈。

"这种人有的是：只要觉得你过得比他好，就是得罪他了。这叫嫉妒，是社会病，没治的。你只当是苍蝇叫罢了。"

陈志有些激愤。

这个小过节，让疤俚成了最大的受益者。

疤俚早就在打主意离开姐夫的"剃头铺"。有空他就出去满大院转，一家家新开张的理发店，门面抢眼，灯光雪亮，设备堂皇，满墙的明星照看得人心痒如麻。他越来越不能忍受"小单剃头铺"的土气，老嘀咕：发屋、发廊、发型设计机构……一大堆，叫什么不好啊？

"叫什么你也是个剃头佬。"

小单起先没有在意。在他眼里，小舅子就是个下水摸鱼、上树抓鸟的乡下伢儿，进了城花了眼罢了，直到有一天，疤俚肩膀上顶着一个红绿黄蓝一样不缺的爆炸头，怪物一样出现在他面前，他才觉得事情有点不妙了。

疤俚已经莽长莽大，一表人才，小单要仰面看他。

"'剃头佬'留给你自己吧。我要去做发型师。"

小单瞠目结舌。看看桂芝，桂芝避开了他的眼睛。

看来姐弟两个已经商量过了。

"去哪里？"

"你莫问，凡事我自己搞掂。"

"不行！"

小单的牛脾气上来了。

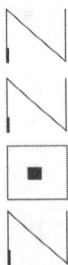

核实对单科质疑的结论还没有出来，剃头铺的任何动静都有可能节外生枝。

事情暂时搁下。一家人僵着。

公示结束，单科转正。小单对疤俚说，我晓得是胖子让你去南方，他应该有路子，你去吧。这里是非多，你走开也好。去了，不求发财，只求平安。平安是福！

"放心，我站稳了脚就来接你们。"

"我跟你姐哪里也不会去。你两个外甥书读得好好的，突然换地方，会坏事的。再说，我就是个乡下剃头佬，就只能守着一个剃头铺子，成不了也不想成你那个发型师。"

"你是你，我是我。人人都求发财，我凭什么不求发财！两个外甥有本事考上大学，你有本事供吗？"

"他们有本事考上，我就有本事供。"

小单死倔：

"你不让我操心，我就谢天谢地了！"

疤俚气壮如牛：

"那我就放句话在这里，到时候他们的学费我都包了！"

那次争论，他们没有回避陈志。陈志忍不住插了句嘴，对小单说：

"就是冲疤俚这样的勇气，你也该让他走！"

发狠归发狠，很多气是争不了的。疤俚走了几天，咬牙切齿发狠"我要再来就不是人"的姜老上次染过的头发还没有掉色就来了，而且是火烧屁股地一头蹿入，直接扑到那面横着的长镜框下面，手忙脚乱地自己套上围布，拉过加热罩，扣住整个脑壳，在里面发出尖细的颤声：

"疤俚，疤俚……"

这些年，染发的头道工序都是疤俚动手。

"做什么？"

桂芝放下扫把。

"什么也不用做，挡住我就行。"

一会儿就有个猛男黑着脸追进来：

"看见那个姓姜的没有？"

小单低头给人理发，手上的推剪悠然地咯吱咯吱，脸上永远没有表情。桂芝扯平姜老身上瑟瑟抖动的围裙把他遮挡完全。

房间不大，没有可以藏人的地方。猛男悻悻地退出，嘟囔：

"老子今天就不信找不到你个老贼！"

猛男陪当护士的女朋友来洗过头，她是姜老的女弟子之一。

事情最后是胖子摆平的。他找到那个猛男：

"我要是你那个女朋友，就凭你这副小肚鸡肠，绝对甩了你！姜老那样的'老贼'，就是有贼心也没有贼胆、有贼胆也没有贼力了，你犯得着吃醋吗！"

那些时日陈志在外地瞎跑，错过了这出好戏。

"你还没有给那位写毛笔字的害够？干吗给他打马虎眼？"

仰在椅背上，陈志问。

"我这是剃头铺。"

小单对陈志说了半截话，自己都笑了。

四

城市扩张的规模和速度跟做梦一样。好像是一觉醒来，一个比老城大几倍的新区，就神话般地出现了。数不清的豪华楼宇拔地而起，先前一望无边的乡土悄然消失。沧海桑田中，无数人的命运跌宕起落。

原来看好会去市里当领导的张局让所有人都大跌眼镜，他打了报告，要求回医院的手术台，他觉得他比较能够适应的还是发挥自己的专长。

单科现在是单局，副职，分管的还是原来那摊事。

市直机关连同家属区全部搬去新区。新局长是省厅下来的，很尊重单局，一口一个"老领导"，研究搬迁事务的时候，关于小单剃头铺，他的意见是"萧规曹随"，一块带走。单局自然高兴，会一散就去找本家。

"我不能再连累你了。"

小单断然说。

"都哪年的事了，你怎么还记在心里？"

"世事可测，人心难算。"

这是小单的师傅传下的老话。

单局叹了口气：这个本家决定了的事，九头牛也扳不转的。

胖子被他当兵时的老团长找去，做了CEO。那家公司代理好几家大名头的汽车企业在本省的经营。他也不主张小单跟单局走：

"机关里的确没意思，钩心斗角。去我那儿吧。"

胖子给小单两口子开的工资待遇相当可以，事情很轻松，就管几个勤杂工，手痒了，就刮刮他那个秃瓢。

"我不是享福的命。"

小单冷冷地说。

"对不起，当我什么也没说。"

胖子的抱歉是真诚的。他本来应该知道小单的心性。

姜老现在是"姜大师"了，名片上醒目地印着"江南孤笔"，据说高价收藏他的法书的企业家很不少。他买了大房子，娶了小娇妻，也享上了老夫少妻的福，就是证明。新局长很重视全系统文化素质的提高，新区的办公楼启用不久，就举办了一次全市卫生系统的书画展，参展的许多是姜大师的弟子。陈志最关心的还是他的头发：已经很长时间不见他去小单那里染发了，但真是出奇，他的一头长发却比先前更黑更亮更飘然。

"假发！"

胖子特看不上姜老。

传说这里将会建一个超大型的"智慧城市综合体"。被遗弃的市直机关大院很快就自暴自弃，日渐褪色，泛黄，废墟化。

迁去新区的人把原来的房改房放盘，出售或出租。空出的办公楼被各种大大小小的公司填满，被各种花花绿绿的招牌和广告缠绕；菜市场、小餐馆、杂货店……一家接一家在街道两边先前严肃的机关门厅开张；街上横七竖八地停满了大车小车，绿化带给自行车电动车堆得一片狼藉；宿舍区整天是此起彼伏的装修改造轰响；新住户五行八作，随地吐痰甚至拉尿，扎起裤脚坐在门口晒太阳，把臭烘烘的灰白皮屑剥了一台阶，在人行道上摆开电磁炉、小饭桌做饭吃饭，油污和恶臭的脏水遍地横流。

这一大块以前人们一进来就会不自觉地小声说话的区域，少了秩序，也少了衙门味；多了随意，也多了烟火气。

小单租了一套一楼的三室一厅，两口子、女儿和儿子都有了各自的房间。厅堂是理发室。从老卫生局车库搬出的时候，小单买下了那块在墙上横了多年的大镜框。它差不多成了小单剃头铺的一个标识，歪头辨认上面斑驳的字迹是许多新老客人的一种乐趣。

因为房子年头太久，又缩在楼群夹缝尽头的角落里，租金很低。但是酒香不怕巷子深。小单让女儿和儿子做了块"小单剃头铺"的小木牌，钉在临街的门头上，不响亮，却招人。

小单剃头铺的县乡式样，正适应了这里的新居民；先前的老客户，依旧是从新区跑来理发。

这是小单剃头铺最兴旺的一个时期，也是小单人生最得意的一个时期。女儿考上了她最想上的大学；高中的儿子是年级的学霸；去了南方的疤倮交了桃花运：一家理发连锁店老板的独生女儿看上了他的帅气机灵，死活要嫁他。老板干脆把连锁店交给他们打理，自己讨了个填房，去周游世界。接手后，疤倮把连锁店改名"巴黎春天"，不到一年时间连着加盟了好几家门店。当初他打包票管两个外甥的教育费用，仗的只是一股血气，现在看来还真不会落空。

小单——应该喊"老单"了——本人，大背头一丝不乱，脸上依旧光洁。

"你泡了防腐剂啊？"

陈志打趣：

"这么多年，在你这里一个个小人变成了大人，一个个大人变成了老人，就你一点不变。太过分了吧！"

"你只能看到表面现象。"

小单嘴里现在有意无意地多了干部腔：

"我老不老，只有桂芝晓得。"

"你个老不正经的！"

桂芝笑骂。

陈志真是打趣。生命的衰退是无可抑制的。不到六十的小单几年前还为了不跑厕所，可以站一整天滴水不沾，现在时不时会下意识地拉过椅子

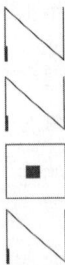

坐下："出鬼，这腰！"剪发的时候，可以明显感觉得到那只曾经坚定有力的手的颤抖。最让人赞叹的修面，不再是那把乡下带来的老式剃刀，改用了外国牌子的双保险剃须刀。那条黑色的牛皮鐾刀条落寞地垂在大镜框边上，不知什么时候已经干缩起皱，有了裂纹。

小单夫妇回老家的消息，是胖子告诉陈志的。他说：小单怕免不了的客套给你添麻烦，不让跟你打招呼。

陈志还是去了一次那个夹缝尽头的角落。

"小单剃头铺"的小木牌已经不在了。业主在门上贴了一张白纸条，很搞笑地写着：

旺铺招租

胖子说，走之前，小单儿子收到了大学的录取通知书。

陈志打心里为他们高兴，鼻子却酸酸的。

原载《人民文学》2022年第12期

点评

这是一篇洋溢着民间文化挽歌意味的小说。作者的讲述成熟老练、错落有致，对话和细节描写拿捏到位，表现并传达出了一种唯有小说才有的独特韵味。"小单剃头铺"，一个很有特定时代感的称谓，但也不是那种为普通百姓、三教九流服务的"剃头铺"。作为卫生局的"理发室"，日常所来者也都是一些机关人员，也不乏文人雅士。"剃头铺"虽小，但关涉面不小：从陈志视角来看，由他和小单的密切关系以及围绕剃头铺所谈论的话题，可集中昭示出"剃头"这一行当所蕴含着的民间文化意味；由疤俚从学徒到鄙夷、弃离和单干的历程，可见出时代大发展对年轻一代的影响；由文化人姜老两次与剃头铺的纠缠，可折射出社会文化生态中的多元众生相；由小单和他的剃头铺在此地从开张到消亡的过程，可清晰反映出时代变迁的轨迹；从胖子、单科等机关人员角度，可呈现某种令人熟悉的官场气味；作为匠人形象的小单从此归乡，以及"小单剃头铺"被"旺铺招租"所替代，都可传达出一种民间精神中的挽歌调子。这个短篇以小见大，切近生活，呈现出了人物自在的生命形态，也折射出较为广阔的社会风景。

（张元珂）

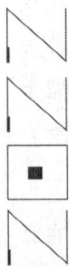

云兮，云兮

/周大新

　　外甥吉喆由国外留学归来后，自己在中关村开了一家公司。我曾经问他开的什么公司，他嬉笑着说，舅舅，请容我暂时保密，待我做出了成绩，会马上向你报告！此后我也就没再细问。我忙，他比我还忙，少有机会来看我这个舅舅，逢年过节打电话让他来吃饭，他也是推来推去。我对此有点生气，觉得这小子越大越不懂礼数。昨晚，我正在收拾回老家看望老父亲的行李箱，他忽然来电话问起我的身体状况，说"新冠"疫情可能有点反复，要我多加小心注意防护。我也就没客气，对他说，我还没死，你长话短说，我正在做回老家的准备。吉喆一听说我要回河南老家，高兴地叫，舅舅，你既是要回农村老家，就替我办件事吧！你等着，我马上就开车过去当面给你细说。他放下电话，果然四十分钟后就开车来我家了。

　　他这样着急见我，倒是令我有点意外。开门一看，嗬，只见他身后跟了个身材苗条的姑娘，于是心里明白，他是要让我跟他妈妈也就是我的妹妹，说他找了对象的事。

　　舅舅，她叫云兮，您觉得她漂亮吗？刚在沙发上坐下，吉喆就迫不及待地这样问我。我有点不太高兴，瞪了他一眼，当着人家姑娘的面，有这样不懂礼貌的问法吗？

　　好在那叫云兮的姑娘倒没怎么在意，只是朝我微笑着叫了一句：舅舅好！

　　云兮当然漂亮！我不得不这样回答。答完我又仔细地看了那姑娘一眼，心里觉得这姑娘当得起"漂亮"二字。

　　谢谢舅舅的夸奖！云兮带了羞意低着头说。

　　舅舅，您带上云兮回老家行吗？吉喆又开口来了一句。

　　我是真有点恼了，你就这样忙吗？不就是当个小公司的老总嘛，自己的女朋友还要我带回老家给你妈相看？这成什么体统？

哈哈！舅舅，云兮不是我的女朋友，她是我公司的最新产品，新一代生活机器人！您看看这个！他抬手撩了一下云兮的左鬓鬓发，那里有一个小光点在闪烁。这是她接受外界感应的窗口，把这个窗口关上，她就会一动不动了。

啊？！我大吃一惊地盯着云兮，天呀，齐耳短发，上身穿着带纽襻的大襟白色上衣，下身穿着合体的长裤，一副农村出身女大学生的打扮，完全像是一个真人哩！

舅舅，您刚才没能一眼看出她是一个机器人，可真让我高兴！我就是想要这种效果，我在使用材料时力争逼真，而且在交互程序设计上更加贴近日常生活需要，让她对人、对事、对环境的反应能更加迅速即时。

我余惊未定地起身上前，仔细地审视着云兮。果然，在很近的距离上，还是能看出她的神色和真人有别，她的眼睛与真人有异。云兮被我盯得有些不好意思，低下了头，用手搓着她的衣角。

舅舅，她这个搓衣角的举动也是我特意设计的。我记得我们村里的姑娘们害羞时常有这个动作，我没记错吧？您喜欢她这种面对男人审视的反应吗？吉喆问我。

真的不错！我由衷地赞叹道。同时伸手触了一下她的手腕，嘀，也是像真人一样有温热感。我转向吉喆，第一次认真地夸他，嗯，没想到你小子还真搞出了点名堂，好，好，好，总算没有愧对你爸妈在农村吃苦受罪送你出国留学！

舅舅，说到人形机器人的研发，日本和美国原本一直走在前边。1986年，日本本田公司就启动了仿人机器人的研发计划，2000年发布了第一台真正意义上可以双足步行的机器人。2015年6月，日本软银公司首批千台人形机器人上市，每台售价约一万元人民币，几分钟就被一抢而空，不过买回去后，最初三年还要支付每月约九百元人民币的网络通信费，算下来，三年里总共要付四万多元。这款机器人还不是交互型的，不能与人交流，只是按照预先设计的程序来活动。后来，日本的石黑浩先生研发出一款智能交互机器人，外形是女性，具备感官，能够对外界做出一定的反应，并能实现脸部表情的一些变化，但她只能以坐姿出现在人前，想要站立还

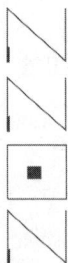

需要人的帮助，而且售价高达六十万人民币。美国研究智能交互机器人最有名的公司，是波士顿动力公司，他们生产的机器人Atlas，已能快速逼近人类，可以一把夺走真人打在他身上的曲棍球棍。我们中国的优必选公司，开始研发人形机器人的时间虽晚一些，但目前已经过四次迭代，快速赶上了日美数十年的研发水平。在2021年的世界人工智能大会上，优必选生产的Walker X人形机器人，已能够自主上下楼梯、操控家电、端茶倒水、给人按摩、陪人下棋了。我创办的公司在人形机器人的研发上走了另外的路子，不是我骄傲，我现在可以斗胆自夸一句，我和我的研发团队在智能生活机器人的设计和制造上，目前已经进入了世界第一梯队。我们已对人脑的二十多个区域模塑成形，包括听觉区、视觉区、运动区等，可以说，现在安装在云兮脑壳里的大脑与真人的大脑已十分接近，而且在求真这个方面，我们可以说已经走在了最前边！

嗬，我对我这个外甥真有些刮目相看了。你们总共做了几个？

两个，另一个叫云霓。在智能交互方面，都是按十九岁女性的心智水平设计的。我记得您在《天黑得很慢》那部书里，说到了一个名叫薇薇的机器人，她当时的心智水平是八岁，而我们今天研制的云兮是十九岁的心智能力，已完全是个成年人了。我们接下来就是要测试她们对外部世界的反应，对云霓，主要是测试她面对城市生活环境的反应；对云兮，主要是测试她对农村生活环境的反应。我和我的研发团队眼下已开始在城市对云霓进行测试，边测试边做设计上的修正，腾不出人手去农村测试云兮的反应，听说您要回老家，就想麻烦您帮帮忙，把云兮先带回去，到乡下走一趟，看看她在农村应对正常生活时的反应情况。也不会添多少麻烦，您不需要做记录，她的主要反应都会自动记录在体内的硬盘上，您只需观察，然后回来告诉我大致的观察结果就行，比如她在应对农村生活上存在的主要问题，以及村里人对她的表现是什么反应。这是她的身份证明，是我们公司专门去公安局为她办理的，她毕竟很像是一个人，您带上！

这倒是有意思，与一个机器人一起还乡。我觉得我的兴致来了，就点头应允，这倒是可以，只是你要告诉我，怎么来控制她？她会不会有情绪不好的时候？她一旦不听话了怎么办？她有没有攻击别人包括攻击我的可能？

既然是把她作为一个人来设计，她自然有情绪不好的时候，有不听话的时候，有反抗和表达愤怒的时候，这样才像真人。但当她情绪不好的时候，控制她很容易！吉喆拿出一个类似打火机的东西，指指上边一个红色按钮说，这是遥控器，如果她情绪不好，不想听话甚至发怒表达不满的话，只要对着她按一下这个按钮，她就立刻不动了，之后再让她活动时，她的情绪就会调回正常状态。说着，他朝坐在沙发上的云兮按了一下那个红色按钮，云兮立刻停下了所有动作，一动不动地僵在那儿，连脸上的笑容也凝固了。她对他人的任何愤怒表达，都可以及时中止，这是我们在设计之初就注意到的一个问题，这一点您完全可以放心。

好，好。我接过那个遥控器，对着云兮按了一下红色按钮，云兮立刻恢复了正常的动作，还对着我笑了一下。成，这件事舅舅答应给你办！我拍了一下外甥的肩膀，对着云兮说，明天，我就带你回一趟河南老家！

我们是第二天早上坐七点四十的高铁回河南邓州的。吉喆为我俩买的是一等座。在北京西客站进站过安检时遇到了一点麻烦，大概是云兮体内有很多金属的缘故，过安检门时警铃大作，几个保安闻声都跑了过来急忙将她围住，我慌忙掏出她的身份证明向他们说明，他们看后一个个都瞪大了眼睛瞧她，其中一个头头在反复检查了证明之后，挥挥手表示可以放行。上了高铁也还顺利，云兮就坐在座位上翻看吉喆预先给她准备的一本书，书上全是庄稼、青草和野花的图案，大概是想让她认识并记住它们。她不吃不喝也不上厕所，故前后座上的旅客也都没有太注意她，更无人主动同她说话，自然没有人发现她的异样。

下了高铁是吉喆的弟弟开车来接的。看来他哥哥预先没告知他云兮的事，他看见云兮，以为是随我一同回来的什么熟人，只问，要送她去哪个村？边问边礼貌地朝她点头致意，云兮也忙向他问好。我没有立刻告诉他云兮的身份，只说，她与你哥相熟，直接到家就行。我们到家之后，等在家里的吉喆的爸爸妈妈和我弟弟一家及村人们照惯例都过来问候，他们看见云兮，也都夸奖她漂亮，云兮热情地从随身带的提包里掏出北京出产的"皇家小吃"分给众人，并没让大家看出她的不同，直到家里养的一只大公鸡放肆地跳起来啄她手上的点心时，她才露出了破绽，只见她先是大惊失色地高叫一声，一下子向后直挺挺仰倒在了地上。在场的家人和邻居们都很意外：一只鸡就把她吓成了这样？我急忙上前扶起云兮，同时向大家

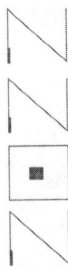

介绍了她的真实身份。吉喆的弟弟和众人一听说她是一个机器人，嗷的一声全朝她围了过去，有摸她手的，有摸她胳臂的，有摸她头发的，有摸她脸蛋的，有摸她腿的，云兮肯定没有见过这场面，吓得两只胳臂抱着胸部左躲右闪。所有的人都在啧啧称奇。我的五奶奶一连声地叫着，天爷爷呀，完全像个姑娘哩！这要不是亲眼看见，咋会相信这不是个真人呐……村里的光棍汉七旋围着云兮转了三圈，上上下下把云兮看了个遍，自言自语地说，奇了怪了，她怎么会不是真人呢？！你看看她这胸脯，挺得多高哇……

吉喆在城市设计的云兮，对农村生活确实一下子难以适应。晚饭后，我让我妹妹带她到村道上走走，她见没有路灯的村道上黑乌乌的，没走几步就坚决返回了院子；村里那些土狗的高叫也令她惶恐不安，一双眼不时充满惧意地朝院门外看；我带她去看我弟弟养的那几头牛吃草，她望着伸出舌头把草料卷进口中的牛，吓得扶住牛屋的门框不敢进去。好在她不用吃饭，要不然，她肯定也吃不惯我们乡下百姓所吃的饭食。晚饭后我和父亲说了一阵家常话，就到了睡觉的时间，父亲指着云兮问我，你咋安置她？让她睡哪间屋里？我妹妹和妹夫的家就在几百米外的邻村，妹妹说，既然云兮是吉喆造出来的，就也算是我的孩子了，就让她去我家跟我睡一起吧。我笑笑答，她不用睡，她就坐在咱堂屋里的椅子上。我让云兮靠着椅背舒服地坐好，然后按了一下那个遥控器，她的身子便一下子僵在了那儿。

父亲和妹妹、弟弟等家人满眼里都是新奇……

第二天一大早，我刚刚起床还没有洗漱，七旋就拍响了院门，边拍边喊，大伯大伯，快开门！我以为这个远房侄子找我有什么急事，快步去开了院门，没想到门开后他问的是：大伯，那个云兮起床了吗？

你怎么这么关心云兮？我有点意外。

嘀嘀，好歹人家是第一次从北京来咱们村的，咱得对人家亲热点吧？他有点不好意思。已被我遥控唤醒的云兮，在堂屋里听见有人找她，这当儿便走出来朝七旋打着招呼：早上好！

好，好。在俺们这乡下，你睡得还好吗？村里的狗喜欢乱叫，没打扰到你吧？七旋绕开我，讨好地径直走到云兮面前问。

睡得不错，谢谢你！云兮搓了一下她的衣角含羞答着，这是吉喆他们为她设计的标准动作。

大伯，大清早的空气好，你先忙你的，让咱领着云兮去庄稼地里转转看看咋样？七旋充满期待地看着我。

我想起外甥吉喆要观察云兮适应乡间生活情况的话，就笑道，行呀，难得你这样热情，领她去吧，让她认认咱们地里种的那些庄稼。

直到我吃过早饭，还没见七旋和云兮回来，我便出门去找他们。春天的庄稼地一片碧绿，小麦和豌豆、蚕豆争相生长，田埂上爬满了青草，大地满溢着一派生机。我远远看见七旋正站在一块豌豆田埂上，向站在他身边的云兮解说着什么，两只手臂大幅度地挥舞着，心里不免觉得有些好笑：这个七旋，你对一个机器人说那么认真干什么？我走近他们时，只听七旋说，这豌豆熟了之后，摘下来磨成面，可以蒸豌豆糕，豌豆糕那可是太好吃了，香得厉害，会让你吃完一块还想再吃一块；豌豆糕既能做成甜的，也能做成咸的，甜的放红糖和枣片，咸的放盐和葱花，我蒸豌豆糕的本领能跟村里的老五奶奶一比，绝对的高手，你如果住下不走，等豌豆一熟，我保证立马就给你做一锅豌豆糕让你尝尝——她不会吃东西。我笑着插了一句。七旋这才回身看见我，不好意思地笑笑，哦，大伯，我忘了她不吃东西。

云兮看见我，羞羞地指了一下脚前的豌豆苗说，舅舅好，这是豌豆！

我对云兮的反应很满意，颔首道，对，是豌豆。

北京城里没有豌豆。云兮又说。

也许吧。我转而催七旋，我已经吃过了早饭，你也该回去吃早饭了。七旋笑着，大伯不用操心我，我一个人过日子，随便吃点东西就是一顿饭了，哎，我带了一个馒头，馒头里还夹了一截火腿肠，这就是早饭了。他说着从衣袋里掏出一个用干荷叶包着的夹有火腿肠的凉馒头，咬了一口。他边吞咽边笑着把馒头朝云兮递过去让着，你也来一口？

云兮急忙摆手，同时说了一句，吃馒头最好加一碗热粥。

我看了一眼云兮，你还懂这个？

我在北京的时候，看见吉喆先生就是这样吃的。

我愣了一下，在心里惊道，她还有记忆能力？

上午剩下的时间，就是我和七旋带着云兮在田野里随意走着，在我，

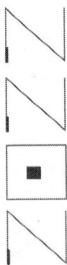

是散步健身，顺便完成吉喆交办的事情；而七旋，则完全像是一个好客的主人在带着客人们参观的样子。

这是蚕豆，豆籽很大，是高产作物！七旋朝云兮解说着，但这东西吃多了容易放屁！

放屁？云兮不懂，瞪大了眼睛，什么叫放屁？

放屁嘛，这个——七旋求助地看着我。

我哈哈一笑道，七旋，我告诉过你，她只是一个机器人，腹内很可能没有安上内脏，你不要期望她啥事情都能懂。

七旋尴尬地一笑，大伯，我不知不觉就会把她看成一个真的女人，总忘记她的机器人身份。

我暗中叹了一口气，心中明白七旋出现这种状态的原因，这是很少与女人打交道的结果。今早吃饭时告诉过我，因为周围村里原本就男多女少，男人找对象很艰难，加上如今远远近近村里的年轻女人都外出打工，她们多喜欢在打工的地方找对象结婚，造成眼下四乡八村里四十岁还结不了婚的光棍汉越来越多。弟弟还特别说明，七旋已经四十四岁了，除非突然发了大财，不然就不会再有媒婆登门，差不多是要当一辈子的光棍汉了。

这是杂交小麦！你看它的茎秆又粗又壮，日后的麦穗会很长很长，一亩地能产一千多斤！七旋此时又在兴致勃勃地对云兮介绍。

一千多斤是多少？云兮问着。

这个嘛……七旋再一次望向我，希望我来替他解围。

如果一个麻袋能装一百斤小麦的话，一千斤小麦就需要十个麻袋来装。我只好这样解释。

什么是麻袋？云兮再问。

我被云兮问得有些烦躁，在心里抱怨吉喆没有设计好她的脑子，让她一个劲地追问，太烦人，哪像个十九岁的姑娘。我回去就告诉吉喆，要让她像大多数乡村姑娘一样，学会少说话，当个安静的女人。

这是菊田！七旋指着一大片种了菊苗的田地介绍着。

菊田是干什么用的？云兮又开始了她的提问。

就是种菊花的田地呀，这里种的全是咱邓州的金丝黄菊，去火明目的功效非常厉害，当年赵匡胤坐金銮殿，这是专门为他上的贡品，据说赵匡胤得眼病两个月了御医们还治不好，后来只喝了三天用咱邓州金丝黄菊泡的茶，就全好了！七旋满脸自豪地拍了一下胸脯，厉害不？！

我没有理会七旋的话，只是有些惊异地望着那片总共有几十亩的菊田。两年多没回来，家乡又有了新变化，乡人们已懂得重拾老传统，种菊花挣钱了！

赵匡胤是谁？云兮看着七旋，还在问。

汴京城里的皇帝呀！皇帝你总知道吧，一顿饭可以吃荤素十六道菜，八个盘子八个碗，而且能顿顿吃炸油条，家里的床铺很宽很大，夜里有好几个妃子陪他睡觉哩，当然，这都是多少辈子前的事了。七旋笑着。

你懂得的事情可真多！云兮这时感叹着，看向七旋的眼睛里充满了钦佩。

我很吃惊地看向云兮，她还能做出自己的判断？

我们走到村外的一个水塘边时，云兮看到了水塘里的荷叶，吉喆在设计她时显然也没让荷叶进入她的内存，只见她指着荷叶问七旋这是什么。平日里哪有人向七旋这么虚心求教过？七旋被云兮这种尊敬弄得高兴非常，忙答道，这是荷叶，再过些天它们就会开花了，开出的花叫荷花，荷花五颜六色，特别好看，而且香，村里村外十八个荷塘的荷花全开时，满村里都飘着能把人熏得只想哼小曲的香味。到了秋天，荷叶的根部会结出莲藕，莲藕就像你的胳臂一样雪白雪白——说着，伸手摸了一下云兮嫩白的手腕。

哦？！云兮含笑看着七旋。

可能七旋觉着摸了云兮的手腕有些不好意思，转身朝我讪笑了一下自嘲道，反正她是机器人，摸一下也不算过分，对吧，大伯？

我扭开脸去点燃香烟，不想让七旋觉到难堪。

莲藕能吃吗？云兮接着问。

当然能吃！七旋又对云兮热情地解说起来，煮熟了切成片，凉拌，是最好的下酒菜；在两片莲藕中间夹上肉馅糊上面，下油锅一炸，就是喷香喷香的藕盒；往一节莲藕里装上拌了糖的糯米去笼里蒸熟，切成块后上

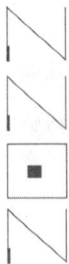

桌，就是甜香甜香的糯米藕。你要是住下不走的话，到夏末我就能用莲藕给你做这几种菜吃，我做菜的手艺还行，是俺娘教我的，可惜一直没机会给女人做了吃。

那可太好了！云兮拍了拍手，一脸兴奋的样子。

来，把这几朵串串红插到头发上！七旋从塘畔采了几朵野花，不由分说地插到了云兮的鬓边，然后退了几步站在那儿欣赏着，嗯，云兮，你这下更好看了！

真的好看吗？云兮很开心地伸手抚摸那几朵花，一脸俏皮地看向七旋。

当然……

我饶有兴致地看着他们，在那一刻，我多么希望云兮不是一个机器人，那样的话，我这个远房侄子，说不定真有可能与她谈一场恋爱了。

当天晚饭后，收拾完了饭桌，父亲去床上躺下了，我刚要在灯下打开一本书来读，村里几个十来岁的男孩子跑进了院子，进院就朝我高喊：大爷爷，让我们陪机器人云兮玩玩吧。我想也好，虽然来的都是孩子，但这也是一个观察云兮应对乡间人际交往的机会，就朝百无聊赖地坐在客厅的云兮说，你出去和那帮小子玩闹吧，别坐那儿发呆了。云兮面露喜色地应了一声"好"，就出了屋门。我没有跟出去观察，心想吉喆交代过，云兮体内的硬盘会自动记录下她的应对情况，我何必时时跟着？我便在屋里一边看书一边听着院子里的动静。一开始还能听见云兮与那帮小子嘻嘻哈哈地对话，慢慢心思全沉进了书里，忘记了云兮，直到听见一声云兮的尖叫：呀——那叫声溢满了惊恐和愤怒，还是我自见到云兮之后第一次听到她发出这样的声音，我慌忙扔下书跑到了院中，灯光下可见，云兮正一只手惊恐地伸进上衣的领口里，向外掏着什么东西，那一帮男孩子见我出来，呼啦一声跑出院门四散开了，我正要上前问云兮怎么了，却见一只活青蛙从云兮的上衣领口蹦了出来。原来这帮小子有意捉弄云兮，竟将一只青蛙塞进了她的领口，吓得她呀呀乱叫。

怎么了？七旋这时也闻声走进了院里。我指着那只还在地上蹦跳的青蛙说，几个坏小子捉弄云兮，将青蛙——七旋没待我说完，转身就跑出院门去追那几个坏小子了，那几个孩子正在为恶作剧的成功得意，并没跑多远，片刻之后，七旋就抓着两个男孩子的衣领将他们提拎到了院子里，然后对云兮说，对这两个坏小子，你随意惩治吧！

我原本正在安慰云兮，看见捉弄她的孩子被七旋抓了回来，云兮满脸怒气地拎起地上的一根棍子就朝他们走了过去。我知道坏了，依云兮当下的情绪，盛怒之下的她说不定真会举棍伤害他们，我不敢大意，急忙对着她按下了遥控器。

云兮顿时僵住。

我对着那两个男孩子挥手，让他们快跑。七旋已朝他俩的屁股各踢了一脚，滚！谁还再敢捉弄云兮，小心我打断他的腿！

待两个孩子跑远之后，我才重又按了一下遥控器激活了云兮。

我对着她解释：乡下的孩子，爱捉弄人寻乐子，你不必生气，他们只是同你开个玩笑。

云兮此时果然如吉喆交代的那样，已恢复原来满脸和气的样子，不记得刚才的不快，对我的解释有点不明所以。

看着云兮僵立前后情绪的变化，我在心中感叹，要是当初造物主在设计我们真人时也有这个处理开关，让人可以瞬间忘记遭遇的不快，那该多好呀！

大伯，今晚能不能让云兮去我那儿住？她刚才受惊了，让我同她说说话压压惊，行吧？

七旋这时央求我。

我一怔，去你那儿住？我回头去看云兮，云兮听见七旋这样要求，竟也立刻满怀期待地看着我。

反正她是个机器人，又不真的需要睡觉，在你这儿住和在我那儿住都一样，我就是稀罕看见她，就让她去我那儿住一晚吧。

见七旋满眼都是恳求，我的心软了。也罢，反正在我家也是用遥控器关了云兮身上的装置，让她僵坐在椅子上，就让她随七旋去吧。

七旋见我点了头，孩子似的蹦了个高，太好了，谢谢大伯！跟着，上前就拉了云兮的手。那云兮的反应也令我意外，抓住七旋的手就随他往外走了。

站住！我叫了一声七旋，把控制云兮的遥控器递到他手里，你睡前可以同她说说话，看看她的反应如何，当你要睡觉时，为了省事，先让她坐在一张椅子上，然后对住她的身子按一下这个遥控器，她就僵在那儿一动不动了。记住，不要动她身上的其他开关，更不能拆解她身上的任何东西！

明白明白，谢谢谢谢！七旋接过遥控器，忙不迭地拉上云兮跑远了……

可能是回到了老家心里特别放松，当晚我进入睡眠又快又深。就在我被一连串的好梦带入酣眠时，一种持续的拍门声和狗叫声把我慢慢惊醒，在我还未彻底撤出梦境时，听见了我弟弟的声音：哥，哥，七旋家出事了！

我的身子打了个激灵，一下子坐起了身，问弟弟，出了啥事？

七旋这时已冲进了我的睡屋，结结巴巴地说道，大大伯，大伯，云兮身上突然响起了警铃声，你听，这会儿还在响呢。我侧耳一听，可不是嘛，从隔了几道院墙的七旋家那边，传来持续的警铃声。深夜的村子原本很静，那警铃声显得特别刺耳。我立刻翻身下床，只穿着睡衣就往七旋家跑。我想着云兮是外甥吉喆研制出的两个智能交互机器人样品之一，造价很高，万一坏了，是一笔很大的损失。

跑到七旋家的堂屋，只见云兮正皱着眉头焦虑地在原地转着身子，一脸慌乱，而警铃仍在响着。

我也不知该怎么办，慌急中才想起该给吉喆打电话。我拿起手机拨通吉喆的电话，铃声响了很久才传来吉喆睡意很浓的回问：舅舅，我刚睡着，有事吗？我急急说了事情的原委，吉喆听了倒没有太着急，说，可能是有人要脱她的衣服，不小心触动了藏在她右侧大腿根部的一个抗拆卸按钮而导致的，现在只需再按一下那个小按钮就行。这个按钮一般不会被人触摸到，故我忘了告诉你。

我忙指挥七旋找到那个按钮按了一下，果然，警铃响声戛然而止，云兮也一下子恢复了平静。屋里安静下来之后，我忽然想起去问七旋，你是不是脱她的衣服时触动了按钮？

七旋尴尬至极地搓了搓手说，我想给她换上一件裙子。

你明知道她是机器人还给她换什么裙子？我很生气地瞪着他，不满他搅了大家的睡眠。然后对云兮说，走，跟我回去。

云兮小心而不安地看了七旋一眼，起身跟我回了我家，到家后，我指了一下椅子，待她刚坐下，就猛地按了遥控器，让她一下子瘫坐在了椅子上……

我在家又住了几天，这几天里，我再没让云兮离开我的视线所及之处。我吃饭，就让她坐在饭桌旁边；我帮弟弟喂牛，就让云兮和我一起端草端料；我去看望村里的老邻居，也让她跟在身边向老人们问好；我到菜地帮助弟弟栽种茄子、黄瓜苗，就让她学着拎桶浇水。她的反应和过去没有什么区别，与过去不同的是，她不再好奇地问这问那，总是沉默着，仿佛有了什么心思一样。有几回，我注意到她站在那儿向村里看，忽然意识到，她是不是在关注七旋？她能把一个人的形象深刻地留到脑子里？我试探地问她，你想见七旋？她摇了摇头，没有说话。由于那晚发生警报响起的尴尬事件，七旋也一直没好意思再来我家里。不过我注意到，他时常远远地跟在我和云兮的身后，在远处关注着我们的举动。

回京的日子到了。这天吃过早饭，吉喆的弟弟开车过来，要送我们去高铁车站。我忙着装行李，云兮则站在院门口左顾右盼，我以为她这是因了几天的乡村生活，对这个村子有了感情，就开玩笑说，以后让吉喆再带你回来一趟。她反常地没有回话，就在我要催她上车的时候，七旋出现了，七旋面带尴尬地提着一个塑料袋由村里快步走过来，对我说，大伯，云兮要回北京城了，我送她一点礼物可以吗？就是一条裙子！

我对七旋摆着手，你这孩子，傻呀？她又不是一个真人，不过是一个机器，给她礼物她怎么用？还不是要由我来给她提着？

七旋苦笑说，这条裙子是我当初给找的对象买的，她不愿嫁给我后，我保存到如今，一直没人可以送，放在我身边也没啥用处了，就送给云兮做个纪念吧，她好歹也是个女人，能穿这种裙子，再说我看着她心里喜欢，你就成全侄儿吧！

听他这样说，我便挥挥手，让他递给云兮。没想到云兮接过裙子，朝他深深鞠了一躬，高兴地说了一句，谢谢你！她竟然也喜欢礼物？

大伯，我能不能单独与你说几句话？七旋这时边说边把我拉离汽车。

啥话？我对七旋的郑重其事有点奇怪。

你回到北京能不能给吉喆老弟说说，让他尽快做几个与云兮相似的机器人，我和咱村里还有邻近的陈庄村里的十来个单身汉都想买一个。

啊？买她们？我吃了一惊。

大伯，家里一直没个女人，没人说话，那份孤单难受得很，云兮好歹也是个女人，而且她还能同我说很多话，有了她，就让人觉着家里活泛多了，夜里也不那样苦了！

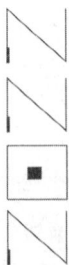

我看着七旋充满希望的脸，只得叹口气说，别说吉喆还没把云兮完全研究成功，就是真的成功了，怕是价钱也不会低，你未必能买得起。

我给大伯说实话，我手里如今有些积蓄了！我前些年出去打工，这两年种菊花，总共赚了两万六千多块钱，都在存折上，再加上我们十几个单身汉一起买，吉喆应该给我们打个折，优惠一点吧？吉喆小时候来咱村里做客，我们都认识他，他得讲点交情嘛！大伯，你是他亲舅舅，你替我们向他求求情，只要他把价钱定在两万五上下，我敢保证我们都不再压价，一准买下！

我不知道吉喆有没有出售云兮这种机器人的打算，如果打算出售，成本会有多高，售价是不是七旋他们能够承受的。可看着七旋殷殷的目光，我只能把头点点，好的，我尽力。

车已经发动，离开村子的时候到了。我拉开车门，示意云兮上车，手拿着那条裙子的云兮刚要抬腿登车，不防七旋突然抱住她说，云兮，我等着你再来周庄做客！

我会的！云兮答着，并同时在七旋脸上亲了一口。我看得有些呆住，这也是吉喆他们预先设计好的？

车开动了。

七旋跟着车跑动，边跑边朝车窗里的云兮挥手：再来——

我回头去看云兮的反应，见云兮也朝车外的七旋挥手，挥着挥着，有一颗泪珠分明地滚下了她的眼角。

她会流泪？我骇然地看着云兮的脸，那泪珠是哪里来的？也是吉喆预先装进她泪囊里的？

我急忙去拨手机，我想立刻去向吉喆问清楚……

原载《当代》2022年第4期

点评

当前，人工智能飞速发展，越来越对当代人的生活、心态、思想产生重大影响。小说中的云兮是一个机器人，就是人工智能发展的产物。作为物质和技术形态的云兮，与作为有情绪、有人态的云兮，是两个完全不同的形象。因此，把云兮作为小说塑造的一个人物形象，首先在题材和实践上就是一个有意义的尝试。其次，小说从动作、言行、心态上表现云兮，并尝试赋予其"人"的属性，也提供了一个较为新颖的书写向度。云兮随"我"回家的这次农村之行，尤其在和诸多乡村人物"交往"过程中所首次接触到的生活面影，也正预示着作为"人态"的人工智能形象在未来发展的一种可能。云兮作为一种形象、一种智能样态进入当代小说，那么，其作为一种生命形态的内涵、形式及意义何在？周大新在《云兮，云兮》中的尝试具有不可低估的开拓意义。再次，人工智能与当代生活，以及作为智能产物的机器人与当代人相处中的科学伦理、生活伦理，都已经成为今天及未来极具前沿性的课题。因此，诸如小说在结尾处所提及的农村光棍汉纷纷订购女性机器人的举动，也是作者以小说方式直面并提出当下现实问题的一次有益实践。"自古成功在尝试"，这个短篇从形象塑造、主题思想到经验领域都有所开拓，为此后此类题材写作开了一个好头。

（张元珂）

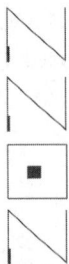

瓦尔帕莱索

/徐则臣

瓦尔帕莱索之旅无论在地面上还是文字间皆没有尽头。

——聂鲁达《我坦言我历尽沧桑》

"瓦尔帕莱索是神秘的，地势起伏，道路曲折。"

这是聂鲁达说的。神秘不神秘还不清楚，地势起伏、道路曲折倒是真的，从圣地亚哥到瓦尔帕莱索，在听见大海涛声之前，我们就不知道翻越了多少道冈、拐了多少个弯。

老宋开车带着我，一路聊中国文学在拉美。老宋是智利大学的教授，邀请我来给学生讲讲中国文学和写作。眼看三个月已满，我还没去过瓦尔帕莱索，老宋觉得是他失职，无论如何要带我来一趟。智利的文学之旅，这一项是规定动作。聂鲁达在智利的故居有三处，圣地亚哥和黑岛的我都去过，就差一个瓦尔帕莱索。

翻过一个丘陵，大海在前方闪烁，五月的阳光在海面上撒下一层金片和银箔。又拐几个弯，我们就进了古老的瓦尔帕莱索城。

跟旅游指南和网上介绍的区别不大，这是一个让你见了就会喜欢的城市。穿行在老城区的石头街道上，以及半山腰层叠错落的民居之间，你的确会有地老天荒之感。那些大大小小的房子被刷成五颜六色，像一堆散乱的魔方，正等待一双神秘的大手来整理妥当。房屋的山墙上布满涂鸦，用的都是颜色奔放的大红大绿，我敢打赌，漫山遍野的涂鸦中，至少有一百幅聂鲁达的画像。素描的、水彩的，写实的、漫画的，半身的、全身的，单人的、集体的。这是一座致敬聂鲁达的城市，这也是一座属于文学、属于诗歌的城市。唯一意外的是，聂鲁达故居因修缮临时闭馆。

故居在山上，每人三百比索，缆车把我们送到半山腰的一处平台。老宋做向导，我们上台阶下台阶，再上台阶下台阶，在那些缘山而建的错落房屋之间穿行。

根据越来越密集的聂鲁达主题的涂鸦，我知道大诗人的故居要到了。

那是一栋主体为三层的小楼，漆成艳丽的太阳红，三楼上建了椭圆形的小阁楼，门前有棵树。院子不大，但在半山上，这样一个平台已是相当难得。门上挂着"因修缮谢绝参观"字样的牌子。工作人员在玻璃门内对我们做抱歉的手势。老宋很愧疚，说要早点带我来就不会吃闭门羹了。我说留点遗憾挺好，这是世界上离中国最远的国家，没个念想，来一趟还真不容易呢。我俩就围着故居转圈。我开玩笑，在外围转十圈总抵得上在里面看一回吧。聂鲁达挑了个好地方，向上有拾级而上的房子，向下，是更多层层下落的民居，一直铺排到海边。碧蓝的海面再过去，是山和城市。聂鲁达站在他的阳台上，抽雪茄、喝茶、构思诗歌时，目光可以像鸟一样倾斜地滑翔出去，童话般五彩缤纷的人间和一个浩茫辽远的世界展现在他的面前。

从山上下来，去老城逛。瓦尔帕莱索在西班牙语里，大致意思是"去往天堂"，相当于咱们中国的苏州和杭州。好地方当然少不了，随处是景。但好景多了等于没有好景，一桌子全红烧肉，看着你都觉得饱。我邀请老宋到索托马约尔广场抽根烟。我们坐在普拉特将军雕像前的台阶上，智利的五月已然深秋，石头开始冰屁股了。普拉特将军当年指挥了智利与秘鲁和玻利维亚的海湾战争，以少胜多。此刻，这位民族英雄的肩膀上停着两只海鸥，更多的海鸥在他头顶上飞来飞去。第一根烟刚掐掉，来了三个中年女人，一例是在海边或高原上长久地风吹日晒的棕红肤色。海风吹散了她们的头发，一张脸支离破碎，分不清谁是谁。两个女人穿着下个月就能磨穿的旧短皮靴，一个穿一双绣花的布鞋。她们集体向我们伸出手。

我把刚抽出的一根烟递给穿棕色短靴的女人，她接过了，说了句啥我没听懂，也没理会，继续给另外两个女人发烟。她们都接了，各自掏出打火机点上，站在我们面前抽，没要走的意思。老宋站起来，"走，看看智利海军部去。"说完汉语，他用西班牙语又重复了一遍。"走"和"智利"的西班牙语我听得懂。他可能觉得石头太冷了。斜对面的海军部我们已经看过了。出了广场，老宋说：

"吉普赛人，他们要钱呢。"

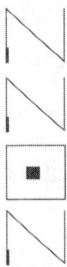

怪不得她们抽上了还不走。

我要说的就是这几个女人，下午在老港口又遇到了。

午饭后从馆子里出来，老宋把车停在港口旁边的空地上，我们俩得到海边醒醒酒。喝得不多，两人一瓶干露红酒。烤鳕鱼和火腿，瓦尔帕莱索人把它叫"船"，老板娘说，这道菜不配点红酒，就糟蹋了。当然不能糟蹋，这酒得喝。果然以酒佐餐，鱼和肉都不腻了。不能酒驾，没人查也不行，老宋觉悟很高。他也想趁醒酒的时间让我看看老港口。

港口闲人不少，石头更多。难以想象如此众多的奇形怪状巨石能聚到一起。海边层层叠叠的石头像瓦尔帕莱索山上扎堆的房屋，岸上摆满了高昂雄壮的水泥墩子，形如杂乱无章的丛林。年轻人躲在这些防汛的墩子后面接吻，流浪汉用风帽遮住脸，倚着水泥墩子，就着它们的弯曲弧度在太阳底下打瞌睡。我和老宋穿过这片丛林时，从某个水泥墩子后面冒出来三个女人。虽然分不清她们的脸，但我确定是她们没错，两双即将磨穿的短靴，一双赤脚，那双绣花鞋掖在扎腰的皮带里。她们伸着手。我从兜里摸出烟，每人给她们一根。递到第三根，我和老宋已经与她们隔了两个水泥墩子。安全了。我们从防波堤下到了海边的巨石上。海浪扑向黑色的石头，撞击出孔雀开屏般的雪浪花。远处有比石头更大的船，再远处还是船，然后是茫茫的海天一色。瓦尔帕莱索天朗气清。

海风吹了一个多小时，十来度的酒精消散殆尽。我们拍拍清醒无比的脑门，决定回圣地亚哥。上了防波堤我还特地环顾四周，没那三个女人的影子，我竟隐隐地如释重负。老宋开车。我拉开副驾驶一侧车门准备上车，一双赤脚出现在车旁。沿着那双女人的脚往上看，没有悬念，我先是看见腰间的绣花布鞋，然后是被乱发遮住的脸，最后才是她的手。手里攥着一副扑克牌。

我又到口袋里掏烟。她挡住我，随手把扑克牌分成两半，一手捏一半。我瞄了一眼牌面，以仅有的塔罗牌知识，认出那是伟特塔罗牌，因为每张牌上都有可以相互连缀起来的故事画面。

"你走不掉。"赤脚女人幽幽地说。她第一次开口，用的是英语，"这是它说的。"她两手对扣，塔罗牌撞击塔罗牌发出令人心惊的沉闷声响。

我一阵慌乱，把掏出来的半盒烟猛地塞到她两手之间，弓腰上了车，砰一声关上车门。我对老宋说：

"快，开车。"

那女人还站在车窗外，花白的乱发后面似乎露出了微笑。我们的车驶离老港口。

经过海边，进入丘陵。二十分钟后，老宋把车靠路边停下，我们决定下车看看。一路都在颠，像一直在过减速带。开始还不太明显，车偶尔跳一下，我们还以为是紧张的心跳带来的错觉，没当回事。蹦跳的频率变高，我们以为是马路的问题，我还打开车窗伸出脑袋，发现地面上的确有不少小石子。继续走。直到出现了有节奏的律动，我和老宋对一下眼，突然都不吭声了。

右后车胎瘪了。昨天他刚在家门口的洗车店检修过，经验丰富的洗车师傅拍着焕然一新的车头说，去蓬塔阿雷纳斯打个来回都没问题。蓬塔阿雷纳斯在智利最南端，也是世界上最南端的大陆城市，距离圣地亚哥三千公里。咱们只来了瓦尔帕莱索啊，一百二十公里，路况不能再好了。

车胎软嗒嗒地趴在路面上。"有人动了手脚。"

老宋是个老司机。

"难道，"我说，"那三个吉普赛女人？"

除此之外，找不出第二种可能。我们简单地复了一下盘：港口的空地上停了不止一辆车，但只有我们这辆SUV块头最大，且白得耀眼，完全是羊群里跑出来一匹马。她们一定看见我们从车上下来。我们在海边的那段时间里，足够她们把车子大卸八块再拼装到一块儿。对着车胎扎一刀两秒钟足够。

"这种事常出？"

老宋说："一切皆有可能。"

好吧。可是老宋没带备用轮胎。我们站在路边，眼睁睁地看着车向右后方塌陷。这是一匹总想后坐的白马。退回瓦尔帕莱索肯定不行，车轱辘受不了；带伤继续往前跑，老宋心里也没底，他记不起前边多远有修车的铺子，如果太远，跟返回瓦尔帕莱索一样不现实。老宋先打了道路救援电话，打到第三次才接通，回复说，今天事故较多，几队人马都在忙，赶到

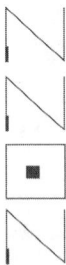

出事地点预计在三个小时以后。老宋气得要摔手机，三个钟头，请圣地亚哥的救援人员过来也可以打个来回了。但没办法，这地方归瓦尔帕莱索管。给瓦尔帕莱索的修车店打电话，人家没这业务。再说空口无凭，要是"逗你玩"，这费用算谁的？我自责也无益，要不是我的惊恐和抠门，那三个女人也许就不会下此狠手。老宋让我别着急，方法总比问题多。

下午四点半，智利的阳光大不如前。时不我待，商量的结果是，老宋搭车返回瓦尔帕莱索，拿着钱直接把修车店的师傅带过来。我留下来守车。这是我们能想到的最有效的办法。

老宋搭了一辆奥迪。在此之前，我们俩把车推到距路边五米开外的一处安全的斜坡上。坡上荒草枯黄，几只智利窜鸟在灌木枝上跳跃。我挑了一块平整的石头坐下，读完五六首聂鲁达的诗，困意从诗集《大地上的居所》里升起来，我爬上车，把座椅放倒，躺了下来。

醒来时天上了黑影，看手机，屏幕也是黑的，没电了。老宋百密一疏，临走时没把车钥匙留下，想在车上充电不行，看看车上的时间也不行。我到车外伸了个懒腰。眼看夜晚如黑幕垂天而降，老宋联系不上我，一着急，很可能油门一踩就错过去了。我爬上车，坐到车顶上点着烟。在这荒郊野外，一辆车和坐在车顶的人你看不见，明明灭灭的烟头还是容易发现的。果然，在这个平缓的拐弯处，偶尔经过的车辆大都把速度放得更慢，以便弄清楚半空中为何突然亮了一盏小红灯。还有一个哥们儿打开车窗对我喊：

"Good job."

天彻底黑下来，不知道晚上几点。两道车灯打过来，显然没走正道，灯光直直地奔着我来了。我一下子没站起来，盘腿坐久了，腿麻软跟酥了似的。灯光定住，我遮住眼。我知道不会是老宋，它是从圣地亚哥方向来的，我还是问了句：

"老宋吗？"

车窗降下，一个女声，西班牙语。见我没回话，改用英语又问："要帮忙吗？"

"谢谢，那就告诉我现在几点了吧。"

对方一定觉得这要求有点怪异，她笑了一声，说："智利时间，晚上六点二十六分。"

"谢谢。"腿脚恢复了知觉，我跳下车。

对方也从车里走出来。在车灯的余光里，能看出是个漂亮的姑娘，高挑，长头发，穿一件黑色的皮夹克。"车抛锚了？"

"算是，我朋友去找修理工了。"

"打不着火了？"

"钥匙被带走了。你怎么知道车打不着火了？"

"大冷天，谁会坐在车顶靠抽烟取暖？"

遇到聪明又有意思的人了。我缩缩脖子原地跳了两下，把烟盒递过去，"要不一起来一根？"

她没客气，抽出一根，夹到噘起的上嘴唇上闻了闻，说："中国的？日本的？我猜是中国的。"

"为什么是中国的？"

"味儿像。"

我向她伸出手，"老革命。"

她愣一愣，立马回过神，笑起来，握了一下我的手，"我在古巴待过半年。"

我说："同志。"

她又笑，"同志。"给她点烟时，她打了个哆嗦，吐出一口烟，说，"下露水了，到我车里抽。"

宝蓝色的雪佛兰。她把车开到斜坡上，停在老宋的尼桑旁边，我坐到副驾驶座上。表盘上方有一瓶香水，我喜欢的薰衣草味。她把瓶盖阖上，"抽完烟再让它工作。"

一是一二是二的姑娘。"智利人？"

"也可能是墨西哥人。"

这个回答别致。"双重国籍？"

"国籍是墨西哥。我爸爸是智利人，当然这是我妈妈说的。"

这种事常有。再问下去涉及隐私，到此为止。我掏出手机，问可否借她的车内电源充下电。我问得谨慎。要充电，就要耽误时间，这大晚上

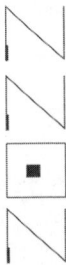

的，还在荒山野岭，人家一个大姑娘。没想到她爽快地答应了。

"爱充多久充多久。"她说，找到充电线。竟然是万能的，不知道是不是咱们义乌产的，反正总有一个接口适合你。"十二点之前到瓦尔帕莱索就行。"

"有事？"

"见我妈。明天我爸生日，她非要跟我一起庆祝。"

"冒昧问一句，你爸呢？"

"谁知道呢。不说我了。你是干什么的？"

"考考你的眼力。"

"艺术家？"

"眼够毒，你会算命？"

"我学过一点占卜。你不信？你冷？我开点暖风。"

"我当然信，"我说。善解人意的姑娘，真有点冷。"你说你是天使我都信。"

姑娘大笑起来。"再来一根。"她夹着烟叼在唇上，脑袋凑过来接火。我摁下打火机，红黄的火苗照亮她的脸，高鼻梁，浓眉毛，大眼睛，唇线清朗柔和。比墨西哥人的皮肤白，她妈说的没错，她爸很可能是智利人。

"看什么呢？火！"

"抱歉抱歉，"我把火递上去，"失态了。没见过你这么漂亮的姑娘。"

她一撇嘴，"讨好女孩也不知道换个谎撒。"

"讨好女孩我从来不撒谎。"再聊下去她可能要生气，充了一会儿电，可以打开手机了。

"真的？"

我说的大实话。手机开了，很安静。没有电话进来，也没有短信。她突然欠起身子，在我的左腮上迅速亲了一下。我转过脸看她，她又欠起身，以相同的速度把嘴送过来。亲完了她想笑，我没给她机会，我比她的速度更快，一把揽住她的脖子。不能让她回去。事不过三，事情当然不能过三，两次就足够了。

两张充满烤烟味的嘴巴无缝衔接了多久，没有表，也看不到手机，我估算不好。也不必去估算，这个深秋的夜晚我们有的是时间，我一时半会儿等不来老宋，她好像也不愿意早早地去见她妈。把时间放到一边，我的注意力集中到她舌头上，那就是个芭蕾舞演员，柔韧、有力，弹跳力一流。

终于可以喘口气了，她的眼神突然专注起来，盯着我超过五秒，声音降了八度，几乎是耳语，说："到后面去。"

我下了车，车灯已经关上。等我拉开车后门，她已穿过前排两个座位之间的空当到了后排座位上。她的个头不小，比我想象的要灵活得多。后排的三个座位并在一起，也比我想象的更辽阔。

瓦尔帕莱索无边的黑暗笼罩下来。露水旁若无人地落在一辆孤独摇晃的宝蓝色雪佛兰轿车上。当然，在醒着的智利窜鸟眼里，此刻这辆奇怪的车肯定也是黑色的。

手机突然在前排座位上响起来。我选的来电提示音乐，铃儿响叮当。应该是老宋，总算有信了。我伸出手去摸手机，被她一把拽回来。

"不许接。"她说。

我们任由铃儿一直响下去，直到车里只剩下我们两个人的声音。

最后，我们也安静下来。我给老宋打回去。老宋一直在电话那头说抱歉，没想到屋漏偏逢连夜雨，找了半天才找到修车店，好容易说服师傅愿意野外作业，心急吃不了热豆腐，十字路口跟另一辆车追尾了。掰扯了半天，交警那边刚把手续走完。少安毋躁，半小时准到。我把老宋的话翻译成英语给她听，她理着衣服害羞地低下头，说：

"跟他说，不着急，这段时间我们很充实。"

我嘿嘿地笑。她叫埃莱娜。她把车顶灯打开，从被匆忙推下座位的包和方便袋中找水给我喝。先在前排座位后面捞出一个袋子，又在后排座位底下摸出一个布包。包上绣着墨西哥式的花朵，布包两面一面一朵仙人掌花。

"这是什么？"我问。

"我妈的鞋。她只穿布鞋。"

"可以欣赏一下吗？"

她递过来一瓶矿泉水。我打开布包带子，第一眼就看到了鞋头上的绣花图案。我把带子系上，像什么都没看见。

"令堂为什么只穿绣花布鞋？"

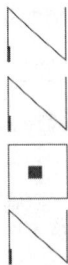

"喜欢呗。准确地说，是我爸爸喜欢。"

我犹豫了一下还是问了："令尊现在在哪里？"

"这得问上帝。长这么大我就没见过。"

"去世了？"

"可能吧。我妈妈认为他只是失踪了，躲在智利的某个角落里不肯出来。不出来也不行。我妈妈发誓，就是藏在老鼠洞里也要把他揪出来。"

"所以她就满世界地找，流浪讨饭也在所不惜？"

"完全正确。我们家族的女人都一根筋，对上眼了，到死都不撒手。你也能掐会算啊？"

"看过几页塔罗牌的书。啥叫对上眼了？"

"我也不知道啊。"她说，把脸颊往我长了一天的胡茬上慢慢蹭，话多起来，"你懂塔罗牌？我也会一点，我妈妈教的。她算得才叫准。所以，她做什么我都不劝，劝也没用。对了，"她把脑袋往后撤，捧住我的脸，一寸一寸又凑过来的眼睛里幽光闪动，"你叫什么名字？"

手机又响了，还是老宋。我对埃莱娜做个手势，说：

"稍等，先接个电话。"

我很想问问老宋，除了香烟和钱，关于那些流浪的吉普赛女人，他还了解多少。

原载《作品》2022年第5期

点评

小说写得很反常，显得很异类，大有实践"叙述迷宫"之意。瓦尔帕莱索是智利的一座城市，在老宋陪同下，"我"到这个城市旅行。小说前半部分不厌其烦地写了游览该地的所见所闻——一种类似流水账式的旅程记述，其中也屡屡提及聂鲁达及其诗歌；后半部分写了在回圣地亚哥路上的遭遇：汽车半路抛锚，"我"和老宋都怀疑是吉普赛女人从中做了手脚，老宋只好找人换轮胎，让"我"留在车内看守现场；久等不来，在夜色中，"我"坐在车顶抽烟，以防事故发生；再后来，一位说西班牙语的漂亮女人在此停车、驻足，然后与"我"车内攀谈、接吻并发生关系。正如小说第一句话——"瓦尔帕莱索是神秘的，地势起伏，道路曲折"——所示，"我"和老宋的瓦尔帕莱索之旅以及返程之行，也时时处处充满神秘、未知的可能性。从对聂鲁达和瓦尔帕莱索的神秘感知，到与吉普赛女人的搭讪以及因之而关联到一起的轮胎抛锚事件，再到"我"和美丽女人夜间在路上的相遇以及车内艳遇，一切都似乎发生得毫无逻辑，毫无章法。在此，种种不可能次第发生，但内在与其中缘由皆无处可寻、难以说清。由此可以看出，彻底抛离源头、因由、结果等逻辑要素，而把感知、探察、呈现某种不可言说的关于地域、人性和文化的神秘经验作为小说的表现对象，成为这个作者在这个短篇中所努力追寻的实践向度。

（张元珂）

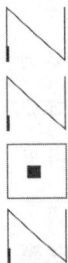

镶金乌云/

/鲁　敏

一

到路灯一排排都亮了的时候，他们收工了，两只手机加一块儿，总共拍下四百多张脚与鞋的照片。小零送她回到红公馆附近，一边在"酒酿群"里发了个定位，像孙悟空戳土地佬儿，卖主果然立即现身，说正好隔两条街，这就送过来。然后两人坐在路牙子上等，照他们所习惯的，彼此隔开老远。

忽然注意到"口罩墨镜"——这是他给她取的诨名，因为从第一次见到，她就是口罩、墨镜，遮得没头没脸——这会儿正把墨镜往上推开一点点，露出一线眼睛。相处这么久，这是她头一次露出眼睛。小零忍不住用余光瞟了一下，那是一双弯弯的单眼皮，空空如也，遍是血丝，正像小泉眼一样，在往外冒着眼泪水，汩汩地，一直漫到宽大的口罩里。哎呀，小零马上站起身，默然地扭身就走。最怕这种情形了。这世界得有个规定才好，每个人都只许独自哭。

走出没几百米，突然感到身后有人在拽自己胳膊，以为是她跟过来。回头，看到一个仓促中使劲微笑的男人，一圈胡茬儿。不认识，继续走。

后面脚步继续跟着，嘴里还在送话，十分热情地，"请问小兄弟，你老家，哪儿呢？瞧着，特别……像我弟弟。"

小零没答话，脚下也没有放慢。哪有什么老家，家都没得，他是背着门板独自晃荡了二十来年。打小就不记得爸妈，只晓得他们在外面做活，过年时才带着零食、鞋袜和玩具出现，乖乖肉肉地满嘴乱喊胡乱抱抱。几年之后，爸爸说是从哪里跌下来，没了。又过几年，妈妈不再回来了。再过几年，哑巴奶奶也躺倒不动了，有出无进。有邻居瞧着可怜，给做了一碗酒酿鸡蛋花送来，他喂了奶奶半勺，奶奶嗓子里发出哦哦两声，像是满足地咽了气。那是他第一次听到哑巴奶奶发出声音。

酒酿鸡蛋花还有大半碗剩着呢，热乎乎的。小零吃掉了。那滋味从此难再忘掉。

可惜刚才没等到酒酿小车子来，最疲劳的时候，他就弄一个酒酿饼，打散了加热，敲个鸡蛋进去搅成蛋花。虽然每回享用之时，都会被合租屋里的人拍着肩膀取笑：嗬，小兄弟又坐月子啦。无所谓，都是搬来搬去的过客，谁在意谁，虽然张口闭口地都互称兄弟，连马路上碰到个糙汉也这样亲热，真是童话故事噢。

小零抬头看看路边的饺子店招牌，脚下迟疑，算了，那来碗饺子吧，胖胖的饺子总给他一种老老小小热气腾腾的家庭场景……

后面的人快走几步，压住喘气跟上来，嘴里乱七八糟地套着近乎，"我是说啊，我要是有个弟弟，肯定就是你这个样子。你啊，完全就像十年前的我，不只是说长相，还有那个精神头儿！你明白我意思吧？总之我一看到你，就特别想跟你说说话。"这是什么招数？小零不理，进店，那人也亦步亦趋地跟进，自顾在他对面坐下，神色带着一种急迫感，偏又装作极其随意的闲扯模样，"毕竟大哥我多吃十年盐巴，多走十年的桥，那还是不一样的。我多想有你这样的弟弟啊，亲亲热热地讲讲话……"

小零到目前为止都没吭声。就算是骗子，不妨等他展开。小零掰开一次性筷子，削去上面的毛刺拉，舀一勺辣酱倒到面前的醋碟子里。

"小老弟啊，我对你说。"那胡茬儿汉子一脸感慨的样子，"想我在你这个年纪，也是这样，满脑子的要干出一番事情，体体面面的，活得像个人物，加班加点拳打脚踢，那叫一个雄心壮志哇。"自说自话地，开始讲起他的奋斗史，县城第一份工，跳槽省城第二份工，同时兼职，同时还在考各种证书……

你盐巴吃多了才雄心壮志呢。小零心里直摇头，他可从来就没想过这些。他的朋友圈有好多人，全是客户，看房时加的，有的超有钱，有的超穷。只要对方不拉黑，他也就留着。有时随手刷刷，看他们五颜六色的各种折腾，乐极生悲，苦中作乐。真感到够够儿的了，他都不用再另外费心生活了。反正从一生下就输在所谓他妈的起跑线上了，挺好，就直接看他们跑吧。他早就摸索出一个保持安详的人生诀窍，就是，既不往前想，更

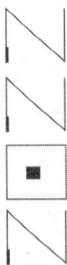

不往后想，只管此时此刻，便好。比如这会儿，没有荠菜馅儿了就点白菜，没有白菜馅儿了就点韭菜，完了坐着，等饺子上来。这就行了。

"……哎呀，直到现在我才明白，咱哪里能是个人物，就是一只屎壳郎，天天推，年年推，推十年推二十年，推的都是屎啊，随便哪一只车轮碾过来，哦哟嗬，那就扁喽散喽没喽……"对面胡荽儿汉子欢呼似的叹息，瞳孔有点放大，眼睛虚空，怔了一会儿，眨眨眼，重新聚起光，换成亲昵的口气，"嗳？刚才那戴墨镜的，是你女朋友吧。现在时代好哇，男孩女孩都敞亮得很，你啊，可一定得好好玩。别看咱哥俩只差十年，我们那时就很封建落后，尤其小县城那地方，我的第一次啊，直到碰上我媳妇才……你跟女朋友怎么样，可别空放啊，好好玩。"他突然挤挤眼睛，加深脸上的笑，笑得有点脏乎乎的。

小零吃饺子不喜欢咬开，夹起一只，两面蘸好料，整个扔进嘴巴，上下唇抿拢，囫囵着满口嚼，这样滋味最为完整。他在满足中摇了一下头，还是没搭腔。他不认为此人是要骗他什么，也谈不上有多反感，只是不想接话。这人什么破眼力，一男一女走个路，就是谈朋友了？再说谁还有劲儿这样色眯眯的。别说女人了，只要是人，他都不太想打交道。真要是想来一发，有片子，有手啊，工具也挺好。

胡荽儿看来误解了他的默然，抹把脸，整个人往前凑凑，都快碰到他盘子了，"哥是过来人，哥可跟你讲——做那事，要趁早，要抓紧，要多干。我搁你这么大，也满心以为，力气嘛，随叫随来，不急，先存着好了。其实啊，那猛劲儿也就两三年光景。去海边瞧过退潮没，没？那，总瞧过太阳下山吧。一样的，你就打个岔，就跟人讲几句话，就看下手机，一抬头，那红通通的太阳就滚落下去了。搞那事也一样，说落就落，说没就没了。比方我，这会儿就是有人把10万20万的现钱给拍在跟前，弄个大姑娘来，我也不行的！再说了，就算行，恐怕我一脱裤子，就想到家里老人、老婆、小孩……"他眼睛直眨巴，喃喃地，似乎被自己感动了，"你看啊小弟，我是真的跟你掏心掏肺，讲男人的道理。可惜我那时没人告诉我。你现在既是碰到我了，得听哥一个劝！"

二两十二只，三两十八只。小零一只一只吃，偶尔抬头瞧瞧。只见胡荽儿眼睛眯起，从老远处看过来似的，"有花、堪折、直须折。这意思你明白吧。再一个。"他有意放慢语速，"你懂不懂，其实那花朵本身，也是满心满意想要被摘的。所以你要趁现在，就现在，用足你的劲头，好好地摘你身边的花儿。"

这是搞什么，他在教唆我睡那个"口罩墨镜"？瞎起的什么劲，有这么拐弯抹角的变态吗？再说，他跟那"口罩墨镜"，哪儿跟哪儿，不相干的，差不多就等于，碗里这一只饺子，跟外头随便一辆汽车吧，连名字都不知道呢。

最早，算是"酒酿群"的陌生群友。那天他带客户看完红公馆，红公馆是西城区最堂皇最高尚的所在，每回从那大宅里转几圈出来，小零就会有种特别的空虚，想吃酒酿。在群里发了定位，不久，电动小三轮就敲打着特有的竹板近了，十块钱四块酒酿饼。三块带回合租屋，一块就手吃了，入口凉津津的，过瘾。正吃着，瞧见红公馆一期那边出来个戴墨镜的女的，拿了一盒，也同样当街而食，比他还夸，蹲在地上，头往前伸着，滴答答直淌汁，一口气三块，像是饿着了。她有哪里不太对。小零又偷瞄了几眼，哦，居然口罩不摘就吃上了。口罩被划了个口子，上半片卡在鼻端，下半片落下巴上。他下意识地掏出手机，侧过身，偷拍下她那滑稽的口罩。回家翻开"酒酿群"看了一下，那女的应当是稍早发定位的那位。出于一种渺茫的业务需要（她既是住在红公馆一期，万一哪天要卖房或出租呢），他试着添加，通过了。小零没说话，对方也没说。小零给她加了个备注：口罩墨镜。

后来又在买酒酿时见过两回，都在红公馆附近。她仍是口罩墨镜，没头没脸。他们互相看了一眼，都没打招呼的意思。小零斜提着手机，偷拍了她的脚。鞋子雪白，连鞋底都没沾上灰，好像下楼买酒酿就是它跑得最远的地方。

有天刷微信，刷到一张手腕图，动脉线上像趴着一只蜈蚣，割得一排粗细印子。哦，正是口罩墨镜。做啥，寻死还是表演寻死啊。小零其实也操心不了，手中还是一滑，把她的两张照片发去了：一张戴着口罩吃酒酿，一张是雪白鞋子。也算版权归原主，她万一挂了，可没地方发去。

果然只是寻死表演，或者是因为照片对女人总有种奇特的作用，她回复了：给原图。就此，算是搭上了话。

她偶尔会主动留言，内容莫名其妙。"外头有太阳吗？"小零懒得开口，对着窗外拍一个空镜给她。"晚饭吃什么呢？"小零拍去吃了一半的

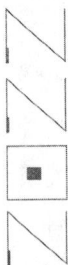

螺蛳粉。"我是问,我晚饭吃什么?"连这也得别人拿主意吗?"周几啊今天,是休息日?""天这是要亮了,还是刚黑呀?"她莫非是住在洞穴里嘛。

"我都八天没跟人说过话了。"有天晚上她这样来一句,小零回复一个羡慕的表情。他这里可是天天儿的都说得太累了。同一套老破小的二居室,一个下午带了五拨人去看,全都穷得拿不定主意,到晚上十点多还在语音里讨价还价。"给我想件事做做吧。我想了几个月,不,想了十几年,都想不到什么有意思的事。除了去死,简直没啥能干的。"

看看,果然就是闲得无聊的。小零感到有点厌弃,谁能管谁啊。他能带她玩什么?他啥也没有,最大的私人财产就一只手机,没事就出去拍拍照玩,"我后天休息,打算去大街上拍脚,拍鞋子。就跟拍你的那张差不多。"这也是临时这样想到,总归比拍人脸好玩一点。他每次出去拍片子,都喜欢给自己框个题目。他拍过牛羊肉批发市场,拍黑乎乎的五金店,拍小学生春游,拍凌晨四点的早点铺子,还有一个五一长假,他专门拍残疾人轮椅和假肢。

"意思是,后天带我一起?"她那丧尸般的被动口气,让小零有点不好意思拒绝,他其实只想独行独往,只得用警诫的口气补充,"我可得跑一天,起码拍个三百张的。"

这就有了今儿这一整天的共同出街……斑马线,摩托车行,街心花园,过街天桥,宠物医院,地下道口。那么多的脚和它们的鞋,在踉跄、奔跑、犹豫、踩踏、蹲下、跌倒。拍到两百张时,小零感到脖子吃不消了,蔫瓜一样,越挂越沉。口罩墨镜始终影子般不远不近,不吭一声。太好了,最好跟奶奶一样,也是个哑巴。她背着只小双肩包,手腕上戴了四五个镯子,遮住了她的蜈蚣。瞅个机会,小零把她那些玩意拍了下来,坐下来吃饭时到网上搜了下。没想到,贵得瞎鸡巴离谱。倒也没有因此讨厌她,只是决定,中饭AA吧。

中午饭是在一家小面馆解决的,一人一碗面,另加了小炒肉和拍黄瓜。总算瞅明白她那口罩了,借着中间的皱褶,剪开一个裂缝,吃时上下扯开,吃完向上一拉,又恢复成普通口罩。他付了38块,提醒她刷另一半。隔着口罩,听到她嗓子里咕了一声,可能是发笑,也可能是打嗝。

下午又接着各处晃荡,没注意什么时候开始的,她也用她的手机扫拍起各种脚来。两个人分别勾着脑袋,走走停停,站起蹲下,像寻找啥丢失的贵重东西,情状可笑，也有种古怪的默契——这就是他跟她的全部了。请问，这里有什么女朋友男朋友吗，又何谈什么摘花不摘花的？

小零把饺子统统吃光，盘子上剩两小块正在凝结起来的肉汁和醋渍，双腿放松地伸直，吁一口气，却正面碰上胡荏儿"哥"恳切得几乎带有哀求的目光，"咱再退一步讲，一个人跟另一个人，就像一颗豆子跟另一颗豆子，能滚到一起，是不容易的，不管时间长短，要当回事。就像咱哥儿俩，才十来分钟，可这交流多深刻！"

盘子空了之后，时间就变得有点慢吞吞了，小零急于拉快进度条，他想回去躺着，随便刷刷别人的生活。为了收场，也出于一点人道主义，他咧嘴露出牙齿，头也稍微地上下晃动，幅度小得不能再小。对面那胡荏儿马上就捕捉到了，并立即将之放大，浑身仿佛一颤似的，满意而感激地祝福着，"啊小兄弟，我的小老弟，你可终于明白了。人就得听劝！有花堪折直须折啊。记着，这才对得起自己也对得起人家啊。"他像真正的兄长一样热泪盈眶。

二

胡荏儿刚才不是瞎说的。是真的，真的有人拍出20万来了，叫他去"弄"一个大姑娘。他无意就此事吹牛，别说吹牛，连人都不配做，连胡子都不配剃——他至今都还没法消化那个可怕的消息，永远无法消化。只有把自己不当人，最多是一个被数据算计和控制的"非人"，这样的前提之下，勉勉强强地，他允许自己继续呼吸下去。

是多少年的积累？不用扒拉，记得太清楚了，从第一份工作开始的，聚沙、积腋，十三年，瞧着那个数据，像一头笨猪，缓慢但结结实实地，一点点长肥……然后就来了，某类钱生钱的对话弹窗就那样准确及时地出现了，绝对挠到痒处，他一下听进去了，对啊，既然有了点资本，就应当加快一点，让数字不停地翻倍跳动。于是就头冲下跳进去了，怀里揣着的，不仅是他十三年养肥的猪，还包括他从两个姨婆和表叔那儿拉来的养老钱，从妻子那儿说合来的买房钱，给儿子备好的择校费之类。四面八方凑了个浓眉大眼的整数，极是漂亮。

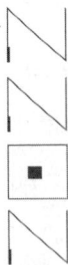

太漂亮了，以致都没有来得及眨眼，就像小视频那样切得密不透风，上一条还是叮叮当当钱滚钱，一转脸就是獠牙血口的大狼狗：他那整数目，分分钟就被撕咬得稀巴烂。

他也没啥别的能做，只能时刻盯着总部和本地的苦主群，任何官方发布与小道消息都点开来看，哪怕有人只是发几个哭脸图，他也忙着去互动，发更多的哭脸，再加几个拥抱表情。好像这样也算一种行动，好歹证明他还在喘气儿，还没撒手。故而群里有人要加他私信，半秒也没犹豫——

那人开口就知根知底地一口报出他那个漂亮的"整数目"，又亲热地叫他胡茬儿，这是他在群里的哭诉，说浑身上下连裤衩都没了，只剩下胡茬儿……垫了几句闲言，忽然给出一个斩钉截铁的命令句，叫他去"弄坏"一个黄花大姑娘，齐某的千金小姐、独养女儿。齐某？谁啊，大领导？明星？新闻人物？就是咱们这个苦主群的上家呀！对方不满且愤然地提醒，他等于就直接的，是这个崩盘的根儿。

哦。哦。胡茬儿快速发出一串带血的菜刀表情。心里存着些疑惑，又不想表现得那么软蛋。

为什么找我？/你不恨他吗？/恨是当然的。可他，上头还有上家，上家还有上家。/怎的，你倒还替他存个善念？/问题是，弄他女儿有啥用？/有人愿出20万。你若肯干，这就转账……

20万。胡茬儿在舌头上卷来卷去，像在辨认这个数目。比起他投进去的浓眉大眼，这最多算一根汗毛，可毛总归也是毛啊——想起老表叔老姨婆催着要钱看病的架势，这个胃、那个肺，还有大肠，统统都是定时炸弹，不知哪一个先爆。更不要讲儿子六月份的择校钱，是枪口顶到腰眼上的。想想当初，他怎么对妻子天花乱坠来着的？哈，支点与杠杆，以小博大，源源不断地膨胀而来。他们将会让钟点工包下全部家务，他们会去太平洋海岛度假，露天晚餐时，享用法国庄园红酒与意大利奶酪，而烛光和桌布是苏格兰风格。他启发妻子想象这些富有细节感的画面。

只是，去弄一个小姑娘……晓得了，怪不得找他呢，看准他是只小蚂蚁，真要出了事，准会无声无息直接被踩死。可是，他只是"非人"，也不至于到"死人"的地步。胡茬儿晃晃头，敦促肩膀上的器官勉力转动。

弄坏，弄怀。他懂的。此事的核心要义就是"弄坏"，那么，是谁来弄坏？是强逼还是不强逼，固然有不同，但从生理的本质上看，是一样的，对不对？

至今还记得跟妻子偷着搞的第一次，明明她是同意和乐意的，可多多少少，他还是动用了力气。世上任何事的第一次都那样吧，哪怕小婴儿的第一口奶，不是也得年轻的妈妈硬塞进去嘛。这个道理，是多么体恤，又多么人情世故啊。胡荙儿稍微放松些，感到自己找到了一条线，不是辅助的虚线，而是一条笔直又真诚的实线。是的，念头一变，他没准就可以，和和气气地"弄坏"那姑娘呢。

起码有二十天吧，他都在红公馆附近趴着。只是没想到，齐家那位千金小姐却是个蘑菇，不管阴天晴天，长在家里了。有时出来取快递、取外卖，也是没头没脸地戴着口罩与墨镜，贴走道出，又贴走道回。唯有、仅有、单单在今天，算是有了不起的大动作，她不仅出来见人了，且一见就是一天。近十个小时的漫长尾随里——太容易了，他们自始至终低头而行，根本不看任何一张脸——胡荙儿一直没搞明白他们到底是什么关系以及到底在干吗，他们二人之间，怎么看上去那么懒散那么冷淡的，不亲不疼，不恼不痒。更没想到最后，好不容易看到那姑娘摘下墨镜，男孩干脆抬脚就跑了。太失望了。

胡荙儿感到脚底板上他忍了大半天的泡越发疼了。隔着绿化带，他盯着对面，行道旁的月季花落了些灰，可还是开得那么好看。一辆电动三轮车停下来，忽急忽慢不停敲着竹板，终于把那戴着口罩墨镜的蘑菇给惊醒了，她从手机里抬起头，左右看看，才发觉身边无人。她从三轮车上买了什么，口罩也没摘，坐在路边滴滴答答地吃起来，动作很硬，像一个不讲卫生的机器人，那样子看起来可实在不怎么样。

所以也是没办法的办法。那小伙子看来是目前唯一的机会，只有那小子离那姑娘最近。不去追问前因后果，胡荙儿只想掩耳盗铃地把事情给办掉，好歹的，能有20万，虽然只等于是给断头刀贴一张创可贴……

三

胡荙儿不是胡荙儿，而是韭菜，这是他姨婆的指认。"韭菜，不是遍

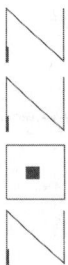

地嘛。我远房侄儿就现成的呀……"讨论快要陷入僵局时，专门在桃娘工作室给大家搞卫生做服务的跛脚阿婆突然这样叫起来。

桃娘工作室堆满各种瓶瓶罐罐，这是她这个团队的特色。经过长期的各种实践，工作室得出结论，液体最好用。她们开发了不同功效的液体武器，准确来讲，也不是开发，就是换个瓶子装而已。毕竟，人们总要使用各种液体，饮料、洁面乳、发乳、防晒喷雾、冲洗液什么的，塞满他们的随身包，卫生间，包括工作台和汽车座。如果目标为女性，借着拜会或闲聊或上厕所之机，把她某个瓶子里的玩意儿，给倒换成别的腐蚀性液体，可谓简便易行。倘若为男性，也差不多原理，包括在某些刺激时刻，液体常可提供助兴之功，喝点或抹点，也是立竿之效。故而大部分委托者，都十分欣赏此类液体方案，隐秘，精准，狠辣，又不至于弄出人命。

桃娘把近期的单子摊开来跟大家讨论。这样的例会一为鼓舞士气，伸张正义，也为确认最佳方案——小三小四，偶然偷腥，办公室潜规则，师长猥亵，家族长辈乱伦，被熟人灌醉后下手。总之各种情况，情、理、法、欲，需要一事一议。有些复杂的单子，意见不一，讨论变得像陪审团，也像心理救助会，激烈漫长、不断延伸，给她们带去疲惫而正义的满足感。

桃娘把五子转来的单子排在最后。这单稍微有点特殊，委托人为男性，又是转手单。五子，咪，好几个人笑了，都有印象，桃娘工作室以前跟那人打过交道。

这时大家都累了。接吗？首先讨论。40万听起来不错。要知道，她们经常白干活儿，正义常常是倒贴，邪恶才有价码呢。具体分析单子，才发现五子也是转手的呀，从他手里，上溯到老邱，那是他退了休的师傅，随即又扒拉出大王、老齐的背景。哦嗬，原来是搞民间集资的那帮子家伙啊，他们各有各的盘口，小盘口再倒大盘口，手上可滚动着成千上万人的血汗钱哪。40万算啥，不过是他们的40块、4块，这钱不挣白不挣，拍手通过。

第二讨论这个"弄坏"，这是五子当时的原话。她们固然擅长此道，但，这跟弄坏那些臭婊子、偷吃犯、老变态、强奸党，毕竟不一样。这次，可真是个小姑娘。小姑娘的"弄坏"，桃娘工作室可太知道了，那些被家人拉扯过来的小姑娘，十二三岁，十五六岁，她们不会笑也不会哭，或者总是哭总是笑，那是真的给弄坏了。某种不太好的感觉，像讨厌的烟味一样，在禁止吸烟的房间里，有点呛人，叫人透不过气。

有人咳嗽，有人梳头发，有人穿上外套，又脱去外套，有人喝水，然后跑卫生间。窸窸窣窣弄出各种声音。

有一个问题，我们都是娘儿们呀，没家伙可干。有人尖起嗓门叫了一声。大家好像突然才意识到这个问题。可不，没那柴火棍呀。没那腌黄瓜条呀。没那金针菇呀。没那狗尾巴草呀。各种轻蔑的口气嚷嚷着，以掩饰明显放弃的倾向。没有人提那小姑娘，可那看不见的小姑娘似乎就在她们当中坐着呢。

40万打水漂了，该着干穷活儿、苦活儿。工作室里做会计管出入流水的，叹了一声，喃喃自语，我们到底还是庆，只能搞搞老色鬼小色鬼。哼，大王老齐那帮子，她提高声音咒骂着，那可是真正的吸血鬼，一拨拨地下快刀割韭菜。

不不不。一条条嗓门又重新变尖了。转包，外聘，临时劳务用工。只要找个长狗尾巴草的就成，多少还能落一层管理费呢。烦躁的情绪瞬间转向，莫名达成一致方向，就像烟味闻久了，就不觉其浊其呛了。

桃娘拿起桌上的一面镜子，不知哪个娘儿们的，敲了几下，"管理费啊，当然，得厚厚地收，起码收一半。我有个主意——干脆就找一个韭菜好了，正好给他机会，出个硬邦邦的恶气。这样的话，咱们主持的，还是个公道。"

就是这时候，正给大家倒茶水的跛脚阿婆突然把水壶一顿，"韭菜，不是遍地嘛。我远房侄儿就现成的呀……"她向来寡言无语，没想到嗓门这么粗，听来很扎耳，几句后大家才听出，她那是哭腔，"我从来没被人跪过，就被这侄儿跪过一次，我四处躲让，他就挪着膝盖头跪着走，一边划拉他的手机，划来划去，给我看他的什么讨债群，说里头全是他这样的，好多比他更惨，跳楼的都有两三个……"

四

收到桃娘回话的当天晚上，五子就打去了40万。这是五子当着一桌兄弟的面，大大方方却又面红心热地打过去的。

这本是师傅老邱的生意。但是就在半年前，比照省部级，卡着65岁生

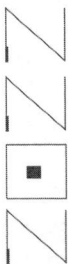

日，师傅老邱让自己正式退休了，当时还在六个弟子跟前搞了个小仪式，正儿八经地宣告：收手。谁到最后能不收手呢，尤其这行当，吃的是力气，吃的是狠劲儿，再怎么响亮的名声，也不能一直占着，那不得体。这也算老则当让，老而为善。他当时是这样发表荣休演讲的。退下来他热衷于泡脚，42度恒温，搁上艾草与红花饼，早中晚各泡一个钟点，睁会儿眼，再闭会儿眼，很像个退下来的样子。

他把所有弟子叫来时，也还是在泡着脚，隔着漂浮的草药看水中一双肥脚，像是五味秘制猪蹄。"正好欠着大王一个人情，老也担心还不上，毕竟都是往老里头过了。这既然找上我，没有二话，肯定要干。60万的小单子，不麻烦。"师傅老邱竖起指头，"可有一条，我退了呀，又不是明星，可以胡乱复出。所以呢，把你们叫来。"老邱师傅让六个弟子围成一圈，然后从怀里掏出他的骰子，当着大家的面一扔。别人没事爱盘个串儿老玉，师傅老邱不，他没事就在口袋里摸摸骰子，这些年，可帮他拿了许多的主意。小骰子是独角鲸的牙，时间长了，给他摩挲得温温润润，散发出海洋般的高洁。

骨碌碌转了两圈半，骰子停在"五"点。别的几个弟子都嚷嚷着冲五子拍巴掌，显出祝贺的样子。

五子谦虚地笑笑，带点表演的，环视一圈，"留10万给师傅买红花饼泡脚。留10万给兄弟们吃饭喝酒。给我40万就行啦——搞手、搞脚，还是哪个部件？"五子觉得自己这台词很懂事。他有个秘密爱好：看电影。主要是为了跟电影里的人学着讲话做事。他觉得那样带劲。

师傅闭闭眼，显然是在回忆大王通过手下转来的捎话，想了想，不作发挥，未作引申，"我这是原汁原汤的原话，弄坏，就是弄坏。"

弟子们相互丢眼色，好像一下全懂了。五子最后才点头，像切换镜头之前的那种点头，带点沉吟的点头，隐含着某种秘密的障碍。

所有电影里，五子特别喜欢《杀手没有假期》，基本每年都会看一遍，甚至也能像科林·法瑞尔一样，倒挂起眉毛来讲话。当然，他更欣赏法瑞尔的老板，有原则：不碰孩子。这多范儿啊，多么人道主义。大概看到第八年也即第八遍时，他也替自己想了一条：不碰女人。没有对任何人宣布，只把这个原则，像从来不用的手帕一样，干干净净压在内衣抽屉最下面。

师傅老邱赏来的这一单，跟他的原则冲上了。这还不能退单，师傅的面子且不说，叫别的几个兄弟咋想呐。当然，他肯定要保证他那条手帕洁白如故。跟电影里比起来，这只能算小问题不是吗。五子把眉毛竖起来，思考，果然找到了变通之道：桃娘。

宽泛说来，桃娘算他们的同行。不过桃娘手下，全是老娘儿们或小娘儿们，并且只接受女性委托者，类似于一个黑寡妇复仇联盟之类的玩意儿，从逻辑到行动，感情色彩很浓。

他与桃娘的相识，是在业务上有个交叉。五子的被委托目标和桃娘的行动对象，恰好是同一个人：一家连锁餐饮的创始人。这人也是活该，兄弟关系和男女关系，两头的绳子都拧巴成了死结，直逼他喉咙管。

这事其实只要一方出手就行了，单车现在都共享嘛。Lady稍息一下，让绅士出手。可桃娘顶真得很。怎么，女人就要靠边站，不劳而获？那要不反过来，您出手吧，五子只好退一步。那也不成，绝对不许男人再占女人便宜。总之她铁板一块地坚持，他和她要向各自的委托人负责。为此，他俩不得不多次沟通、协调方案、校验时间轴，从而让那个餐饮店创始人在同一时间和地点，以来自不同方向的力量，被打上两次红叉。

具体操作此处不赘，颇有专业难度，并且搞笑，几近一种死亡哲学的嘲讽叙事。

这让五子印象大为深刻。他认识的所有女人，只要是赠送的，哪怕一只小冰淇淋，都会喜滋滋地笑纳，可这桃娘，白送她一条人命都能说"不"。这头骄傲的母兽，有意思。五子像男主角那样眯起眼睛摸摸下巴，感觉自己喜欢上她了。

不过这种喜欢，似也不完全是男欢女爱那个意思。桃娘和她的手下，五子见过好几位，都是兼职选手，有开水果店的，有大牌电脑地区总代理，有在家里做甜点熨衣服的主妇，有为人师表的助教，色色不同，但有个共同点：她们个个儿都像穿了件防护服，百毒不侵，刀枪不入，同样，也透不了任何的柔情蜜意。

正因为此，爱慕不爱慕的且放一边，哪怕就是对桃娘表示他纯粹作为同行的一种尊敬，也好。再说，请女的出来"弄坏"女的，甚至还有一种很平权很现代的政治正确呢。

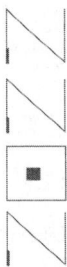

正好要请五个兄弟喝一顿大的嘛，借着酒意，他透露出转单之事，并特意开了不少黄腔，表示出征服与猎奇的欲望，而桃娘这样的女干将，平等合作是唯一的性爱通道。他当着兄弟们的面，转给桃娘40万，像是派发出一艘风帆高扬的爱神之船。

五

"拍楼梯怎么样？"口罩墨镜又光秃秃地发来一条建议。饮料售卖机、包、晾衣竿、空调架、理发店、单车、树桩子，自打上次拍脚之后，她想起什么就发来一个。不论凌晨四点、早高峰、暴热天气，不管小零是否在忙，也不在意小零从不回复，像随手捡起一个没用的小石子，骨碌碌往小零这个方向扔。

小零坚持着不接茬，但暗中借鉴过她的想法，他还是愿意一个人出去。合租屋里总是待不住，太热了太冷了都想出去，被客户跳单了想出去，拿到一小笔佣金也想出去。

有天边吃泡面，边浏览当天战果。那天拍的是包，有点意思，但也累惨了。时髦男女逛街的包包没兴趣，主要跑公交车地铁和火车站，拍那些又鼓囊又难看的，一只只给塞得高低不平，满腹心事。那些不是包，是那个人的一天、五年、半辈子。很奇怪，翻片子的时候，小零忽然想起那位絮絮叨叨的胡荏儿哥，一口面汤喝得有点呛，记起当时为打发他，自己算是应承过？这念头让他有点不自在。

隔了几天，她再扔小石子来，就半心半意地接了一下。计划是拍垃圾箱——不是静态，得抓住什么人扔什么垃圾，她实在想来就来呗。

口罩墨镜来了，一路跟着，有意无意地替他打掩护：踩着单车来回绕垃圾箱打圈。逗弄垃圾箱边的一只野猫。蹲在垃圾箱边上系鞋带。海鲜市场附近，她浑然不顾地躺到一个铁皮长椅上，椅子有点歪，散发一股子腥臭气，借着她那个角度，小零从椅子栅栏缝里，拍到了很多倒着的脑袋与倒着的垃圾箱，人们毫不留恋地抛扔各种东西。脑袋和垃圾箱上方，是飘着灰云的灰色天空。那组照片，小零有点得意。

事情一般就是这样，有第一次，未必有第二次，但有第二次，肯定会有若干次。

没头没尾又闹又脏的马路，他们走。挤挤挨挨的车站与人群，他们走。暮色里迎着一片红通通的火烧云，他们走。饥肠辘辘但哪里都不愿坐下，他们走。一前一后拉得老远地，他们走。

闹不清她到底是图个啥，好在总是哑巴着，好在总戴口罩和墨镜。这两点他都很满意。所以也就无所谓吧，大家都是无聊，跟男人女人跟有钱没钱都没关系。无聊，就是无聊本身。

至于什么花开堪折、花自己也想被折——小零偶尔也会想到那胡茬儿的胡言乱语，心里发笑。倒是那个豆子的比喻更有意思，不过，一颗豆子跟另一颗豆子，就算偶尔滚在一处，仍是各自滚来滚去。一边想着，一边用工具解决下面。睡意与困倦中，他大度地想着，假如那胡茬儿大哥哪天真的再找回来，表示那滑稽而落伍的关心，尽量吧，他会说出那家伙想听的话。

六

这回做东的是大银子，基本上还是原班人马再次相聚。银子是他们这圈子里的祖奶级人物，老太太八十有八，前后过手四个男人，把他们全熬死了，她还红光满面，半个城的电动车配件生意都在她名下，那些小车轮子可都替她财源滚滚着呢。来参加这米寿大喜的同辈人也不是太多，毕竟到这岁数了，总有人一路走一路就没了。

大王和老齐两个老家伙，被特意安置在两张桌子上，谁都知道，就是上次聚会，他们老哥儿之间，有点小情况——

上次是大王摆宴，他喜欢让客人把家眷都带上，然后席间他提着酒杯，一家子一家子挨个儿吁长问短，像是伸出满是枪眼的糙手，抚摩小猫咪。走了大半圈，各家的哥儿姐儿都配合蛮好，气氛其乐融融。独是到老齐这边，他的宝贝女儿，脸上口罩未摘，墨镜还架着，刘海又长，整个没鼻子没脸。杯子没举，腔子里也没声。

"哟，小圣这么高了。不是说要出国的？哦，疫情。那，谈朋友没啊？"大王加倍亲切地，如常举杯。

老齐下半身晃动，显然在用脚踢，后来索性用胳膊肘捅捅小圣，后者仍然生硬地杵着，毫无反应。这几秒钟，显得特别静，以至老齐代为作

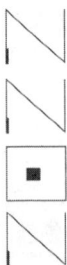

答时，有点扎耳朵，"是啊，出不去嘛。天天关屋里上网课，都是大半夜起，白天睡。哪里谈什么……朋友。"

"半夜也这么着？稻草人似的。"大王多风趣啊。小圣衣衫肥阔、晃荡，膝盖头上两个大洞，可不就挺像嘛。大家都急急忙忙笑起来。

小圣把乌木椅子往后用力一顶，霍地转身，噔噔噔一路冲出去，正撞着上菜的侍者，后者手上盘子砸个稀烂，盘中之鱼像重新死了一次，摔成四五块，浓赤的酱汁在地砖上溅出大小若干圆圈。

大王盼顾自如，脚下不停，接着往下敬另一家子，"瞧你家小子这宽肩膀，每天都撸铁吧？撸铁总比撸别的好。"还是这么幽默，大家来不及换气地，发出更响的笑声。老齐也混在其中笑，一边偷空忙着掐手机，给小圣发微信，旁边有人眼尖，伸着头咋呼着：还发，你还发？你被拉黑了呀。老齐脸色通红，把手机屏收起，"三个月没出门啊，我这好不容易拉出来吃一次饭……"随后也拔腿离开。

据有人讲，大王与老齐，从此就没再共过席。所以这次，得分在两张桌子上，但真正酒一开动，桌子就不存在了，河水一般，都流来流去打通了。可能是因为主人大银子的华发闪闪与慈眉善目，老家伙们不觉也互相搂抱起来，酒水浇灌中，讲出许多情深意长的话来。几条嗓子抢着回忆，早年间挨个小区扫楼，跑长途抛锚，被仇家用领带勒脖子。越讲酒越多，酒又变成热汗淌出来。

大王瞅瞅左胳膊里挽着的，又瞧瞧对面举着酒杯碰鼻子的，脸上个个沟沟渠渠。老齐也在里头，正呜里呜噜说着，"断了，链条才到我上头，就一下就崩了，千人咒万人恨啊。我就是身家性命全抵上，也回不了天。只有装死，装死的滋味你们晓得吧，不如真去死……"有人劝说，大形势不好啊，不是你断，就是他断。又有人打岔，问起他爱女小圣，他语调稍许振作一点，"也就是脾气大，整天关着门不搭理我。但最近出门了，动了起来哇。所以我就说嘛，不可能，啥抑郁不抑郁的，不可能的。"咳着假笑，倚醉卖痴地揉起眼角。

大王拼命张了几下醉眼，心里一晃，突然想起个事。电话把手下叫来，扯到卫生间，手放在拉链上，"那事，那丫头……"

"哦，正打算跟您汇报呢。"手下注意地观察老板脸色，嘴里斟酌地给词，"嗯，已有可靠消息，应当就在这一两天，快妥了。"

"快、妥、了？个鸡巴老邱，痴呆症了？这多长时间了，亏得我不是急活儿。"

"嗯，我估摸着，老邱也有他的考虑，觉着慢点更稳当……"真是多年跟班呀，说话不深不浅，可左可右，像辩护也像谴责。

大王皱皱眉，扯下拉链，"去叫停。"

"啊这个，费用恐怕……"

"甭管，你踩刹车时，还要算前面给的油？"尿出不来。空晃了两下，"真的是老了。啥都软了。"

上次"给油"，也是在卫生间，等客人全散了，大王一边撒尿一边简单吩咐了两句，"难得请个客，看看，拂了大家的面子。得收拾了。"

"小的还是大的？"

"可怜天下父母心。当然弄小的。"拉上链子，手里已翻起手机。

"老规矩，老数目？"

"瞧这老于头，整天抄经文。哦，今儿观音生日啊。"大王把右手竖起，像交警拦车，"看菩萨面子，行个善。退一步，弄坏就行。"

"弄坏？"想得到进一步明示。

大王给手里喷免洗消毒液，这是净手。到佛龛那里，要上香去了，一边抬抬下巴，"跟老邱说，60万的活儿。他懂。阿弥陀佛。"

你瞧瞧，所有事情的诞生，都像一个婴儿，背后总归有一个爹，也就是引子。事情从引子那里获得基因与性格，又会接着往下繁衍一桩桩一代代的事情。人间之事，或可谓是父父子子孙孙、远房近房偏房。庄严的历史，轻佻的命运，乏味的生活，实则都是勾勾连连无穷尽也的大家族。现在的问题是，爹引子后悔了，要收回或改变基因，要刹车要倒车。

手下像上次一样，口里应着，连忙退出去，又重新联系老邱去了。

七

接到师傅老邱的信息时，五子可正四脚不着百爪挠心呢。

当初转单给桃娘，他不是在兄弟们面前打出男女之意的幌子吗，其实倒是无可无不可的，主要是为了保护自己那条"不碰女人"的洁白手帕原则。哪里知道呢，这种狎昵之话一出口，又被众人闹哄哄祝了酒干了杯，

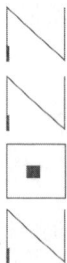

次日醒来，不知怎么搞的，心里就有种蒙冤般的勇莽，张起的旗子总噼里啪啦直作响。确实，从通常角度来看，对于桃娘，一般人都不可能想入非非，可怎么讲呢，异类而求，非欲而取，不更是一种高级的境界，更像……电影嘛。他牵强而辽阔地想着，心里的旗子舞动得更加厉害。可想想桃娘那硬邦邦的钢铁气质，不要讲没处搭手，就是想走近到50米之内，绕几个暧昧的圈圈，都是极其困难、难以想象的。

师傅老邱突然而至的撤回之令，简直就是给他搭手来了呀。五子捏住手机，像举着一个火把，一边巴望着天黑，可又等不及天黑，抛下一切就跑去找桃娘了。

他面目险峻，抱着一肚子的心事，竭力推迟着谈话，直至桃娘身边的女干将们一个个都下班离开。只有一个跛脚阿婆，碍手碍脚地拖得最久。她踮着脚，一丝不苟地清空每一只垃圾桶，又慢吞吞换上新的垃圾袋。五子盯着阿婆和她手里一个个的垃圾桶，似乎反而盼望着她能更磨蹭一点。他心里仍在盘桓，始终没有想好他的说辞与逻辑，怎么样才能在短暂的交流与表达中，显得更真诚更富有情义。

他暗中凝望仍在忙碌的桃娘，后者完全扑在手上的事务里，浑身散发出一种轻蔑干练的独立气势，这令他更加难以自持，他惊骇和伤感地意识到，他对她，从尊敬到浮夸，从浮夸到浪漫，又到了纯粹。几乎，或者说，事实上，他喜欢上了这个女人。

思虑万千中，五子差点都待不下去了。这样的情形，他从未遭逢，难以把握，以致都没有意识到，他所希冀着的黑夜已经降临，同样也没有意识到桃娘对他的洞穿——就在他欲走还留的慌乱与梦幻之际，桃娘霍地站起，十分不耐烦地向他径直走近，一只手遥控窗帘使之合拢，另一只手则径直伸来握住他的胯下，熟极而流地拉着便往沙发上去。清晰，高效，标准，每一个动作都那样的权责分明，完全把他当个前来收账的甲方。

……仓促、被动中的懊恼与自恨，像火山灰那样向他兜头而来。五子强忍住眼耳鼻口心尤其是整个下半身的堵塞，像临死之人挣扎着遗言，交代出促成此行的公务信息，似乎想借此挽回一点性别意义上的尊严。

桃娘戛然而止，一脚把他踢下沙发，同时已争分夺秒地打出电话：找韭菜、马上找到韭菜。她清楚这个单子的进展，流程上讲，今天已是最后一日，整个漫长的白天都没有等到回复，那么，也许就在此时此刻，某个地方，某张沙发上，同样的黑暗中，这种事情已然发生，正在发生，或者差不多要发生。而这家伙，居然还要来收账，居然活活耽搁了一整个下午！她伸出手，笔直指向五子，像举着长枪一样怒不可遏：滚！

手机在凌晨猝然嚣叫，胡苤儿未曾惊醒。因他并没有睡着，他僵僵地卧在被子里，像所有卧在屋檐下失眠的人一样，只是做出了一个睡眠的姿势。

他知道时间已经到点儿了。他能感到有一只远方的手，正在伸过来，越伸越近，要把那他还没有焐热的20万数据给重新删除掉……

但是他可以拍着胸脯子说，他努力过了，一刻一分一秒都没有放弃，那两个孩子的几次共同出行，他都眼睛不眨地盯着——他后来搞明白了，他们只是在街拍而已。瞧着他们那二人各行各走、冷冷落落的架势，他同时也明白了，他们是这辈子都不打算靠拢的。

犹豫再三，直到今天傍晚，也就是四个小时前，他不得不去进行"最后的确认"。当然，他尽量表现得像是一次偶遇，虽然效果拙劣，同样拙劣的还有他企图延续的那种兄弟之情，隐私意味的关切，未等他结结巴巴地铺陈开来，那小兄弟就撮起两片嘴唇，向他吹出一个短促的口哨，虚假而明确地表示"摘花"之意。胡苤儿当然也可以高高兴兴地回以口哨，甚至愚蠢地与他击掌而和……但契约性的严肃约束使得他无法反馈，事实就在那儿：没有任何人"弄坏"任何人。他没有完成对方的委托。也没啥，他不是早就认清的，自己就是一只被碾压的屎壳郎。

胡苤儿晃晃沉重的脑袋，才一按键，未及开口，对方声音直炸耳朵，他不得不推远一点……

他轻轻嗯了两声，又轻轻放下手机，好似放下一个熟睡的娇美婴儿。积压太久的困意，大部队一样，从屋子的各个角落包抄过来，举手投降之前，他终于还是撮起嘴唇，吹出了一声不成形的口哨。外头起了一阵夜风，窗格子直响，像有人在远远的地方拍手而和。

原载《江南》2022年第3期

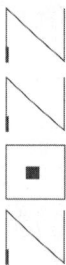

点评

　　故事稍显复杂，采用倒叙、隐显、卒彰显意等手法，使其在扑朔迷离中一步步走向"豁然开朗"，以呈现小说所特有之"味"；彼此之间毫不关联、素无交集的几个人物，因某个指令而被撮合在一起，于是种种关系和因人而异的"世界"被次第打开，继而呈现出所谓"江湖"才有的规矩或逻辑，因此，相比于"讲什么"，"如何讲"显得更重、更有意义。其次，从整体上来看，由"有人拍出20万来了，叫他去'弄'一个大姑娘"所层层打开的场域、界面、出场人物以及在此过程中所不断上演着的各种关于"黑"与"白"、"道"与"盗"的"江湖"风景，构成了这个短篇小说最具吸引力的"内景观"。在此，不同层次、不同性质的事件、人物和环境不断重组，内在于其中的因与果频繁转换，并在这种重组与转换中融入对多维生活和复杂人性的表达、呈现，从而使得小说讲述本身成为"一个有意味的形式"。再次，由"镶金乌云"所生成的指涉意义也耐人咀嚼。由"镶金"装饰而成的"乌云"，与小说中所建构的"江湖"与"人性"，彼此间存在某种隐喻关系，其形象以及由此所延伸出来的深层喻义，都值得细加玩味。

（张元珂）

瀑布守门人

——本文致敬老田

弋 舟

在丽江古城一家略显冷清——其实就是寒碜——的客栈，我见到了郭老师。客栈藏在窄巷深处，三层阁楼的楼顶上有着简陋却宽敞的露台，攀爬其上，可以远眺苍山与雪峰。郭老师说客栈的男主人来自玉门油田，算是与她有着乡谊。

"他给我打了八折。"她说。

我说旅游淡季，估计所有买卖都会打八折吧。

"不要总是怀疑别人的善意，你这样的心态要不得。"

"好吧，可你还是欠费了，人家给我打了电话。"

"这是另外一回事，和八折没关系，就算五折，也不能欠着。"

我说没错，是这个理儿。

郭老师躺在露台上的摇椅里，双手捧一只巨型的保温杯。她不断地拧开杯盖，喝一小口，水很烫，她喝得非常谨慎。我努力不去盯着她看，否则不免要焦躁。拧开杯盖，拧住杯盖，其间加着一个顶多沾湿嘴皮的喝饮，如是反复，让喝水显得格外小题大做，也让拧动杯盖显得格外徒劳无功——如同人与世界的关系，彼此映照，都显得过分夸张。

凡事不可落差过大，否则只会让一切没了真实感。

郭老师则怡然自得，偶尔将喝进嘴里的茶叶吐回杯中。

"无论如何，人家让我省了不少，"她说，"这些天下来，是一笔不小的钱。"

我不想与她争辩，说她省下的这笔钱，不够我飞一趟丽江的单程机

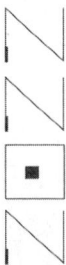

票。她现在看上去难得地满足与松弛。

昨天黄昏却是另一番情形。我出现在客栈门口时，她是飞奔着从三楼冲下来的。她在凭栏眺望，等待着我的到来。就在我们拥抱前的一瞬，她克制住了自己，只是好像有些不情愿似的跟我浅拥了一下。

她说："你给我带新手机了吗？"

我觉得这很了不起。我办完离婚手续的那一天，她打电话给我，让我给她网购"钟薛高"。彼时我站在民政局的办事大厅外，正想着是否要与前夫南辕北辙地走一个反方向——这会让我多绕半个城的路。郭老师的电话打进来，用那种唯吾独尊的气派说：

"罗音，你知道有款很红的雪糕吗？"

她从自己的朋友圈获得了新知，不甘落在人后。当然，后来她也找补了，说："天那么热，我觉得一款当红的雪糕才是对你最好的安慰。"

我很快搞清楚了状况。其实店主在电话里基本上已经跟我把事情说明白了。这是位中年汉子，长发在脑后扎住，胸阔肩宽，像是下一秒就将撑破紧绷绷的衬衫，嗯，有文艺范儿，更有股玉门油田人的气势。站在客栈的回廊下，他又将电话里说过的内容重复了一遍，大意是：你母亲的手机丢了，如今举步维艰。

我问他古城买不到手机吗？

"当然可以。"他瓮声瓮气地说。

"其实你可以先帮她买一部的，是吧？那样，她就能用手机转账给你了。"同样的话，在电话里我已经跟他沟通过，而且还提议由我先给他转一笔钱来应急。

"我也是这么想的。"他说。

"那为什么不呢？"

"我拗不过郭老师。"他的表情很无辜。一条雄壮的汉子，配上这种表情，令人颇有好感。

我去直面郭老师。她上了露台，很明智地给我留下了一个求证的步骤。

"跑这么一趟，你是不是很不情愿？"郭老师说，"他告诉你我有多倒霉了吗？"

"丢手机挺正常的，"我说，"就像我小时候周围人总是丢自行车一样，越是必需品，越容易丢吧。"

"你是在贬低我的困境吗？"郭老师面无表情地说。

我的情绪不好。我奔波得很辛苦，从西安飞来丽江，不能算是一件轻松的事；还有，候机时接到的一个消息也令人不快——一位卧底的同事告诉我，我在公司一个重要的考核中落败了，上级部门的理由是：同样的荣誉我已经得过三次了。我不知道这个消息和郭老师丢了手机相比，哪一个更糟糕些，但我知道，郭老师将如何表态。她会说出格言一般的警句，譬如：胜利从来不会给胜利加分。不是吗？听起来有些道理，如同"失败是成功之母"那般颠扑不破，而且，也符合一个母亲良善的教导。但我还是愿意她替我骂街，替我鸣不平。

眼下的状况并不让我意外。我知道自己的亲妈是怎么回事，同时我也惊讶于自己如今的随遇而安——这的确是一种能力，说是一种品格，或许也不为过。这么想想，考核的不公也算不了什么了。三十多年来，在郭老师持续地教育下，我还是有长进的。

我也用一种说出格言警句的腔调回答她："当然不，对于微弱的个体而言，没有任何一个困境是可以被贬低的。"

以格言的句式说话，证明郭老师已经平复了她的慌张，或者说，她再度寻回了对我的心理优势，尽管这次是我来驰援她。

郭老师问我看出来没有，那条玉门汉子对我的到来颇为开心，这个男人很乐于接待我这样的客人。"他知道你独身。"她不动声色地说道。她说自己待在这里快半个月了，不免要跟人聊聊自己的女儿，她并不觉得这么做是一件有失体面的事，"现在离了婚的女人可没啥丢人的。"她补充道。

我也不觉得有啥丢人的，可我还是有些不满。

"他也离了婚，好吧，我可能是为了安慰他，才顺嘴说了句你的状况。他是从玉门油田来的，多多少少吧，我会觉得有些亲切。"郭老师说。

同样，也是多多少少，一直以来，我都对郭老师的"玉门油田情结"抱着些许的同情。戈壁腹地，祁连山下，那是郭老师一生的起点——一想到这些，我对她就会生出没来由的体谅之心。我遥想她的少女时代，于

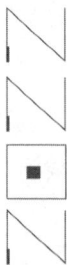

浩瀚的旷野憧憬未来，眺望雪山时，迎着大风时，必定常常地眼涌泪水。郭老师对我并不经常提及她的那些经历，更多的，是出于我的想象。我陪她回去过两次，有一次她带我去戈壁滩上看夜晚的繁星，明确地给我指出了北斗七星的位置。苍穹之下，七星灿然，近得让人陡生顺手摘下两颗的妄念。

郭老师从近在咫尺的繁星下出发，考学，结婚，中年离异，像所有的人一样痛苦大于欢乐，如今躺在云贵高原的露台上啜饮保温杯中的浓茶，这让我无法对她抱怨什么。微风中，她拂动的白发都像是生命一个可以任性的特权，尽管，她在满头乌发的时候似乎就得享着这份特权。从侧面看去，她的脸颊依然紧致，皮肤并无明显的松弛，可能是嘴里嗑进了枸杞，她在慢慢地咀嚼，肌肉呈现出的轮廓还显得有些坚毅。

"你不会不高兴吧？"郭老师侧脸看着我，"我觉得小顾还不错，认识一下也没什么不好。丽江这么美，以后你来玩儿也能给你打个八折。泸沽湖我还没去，听说也很不错，你要和我一起去住几天吗？"

"在泸沽湖也给我介绍一个日后能打八折的吗？"我问她，并无怒气。

"怎么会，你想多了，嗯，不要认为到哪儿人家都会对你打八折，我们没那么幸运。"

"倒也是啊。"

"可不是吗？"

"泸沽湖我是没法陪你去了，你自己带好手机，我还给你买了根挂绳，你就把手机挂在脖子上吧。"我说。

一直以来，对于郭老师我还是很服气的。她从来都不高估自己，只把任性而为的特权行使在我们母女的关系之间。我对自己的儿子提及姥姥时，不免总是强调郭老师的特立与独行，乃至还有自知与勇敢。她在中学教语文，却对天文很感兴趣，毕生仰望星空，积累下不少的人生心得；很早的时候，除了我，她就举目无亲了；如果有足够的钱，退休后，她一定会只身去周游世界；她既不愿意高估世界的善意，也不愿意高估自己耐受恶意的能力。这些美德，都足以拿来教诲家族的后辈。

出门前，儿子要被我送到前夫那儿去，在车上我就是准备这样教导他的。前夫已经再婚，儿子要去生活几天的那个家庭，自然如同一个微型的世界了，他需要学会与之相处的方式，那么——别高估世界，也别高估自己。

"你能和安贝相处好吗？"我问儿子，同时想象了一下两个孩子在一起可能酿成的灾难。

安贝是前夫再婚后生下的女孩，七岁，对她的脾气、性格我没有把握下判断，因为我知道自己无法客观。这个女孩我见过不少次了，如果一会儿见到她，我可能会故意逗逗她，问问她寒假有没有什么伟大的计划，是不是又要新学一门乐器？她呢，会摊开手，以一种成人才有的笃定反问我："你呢？"——这就是我对这个小女孩的认知。

"我知道你在担心这个。"儿子说。

"没错，我是挺担心的，毕竟你们没在一起住过。"

"不会有事的，"儿子竟也是一副成人才有的笃定口气，"估计她妈妈现在也会问她同样的问题。"

"会吗？"

"当然会，你不问我，她妈妈也会问她。她比我小五岁呢。"

"这跟年龄没什么关系吧？"

儿子说我的这种担忧应当是针对小孩子的，言下之意是，年纪更小的那个，在睦邻友好中才承担着更多的风险。那么好吧，我只能提醒他，年纪大的一方，将承担更重大的谦让义务。这种对话并不那么轻松，仿佛已经预设了一场博弈与妥协的征战。

儿子却一脸的若无其事，他对我说："没事的，该担心的是安贝的妈妈。"

这句话让我有些发愣，或许是我想多了，觉得儿子对于如今这两个家庭的局面富有独到的洞见——那个最微妙的角色，没准真是要让安贝的妈妈来扮演。同父异母，两个小孩相处得还不错，经常会在周末见一面，对于三位家长的处境，也许他们早有过推心置腹的讨论：谁更为难一些，谁更超然一些。想当然的，我自然会以为那个最超然的人应当非我莫属，而前夫，活该多作难一些吧，但现在儿子提醒我也许还有另外的剧本。

我小的时候也一样，比儿子现在还小的时候，就会跟亲密的女生分析彼此的父母。有一个叫若琳的女生和我最要好，因为我们境遇相仿，都是单亲，不同的只是我跟着母亲，她跟着父亲。我们一起悲叹人性，用的却

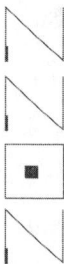

是一种夸张的谐谑态度，认为成人的世界远比他们以为的要弱智得多，甚至，我跟若琳还分享着郭老师怀春的蛛丝马迹——她买新裙子了，最近总照镜子，我还偷看了她的体检报告，云云；而若琳，对我也开诚布公地道出了那位鳏夫的诸多秘密。这的确很刺激，俨然重要的启蒙。我们常常因之掩饰不住地呼吸紧促，继而尖叫大笑。

前夫等在小区外迎接我们。他现在是这个人间平庸故事里的枢纽，尽管如此，他也依然无法因之就显得不平庸了。我坐在车里看着儿子向他走去，心想他会在自己的一对儿女嘴里被如何戏谑地谈论。我觉得他老了，不是一个七岁女儿和十二岁儿子的父亲，是七加十二，一个有着十九岁孩子的男人。

离婚不久，有一次郭老师对我说："别让你儿子妨碍了你的幸福。"

我忍不住窃笑，认为这是郭老师在借机声讨我妨碍了她的幸福。是啊，至少有三个男人是被我从她身边赶走的，一个女孩子对于围在自己母亲身边的男人，杀伐决断，会焕发出魔鬼一般的破坏力。我永远记得自己诸般小小的邪恶，那一次次难以启齿的快慰与痛苦。但是儿子当时并没有对我构成类似的威胁，也许因为他是个男孩，对于这种事情天然鲁钝一些？这样想，却让我心里隐隐地作痛。尤其当儿子和我的新男友相处甚欢时，反而只能让我充满了无从说明的负疚之情。我见不得儿子傻乎乎地跟着一个陌生的成年男人笑，见不得儿子被一个微不足道的小把戏哄得团团乱转，因此，男人们的善意倏忽都成了诡计，也倏忽，我自己不过只是诸般卑劣诡计的最终目的而已。那么，岂能让他们得逞。

这么说来，在人生崎岖的情路上，我妨碍了郭老师，儿子也委实妨碍了我。可是，我也相信郭老师会和我一样扪心自问：就算没有了妨碍，我们就真的能一马平川地奔向幸福吗？

"他可能要住一个礼拜，也许更久！"我把头伸出车窗向前夫喊，这个时间并不是理性估算出来的，我只是下意识地想要给前夫制造些心理难度。

"没问题。"前夫说。

他迎向儿子，伸手卸下儿子肩上的书包。这很自然，但看在我眼里，竟非常伤感。这两个男人，或者两个男孩——真是有些矫情，可我还是忍不住这样的感受——他们真是令我瞬间感到了苍老。我觉得他们的笨拙、殷勤、努力和平庸，都是那么令人怜悯与难堪。那么好了，在郭老师眼里，我会不会也是这样的呢？

目送他们走进小区，我生出了取消丽江之行的念头。但我也不想回到既有的节奏里，公司的假已经请好了，我想我应该放飞一下自己。我用微信的语音功能拨给一个新近结识的男人，响了几声后，又自己挂断了。男人五分钟后回拨了过来，声音听起来就是一个试图哄得小男孩欢心、以期捕获他母亲的卑劣诡计。我虚应了几句，便中断了对话。正午时分，阳光耀眼，我打开音响，驱车直奔机场了。

登机前，我打电话给前夫。

"放心吧，我很好，"是儿子接听的，他补充说："我们很好。"

"你们在干吗？"

"在玩儿。"

儿子显然很不耐烦，但我有意想跟他多说几句，逗弄一般地干扰他，对我就是一个富有安慰性质的补偿。

"玩儿什么呢？"

"游戏，游戏呗，还能玩儿啥呀！"

"我知道是游戏，我想知道是什么游戏。"

"瀑布守门人！"

"什么？什么守门人？"

"瀑布，大瀑布的瀑布！"

我还想进一步求证，儿子已经忍无可忍地挂断了电话，于是"瀑布"这个词悬置在我的耳朵里了，经久不散，让我处在某种壮阔而磅礴的自然想象中。

我给前夫发微信，却是说给儿子的："明年暑假我带你去有瀑布的地方玩儿。"

"好。"飞机开始滑行时，微信有了回复，我觉得应该是前夫的手笔。

"你可能有时候会把他们父子当成同一个男人，就好像你爸会把我和你当成同一个女人。"郭老师说。这时候暮色四合，在楼顶上张望灯火渐起的古城，真是让人有种意兴阑珊之感，连带着，她的声音听起来也略略地有些惆怅了。"你自己都不知道你的情绪是因为了他们中的哪一个。"

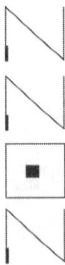

我不知道她想表达什么，但我觉得这是无稽之谈，对于前夫，我自认已没什么情绪可言。

"我爸把我当成你？"我问。

"是的。"

"我爸把你当成我？"

"是的，有时候会。"

我说我去一下洗手间。在三楼自己的房间门口，我遇见了那位名叫小顾的店主，他正扛着大桶的矿泉水挨个给每个房间送。

"接到通知，可能要停半天水。"他向我解释。

"古城经常会停水吗？"我问他。

"这个倒不会，我也是第一次碰到这种事，可能是供水系统定期维护吧。"

"哦，那洗漱要麻烦了。"

"时间不会太久，但能洗还是抓紧洗一下吧。"

也许是臆想，我认为他的脸微微红了一下。

我回到露台时，郭老师用肃然的口气对我说："你会后悔的。"

"什么？"我问她，脑回路依然停留在方才的话题上，不明白我何悔之有。但我也知道，和郭老师对话，你得适应她跳跃性的思维。有一次，在跟我讨论素食的好处时，她突然问我："你对男人还有需要吗？"

我跟朋友们说，我的母亲观念非常开放，但仅限于说明她对我择偶的态度，实际上，无从启齿的是，她对自己的欲望也从不避讳。她几乎没有断过异性伴侣，很早就把身体的需要与精神的需要分别看待了。差不多十年前，她惊叹着对我说："吓死我了，我以为是怀上了，原来是绝经了啊。"那语气，是坦率的自嘲，却也有些骄傲的自得——在更年期的时候依然还有热烈的异性关系，这是她要传达给我的信息。

"你会后悔的，"她又说道，"几天后就有双子座流星雨，泸沽湖边非常适合目视，这是今年最后的一场流星雨了，会壮观得像漫天的瀑布——你真的决定不和我去一趟吗？"

"瀑布？"我怔了怔，心头被莫名地触动了一下。

"是，每小时上百颗的规模，就像是夜空的瀑布。我这次来丽江，其实就有这个计划。一定让你赶过来，也是想让你一起去看看，手机丢了不过正好是个理由吧，你看，这就像天注定一样，我得丢手机，你得跑这一趟，这都是神秘的天文感应。"

"那你可以直接跟我说啊，出发时就问问我，愿不愿意跟着你去看天上的瀑布。"我说。

"出发的时候我还没打算叫你，噢，也用不着瞒你，我本来是跟人约好了的，在丽江见，结果呢，那家伙爽约了。"

"约了男人？"

"对，但别以为我会有多失望，没什么的，爽约总是比践约来得多些，你也得早点儿明白这个道理。好在星空从来都运行得守时守约，从来不会放你的鸽子。"

"就没有过不确定的天文现象吗？"我问，"比如，说好了的流星雨却没出现。"

"有，但是天文现象的不确定只是因为还有许多人类未曾掌握的规律，它们在自己的规律里一定不会瞎胡来。"

"人的不确定性呢？是不是也有人类未曾掌握的规律？"

"噢，没准真是。但人的大规律和宇宙是一样的，生老病死，一天天衰败，宇宙会坍塌，人会死。"

"好玩，我千里迢迢跑来跟你坐在楼顶聊这些事儿。"

"也没这么可笑，"郭老师说，"我们是时候聊聊这些事儿了。"然后她令我震惊地说："有一天我走了，身后的几件事你要搞清楚。"接着她告诉了我她的银行卡密码。

"我不要你的钱。"我这么说，完全是因为被搞蒙了。我无法想象，这是那个十年前还在怀孕与绝经之间踟蹰的女人——我的母亲。我不要她的钱，只是在拒绝她突发的哀声。

郭老师摇头笑了，问我："最近和你爸有联系吗？"

"有，他迷上钓鱼了，前些天让我帮他在网上买鱼竿。"

"你给他买了吗？"

"买了。"

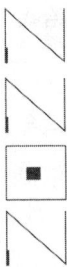

"这是迷上个比找女人还烧钱的事了。"郭老师调侃道。

对于自己的前夫，她从来都是以调侃的态度来谈论的，即便说起两人之间仇恨的旧事，也是以"捣蛋着呢""坏家伙"这样的句式来概括，如同只是在谈论一个调皮孩子的过错而已。

我也曾不断地琢磨过这两个人复合的可能性，当然，也不断地否定掉了，直到最终再也不做此想。离婚后，父亲也走马灯一般地换着女人，最小的女朋友，年龄恐怕比我还要小一些。我的父亲母亲，这两个都有着不懈激情的人，为了无可阻遏的自救的冲动，不惜挑战既有的生活秩序。

很不幸，对于他们而言，我恰恰是"生活秩序"的一个标签——我是他们的女儿，是一个人间的事实或者铁律，以此宣示了责任与义务，甚或还有人伦与道德。于是，在漫长的成长中，他们的激情，就是我不得不与之激战的敌人。但我不怨恨，至少如今不怨恨了，因为我也面对过自己的激情了，知道这激情，确乎亦是自己与自己的憔悴的激战。

郭老师忽而关心起我来，问我是不是要给儿子打个电话？

"他玩儿得顾不上跟我说话。"我问郭老师"瀑布守门人"这种游戏她听说过没有。我想，她做了一辈子老师，应该对孩子们的把戏了如指掌。

"不知道，但肯定是种湿身游戏。"

"失身？"

"就是互相泼水，弄得像落汤鸡一样吧，大差不差，望文生义就能猜个八九不离十。"

"这大冬天的……"

"别担心，小孩一般玩儿是玩儿不坏的。"

我说不是这个意思，我并不担心儿子受凉，是想不通一个"湿身"游戏在这种季节条件下，如何才能开展。

我说："穿着泳衣在沙滩上玩儿行，裹得像粽子一样，怎么玩儿？"

"我想他们可能会钻到浴室里玩儿吧。"

"可他现在洗澡时都不让我进浴室了，他觉得自己已经是个男人了。"

"嗯，但他不会拒绝在自己的女人面前光着身子。"郭老师开心地大笑起来。

"真是麻烦……"我也觉得挺好玩儿，却也有某种隐隐的忧愁。

"别担心。"

"什么？"

"生命令人苦恼，但也正是如此才显得迷人。"

我感到不安，对于郭老师的格言警句我已经习惯了，但此刻我却觉得微言大义，她不是寻常的心情。天色已经完全黑下来了，古城的灯火堪称辉煌，但在楼顶仰望苍穹，高原夜空的繁星毫不逊色地碾压着人间的烟火。

"我查出了癌。"郭老师突然平静地说。

很久以前，郭老师曾经因为胃穿孔倒在了讲台上，那次算得上是从鬼门关走了一趟。我被她的同事带着去医院探视，明确地体会到自己的生命里不能没有她。那时我十四岁，心里想：她要是死了，我也要跟着一起死。

我回头看着她，她眺望着楼下的古城夜色。我很想跟她把这个话题展开，却只是顺着她的目光望向远处，什么话都说不出来。夜色不是纯然的漆黑，和灯火与繁星无关，它几乎本身就是一种透明的蓝色，就是一种光源。远方的山影是漆黑的，但也不仅仅是颜色，更是一种距离的色感。远即是黑。

郭老师幽幽地说："这样的夜色和玉门的夜色很像，油田在晚上也灯火通明，但一点都不会减弱夜晚本来的性质。"

我点头称是，然后提议下楼去吧，夜风中，露台上已经感到有些冷了。我们各自回了房间，我本来打算冲个澡再去找她，但打开淋浴才发现停水了。这让我敲响她的房门时心情更加糟糕，如同披挂着一生的积垢。

子宫癌。

第二天一早我就在古城瞎转起来。我没有惊动郭老师，想让她多睡会儿。而且，现在我有些惧怕面对她。黎明时分的古城一片阒寂，高原的晨风委实有些凛冽，红色角砾岩铺就的小径水洗一般的干净。在一家开了门的小店，我逗留了很长时间。店主是个蓬头垢面的中年女人，她可能没有料到这么早会有顾客，一任我在店后挂满了东巴扎染的院子自选，顾自去忙碌晨起的家务了。我突然对那些朴素的粗布着迷极了，它们悬挂在竹竿

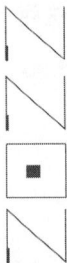

上，随风轻舞，令人好似陷入了一个柔软的迷宫。蓝底白花，仿佛一片片垂挂的天空。我意识到自己为什么会有了沉醉之感，因为如此一来我才能短暂地摆脱失措的情绪。我挑了几十米的布，把它们抱在怀里，感觉到一种软弱的沉重。我并不热衷这类民族风格的东西，压根不知道买回去做什么用。拎着两只大袋子出来，我继续在纵横交错的小巷中漫无目的地走。

我想起另一次经历。儿子两岁的时候发急疹，高烧不断，严重到伴有惊厥的症状，医生告诉我有导致脑病、肝炎、嗜血细胞综合征等等可怕后果的风险。我知道这是所有医生惯有的作风——总是把最坏的可能扔给你，除了免责需要，没准也借此满足了人性中对于恶意的隐秘享受。我让儿子和他父亲留在医院里，自己去逛街。那一次，我第一次透支了自己的信用卡。在一家情趣用品店，我还给自己买了件昂贵的玩具。我也记得接儿子出院时的情景，他和我坐在车子后排的座位上，惶惑地盯着一身珠光宝气的我。他不能理解他的妈妈怎么会像换了个人一般，当我试图去抚摸他时，我感到了他有一个紧张的躲避——他的小肩膀缩紧了一下。然而我还是几近残忍地按住了他的肩膀，感觉着我的孩子在生命的困惑里颤抖，刹那间，泪水抑制不住地奔涌而出。这更吓到他了，我差不多能够感到他在努力地让自己变小，小下去，小下去，一直小到不用再负重。

最终儿子当然没有得脑病，没有得肝炎，没有得嗜血细胞综合征，他很健康，只是在成长的过程中，有了一次想要无限变小的生命记忆。

在一座挂着"十月文学馆"的院子门口，我捡了一粒石头，把它放在了门楼边一个隐秘的角落里。没有特殊原因的话，这粒石头就将堪称永恒地藏身于此了，不会被人为地挪动，也不会任性地自己跑开。我四下望了望，巷子里除了我没有他人。这算是我的一个秘密——经常在陌生的异地留下一些只有自己知道的小标记。我幻想，有一天把某处的小标记告诉某个男人，如果他真的能循迹将之找到，并且在七个不同的地方集齐七个龙珠，他就将是我最后的男人。我知道这事的难度有多大，因为我不高估世界，也不高估自己。

临近中午的时候我回了客栈，还未走进门廊，便看到了奇异的一幕：大水天谴似的奔涌，瀑布一般从三层阁楼上倾泻而下。一条汉子背对着我站在门廊里，举头仰望，整个身姿都写满了深深的困惑。有一天我会专门说说这个客栈之王的，但此刻我被眼前的奇观完全地俘获了。从我所在的位置看过去，他就是一个不折不扣的

"瀑布守门人"。大约有一分钟的光景，这个名叫小顾的汉子才行动起来。他冲进瀑布，在我看来简直是欢天喜地着奔上了楼。祸患的源头就是三楼我的那个房间——昨夜我打开淋浴后并没有关闭，今早来水了，蓄积半日，终于酿成了水患。

我也跟着跑了上去，穿过水帘的一瞬，不由得失声尖叫，心情真的是莫名欢乐。冲进房间，水已经没过了脚踝，水面上漂浮着我的高跟鞋，还有一些可疑的小物品——应该是床下未被清扫出的垃圾——纸屑，药片，小小的塑料包装。花洒已经被关住了，但小顾已然湿身。也许他是情急之下忘记了避水，也许他干脆就是有意地让水浇了浇自己。我们站在水里，面面相觑。片刻后，我抬脚撩起水来踢向他，他迟疑了一下，以同样的方式反击我。几脚之后，我们都控制不住地撒起欢来，他搞过来的水花都泼洒到了我的脸上。闻讯而来的人吃惊地挤在门外，看着我俩得劲地又喊又跳。

阁楼有相当大的面积是木质的，我紧随着小顾下楼去查看相应的房间。情况糟糕透了，楼下房间的天花板已经溶洞一般地滴着水了。还好，这间房没有客人入住。小顾查看床品是不是已经被淋湿的当儿，我不假思索地从身后推到了他。一切结束得飞快，我们都自觉地在和某种紧迫的事物竞争。不，不完全是因为时间，也不完全是因为了环境，是更为深层的、跌宕的情绪令我们深感时不我待。我从未像这般彻底地自由，大朵大朵扎染一般人造的白云在我脑子里争相怒放。天空倒垂，万物都是平行着的了。这是一场单纯而极致的游戏，名字不妨就叫作"瀑布守门人"。

整栋客栈必然是喧闹的，人们在大惊小怪地救灾。但我却觉得万籁俱寂。这种感觉萦绕了我很久，当我走出房间时，那些奔忙的身影都是无声的，好像电视画面关掉了音量。小顾张嘴对我说着什么，可我听不到，我也张嘴跟他说着什么，自己也听不到。这样也挺好，我想，一个无声的热闹世界，反而显得庄严肃穆，令人敬畏。

"造成的损失小顾会给我打八折的。"是夜，我在露台上对郭老师把握十足地说。

我的听力尚未完全复原，所以音量不由自主高了很多，像是咏叹。

郭老师说："你瞧，世界有时候是会优待你一下的，做个游戏，打个

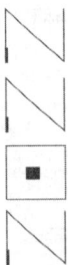

八折什么的。"

"你还需要我陪你去泸沽湖吗？"我问。

"这个要看你的意愿，不过我还是建议你一起去，在空气稀薄的环境里看一场天上的瀑布，这种机会并不多。"

我举头望向夜空，俨然已经看到了那个奇迹一般的时刻。

"宇宙的高潮，"郭老师说，"你只有看到了，才会知道有多震撼。"

"宇宙的高潮，这个说法不错。"

我感觉今天晚上的郭老师像一个诗人，或者像一个哲学家兼天文学家，就是不像一个癌症患者。她披着羊毛的披肩，抱着巨大的保温杯，岿然地坐在时光里。

"明天再做决定吧。"我说。

"好，别急着做决定——跟着鼻子走就好。"

"对，跟着鼻子走！"我说，"早点儿休息吧。"

"你下去吧，我们再坐会儿。"郭老师噤着茶水说。

我走到露台边的木梯时，郭老师大声对我说："在你爸眼里，我们是同一个女人。"

那天下午我从被水淋湿的床上下来，站在窗子前向楼下眺望，想象着两天前郭老师也是以这样的视角张望我的。我看到巷口迟缓地走来了一个熟悉的身影。极致的余波还在我的身体里荡漾，我目睹的一切微微有些摇晃，好像没有拿稳的镜头，于是来者看上去临空蹈虚，脚不沾地。这个践约者，坏家伙，从奔放而泥泞的生命中跋涉出来，拜衰老所赐，于长久渴求的不安和不安的渴求中解放了自己，如今，他来奔赴一场观摩宇宙高潮的邀约。现在，他是这个世界上的一个平静的人，一个忠诚的人，一个纯洁的、做完游戏后往家跑的小孩。

我很想就这样站在窗口一动不动地看下去，并且想象着自己有朝一日也能这样回家。不需要谁给我集齐七颗龙珠，一切都将是无条件的，只要你终于摆脱掉那沼泽一般蒸腾的、因为恐惧而不得不求生般挣扎的热欲。可我还是转身下楼了，去迎接我那风尘仆仆的、迟到了的父亲。我知道，在我们拥抱前的一瞬，我也会克制自己，只是好像有些不情愿似的跟他浅拥一下。

点评

　　第一人称"我"是小说中的人物兼叙述人，小说一开始就展现"我"的不合常理处——不仅称自己的生母为"郭老师"，还在表达对这次丽江之行的不情愿。事实上，母女俩在丽江相见，表面上看是因母亲丢失手机而向女儿发出求助，深层原因实则是源于母亲发觉身患癌症而想见见女儿。对母亲而言，离异后的生活从不缺少男人，也极力避免他人干扰自己的世界，此番来丽江旅行，自也是这种生活中的一个"小插曲"；对于女儿而言，同样离异，奉母之命不得不赶赴丽江，但须将孩子暂时托付给前夫家照料。母亲与女儿之间的这种不乏对立、紧张的关系，在小说前半部分得到充分展现。在小说后半部分，母亲拟想中的泸沽湖之行，得到"我"的主动迎合——"你还需要我陪你去泸沽湖吗？"，是源于"我"被告知母亲身患癌症之实。由此，对于母女俩欲望与人性维度的表现，又瞬间转向对其生活与伦理向度的表达，也正展现了同样深置于生命中的另一种风景，即母女间由离散、对立走向共情、和解。标题中的"瀑布守门人"本是一种网络游戏的名称，在这家旅店中又发生了从"我"住处流出的现实版的"瀑布"，这可否也是颇有意味的隐喻？或者说，这和小说中的"我"及母亲有何种意蕴关系呢？小说并没有正面回答，这有待读者去追问。

（张元珂）

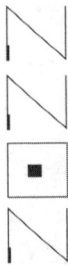

女 猫/

/盛可以

随着一个紧实的拥抱，几个月的虚拟爱情落地现实。三十多岁的人，在通往婚姻的旅途中，并不看重车窗外的景致，目的地才是最期待的。她来他的城市开始新的篇章：和他相处，同居试婚。他开车来机场接的她。他是一个笑容开阔、口腔洁净的男人，比照片更为顺眼。她没失望。副驾座上有猫毛，显然是米雅的。他给她发过那只黄猫的照片，一只八岁的母猫，城府很深的样子。她说它很可爱，不过这是一句违心话。他左手开车，右手攥着她的手，车技娴熟，不时侧过笑脸来看她。她知道，他对她也很满意。虚拟与现实的无缝接驳鼓舞着他们，四十分钟的车程根本经不起甜蜜的消磨，眨眼间就到了他的住所。

这是一个不错的社区。园林绿化颇为讲究，树上的蝉鸣声烘托着人间烟火气，人工湖里的睡莲开着白花，一对鸳鸯泊在水中，展示着宁静的一面。他已经为她复制了新钥匙。那片金黄的钥匙，在他裤兜里煨得浑身滚烫，她仿佛触到了他的裸体，心神为之一荡。他站在她身后指导她开锁，轻柔地吻了她裸露的后颈，她在那酥痒带来的晕眩中将钥匙插入锁孔。按照他说的，向左旋转两圈半。推门不开，手上加了一把劲，不料用力过度，门被猛然推开的声响显得粗鲁。

"轻点，别伤到米雅了。"他急切地说，"它总在门边上等我。"

开门弄出这种响声，让她感觉自己像个愚钝的乡下人，他说话的语气里似乎也有这个意思。黄猫不在门边。他关上门，边喊米雅边脱鞋，给她递了一双拖鞋之后，抛下她去寻猫了。

他的妻子五年前车祸去世。房子里没有留下她的印迹。

她打量她即将生活的地方。这是一个长条形的公寓，空间很大。按设计规划，玄关右侧为临街大凸窗卧室，左侧依次是客厅、餐厅和厨房。但他改变了布局，大凸窗卧室改成了猫房，里面是与猫有关的一切。整包堆着的猫粮和猫砂，满地猫玩具，一人多高的猫爬架、猫抓柱、轨道球、隧道、帐篷……猫砂盆和铲子都是粉红色的。

玄关左侧的客厅是联结其他空间的通道，变成卧室后没有任何私密性。这里也是遍地玩具，逗猫棒、弹簧鼠、猫抓板、仿真鱼……她用脚拨出一条路来。室内并不温馨。简单到寂寥。除了墙上那张有猫的电影海报以外，并没有任何装饰。一架猫的专用楼梯挡在床侧，人必须绕到另一面才能上床。

她想起他说的，猫有腿疾，不能跳跃。

是猫非床不睡，还是他需要猫睡在身边？

她忽生一股"寄猫篱下"的感觉。

他是一个零售市场分析师，精于制作数字图表，他甚至能将他们的感情波动做成图表分析，他们正是在恩爱值爆表时开始试婚的。这种节奏和步调一致的感情并不常有，彼此认定对方是那个正确的人，可以携手到老。

甜蜜占据上风。她开始幻想着如何布置卧室。

客厅家具风格现代。灰色大理石面圆茶几，上面有茶盘、杯垫。灰色沙发是新的，缝隙里插着一根系着羽毛的逗猫棒，它像一面胜利的旗帜，宣告着猫的领土与地位。它无处不在。

一丝对猫的厌恶浮上她的心头。

他在厨房哄猫，嗓音是尖细甜腻的："米雅，今天怎么不高兴呢？……哦，宝贝……至少喝点鱼汤吧……这可是你最爱吃的呀。"

她走进厨房，看见漂亮的中央橱柜兼吧台，那是她喜欢的。她看见自己在那儿洗碗切菜，他从后面撩起她的裙摆，但吧台上面的猫餐具扫了她的兴。那些精致的器皿里盛着精致的食物，猫像个芭蕾舞者，姿态优雅地站着，仰着头朝他咪咪地叫。

他给猫介绍新来的客人，仍是那种甜腻的腔调。

这是一只普通的虎纹猫，尖削的脸，吊梢的眼，冷幽的目光。她讨好它，假装欢喜地抚摸它。它躲开她，两眼斜睨着她，脑袋在他的腹部来回

磨蹭，喉咙里发出咕噜咕噜的愉悦声响。他则用不久前在车上紧攥她手的那只手，反复捋着竖起的猫尾。他们配合默契。

他本应该抱着她亲吻，胶着中一起倒在那张大床上。但他一进门，手和心都不在她身上了，好像她已经在这里生活了很久。

她情绪控制得很好，微笑着参观厨房。看不到人的生活痕迹，处处是猫的物品。灶台上垒着小罐头食品，外壳上印着猫头，一看就是高档货。洗碗池堆着猫用过的餐具，上面沾着酱食。猫毛无处不在。

"你尽管按你的喜好来收拾房子。"他说。

他们在餐馆吃饭。这时候，他完全是她的了。爱情又衔接起来，重新美满如意。他打算周末和她去买床上用品、花卉植物，选哪种挑哪样，一切都由她做主。他给了她管理家居的权力与自由，等于颁发了"女主人"委任书。她很谨慎地使用这个权力，没有直接指出猫不该占有主卧，而是委婉地从风水角度谈开来。比如卧室是一个家庭最重要的地方，它主健康运势，还有生育与感情，如果卧室不够私密，且是出入通道，会破坏风水能量。

"我只要你住得舒服。"他说，"都听你的。"

他对她宠溺时，她觉得自己是只猫。

他们当晚就动手调整布局。猫和它的一切被挪到闲置的餐厅。他拖动吸尘器清洁地毯。她卷起袖管擦窗拭壁，清除猫的痕迹与气味，一边想着如何努力去爱他最爱的东西。

猫坐在对面房间里，冷峻地盯着他们。

抬席梦思时，有一张照片掉下来，照片里是一个长发女人，胸前抱着一只黄色奶猫，生日蛋糕上插着很多蜡烛，烛光将那张年轻漂亮的脸和黄色奶猫的眼睛映照得分外明亮。不用问，她知道那是谁。他知道她知道，因此也没说话，只是将照片放到别的什么地方以后，回来继续干活。

她喜欢这个卧室，透过大窗可以看见天空和樱花树，做猫房简直太浪费了。他们在屋中拥抱，彼此都很满意这番劳动成果，他称赞她的设计与审美。他低头准备亲吻她时，忽然想起了猫梯，于是放开她去搬梯子，依旧挡在床沿边。这个丑陋的东西占据不少空间，还严重地破坏了整体的美观与气氛。

她知道，现在她不能对这个梯子发表看法，更不能移开它。

全屋收拾妥当，洗干净身体头发之后，已经是凌晨时分。就着窗外透进来的昏黄灯光和花香，他们这才有时间投入亲吻，探索彼此疲惫不堪的身体。

窗外朦胧。光线对于做这类事情恰到好处，双方的身材和脸庞都显得漂亮完美，眼袋、雀斑、眉毛稀疏等瑕疵均被很好地隐藏起来。他很结实。世界罩在一张薄薄的被单下。他们不必着急。时钟走完那半圈，他才需要起床上班，而她可以睡到任何时候。床在重压下呻吟，带来更大的刺激。谁也不想太快结束。正如痴如醉之际，她看到一团黑影爬上他的脑袋，惊吓过后，她意识到是那只猫。

猫滚落在两具身体中间，头在他胸前磨蹭，嗓子里呼噜呼噜响，尾巴扫到她的脸上。她闻到一股鱼腥味。

他试图将猫挪走，但是猫抵拒着，后爪子勾住被单，发出不情愿的叫声。

她转过身，背对着他和猫，假装疲惫地睡过去了。

天还没有大亮，他轻轻吻了一下她的额头，小心翼翼地下了床。她听见猫的呼噜声随他移动，仿佛是他的呼吸声。她微睁双眼，看见他带上房门的背影，腋下夹着猫。

他和猫构成一个固定的世界。她感到自己是多余的。

不过，这种想法没持续多久，另一种情绪打败了它。昨天晚上，他是握着她的手睡的。隔着猫。他给了她足够多的安抚。他向她道歉，承诺下一次会预先关上房门，事后再放猫进来。她希望每晚都把它关在外面，但没说出来。她依然谨慎地行使他赋予她的权力。她处在一个尴尬的年龄，特别怕把事情搞砸，多少懂了些委曲求全的艺术。更何况她已经按她的喜好布置了家居，把他的家弄了个天翻地覆，如果又逼他撵猫下床，打破他们的生活习惯，未免有些得寸进尺，给他留下自私、对动物不够友善的印象。

她起来，拉开窗帘，推开窗，自然光透进来，新鲜空气驱散了房间里

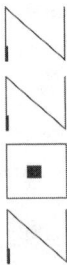

的浊气。樱花树上有两只鸟，在相互梳理羽毛，嘴里叽叽喳喳。她不禁脸露微笑，静静地看了一会儿，直到它们飞走，留下一树静寂。

她决定对那只猫好。抱着这个想法，她来到厨房，猫已经高举尾巴，在吧台上吃早餐了。她读出一些娇宠的意味。她克制内心的反感，甜美地叫了声猫的名字，摸了摸它的背。她主动问他如何喂猫，猫爱玩哪个游戏，表示他不在家的时候，她会照顾好它。

"我的猫。我的女人。"他心满意足地亲她的脸。

女人一样的猫，还是猫一样的女人？她的思想在这个问题上停留了一下。

他介绍猫的饮食习惯，那种温柔的语气显然是针对猫的。他赶时间上班，最后象征性地拥抱了一下她，叮嘱她不要关闭客厅的百叶窗帘，猫喜欢坐在那儿看外面的行人和狗，否则它容易抑郁。

厨房里只剩下她和猫。她们相距几米，隔空打量。

"米雅……"她率先打破僵局，走近它，但是不敢伸手摸它。

猫轻轻喵了一声，从吧台那头走过来，仿佛这样可以将她的脸看得更仔细。

"我可以摸你吗？"她伸出一只手。

猫慢腾腾走到那只悬空的手下面，挨着手心磨蹭起来。它释放的信任与温柔，瞬间让她充满感动，对它变得怜爱起来。她甚至抱起它，脸对脸地亲热，内心同时生起对他更深的爱意。

她让猫趴在肩头，开始清洗满池的猫餐具，心里涌动甜蜜与幸福，想着他，期待着晚上的黑灯时刻。

他给她在餐馆订了午饭，晚上带她出去吃泰餐，又问她与猫相处如何。这一天，她陪猫玩遍了所有的玩具游戏。猫很聪明，她从中获得了快乐。

下午五点多，猫不再玩任何游戏，坐在大门边，尾巴在地上扫来扫去。没多久，她听到钥匙插入锁孔的声音，门被轻轻推开。他回来了，刚进屋猫就贴过去，紧挨着他的小腿磨蹭起来。他抱起猫，一边跟猫甜腻说话，一边敷衍地亲了她的额头。无论他走到哪里，都没有放开猫。坐在沙发上和她说话时，手也在抚摸着猫，从猫头到猫尾，捋过竖起的尾巴，一遍一遍，不厌其烦。

那只手本应在分别一天后饥渴地抚摸她的肌肤，诉说思念和欲望。蜷在他怀里的本应是她，而不是一只猫。

她又变成那个多余的人了。

但是，幸福感在晚上回来了。他关上了房门，让她尽了兴。

事后她去了一趟洗手间，返回时猫已经在床上了。他正专心细致地将猫，好像弥补刚才对它的冷落。他的手没再碰她。

属于她和他的夜晚结束了。她面向窗口侧卧，整晚都没翻身。

周六。在街上与他牵手行走，她突觉身心一阵轻松。天空明媚，穿过林梢的风清新甘醇。她深呼吸。他没有察觉，猫一直压在她胸口。他还总把猫放在她怀里，试图让她们增进感情。

没有猫，她的胃口很好。他们在一个干净的小馆子吃了重庆小面、灌汤包子。店主称她为太太，她和他愉快默认。他们边吃边聊，新闻、房地产、零售市场，最后话题回到自身，关于婚姻和孩子。因环境和时间关系无法深入，他们将留待回家去讨论这些事情。

他们来到一个巨大的综合商场，成为最早的一批顾客。他还是那句话，挑她喜欢的，她喜欢了，他就会喜欢。他攥着她的手，十指相扣。商店服务员也将他们当作夫妻。他们确实很登对。他比她高一头，身形挺拔；她穿着平跟鞋，照样窈窕。

她谢绝了店员的推荐，心里知道自己要哪一种。他们在床上用品区移动，像欣赏艺术展览那样，不时伸手摸捏材质，测试手感，讨论颜色是否与家具窗帘相配。她并没有独断专横，而是尊重他的意见，甚至顺从他的想法，除非真的差距太远。

沙发抱枕很重要，可以提升客厅的动感。他的沙发是灰色的，她想着用亮色的抱枕点缀。雪白假羊毛抱枕柔软舒适，金色的布面抱枕清爽洁净，都很漂亮，她心里偏向假羊毛的，有一种额外的温暖。她问他喜欢哪一种，他指着假羊毛抱枕说："米雅会喜欢这个，它最爱这些毛茸茸的东西。"

她心里有一种被针刺的细微痛感。一只普通的猫，总是轻而易举地破坏她的心情，甚至都不用它亲自出场。好像是它对他施了魔法，无形中操控着他，故意让他说出这番话来。她进一步想起和它相处的时候，它允许

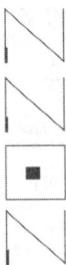

她抚摸它，和她一起玩游戏，这些友好也许是伪装的，它是一只城府很深的猫，懂得用表面的单纯柔弱蒙蔽他。

她假装考虑片刻，不惜舍弃自己的偏爱，选择了布面抱枕。这时候，布面抱枕那金色的光泽带着一丝胜利的意味。

"还是布面的好，人造羊毛容易生螨虫，藏污纳垢。"她这么解释道。这只是她根据地毯生螨虫推测来的。她不想他笑话她吃一只猫的醋。当然，这个擅长制作数据图表的分析员对女人的心思毫无察觉。他点点头，同意她的话，称赞女人在家居布置方面的天才，揽着她的肩，在耳朵上赏了她一吻。

他将金色抱枕填进大型购物车里，对首批战果心满意足。

她挽着他的手臂。他的身体有一种温柔的吸引力，像那个羊毛抱枕，她渴望把脸埋进去。

她之前是喜欢猫的。第一次听说他有一只猫时，她还挺开心，没想到这只黄猫会像一颗石子，卡在她幸福的齿轮中。她对他的一切都很满意，她和他可以无缝接驳、亲密拥抱，除了猫无刻不在。当她依傍着他，一起在沙发上看电视，猫就会过来盘在他腿上，嗓子里呼噜呼噜，他那双抚遍她全身的手，就得在猫身上忙碌，从头捋到尾，眼看着猫毛渐渐油光顺滑。

她心里反感猫，总是坐直了身体，正襟危坐地盯着电视机。他们一上床，那只猫就跟过来，伏在他的身边。他将猫入睡，好像他身边没有睡着一个女人。

她要了一张淡蓝色薄毯，坐在沙发上看电视时，腿上有点凉。她选的是那种手指粗的毛绳编织毯，既可以保暖，又可以搭在沙发装饰客厅。他捏了捏她的手，放到嘴边蹭了一下，说晚上给她煮热姜汤水泡脚活血。他一句话，就瓦解了她对猫垒筑的排斥与嫉妒。因猫而对他悄然削减的爱意，像潮汐无声地涨了起来。她将脸贴着他的手臂，又一次决定对猫好。

在过去的三十五年中，她有过两次恋爱经历。第一次是二十四岁，本命凶年，男友劈腿；第二次发生在二十八岁，对方出国，感情渐渐脱离了轨道。此后几年，她像颗种子，在时间中沉睡，直到这个爱猫的男人让绿芽破土而出。

现在他们在商场边上的盆栽店，她要从这满院的花卉盆景中，挑选属于他们的植物。他教她认识了不少品种。他嗅花的样子，像一匹马。他不急不缓，很享受这种时光。

这就是生活，她想，为了一朵花，慢下来。

人海茫茫遇见他，幸运。她吻了他的手臂。

"这是猫草，米雅最喜欢吃。"他指着一盆青草说道，"这种草含纤维，可以刺激肠胃蠕动，帮助猫咪消除胃里的毛球。"

"猫会吃草？"她有点惊讶，同时松开了他。

他点点头，给她讲与猫有关的知识、米雅的个性，好像她将接替他照料这只黄猫似的。

他说米雅时独一无二的语气，仿佛一颗沙粒摩擦着她的心。

也许是花香过于浓郁，她感觉空气有点稀薄，胸口一阵发紧。

为了讨好他，她将一盆猫草放进购物车，另外选了平安树、散尾葵，以及耐旱的多肉植物。

晚上，她正在洗手间给面部补水。

"你过来看。"他倚在门边说，带着得意。

她好奇，顺着他指的方向看过去，只见猫淡定地卧在淡蓝色的新毛毯上。

"呀！那是我的。"新毛毯她还没开始用，就被猫霸占了，她本能地冲过去，从猫身下抽出了毯子。但她随即意识到他喜欢猫卧新毯的样子，是要与她分享。如果她与他相拥，同样充满爱意地注视这一幕，他们的感情也会在此升温。

但她粗暴地毁坏了这个时刻。

"我好像有点对猫毛过敏了。"她弥补似的为自己辩解。

晚上，他一边看娱乐节目，一边抛掷沙沙作响的锡纸球逗猫。猫追到锡纸球，叼回来给他。出于对毛毯一事的弥补，她也陪猫玩了一阵游戏。最后她玩累了，躺在沙发上，头枕着他的大腿，盖着那张新毛毯，从毯子里伸出脚指头逗猫。每次脚指头探出来，猫便用爪子轻轻地极速地一搭。它反应很快。她忍不住咯咯直笑。

他很高兴她们相处这么愉快。

但这和谐的一幕很快便以她的尖叫声结束。猫爪像刀片，割开了她的大脚趾，豆大的血汩汩渗出。

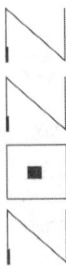

她和他之间和谐完美，从肉体到精神。但是，猫在搞破坏。它就像一只新鲜苹果被轻微碰伤的部分，这一小点损伤正在腐烂变色，病菌慢慢攻击整只苹果。只有挖掉这一小块腐烂，苹果才能储存得更久。

她的脚指头还有点隐隐作痛。

他吻别她去上班。屋里只剩下她和猫。短兵相接。她盯着它。它瞪着她。中间隔着中央厨台，以及它早餐后的脏碗碟。

昨天晚上，它的呼噜和他的鼾声搅在一起，在耳边如滚滚雷声。那处境让她觉得有点滑稽。他不知道她睡不着，也不知道她想他抱着她睡。但至少她清楚，他更愿意抱着猫睡。她上了几次厕所，刷了几回手机，黑暗中的屏幕亮光刺激得她两眼流泪。直到窗口亮起来，他和猫离开床，她脑中才尘埃落定，恢复了平静。她打算睡一会儿，但他一大早就在用尖细甜腻的嗓音和猫说话，声音传到卧室里，那只猫喵呜喵呜地回应。她也听到猫粮落到碗里的沙沙声，猫餐具触碰大理石台声，眼望着床边的猫梯，心里涌起一股厌恶。这件东西又大又丑，结实地挡住了半边床沿，好像卧室里睡着行动不便的残疾人。新买的蓝白印花床套，抱枕和枕头，同花色的新窗帘，按她的审美收拾得明亮温馨，但猫梯破坏了一切。

猫一动不动。它有点心虚，似乎知道自己在她和他之间造成了罅隙，眼神既严峻又惧怕。

她和猫僵持了一阵，猫撇下她，率先掉转头去。它从沙发上面走到客厅窗台，嗅着那盆猫草，用脑袋蹭着草叶，这样旁若无人地玩了一阵，舔了舔爪子，就目不转睛地盯着窗外。

有人在遛狗，黑狗抬腿朝灌木丛撒尿。

她走过去，放下了客厅的百叶窗帘。屋里的光线暗了下来。

猫吃了一惊。它扭转头瞪着她，仿佛在问："为什么？"

她心里有胜利的小快慰。接着她开始施展他赋予的主人权力，将散尾葵搬到卧室靠窗的角落，挪走猫梯，让床罩自然垂落，将被面抚扯得像镜子一样平整。她欣赏着重新布置的卧室，没有猫，显得宽敞干净。等他回来，她打算跟他说，让猫睡它自己的房间。中午她出去散步，在商场买了一盏粉红色的布罩台灯点缀浅蓝色调的卧室，想象周围黑下来，她和他在那圈暧昧的粉红光晕中兴风作浪，不觉心湖荡漾。

她开门时很小心。但猫不在门边。换了鞋走进卧室，浅蓝色的被罩上赫然一团黄，那只猫盘卧床中，冷冷地看着她，没有表现出一丝惊慌。

没有猫梯，它是能跳上床的。

她大声叫它下去。它岿然不动，眼神咄咄逼人，露出决一雌雄的坚定。她拿起一个木衣架去捅它。它像老虎般叫嚣，龇出尖牙，对衣架又咬又抓，和她搏斗起来。她没料到它这么凶，手上便使了点劲，它的吼叫声吓人，像一个垂死挣扎的亡命之徒。衣架传递着它的反抗力度，她几乎就要败给它，它那拼命的架势让她有点害怕，但正是这种害怕给了她勇敢，逼她真正拿出人类的强大来。

它敌不过她，滚下床去，没站稳，晃了一下，但还是撑起了身体，瘸着腿离开了卧室。

它狼狈颓丧，恢复了一只小动物的脆弱。

她很疑惑：没有梯子，这只有腿疾的猫是怎么跳上床的？难道它的腿疾是伪装的？

她来到厨房，为刚才的粗暴感到愧疚。居然对一只几斤重的猫大动干戈，未免可笑。

她想着给猫准备食物，缓和一下气氛，与它握手言和。她不敢去捉它，把餐碟放到地上，喊它的名字。

它躲起来了。

她下午睡得很死。由于猫、他、性生活，以及新的环境，她连续几晚失去睡眠。原是想小睡一下再起来准备做晚饭——她主动要亮一手，为他做一锅川味水煮鱼。她是被开门声惊醒的。同时听到他逼紧嗓门，用甜腻尖细的声音和猫说话。进门第一件事，他本应喊她的名字，让她出现在视野里，然后来一个阔别后的亲吻与拥抱。但他没来推卧室的门。她知道他会坐在沙发上休息，他和猫会有长时间的互动。如果不是想起要做水煮鱼，她会避免看见这一幕。

她硬着头皮去厨房。如她所知，他正在专心地捋猫。

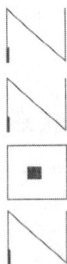

猫盯着她，充满敌意与紧张。

"把百叶窗帘拉上去吧。"这是他见到她说的第一句话。

她这才意识到自己犯下的错，心里羞愧，又无法对关闭窗帘的事自圆其说，便装作没事似的打开窗帘，然后逃也似的躲到厨房做饭。她心绪不宁，影响了菜的味道，远没达到平时的水准，但他还是亲了她脸颊，称赞她的厨艺。他似乎并没有把窗帘的关闭当回事，更不会想到她与猫之间发生了战争。她心里慢慢地自然了。他们在吧台吃饭时，聊了一点上了热搜的话题，他显得疲惫，兴致不高，说今天特别忙，有两回眼前发黑，差点晕倒。她包揽了洗碗清洁等杂事，让他去休息，他也说他的确需要躺下来，他感到一种前所未有的疲倦。

她在厨房洗刷，然后蹲下来擦地，所有角落都清洁到了，一大把猫毛被扔进了垃圾桶。最后她把自己收拾干净，穿上吊带睡衣，一个人在沙发上看美剧。时间刚好八点，离睡觉还早，她没去打扰他，想着他休息好了，就会出来和她一起说会儿话，毕竟一整天他们只互发了几条信息。不过她也担心，因为她没听他的话，关上了窗帘，伤害了猫，他不愉快，所以撇下她独自待着。他不是那种什么都挑明说透的人，跟他在一起，需要放聪明一点。

房间里没有任何动静。再精彩的电视剧，她也看不进去了。心里渐渐不是滋味。她才来一周，处在蜜月中，不应该获得这种冷落。他可以枕着她的大腿休息，如果内心需要她，他会希望她待在身边，享受她的抚慰。她思考着自己是否应该进房间，说几句温柔的贴心话，表达一下关切和担忧。但一想到猫正和他相依相偎，就觉得自己是多余的，自己的温情也是多余的。

她怀念没见面前，他们的关系那么亲近，无话不谈，现在住在一起，反倒隔着千山万水，咫尺天涯。

问题在猫。她是这么想的。

挨到十点多，终于到了睡觉的时间，她关掉电视，轻轻推开卧室门。情况令她意外。房里亮着灯，他正靠在床头，电脑放在腿上，一手捋猫，一手打字。她当然也看到了床边的猫梯，他恢复了原来的样子。

她知道，已经没必要和他谈猫的事情了。

他到底是不是真的不舒服，他有没有睡觉，醒了有多久……反正他没想着出去看她一眼，说几句话，问一问她今天过得怎么样。她观察他的手，那只手单纯地捋着猫尾，握着那根竖直的东西，从根部往上捋，一遍复一遍，他正享受捋动过程中的愉悦与满足。

猫也在享受着，呼噜呼噜。

白天与猫战斗获得的胜利，瞬间化为乌有，它正获得比平时更多的温柔。他沉迷于捋玩一根猫尾，将她长时间冷落在客厅，这样的夜晚是羞辱的。

她第一次感到负面情绪一触即发。她想大喊一声："我受够了这只猫！"

但她只是面向窗户，做了一个深呼吸，顺手拉合窗帘间的缝隙，挤出笑脸，转身上床。

"我以为你一直在睡觉……你感觉好点了吧？"她语调轻快。

"休息了一阵，还是有点晕。"他看了她一秒，手不离猫。

她从这句话里听出一个重要信号。

"米雅的腿瘸得厉害，现在它一定很疼……"他把猫抱在胸前，给予它更为细致的温柔与怜爱。

他没有质问她为什么拉下百叶窗，挪走猫梯。

一丝怜悯从堆积的负面情绪里挤出来，她想伸手摸一摸猫，但害怕它尖利的爪子和牙齿，手只好落在他的手臂上，摸到结实的肌肉。她希望这只温暖的胳膊挽住她的脖子，亲吻她，驱散心头的乌云。

也许他是个心思粗糙的工科男。他开始处理工作邮件。他的手臂和身体围成一个窝，猫在窝中。

她闭上了眼睛。冰冷的孤寂包围了她。

脑海里那个声音又开始叫嚣。

她欲言又止。

是猫的问题，她的问题，还是他的问题？

他总算熄灯躺下。她屏息等待，希望他的手会爬到身上。

世界安静极了。只听见猫的呼噜声。

"也许，我还是离开的好。"终于，她对着天花板轻轻说道。

他过了一阵才回应："如果你真这么想，我尊重你的决定。"

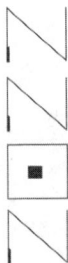

他没问为什么，似乎早已深思熟虑。

但她心目中的剧本不是这样写的。她等着他靠近她，抱紧她，请她留下。

夜静静下沉。接近黑暗的底部时，她扭转头，想对他说猫能跳上床的事，却看见猫的黑影挡在中间，它眼里闪着磷光鬼火。

翌日清晨，他照常上班，她比他晚起来一个小时。挫败感令她很不好受，她无法在两个人的关系中找出硬伤，感情却是这样结束了。她喝了半杯牛奶，开始收拾行李，准备搭下午两点的航班回自己的城市。她听到客厅有些声响，目光穿过玄关，看见猫在客厅里奔跑，踢玩粉色的锡纸球，跳上沙发，又从沙发鱼跃而下，一点也不像是有腿疾的猫。

原载《人民文学》2022年第9期

点评

  盛可以《女猫》（《人民文学》2022年第9期）侧重讲述三种关系从微变到质变、从共存到消亡的演变过程，从而将现代都市男女敏感而脆弱的爱情和婚姻予以生动表现和充分呈现。小说共有三个角色：他、她、一只猫。他和她组成一个独立的"爱情世界"，两人经过一段时间的"虚拟爱情"后，已进入同居试婚阶段；他和一只叫作"米雅"的猫组成另一个和谐世界，在她没有进入这个"世界"之前，他和"米雅"亲密无间、其乐融融。当这两个世界发生重叠，这种原本各自独立、和谐的状态被突然打破，即当他将她引入这个空间，她也试图融入他的生活，中间却因为"米雅"的介入、干扰而致使爱情走向破裂。在此过程中，因为她对他的依恋、拥抱、恩爱刺激了"米雅"，于是，她就时不时遭受来自"米雅"的攻击；因为他与"米雅"的过分亲密又让她感到不自在、被边缘化，于是，他与她的爱意也悄悄地消退。在这个由他与她、她与"米雅"、他与"米雅"组成的关系世界中，任何一种关系的缔结和发展都因"爱"而生，但任何一种关系的变动都会决定或影响着其他两种关系的存在。这一切都在不被察觉中悄悄地发生着，演变着，直至有一天彻底破裂、消亡。

（张元珂）

我们的三月／

／南　翔

　　如果你做了一件事情，遭家人嫌弃，又吃不准自己是对是错，该怎么办？

　　栀子是在某个冬日将近的周末，随着红珊瑚义工队行走在梧桐山的泰山涧，拿这种话问剑坤的。

　　彼时春姐正拿一部新买的小米手机，兴致勃勃地拍照，但凡一棵不认识的树，一朵不认识的花，都要用手机里的"形色"去鉴别。"形色"固好，凭借一簇高高在上的树叶，或是一块斑驳的老皮，哪里就能如火眼金睛一般，将地球上六万多种，中国的八千多种树木鉴别出来！即便对准一朵妖艳得耀眼的花儿，出错的概率也不小。地球上的花卉据说有四十多万种，中国大约有三万种。这些数字都是剑坤信口讲出来的。无论他口出怎样的数据，栀子背身信手百度一下，确实八九不离十。

　　更何况，"形色"出错的，或是鉴别不了的，问及剑坤，基本上是一问一个准。

　　栀子由衷佩服。

　　头上一只盘旋的鸟儿，剑坤手搭凉棚一看，认为是深圳常见的国家二类保护动物赤腹鹰，他告诉栀子和春姐，赤腹鹰的头与背是灰蓝色的，翅膀下呈灰褐色，很像鸽子，所以又叫鸽子鹰，眼前这只赤腹鹰比平时见到的都大，或许真是得益于环境保护得好吧。跟深圳湾常见的黑领椋鸟、红耳鹎、矶鹬以及苍鹭、小白鹭不一样，赤腹鹰多半在山地森林一带觅食、活动，来梧桐山观赏鹰类真是不二之选。

　　剑坤脖子上挎着一台黑色的佳能高级单反，却拍得不多，倒是一群拿着各式手机的跟随者，包括春姐，见花拍花，见鸟拍鸟，再不就自拍拍

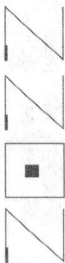

人。大概是见惯不惊，那只体形较大的赤腹鹰盘旋不去，有几次近在身前，惹得春姐悄悄匍匐，顾不得脚下打滑。

栀子就是此时在剑坤身后发问的。

向一个男人发问，问的几乎是一个羞于启齿的话题，既要避开众人，又不能太过私密，太过郑重其事，此时既切近，又有一定距离，当是一个最好的时机。

剑坤侧脸看了她一眼，追问道，这个家人包括很是广泛，父母是家人，儿女是家人，夫妻也是家人，还包括兄弟姐妹，都不是外人啊。

他似乎在等待她的回答，又似乎无所用心，他在提醒春姐，拍鸟儿手机不灵的，还得用相机，用长焦。

春姐远远应道，是啊，手机毕竟只能玩玩自拍的。

栀子嘴里喃喃，我讲的这个家人当然是老公，不可能是父母儿女兄弟姐妹。

她相信自己的喃喃自语，他根本没听见，却也相信以他的聪明，完全晓得她指认的不是别的家人，是自家老公。

春姐走过，满脸兴奋地将自己手机里的图册，一张一张翻给栀子看。此时，剑坤已经弓着身子贴近一棵乌桕树干，一把摸过身后套着长焦镜头的相机，对着树梢连拍几张。

一起上到一个窄窄的平台，栀子和春姐迫不及待地想看看相机里的图片。剑坤放大到只剩一只赤腹鹰的脑袋：橙黄色的虹膜当中，一对警觉而又骄傲的深褐色眼珠，内收的短喙弯曲而锋利。

春姐哇地叫道，还是相机照得清楚得多啊！

栀子道，冲印出来就是一幅很好的摄影作品。

春姐心有不甘道，不行，我年前就要去买一只相机，买不起单反，也要买一只微单！

剑坤收起相机，朝她伸出大拇指道，多点你这样的用户，而不只是用手机拍片，图快图省事，这成立三十多年的佳能珠海就不会关张了！当然，佳能珠海最大年产量的时候达两千万台，一万多员工。这次关闭大厂，跟用手机拍照的普通用户越来越多有关，跟疫情影响之大势也有关，还跟前些年他们的单反机子销售一路飘红，忽略了微单市场也相关联……总而言之，一家大厂的荣辱兴衰，包含了很多因素，这年头老板不是那么好当的。

这正是栀子、春姐和红珊瑚义工队男女老少都看重剑坤的原因之一：视野开阔，无有不晓，人又谦和有礼，事事举重若轻——这样的男人，想不喜爱都难。

红珊瑚义工队的队长是夏律师。在深圳，夏律师既非老板，也算不得是富家子，却热爱公益，栀子看得出来，夏律师做公益是出自本心，却也能拓展他的社会关系，让他认识了不少人，讲俗气一点，A搭B，B搭C……其中就有业务可以伸手。社会上总以为做义工的都是春姐这样的小会计，栀子这样的缝衣匠，芳芳这样的营业员……殊不知还有剑坤这样潜在的大老板，他主理一家叫荣翔的投资公司，另有生产润滑油的两家工厂，居然也有时间出来做义工、当驴友、自驾游。夏律师就是通过一个经济案子接触到剑坤老总的——剑坤姓邢，他不喜欢任何人叫他邢总，所以无论大小都直呼其名剑坤。

剑坤当过大学教师，任职过政府某处处长，下海近十年，实业和资本运作都做得风生水起。无怪春姐感慨，有些人就是这个时代该生下来的，是一个搏风打浪、披荆斩棘的哥哥。

披荆斩棘也就罢了，她屡屡加一个哥哥，无论当面背面，都这样叫哥哥，一点不担心旁人的揣测。只有栀子看出来，春姐越是这样无所顾忌，人们越是不往心里去。

春姐知晓剑坤离异，单身十多年了；她是偶尔与剑坤的一位司机传递包裹，司机说漏嘴了。春姐告诉栀子之时，也要栀子不跟任何人言及。好似剑坤已是她嘴里的一块鲜肉，若一张口就会被树下的野狐狸叼走。

栀子佩服春姐，她是七八年前离异的，儿子也被前夫带走了。她与剑坤相距之远，不仅是财务的高下，还有学历、见识、家庭背景等等的隔膜，犹如九百多米的梧桐山顶与盐田港海平面的落差。

可人家敢追。

看样学样，剑坤喜欢读书，春姐的粉红色背包里便常常装着一两本书。剑坤虽是学工民建出身，却文史哲都读，尤其是中外历史。春姐看历史和哲学都头大，读得比较多的还是小说，迷过琼瑶，也爱过金庸，她在夏律师那里听说，张爱玲讲过一句话，通向男人心中的路是胃。于是揣摩

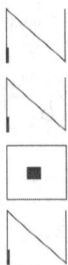

剑坤这个东北人不怎么爱吃东北菜，却喜欢粤菜和川菜这两种风格迥异的菜系，这可能跟他一直在南方闯荡有关。于是精心制作白切鸡、酿豆腐、清蒸河鲜或海鲜，再就是麻婆豆腐、宫保鸡丁、鱼香肉丝……天寒的时候担心菜凉了，她会用保鲜膜和锡箔纸层层包裹，带到做公益的现场盯着剑坤吃，且毫无顾忌地说，看他吃东西，比自己吃着还香。

剑坤一层一层揭开木乃伊似的包裹，嘴里一边道谢，一边毫不领情道，罪过，罪过！一顿饭吃出来这么多包装，一颗地球如何承载得了这么多重负！

春姐也啧啧道，我就晓得你会批评的，我也想少用点包装，可是不用就只能吃凉的，吃坏了肚子岂不是更糟糕，世上的事情总是难得两全的。

栀子知道剑坤不是矫情，平时在梧桐山泰山涧捡垃圾，他就摇头道，关键还不是乱扔垃圾的问题，是不该制造这么多一次性用品的垃圾，像塑料瓶子，就是20世纪最糟糕的发明之一。伙伴们上山完全可以背水壶，不必喝一瓶水，就制造一只废弃塑料瓶子。图方便省事固然拉动和促进了消费，但更是破坏环境的帮凶！

栀子喜欢跟这样的人在一起参加活动，登山捡垃圾，既得到了锻炼，又做了志愿者，还能增加知识，一举多得。

夏律师喜欢诗歌，每逢单月会有一次诗歌朗诵会，并且要求百分之五十以上是原创，这给从未写过诗的栀子出了不小的难题。前不久的一次活动，她朗诵的是舒婷的一首《祖国啊，我亲爱的祖国》。夏律师鼓掌之余提醒，3月的诗歌朗诵会就得用你自己的原创版亮相了，别老是舒婷啊，北岛啊！

栀子答应了，心下琢磨，是否用义工为题写一首？

那天栀子忽然想到一个问题，她问同伴义工和志愿者有无差别。有说有差别的，有说无差别的，可是无论说有差别还是说无差别的，都讲不出一个所以然。

栀子下意识盯着剑坤。剑坤略一思索道，在英文中，它们是同一个单词：volunteer，既是义务工作者，又是志愿人员。二者基本是同义的。如果一定要做细微划分，义工多为困难贫苦群体亦即弱势人群服务，具有人性化的特点；志愿者则常在公共场合服务，活动以政府主导为多，比较公众化。譬如大运会、奥运会，出现在那种场合的，通常叫志愿者。

栀子道，我懂了，像我们红珊瑚义工队，既去养老院、福利院帮助老人和残疾人，又到广场和旅游景点维持秩序、捡拾垃圾，不如就叫红珊瑚volunteer更准确，两个意思都有了！

剑坤朝她竖起大拇指道，而且中西合璧，很是时尚。

春姐嘟起嘴道，现在有些城市的地铁站，都把英文station，一律改成拼音的zhan了。好在深圳还没有这样做！你这个station是给外国人看的，改成一个拼音的zhan，他们还看得懂吗？！外国人看不懂，中国人看汉字就得了，那拼音留给谁看呢？

春姐这样表述时，频频盯着剑坤。栀子明白，她最容易在剑坤无意间表扬任一女性之时拈酸吃醋了。

剑坤道，那就是专门留给刚学拼音，认识汉字不多的一二年级小朋友看的呗。

众皆失笑。

这么好玩的一群人，这么有意义的义工活动，为什么就招惹不起南平的兴趣呢？

南平是栀子的老公。

栀子和南平两人曾是老家同一所高中的校友，前后差两届。南平做过学校的篮球队长，无论身高还是形象都比栀子抢眼，可主动追求栀子的是南平。南平事后告诉她，是她在校刊上的一篇作文《我的姑姑》打动了他。南平的父亲去世得早，母亲改嫁，他从小被寄养在姑姑家，跟表兄弟一起长大。他很抱歉，没有写出一篇回忆姑姑的文章，栀子的作文替他写出来了，虽然经历并不相同，那种感情却是相通的。

南平说，是栀子写自己的姑姑，镜子一般折射出了南平姑姑的好，使得他将自家姑姑的点点滴滴瞬间聚焦：小时候为了上学便利，在姑姑家吃饭睡觉读书，从没有过寄人篱下的感觉。

南平高考失利，上了一所当地的技校，所学专业不仅与他的爱好拧巴，也与社会需求脱节。毕业出来，径赴东莞樟木头的一家电子厂打工。

栀子高考也落榜了，南平在南方招手，她便毫不犹豫地尾随而来。

南平在工厂干了不到两年，便频频跳槽。他不喜受拘束，又爱开车，开过货柜车、出租车，连洒水车、垃圾车都开过，如今开的是网约车。

栀子喜欢服装，去羊毛衫厂、服装厂都做过，还到天虹、茂业做过品

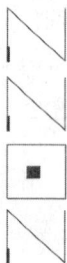

牌服装营业员，现时落脚在福田区一个巨型商厦的五楼做缝纫，说是做缝纫有点勉强。这个楼道口同时标注中英文的"购物指南（SHOPPINGGUIDE）"后面有一个5F（五楼）的详细说明：男士西装/女士内衣/运动休闲/箱包皮带/床上用品/儿童用品/改缝裤脚。

对了，她就是电梯边这个改缝裤脚的女裁缝，属于大商场拐弯抹角一间六七平方米毫不起眼的小屋。屋里有一个简易挂衣橱，两张长条形桌子，摆放着三台不同型号、不同功能的兄弟牌缝纫机。

如果说任一男士西装譬如杰尼亚，任一女士文胸有如黛安芬，它们是璀璨夺目商铺里的一片片喧闹的绿地与花圃，那么这个专司缝纫的门脸太过狭隘，需要在门边用竖排的五个蓝底白字"改缝裤脚处"，外加一个粗粗的白色箭头来招人耳目。

栀子通常是下午两点来上班，晚上十点下班。上午班是一个江西妹，江西妹喜欢上早班的原因是下午她接了一单活，在皇岗公园对面的云顶翠峰小区照看一个老人。老人的老伴去年脑出血走了，他女儿做外贸出口，没法顾及父亲，请江西妹过去做一顿晚饭，搞搞卫生。江西妹做裁缝不大灵泛，常常要栀子点拨，以及改一剪刀。嘴里叫栀子姐也甜蜜，那就是有求于她的意思了。

栀子认识的女人多半是做营业员的，她们的老公则是开出租车的居多。江西妹的老公也是司机。守店或是改缝裤脚，有一位脾气好的对班特别重要。江西妹做事算是勤快，话却少，嘴头上了锁一般。好在栀子也没有特别的话要跟她讲，义工队下午有活动，换个班吧？江西妹答，换呗。也从不问什么活动，去哪里。江西妹对打工挣钱之外的活动都不感兴趣，栀子有带她去做义工，见识一些各行各业朋友的想法，这想法却像一只用光了汽油的打火机，嚓的一声，从来没有点燃过。

如果说，很多机缘都是注定，那么，很多志趣都是巧合。

即便南平，跟她一道去过一家地处偏僻的民营养老院，就再没兴趣了。那家养老院的百十号老人分两类：一类是生活完全不能自理，再一类是只能半自理。不用讲完全不能自理的好可怜，就是半自理的，穿上尿不湿常常被烦躁的老人扯掉，屎尿一身，被不耐烦的护工将双手绑缚在床边，不免大呼小叫，让闻者的心灵大受折磨。

南平当然不是出生在富贵之家，又哪里见过这般不堪的晚景！去了一次就再无兴趣了。无论深圳湾观鸟，或是梧桐山登顶，及至穿越大鹏西涌，乘船到1.5海里之外的三门岛看日出，南平都兴味很淡。但凡在酒店，他情愿邀几个人玩纸牌，斗地主。即便时间不长的船上，栀子也见他把手伸进裤兜，那里面鼓鼓囊囊的，左边是香烟，右边是纸牌。栀子能料到，老公最惬意的时辰，就是在可以抽烟的地方玩纸牌——左右晃荡的快船上，春姐是必定要吐的，南平却牌捉得紧，烟叼得牢，神情专注，心无旁骛。

那一次去三门岛，南平抓到一手好牌，欣喜若狂。剑坤在船头回望了一眼南平，眉头微微一蹙。栀子恰好把这个眼神收在眼里，顿时飞红了半边脸。这个眼神表露了什么呢？奇怪有一点？遗憾有一点？或者，像春姐讲的，鄙夷也有一点？出门就是看风景的，要打牌就不要跑来风景区啊，待在家里打不更自在吗！

春姐问过，你那么在意剑坤的眼神做什么呢？

栀子遮掩道，我也是偶然看见的。

事后栀子也在想，是啊，剑坤是你偶然认识的一个朋友，距离很远，远到高不可攀。他的介意也好，不介意也好，跟你有什么关系呢？是你在乎他，在乎他欣赏还是轻看你最亲近的人。既然这样，你应该更在乎他对你的感觉啊！思来想去，她不能确定剑坤对她的看法、评价。也没有听到过剑坤对红珊瑚义工队任何人的评价——这不意味他没有立场，他对一些国内国外的耸动事件都有自己的看法；他对身边义工队员也不是没有褒贬，他欣赏一个行为通常会竖大拇指说verygood；他很少批评人，眉头一蹙，默默地用行动去纠正一个行动——如弯腰捡拾人家随手扔掉的空瓶子，那就是用身体在表态了。

用身体表态，有时候比用言语表态更有力吗？那要看面对的是谁，南平整个的无感，他打牌到了兴奋点，可以下意识地蹭掉鞋子，连同蹭掉袜子，光着两只脚盘坐在那里，甩牌的左手高高举过头顶，整个世界的精彩都在他的大拇指和食指里攥着，伴随着嘿的一声，四下绽放。

是啊，以前怎么一点没觉得南平有哪里不合适？结婚过日子，只要不是万般过不去，谁跟谁不是磨合，甚至将就？搭班的江西妹家里也未必消停，有时见她将刘海着意放下来，遮掩了半边脸，不经意间可以看到遮掩的是半片乌青。若是问起来，江西妹就淡淡道，起夜撞到卫生间的门框

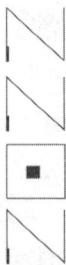

了，有这样隔三岔五撞到头的，生性就跟卫生间的门框过不去？南平嘴里不干不净的骂娘是常有的，却从未动手动脚。那次他怀疑她藏掖了私房钱，两人吵得上火，南平扬起了拳头，栀子抄起了剪刀——剪刀不仅是裁缝的工具，也是裁缝的武器。他吓得退缩了，她想，若是他一拳头砸下来，她会不会一剪刀戳过去？答案是，八成会的，人受到欺辱，什么事情做不出来呢！这一想，倒是有些后怕。他若是被戳伤，她被捉去坐牢，正在寄宿学校读高中的女儿怎么办？

她晓得常常下意识地拿南平跟义工队的男人比是不对的，人分高矮，如同十根指头有长短一样；跟剑坤比就更不像话了，深圳有几个剑坤？人品、才貌、表达他都占全了。若是南平拿你跟他见过的优秀女人比，你又哪里比得上呢？道理是一样的。这样一想，就容易心平气和，抬头看街景，低头过日子。

栀子吃不准自己做过的一件事情对不对，或讲好不好，原本南平是不晓得的，她为什么要让他晓得呢？除了因他是她的老公，顿时找不到第二种解释。

事情还要从养老院讲起，在深圳，那家地处偏僻的养老院只能讲是穷人的养老院。孤老们最少两个人一间，多的是四个人一间，房间太小，东西并不多，也难得转身。如果红珊瑚义工队不是在一个周末的上午，开着一辆中巴让他们到这里来做服务，栀子不会想到深圳还有这么逼仄的养老院。这比上沙下沙皇岗水围……任一城中村的握手楼也好不到哪里去。义工队这次过来了十多个人，各显其能，理发的，测血压血糖的，拆洗被褥的，还有帮他们洗头洗澡。照剑坤的说法，我们就是要多来这种地方雪中送炭，那些高档养老院的锦上添花，动辄需要买家投入一二百万押金的场所，不去也罢。

栀子是认可这种选择的。

你看那个区老伯，一双手瘦得像鸡爪，指甲却长得可以弹琵琶，而且黑黢黢地塞满了污垢。栀子负责给他搞清洁，那就是帮他拆洗被褥、整理杂物、擦洗地板。那个男义工帮区老伯理完发，洗头却不顺利，洗头水流到他眼里了，痛得他哇哇叫。栀子赶过来助力，索性洗完头再帮着洗澡，区老伯精赤条条，起先不大好意思。栀子大大方方跟他讲，我老爸七十岁不到就中风了，我一周给他洗一次澡，你就把我当女儿看吧。区老伯这才放松、舒坦、高兴，听任一个刚认识的女儿上身下身地清洗。他告诉两位不是亲人的临时亲人，他的女儿嫁去了西北，很少回来，不时会寄点钱过来。一个儿子在深圳，一二十年前放弃了稳当的教师岗位，自己创业，几次都走错了道，非但把先前的积攒赔光了，连带一套房子也被抵押，成了牺牲品。这样一来，儿媳妇也带着孙子走了。

男义工端了衣物上楼顶去晾晒，栀子给区老伯剪指甲，剪完十指再一支支锉平。老伯一口一个姑娘道，谁要是找了你做媳妇，几多幸福啊！

他反手抓住栀子，生怕她就走，哆哆嗦嗦地，不肯放手，到后来呜咽道，姑娘，做我的儿媳妇吧，我还有一个折子，给你保管。

区老伯像是久久关在笼子里的一只雀儿，看到门打开了，即使不能飞出去，也会有人来嘘寒问暖做伴儿。可这种实实在在的幻象却是一道西下的日影，转瞬即逝，带给他的不仅是失望，还有恐慌。栀子就任由老伯抓住自己的左手，老人哭了，鼻涕眼泪流个不停，栀子连续抽了几沓卫生纸给他，他也摇摇头不想擦，苍老无助的哭声搅得栀子心里波澜起伏，久久不能平静。

返回的中巴上，讲起这次服务，各自都有不同感受。那位一道帮区老伯洗澡的男义工就认为，偶尔来一两次不如不来，打乱了人家的日常生活节奏，我们走了以后，人家更难受了。

春姐就说，那就多来两次，尤其逢年过节。

意见不一致之时，大家就期望剑坤发言。剑坤站起来说，我认为每个老人的想法不一定相同。总而言之，他们平时见外人少，多有一些热闹总是好的、欢迎的。就像有些家庭的孩子常年在外地，甚至国外，他们回来的时候，老人总是高兴更多。不能说，他们过了春节就走了，老人反倒希望他们不要回来才好吧？即使有后面这种想法的老人，也绝不会多啊。

大多数人都表示赞同。或许见栀子没有态度，剑坤一摆手，让她靠窗坐，随后坐在她身边低声问，忙了大半天，累了吧？

栀子淡然一笑道，还好。想起我老爸在世的时候，对他关心得太少了。如果照顾周到一些，他不会那么快走的！若是他还在，每天给他端茶送水喂饭，我也是心甘情愿的啊。

剑坤道，人同此心。很多事情，都是事后才能感受到的。

栀子点头道，当时，很多事情确实不懂。包括医护、营养、用药……不是交给了医院、医生，就行了。

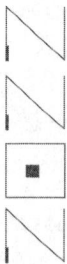

剑坤道，你的心思很细腻，你的心肠很柔软。

栀子喜欢听他的表扬。

再后来发生那一件事，栀子选择了助力，跟这次到养老院的助老隐约间有关联，都是觉得无助者有需要就帮啊，何况是举手之劳。

那是一个网约车司机，四五十岁的年纪，肥胖。如果单看脑袋还不觉得，那身子尤其是下半身，宽的尺度基本就与高相等。平时栀子哪里舍得打车，那天下午是从宝安回福田，她的表妹自湖南老家带了腊肉、香肠、豆子、芝麻、甜酒、腐竹等等土特产，给她满满装了一个大纸盒，还有一个蛇皮袋。不是困难年代需要吃喝的接济，却盛满浓浓的不容推却的亲情。表妹在深圳二婚，现在的老公是一个能干的潮汕人，经营一个电子工厂，出口好的年份，每周都需几个货柜车拖去蛇口码头。表妹哪里舍得她拖着一大堆东西辗转地铁和公交，就在路边叫了一辆网约车。

网约车司机下来装行李的那一刻，把姐妹俩都看乐了，他的脖子跟肩膀亲密得不分彼此，眼睛也只剩两条缝，尤其是下半身，看不出哪儿是腿哪儿是腰。表妹道，你这一身的分量，好做压舱石啊，开车不会侧翻了吧？

胖司机一点不恼，反而调侃道，有一位靓妹坐在副驾上，恰好就能平衡了。不然我还真担心会侧翻啊。

栀子拉开副驾驶的车门，落座道，坐就坐，只怕加上我家表妹，二比一，副驾还不能平衡主驾。

胖司机落座很慢，栀子依然感到了车子受惊似的陷落。一路上胖司机很健谈，从老家、读书、找工作……一直扯到已经三十五六岁了，没钱买房子，没有对象。

栀子想到皇岗、水围、岗厦这一带有很多司机，人家也都是租房，还不照样结婚生子了吗？便告诉他，有房子当然好啰！没房子哪里就不要生活，我认识的司机都是家里带出来的老婆。你为什么不可以从老家带一个出来呢？

有一句话含在嘴里没讲出来：我老公也是开车的啊。

司机呵呵一乐道，我十几岁就从家里出来打工了，以前认识的女仔，小孩都读中学了；还没结婚的，我都不认识，她们一张口就叫我叔。我就是有那个贼心思，又哪里张得开口啊！

栀子欣赏身边这个后生仔的乐观，逗他道，就没有以前你喜欢过的一直没结婚的？或者，喜欢你的一直在等的？又或者，你喜欢她，她也喜欢你，虽然结过婚但后来又离婚了的？

司机想了想道，我喜欢的还没结婚的，应该没有了；喜欢我的在等我的，也没有，不然我老早就飞蛾扑火去了；结婚又离婚的，这种情况是存在的，但不晓得人家是不是喜欢过我。要有时间回去慢慢调查，手头的工作又不允许。在深圳这么多年，更多的时候是这样的，对身边一个女乘客有好感，她头发上的香波味，也使我开心，可还没好意思张口套近乎，人家就下车拜拜了。

司机艰难地略略侧头，看了栀子一眼。

都讲女人出门，少跟不认识的人调侃，此时的栀子并无一丝害怕，反倒对这位独自出来打拼、估计比她小了一轮的后生仔生出几分同情，道，你这么能说会道，又勤快能干，在深圳找个女人成家不应该困难啊！都讲深圳剩女比剩男多得多。

司机从方向盘上举起右手，那只白胖胖的手，让人想起一片无处下脚的雪山，道，拜托姐姐，你认识的姐姐妹妹多，给我找一个呗。找到了，我一定请你……

他还在思索如何答谢，栀子代答道，请我到下沙路边吃一钵猪脚饭？

司机连忙摇头道，哪里敢啊！猪脚饭是龙华的三和大神吃的，连我这样的打工仔都不爱吃了！姐姐你要给我找对象了，燕窝鱼翅我也是要请的！还要送你一根金链子。

栀子连说不敢，不敢，前面的不敢吃，后面的不敢收。

司机道，那我就做你的小老弟，但凡有空就到你家去搞清洁，拖地、擦窗、倒垃圾。

栀子道，我怕你做不动。

司机道，我做给你看啊，每天坐在车里，干干家务，正好减肥啊。

栀子就跟他讲到了红珊瑚义工队，如果有空可以参加，做义工是一方面，多认识人是另一方面。现在靠单打一的介绍对象过时了，太有限。

司机连连称好。

这么一路谈得欢实。从滨海大道上福强路堵车，司机忽然痛苦地哎哟一声。栀子忙问他怎么了，他呼哧呼哧喘了两口气，慢慢道，常常感觉小

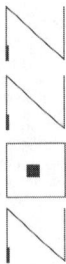

肚子不舒服，痉挛的感觉。

栀子道，那也别太拼了，找个休班的时间去看看医生。久坐容易得肠胃疾病，还有痔疮，等等。

司机感动道，你好懂啊。

栀子内心一热道，我老公也是开车的。

哦？

久坐的女司机容易得妇科病，久坐的男司机容易得前列腺……

你太贴心了啊！

我跟他，都是久坐的职业。但凡一个职业做久了，平时不注意，就难免得职业病。

这后一句，是剑坤讲的。他才叫好懂，自己不及他的九牛一毛。天上地下，国内国外……自己以前坚定不移的认识，经他分析、点拨，瞬间颠覆。他却说，不固执己见，听得进别人用常识分析的，才有对话的必要。有的人，你想改变他的看法，就像把一棵快干枯的大树从南移到北，他太痛苦了。不如不动他的好。

我还有一个毛病，你刚才讲了前列腺毛病……我去看过医生……去看过泌尿外科，碰到一位女医生……她讲我是有毛病，也没毛病，坐久了同时也憋久了就会有毛病了。她提醒我，一不要久坐，二不要久憋，要跟老婆交流……我讲我没老婆，她白了我一眼，告诉我，那就自己解决，深圳这种情况也是不少的。她不晓得，我太胖了，别人的举手之劳，在我是千难万险……

栀子乐了，为他的"千难万险"。

想到义工队一次登塘朗山，夏队长气喘吁吁落在后面，赶上来之后，他讲自己太肥了，前一段疫情居家上班，肚子见长。剑坤说，他没资格讲自己肥。剑坤见过极端的瘦和肥，瘦的不敢去海边，风一大就把他吹到海里去了；肥的不敢在单位大解，他的手够不着屁股，在家里大解只有劳烦父母擦屁股。

姐姐……你帮帮我。

栀子想起了区老伯，鼻涕眼泪流个不停的区老伯啊。

我以后……也跟你去做义工。我不是没有力气，我也不是懒，摊上了我这么胖，也不晓得前世得罪哪个了，他要惩罚我。

栀子这时心里还念着那位一双手瘦得像鸡爪，指甲却长得可以弹琵琶的区老伯。

她微微点头了，任由他把车子开进了皇岗公园的停车场。很高的几株木棉树，晃荡着枯叶。如果是花开时节，能看到高高的树梢上，有几只精瘦而机灵的黑松鼠倏忽上下，吮吸花蕊。

车不多，四下安静。

不多一会儿，胖司机终于放松了，粗重的喘气慢下来了，他的两片嘴唇翕动道，谢谢你，姐姐。他闭上眼睛，头往后仰的那一刻，眼角流泪了。

栀子不想再乘车了，她开门下来独自穿过皇岗公园，猛一抬头，忽见灌木丛中的木棉树上，两只黑背松鼠在枝杈间追逐嬉戏。黄叶零落的树梢上还没来得及绽放血红的花朵，可是岭南的春消息确实就快来了。

当夜无事。南平在一个老乡那里喝了酒回来，上床就要尽兴，尽兴之后倒头便睡，鼾声四起。那一夜，栀子原本很想跟他谈谈所见、所思、所做、所言……一个女人，人到中年，从内陆到深圳，从缝衣间到义工队，见了很多，知晓了很多，也成熟了很多——一个人非要接触了与自己生活环境完全不一样的人，才会脑洞大开，做一些自认为对却难以对人言的事情吗？

剑坤归纳得好，一个人在简单的是非面前也不敢判断对错，或者做任何事情都畏首畏尾，从没有自己的主见，那么不管多大年纪，都谈不上成熟。能够打倒你的，不一定是你不知道的东西，恰恰可能是你自以为知道的东西。

如果说剑坤给栀子、春姐等姐妹带来最大的收获，是走向成熟的自信，那么栀子她们这些读书少、见识浅的人，又能给他什么回报呢？

栀子就此当面问过他。

他答道，知道你们的想法，也是我的收获。

这是回答吗？这是他的真实想法吗？

敢于在做了一件羞于向旁人提及的事情之后，却不忌惮跟家人述说，这也是自信的一种表现吗？

无论结果如何，一周之后，栀子跟南平讲了。

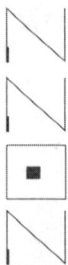

栀子在跟南平讲与胖司机过往的一幕，选择的依然是在他尽兴之后。她虽然有心理准备，还是被他的暴跳如雷吓愣了。他跪在床上，双手互搐，作势要打她。她跳下床去，坦然面对。他举起床头柜上的一只电蚊拍，那一刻她闭上眼了，她期待那只绿边白柄的电蚊拍像一道闪电，劈面而来，一声爆响，顿时头破血流。

她想象自己一个人捂着流血的额头或眼睛，咬牙独自去社康包扎，然后一切都结束了，她和他之间即刻画上一个歪歪扭扭的句号。

等到她睁开眼，床上空空荡荡，只有卫生间传来愤怒的冲洗声。

这种不顾一切地冲洗，对栀子却不啻一记羞辱的耳光。

第二天，栀子搬去春姐家住了。

春姐此前并没有听闻他们有任何矛盾，却也不惊讶，见她放下随身带来的衣物和洗漱用具，淡问了一句，吵架还是打架了？

说不上吵架，更没有打起来。

心里面，发堵。

在春姐家连住了三晚，南平熬不住了，过来劝她回家。南平道，是我错了，你没错，还不行吗？无论昂扬的语气还是树皮一般乌沉的面色都表示，这个男人怨愤未消。

即便春姐是一个人居家，栀子在这里住久了也觉得不合适；况且，南平上门来劝，也算是低人一头了，给了一个台阶，栀子也就出来，跟他测核酸似的保持一米以上间距，一前一后回家去。

往后的日子平淡如常，可栀子和南平都感觉到，两个人之间真的有隔阂了，即使在不宽敞的房间里错身触碰了一下，双方都会掠过一丝不自然的战栗。

明媚最是三月天，何况是深圳的三月。义工队组织去梧桐山，一是捡拾垃圾，二是欣赏梧桐山上特有的十万株毛棉杜鹃花。

上山前，夏律师下达任务，今天二十四名队员每人要写一首诗，他还出了一个总诗题：我的三月。

上到半山腰，但见海潮一样的毛棉杜鹃，在一望无际的翠绿烘托之上，翻滚跳跃，或绛紫，或绯红，或粉白，争相吐蕊，气焰万丈。

夏律师已经在那里啊啊啊地准备吟诵了，春姐将一台新买的佳能相机递给剑坤，往侧下边跑边道，夏律师你跟我下来，我跟你合张影，我要作不出来诗，你就帮我作啊！跟你一起出来玩，压力好大啊！

剑坤靠近斜坡，身子倚在一株青冈栎上，给夏律师和春姐连拍了几张。

栀子提醒他当心路滑。剑坤收身道，我给你拍两张吧，怎么，你也在想"我的三月"？

栀子一笑道，我们哪里能跟你们比，你们是孔夫子佩刀剑——文武双全，我们在富人家的厨房里待久了，没吃到肉，也能染一点香气啊！写就写呗，大不了请你们给改改。

剑坤走近她，忽然盯住她道，你两个多月前的问题，我相信你自己应该有答案了吧？做了一件事，吃不吃得准对错，你现在应该有充足的自信了，是吗？

栀子鼻子一酸，眼睛发潮，点点头。为他的记得，为他的提示，为他的相信。

春姐在前面大呼小叫，呼啦啦大家伙一起朝前涌去，剑坤也举着相机奔过去了。

栀子心里闪过一句：

我的三月是青绿如织的梧桐山，蓄积了春夏秋冬的情感……

原载《芙蓉》2022年第3期

点评

　　南翔的《我们的三月》聚焦中年女性、空巢老人、出租车司机等弱势群体的情感、婚姻问题，并在此基础上探察救赎之道。在小说中，栀子、江西妹、春姐、区老伯、网约车司机胖子等弱者都存在这样那样的情感、婚姻或身体问题。栀子是小说中的核心人物，故事由此展开，并生成意蕴。她遇人不淑，严重缺爱，与丈夫纷争不断，深陷物质与精神双重困境中。但她没有就此自闭、消沉，而是努力从家庭中走出来。加入义工队，参加集体活动，从而使其精神焕发。虽然

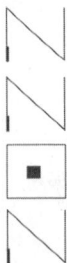

她也不过是一个改缝裤脚的女裁缝，但她在抚慰养老院老伯、助力网约车司机胖子等义工活动中体味到生活的意义，同时，她也得到这个群体的救助。另一个重要人物剑坤，先后当过大学教师、处长、商人，也加入义工队，他对栀子等底层群体相遇、融合，并对后者走出"小我"、消解困境、发现并融入有意义的世界，形成了一种潜在的指引、助力。"我们的三月"，象征着温暖、美好、希望。小说主调也在传递温暖。栀子、春姐等弱者的救赎之路，需要剑坤等强者的主动融入，更需要两个群体的同舟共济。

（张元珂）

173

我们的三月

蝌 蚪/

海 飞

　　我想去那个太阳暖烘烘的地方。

——题记

　　亚美带六岁的女儿稻草租下半道绿小区24幢4楼这间52平方米的旧房时，感到了由衷的冷意包裹住全身。是那种湿冷，冷到骨头里的那种冷。那天亚美打开了空调，在巨大的响声中，老掉牙的空调轰鸣着像战斗机一样开始运转起来。亚美看到那墙上空调的外壳不停地颤动，总觉得它是得了帕金森。

　　这是那个寒冷的南方小县城的冬天，年关就要逼近了。亚美在看到楼道里那厚厚的广告纸覆盖的过道墙壁时，心里就像永远复燃不了的死灰。她觉得自己陷入了南方小县城像井一样深的阴冷中，看不到希望。房东已经悄然离开，像飘走的灵魂。而她牵着稻草冰凉的手，深深地陷入了无边的寂静中。

　　亚美被这种寂静封冻，像一尊蜡像一般。她有点儿觉得，有时候时光和生命，都是静止的。这样的静止没有什么不好。然后她和稻草不约而同地看到了钟村，钟村穿着棉睡衣、棉睡裤，手里捧着一碗康师傅牛肉面。他平易近人地把身体靠在了楼梯口亚美刚刚租下的401室的门框上说，一千？

　　亚美不是很喜欢这个后来她才知道叫钟村的人。他戴着近视眼镜，头发有些乱，胡子没有理。亚美甚至怀疑他连牙也没有刷过。上一次租401的人是一千二，钟村吸了一口面条，像是有些自言自语地说，我觉得

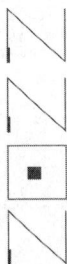

不值。

这楼太旧了，比旧社会还旧。钟村补了一句，就像一个迟暮的老人。

钟村之所以能说出迟暮的老人，是因为他是一位小说家。他对自己的遣词造句很满意，在这座单名叫杭的县城里，他连作协主席也不屑当。他对动员他当主席的文联书记说，让年轻人去当吧。而事实上他只有三十六岁。他不愿意当是因为他觉得县里的作协主席这个职位，已经配不上他的文学成就。

亚美不太喜欢方便面的那种气息，她抽了抽鼻子，挤出一个笑容说，你住哪儿？

我住你隔壁的402室，咱们这儿是一梯四户，就我一个人不是租户，我就住在这儿，住了十八年了，十八年，你就应该想到这楼得有多破。这简直是一个破得不成样子的楼，连这儿的岁月都是破的。

你是干吗的？亚美又问。

钟村迟疑了一下，终于说，我是作家，确切地说我是小说家。我比较贫困，但我吃方便面不是因为我贫困，是因为方便。

亚美没有说话，到现在为止，她确定她遇到的是一个话痨。果然，钟村接着说，我再过去的那间403，住着一对小年轻，男的是一名快递员，女的是房屋中介。再过去的404，空了一段时间了，没租出去。没租出去不光是因为破，还因为租得太贵，房东要一千三。房东是个老太太……

稻草这时候才说，你叫什么名字？

钟村又迟疑了一下说，我叫钟村。

稻草笑了，说我叫稻草，我六岁，我是我妈妈的女儿。

这是一个阴冷的黄昏。冬天的夜晚来得快，黄昏的时间就很短。当亚美亮起所有的灯时，这个夜晚才算正式来临。那空调的制热还算不错，亚美觉得有了一丝暖意。她看了一眼钟村笑了，说你这样靠着我家的门框，门框也会疼的呀。

钟村一下子就笑了，说，我觉得你都可以写小说。

亚美说，我对小说没兴趣。我连日子都过不好，我写小说干吗？

钟村一下子有了虔诚严肃的神情，他真诚地说，就因为日子过不好，所以我们才需要小说。小说是会让人温暖的。

亚美说，钟村，那小说是不是能代替空调？

亚美的老家是一个叫抚顺的地方。她在这座叫杭的县城寻好了一份工作，白天替万兴印刷厂去跑印刷业务，不停地跑。晚上就在豪庭夜总会里推销酒水，不停地喝酒助兴。她经常把女儿关在家里，她对稻草说，稻草，你要听话，你已经六岁了。六岁就是个大人。

于是稻草就问，那你也是六岁那年长大的吗？

亚美迟疑了一下没有说话，她想起自己六岁那年，父亲被一根水泥电线杆压死了。尸体被抬到家门口的时候，她看到父亲的头已经被压烂了。那天也是一个黄昏，亚美觉得那个黄昏，同样充满了寂静。她没有哭，她只是专注地看着院里发生的一切。母亲哭了，她开着电灯哭，哭好了就对亚美说，这都是命。

她很认真地对亚美说，我告诉你，命比什么都重要。

亚美是个很朴素的人。她很干净，不去上班的时候完全是素颜。她跟人交往，也很得体，话不多，印刷业务却接了不少，业务单位都觉得她像个小学或者初中的老师。晚上的时候，亚美很热烈，她卖酒的提成也不少。她可以陪人喝酒，因为她酒量太大。有一回一个老板说，一口喝下这一杯威士忌，我就在你这儿开一瓶两万块钱的。亚美知道，按这样算的话，她可以提成五千。

亚美就喝了一杯威士忌。

那天老板把手搭在了亚美的屁股上，说你挺敢喝啊。

亚美就把眼睛眯成了一条线说，连人也敢杀。

老板就愣了一下，说，你真会开玩笑，我喜欢。

亚美也笑了，说我不喜欢开玩笑，我以前杀过人，未遂，你信不信。

老板的笑容有些尴尬，说我不信。

亚美吐出一口烟。她在夜总会卖酒的时候，是抽烟的。她盯着自己面前的一团烟雾认真地说，以后你会信的。

亚美又对着那堆烟雾说，破烟。

亚美后来终于知道，小说家钟村其实是个孤儿，很小的时候就一个人生活。他和这幢楼一样孤独，但幸好他的职业让他并不十分害怕孤独。他经常一个人喝啤酒、吃泡面，奢侈的时候，他会为自己加一根火腿肠、一

个卤蛋。他经常一个人对着镜子扭胯跳舞，跳得十分难看。但是他怪罪于那面破旧的穿衣镜，那面镜子质量不好，失真，所以看上去有点儿像哈哈镜。夏天的时候，他会对着镜子数腿毛，他的腿毛浓密，壮观地长在他瘦弱的腿上。除了写小说，他还热衷于推理，他觉得他会是一个好的推理小说作家。

但是，他觉得推理小说属于类型文学，难登大雅之堂。他是一个对自己有要求的人。

那天他继续在穿衣镜前扭胯，嘴里发出轻微的歌声给自己伴奏。他唱的是一首老歌，叫《路灯下的小女孩》。这让他自己都觉得滑稽，一个三十六岁的不年轻的男人，竟然唱《路灯下的小女孩》。就在扭到一半的时候，他听到了亚美的声音。亚美说，你都六岁了，你好好待着，你长大了。

钟村就停止了扭胯。他走到门框边上，把身子倚了上去。这次他倚的是自己家的门框。他对亚美说，你怎么可以对一个六岁的小孩说这样的话，你怎么可以让她一个人住在家里？你要是这样的话，我是要报警的。这很危险。

亚美就说，那你领走吧。你不是小说家吗？小说家天天在家里，你可以帮我带孩子，我付你工钱。

钟村就笑了，你别以为我真穷。我的富足，你根本不懂。

亚美就说，我也不想懂。我上班了。

那天钟村从房间里出来，慢慢走到了401室的门口，门口其实就是楼梯口，钟村看到眼帘低垂的亚美一步步下楼。她的腰间挂着一只劣质的包，看上去是一只假名牌，上面标着一个LV的金属标志。她的右手就搭在包上，很像是武工队员们手中永远搭着一把驳壳枪一样。有那么一瞬，钟村觉得自己是喜欢这个叫亚美的北方女人的。她的个子高挑，皮肤很白，脖子出奇地长，让人联想到湖里面的天鹅。特别是因为她腿长，所以穿裤子很有型。钟村就牵过了稻草的手，目送着亚美走下楼梯。他以为亚美会回一下头的，所以他的目光一直都在殷切地期待。但是亚美没有回头，她像一个陌生人一样下了楼。所以钟村就揉着稻草乱蓬蓬的杂草一样的头发说，以后你白天到我这儿来。

稻草就笑了，她用大人的口吻说，我也是这么想的。

钟村和稻草的生活是十分和谐的。每天早上，亚美用钟村给的钥匙打开钟村家的门，开上客厅的空调，让稻草在钟村家的木地板客厅玩。钟村一般要睡到近中午的时候才能醒来，他醒来的时候，发现客厅比春天还要温暖。这让他心疼地盯着空调看了半天，计算着一天的耗电量。后来他咬了咬牙，认为不能太在意这些身外之物，心下慢慢释然。一般情况下，他醒来以后开始安排两个人的午餐。他的午餐很简单，有时候是外卖，有时候就是煮面条或者年糕。他跟稻草说，在吃上面用不着太讲究。因为吃的功效只有一个，就是补充人体必需的能量。顶重要的是，精神上的富足。

稻草对这样的说法是不认同的。稻草说，我和妈妈都喜欢吃好吃的。我妈妈说，不然生活就失去了意义。

钟村无力去反驳一个小孩子老气横秋的话，所以钟村想了想，什么也没有说。他们的相处很和谐，有时候一起做个小游戏，下跳跳棋，或者他们在客厅里比赛跳绳。大部分时候他们各顾各的。稻草主要的工作是在iPad上刷动画片、刷小游戏。钟村一直在写小说，他的小说停停走走，有时候一天到晚一个字也没有写，这让他觉得焦虑。他的内心是很想成名的，县城里一名老作家说，成名有一半是要靠运气的。特别是小说，光有理想是不行的。

钟村不信。他说，我不信命。理想万岁。

老作家就笑了，说，那我祝你好运。

所以钟村就想，自己如果不写小说了，生活也同样失去意义。

稻草对钟村的一间锁着的屋子很有兴趣，有一天她就站在门前，对着门说，钟村，我想去这里面玩。这里面是不是藏着很多玩具？

钟村就笑了，说不能进去玩。这里面堆着好多画，很贵重的。

这话钟村对亚美也说过，亚美说你应该让屋子通个风的。钟村说，我说过我不是穷，我有很多油画，都放在这间屋子里。随便拿出一幅画，就能买一套半套房子。

钟村又说，你不要被我吃方便面的假象迷惑了，千万别同情我。

亚美于是就笑了说，我不信你有钱。

钟村愣了一下说，为什么？我身上写着我没钱吗？

亚美就说，你骨头里写着。你那些破画，如果是市里的那些画家画的，全部卖掉都可能买不到一两平方的房子。

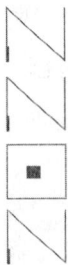

钟村终于笑了，有些局促地搓着手说，是。但我还是觉得珍贵，珍贵的东西不在于有多少价值，在于在你心里的位置。

亚美说，我现在需要的是最不珍贵的钱。我和稻草，十分迫切地需要不珍贵的钱。

总的来说，稻草还是一个很乖的孩子，她的短而粗糙干燥的头发，是烫过的。烫成一个圆球的形状，这让稻草看上去就像一个洋娃娃。很多时候，他们吃着东西，相对坐着，这让钟村的心头暖烘烘的，他都觉得自己和稻草之间，像一对父女。他不仅需要给稻草讲故事，还要带她去城东的公园玩。他们已经相互熟悉了，稻草叫他钟村，不叫他叔叔。她糯滋滋的声音把钟村叫得很欢畅，仿佛钟村是一尾兴奋的鱼。

很多时候，稻草会在钟村家地板上睡着。这样的时候，钟村会把空调开到最高档，然后在木地板上抛一床棉被。这样的被窝里，稻草是感觉到温暖的。她把自己的身子蜷缩成一团，像一只刺猬。她睡着的时候，睫毛很长，神态安详，像个洋娃娃。钟村经常会这样自言自语，多么纯洁的孩子啊。

钟村给稻草做了一个玩具，竟然是一把弹弓，用铅丝做的，配上皮筋，配上一块人造革的皮。稻草很喜欢，她不时地织一些小纸球，用弹弓弹向钟村。钟村就问，你为什么每次都要瞄准我。

稻草说，又没有别的人可以让我瞄准了。

很多次，稻草在地板上睡着了的时候，手里还是握着那把弹弓。钟村就站在边上久久地看着地板上的稻草，仿佛稻草是从地板生出来的，又仿佛弹弓是稻草的一部分。她很像一座躺着的浮雕。

钟村心里头就叹息一声。他觉得稻草的生活前途未卜，因为他知道亚美其实是一个杀人犯。

亚美在外面很忙碌，在杭县虚无缥缈的阳光底下，她像一枚随风晃动的泡桐树叶。她经常打电话来问稻草的情况，无论是白天跑印刷业务的时候，还是晚上在酒吧里卖酒的时候。在钟村眼里，这个女人像精怪一样生活在这幢楼里。夜深人静，钟村会穿着棉拖鞋穿着棉睡衣上到楼房的天台，他喜欢在天台上抽烟。不知是哪一户人家，在天台上面建了一个鸽笼，所以天台上就有许多白色的粪便，以及鸽子特有的腥臊气味。钟村有时候站在天台边沿，俯视着大地，能看到爬山虎的藤蔓紧紧地抓住了这幢楼。这让他想到了亚美，他觉得亚美就是爬山虎，像一种妖怪一样存在着。这个妖怪白天穿着得体，素颜，素衣，但纤秀的体态与清爽的容貌，十分清丽，像一棵朴素的青菜。到了晚上，又十分活跃，眼睛里亮着光，从颜色上来看，她就像一粒草莓。从果实来看，她是饱满温润的牛油果。

偶尔，他们三个也一起吃饭。这样的时候往往都是亚美请客。亚美赚着两份工资，她点起菜来大手大脚，有一次甚至点了一瓶茅台。亚美是这样说的，她说钱就是用来花的，我以前也很会挣钱。这让钟村多少有些汗颜，他望着面前喝酒的女人。女人把自己的脸喝得一片绯红，像连绵的晚霞一样。这让钟村想到了黄昏，他喜欢黄昏，他经常在黄昏时分去天台上看看这座城市的风景。他最喜欢的是北门地带，那儿有一条狭长的弄堂，时常有烟火的气息升腾起来。他还喜欢远处的一条江，以及江边化肥厂的烟囱。

他觉得眼前这个喝酒的女人可惜了，他特别害怕她会被警察突然逮捕。他甚至幻想，如果女人真的被警察带走了，那么他会抚养稻草长大。

这是杭县的一个中午。稻草已经按部就班地在地板上睡着了，她的手上仍然握着那把弹弓。她右边的脸胖嘟嘟，身上盖着一床随意抛下的棉被。这样的场景像一幅懒洋洋的油画一样，让钟村的目光流连忘返。那天亚美刚从一家业务单位回来，在此之前，她和那家制药公司企划部的经理，就产品包装的印刷问题谈了很久。当然，主要谈的是回扣。经理姓赵，很瘦，穿着白衬衣，十分纤细的样子，像一株枯萎了的文竹。他站在空调的暖风口下，故作书卷气的样子，让亚美特别想笑。她突然想，这么瘦弱的一个人，会不会在暖风口下站久了，风干成一个木乃伊？

亚美的业务最后还是谈成了。所以她往"半道绿"赶的时候，就有些兴冲冲的味道。她的脚步很轻，像是踩在云上的那种轻。她买了酒，买了熟食，想找钟村喝一杯，然后她就兴致勃勃地出现在了钟村的面前。她当然也看到了地板上沉睡的稻草。钟村把中指竖在唇间，很轻地嘘了一声，示意她噤声。这个举动让亚美觉得温暖，世界上所有的母亲，见到有人对自己的孩子好的时候，都会觉得温暖。在这样的温暖里，亚美露出满嘴的

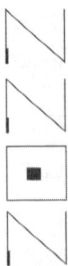

白牙笑了，她的两只手都举了起来，左手是熟食，右手是一瓶写满了英文的红酒。很像投降的姿势。

钟村点了点头，也笑了。亚美就用手指了指自己那间屋，钟村又点了点头。两人心照不宣地向401室走去，轻轻合上了门。

这是一个愉快的酒局。那个老掉牙的空调卖力地工作着，依然像帕金森一样抖动着机身。酒局的气氛很热烈，红酒杯是用陶瓷杯代替的。钟村一边喝着红酒，一边皱着眉，仿佛很懂酒的样子说，红酒有好多是假的。你以后不要买，这种红酒就贴了一张写满英文的商标纸而已。

亚美就说，你他妈的真扫兴。

钟村看了亚美一眼。亚美说，我说你他妈的真扫兴。

钟村就狠狠地咬了一口手中的酱鸭舌，说，我也觉得扫兴。我管它是不是假的干什么？

亚美于是笑了，说，你看咱们要不要猜拳。谁输了谁罚酒。

钟村就说，我认为猜拳行令，是古代文人的美好生活的体现。

亚美就说，不是的，是我拉了一笔业务，能分到钱了，所以就猜拳行令了。

钟村听了就有些失望说，也是啊。接着他又说，来，人生得意须尽欢，八匹马呀。

亚美也伸出了手指头，夸张地挥舞着说，我要赚钱，六六顺风哪。

钟村接下来说，呼儿将出换美酒，五子登科啊。

亚美接下来说，业务多多啊，四季发财呀。

亚美不再像一棵朴素的青菜，她的脸色红润，脱掉了外套，显得干净利索。头发不时地在她的额前垂下来，所以她不时地拢着头发。屋子里的空调，已经开足了马力，所以屋里的热气中弥漫着熟食和红酒的气息。亚美不时地咬着嘴唇，她完全放松地笑着，笑得东倒西歪的样子。钟村就想，原来以前的亚美，是被心事封锁着的亚美。

于是钟村在又喝下了一杯酒的时候说，你不要再咬嘴唇了。

亚美就愣了一下，似笑非笑地说，怎么了？

钟村说，让我来咬好了。

那天钟村伏在亚美的身上时，才发现亚美原来有那么好。亚美的好，让钟村有一种想哭的冲动，所以他伏在亚美的怀里哽咽。他突然觉得，此刻才是真正的美好人间。亚美把自己舒展开来，她很放松，她像是在听一场音乐会，或者说她本身就是一片海边的沙滩。

你把你的长发理了，你可以理板寸。亚美抱着起伏的钟村，在他的耳边说。

钟村说，你管得真宽。

亚美就说，那是因为你现在对我了解得很深入，所以我也必须要管得宽。再说我不喜欢看到男人长发。

钟村说，为什么不喜欢长发。

亚美就说，因为脏。短发精神、干净。我男人也是板寸。

钟村就含混不清地说，你男人？你男人指的是不是你老公？

亚美就说，是的。你还不能算是我男人。

钟村流下了些许的口水，他的脸部压迫着亚美的右脸，有些变形。他的声音也因为用力过猛变了形，声音奇怪地穿梭着，像从一条弄堂里奔出来的一缕着急的风。他说，你爱他吗？

很爱。像爱稻草一样爱。可是他打我。亚美抱紧了钟村胡乱挣扎的头说，他也很爱我。

他打你，怎么会是很爱你？

爱不爱，我心里有数。

那天穿衣服的时候，亚美望着钟村说，你会对稻草好的吧。

钟村说，会。

亚美说，你说话要算数的。

钟村就沉默了。他坐在被窝里抽了一支烟，抽完烟的时候，亚美说，被窝里抽烟，只能有一次，下次不允许。

钟村就觉得，其实亚美他是不了解的。亚美其实挺难搞的。于是钟村说，算数。

钟村的这句算数，是回应很久以前亚美说的，你说话要算数的。

亚美笑了，依然露出满嘴的白牙说，既然你这么说，那我以后不去酒吧卖酒了。我跑跑印刷业务就够了。

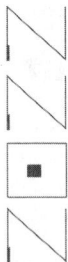

钟村说，为什么不卖酒了？不是卖酒赚得多吗？

亚美说，我不能让他们占了便宜。

钟村就警惕地说，什么便宜？

亚美说，他们摸我。

钟村停止了穿衣，他想了一会儿说，我就知道让别人买你的酒不容易。

亚美说，和你写小说一样，写个小说容易，写出名堂来不容易。

钟村觉得亚美说的话很有道理。他同时觉得，因为刚才的深入了解，亚美一下子变了很多。比如，她说你会对稻草好吗？再比如，她说她不再去酒吧卖酒了。亚美的变化，让钟村觉得自己也必须要用变化来做出回应。于是他说，我想同你谈谈。

然后钟村光着屁股跳下了床。他的目光瞥见了亚美小腹上的一小处文身，那是一块蜘蛛大小的青蓝色文身，如果不细看，会以为是胎记。钟村提着裤子，对亚美说，这是什么？

亚美望向自己平坦的小腹时，目光是美好的，像是在回忆往事。她说，是一只蝌蚪。

钟村就说，噢，它要游到河里去。

谈话是在天台上进行的。在开始谈之前，钟村用一小包玉米粒去喂那些咕咕叫的鸽子。玉米粒是鸽子们的主人放在天台上楼道出口的屋檐下的。主人是一个老头，他叫苏州河。他看到钟村喜欢喂鸽子的时候，莫名地对钟村有了好感。人总是这样，当有人喜欢自己喜欢的人和事后，会平添出许多好感来。后来钟村才了解到，苏州河的爹是上海滩的旧警察，他养过一阵子警鸽，同样是在天台上。

那天喂完了鸽子，钟村就望着眼前成片的杭县的楼房说，生活会给我们一记响亮的耳光。

亚美点着了一支烟，很深地吸了一口，又吐出来。她望着钟村被风吹起的长发说，我还是建议你去剃个头。

钟村说，你真不会聊天。所有的意境都被你聊坏了。

亚美说，你那不是意境，你是意淫。

钟村说，自从见到你的那天起，我就知道你藏着巨大的秘密。你孤身一人，从北方来到了杭县，你从东北跨到了江南，你是逃出来的，因为那个爱你很深的男人家暴你。

　　亚美没有说话，她瘦削的目光穿过了香烟的烟雾，投向了整座灰暗的城市。她特别想要望到城市最深的地方，或者，她特别想要望穿云层。她总是觉得云层里面不光有雨水，还有秘密。

　　钟村说，你动手了。为什么动手，那是因为你其实很爱他。当很爱的一样东西得不到的时候，人们往往都会选择毁灭。我还知道，你在酒吧里卖酒跳舞的照片，是在平安夜那天拍的，被做成了橱窗海报，印在酒吧的宣传册上。你恼怒地找老板算账，说是侵犯了肖像权，一定要撤下，要销毁，给多少钱都不干。为什么要这么做，是因为你怕太多人见到海报，见到宣传册，你怕被更多人发现你生活在杭县。特别是警察。

　　说不定你就是一个通缉犯。钟村说，你应该是抚顺人，尽管你的手机号码是上海的，尽管你很注意了，但是你有东北口音，比如你有一次跟稻草说到了天擦黑。而且，有两次我看到你在翻抚顺的天气信息。

　　亚美点了两支烟，把点着的其中一支塞进了钟村的嘴里。

　　钟村喷出一口烟来，他用手掌挥赶了一下烟雾说，有一次你听到警车的呼叫，那时候你在盛一碗汤，你的手抖了。那天我跟你说，那不是警车，这是消防车的声音。消防车和救护车、警车，鸣笛声是不一样的。你说，噢。但你没有说，你并不怕警车。你只是说了，噢。

　　更重要的是，稻草经过了你严格的训练，竟然会讲好多上海话，她小小年纪，滴水不漏。她也在刻意地抹去老家抚顺的痕迹。只要我有心，我都能查到那个被你杀了的老公的名字。在杭县这样的地方，警察力量很强大，只要查起来，什么都能查得到。

　　亚美说，那你现在想怎么做？

　　钟村把目光投向了天空，一种使命感突然就从脚底板开始涌动起来。钟村平静地说，我会保护你的。也只有我能保护你。

　　亚美说，你是救世主吗？

　　钟村想不好要怎么回答。沉默了许久以后，他首先用一个笑容打破了僵硬的气氛。钟村唱起了一首歌，是那首"我们坐在高高的谷堆上面，听妈妈讲那过去的故事"，在钟村其实听上去很美好的歌声里，一天就十分

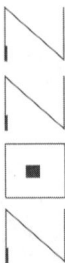

美好地过去了。这一天钟村觉得自己了解了亚美很多，比从亚美住到"半道绿"以来了解的总和还要多。

钟村说，我们下楼吧。也许稻草醒了，也许稻草饿了。

那天钟村迈步离开天台的时候，黄昏呼啸着向他掩盖过来。像被海水吞没一样，他是被黄昏吞没的。亚美跟在钟村的身后，她的思绪很特别，她觉得这个叫钟村的人，是个善良的话痨。但这并不影响亚美对他的喜欢，喜欢这种情绪，最主要的是靠气息相投。她的骨子里，是喜欢伤感的男人的。

比如，钟村像一滴水掉进海里一样，钻进天台的门洞不见了，仿佛是被门洞吸收了。亚美觉得，这样的背影是能打动人的。走到402室门口的时候，钟村看到稻草就站在屋门口，她的身上滑稽地披着一床棉被，这使她看上去显得十分臃肿。她当然也看到了跟在钟村身后的亚美。稻草在沉默了一会儿后说，你们去干什么了？

晚饭是亚美做的。亚美很会做饭，她用小米电饭煲煮出了十分香甜的米饭。米粒来自北方一个叫五常的地方，饱满、圆润，最关键的是有光泽。不是一般的光，是亮晶晶的那种光。亚美替钟村盛了一碗饭，又替稻草盛了一碗饭，她用纤长的手指头捏着碗沿，十分温润地递过来。看上去她就像一个普通的居家女人。这让钟村产生了一种错觉，觉得自己是拥有一家三口的。

这时候隔壁403传来奇怪的声音。这声音让钟村想起，没五分钟前，快递员阿迅和房产中介成成，一前一后回到了出租房。他们的步速很快，像一堆突然刮起的胡乱的风。他们一进屋门就砰地把门关上了，然后奇怪的声音就传了过来。作为一名成年的小说家，钟村十分理解这对年轻人为什么会变成一阵风。在他的印象中，这对年轻人的精力十分旺盛，几乎平均一天两次，他们每次都会把声音搞得惊天动地的样子。这多少令钟村有些微的感动，他认为这是生命力的象征。现在，在这连绵的声音里，刚端起一碗汤的钟村有些不知所措，他又想喝汤，又不想喝汤。就在他犹豫不决的时候，稻草的声音响了起来。她说，钟村，这是什么声音？

钟村想了想，这是年轻的声音。

稻草又问，那他们这是在干吗？

钟村想了想，他们在干年轻人喜欢干的事。

稻草又问，那钟村你喜欢干什么样的事？

这让钟村想起了刚刚和亚美进行的一场激烈而缠绵的事，但是他不能提这件事，他只能咳嗽了一声说，我爱好文艺。

稻草又问，那文艺是什么呢？年轻人干的事不文艺了吗？

钟村就想了想，最后竟然略略带有愤怒地说，文艺就是被隔壁那些快餐思维的人搞坏的。

钟村抽烟的时候，很多烟灰会掉在衣服上。

他喜欢坐在窗边抽烟，当烟灰掉落在衣服上的时候，他感到无边的悲凉。他十分喜欢烟灰飘落的过程，那是一种狼狈之中的粉身碎骨，或者说同一朵花的飘落是一样的。大概烟也是有生命的，烟也会开花，也会谢幕。尽管他是一个写小说的，但是他其实也读过大量的诗，他觉得诗人才是世界上最文艺的存在。他最喜欢读的，是李清照的词。他特别想回到宋朝和李清照交一个朋友。当然这不是最主要的，最主要的是，钟村认为烟灰掉落的过程，和一朵花开败的过程是一样的。是一首诗。

三个月前，在杭县的胜利路上，市里最有名的民营书店灯盏书局，钟村为他的新书《迷雾》开了一个小型的发布会。就在发布会结束后，他回到家的时候，发现范饭跑了。对于范饭的印象，钟村现在一团模糊。如果让他回忆的话，他轻而易举地想起那是一场台风来临以前，他把刚认识的范饭带回了家。他们的相遇是在一家餐厅，他们坐在各自的位置上，都吃得很慢。最后吃饭的客人们都走了，只剩下相邻的两个人。于是他们坐在了一桌，把菜盘子也端在了一起，说是不如搭伙吃吧。范饭还一直握着一瓶啤酒，特别像个酒客。最后他们走出了餐厅，走到了城市广场的边上。他们一定都很无聊的，所以钟村无聊地看了她一眼说，敢跟我走吗？

范饭就很惊讶，说你没觉得说这个"敢"字太老土了吗？

钟村就有了严重的挫败感，说你不怕我撕了你吗？

范饭就很不屑，说，还不知道谁撕谁呢？

那时候夜幕将临，城市广场上的灯突然亮了起来，而身边都是萧瑟的台风过境以后的残枝败叶。零星的雨，也会随风吹过来一些。在这样的萧条里，钟村一把捉住了范饭的手，他抬起头看着天空，一滴雨刚好落在了他的唇上。他笑了起来，说，哈哈，这破雨。

那天他们就并排着往前走了，大约在走出一百步以后，范饭挽住了钟

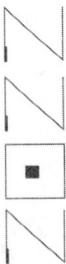

村的手臂。从他们的背影来看，他们已经是一对相识已久的情侣。他们走得东倒西歪，是因为范饭确实是喝醉了。

然后他们就在这三天之内撕来撕去的，谁都没有被撕碎，但是撕得有气无力倒是真的。三天以后，钟村的最新作品《迷雾》的新书发布会如期举行。在灯盏书局，钟村面对全市的文学青年，讲述了自己为什么写这本书，以及自己对文学的认知。他的目光一直落在角落里坐着的范饭身上，这是范饭三天内的第一次出门。她是悄悄跟来的，说你在台上讲你的，我不打扰你。她在角落里显得很安静，安静得让钟村以为，和自己撕来撕去撕了三天的女人，不是眼前的这个范饭。

然后，就在新书发布会结束后，范饭不见了。散场时钟村寻找范饭的身影，一直没有找到，于是他匆匆地回到他的"半道绿"24幢402室，发现屋里已经没有人了。范饭的痕迹一点儿也没有留下，仿佛她从来都没有出现在他的生活里。范饭不辞而别，像一缕临时经过杭县的风。

这时候钟村才发现，他连范饭的手机号码都没有。钟村这样告诉自己，就当是一场梦。

钟村经常到亚美这儿蹭饭吃。只要下班早，亚美就会去菜场买菜。她是给印刷厂跑业务的，没有固定的下班时间，可以从业务单位直接回家。所以钟村经常理所当然地去401室蹭饭。有时候，他也会去顶楼的天台，一待就是半天。亚美就想，这人会不会精神有问题。他那么长时间，在天台上是在干什么？

钟村在天台上一般是在抽他的利群牌香烟。有时候，钟村也会替鸽子的主人苏州河喂一下鸽子。他蹲在天台上抽烟，看许多鸽子在他身边走来走去，会让人觉得他是另一种鸽子。有一天亚美找他，也走到了天台上。她走到钟村的身边蹲了下来，从他的烟盒里抽出一支烟，点燃，然后对着天空喷出烟雾。

两个人在很长的时间内是一言不发的。有时候偶尔相视笑一下，天空中滚动着生动的云层。

钟村说，你说，云层里面有没有神仙的。

亚美的一缕头发，在风刚好经过的时候掉了一缕，垂在眼前。她拢了一下头发，说，云层里没有神仙的，但是有许多秘密。

就在这时候，他们不约而同地看到一只鸽子跳下了天台。这只灰色的鸽子一言不发地在天台边上待了很久，它细微的目光一直望向很远的地方。然后它没有张开翅膀，像倒栽葱似的掉了下去。钟村和亚美对视了一眼，钟村说，我没想到鸽子也会自杀。

亚美没有说话。她又从烟盒里抽出了一支烟，点着，美美地吸了一口。后来她躺倒在了天台上，她就对着天空喷着烟。钟村也躺了下来，躺成一个"大"字形。躺倒的时候，钟村纳闷地说，难道鸽子也有抑郁症？

钟村那天在天台上告诉亚美，自己想写一个叫作《蝌蚪》的童话。那是因为他第一次和亚美上床的时候，看到了亚美的小肚上，文了一小块青颜色。钟村根本分辨不出来这是什么，就说，你文了一块胎记？亚美就打了他一记，说胎记是文出来的？这是蝌蚪。钟村就说，你为什么要文一只蝌蚪？

于是亚美告诉他，那是有一次老公完事的时候，把一滴精液遗落在了她的小肚上。于是，亚美就在那个部位文了一尾蝌蚪，说这滴精液里藏着无数的蝌蚪，小蝌蚪都在摇头摆尾热切地寻找着妈妈。当然，这还是亚美和她的老公在热恋的时候发生的事。阳光从云层里射了下来，像一柄剑的样子，直接劈向了大地。这让亚美的脸痛了一下，以为这把光剑把脸给劈开了。她下意识地用手掌挡住了一小缕的阳光说，那时候我很年轻。我真的很好。

钟村就说，你现在也很好。

那天钟村说，我构思的那个童话里面，蝌蚪不是蝌蚪，而是一个小男孩。男孩有一天去找爸爸，他偷偷地爬上了一辆敞篷的运货的火车，火车开起来了，风灌进了他小小的身体。这让他感到无比畅快，他觉得自己很幸福。

亚美说，后来他找到爸爸了吗？

当然找到了。爸爸住的地方，那儿的太阳是暖烘烘的。

有一个叫文斌的记者住了进来。那天他走在搬运工人的最后面，双手插在衣服袋里，眉头紧皱着，好像在想着一件大事。他住在走廊尽头的404室，经过402室的时候，看到了正在吃方便面的钟村。文斌努力地挤出一个笑容，钟村也笑了一下。他走到门框边，把身体倚在门框上说，一千？

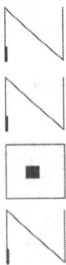

文斌望向钟村，没有说话。

钟村就说，上一次租的人是一千二，他吸了一口面条，像是有些自言自语地说，我觉得不值。

你是干吗的？文斌问。

钟村迟疑了一下，终于说，我是作家，确切地说我是小说家。我比较贫困，但我吃方便面不是因为我贫困，是因为方便。

文斌没有说话。钟村接着说，夹在我和你中间的403，住着一对小年轻，男的是一名快递员，女的是房产中介。你这间空了一段时间了，没租出去。没租出去不光是因为破，还因为租得太贵，房东要一千三。不知道你是不是一千租下的。

文斌笑了，说，你叫什么名字？

亚美曾经在床上努力地让自己平息下来的时候对钟村说，那个住404的不像是个好人。

钟村就点了一支烟。他坐在床上抽烟。他是记者，钟村说，叫文斌，跑政法线的。

文斌长着一对三角眼，头发跟钟村一样，永远是乱的。他有一对深重的眼泡，仿佛用针一扎，就能掉出一眼袋的水来。

文斌跟钟村倒是很投缘。他经常找钟村下围棋，钟村后来慢慢发现，写小说和下棋，自己其实更喜欢后者。他们经常一下就几个钟头，下得饥肠辘辘。后来钟村这样对文斌说，你不要去采访什么警察。警察破案只会用摄像头。你采访我就行，我会推理。

文斌说，我以前也写小说，差点把我写饿死了。后来当记者，发现用小说的写法写长篇通讯，就显得特别精彩。

文斌又说，你知不知道前几天发生的一件命案。有一个女人失踪了。那是一个高档小区，摄像头密布。摄像头只看到女人进了小区，但没有看到她出过小区。女人的老公说，她肯定是出门去玩了。

钟村就冷笑了一声说，肯定被她老公杀了。你是政法线的记者，你一定知道刑事案件中，熟人作案的比例占比很大。

文斌说，她老公为什么要杀她？

钟村说，要么是有了外遇，有人想"登堂入室"。要么是谋财害命，你说的是二婚夫妻，老婆死了老公可以继承大笔遗产。要么是激情杀人，吵架吵得凶了，就一不小心失手杀了。既然摄像头查不出女人出小区的监控，那肯定是碎尸了。你知道有一个护士吗？把一个跟她有奸情的医生杀了，也是碎尸。尸体都碎成了肉丁，你说还有什么事是人干不出来的？

文斌盯着钟村的眼睛，说，那你觉得尸体组织会在哪儿？

钟村在棋盘上又下了一子，推了推自己鼻梁上的眼镜，望着文斌一字一顿地说，从下水道冲走了。

文斌抽了一口凉气，说，瞧你说得跟真的似的。钟村平静地说，我说的就是真的。这时候，一种奇怪的声音又响了起来，那是从403室传来的。钟村和文斌心照不宣地笑了一下，钟村说，一天能响两次，也不怕累死。

那天钟村和亚美两个人又在天台上抽烟。他们不太说话，只是望着远处的城市街景。很远的化肥厂，举着一支巨大的烟囱，烟囱在不停地喷着烟。钟村于是说，看到那支烟囱了吗，有一个女人跑到这上面，然后从烟囱上要往下跳。爬到顶上的时候，她突然不想死了。但是烟囱因为太高，塔体是会晃动的，于是她大喊救命。结果把全厂的人都喊到了烟囱底下了，最后她腿一软，还是掉了下来，把自己砸得像一团糨糊，全散了。

亚美问，你是怎么知道的？

钟村说，杭县就那么大，谁家的狗放了个屁，我也能知道。

然后，他们看到了身后突然多出来的两个男人，他们也上了天台，竟然悄无声息。亚美转过脸来的时候，脸瞬间就白了。男人甲叼着一根烟，他笑了一下说，你是杜亚美？

亚美说，是。

男人乙说，请你跟我们回抚顺。

亚美想了想说，好。

钟村知道，亚美杀她老公的事，还是留下了蛛丝马迹，现在警察找上门来了。钟村说，警察？

两个男人都从怀里掏出一个小本，扬了一下，又迅速收了回去。仿佛是害怕两本证件离开身体会着凉似的。

钟村说，她什么事？

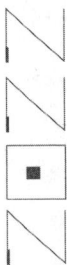

男人甲说，我们怀疑她和一起杀人案有关。

男人乙说，你是谁？

钟村说，我是一名作家，确切地说是一名小说家……

男人甲就笑了，走的时候拍拍钟村的肩说，好好写小说。争取写得比生活本身精彩。

钟村的脸就白了，有些愤怒地说，你什么意思？

男人甲回转了身，望着钟村笑了，说，你很可爱。别把嗓门整那么响，我又不是来和你比谁声音大的。

那天亚美久久地望着钟村，但是她一直都不说话。钟村就说，不是你做的事，你一样也不能认。

亚美就重重地点了一下头，说，你一定要照顾好稻草。

钟村和稻草两个人的生活完全开始了。从现在起，他们像极了一对真正的父女。偶尔地，文斌会加入到他们的生活中来。稻草好像完全忘却了亚美曾经的存在，她玩得很执着，热火朝天的样子。但是当钟村问她是哪儿人时，她会千篇一律地回答，上海人。

你是抚顺人。钟村盯着稻草的眼睛说。

稻草想了想，说，你知道我是抚顺人，为什么还要问我是哪儿人呢？

你有什么想要告诉叔叔的事吗？

稻草想了想，说，你能不能带我一起去旋转餐厅吃一餐自助餐？我特别喜欢吃自助餐上的冰淇淋。

钟村认真地点了点头说，一定带你去。

文斌经常从报社的食堂里打一些熟菜、米饭和馒头回来。三个人有时候会坐在小方桌边一起吃饭。稻草叫文斌叔叔，她说，叔叔，我觉得我们三个人在一起玩真好。

文斌就说，你想不想妈妈？

稻草想了想说，妈妈说，她很快就回来找我。她要我听话，你觉得我听话吗？

文斌和钟村就对视了一眼。钟村说，稻草是全世界最听话的孩子。一会儿我和叔叔表演下棋给你看。

稻草说，下棋有什么好看的？半天不说一句话，把棋子移来移去，还移得那么轻。你们是怕吵醒我吗？

文斌和钟村就又对视了一眼。

钟村说，那你唱个歌给我和叔叔听听。

稻草想了想，嫩丫丫的声音就响了起来：小蝌蚪，像黑豆，成群结队河中游，慌慌忙忙哪里去，我要和你交朋友……小蝌蚪，摇摇头，转眼就把尾巴丢，我要变成小青蛙，游到田里捉害虫……

在稻草的歌声里，钟村把头转向了窗外。他突然发现，窗外的风是温暖的，春天已经无声无息地来临了。这让他的骨头咯嘣地响了一下，同时，他开始正式想念一个叫亚美的女人。他发现他已经爱上了亚美，他必须照顾好稻草，并且等待亚美的归来。

这比写小说有意思得多。这时候的钟村，这样想。

第二天钟村就带着稻草去了杭县近郊一座叫作红卫的村庄。钟村用自行车载着她，他们还带上了圆形的小玻璃瓶。在红卫村的田野的沟渠里，他们一共捉了十五只蝌蚪，全部灌进了玻璃瓶里。春天在田坂中得到了十分好的体现，许多绿草激动地发出了嫩芽，泥土泛出了春的气息。那天的稻草表现出少有的兴奋，稻草像一只在春天里蹦跳的青蛙，向着更深的春天蹦跳前进。

她在一片开满了紫云英的田地摔自己，她跳起来，摔下去，摔在漫软的地上。她再跳起来，摔下去，在每次摔下去的时候，她都会咯咯地笑成一团。

钟村那天把一身泥的稻草带回了家。为了给稻草洗澡，他特意请了一个钟点工阿姨。那是一位清瘦的女人，十分干净和体贴。她深深地看了钟村一眼，于是钟村就开始联想，他认为这个阿姨认定了，他要么是离婚了，要么是死了老婆了，两者必居其一。这让钟村觉得好笑，他突然很想捉弄一下钟点工阿姨，于是他对着卫生间里大声喊，稻草，让阿姨把你洗干净点，爸爸晚上带你吃好吃的。

钟村说完，心里突然漾起了无限的甜蜜，他甚至有一种想哭的冲动，觉得稻草确实成了自己的女儿。那天稻草被洗得干干净净，包裹着一块巨大的浴巾，站立在那张方桌上。她咯咯地笑着，一些未来得及擦干的水，掉落在桌面上。她突然对着钟村叫了一声，爸爸。

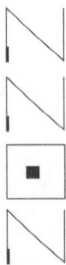

就在这天的晚上，亚美回来了。那时候稻草已经睡着了，手里仍然紧紧握着那把钟村给她做的弹弓。屋子中央的空地上，一只小圆玻璃缸里，十五只小蝌蚪在自由地游动着。亚美敲开门，首先是冲向了稻草，很深地在稻草的脸上亲了一下，然后她侧过头来，望着钟村说，你很好。

钟村说，我当然好。

那天亚美和钟村去天台上聊天。钟村说，你一共回去了十一天零五小时二十八分。

亚美说，我已经决定了。

钟村说，你决定什么了。

亚美说，就在你刚和我说我回去了十一天零五小时二十八分的时候，我决定了，我要离开他。

钟村说，他是谁？

亚美说，他是我老公。

这时候，钟村才知道，亚美从来都不是一个杀人犯，原来亚美的老公不过是躲避别人的讨债，去越南生活了一段时间。现在他回来了，据说带回来一个越南少女。那个少女才十八岁，长相像青芒一样年轻，形状也很像。

两个便衣出现在天台上，他们来带亚美回去，是请她协助调查。她跟命案没有关系，而是她的老公跟一桩命案有关系。

钟村听到这里就很生气，吼了一声，原来你老公不是你杀的。

亚美说，我什么时候说过我杀老公了？好像你很希望我是一个杀人犯。

亚美又说，你别吼，你一吼我就去夜场卖酒。

钟村就说，不能去。那地方不能去，不纯洁。

华良那天在下完棋以后带走了钟村。这盘棋足足下了三个钟头，最后钟村输了三目。华良说，现在可以跟我走了。华良就是文斌的真名，他是杭县公安局刑侦队的警察。

在下这盘最后的棋之前，钟村说，你为什么要骗我？这令我很伤心。

华良没有回答，他只是拍了一下钟村的肩，很长时间内无语。

钟村说，你是怎么发现我的？

华良说，你只适合当小说家，你的那些推理，十分幼稚。范饭是你杀的，她的真名叫范小美。她来杭县是见一名网友的，事实上她和这名网友已经好上了，不过是网友的父母不同意。你刚好乘人之危……

钟村愤怒地说，我没有乘人之危，我们至少有三天的感情。

华良笑了，说，你这个性格不适合下棋，你的阵脚都乱了。

钟村就没有说话。华良继续说，范小美要走，你拦住了她。你把她杀了。你这个破小区里，除了主要大路并没什么监控摄像头。你和她相处其实只有三天，你们只能算是露水夫妻。但你确实是爱上过她，你觉得她水性杨花，所以你恼羞成怒杀了她。没有人会怀疑到你，是因为从来没有人知道你有过那么短暂的一个，来自外地的女朋友。她是厦门人……

钟村的耳朵里，就灌满了厦门海边的涛声。

华良说，她其实是一名健身教练。如果她能和那名网友相处，她要选择的是在杭县找一家健身馆去应聘当教练。

钟村脑海里浮现出范小美粗壮的手臂。她确实有点儿像拳击运动员。

那天钟村被华良带下楼的时候，看到401的门口站着亚美和稻草。她们一言不发，久久地看着憔悴无措的钟村。那天快递员阿迅和房产中介成成，也站在他们的403门口，讶异万分地看着被带走的钟村。钟村一步步走下了楼梯，他好像是想起了什么似的，在半道上停住了，抬起头望向401的门口，对稻草说，稻草，我不能带你去自助餐厅了。

稻草没有说话，她紧紧地握着那把弹弓，但眼泪却唰地流了下来。

于是钟村就笑了笑，对稻草说，把蝌蚪养大。

那天破天荒地，阿迅和成成没有摇床，他们一言不发并排地蜷缩在靠近床尾的一堵墙边。白天的时候，他们看到一伙人破开了钟村那间长久关着的房间的门。他们惊得差点把眼珠子都掉下来了，因为就在靠近他们床头的地方，是一大截混凝土浇筑的墙体。当警察命令建筑工人用电动工具砸开那堵半人高的墙体时，发现里面安详地蜷缩着范饭，也就是华良所说的范小美的尸骨。

成成在夜色中，隔着几厘米的距离，声音清晰地对阿迅说，我们必须搬家。

他们都十分担心，那和尸体一起被砌进水泥墙体里面的手机，会突然

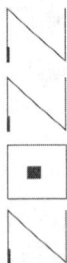

发出响铃的声音。

在夏天来临之前，"半道绿"小区22幢4楼的人，都已经搬离了。亚美带着女儿稻草去看守所看望钟村。

钟村很干净的样子，他剃了一个光头，但是能看到一寸长的短发已经开始爬满他的头皮。亚美笑了一下，说你现在的头发挺像板寸的。

钟村说，你不是说喜欢板寸吗。而且剃头是免费的，现在吃也免费、住也免费。

亚美笑了，她的眼睛里荡漾着一种爱意，说，免费的都没有好东西。

钟村一下子接不上话来，想了想，就说自己想要写一个新的小说。这时候亚美知道了，原来看守所里面和外面，都能写小说。

亚美问，你需要我做什么？

钟村说，不需要。

亚美问，那你自己还想做什么？

钟村想了想说，我特别想和文斌下棋。我认为他下不过我。

亚美笑了一下。那个叫文斌的便衣，后来叫华良的警察，先后找过她几次。亚美从华良口中知道，钟村的妈妈跟人跑了，钟村没有妈妈，所以最恨家里的女人跟人跑。因为钟村的妈妈跑了，只有爸爸带着他生活，所以他和爸爸的感情特别深。

这让亚美突然想起，钟村特别想写的那个找爸爸的童话。

钟村说，你离婚了吗？

亚美说，我离不了婚。他不会同意，他只会打我。我只能逃。

钟村说，他不是跟一桩命案有关吗？

亚美说，跟他没有关系，现在查清楚了。我发现他不敢，他要真敢了我倒会高看他一眼。

在亚美和稻草离开接待室之前，钟村特别抚摸了一下稻草棕黄粗糙的头发，对亚美说，你一定要保护好稻草。

仿佛稻草是他亲生的女儿。

亚美说，我们要走了。我们要离开杭县。

回抚顺吗？

不是，我们想去三亚。那儿的太阳暖烘烘的。

亚美这样说着，呼啸而至的三亚的阳光，就扑进了她的脑海里。这样，她又笑了一下，稻草也笑了一下。她的手里捧着的那只玻璃缸，缸里的蝌蚪已经脱掉了尾巴，长出了两条腿，身上开始慢慢覆盖春天的绿色。

玻璃缸里的那些小青蛙蹬了一下腿。在这样的蹬腿中，亚美拉着稻草，慢慢向外走去。直到她们离开钟村的视线，一步也没有回头。

那天，杭县的杀妻案告破。案犯就是死者的丈夫，一共使用了两吨水。

原载《花城》2022年第4期

点评

《蝌蚪》将犯罪、刑侦、探案、悬疑模式融为一体，共嵌入了三桩杀人案：一、从小说家钟村角度，以隐匿方式讲述亚美与其丈夫之间的凶杀案。但实际情况是，所谓"亚美杀死家暴的丈夫"，只不过是钟村一人的主观猜想。二、从文斌（便衣警察华良）角度，以卒章显志方式讲述小说家钟村杀死女朋友的案件。钟村和她萍水相逢，在一起相处仅3天。这是实有之事，也是隐匿在叙述中最出人意料、不可思议的案件。三、新闻报道中的凶杀案。即小说最后一句话："那天，杭县的杀妻案告破。案犯就是死者的丈夫，一共使用了两吨水。"这只是一种背景，在小说中，主要辅助于前两桩的讲述。关于这三桩杀人案，小说并没有从正面直述，而是将之编织进极其日常化、冷静化、若无其事的碎片话语中：亚美和女儿稻草租住在一起，恰好与小说家钟村成为邻居；亚美为养家糊口出外打工，钟村忙于写作，平时代为照管女儿稻草；亚美与钟村日久生情，三人在一起，宛然上演一幕互助互爱的爱情佳话。然而，随着便衣警察华良的介入，关于钟村与女孩的凶杀案遂得以显现。由此一来，小说结局突显，情节陡转，美好而温暖的义行、话语中竟然隐藏着一次如此残忍的杀戮。不急不慢、曲径通幽式的讲述，以及由此生成的叙述张力和震撼效果，对读者阅读构成极大冲击力。

（张元珂）

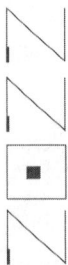

光明招待所/

/吴　君

黄梅珠早晨起床，睁开眼睛便看见了蜘蛛，黄梅珠认为对方也看见了她。

黄梅珠再也睡不着了，于是她顺着看过去，墙上只有一些淡淡的斑痕，应该是前一家人留下的。靠近窗口是女儿小时候的一幅画，十多年了，都还挂在原处。黄梅珠觉得女儿幼稚得很，总是长不大。除了跑得快，好像什么特长都没有。梅珠记得这张画被她扔掉过的，只是这些事都记不太清了，尤其是最近几年，记忆力越发不好。

房子需要清扫了，至少应该粉刷一次，可到处都堆满杂物，搬起来需要些体力，黄梅珠担心自己力气不够，所以一直没动。她想如果哪一天陈家和心情好了些，请他帮个忙，只是她一直没有等到。这个念头在脑子里有过无数次，总被其他事情打断，到后面她也就不再想。女儿初中的时候，带同学回家里，同学问你们家怎么那么旧啊，墙上还掉了皮，偶尔还有小蟑螂经过，对方夸张地尖叫后，顺手揭下一小块，导致了周围的墙面有了更大的裂纹。这件事搞得女儿对她生了几天的气，还差点不想去学校。黄梅珠没有说出这是个二手房，搬进来的时候便没有钱装修了，煤气灶和空调等全部家私都是对方留下的。她不想让女儿知道太多，包括她与老公陈家和的关系，黄梅珠害怕影响了女儿的幸福，追求者是个富二代，她不想因女儿失去这个机会。

"你除了会跑会跳，什么都不行。"她总是无意间便把这种负面情绪传给女儿。

眼下，需要黄梅珠考虑的事情很多，哪样都比刷墙重要。比如在香港的大佬，疫情的原因一直都不能回来，微信上也不回话，不知道眼下什么情况。阿妈非常焦虑，似乎黄梅珠的幸福是夺了大佬的。有时阿妈会给她脸色，哪怕嘴里正吃着黄梅珠送去的食品，都还在不停地埋怨。"又拿来这些便宜货，别人不要的东西，吃也吃不下，丢也丢不掉。"

黄梅珠希望不要把什么都放在冰箱里等大佬，不仅费电，如果没有及时吃，食物会过期。考虑到何时通关还不清楚，便对阿妈说："这三文鱼不能放久，要尽快吃呀，再留就不能食啦。"

"过期的东西你为什么送过来，看不起我呀。"黄梅珠随后听见阿妈"噗"的一声吐出口里的黄皮果，她用这种方式表达对黄梅珠的不满。

"本来是想留给大佬吃的。"

"你何时心里还会想到别人。"阿妈仇恨的眼光射过来。

黄梅珠怯怯地说："大佬如果过来需要隔离14天的。"

"那又怎样，14年也要等。"阿妈的样子咄咄逼人。

见阿妈又开始赌气，黄梅珠也就不说话了。这些年，黄梅珠过得越好，阿妈就越生气，因为那边的大佬还不能去工地，只好在家里吃老本。原因是在屯门修屋时摔了跤，在家休息了很久，没有收入。这样一来，阿妈就开始着急，总是劝黄梅珠要关心一下大佬。他那里只有38平哦，都转不开身的，你认为那是他应该受的苦吗？得闲时你不应问问吗？阿妈翻了翻松弛眼皮下面的那一摊灰色的眼珠，继续说："如果当时是他去了国营单位，哪里会发生这样的事情。"

阿妈口中的国营单位早已改了制，招待所变成酒楼，包给了老板，因为光明乳鸽成了远近闻名的招牌菜，所以招待所这个名字也跟着保留下来。

似乎阿妈眼里的好，就是没有在工地做工。每次见到黄梅珠穿了一身整齐的制服，都会冷冷地发出一声哼，好像黄梅珠并不是她的女儿，而是一个被她嫉妒的同龄人。阿妈如果约了人在招待所里喝茶，刚好又见到黄梅珠穿梭其间指挥小妹摆菜，阿妈都会多点几碟放在一侧晾着，出门时再打包带走，反正她会留下单由黄梅珠去买的。黄梅珠冷冷地说："我怎么关心啊！我也有老有小，每天睡觉前感觉自己只剩下一口气，除了吃饭睡觉其他时间我都在做工啊！"

阿妈不看黄梅珠，一只手扶在巨大的冰箱的扶手上说："你还有老公吧，还有头家，可你大佬乜都没有。"说到这里，黄梅珠的阿妈委屈地瘪

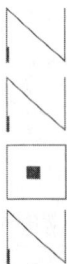

了瘪嘴，她希望黄梅珠这个做妹妹的拿些钱出来，平时黄梅珠偷偷塞给阿妈的都被拿去给了大佬，因为阿妈觉得大佬太可怜。这些黄梅珠都知道，只是不会揭穿。

"他怎么又没钱，不会又去赌了吧。"有一阵子，黄梅珠的大佬迷上了买马，输了钱也不会说，只是会突然回来，爬到阁楼上面蒙着头睡觉，做阿妈的便开始向黄梅珠要钱了。

"早没有啦！赌呀赌的真是晦气，你这样讲自己大佬咩意思？"阿妈不满意黄梅珠这么说。对于这个仔阿妈也是有怨的，只是放在心里，别人不能提的。当初他去了香港，跟着潮阳人在新界和屯门做建筑外墙。大佬恋爱倒是谈过两次，被人骗了钱，到老都没娶上个老婆，这让阿妈感到内疚和没有面子。别人家的仔从那边过来都是带港币带利是糖，而自己的仔乜都冇。每次邻居问到这些，阿妈便会急，转过头来骂黄梅珠，她怀疑家里的这些事是女儿讲出去的。

见阿妈这么护短，黄梅珠索性来个狠的："阿妈你要对大佬讲，不要拿我的钱给外面那些女人用，那些女人各个都在骗他，哪个都不会嫁给他，死了这份心啦。"

越是害怕越是会听到，这时的阿妈真的生了气，她重重地放下手里的炖盅，看也不看黄梅珠，黑着脸回房去哭了。平时阿妈最恨别人说出这句，就连走路都是躲着那些喜欢问东问西的人。上次她多吃了些治失眠的药，出院之后，身体有些虚弱，更加不愿意同邻居们一道去逛菜场了。

黄梅珠想好了，如果没有非她不可的事，以后都不回娘家，哪怕是他们求自己。哪里是娘家呀，分明是儿狼家。用一个招待所的事情说了多少年，好像她占了天大的便宜。这些年，让她失眠的事情有很多，很多时候，感觉头快要爆了。芬必得、必理痛不能再服，网上说吃多了会得老年痴呆。

起得有些晚，手机里的闹钟响了几次，可黄梅珠还是昏昏沉沉感觉不到天已经大亮了。原因是这一夜被分成几段，如同人生的各个时期。直到最后一次，她才没有那么混沌。快天亮的时候，睡在她旁边的陈家和便开始起床。与黄梅珠慢吞吞地起床不同，陈家和是猛然坐起，然后下床。每次出差，照例也不说，只是把东西提早收拾好，放在客厅，时间一到，他便拎了箱子轻手轻脚地出门，像是担心黄梅珠临时把他叫住问些事情，拖了后腿。当时还是很远的差，需要住几天，并且是只要出去便不回电话那种差。黄梅珠懂的，只是她不哭也不闹。她早想明白了，做什么都没用，日子还得过。只要回来就好，即使带不回钱，也是回来就好，毕竟家里有个男人就不太会受欺负，至少不会受到小混混的威胁。黄梅珠和村里的其他女人一样，认命。有时她也会与其他姐妹一样，去街上发传单，美其名曰拓客。有次她遇见一个女人直奔她而来，应是见了黄梅珠穿的制服，便以为是社区干部。对方撩开上衣，露出胸前的伤口，说自己被家里的男人打了，其他部位也有。隔了衣服，女人手指着身上几处地方。由于没有心理准备，黄梅珠惊得张大了嘴，还没等她开口，对方便迅速离开现场。对方戴着口罩和墨镜，黄梅珠站在广场上发呆，感觉像是做了一场梦，为什么觉得这把声好熟呢。

现在的生意越发难做，天又热得要死，陈家和是不愿意出去的。疫情之后，现在的书越来越难推销。有一次他去推销书，一个年轻仔笑着问："你知道孔夫子吗？"

陈家和怯生生地问："这是什么，是个人名吗？"他似乎想到了什么，只是又不敢答。陈家和的手压着袋子里的古币，那是他自己花钱买的，如果有人买了他的书，他会送上一小串表示感谢。

"算了，说了你也不知，这都什么年代了，你肯定是当年没有好好读书，行了，以后别来打扰我们干正事，麻烦删了我微信吧。"对方说完关上门，把陈家和一个人扔在走廊。监控器下，陈家和无比孤单。这些事情是陈家和有次喝醉了酒讲的。

每次站在那些单位扫码登记时，陈家和总会愣上那么一小会儿，他想不起自己要找谁。陈家和每次出差都会把声音搞很大，拉柜子似乎是卸柜子，关门时必须要发出砰的一声巨响。随后，她才会听见对方皮鞋在地板上来回走几趟，取钥匙，取手机和老花镜。然后才算是彻底地出了门。只是很短的时间，他回来了，这次回来，他像是不再出门的样子，他先是用力拉上窗帘，脱掉的袜子放进了鞋里，随后躺倒在沙发上面闭上了眼睛。

陈家和睡觉从不打呼噜，这就把从小爱打呼噜的黄梅珠比得像男人。陈家和不打呼噜就跟一个人喜怒不形于色一样，安静却恐怖，似乎让人找不到节奏和破绽，更弄不清他什么时候是不清醒的。黄梅珠任何时候回到床上，都感觉到一双眼睛在暗中打量着她，虽然陈家和可能已经睡着多

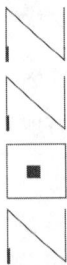

时。这样一来，黄梅珠只能等到困得睁不开眼，才昏睡过去。黄梅珠平时走路也是提心吊胆，她不想惹陈家和不高兴，原因是对方的嗓门高低与他生意好坏有关，半夜的一声吼叫，常常会点亮不少人家的灯，随后是群里的一片骂声。这一声巨响虽然在预料之中，却还是让她醒了过来，再睡的时候便睡过了头。发现睡过了时，黄梅珠便紧张得不行，她看了一眼对面的墙，从床的另外一侧下了地，她想躲开那双来自其他种类的眼睛。

黄梅珠走进厨房时，看见了灶台上的油垢和没洗的碗筷，记忆又回到了昨晚。昨天晚上陈家和动手掐住了她的脖子，说不如大家一起跳海吧。黄梅珠的话在内脏里盘旋了一圈后又落回心口。她不敢说陈家和你这是家暴啊！她知道如果那样可能会刺激到对方，后果将不堪设想。

这几年，生意失败之后，他的脾气越来越大。黄梅珠知道陈家和希望老婆恨他，只有这样，还当他是个男人。所以黄梅珠越是原谅，对方的火就越大。逼到最后，他说："你在同情我？"

碗筷是黄梅珠一气之下留下的，她本来想要临睡前把这些东西都洗净，无论如何都要收拾好，可是在厨房里找不到工具了。陈家和再次把她用来洗锅的刷子扔掉，而且还不忘记放在地上狠狠地踩上一脚，使得那个东西即使捡起来也不能再用。陈家和每次这样，黄梅珠都知道他又心烦了，生意没谈成，白白浪费了他的烟和酒，这些烟和酒是他自己都舍不得享受的东西。他带着黄梅珠在一个雷电交加的晚上送给对方的，前面他们已经在树下等待多时，直到别墅的大门打开，他看到了同事熟悉的身影，想不到他们已经捷足先登了。递上自己熬了几天填写的资料后，对方礼貌客气地说谢谢暂时不需要你的介绍，实在抱歉我们最近没有这方面的考虑，说完对方厌弃地看了黄梅珠一眼，陈家和才想起介绍黄梅珠的身份，招待所曾经是一个特别体面的工作，这也是当初的富二代陈家和看上她的原因。

这时他们身上的雨水透过裤管，正在干净的地板上流淌。黄梅珠能想到陈家和心疼地看向礼品时的样子，他们都在想要是能收回来就好了。之前他用雨伞护着它们，使得这些珍贵的礼品没有受到雨淋。回到家时，陈家和没有骂人，他甚至都没有提过对方的名字，只是沉默，天亮前他用手捻碎了自己喜欢的一只工夫茶杯。

黄梅珠像以往那样从床上跳下来，她差点摔了跤，她第一次发现脚有些沉重，而且酸痛。她像是个小脚女人那样站不稳。她摇晃着已经来到了镜子前面。里面的女人是她熟悉的样子，肥而且灰暗，她长得越来越像自己的阿妈，那是她非常不愿面对的事情。原来那个曾经年轻漂亮的女仔，中年之后便越发难看，她不明白原因。眼睛浮肿得厉害，却不是哭的，她早已经不会那样，何时变成现在这个样子？发生过的一件件事情缠成了麻线，泡了水，化在一起，再次打成了结，你中有我，我中有你，无法捋清。当然，黄梅珠的样子是与陈家和一起变的，对方原来高挑的身子眼下成了缺点，提早有了驼背，腿中间出现O形，脚也成了八字的，穿歪了几双皮鞋，而一头白发染成黑发，不到半个月便成了黄色。黄色的头发配着一张面无表情苍白的脸，非常古怪。抽着廉价香烟的陈家和变得松松垮垮，再也不是那个每天早晨在头上打摩丝的新华书店经理。陈家和的脸阴郁得差不多要掉下来，他就是要这样对着房间里的所有人。黄梅珠的脸倒是经常仰着，又白又虚，没了焦点。不知何时，黄梅珠的五官四散开来，她不想再凝视这张让自己也感到讨厌的面孔了。这些年，她一直都躲着镜子，里面的那个女人倒是会远远地观察她，提醒她。

黄梅珠是当年光明招待所的楼层经理，那个身材细长，特别会说话的小珠珠。这是那些叼着牙签，嘴花花的男客们给她起的绰号，真正有钱的倒也不会这样轻浮。陈家和是在那个时候遇见的她，发着毒誓要娶她，因为自己有大把钱，多数亲戚都在香港，逢年过节带回来的东西让全村人羡慕，陈家和给的小费都是港币。不承想没有几年光鲜的日子，光明招待所便成了私人老板开的，陈家和觉得自己被骗了，可是又说不出口，只好每天给黄梅珠脸色看。

光明招待所早已更名为招待所，经理的名倒还给黄梅珠挂着，只是已经兑入百分百的自来水，几乎没有人听她指挥，她成了光杆司令。

拧开水龙头的时候，黄梅珠发现又停水了。一个月停四次，小区的通知总是在停水之后发出来。前天晚上她还想着要不要拖地，外面在盖楼，隔壁在装修，无处不在的尘土飞扬，他们的家已经被浮灰盖住。仅仅犹豫了一下，身体便不愿意多走一步，她想躺下，躺下，就这样幸福地躺下。洗衣机里的衣服放了两天还没有洗，家里的水龙头里一滴水也没有，再这样下去，衣服就废掉了，可是她身上所有的器官似乎都生了锈。

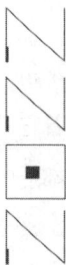

这个时候，电话突然剧烈响了起来，原来是淘宝上订的那200块钱的衣服退货的事。果然货不对板，好在见了货，便在楼下及时地提出了退货。这次有了经验，黄梅珠坐在石阶上，用手机把手续办好，否则她担心因为懒而错过了退货的时间，浪费了她的钱，之前就有过教训。电话是菜鸟公司打过来了，对方说明天下午三点来取，黄梅珠说三点我在上班啊，我的快递可以自己寄回，你们只需把款项还回给我。

"我又不是只你这一份。"快递员说。

黄梅珠听完来了脾气："为了等你我难道不用上工啦？"

"家里有人就行。"小哥说。他不管黄梅珠阴阳怪气的发问，又说："那就是四点吧，由你家里人拿给我就好。"

4点我也在上班，家里没有人。黄梅珠想到那个时候陈家和应该是在家的，只是她不想让对方知道，陈家和会生气，为了购物的事情，他已经发了几次火。

黄梅珠顶撞说："我用的是自己的钱哦。"

陈家和说我差不多失业了，你还敢这样大手大脚。

黄梅珠说："你不失业也没有给我买过什么，我们差不多都是AA，你很久没有交过家用，成天说没钱没钱的。"

陈家和说："买个屁呀，你就是能装。"

快递小哥这时对黄梅珠说："如果没有办法，你就上网取消吧，不要耽误我的时间。黄梅珠说我取消了这个快递的话，可能我连同这件衣服的退款也拿不到了。"

快递小哥说："那我没办法。"

黄梅珠说："我会投诉你的。"说话时，电话已经拨通。小哥看着她，慢慢摘下露出五指的线手套，点着了一支双喜牌香烟。

电话是个女机器人接的，很温柔的声音。对方说，请问您是否同意退掉订单。黄梅珠贴着话筒说，我不能退啊！退了单钱也没了，我试过的真的真的。黄梅珠想稍微说得复杂一点儿，把之前的事情倒出来，可是她忘记了这已是一个新的时代，就连机器人也不愿意与她交流。黄梅珠说："我如果退了这个订单的话，连200块退款也拿不到了，之前就发生过。"对方把之前的话又重复了一遍。黄梅珠发现，你无论说什么，对方的答案都是同样的。显然，那是被设置好的语音，永远这样循环着。这时快递员从口袋里摸出一支香烟，放在了自己的手心里转，见黄梅珠还在磨叨，对方冷着脸进了电梯，此刻，他有资格蔑视一个比自己还可怜的人。

黄梅珠的火是对着天空发的，对着自己发的，发完了之后，她发现这团怒火裹挟着天上的脏水尘土变成大雨从空中落下，直接砸向她的身体。

黄梅珠本以为洗漱后便可以上班，可是她的情绪已经不对，心火旺盛，肉却是虚的，那些怨就这样浮在了身上。这时她听见了微信的滴声，是有人在与她搭话。语音里放出的声音特别有男人气，说："你怎么不收红包呢。"这个浮夸的男人是黄梅珠的发小。

"什么红包呀？"说话时，黄梅珠果然看见一小截红色映入眼帘。

原来今天是她的生日，她竟然忘记了。当然，每年都是后来才想到，想到的时候或是正在拖地或是晾晒衣服。她已经有太多年没有过生日，生日两个字如果提出来，陈家和会用鼻子哼出一声。于是她只好不提，尤其在陈家和生意不如意的当下。

眼下这个男人竟然还记得她的生日，真是令黄梅珠悲喜交加。除了银行，谁还记得她的生日，连阿妈都不再记得痛过的一天，竟然被这个男人记得。对方向她发了个152元的红包。黄梅珠犹豫了一下却没有接，她想了想之后认为连谢谢两个字都不必回。索性就让它放在那里，让对方的头像在那里闪着，仿佛一个孩子正焦虑地等着妈妈回家。被人期待也是一种很特别的感受，黄梅珠感到新鲜有趣。卡通头像后面是一个年过50的男人，或者说是个落魄的生意人，那是黄梅珠的发小，当年她曾暗恋过对方。而此刻，他的辉煌不再，他的生意失败了。黄梅珠脑子里浮现出对方的样子，尽管失败而油腻嘴花的特点还保留着。他总是穿着一件棕色的中山装，梳着夸张的大油头，腕上紧紧地勒着一个焦糖色的红木珠子，露在外面的那一颗正好是个金的。黄梅珠知道如果她收了对方的钱，就等于与对方和好如初，对方欠的钱也可以随着黄色玩笑随风而逝。闭上眼睛，黄梅珠知道对方正在打她的钱包的主意，而不是身体或其他。现在，已经没有人在乎她的身体了，除了绕道而行，有的还会发出感慨："你年轻的时

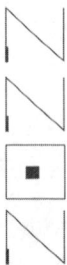

候真的很靓，特别像江浙女生，完全看不出是本地人。"

黄梅珠不满地反击："本地女人怎么了。"对方发现说错了话，赶紧补救："当然也有好看的，比如说你。"这些话便是这位发小说的。实践证明，等待她的如果不是借钱，便是一个让她无法完成的事情。如果这一次完成不了，似乎欠了他的人情。显然对方在玩心理战术，而她过了许久才得以侦破。多年之后，黄梅珠终于明白，她真的没有多少魅力，而那些所谓的魅力源自她原住民这个身份的神话。可是谁骗她都可以，这个家伙是她的发小啊，只是当年随着父母一同去了新疆支边，回来时大好的机会已经错过，包括拆迁和分红，从此说什么话都带着醋酸。黄梅珠强压着心里的急火，在心里冷笑：少来这套吧，不要再编那些青梅竹马的故事，对于当年的深圳我真的没有印象，更不要说童年。在这个早晨，黄梅珠趁着心烦，单方面把发小拉入讨厌的人里面，并给对方加上一个让自己感到解恨的标签。她收罗了一下，竟然在"讨厌"分组下存有十几个名字，有的是同事，有的是同学，有的竟然是自己的兄弟。像是排掉了脏污的东西，黄梅珠一边从矿泉水瓶子里倒出水洗脸，她一边在心里给对方的错误予以小结。

轻松后的黄梅珠莫名其妙有了些得意，她自言自语道：你为什么混成了这样？好吃懒做呗。你个好吃懒做的人为什么要找我，我可不是你的同类，我早出晚归从十六岁就做事到现在，四十年啊！当年什么都是国营的，理发店、修车铺都是，这个端盘子的工作被人羡慕嫉妒死了，如果没有点姿色哪里会收。为了这份工差点搞得兄弟姐妹反目。现在的招待所什么都不是了，和我这个人一样。想到这里，黄梅珠开始警惕，她担心自己会在不理性的情况下，无私地帮助了这位无赖发小。有时她会考虑对方的不容易，有好几次，为了帮她完成任务，拉客人过来消费。她在安慰自己。他毕竟付出了暧昧呀，他在你最失意的时候也传递过温暖，要想想你都这么老了谁还想着撩拨你呢？

黄梅珠继续思考，发小也老了，什么都没剩，本以为深圳家乡在等着他，回来后，发现好处都与他无关。他只能用这个成本换取一点点好处，比如说给他发个红包，或是给他一些机会呀，让他做个中间商之类。老实人欺负老实人，可怜人欺负更可怜的人。你为什么要这样待我呢。她用自问自答的方式把对方数落了一番之后，让自己的脸对着光，黄梅珠觉得整个世界只有太阳是暖的。

不知何时，黄梅珠愿意用这种方式消解自己的烦恼。面对陈家和那些恶言恶语，她没有办法消化的时候，便会找到发小不咸不淡聊上几句，她只把对方当成一个垃圾桶，剩下自己的那些没有理顺和分类的垃圾残余，连汤带水全部倒给对方。发小自然会把她当成空虚的女人，听着话，打着主意，他没有心情去心疼丢失的童年。清理过后的黄梅珠觉得舒服了一些，她在心里说："你的功能就是树洞，帮我装这些就好，不需要有什么反应。"当然了，过意不去的时候，黄梅珠也会考虑给点回报。也不能总把对方当成了出气筒，帮人家办点事情也是应该的，不要再总是抱怨啦，当然了，免费的住房肯定不可能了，又不是当年。

发小嬉皮笑脸："你不是有套农民房吗？我可以带人过去帮你暖暖房的，久不住人对房子不好哦。"

黄梅珠也不作答，她后悔当初虚荣，吹过这个牛。黄梅珠最多请对方吃一顿饭，反正自己手上可以打个八折。或者对方需要救急的时候，她也会帮个小忙。只是这个钱还是要还的，不还的话，黄梅珠会打电话教训对方半个小时，到了第二天，钱也就到账了。基于这样，对方通常希望黄梅珠请客。为了这顿饭，他会拉上自己的生意伙伴，欠下人情的朋友，同居过的前女友和未来女朋友。黄梅珠很快识破了发小的把戏，吃饭的时候，在介绍到黄梅珠时，发小已不再喊她小丫头大美女之类，而是说这是光明招待所的黄老板，家里有几处农民房，很快将会拆迁，引得有人拿了茶敬她。有时候，黄梅珠也是享受这种说法。只是人还没有走到家，发小便打来电话说："你可不可以先给我打两千元，救个急，一周后还你，耽误半个小时，老子不是人。"上次的钱他也是拖了几个月，所以他需要这样保证。

黄梅珠问："怎么又借钱？"

发小说："不是刚还你了？"随后又说："对对，你再帮我看看，你周围有没有个空房子，我需要过渡几天。"黄梅珠故意夸张地说："租房子？大把呀，中介机构三两步便有一个，需要我给推几个短信吗？"显然对方说的是黄梅珠的老房子，那是一个即将拆迁的老房子里的一间，一直是租着，这也是她不敢得罪老妈的原因。村里有的人家祖屋是不会分给女儿的，尤其是找了外地老公的女儿。黄梅珠还算幸运分了一小间，虽然户名还写着老妈，可是她相信早晚有一天，会写上她的名字。

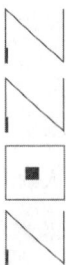

"你没明白我意思，刚刚吃饭的那个女孩子你见到了吧，人不错的，我也是才认识，她身患重病，没有家人陪伴，需要临时住几天，刚做完手术什么也不能做的，身上又没有钱，很快还要复查，真是太可怜了，仅那几项检查便花光了家里所有的钱，这是什么世道啊！我，我想诅咒这个世界！"黄梅珠想起他在大街上仰天长叹，咆哮的样子时感到越发搞笑。

"哎呀，能不能不要再说什么归来还是个少年这句话啦，太搞笑啦，哪个归来不是渣男呢。"黄梅珠都想在讨厌两个字前面加上一个最了。电视上有了这一句之后，这个男人就经常拿过来用，滤镜般地美化自己。

这时，黄梅珠的阿妈突然打进来一个电话，平时她极少联系黄梅珠，来电话必然是有事情，而且总是非常要紧，当然百分之九十与钱有关。阿妈打电话的目的是什么呢？阿妈已在儿子或者媳妇或者侄女面前吹过牛，所以阿妈对黄梅珠说，哎呀，你要帮助侄女揾份工呀。黄梅珠说："是她不想过来，还嫌我们这里脏，见的男人都是大叔，哎呀，她这是找工作还是找老公呀。"

阿妈说："工作要找老公也要找，你就不会重新再找一个给她吗。"

"我去哪里找啊！我这是招待所，不是人才市场，再说她又不是什么人才。"

阿妈不服地说："当年你怎么又可以找到。"

"当年的光明招待所是镇政府的，国营单位，接触的人也有权，现在是什么，是个做生意的地方，人家老板要赚钱的。服务员的位子大把，不需要介绍啊！再说了这些工作我能做，她怎么不能做了。"

"她是你的侄女，如果她老豆当年不把这国营单位指标让给你，你会有今天吗？"阿妈说。

黄梅珠说："她上次骂我年轻时就是个三陪，一天到晚穿着高跟鞋拿着小本子，带着客人楼上楼下看海鲜，点菜，脸上赔着笑，看了就恶心。"当时阿妈和黄梅珠通完电话不懂关手机，被黄梅珠偷听到的。

黄梅珠总是搞不明白那些复杂的问题。现在她似乎捋清了一些头绪，她不理解阿妈为何总是盯着她。

黄梅珠的阿妈说："因为你是阿姑呀。"

黄梅珠说："我是阿姑我就该死啊！"

"你怎么说死呢，你大佬细佬如果不是看在你会给我养老送终的份上，他们也不会把国营单位指标让给你的，还有那间屋。"

"什么？让我一个做女儿的要养老送终？好，那房产证上也要有我名吧，不然算什么。""早都办好了，是你大佬和细佬去办的。"

黄梅珠紧张起来："什么意思，有我的名字吗？"

"我都这么老了，不知能活到哪一天呢。我不想管你们年轻人的事情了。"阿妈开始敷衍，显然抛下了黄梅珠。

黄梅珠绝望了，她大叫："阿妈，我还年轻吗？各个人都以为我有钱，我是个拆迁户，可是这些年我赚了钱都拿给你们盖屋了，最后连一间都不给我留。"

黄梅珠的阿妈也不服气："那又怎样呢，如果当初不是你进了国营单位，你大佬会去香港吗，会这么惨吗？你细佬会去厂里打工吗？如果没有这种好单位，你那个老公会选你吗？"说完这些，阿妈似乎重新有了力量，她开始下达命令，以前的事不要再讲，记得揾工，你是阿姑，大人有大量，不要再阿吱阿咗说那么多废话。黄梅珠本来要回敬几句，想了下，上次与她吵过，阿妈便住进了医院，于是先等对方说完才挂断了电话。

黄梅珠站在原地还没有缓过神，招待所的电话便打了进来，是一位年轻的副总。对方说明天要安排人去拓客，你看看谁去合适。

"我不去了吧，这么老了，说话都没人听。"黄梅珠的手还在微微发抖，却故意装出平静，她懂对方的意思。

"哈正好，你可以推销给那些阿伯呀。"90后的副总说。

黄梅珠说："那也不能安排我吧，光明招待所个个都是年轻妹，怎么非要我去呢。"

"之前看您一天假都没有休过，想到你可能缺钱，刚好机会就来了。"对方还在试图说服她。

黄梅珠准备拒绝，"我不行，那些男人见了我站在身边都不好意思开黄色玩笑，茶也不好意思让我斟，唉，我都可以当他们的长辈了。"说到这里，黄梅珠有些伤感，这个招待所差不多拖累了她一生。

想不到对方一下子笑了，说："这就对了啊！这次，我们需要你搞定的是那些退了休，有钱又寂寞的老年客人，你把他们拉过来吃饭啦，过年

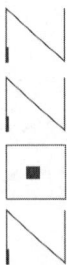

的时候家里人会丢下他们自己去外地潇洒的。"

见黄梅珠还是不答应，对方生气了，说："如果不行，你给我找个人替你去做，你总要为我们效点力吧。"

黄梅珠说："我让谁去呀，我都是招待所最老的了，我都效力四十年啦。"

副总冷冷地说："所以我们才没有炒掉你，本来公司是不想留个这么老的人的，不仅用不了还要供着。"副总说完，不等黄梅珠说话便挂了电话。

你们是谁？黄梅珠拎着电话站在原地。除了她自己，怎么都成了你们。

夏天的中午是安静的，天上一丝云彩也没有。黄梅珠似乎回到了往日深圳，街上的行人不知道去了哪里，街的远处闪着亮光。这种反常让黄梅珠感到恍惚，像是配合她开始怀旧的心那样。

因为她在街上走了一大圈都不知道该去哪里，等从招待所回来时，人已经筋疲力尽。进到房里，看见陈家和正看着电视吃东西，锅里的荷包蛋已被他捞走，肉和青菜也没了，只剩下零零散散的一点榨菜和面条在锅里。黄梅珠想着要不要吃呢。如果不吃就得饿着，还会惹对方摔碗摔盆，如果吃了，便等于吃了一肚子闷气，还要洗碗洗锅。

电视开着，不知道是什么节目，男男女女尖叫着，笑着。

这个时候，黄梅珠想着要不要和那个发小聊几句。哪怕对方有多么让人讨厌，她也想和对方说几句。刚写了几个字，又想到对方向她借房的事没有帮上，只好把写好的几个字删掉了。

这时进来一个陌生的电话，黄梅珠犹豫着还是接了，竟然还是早晨那个小哥，黄梅珠想起淘宝上的衣服，于是冷冷地问："怎么不放进丰巢。"

快递说："文件重要需要交到你手上。"

"什么东西啊？搞得这么神秘。"黄梅珠突然紧张了，她听见了自己的心跳。

对方说应该是录取通知书，属于特殊邮件，必须亲自签收。这时女儿的微信也到了，是个大大的笑脸和拥抱，她心想事成。女儿有意选择了这种方式，就是要给黄梅珠一个大大的惊喜。考了几年，黄梅珠都想劝阻女儿，毕竟女孩子的青春短暂，况且还有一位富二代的追求，至少未来会衣食无忧。

黄梅珠全身的血向头上冲，陈家和没有出门应该也是这个原因吧，平时即使没有事情他都要出去逛的。黄梅珠怪自己，只顾着生各种闲气和抱怨，前天女儿还用微信提醒她记得收快递，而她竟然都忘了。出去打暑假工的女儿交代过她，可她被眼前的各种事情烦着而彻底忘了。黄梅珠的脑子里浮现出墙上的那幅向日葵。和黄梅珠一样，女儿也没有绘画天赋，不仅如此，当年的她，字写得也不好看。

"每次奔跑，都好过原地踏步。"黄梅珠从没想到纸上还有一排用铅笔写的小字。

原来那蜘蛛是来报喜的。

原载《上海文学》2022年第7期

点评

一个中年女人被时代所惠、所挟的成长史，也即见证和诠释了当代中国四十多年来的变迁史。"光明招待所"由国营转为私营，即意味着其曾有过的高光时刻已成历史。黄梅珠就是在"高光时刻"进入光明招待所的，也曾受人尊敬、风光无两。如今，虽依然是名义上的经理，但从身份、地位到人际关系已大不如前。年近50岁的她仍须外出跑业务、拉客户不说，还时不时遭受来自母亲、发小、同事的各种纠缠。从母亲的怨责、丈夫的烦忧、同事的暗讽，到自己的"人老珠黄"，都无时无刻不在干扰着黄梅珠日常的生活、工作、心情。母亲说："那又怎样呢？如果当初不是你进了国营单位，你大佬会去香港吗？会这么惨吗？你细佬会去厂里打工吗？如果没有这种好单位，你那个老公会选你吗？"同事说："所以我们才没有炒掉你，本来公司是不想要这么老的员工的，不仅用不了还要供着。"从家庭到工作经常上演着这种"刀不刃血"的话语中伤，已让黄梅珠似已不堪承受其重。然而，一个青春不再的职场中年女性，在陡然巨变的大时代潮流中，虽然遭遇被裹挟的无奈、困境，但未曾放弃直面挫折、面向生活、维护尊严的勇气。这个短篇展现了自我与他者共处、博弈时的一种毛茸茸的原生景观。

（张元珂）

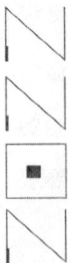

云彩剪辑师

李宏伟

阿懒并不剪辑所有的云彩。有空又有心情时，他会推开门，来到狭长的阳台，将酒放在玻璃条桌上，躺进白色的塑料躺椅，望着天上的云彩出神。谁都不知道阿懒在想什么，他那样子本身就像一朵云。要是房东胡伯恰巧在这时从三楼阳台探出身子，就会喊一声阿懒，问你现在飘到什么地方去了。问完，胡伯抬头望一望，想认清哪一片云彩是阿懒，但总是确定不了。直到胡伯缩回房间，阿懒也不会回答，更不会动一动。

动的话，常常就是拿过酒来。阿懒喝酒不择，根据手里的钱，依据当时的心情，下班路上，拐进那家专营酒的便利店，将酒塞进老T递过的布袋，拎回来。有时，他刚走到门口，布袋就已经在老T手里，里面装着一两瓶酒，他依老T说的数递上钱，回家再打开。老T选的酒总会带来不一样的感受，仿佛事先洞悉了什么。不过，这种时候不多。一般情况下，老T都让阿懒自己看，自己拿。便利店不大，酒的品种却多到令人眼花缭乱，有时让阿懒新鲜，有时让阿懒疲惫。新鲜或疲惫到头，便顺手抄起一瓶。要刚好是啤酒，无论哪一款，老T都会露出一脸搁不下的嫌弃，非得赶紧将它藏进布袋后，才找钱才搭话，就好像那酒不是他进的货，而是谁寄存代售的，阿懒更不是他的顾客，而是他不争气的儿子。

拿过酒来，举在略高于目光平行处，阿懒凝视，等待酒安静下来。要是喜欢漂浮沫子的酒，便等待每一个泡沫破裂、消散，酒面与酒杯归于阒寂。有时，这需要很长时间，还得保证手的稳定，不会晃动或抖动，以免催生新的泡沫。阿懒有的是时间，定力惊人，这样总会等到那一刻到来。整个酒杯安静如一块石子，除了天生的透明或者自带的颜色，乃至一片静默的浑浊外，无法从被等量齐观的空中区分开。阿懒用这样的酒对着或远或近，或浓或淡，或厚或薄，或者干脆懒得形容的云彩。哪一片云让他心里一动，无论是喜欢还是讨厌，他便注目其上，多看两眼，便能发现不足，至少是他不满意的地方。先在心里勾勒，差不多时，将酒杯举到面前，低下去，再从酒水的倒映中，找出那片云，另一只手的食指在倒映的云影上轻轻划动。

再看那云，依从阿懒的动作，温驯地舍弃被他剪切的部分，卸去负担般更轻逸地流荡起来，要么就是更专注地行起当行之事来。这时的阿懒已经不关心那云，他只盯着杯中的酒，颇为紧张，颇为期待，仿佛这是新酿得的，至少也是刚用全新的手法，调制而成的。看上好一会儿，他举到嘴边，呷一口，让云彩的味道在口腔游走。随后，顺从咽喉落入胃里，扩散至全身。等上三五分钟——大约是被一朵云托起来的那个时间，阿懒便会露出满意的神色——到目前为止，他没有不满意的。谁都知道，每一朵云彩都是独一无二的；阿懒知道，他每一次的剪辑手法都是不重复的。两相重叠，怎么可能不是一杯值得更多耐心品味的酒呢？

当然，事情没有说来那么简单。云彩不是阿懒的专供，可以拿过来随意把玩，他必须考虑剪辑的后果。二十岁那年，教会阿懒这一切的那个女人让他离开自己的屋子，并且不允许他再登门。女人说，他应该去看看远方的云，品尝它们的滋味。更重要的是，领会一下，动一朵云彩对不相干的人，会产生什么样的影响。女人还说，你不可能知道每一次剪辑的后果，但你必须事先知道，一定有后果。那时，阿懒还不明白她为什么要说这些废话。他甚至认为，她不过是在敷衍，不过是在戏弄，她只是为了赶他走。他的心里充满了愤怒，乃至对女人的恨。

后来阿懒明白了，可他已不愿再想那么多，他不过是品尝一下云彩的滋味，打乱一下它们的顺序。偶尔，他也通过那些简单的手法，改变一下云彩投射到地上的影响，寻得一点无关紧要的乐趣——至于后果，总会有后果的，什么都不做也会有后果——只要适可而止就行。现在，阿懒就看着从马路那头走过来的那个女孩，看着在她身后五六米远跟着的那个男孩，想着怎么给他俩捣捣乱，如果能顺带手帮帮那个男孩更好。两个人都十五六岁，每个周一到周五，女孩早晚从楼下经过一次，阿懒知道，她早上去的那边有一所学校。男孩通常会在黄昏，女孩回家时，跟在她身后，远时十来米，近时两三米，从来没有过肩并肩。现在，男孩如往常那样小

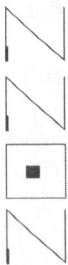

心，不让自己的身影与步子惊扰到女孩，但他的小心并不畏缩，谨慎中带着坦然，仿佛在宣告，他对女孩负有的义务。

女孩是知道男孩在的，阿懒对此洞若观火。阿懒还知道，女孩有些左右为难。毕竟，要是男孩更勇敢一点，或者说鲁莽一些，她反倒应对有策。或者说，如果这是男孩第一次跟随，她也知道怎么办。现在，两个人已经用不远不近的距离、不咸不淡的沉默，筑起一道柔韧的防护圈，轻易撕扯不动。推不开，走不近。眼看着女孩走到楼下，看着她很快会走到这条马路的尽头，在十字路口拐弯，阿懒不禁站起来。男孩走近了一些，但还是离着两个身位，这是突破，也是突破的极限。阿懒知道，决定性的时刻将要来临，要么女孩接受男孩，两个人并肩而行，要么女孩继续沉默以对，男孩转身离去。

阿懒抬头望，日头在加速向西奔去，可离到达山顶还有好一会儿。城市的上空是一大片摊开的白色的云彩，刚好挡住尚有余味的阳光。阿懒拿过酒杯，这次是老T特意推荐的一种蓝宝石颜色的酒，望进去，云彩都仿佛被洇染了天空之蓝。不，比天空之蓝更蓝。左手持杯，右手拇指、食指、中指并拢又伸开，反复几次，杯中的云彩得以放大，突出他选中的位置。女孩已站在十字路口，准备拐弯，男孩则并住脚，显然准备以目送道别。阿懒瞅准时机，在绿灯亮起，女孩犹豫一下往前跨步时，手指按住选中的那点云彩，往杯子里滑动一下，一点白掉进蓝里，仿佛冲淡了酒。随着那一点云彩的消失，女孩头顶漏出一条圆柱体的光，将她罩住。女孩吃了一惊，随即接受这启示似的，身子歪下去。正在转身，但目光仍未脱离女孩的男孩，体内的弹簧瞬间被触动，扭身、跑起，一气呵成地冲上去，完成他酝酿许久的动作，抱住女孩。极其短暂，两具身体在触及彼此的同时分开，但他们迎着绿灯闪烁的提示，终于并肩走了过去。

阿懒没有再追看男孩和女孩的背影，他一口饮下杯子里的酒，在杜松子的味道中，用舌尖感受那一团即将消失的白云的味道，它上面一层被阳光持续照晒的热已不强烈，但依旧隐秘而绵长。随着吞咽，一种旧日的带着灰尘的暖意，漫延体内。接下来一段时间，阿懒经常看见楼下马路上，女孩和男孩的身影，有时肩并着肩，有时手牵着手。大多数时候，是在黄昏从马路的那头，学校的那边走过来。偶尔，是在早晨，男孩先骑着自行车从那边呼啸着过来，不一会儿，女孩也骑着自行车，和他一起再从这边缓缓过去。极少数时候，两个人或者骑着一辆自行车，或者就那么手拉着手，在马路上溜达够两三个来回，才道别分开。看着道别之后男孩步幅快捷的身影，看着他走到最后总会跑起来，阿懒忍不住就会干掉杯子里的酒。

这天下班进到店里，老T没有如往常那样递过装酒的布袋，而是看着阿懒，几次欲言又止。阿懒看着老T，静心等待。终于，老T挠挠头说，明天晚上有空的话，在胡伯家喝酒。三个人一起喝酒不算多，可绝对不需要这么扭捏。阿懒没吭声，继续看着老T。哎呀，老T更加不好意思起来，明天是胡伯的生日。哦，阿懒点点头，我下班就过来——需要做什么特别的准备吗？老T再次挠挠头，为难地看着阿懒，不是要礼物，胡伯很想他女儿，要是……阿懒截住话，要是他女儿能回来的话，胡伯会高兴得跳起来吗？说完，阿懒自己先笑了，他想象着七十多岁的胡伯，像个孩子那样高高跳起，薄而长的银白色头发在脑袋上飘荡、起落。老T瞪阿懒一眼，回来是不可能的，能来个电话，道一声生日快乐，胡伯就心满意足啦。

怎么，父女俩有什么心结解不开？阿懒听胡伯唠叨过一两回，知道他有个女儿，租住以来却从未见过，虽然奇怪，但也没多想，更不好问。既然老T说到……心结这种事，谁知道呢，你以为还是一根线，谁知道别人什么时候就打上结了，就算是你的老婆、儿子，就算是你的掌上明珠，你又怎么能知道呢？老T说着，往外看看，并没人来。胡伯女儿小时候，跟他可亲了，他走到哪儿女儿跟到哪儿，胡伯也真疼女儿，从来不说个不字，脸色都不舍得变一下，永远笑着对她。老T声音低下去，咕哝几句，才又意识到阿懒在似的，声音高起来，谁知道后来就不来往了。我能做什么呢？阿懒望望门外，淡淡的霞光散落在地上。不用做什么，老T摇摇头，我就是和你说说，你进来之前，我刚给他女儿打电话，想提醒一声，可拨打两次都没人接，便再没力气打了。老T顿住好一会儿，恢复些精神，不是要让你来打，明天晚上，别提这些事就成。

第二天天一直阴着，阿懒加了会儿班，处理完手边事走出公司楼时，预报了一天的暴雨仍旧卷在天上。走到便利店前，老T早关门而去，阿懒在门前站了站，想起前几日买的啤酒还有两罐，便往回走。到家里，刚从橱柜里拿出那瓶这么多年带在身边的白酒，敲门声就响起来。老T站在

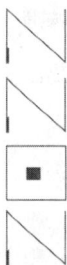

门口，不太高兴的样子。你总算回来了，我一个人面对胡伯，真有点扛不住。胡伯站在厨房的窗户边，望着又暗去几分的天空，那身影比天空还暗。桌上摆着一堆带壳花生、一碟开心果、一盘洗净没切的黄瓜。三只酒杯，其中两只已然动过。阿懒打过招呼，依着老T的话，坐在朝向窗户那一方。天上的云在加速流动，要不了多久雨肯定落下来。胡伯转过身，看着桌面，似乎生出歉意。本来想做几个菜，实在……

这样挺好，就喝点酒，聊会儿天。老T早倒满了三只杯子，趁势端起，向着阿懒。胡伯的厨艺那是没的说，一道菜你吃了无数遍，下次仍旧像第一次尝到。胡伯笑着举起杯，你直接说我只会那几样不就得了。他又向着阿懒，早年好琢磨这些，现在懒得动了，过几天吧，我来整条鱼。谢谢胡伯——阿懒举起酒，顿一顿，祝胡伯身体健康。三个人喝下去，各自倒上，阿懒正伸手去抓一把花生，一串雷炸过来，回音未绝，雨便赶了下来。到处都是雨水击打的声音，迅速由滴变成串，一股薄薄的湿气入到鼻中，内中夹杂的灰尘的味道散开，有些呛人。胡伯偏过头，望着雨以及挂下雨水的晦暗天色，出着神。阿懒看老T，老T正示意他别说话。两人目光没交接第二个回合，胡伯回过头，举杯碰过来，干掉这一杯，又去倒上一杯，举起。

接下来喝得就更快了，还没说上几句，一瓶酒已去大半。配合他们的节奏似的，雨还在加大加速，哗哗的声音带着爆裂，电闪雷鸣都难以从中突围，仿佛整个小城正被由上往下地吞没。小城之外的世界，早与雨水沆瀣一气。老T一边示意阿懒不要担心，只管配合胡伯的节奏，一边东拉西扯些笑话闲篇。老T成型的话不多，不一会儿，流浪汉到他店里骗酒喝的故事就讲上两遍。阿懒听着老T的絮叨，勉强配合着。老T总算意识到了尴尬，连连向阿懒递眼色。阿懒正愁着不知道讲什么时，胡伯开口了。胡伯问，你们见过空心的雨吗？问完，又另起一行似的，说那天的雨比今天还大，一盆盆倒下来，从午饭后一直不停歇，你都搞不清楚，天是真的到时间黑下来的，还是雨把天下黑的。但那场雨是实心的，因为我女儿生在那天。天上倒的是雨水，落在我心里可都是绸缎，都是珍珠。

我女儿啊——胡伯正正身子，拿过杯子喝掉一口，又靠在椅子上——和雨真是有不解之缘。雨在她的名字里，在她所有的大事里。出生那天的大雨起了个头，后来就没再断过。就连她上小学当天，前一天晴朗无比，晚上漫天的星，早上一阵风过，雨就落下来，持续一整天都没停半会儿。那雨格外细特别冷，送她去学校的路上，她一个劲往我雨衣的深处钻。她伤到膝盖，留下一拃长的伤疤那天雨就更大了，水漫过大半个城，我拉着她说你小心点小心点。小心是小心了，可是谁知道从什么地方冲过来的木头上有那么锋利的一个茬口呢。你们是不知道，别说走在水里，走在路上，不管走在哪里，只要你活着走着，就指不定从哪里冲出来什么东西。她尖叫一声，整个人扑下去，亏得我动作快，要不然……胡伯拿过两粒开心果，却没有剥开。我一只手把她抱起，另一只手拎着伞，那时候她不小了，伞遮不住膝盖，雨冲在伤口上，血顺着往下淌，没落到水里就没了颜色……就是那时候，她问我。她说，爸爸，你见过空心的雨吗？我说没见过呀。她又说，我想见见……

胡伯女儿在哪儿？阿懒问道，问完被自己吓得酒醒两分，看胡伯根本没留意，就盯着老T。老T也钝了，胡乱指指，那边那座城市里。胡伯不管他们，继续说。后来不只是女儿，连她妈妈连我都觉得，女儿的生日、升学这些事，不下场雨，就假的似的。有几次生日没下雨，我们要么带她去找喷泉淋一场，要么干脆在浴室用莲蓬头，人工降雨。这家伙，一到雨里，完全和平常不一样，那个舒展啊那个开心啊……胡伯这才掰开白色的壳，将两粒灰绿色的开心果扔进嘴里，嚼着。又伸手，杯子空了，摇摇分酒器，也空了，弯腰从桌下又摸出一瓶来。阿懒看看自己带来的那一瓶，心想不着急。便挪过分酒器，让胡伯给倒上，满上一整杯，端起它，推开厨房门，走到阳台上。胡伯的声音追上来，可是她一直说，不是空心的……雨水落在遮篷上，再分作几股流下，一片哗哗声。望出去的天地一片混沌一团汪洋，但仍旧能看得清楚遮没在雨水中的乌黑的云彩那些层次，低头从小小的酒杯里看去，更是分明。可几番尝试，阿懒都找不准具体的方位，都无从下手。

你见过空心的雨吗？阿懒自问，但给不出肯定的答案。空心的雨该如何？如鸡蛋那样，一层薄薄的壳，内里包着空无的蛋清蛋黄？如樱桃那样，饱满丰盈的果肉中，藏着一粒小小空无的核？如泡泡那样，雨水只是外围的象征性的膜？……那空的心里，究竟是什么呢？阿懒想不明白，但他知道，就算他能想明白，也无法通过剪辑云彩，达成那样的效

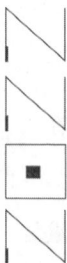

果；就算他能完成空心的雨，让它落在胡伯女儿所在的城市，胡伯的女儿也认不出来。甚至，她很可能早忘了问过胡伯这样的问题。想到这里，阿懒叹一口气，选了最浓重的那一朵，取了最黑暗的那一缕，迅速剪辑，落进杯中，随后一口将酒吞进去，是一团墨汁般的重涩味道。阿懒又在遮篷下站立一会儿，伸出手去，用雨水冲刷一下杯子，让喝不尽的一两滴云彩落回水中，这才回到厨房。胡伯还在说着，但话已不成句，零碎的词语从他嘴里飘出，濡湿四周。……那天也是雨……雨呀，开成了花……空空的心里藏着雨，藏着花……你还笑……我没见过那么大……我耳朵尖……鼻子尖……他……他……你说再也……你说……你的手……谁敢……现在我……雨呀，开得出……听听……空的花……阿懒知道，应该让这些话语自顾自地喷涌，老T目光已然有些呆滞，浑似无所见地望着胡伯，但仍旧没忘伸手，不管杯子里有没有酒。阿懒在老T小臂上拍打一下，在他抬头时，示意将胡伯送回卧室。

　　这么干瘦的胡伯，醉酒后依旧坠沉如铁，要不是阿懒也喝得无法准确感知时间，完全不忖重复，真不知道怎么把他放回床上。好歹，胡伯躺下了。老T在床头坐上一会儿，双手一拍床，撑起自己，跟在阿懒身后走出卧室。两个人在狭小客厅的竹沙发上坐着，缓过最浑噩的那一段，阿懒站起来要走，老T忽然叫住他。阿懒，那边的大城市你去过吗？阿懒点头。大城市的那边，那几座城市你去过吗？再过去就是海，你去过吗？这次不待阿懒点头，老T就叹口气，我去过，好多年前。后来我就在这里，现在我就在这里。一直就在这里，不离开这两条街，不离开我的店子。你给我说说，外面现在是什么样。说完，老T往后一仰，靠在沙发上，两只眼睛水泡般望过来。

　　阿懒看着老T好一会儿，站起来，略微摇晃地走回厨房，从橱柜里找出一只四方玻璃杯，拎着他之前放在桌上的那瓶白酒。看着阿懒把酒杯放在自己面前的茶几上，拧开瓶盖，倒上没过杯底半指宽的酒。老T说，还喝啊？再喝下去我只怕……阿懒摆手止住老T，他拿过茶几上那盒火柴，划燃一根，伸到杯子里。杯子里的酒迟疑了一小会儿，然后燃起来，一团淡蓝色的火焰在水面跳动着，随即往上蹿升。互相挨挤，互相簇拥，火焰没有散开，只是在水面上方撕扯着，发出轻微的滋啦的声响。出了杯子的火焰开始蓬松，燃烧薄起来，摊开去，不过仍旧没超过一张垫子大小。升到吊灯下方时，火焰停住，它不再透明，开始由边缘往内，呈现一层层絮状的白。这是我第一次见到海时，剪下来的一小片云。阿懒告诉如痴如醉望着那一小团云彩的老T，也是在告诉自己，或者还有别的人。和陆地上的云没多大区别，重一点湿一点，藏在里面的叫声不太一样。你听，这两声是海鸥，是不是又有点像鸭子，又有点像大雁？

老T咧嘴一笑，说云是好云，你那酒差了点。忽然又静下来，眯缝着眼听上好一会儿，摇摇头，都不像，就是海鸥的声音，我知道。那一团白云在他们的注视下，一点一点变浅变淡，然后忽然过了自己设定的界，消失了。阿懒再往杯里倒上半指宽的白酒，用火柴点燃。这一次还是一团白云，只不过比刚才的更蓬松，底如熨过般平整。这团白云直升到天花板下，穿过吊灯时，擦得灯泡直晃，并且亮了几分。这是我在高原上剪下的，那时候我已经到处跑了一段时间，没那么兴奋，只对它的平底印象深刻。老T不一样，他不但望着，还站起来，要摸摸那云底，仍够不着，正准备往茶几上爬，云又散了。就这样，酒从瓶子倒进杯子，点燃的火焰升起来，在房间里高高低低处停留，随着阿懒或长或短的讲述，然后散去。这不成规模的小小的云彩，经过酒瓶里的禁锢，酒杯里的发酵、燃烧，似乎把时间和酒精扩散在空气中。阿懒说再倒一次就结束时，东方已经发白，胡伯在卧室里的鼾声早变得均匀。

那团火不太一样，内里仍旧是透明的但能感知的跳动，外围却不是单纯的蓝，而是颜色混杂且在不断生灭。因此，当它不是化成一团云彩浮出杯子，而是作为一道彩虹，从杯子跨出来，斜向上搭在房间里无明之处时，也就在情理之中。但这却出乎阿懒的意料，他愣上好一会儿，才窘迫、欣喜、伤感诸多情绪掺杂地哎呀出声。没想到，没想到，阿懒连连摇头，这个居然还在，这是我离……离开之后，第一次剪辑下来的，就剪了一小块。当时我想的是，剪下来的都不喝，都是最宝贵的记忆，留着以后，说不定留到老了再拿出来。阿懒看老T望着自己，有点不好意思，平静下来。那天上午的雪可真大，谁知道中午又换成了雨，谁知道雨落着落着出起了大太阳。你说，天气都能变得这么快，何况……

后面的话到底没再说下去。也用不着说下来了，那彩虹停留的时间比之前的云彩都短，而且没有过程，倏然消失，仿佛压根儿没有存在过。老T望着空白处的目光空了一会儿，才又落向阿懒这里。结束啦，阿懒没

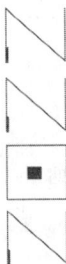

有解释，只是伸手指着玻璃杯，你尝尝，这可是过滤掉云彩之后的味道。老T面露疑惑，但还是拿起来，抿了一口，随即仰脖将余下的全部倒进嘴里。杯子里的液体比一指宽不了多少。是水的味道，老T说完咂咂嘴，又不是水的味道。再咂咂嘴，肯定不是酒的味道。是啊，外面现在差不多也还是这样。老T点点头，这么说来，我留在这儿没错。那，那件事我就可以跟你说说了，我被云烫伤的那件事，一朵云……今天不说了，阿懒止住他，拿起酒瓶，晃几晃，递给老T。还有一点，什么时候你自己把它点了吧。

阿懒下楼回到房间，转了一圈半，丝毫没有睡意。他又站上片刻，走进厨房，打开冰箱，拿出两罐啤酒，一个玻璃杯，来到阳台。塑料椅子上还留着未去的雨水，也可能是露水，微凉湿意顺着裤子渗进来，贴在皮肤上，呼应了入喉的酒。东方一片的白正在分出层次，注入颜色，并且开始提速。女人让他离开时，也是这样一个早上，他当时刚熟练云彩的剪辑不久，早早起了床，想剪下金光灿然的一缕，为她调一杯清晨的饮料，还没动手，女人披衣出来，挨着他站了好一会儿，说了那番话，让他离开。现在，似乎一切都没有变化，东方还是东方，彩霞仍旧灿烂，就连手里握着的，也是同一款啤酒。阿懒站起来，低下头，望着酒里映衬的似有若无的云彩，始终没有上手的意兴。迟疑间，他瞥见一个人影从远处走过来，那身形有些熟悉。

移开杯子，直望下去，是那个女孩。这一次，她是从学校的方向往家这边而来，仍旧在马路的对面，仍旧是他见过很多次的那身衣服，但这个时间，她怎么会从学校过来，而且一个人走着？阿懒不用看时间，根据朝霞也知道，就算是往学校去，通常也还得有半个小时。女孩步子比平常快一些，清晨的光线还带着几分朦胧，从这个距离更无从分辨她的表情，判断不了是喜是悲。阿懒就这么站着，看着女孩走过对面两家尚未开门的服装店，走过街面上摆了三张桌子，桌子旁都坐得有人的早点店。女孩在早点店旁住了下脚，才继续往前走。至少没那么糟糕，阿懒想。女孩已经走到那个路口，正要拐弯。阿懒抬头，想着是不是照着上次那样，再给她一团意外的光。太阳还没浮出来，东方的云彩绚烂足够，要剪辑到合乎所用却难。这时，阿懒才知道自己酒劲上了头。醉眼看下去，女孩已经等来绿灯，走过路口。阿懒看看女孩的背影，再看看颜色愈发浓重的云彩，忽然觉得，也许他可以在其中一朵云彩上做个标记。这样，不管女人在哪儿，要是看见，就能明白是他在致意。

原载《天涯》2022年第5期

点评

　　阿懒拥有某种超能、异能，即可随心、随性地剪辑云彩，且做到"每一朵云彩都是独一无二的"。日常生活中，阿懒常以"剪辑云彩"为自处、自安、自悦、自思的精神依托，在其无意识的把玩和自恋式自赏中，也似乎油然而生一种挥之不去的孤独感，或时不时被青春期内那场"热病"——"他的心里充满了愤怒，乃至对女人的恨。"——所左右。但作者似乎对这一层面的探察或表达并不抱有深入展开的热情，而是以此为"内爆点"，将之引向关涉"他者"的存在之思。这种不可言说的神奇或神秘被作为一种视角、诱因、力量置入文本中，并成为拓展关系、生成意蕴的源泉与动力。于是，在小说中，我们看到：一方面，他为促成男孩和女孩的第一次身体接触而充分发挥了自己的潜能（"女孩头顶漏出一条圆柱体的光，将她罩住"），并试图让这位女孩在第二次境遇中感受到他的"致意"。另一方面，他在老T的引荐下拜访胡伯，却不能对胡伯父女间与"雨"结下的生命之缘有所助力，即他剪辑不出与"空心的雨"相匹配的云朵。从随心所欲的"可能"到这次绞尽脑汁的"不可能"，小说也就借此展现出一种耐人寻味、有玄幻色彩的主题意蕴。这是一篇被写"飘"起来的小说，不难体会到只可意会不可言传之意、之境、之象、之味在文本中的生成、交叠、弥散。

（张元珂）

中国当代
文学经典
必读

蓝色冰河/

/汤成难

一

坐落在赞斯卡河岸上的查村，四季都是安静的，尤其到了冬天，一场雪接着一场雪，万物被覆盖在厚厚的白雪之下，连犬吠声都传不远。雪抹平了所有棱角，村庄变得柔和起来，炊烟被阳光映照成蓝色，缓慢地、慵懒地缠绕在村庄上空。

索朗老人一早就去了铁悬桥，他要去看看河面的冰冻情况。一夜过后，冰又厚了一层。这条冰河是查村通往县城的唯一途径，由于地处喜马拉雅山下，属于极寒地带，一年四分之三的时间都处于冰封状态。要是在夏季，河面冰开，人们可以划着羊皮筏子，顺流而下。不过，返回时就要费力了，得把羊皮筏子扛在肩上，在齐腰齐膝的冰川融水里走上十来天。而另外几个季节，河水会结成冰层，人可以在冰上行走。当然，你可千万要小心，因为当你伸一只脚试探时，冰会表现得极其牢固和诚恳，可当你整个人走上去，脚下会立即传来喀喀的声音，喀喀，喀喀——就是这样，仿佛不怀好意的笑声。人还没回过神来，便掉到冰河里去了。

每年都有被冲进冰层之下的人，每年都有死于冰河的人。好在，查村的人并非一定要经过它，并非一定要去往县城。

很多人一辈子都没离开过村庄，多吉就是。虽然他的一辈子才只有七年，七岁的多吉总喜欢学着爷爷说自己这辈子如何如何——

唔，我这辈子还没吃过蜂蜜呢。

唔，我这辈子还没见过长着四条腿的人呢。

唔，我这辈子还没捉到一只蝴蝶呢。

……

多吉是个老实又腼腆的男孩，只有和爷爷在一起时才会有许多话，爷爷总是说，我的小多吉啊——

多吉也学着爷爷说，我的索朗爷爷啊——好像不这么叫他们就不属于彼此似的。

索朗老人从河谷上来，就定了出发的日子。他先去了趟达瓦家，通知他们明天出发，达瓦父亲去寺庙祈福了，只有达瓦的母亲在家。这个脸皮皱黑的女人正在给达瓦缝补靴子，她抬起眼看着索朗老人，因为脸的颜色，显得一双眼白特亮，从她脸上看不出喜悦还是悲伤，只有两块暗藏在黑色中的高原红，突兀又无辜似的面面相觑。达瓦母亲把索朗老人一直送到门口，告诉索朗老人，她已经念过经了，她会每天念经的，祈求三宝保佑。

从达瓦家出来，索朗老人又提着一壶酒，一把松枝，几根哈达，踩着积雪爬上山顶寺庙。把哈达献给佛祖，又虔诚地添了供灯。僧人用竹笔蘸着金粉，把名字写在一张细长的红纸上，再到佛祖前的金灯上焚烧。做完这些，索朗老人走到院里，把松柏枝放进煨桑炉，火苗霍地挺出来，瞬间将松柏枝条化为霭霭烟雾。

他在佛祖前认真磕了头，又去转了林廓，花去的时间比任何一次都长。当索朗老人从山顶下来，太阳已经歪到一边去了。

他在羊圈旁遇到了多吉，唔，我的小多吉啊，明早我们就出发啦。索朗老人喊道，他的声音哑哑的，像被风沙打磨过。

多吉从矮墙上跳下来，眉头皱着，好像阳光刺着了眼睛，他歪着脑袋，想了想，说，可是——

多吉喜欢说"可是"，"可是"后面的话却没有了。当一件事想不通或不情愿的时候，他就会说，可是。为了表示程度之强烈，会连着说几个，可是可是……

这个词是多吉和一个徒步到查村的年轻人学来的，因为天气不好，年轻人不得不在查村逗留几天。年轻人喜欢说这个词，每次说它的时候总要把舌头卷起来，很好听，也很奇特，仿佛这个词不属于查村，不属于这片土地贫瘠颜色单调的山坳坳。

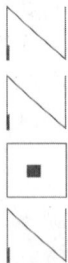

二

　　第二天，太阳还没出来，他们就动身了。索朗老人、多吉、达瓦、达瓦父亲，四个人组成一支队伍，此行目的是将多吉和达瓦送到县城的学校去。学校还有十一天就开学了，如果路上顺利，需要步行十天，这样正好能在开学前赶到。

　　他们要沿着山脚下的赞斯卡河谷徒步前行，河谷里的光线还不太好，两侧高高的山峦遮挡了阳光。这里的日照时间短，太阳出来没多久，就会被另一侧的山峰挡住。没有阳光时，四周十分寒冷，宽阔的河面只剩下窄窄的一道，水流奔袭，水流涌动处可以看到冰的厚度，足足有一尺多厚。冰封锁住流水，流水冲破冰层。水的两种状态在较量。

　　四个人排成一队，当头的是达瓦父亲，两个孩子在中间，索朗老人在最后。他们都戴着雪镜，说是雪镜，不过是用墨汁涂抹在眼镜上而已。大风四起，狂风夹杂着雪珠，平地又升起一片白雾，无法看清脚下。在冰河上行走，每一步都暗藏险情。他们身上背着几十斤重的行李——十天的干粮，木柴，铝锅，水壶，碗，帐篷，蹚水的靴子，以及孩子们的衣物。肩上的背包压得他们喘不过气来，脚下打滑，尤其是在有坡度的雪上，每走几步就会摔倒一次，滑出很远。每当这时，达瓦的父亲就会笑起来，两个孩子也跟着一阵笑。

　　不久前的一场雪覆盖大地，又结成一道薄薄的浮冰，脚踩上去，嘎吱一声，落在另一层冰面上。鞋底很快便粘上了冰块，厚厚的，像唱戏的官靴，得用力跺一脚，或者坐下来使劲敲掉。为了保持体力，四个人并不说话，山谷静悄悄的，耳边只有冰碴的清脆声。

　　多吉小声数着脚下的声音，嘎吱，嘎吱，可每数到199就乱了。索朗老人说，我的小多吉啊，快赶路吧，到了那儿你就会数数啦。

　　我的索朗爷爷，可是——多吉皱了皱眉说。

　　孩子们这一去不知几年才能回来，县城离查村有三百多公里，那里有一座福利学校，是一个虔诚的佛教徒捐赠的。查村附近没有学校，当然，查村的孩子大多是不读书的，他们一辈子在山坳里放羊，割草，过着繁重又简单的生活。几年前，一些开明的父母把孩子送到福利学校去，希望他们学习知识，而非一辈子困在查村放牧。去福利学校的孩子无法每学期回家，因为路上耽搁的时间太久，且危险四伏。

孩子们这一去便是三五年，相隔时间最长的一个七年后才回来，都已经初中毕业了。那个孩子是查村第一个去县城读书的人，也是查村识字最多的人。

休息的时候，两个孩子便坐到一起窃窃私语。达瓦今年九岁，比多吉大两岁，正在换牙，说话时嘴里总是漏气，他用舌头舔着牙洞，满腹心思地看着远方。多吉问达瓦，你想去上学吗？达瓦摇了摇头，又点点头。达瓦很想做村里的孩子王，他以为今年不去上学，这样自己就成为村里年龄较大的那一个了。达瓦也问多吉，想去上学吗？多吉想了会儿，点了点头，又摇摇头。多吉内心是复杂的，他多么想去县城啊，可又害怕离开查村。

多吉问索朗老人，什么时候可以回来？

唔，我的小多吉啊，索朗老人一边整理背包一边说，还没有到那儿就想着回来咯。

我会想念我的羊。多吉低着头说。

唔，到那儿你就不会想念啦。

可是——多吉皱了皱眉，顺便把快要流出来的鼻涕用袖子擦掉。

他们继续上路了，多吉走在索朗老人前面，他放慢脚步，对索朗老人说，我还没和我的羊道别呢。

唔，羊儿们知道我们的小多吉去读书啦。

母羊快要产子了，多吉又转过头说。

唔，我的小多吉啊，别担心，佛祖会保佑它们的。

三

积雪还在加深，覆盖着山川大地。风吹着冰口，发出尖啸之声。在赞斯卡河谷的北边，是喀喇昆仑山脉南侧的拉达克山，南边是喜马拉雅山脉西缘，东邻西藏阿里地区，西接兴都库什山脉，这里近乎与世隔绝，地貌风光呈现出一种野性与荒凉。

傍晚，他们经过一处宽阔的河面，脚下的冰一踩一个坑，冰冷的河水瞬间涌出，多吉和达瓦的靴子很快被河水浸湿，看来达瓦母亲的修补并没

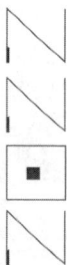

有起到多大作用。他们不得不停下来，坐在一块干燥的石头上，索朗老人帮多吉脱下靴子，倒出许多雪水，又使劲拧干袜子。达瓦的小脚丫被冻得通红，人也开始打哆嗦。达瓦的父亲赶紧升起一小堆火，给他们烤干袜子和鞋，毕竟这才是出发的第一天，接下来还有更艰难的路要走。

达瓦和多吉说，他们会顺利到达县城的，因为他的阿妈向佛祖祈求过了。他褪下一只手套，从脖子里拽出一串念珠给多吉看，这是他的阿妈从山顶寺庙里求回来的。

多吉也脱掉手套，红通通的小手在念珠上摩挲一阵。多吉没有阿妈，他的阿妈在他出生时就死了。他也没有喝过阿妈的奶水，索朗老人用羊奶喂他。等多吉学会说话了，他问爷爷，他的阿妈呢？索朗老人便指着一只母羊告诉他，我的小多吉啊，母羊就是你的阿妈咯。

从此多吉便喜欢上了母羊，他待在母羊身边，和它说话，给它抱来干草，看着母羊用舌头将干草一点点卷进嘴里。后来母羊老了，常常躺在羊圈里，有一天等多吉从山坡放牧回来，看见镇上收羊羔的马车正驮着病恹恹的母羊离开。索朗老人告诉他，这只羊既不产子也不产奶，所以得将它卖了。多吉哭着追了很远，没有人知道这个小羊倌对一只母羊的感情。

多吉也很久没有看到阿爸了，索朗老人说，阿爸去冰河上做背夫了。

那是县城到列镇的那一段，不知道是哪个旅行家第一个发现了它的美丽，于是每月会有一两支队伍徒步而来。做一名背夫，除了要灵敏，有力气，还要对冰河的情况十分熟悉。徒步的人并不多，做背夫的更是少之又少。

多吉问爷爷，他会在路上遇见阿爸吗？

索朗老人迟疑了下，说，我的小多吉啊，但愿佛祖保佑你。

多吉用下牙紧紧地咬住上唇，这是他表示高兴或兴奋的方式。他想起那个在查村逗留的年轻人。他问年轻人，你在冰河上遇见我的阿爸了吗？

年轻人说他在冰河上没有看见任何人，又问多吉他的阿爸叫什么，他回去的时候如果遇见了倒是可以帮他捎个信儿。

甲央旺堆，多吉说。

年轻人便掏出一个小本子记下来，甲——央——旺——堆，他一边写一边默念，合上本子的时候，一张照片从里面缓缓飘了下来。

这是什么？多吉看着纸片问道。

是照片，蝴蝶的照片，这叫蓝色闪蝶，年轻人捡起来递给多吉，说是几年前在非洲拍的。

照片里蝴蝶很大，具有金属般的蓝色光泽，硕大的翅膀使它们在天空像轻盈的鸟一样翱翔。年轻人把照片送给了多吉。非洲在哪里？非洲离这儿远吗？多吉问年轻人。

哦——年轻人想了想，指着冰河说，得先从这儿走出去才行。

四

流水一路奔袭，巨大的冰川遥遥相望。冬日里的赞斯卡山谷，即使在白天，温度也会在零下20摄氏度以下，四个人的睫毛和帽檐上都凝结了白霜，他们在天黑前到达峭石湾。这里，冰层被冲开，只在与峭壁相连的地方镶着窄窄的一道。冰面有十几米长，如果不能通过，他们将要原路返回。

水很深，很急，峭壁凸向河面，和冰面之间只有几十厘米距离，给行走造成极大难度。看来只能匍匐前进了，达瓦的父亲趴在冰面上，谨慎试了试。人和背包不得不分开，背包由达瓦父亲一趟趟送到对面，索朗老人最后一个经过，他的一条腿不太好，几个月前摔了一跤，他给这条坏腿多裹了两层，即便如此，这条腿此刻也不听使唤。他匍匐在冰面上，突然想起儿子甲央旺堆了，两年前，甲央旺堆和村里的另一个男人去做背夫了，虽然他们常常几个月都等不到一支徒步队伍，但他们从不气馁，并且相信好日子很快就会到来的。

河水汹涌，撞击着冰层，在耳边发出轰轰响声。索朗老人用力挪着身体，脸贴向冰面，这一刻，他觉得自己离儿子很近。

过了这段，他们打算就地休息，四个人走了一整天，现在又饿又累。他们找到一个背风处，决定在这里安营扎寨，孩子们帮忙撑起帐篷，捡来大石块，索朗老人架起干柴，燃起火堆，火上再架上铝锅。

大家围坐着，看着火苗舔着锅底。索朗老人从布袋里倒出一些面粉，用温水和好，揪成一片片的，丢进沸水中。这种面片汤很快就将寒意驱

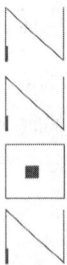

散，使身体暖和起来，大家围着残余的火堆又烤了会儿。等到火堆燃尽，扫去灰烬，地面还是热烫的，再将帐篷移到火堆的位置，铺上自制的睡袋，紧紧挨在一起。夜里气温骤降到零下30多度，索朗老人会在临睡前将帐篷拆下，当作被子盖在睡袋上。多吉还睡不着觉，伸出半个脑袋看着头顶的天空，夜空中繁星点点，他已经认识天狼星和老人星了，最亮的那颗是天狼星，找到位于正南方的天狼星，再向下看，在地平线上方就可以找到老人星。

多吉的眼前突然闪过一颗蓝色的东西，啊，是蓝色闪蝶，多吉还没叫出声来，蓝色就不见了，他不知道是自己眼花了还是真的看见闪蝶了，他皱了皱眉，轻轻叹了口气。

多吉，多吉，达瓦转过脸对着多吉，他小声问道，你在想什么？

达瓦，多吉也把脸转向达瓦，这样他们就脸靠着脸了，多吉问达瓦，你见过蓝色的蝴蝶吗？

达瓦在睡袋里摇了摇头，他说自己见过白色的蝴蝶，还见过蜜蜂，却没有见过蓝色蝴蝶。你见过蓝色蝴蝶吗？他问多吉。

多吉摇摇头，又点点头，他说自己见过的，不过是在照片里。他告诉达瓦蓝色闪蝶它们生活在非洲。

非洲在哪里？达瓦好奇地问。

嗯，离这儿不多远。多吉肯定地说。

他们把脑袋又靠近了点，鼻息几乎吹着鼻息，多吉问达瓦，你知道"同学"是什么意思吗？多吉想起那个年轻人曾问他为什么一个人玩？多吉皱了皱眉，年轻人又问他有没有上学？多吉摇头，年轻人便说，你要是上学了就会有很多同学的。多吉不知道同学是什么意思，他没有问年轻人，只是抿了抿嘴，羞涩地笑了。这个问题一直困扰着多吉，他问过索朗老人，同学是什么？索朗老人说，我的小多吉啊，你的问题像草籽儿一样多，当你到了县里，所有的问题你都会有答案了。

同学应该是个好东西，达瓦斩钉截铁地说。他在黑暗中又掏出那串念珠给多吉看，就像这个念珠，会是个好东西。

嗯嗯，多吉附和着，并用力地点了点头。

五

第二天，天刚蒙蒙亮，他们就起来赶路了，两个孩子不停打哈欠，即使吃了糌粑酥油早饭，都没能打起精神来。太阳一直没露脸，路况愈来愈差，这样的天气真是糟糕透了，要是再遇上一场雪将会十分危险。每个人都不再说话，好像字句都被冻结在嗓子里。这一天，他们经过克什米尔山，远远看见山顶处几座石头垒成的房子，这里海拔五千多米，寒冷加剧，河水裹挟的冰块奔流向前。没有冰路可走，大家只能冒险攀登峭壁，沿着山腰一点点向前挪动。

过了这段峭壁，迎接他们的是一段水路，好在河水很浅，大人们穿着靴子可以通过。达瓦父亲与索朗老人分别背起孩子，蹚着冰水慢慢行走。河底乱石嶙峋，湍流裹挟着冰块撞击着脚踝，索朗老人走得很慢，很小心，如果不慎跌入水中，将会很麻烦。七岁的多吉虽然瘦小，也有四五十斤了，索朗老人想到他的背夫儿子甲央旺堆，甲央旺堆说每一趟行李都重达八九十斤，腰必须弓着才能保持平衡。干背夫这一行，既辛苦又危险，但甲央旺堆总安慰说，我们很快就会过上好日子的。

一连两天，太阳都没有出现，灰蒙蒙的天空使人的眼睛看不远，他们握紧拐杖，在雪地里缓慢前进。好在到了第三天，头顶浓重的乌云开始变得稀薄，它们慢慢地被撕裂，露出一点一点的淡蓝来。

蓝色，蓝色，多吉指着天空告诉达瓦。这样的天空对于生活在赞斯卡河谷的人来说是司空见惯的，但这时候蓝色的出现，让多吉感到十分欣喜。

雪山冰川晶莹剔透，几十米厚的冰层已经古老了千万年，南边雪山倒映在一片幽蓝色的高山堰塞湖中，湖面冰层下气泡形成的冰葡萄如梦如幻，西边雪山下边的冰塔林像钻石一样折射着太阳的光芒，冰体下暗流奔涌。

他们停下来歇歇，仿佛为了庆祝这消失已久的蓝天。

达瓦想看一看多吉的蓝色闪蝶照片，多吉便解开背包找出来，他们的目光立即被粘连住了，目不转睛地盯着那片金属一样的蓝色。

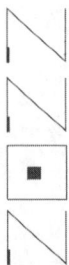

一个问：它有手掌这么大吗？

一个回答：是的。

一个又问：它能飞很远吗？

一个又回答：是的。

一个再问：它也能飞很高吗？

一个再回答：是的。

他们就这样一问一答，或一答一问，直到索朗老人催促上路了，才停止了对话。

向前走了一段路后，多吉问索朗老人，县城里有蝴蝶吗？

索朗老人说，我的小多吉啊，快赶路吧，县城里什么都有。

有蓝颜色吗？

唔，县城里什么颜色都有。

多吉闭上眼睛，眼前便出现一只蓝色闪蝶，他深深地吸了口气，下牙紧紧地咬住上唇。

经过一个弯道，便看见山崖上的悬空寺了，说明已经走完了一半路程。山腰上挂着风马旗，猎猎飘扬。河滩上卧着巨大的岩石，达瓦父亲用河水把脸和手洗净，再将大家背包里的哈达收集去，攀上岩石，将哈达系上，祈福这一趟行程里孩子们不要落水，不要受伤。

阳光白花花的，刺得人们睁不开眼睛，多吉的目光不时往查村方向望去，却被山峰给挡了回来。他不知道他的羊儿们会不会想念他，他也不知道自己何时才能回到查村。

六

这天结束得比以往都早，太阳刚刚隐去，索朗老人就要求停下过夜。此处是一个急弯，河水轰轰而过，两岸既没有山洞，也没有平坦地面，并不是扎营的首选之地。达瓦父亲没有多问，他知道索朗老人一定有他的理由。孩子们对于休息正求之不得，迫不及待把自己的小包卸下来。

这一晚，索朗老人早早躺下，接连几天的奔波，让他的体力严重透支。河水奔腾不息，像是要赶赴远方。他默默地倾听河水的声音，感受着身下地表的微颤。它们要去哪里呀？他记得多吉曾问他。是啊，索朗老人回答道，河水也要离开查村咯。

他轻轻地翻了个身，脸贴向坑洼不平的地面，这样便觉得自己离儿子甲央旺堆很近，几乎重叠在一起，黑暗中他似乎听到甲央旺堆的喘息，听到他蹚过冰水的声音。他的靴子漏水了，穿与不穿几乎没什么区别，脚在冰水里打滑，身上的背包太重了，压得他喘不上气来。他的脚趾在痉挛，抠不住地面，有几秒钟他一动不动地立在原地，河水从他腿间流过。突然，脚跟被什么刺痛，或许是别的什么原因，他身子一斜，整个人被激流冲走了。

如果没有弄错的话，就是在这个河湾。

这些索朗老人也是听别人说的，那个和甲央旺堆一起做背夫的同乡带回甲央旺堆的一只鞋和几件衣服。

这是一年前的事了，索朗老人望着河面，河水仍在奔流，一刻也不停。他浑浊的眼里堆起哀伤，松垮发黑的嘴唇在黑暗中微微颤动。

达瓦的父亲正在教两个孩子唱歌，喜马拉雅的歌谣，两串干净又稚气的童声在河水的伴奏下轻轻吟唱：如果血液流过我们的身体，疲惫爬上马背，我们可以像夜晚的星星一样在一起……

是啊，我们可以像夜晚的星星一样在一起。索朗老人慢慢翻转身子，看着黑色帷幕般的天空，繁星闪烁，像无数的眼睛，他就这样看了一会，困倦地合上眼睛。

第二天，仍然很早出发，如果晚一点出发的话，阳光会更少，气温更低。这一天的路将是整个行程里最后一段，也是最艰难的一段。

出发前，索朗老人不停地拍着那只坏腿，像是对它嘱咐，拜托它能顺利走完这一程。

很快便到达必须蹚水的地方了，河水很深，他们担心裤子被河水浸湿，不得不脱掉厚的棉裤，卷起衬裤。达瓦父亲先将大家的行李送过去，再返回和索朗老人一起背上孩子。走到河水深处，穿不穿长靴已经无所谓了，因为河水早已漫过膝盖，没有完全融化的冰层浮在水面。冰川融水像是另一种灼烧感，两条腿都似针扎一般疼，双腿冻得发红肿胀。再后来，似乎已感觉不到疼痛，风旋起雪花，迷离了双眼。有一阵，索朗老人的腿似乎失去了

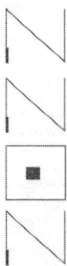

知觉，怎么也抬不动，他怔怔地立着，想到这流过甲央旺堆的河水此刻正流经自己。

多吉一动不动地伏在索朗老人的身上，鼻涕在鼻孔口结成冰碴，很痒，但他不敢动弹。出发前，索朗老人曾对多吉说，我的小多吉啊，你要好好读书咯。多吉问为什么要读书？索朗老人说，读了书就能过上好日子了。多吉撇着嘴说，我的索朗爷爷，我们现在就着好日子啊。索朗老人笑了，他不会告诉多吉自己的担忧，他的身体越来越差，他们的好日子怕是快到头了。他摸了摸多吉的脑袋说，我的小多吉，读了书那会让日子更好过啊。

多吉用力皱着眉头，说，可是——

河水慢慢被冰封，冰仿佛是软的，一踩一个深坑。大家都不再说话，好像憋着一股劲儿赶路。索朗老人裤脚滑落下来，但腾不出手来卷它，裤腿湿沉沉的，等跨过冰河，已经变成刀一般的坚硬。

到达岸上，他们立即升起火堆，腿和衬裤紧紧地冰冻在一起，脱下时有种撕裂的疼。四个人围着火堆，好一会儿都不能回过神来。

过了这段，就好了，我们很快就要走上山路了。达瓦父亲缓慢地讲话，顿挫有力，好像要咬碎一个冰块才能讲出一个字。

七

远处的河上出现了一座桥，山腰上能够看见有车辆经过。他们走完最后一段冰面，从河谷爬上堤岸，沿着一条隐约可见的山路向上走。当他们再次回过头来，冰河已经像一条蓝色布带蜿蜒在山谷里。

索朗老人对多吉说，不要轻信任何人说，这里有一条路可以到达那里。每个人都得自己走。

多吉似懂非懂，但他仍然小鸡啄米似的点点头。

四个人就这样朝着赞斯卡冰河注目了一会，阳光低垂，他们整了整背包，继续上路了。

很快他们便搭上一辆皮卡，土路很颠簸，车子不断晃荡。达瓦母亲给达瓦的念珠被他挂在衣服外面，这会儿正在他胸口跳来荡去。车尾的尘土有时猛地反扑过来，将他们裹住，眼睛、嘴里尽是沙尘。

经过一个四千多米海拔的垭口后，就是一路下坡了，仍然是碎石路，但两侧村庄不断，还能看见一座白墙红顶的寺庙，据说那是赞斯卡历史上最悠久的古寺。索朗老人虔诚地合起手掌。

下车后，路过一家商店，从它的玻璃窗口多吉看到自己的模样，除了转动的白眼珠外，从头到脚被黄土裹住。经过打听，他们找到一个河边，各自洗刷干净。

索朗老人问多吉累不累？多吉这次没有说"可是"，而是摇了摇头。

他们找到了学校，顺利办理了入学。校园里有不少孩子，穿着酒红色的校服，也有像多吉和达瓦这样穿着自己衣服的，显而易见是新生。多吉不敢像达瓦那样东张西望，而是一步不离地跟着索朗老人，像贴在他身上的一块膏药。

索朗老人从怀里掏出一张写满字的纸递给多吉，这是他很久前捡到的，虽然不知道纸上写着什么，但上面密密麻麻的字让他觉得很珍贵。

多吉皱着眉头问这是什么？

索朗老人说，我的小多吉啊，等你认得字了，你就知道上面写的什么了。

多吉又点了点头。

一切妥当后，索朗老人和达瓦父亲不得不立即返程，他们担心路上情况，冰河每天都在变化。

多吉和达瓦也要开始新的生活了，多吉又听见了"同学"这个词，虽然他还不懂这是什么意思，但他相信等他认识更多的字后就会明白，他也相信，如达瓦所说，这一定是个好东西。

多吉坐在教室里，四周有许多高高矮矮的孩子，他们和他一样来自偏远的地方。下课时，多吉没有离开座位，而是伏在书桌上轻轻地啜泣，他突然很想念查村，想念羊儿，想念他的索朗爷爷。

此时的索朗老人正行走在冰河上，白色冰面下有很多气泡，大大小小，一串一串，像镶嵌在冰下的珍珠。索朗老人的腿越来越坏，常常不听使唤，他把背包放在冰上拖行，僵硬的坏腿已经失去知觉。

多吉抬起头，发现自己的书被泪水打湿了，连忙用袖子揩掉，他想起夹在书页里的照片，赶紧抽出来，幸好，泪水并没有弄湿它。

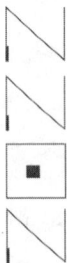

索朗老人站在冰上，冰下是蓝色的河水，他用棍子敲了敲自己的坏腿，告诉达瓦父亲，这条腿总算被他用废啦。他的背包正由达瓦父亲背着，这个和甲央旺堆一样年纪一样善良的男人，正弓着腰缓慢前行。索朗老人觉得此刻自己的身子很轻松，当然，轻松的不只是身体。他看着前面的人说，甲央旺堆啊，我把我们的多吉送去上学啦，要是等到明年，怕是我都走不了冰河啦。他把达瓦的父亲当作甲央旺堆了。

索朗老人用拐杖撑住身体，那只坏腿在冰上划出一道弧线，他每走一步都要使上浑身力气。突然，脚下传来咔嚓一声，身子往下一沉。

多吉感到手里的照片也轻轻一沉，眼睛被什么刺痛了下，他揉了揉眼睛，看见蓝色闪蝶从照片里挣脱出来，它扑动着翅膀，轻盈起舞，在阳光照耀下，如此莹亮，那是如同冰河一样的纯净蓝色。

原载《中国作家》2022年第7期

点评

主要讲述索朗老人、达瓦父亲送两个小孩达瓦、多吉到300公里外的县城上学的故事。小说详细讲述了在10天行程中，一行四人从查村出发，如何穿过赞斯卡河谷，如何遭遇恶劣天气，以及如何跨越险谷、冰河，最后踏上公路到达县城学校的过程。老人将孩子安全送达，完成使命，也了结了夙愿。这个短篇在艺术上的优长主要表现在：一、从小孩视角所作的陌生化讲述。两个小孩多吉、达瓦都是第一次出远门，对他俩来说，一切都是新鲜而陌生的，从作为地名的"非洲"、作为昆虫的"蓝色闪蝶"，到作为特定称谓的"同学""县城"，在这俩小孩视野中，都是从未听说过或从未见过的神秘、神圣之物。二、从老人视角所展开的人与自然搏斗场景的描写。两位长者背孩子翻雪山、蹚冰河的过程，曾为背夫的甲央旺堆命丧冰河的悲剧，以及返程途中索朗老人跌倒在儿子命殒之地的场景，都极具感染力。三、作为小说意象的"蓝色冰河"所具有的多重指涉内涵。它既指向纯净、圣洁、壮丽、神奇的藏区自然风貌，也指向这些小人物对于个体成长和理想的主体诉求，当然也更是作为作者的汤成难对于藏区地理形貌、时空的一种想象、体验或把握。

（张元珂）

闪电击中了自由女神

朱山坡

从阙崇才家里出来，我立刻开着车离开竖城，很快便走在去广州的高速公路上。我内心非常激愤，把车开得飞快，恨不得一步回到报社，把我大半年的暗访成果公之于众。到了半途，我才发现自己对此路很不熟悉，路在深山野岭里延伸，周边看不到人活动的痕迹。整条路差不多只有我一辆车在行驶。路是刚开通的沥青路，很宽敞，白色的分界线像是油漆未干，十分耀眼。路崭新得让人舍不得开车碾压，甚至想停下来用手摸摸。只是天气突然变了，乌云越来越多，越来越黑，像被打翻的墨水把整个天空占领了。而我心中的怒火和哀伤也伴随着往事像黑云一样压过来，一股巨大的孤独感和苍凉感使得路的前方充满了悲壮。我用力踩着油门，要把车开进像黑洞一样深邃的云朵里去，让自己消失得无影无踪。

此时手机铃声骤然响起。显示的是陌生电话，来历不明。我以为是骗子或推销的骚扰电话，很不耐烦，为了出口恶气，接了，发出愤怒的质问：你他妈是谁呀？

"闪电击中了自由女神！"手机里的人不管不顾，歇斯底里地嚎喊，"兄弟，噢，My God！我现在在纽约，就在自由女神像的脚下，她被闪电击中！还真被我拍到了！"

我愣了一下。电话那头传来急促而极度兴奋的声音，兴奋到连喘息都像是台风扫过甘蔗林。

"我终于拍到了，我操……满天漆黑，闪电照亮了夜空。"他喊道，"闪电击中了Statue of Liberty！Statue of Liberty！"

我听出来了。是潘京。他沙哑的声音即使被雷电击碎我也能听得出来。

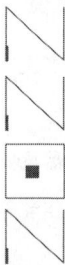

"我都等了三天三夜。不，三年了。我终于真正拍到了宇宙的灵魂！太清晰太完美了！"潘京在电话那头尖叫道，"你不知道我的等待有多么漫长。兄弟！"

突然，一道弧形的闪电划过长空，从宇宙无限深处的那一头，掠到遥不可及的这一头，将黑暗的苍穹分开两半。但它没有将黑暗点燃。我被炫目的闪电震慑了，本能地踩了一下油门。

"兄弟，闪电！妈的，又一道闪电击中了自由女神！那是灵魂与灵魂的碰撞，那是点亮黑暗的方式！"潘京激动得语无伦次。

我来不及回应潘京的话，一声响雷在我的车头上方炸开来，我吓得打了一个激灵，手机掉到了踏板上。手机里仍传来潘京嗡嗡的声音。

接着，又一道闪电划过来，试图换个地方将黑暗切开一道口子，但仍然没有成功。

接着又一阵炸雷从头顶滚过。我减速，俯身拾起手机。

潘京在手机里哭了。同时，我听到了手机里有雷声。

我问，潘京，你那边怎么啦？

潘京呜呜地哭着回答，没什么，闪电击中了自由女神，我突然感到很难过。

我懂得一个常识，每年自由女神像被闪电击中的次数以数百计，仿佛从她耸立在那里开始就被闪电盯上了，一百多年来不知道承受了多少刻骨铭心的爱，又承受了多少次五雷轰顶之恨。然而，作为一个摄影爱好者，像追拍飓风、巨浪和流星一样，抓拍到闪电击中自由女神是何等快感和自豪的事情。

这一刻我竟然替他担心，说，你的头上没安装避雷针，得注意安全啊。

潘京抽泣着说，放心，所有的危险和灾难她都替我们承受了。你听我说，你还好吗？我好像听到你那边雷鸣的声音。兄弟，如果你害怕闪电，先躲起来再说。我跟你不一样，现在我十分喜欢闪电，我恨不得潜入宇宙深处捕捉闪电，我需要闪电。

"现在我也在等待闪电。"我说。

"你知道吗，我终于弄明白了，闪电有许多种，有利剑状，有鞭子状，有树枝状，有绳子状，有渔网状，还有球状。对付坏人的，用利剑、用鞭子，让他们永不超生……带走好人的是渔网闪电，它只是让好人换个地方生存。我爸就是被渔网带走的。"

我说，我想跟你谈谈……你到底还有多少秘密。

那头不说话了。长时间静默。我不安地问：怎么没有声音了，你那头什么情况？

好一会儿，从遥远的美国传来一个幽幽的像被闪电烧焦了的声音："我有点想黄瑛了。"

我的未婚妻叫黄瑛。

黄瑛最早让我知道潘京曾经非常害怕闪电。

那一天她坐在自己家的茶桌边喝着咖啡对我说，潘京对雷电怕得要死。说话时表情有点鄙视、嘲笑，但更多的是怜悯和无奈。她举了一个例子。有一次午后，她坐在他的车里，副驾的位置，在去横城的路上遇到了雷雨。一道闪电从乌云深处斜里杀出，发出耀眼而火花四射的光。那光像鞭子一样劈头盖脸地朝他们揪打过来，潘京惊叫一声，惊慌中双手不听使唤，车失去了控制，开到了路边的一片荒坡上，熄了火。她惊魂甫定，他已经从驾驶室逃之夭夭。她跳下车追着他喊。他逃到了桥底下，双手抱头蹲在沙地上，浑身颤抖，像一只被狼撵到了墙角里的兔子。又一道闪电划过，照亮了他惨白的脸。

"我害怕闪电。"潘京说。

黄瑛在桥底下一直陪着他，安慰他，直到闪电停止，他们才重新回到车上，冒雨前进。一路上车开得很小心，仿佛害怕闪电在前面某个地方设下了埋伏。

那时候的黄瑛真的很美，说话的声音很好听。说起这件事情时表情喜悦，但对潘京充满了怜悯之意。

当时潘京没有过多地解释自己为什么害怕闪电。他只是说天生的，可能在母亲的肚皮里受到了闪电的惊吓。黄瑛说，胡扯。潘京没有辩解。那天的咖啡是卡布奇诺，它的味道像闪电一样击中了我的舌头，说不清楚的甜和香，我对它赞不绝口。黄瑛骄傲地说，是我的手艺好。

我们谈论闪电的时候，潘京局促不安，还有点害羞。那是晚上，月朗星稀，和风拂面，在昏暗的灯光下我注意到了黄瑛的手，纤细而白嫩，我

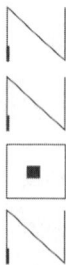

想摸一下，或被她摸一下。

后来，在一个风和日丽的下午，潘京和我躺在惠江边的草丛上，向我解释了害怕闪电的原因。他说很小的时候在乡下亲眼看到过闪电将家对面山坳上的一棵参天银杏树拦腰劈断。有一年夏天，中午，黑云遮住了天空，他的父亲撑着一条小船摸黑过江，要赶回家给祖母煎药。潘京在岸上等他。父亲每次都从山里带山鸡给祖母补身子。潘京认出了父亲的小船，只容得下一个人，他一个人撑着。江水舒缓，向来没有凶险。可是，这次船刚到江心，一道闪电划过，照亮了江面。当时，潘京被突如其来的闪电吓着了。很耀眼很锋利的闪电，把天空划开了一道口子，向江面伸出白色冰冷的爪子。因为恐惧，潘京本能地闭上了眼睛。当闪电熄灭，乌云变成了雨水，光线慢慢从天空中渗出来，他睁开眼睛，发现他的父亲不见了，只剩下那条小船空荡荡地在江面上漂着，暴雨将它打得胡乱逃窜。潘京朝着空荡荡的小船呼喊。但没有人回应他。雨过天晴，依然不见父亲上岸。潘京哭着，无计可施。所有人都说，闪电把他的父亲收走了，像老鹰收走一条鱼。

潘京说他的父亲是一名伐木工，每天都撑船去很远很深的山里伐树。一辈子很孝顺，从没干过伤天害理的事情，相反，做过数不清的好事。虽然砍过很多的树，但树神也没责怪过他，况且，树是闪电的敌人，伐木工应该是闪电的朋友。闪电收走的应该是坏事做绝的人。潘京认为，闪电收错了人，下一次闪电会将父亲归还给他，就像语文老师没收他的课外书，发现不是有害读物而是世界名著，第二天会归还他还表扬鼓励一番。但许多年过去了，一直没有等到。

"闪电狰狞得像魔鬼的脸孔。"潘京不敢正眼看闪电，像我们害怕锋利的刀割开我们的胸膛，将内心所有的秘密曝光于众，"也许，闪电曾经有意将父亲还给我，但我不敢迎上去接，很多次都那样。还有一种可能，闪电已经早就将父亲还给我了，但把他放错了地方。"

这种可能性也是存在的。闪电不是计算机，记性没有那么好。

"你认为会放在哪个地方？"潘京问我。

我说不知道，"会不会放在当初收走他的那个地方？"

潘京说："不会。如果放在那个地方，说明闪电承认自己错了。闪电怎么可能认错呢？"

我说有道理。但我想不出来闪电到底会在哪个地方把父亲归还给潘京。

"那个地方，也许是美国。"潘京说。

潘京解释说，也许不是闪电的意思，而是我爸的选择。

他让我思考有没有道理。但当他讲述故事和分析问题的时候，我最感兴趣的不是闪电，不是美国，而是伐木工。

对我而言，伐木工是一个关键词。

认识潘京时，我是南方某报的深度调查记者，被报社派往竖城暗中调查非法排污的证据。每逢洪水过后，珠江下游的水经常镉超标，基本断定是上游有厂矿企业趁洪水之机往江里排放污水，但一直找不到证据，或者有了些眉目，却被地方政府搪塞遮掩过去。我们报社曾经安排过记者去珠江上游暗访，并已经把竖城列为重大嫌疑，只是在竖城蹲点了一个多月也没有找到实证，还莫名其妙地被当地的流氓地痞揍了一顿，只好悻悻而回。而被打伤的右眼落下了后遗症，夜里看不见任何东西。同事们分析，可能是因为他的外地口音引起了别人的怀疑，暴露了身份。我是报社抗打能力最强的，在山西暗中调查黑煤矿坍塌事件时，曾经被十五个壮汉追打三十多公里，一路翻山越岭地逃跑，一路被人往死里揍，但还是让我逃出生天，并用翔实现场照片将真相公之于众，引起全国轰动。但断了两根肋骨、鼻青脸肿的我在医院里躺了三个月。前赴后继，我就是后继的人。报社领导说了，你就像当年的地下党员一样，潜伏在竖城，暗中调查，一个月不行，半年。半年不行，一年。一年不行，两年。

其实我是主动请缨的。因为我觉得报仇的机会到了。竖城中兴化工厂厂长阚崇才，是我家的仇人。据铩羽而归的同事说，排污的源头必定是中兴化工厂，只是找不到它的排泄渠道。只要证据确凿，我就能扳倒他，甚至让他进监狱。阚崇才还没当化工厂厂长之前，是竖城国营林场的场长，我爸当年是林场会计。有人举报场长贪污公款被查，结果他伙同他人栽赃到我爸身上。我爸无处申辩，被判入狱三年。那时候，我才八岁，寄宿在乡下外婆家。母亲是竖城林场的合同工，在卫生室既非医生也非护士，每天闲坐，偶尔帮病人量一下体温和血压，还经常因为量不准被医生和护士斥责，还被病人打过嘴巴。但母亲长得漂亮，不能安排她去伐木或干其他

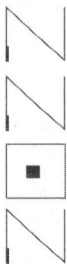

的，只能在卫生室待着。然而，我并不觉得母亲有多漂亮，脸太长，下巴太尖，眼睛大而空洞，只是皮肤白，身材比父亲还高出一小截，无论是夏天还是冬天，总是穿着连衣裙和肉色长筒丝袜。伐木工经常到我家找父亲核实数据，母亲总是对他们露出嫌恶的表情。伐木工身上有汗臭，有树脂和树汁的气味，让母亲感到恶心。母亲和父亲的关系从来不冷不热，不亲不疏，也不争不吵，像是两个奉命凑合过日子的人。父亲入狱，母亲不悲不喜，不哭不闹，也不卑不亢，平静得若无其事，像跟自己毫不相干。不久，母亲跟别人跑了。母亲走的那天，我哭着她给我留下一个地址，日后我好去找她。但她拒绝了我，拒绝了所有人，包括外婆。她背着一个花布拎包走了，从大路上大大方方走的，走得六亲不认，决绝而胸有成竹。因此没有人知道我对母亲有多恨，而对父亲有多爱。我要拯救父亲。那三年里，我恳求外婆教我认字。当我认得一百个字的时候，我开始替父亲写申诉书，让二舅寄到县政府。后来父亲被减刑期三个月。父亲出狱那天，我以胜利者的姿态乘长途班车到柳州劳改农场接他回家。一路上我向父亲邀功，父亲比过去木讷了许多，慈祥了许多，只是摸了摸我的头说，你能写文章，很了不起。回到家里，二舅把那些年我写的申诉书当着父亲的面原封不动地交到我的手上，他压根就没有寄出去。我无地自容，责怪二舅，如果他把我的申诉书寄出去，我爸早就回来了。对此，二舅不申辩，一声不响地给我带回了一个后妈。

　　后妈跟我妈的年纪相仿，身材也差不多，我差点以为是我妈回来了。风把她的头发吹得很乱，头发遮住了脸，似乎是故意的。我还来不及仔细瞧瞧她的样子，父亲便将她带走了，一起去了贵州的建水。因为吃过牢饭，他在家乡待不住了。我不在意别人暗地里称我是贪污犯的儿子，但父亲无法忍受别人异样的目光和流言蜚语。建水离竖城很远。一个月后，我收到父亲写的一封信，他说在那边挖煤，如果顺利，从此就在那边安家了。那年年底，我骗过了外婆和二舅，乘长途班车到贵阳，辗转到了建水，把父亲吓了一跳。

　　那一年。我十四岁。我想见继母，我想从她那里获得母爱。她会爱我的，我也会爱她。可是父亲说她死了，不小心从拉煤的车上掉下来摔死的，幸好死得并不痛苦，当场就断了气，脸上还带着微笑。我说我还没看清她的模样呢。父亲难过地说，我也来不及看清，工友都说她的脸长得像很值钱，即便是死的时候，她的脸依然比金子漂亮。我问她的来历。父亲说他也说不清楚，只知道她的前夫是伐木工，死于一次闪电。她还有一个儿子，跟大伯一起生活，年纪跟我差不多。一个继母像闪电一样来到我家，又像闪电一样在这个世界消亡，或许这就是人生的诡异之处。我没有闲着，跟父亲下矿井挖煤。别看我瘦小，挖煤一点也不比父亲少。过去父亲力气蛮大的，但从监狱出来后身体就不行了。挖半个小时便要坐下来喘息一会儿，并借着矿灯的光掏出一本书看。看得很认真，像是复习考试的高中生。但每次总是只看十分钟便收起书去干活。每隔几天换一本书，类型不一样，有小说，有电工教程，也有领袖文选。他说在监狱里养成了看书的习惯。矿工们不知道父亲原来的身份，也不知道他蹲过监狱，但都觉得父亲不应该挖煤。父亲认为我不应该挖煤。因为他看过我为他写的申诉书，觉得很有文采，可以靠文谋生。会计就不要做了，容易出差错。父亲说，也可以先好好挖煤。挖煤是一个好职业，在地下没有钩心斗角，都靠力气吃饭，一天挖多少煤得多少钱一清二楚。父亲恨不得一辈子天天待在煤洞里，不再跟外面的世界有什么勾连。但煤洞里很黑，像深空一样黑得令人胆寒，孤寂得像身处遥远的星球。有时候我很希望外面有光照进来，哪怕是一束闪电也好。在煤洞里休息的时候，我也学会了看书。父亲看过的书，我拿过来看。到我十八岁那一年，父亲说，你可以离开这里了，你干什么都可以，但不能为我报仇，因为我的案子是铁案，翻不了，不要把时间精力耗在毫无意义的事情上。我还舍不得走，说再挖半年吧。半年后，也许我再也不想报仇雪恨的事情了。半年后，我果然不再想着报仇雪恨的事情，但发生了一次矿难。那天雷电引发煤井电线短路，导致瓦斯爆炸，轰鸣一声，像一道闪电撕裂了矿井。父亲下意识地朝我喊，快逃。我离父亲二十多米，本来我们可以一起逃走，但他回头拿他的书……我侥幸地逃出生天，父亲和十七名矿工永远埋在离地面三百多米的地球深处。我曾经怀疑，瓦斯爆炸不一定是意外，也许是阙崇才暗中下的毒手。我怀疑世界上所有的坏事都与他有关。他才是最应该被闪电收走的那个人。因而，仇恨的种子重新发芽。

我到南方应聘的时候，报社的领导听我说完这些经历之后，不看我的学历，也不笔试，只看了我写的几页日记，便决定录用我。他说，对生命的体验、对正义的坚守和对自由的渴望比学历、才华都重要。我没有让报

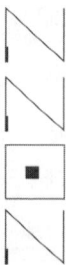

社失望。我用闪电般的速度得到了同事们的认可和敬重。

我在旧城区的比较混乱的小区租了一套小房子，没有人认识我，左邻右舍都是市井里最底层的人，贩鸡屠狗，三教九流，什么样的人都有。我的竖城口音没有变。有人问我是干什么的，我说是搞摄影的。是照相吧？我说，照相跟摄影是两码事，懂吗？他们不懂，便不再问。这里的人不知道我的名字，称呼我时叫"照相的"。化工厂虽然进出的人很多，但防范森严，进出的每个人都被保安盘查，外人没有证件根本靠近不得。我也犯不着像我的同事那样非要进厂找线索，我可以寻找它的排污口。只要给我时间，再隐秘，我也能找到。工厂的污水像人膀胱里的尿液必须排放。因而，我的日常工作便是假装成一个游手好闲的人到处寻找污水排放口。

小区里有人对我摄影师的身份提出了质疑：你的相机呢？

我犹豫了一会儿，从口袋里取出一台索尼傻瓜机，小巧玲珑那种，这不但不能打消他们的疑虑，反而增加了他们质问的底气：你怎么没有像记者潘京那样的长炮短炮照相机？你得学学他。

潘京在竖城妇孺皆知，但我却不认识他。我开始寻找他。

我在东门照相馆买二手单反相机时认识了潘京。身材偏矮但很壮实，脸圆乎乎的，鼻子扁平，头发蓬松且天然卷，说话时不怎么看人，仿佛跟谁说话都一样。照相馆不是他的，但相机是他的。他跟我说他这台相机的好，也说它的毛病和脾气，像给我介绍一个姑娘一样，把秉性说得清清楚楚。我说想买台专业相机，随便拍拍寻找乐趣和消磨时间，顺便学学摄影。潘京说，这是摄影菜鸟级别最好的相机。于是我买下了相机。潘京说，我对这台相机有感情，如果不是手头紧，我哪舍得卖掉它？我懂的，像是杨志卖刀呗。

潘京是竖城日报的摄影记者，从报社创办那天开始，他便是记者了。我们一见如故，很谈得来。我需要朋友，于是便与他频繁往来。他经常提着酒菜到我家聊天，说有什么困难找他，黑白两道都可以。我不会暴露我的真实身份。我主要聊全国娱乐圈里的人和事，聊摄影，有时候也纵论天下大势和时政新闻。任何话题都可以聊上半天。就算不聊，我们坐在一块儿也彼此心照不宣，似乎也都在想着同一问题，得到同一个答案。只是在摄影方面，我还没有入门，只相当于"照相"的水平。我只会简单的拍照，经常因为相片的拍摄技术问题被编辑诟病，幸好我的文字的深度和精彩弥补了我的缺陷。这是我的弱项，我真的想好好补一补。潘京看到我对摄影抱有极大的热情，兴奋地说，热爱是最好的老师，如果你真正爱好摄影，我可以毫不保留地教你。

于是，我开始了和潘京的友谊，更贴切地说是师生关系。

那时候，我们坐在惠江下游滩涂的一堆荒乱的草堆里。那是深秋，草有些枯黄了，散发着热气和植物死亡的气息。我们实际上是靠着厚厚的草，半躺着，江水在三步之外，风还是有点冷，越来越冷。我们等还明亮的太阳慢慢变得暗淡，像等待一堆火缓缓熄灭。到了那时，残阳的余晖斜照在下游的残桥上，把桥和桥面上的杂草变成金黄色，稀疏的光线穿过桥，散落在江面，流水将它们和垃圾一起带走。

我们正需要这一刹那。我们的照相机早已经架好，就等那一刻的到来。

这是潘京最喜欢的拍摄场景。残桥离县城不远，肉眼可见街市上行走的人。桥是清嘉庆年间由德国人设计并修建的一座廊桥，虽然窄小却可通汽车。桥的另一头原先有一座天主教堂，多年前毁于一次雷电，被雷电引起的大火烧塌了，上帝一头栽到了惠江里，多年过去了也没有爬起来。教堂倒塌后没过多久，桥也被洪水冲垮了，桥的两头断了，只剩下中间一段，两头不靠岸，既无法出发，也无从抵达。桥身长满了青苔和杂草，已经残破不堪，政府一直说要拆除，但潘京总能说服政府暂缓，等他完成一件不朽杰作。似乎生怕明天一觉醒来桥便不见了，所以他把每一次拍摄都当成最后一次。早晨、午后、黄昏甚至月夜，他都拍过。残桥与江水浑然一体，照片确实漂亮而有味道，其中一幅挂在县政府入门大厅最醒目的正墙上。因为这些照片，他获奖无数，已经成为县里最著名的摄影师。他是报社头牌摄影记者，似乎还是新闻部的副主任，但他不喜欢给官员们拍照，对官员有着与生俱来的反感和排斥。他的学生很多，但没几个坚持跟他学到头的，因为他们受不了翻山越岭寻找风景的苦，更受不了像狙击手等待猎物那样在野外数天数夜地守候最佳状态到来的煎熬。他告诉我，残桥是摄影的起点，也是终点。摄影的全部秘密都在这里。他的残桥照片风格各异，恬静的，忧伤的，孤独的，诗意的，苍茫的，都给人强烈的震

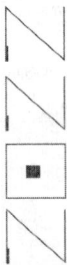

撼。我们都认为他拍的照片已经好得无可挑剔，堪称完美，把摄影艺术推到了最高的境界。但他却一直认为没有把残桥拍好，总觉得差那么一点点。不是技术问题，更不是设备问题，甚至都不是光线、湿度、风速和空气质量问题。别人以为他是假谦虚、装逼，只我知道他说出了内心的真实。

"灵魂。"潘京说。

我明白他说的是什么。因为我也在捕捉灵魂。

人有灵魂，桥也有。潘京说，我的照片只拍了它的皮囊，缺少灵魂。它的灵魂游荡去了。我们只是瞎折腾。

我跟他聊灵魂。无边无际地聊。甚至聊到了宇宙的构成和主宰。

"最好的摄影师不是因为他技术高超，而是因为他是捕捉灵魂的高手。"潘京说。

虽然是残桥，像一个断了膀臂的人，虽然不健全，但它还是活着的，灵魂还在。哪怕它游荡得再远，也总有一天会回来的。这是潘京带着我不断来到江边的原因。

在漫长的等待中，每次潘京都给我讲很多很长的故事。主要是竖城官场和商圈的事情，龌龊而隐秘。他知道很多内幕并记录了其中的一些。他指了指自己的照相机：世界上的秘密都被藏在各式各样的相机这里。他说的事情我很感兴趣，超过了我对摄影的热情，尽管我听得出来他添油加醋了，甚至有明显的虚构和夸张成分，尤其是关于官员们跟女人幽会被他无意拍到的那些秘密。我在恰当的时机简单地提问，引导他继续往下说下去。讲故事的时候，他喜欢往天空中吐烟圈。草丛中偶有蚂蚱借道于我跳到他的身上，有时候他抓住蚂蚱用烟头烫，蚂蚱油被烧得嗞嗞作响，香味四溢。他从口袋里摸出一瓶江小白，喝一口，将半熟的蚂蚱嚼两下咽下肚去。只有在这种情况下才能中断他的讲述。

"兄弟，这些事情都引不起我的兴趣。"潘京说，"他们没有灵魂。或者说，他们的灵魂没有趣味，还比不上蚂蚱。"

我表示赞同。灵魂是一门哲学，更是人生态度。

"我也没有灵魂。"他说。意味深长，但我一时捉摸不透他究竟要说什么。

江面很辽阔，残桥很长，尤其是我们躺着看它们的时候。

有时候，我们弄来一条小舟，请一个懂撑船的村妇撑船，让我们从不同角度拍照。

"我这辈子最大的愿望就是拍到有灵魂的东西。"潘京说得很认真，仿佛是在对着那些飘荡在空中的灵魂发誓。

然而，有一次天气突变，乌云压顶。潘京十分惊惶，一道闪电划过，照相机从他的手上掉下来，贵重的镜头跟相机身首异处。他没有掩饰自己。脸色苍白，目光呆滞，像被闪电击中。

被闪电惊吓并不奇怪，我安慰他。他缓过来后，对我笑笑说："闪电真的能摄魂夺魄，把人吓死。"

闪电到底是什么东西？对此我和潘京曾经争论过，他不相信科学，不相信一切被定义的东西。他总是在形而上的层面上跟我探讨，而我喜欢引经据典用科学去解释和推测万物。然而，有时候他也能说服我，比如：

"闪电是宇宙的灵魂。"

对此我竟然无言反驳，反而茅塞顿开。每每对某事物达成共识，我们都很高兴。

就是那次闪电之后，潘京跟我说起了他的小时候以及跟闪电的关系，因而我知道了他是伐木工的儿子。

"你是不是有一个改嫁给贪污犯的母亲？"我问。

"是的，我曾经有一个妈。"潘京说。

潘京把他母亲唯一的一张照片给我看。那是她生潘京那年照的。一个从城里下乡采风的摄影师给她拍的，就站在家门口用卵石围起来的墙头前，脚旁边有两只小母鸡，她穿着白色衬衣，表情羞涩，头发还是有些紊乱，几绺发丝隐隐约约把脸遮掩了，这样反而显得她更美。我看了看照片，只能说似曾相识，但她真的漂亮，而且很善良。潘京说，父亲被闪电抓走后，如果母亲不离开村里，她就得听从村里大多数男女的劝说，改嫁给大伯。虽然大伯是好人，年富力强，但她不喜欢。所以她宁愿嫁给一个吃过牢饭的。

"我妈不是普通的村妇，虽然只读过小学，但她是读书人。她喜欢看小说，读过不止十遍《傲慢与偏见》。"潘京说，"我不喜欢小说，我喜

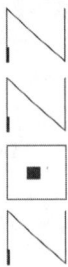

欢摄影。"因而我相信我父亲爱上看书并非在狱里养成的习惯，而是因为娶了潘京的母亲。

"我妈姓宋。"潘京说，叫宋桃。她离开潘京的时候，只留下一张照片。照片的后面，写着摄影师的名字：黄国安。

我甚至觉得连"宋桃"这个名字都是天底下最美最动听的名字。

"母亲离开的时候，舍不得我，抱了抱我。我说，妈，你快走，不然村里人就要把你捆住留下来嫁给大伯了。"潘京说，"虽然我并不讨厌大伯，但我还是希望母亲赶紧离开。那情景，只要我对母亲说，请你留下来吧，她肯定会留下来。"

潘京说，母亲一走，我的心里只剩下噩梦般的闪电了。

师范大学毕业后，潘京回竖城举目无亲，找到文联副主席黄国安。

"没人发现你妈究竟有多美。除了我。摄影师的使命就是发现美，留住美。按下快门的瞬间，刹那即永恒。"黄国安说。

潘京说，我没有留住母亲，我当了十多年的孤儿。

我相信，有些母亲是留不住的。天要下雨，娘要嫁人，这是世界上最难以阻止的两件事。

黄国安还告诉潘京一个他所不知道的秘密，在一个雷电交加的午后，他母亲到城里找到了黄国安。文联的人让她坐在黄国安的办公桌前等他。黄国安走进门去，看到她安静地坐在那里，头发湿漉漉的，正翻阅着台上的自由来稿，像极一个编辑。"我们聊了一个下午。"黄国安说，"最后，我才知道她是来索要她的相片的。我忘记了照片的事情，当时我只是随便拍的。我让照相馆加急冲洗了出来。她请求我在照片上签名，我签了。并签了日期：1993年7月12日。实际上，照片是5月8日拍的。"

潘京记得，父亲是1993年7月10日被闪电掳走的。村里的大人沿着惠江往下游搜寻了两天，并不见他父亲的尸体。十多年过去了仍没有见到。

"傍晚了，我让她留下住一个晚上。可是她不肯。她说，要赶最后一趟班车，回去办丧事。"黄国安说，"她说的最后一句话是，我丈夫跟闪电走了。"走了就是死了。父亲到底是死了还是还活着，潘京为此跟母亲吵过一架，后来母子分道扬镳，不再相见。潘京说梦里经常见到父亲慢慢变老的样子，证明他一直在正常地活着，哪怕活在黑暗里。

潘京问黄国安，后来我母亲还找过你吗？

黄国安想了想才说，找过一次。她说要找个男人改嫁，不要求别的，只要有点文化就行。我把她介绍给了一个竖城国有林场的会计，是我一个初中同学的姐夫的同事，刚从监狱里出来，人挺好的，打得一手好算盘。之后便没有她的消息了。估计是她看上了那个会计。

"但我记得她。她长得很美，有民国文艺女青年的范儿，像一个女神——向往自由的女神。"黄国安说，"摄影师最希望遇上这样的拍摄对象。"

"如果没有那次闪电，如果我爸不消失，我妈还是很美的。"潘京说。

"对了，你妈来见我的时候，怀里抱着一束橙黄色的野菊花。"黄国安说。

潘京不愿意当教师，要当记者。黄国安使尽全力把潘京弄进了竖城报社，并教会了他摄影。在一次野外拍摄中，黄国安摔了一跤，中风了，从此瘫痪在床，生活难以自理。潘京继承了他的摄影技术和所有器械，而且，娶了他的女儿黄瑛。

"我妈右边的乳房有一颗樱桃痣，即使在夜里它也闪闪发光。"潘京说，"你爸有福了。"

在惠江边的草丛里，我们有了更多的话题，谈论我们共同的"母亲"和各自的父亲，成了无话不谈的好兄弟。

"我爸对你母亲很好。他们应该过得很幸福。"我对潘京说，"只是很短暂。"短暂得像按一次快门，刹那即永恒。我们无法给他们留下甜蜜的照片，他们只能活在我们的想象里。这样也好，只要我们的想象是甜蜜的，他们就很甜蜜。

潘京对母亲似乎有点陌生了，跟我一样。他甚至才知道自己的母亲已经离开尘世。我也差不多忘记母亲长什么样了，她连一张照片也没有留下，至今不知道她到底在哪里。

他经常把我带回家里，不是为了看他的摄影作品，而是给我分析大师

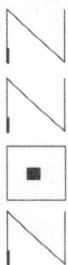

之作。他家原是文工团宿舍，旧房子，楼道很杂乱，一厅三室，不宽敞，跟我租的房子差不多。家具是旧的木沙发，吃饭的桌子很小，几乎看不到家电，家徒四壁，墙壁上挂满了各种照片，但没有一幅是他自己的。他跟我解读什么才是一幅作品的灵魂。有时候是人的眼神，是死者脸上的表情，是少了一只乳房的胸脯；有时候是一根木条上的蚂蚱，还有可能是一只鸟被风折断的翅膀……兄弟，你知道吗，我想端着相机跟随夸父，拍下他奔跑的样子。我明白。我知道。我懂得。他心里装着巨大的理想。他的妻子黄瑛和她的父亲黄国安一样毕业于成都同一所大学的中文系。潘京比我大一岁，我应该称她为嫂子。嫂子觉得没有什么可拿来招待客人，便从卧室里取来一只纸盒子，打开，把一张照片送到我的眼前。是她站在残桥上，穿着白色裙子，亭亭玉立，夕阳的残光让她脸上的忧伤增加了哲学的意味，清澈无瑕的眼睛让她像极宗教神话里不沾人间烟火的圣女。残桥、江水、蓝天和缓缓走过来的孤舟与桥上的人浑然一体，堪称完美。那是十年前的照片，有点泛黄了。彼时嫂子还不是潘京的妻子。开始的时候她压根瞧不上长相连普通都算不上的潘京，尤其是不喜欢他长得一副青蛙眼睛和过于厚肥的嘴唇。她从不曾想过会嫁给一个伐木工的儿子，尽管她的父亲很欣赏潘京。她爱上他的原因是他读懂了她，捕捉到了她最美最妩媚的时刻。嫂子说，他拍出了我的灵魂，也摄走了我的灵魂。他把我的灵魂装进他的相机，直到现在我的灵魂仍然被封存在相机里。嫂子指着挂在墙上的照相机，既自豪又怨恨，满肚子的话要向我倾诉。潘京打断嫂子的话题，跟我继续聊墙上大师们的作品。嫂子用幽怨的目光看着我。此后每次到潘京家，嫂子都把那张照片拿出来给我看，重复着同样的话。

"一个女人，一生中有一张这样的照片，足矣。"每次收起照片时嫂子都这样说。嫂子衣着朴素，没戴任何饰物，洋溢着天然纯真之美。她那双清澈的眼睛还跟照片上的一样，没有变化，身材也只是稍微胖了一点点，脸上有了些可以忽略不计的皱纹，不是近距离根本看不出来。

潘京秃顶了，如果他的脸是一本说明书，扉页上应该写着"饱经风霜""未老先衰"的字样。搞野外摄影的都这样。也许还有其他职业病，他说过他的肝不是很好，但也没有因此戒酒。

潘京还有很多谋划，比如去非洲，去南美，去北极，去珠峰，潜海底，都谋划了十年了，没有一个目标得以实现。因为没有钱。他说，想要穷一辈子就玩摄影。

他的所有收入几乎都花在了设备更新上。他没有向我炫耀他的装备，但我知道它们的厉害和价钱。我看得出来，潘京过得不是很惬意，甚至有些孤独和压抑。在竖城，他几乎没有什么朋友。原先有交往的朋友都因为他的与众不同，聊不到一块，渐渐离他而去。

"你应该到大的地方去。"我劝过他。

"想过。"他说。只是想想。在乡下老家，他还有一个卧床的大伯，是大伯把他养大的，他每周都得回去看望一次。

潘京和黄瑛没有孩子。"是我不行。"潘京对我说，精子活力太低，可能是遇到了太多的闪电，精子被闪电杀死了。后来黄瑛告诉我，潘京说的不全对，关键是阳痿，结婚那年有一次做爱时被闪电惊吓，从此就不行了。而且，精子活力低不也是因为受到了闪电的惊吓？

不知道什么原因，也不知道从什么时候开始，我的脑子里钉了一颗钉子，钉子上挂着黄瑛十年前那张完美的照片，晃来晃去，每到夜深人静时照片都异常清晰，散发着摄魂夺魄的魅力。她试图从照片里挣脱出来，她每次都成功了，像成功地越狱，自由地呼吸，自由地奔跑，自由地飞翔，像自由女神。可是，她没能走出我的脑海，我把她困住了。她也把我困住了。

我对自己的龌龊想法愧疚不安，想尽快完成工作任务，然后离开这里，努力过了但毫无线索。我得等待一场大雨，引蛇出洞。然而，大雨可遇不可求，像缘分一样。

更可怕的是，我的双腿不是往化工厂和它的周边跑，而是自觉不自觉地往潘京家里跑。潘京有时候在，有时候不在。黄瑛越来越期待我的到来。

潘京不在的时候，我经常跟她说起我的经历，还提到我把八岁以来的经历都记在日记本里了。她要看我的日记，我居然同意了。

潘京不在的时候，我不称她嫂子，而是直呼其名黄瑛。

潘京说他跟岳父黄国安关系不好。他把母亲的改嫁归咎于黄国安的牵线搭桥。因为厌倦伺候脾气日益火爆的岳父，岳母的脾气也越来越不好，

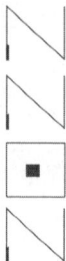

不仅把黄国安摔跤致瘫的责任推给潘京，因为是潘京领着黄国安连夜爬山拍日出，而且对潘京的贫困潦倒总是冷嘲热讽，让他很窝火憋屈。除非不得已，他是不会去拜会岳父岳母的。但在我三番五次的请求下，他终于带我去见黄国安。因为我隐隐约约预感到他知道我母亲的去向。

在县政府后街，我们从一条小巷进去，弯弯曲曲，所有的墙和门都贴满了小广告。巷子越来越狭窄。小巷的尽头是他家。是黄瑛母亲开的门。家很逼仄，堆满了书。黄国安躺在小客厅的木沙发上，下半身盖着一张薄薄的瑶毯。我跟他交流摄影心得。他偶尔说几句，说得很慢，不利索，更多的是沉默，面带僵硬但真诚的微笑，耐心地听我说。看上去我和他聊得热乎了，潘京告诉黄国安，我是会计的儿子，蹲过监狱的竖城国营林场会计。黄国安恍然大悟。

"你妈肯定还在这个世界上，像潘京的父亲一样。"黄国安安慰我说。

"你知道她在哪里，为什么不肯告诉我？"我问。

黄国安说他不知道，但也许宋桃知道。

"可是宋桃死了。"我说。

"死了也知道。"黄国安说。

不知道什么原因，潘京和他的岳母突然吵了起来。我赶紧劝架。黄国安叹息一声：不要管他们。他试图站起来，但未果。他朝电视柜的中间那个抽屉指了指。我走过去，取出一堆乱七八糟的照片，在黄国安面前翻看。

"两个女人曾经在竖城的照相馆相遇过。"黄国安说，"她们有过合影。是我拍的。那时候我在照相馆兼职。"

翻到最后，我果然翻到一张发黄的照片。我一眼认出了我的母亲陆珊珊和我的继母宋桃。她们手挽手站在照相馆的一幅大海布景前，仿佛一见如故，脸上没有忧伤。布景上湛蓝色的大海、沙滩上的椰树、白色的帆船和若隐若现的海鸥构成了如诗如梦的世界。照片的左上方有一行金色的小楷：自由的梦想。照片右下方的日期也是电脑打印的，1993年8月19日。那一天，母亲离开我刚好两年零九个月。日期下方还有一行钢笔字：左一宋桃，右一陆珊珊。字迹清秀，但有些模糊了。

黄瑛说，潘京郁郁寡欢并非从认识我开始的。他的笑和豪爽都是装出来的。他一直觉得自己怀才不遇，一次次提拔的机会旁落他人。他经常借酒消愁，酒后虐待过他的相机，把它们重重地摔到地上，把种种不顺之事归咎于相机。有时候他把门关起来自己给自己拍照，把自己酒后的丑态拍下来。"这才是我的灵魂真实的样子！"潘京经常对着自己的照片发呆，整夜整夜地发呆，像精神失常了一样。摄影害了他，使他走火入魔了，但也是摄影让他找回了自信和尊严。

"他的相机里既记录着美好和光明，也暗藏着这个世界的丑陋和罪恶。"黄瑛说，"总有一天，他会连自己一起被黑暗的相机吞噬。"

是的，我也意识到了，黑洞洞的镜头像一只邪恶的眼睛深不可测，让我们看到的真相也许是事先布置的假象。包括日出，包括残桥的风景。潘京也提醒过我，捕捉美并非摄影师的天职，我们对丑陋的真相更感兴趣。玩摄影一不小心会患上窥视癖，醉心于捕捉一切隐秘，还会产生龌龊甚至邪恶的念头。

潘京每天通过镜头看世界，鬼知道他曾经发现过什么，内心在想什么。

"你们都误解我了，其实我是一个诗人，只是我用相机写诗。每一张照片都是一首诗。"潘京纠正黄瑛，也在启发我。

确实，他有诗人的忧郁和多愁。那段时间，我每次见到他，他都讷讷地说，我的灵魂丢了。

看上去他的样子很失落，也很痛苦，不像是矫揉造作。我不知道如何减轻他的症状，对灵魂丢失我束手无策。如果灵魂是一只猫或一条狗，作为兄弟，我会连夜帮他把它找回来。但它不是。

有一天晚上，潘京一屁股坐在我的客厅的沙发上，重重地叹息一声，跟我说，他被停职了。昨天竖城日报上的一幅照片得罪了新任县长，是他拍的。被指责拍得不够好，在阳光明媚的剪彩现场县长的脸过于阴沉，几乎是哭丧的脸，像正在酝酿着一场闪电和暴雨。而且，新县长才上任一个月，此类情况已经发生第三次了。前两次的照片可不是潘京拍的，却赖到了他的头上，说他心中有恶念，胸中暗藏阴谋，城府比宇宙还深。

我看得出来，他内心十分沮丧甚至绝望。他用右手抓住自己的裤裆抖了抖，从嘴里狠狠地蹦出一个英文单词："Fuck！"

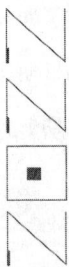

我安慰他，讲了几个段子，直到他破涕为笑。那晚我们喝得大醉。半夜时，我们被惊雷吓醒。闪电穿过玻璃窗，似乎在潘京的脸上狠狠地划了一刀。

潘京惊叫一声，盯着我的脸看："你被闪电割了一刀。"他仿佛在等待我血流满面，发出一声惨叫。其间，他用手摸了一下自己的脸，直到确信我们都完好无缺，他才高兴得手舞足蹈。

"我的内心太黑暗了，只有闪电能够照亮！"潘京被自己说出来的话吓了一跳，但确信这话是出自内心深处，是一种破土而出的呼唤："我要拍摄闪电！捕捉闪电！"

我被他的大胆想法惊吓住了。他却莫名地兴奋和决断："那么多年了，我和闪电之间应该有一个了断。"

潘京双手拍打自己的脸，长叹一口气，"它在等待我拍它的脸，否则它不会多年来像魔鬼一样缠着我。"

我以为潘京是酒后说疯话，但他说到做到，马上抓起相机，破门而去，像一只狼消失在无边的黑暗里。那天晚上，再也没有回来。第二天，他让我去家里看看他昨晚拍的照片。

令我震惊的是，居然是闪电的照片。他拍到了闪电划过夜空的瞬间，明亮得像天体爆炸。原来，在深不见底的黑暗里，闪电是如此的漂亮，也像一根火柴照亮了黑夜。

"我们都误解了闪电。"潘京说。

潘京误解了我。在此之前，我从没有向黄瑛表达过爱意。发乎情止乎礼，君子有所为有所不为，我断没有勾引黄瑛之念头。可是黄瑛主动向潘京敞开了心扉，说她爱上了我。我的那本厚厚的日记本里每一行文字都像闪电一样击中了她，点燃了她，让她迷糊了，让她明白了人生的真谛，哭得稀里哗啦。她觉得我的人生充满了故事和悬念，我的灵魂干净无邪且妙趣横生，而她的灵魂为此坠入了深渊陷入了泥潭困在黑暗里，只有我才能让她起死回生。"而且，我才是你的灵魂伴侣。"黄瑛对我说，"爱情像闪电，错过了就没有了。"我和黄瑛以为潘京会大闹一番，我也做好被他斥责、嘲笑甚至扇耳光的准备，想不到他哈哈大笑说，自由了，太好了！太爽了！没有比自由更好的事情，就像用最后的一张胶卷拍到了世间最美的风景。

看他那副如释重负的样子，犹如死里逃生，我想他在婚姻的泥潭里挣扎有些年头了。

事态发展得异常迅速，还没等我反应过来，他们已经办完离婚手续。

我去找潘京的时候，他正在家里把所有的照片，包括墙上的大师作品，还有胶卷底片，全部堆放在一只铁桶里，火苗正旺，他不断往火堆里扔照片。

他不向我解释。只是告诉我，这些照片跟闪电照相比，根本不值一提。就是垃圾！

灰烬越来越厚。美好的旧事物正在消失。那些他曾经历尽千辛万苦得来的照片已经化为一缕缕青烟。

他对摄影突然开窍，有了大彻大悟的理解，但我不认同，像一个读书人烧掉所有的书是不可以原谅的。黄瑛不仅没有阻止他，还在一旁往火桶里添加相片。当黄瑛将自己那张心爱的"完美照片"端详了一会儿，最后扔进了火中的时候，我以为潘京会从火中捡起来，但他用另一沓照片覆盖了它。

火光照亮了他们的脸，都显得神秘而诡异，似乎我是局外人，不知道烧的是什么，为什么烧。火烟把我们呛得直咳，根本顾不上说话。

直到照片烧完我们也再没有说话。

潘京离婚后便搬到了一个朋友的家里住。在水街，也是老房子了。朋友出国了，房子空着。我和黄瑛一起帮他收拾东西，一起送他到朋友家里，三个人还一起搞卫生，换窗帘，疏通年久失修的马桶。趁黄瑛在卧室里帮他换床罩之机，我们在客厅进行了短暂的交谈。

"你似乎忘记你的使命了。"潘京说。

我装作莫名其妙。

"我早看出来了，你是暗访的记者，我们是同行。"潘京说，"我也一直在暗访这个操蛋的人间。"

我问他什么时候看出来的，他说在我习惯性翻他的底片的时候。在他家，我对一堆乱七八糟的底片感兴趣，他看得出来我想通过他的底片发现

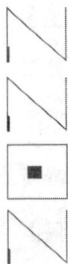

什么秘密。其实，一开始他就怀疑我是记者了，只是同行识破不说破而已。

我没有辩解。

"你在找化工厂排污的证据。"潘京说。

我只能坦白承认，并且时间过去了六个多月了，一直没有发现关键的证据，厌倦了，想放弃了。

"那是因为你被爱情冲昏了头脑。"潘京说。

是的，彼时我和黄瑛的关系进展非常迅速，已经到了谈婚论嫁的地步。黄国安也认可了我们的婚事，他觉得我虽然没有什么长处，也没有值得他期待的前途，但有一点是可以肯定的，那就是觉得我比潘京好。

潘京离婚后我和他有过一次也是唯一的一次短暂的外出。那天傍晚，实际上天色已经很暗了，遇上了雷电天气。他领着我最后一次来到了残桥边，在最熟悉的地方搭了一个简易帐篷，刚架好相机，第一道闪电便划过了长空，劈开厚厚的云层，照亮了漆黑的天空。还因为断电，看不到人间的一丝光亮。这是拍摄闪电的最好时机。潘京压制着内心的兴奋，不至于过于激动，熟练地指挥着我，指导着我如何抓拍闪电。我们的相机选取了一个绝妙的角度，斜对着天空，又对着残桥，等待闪电的再次燃烧。一切准备就绪。

又一道闪电！

我们几乎同时按下了快门。

潘京兴奋得尖叫起来。一点儿也看不出他曾经那么畏惧闪电。每按一次快门，他都朝天空狠狠地挥一挥手，像要划出另一道闪电来。如果他足够敏感，应该看得出来我从没有如此兴奋、开心过。我们兴奋得甚至忽视了暴雨的到来。

那天傍晚，闪电一共出现了二十八次。我像活了二十八辈子。

还没有等到复职，潘京便离开了竖城。黄瑛说他携款潜逃了，不知道去了哪里。哪来的款？我好奇。黄瑛欲言又止，最终没有说。我对潘京的不辞而别感到不爽，但他给我留下了一张照片。是我拍的，他冲洗出来了。就是那天傍晚我们拍摄闪电的成果。这张照片角度、构图和光线都很好，不仅将残桥和江面拍得很清晰，还拍到了闪电最炫目最完整的时刻，画面太美太酷了。

潘京在照片的背面留下了一行用铅笔写的文字：放大仔细看残桥下的江面！

我用放大镜反复看，终于发现残桥底下的江心位置有一股冒出来的黄色水泡。我明白了。原来它一直在我的眼皮底下，只是被我忽视了。但如果没有暴雨，没有闪电，再搜寻千百遍也不会觉察。

我顺藤摸瓜终于找到了化工厂非法排污的确凿证据，但我沉住气，不声张，准备回到报社后做一个深度报道，也把此事办成"铁案"，让竖城有关方面措手不及，让阙崇才见鬼去。

离开竖城前，黄瑛说，她父亲黄国安想见见我。我以为他要跟我谈与黄瑛的婚事，怕夜长梦多，耽误她的剩余不多的青春，便去见他。但是，他什么也没有说，只给我一张便条，上面是一个地址：江滨路178号。他让我去见一个人。

我坚持要先知道此人是谁才去见。黄国安叹息一声说，你们家的仇人，阙崇才，他想跟你谈谈。

这样的情况我见多了。无非就是要用钱收买我，或威胁我，或找人向我施压。我不想见他。黄国安说，你应该看一眼仇人临死前的样子，否则难解心头之恨。

黄瑛在我的耳边加了注释："阙是癌症晚期了，一个即将被闪电收走的人。"

第二天早上，我推开了江滨路178号的门。这是一幢外表普通室内装修奢华的别墅。汉白玉、红木雕刻随处可见，每一件东西都让我惊叹。

屋子里冷冷清清，阴冷而寂静，缺乏人间烟火气息。我被一个貌似佣人的中年男人引进了二楼一个靠后的小客厅。他给我端上了茶水，让我先坐等一会儿。

我快等得不耐烦的时候，一个女人从侧门走了出来，衣着华丽，气质高雅，仿佛是电视里才有的贵妇。但很面熟。

没错，是我母亲。已经十六年不见的母亲。我措手不及，本能地站起来，惊讶得不知道说什么，要转身逃之夭夭。但她叫住了我。

她让我坐下来聊聊。她对我也显得陌生、拘谨。

既然来了，我们聊聊吧。她说。

我说，我已经想到了这个可能性，但断然不敢相信是真的。

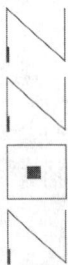

那天在黄国安家里看到她和宋桃的合影，我脑海里翻江倒海，想到了父亲、母亲和阙崇才之间的一百种可能，但人心的险恶超越了我的想象。这是相机捕捉不到的秘密和黑暗。

"一切都是真的，一切也都是虚的。这十六年，我几乎没有离开过这幢别墅，连门也没有出过。我为阙崇才生了三个孩子，都是在家里生的。我愿意这样。"母亲说，"但我知道外面发生的所有的事情。包括你和你爸的事情。还有，你暗访阙崇才的化工厂，找到了违法证据，你终于可以报仇了……"

我说，我不是报仇，是伸张正义。我没有那么狭隘。

母亲说，一切都有因果，阙崇才也想到了这一天。我想和你聊聊他坎坷的一生，他也做过许多善事……

此时，一个坐着轮椅的老女人自己摇着轮椅进来了，脸上堆满了善良的笑容，问母亲：是你儿子？

母亲冷冷地回答说，是的。大儿子。

那女人说，你真有福气，有四个儿子。

然后朝我笑了笑说：你妈经常叨唠你。说完便转身走了，一切都那么风轻云淡，习以为常。

我问母亲，她是谁？

母亲说，是阙崇才的老婆。

我问，那你是谁？

母亲说，我是阙崇才的另一个老婆。

荣华富贵有那么重要吗？我想替父亲也为自己质问她，但一想到这是一个幼稚至极的问题，便没有说出嘴。我们陷入了剑拔弩张的长时间沉默，像漆黑的天空需要一道闪电来划破它的黑暗。

母亲说，潘京老早就知道一切，他也因此得到了想要的东西。

我说，那么，潘京的父亲并不是什么伐木工，而是陷害我爸的帮凶，我的猜测对不对？

母亲说，他是伐木工的包工头，也不是什么好人，他霸占宋桃，宋桃给他生了一个儿子，而宋桃喜欢的人是黄国安，她跟你爸走是因为她要替"伐木工"赎罪，也算是一种补偿。宋桃本来会成为一个好后妈……

我说，好吧，不谈宋……我们谈谈阙崇才。

母亲说，等一会儿我们再谈阙崇才，我们先说伐木工的儿子潘京，他从阙崇才这里勒索了一笔巨款，远走高飞，现在在美国……

我愤怒了。作为一个深度调查记者，我竟然对人间的真相一无所知，我对自己的肤浅不察感到羞耻。母亲的表情一直很平静，仿佛是在讲述别人的故事。我的内心雷电交加，激愤到了极点。门外传来一个男人虚弱但粗鲁的声音，是呵斥佣人的。肯定是我从没见过的阙崇才。我不想见到那张会让我憎恨和厌恶的脸，把茶杯掷在地上，夺门而出，飞奔而去，开车离开竖城，我连背影也不给阙崇才看到。

我的车在黑暗的高速公路上行驶。即使打开大灯也看不见前方的路，但我不管不顾，加大油门，要与该死的黑暗决一死战。

潘京在电话那头安静下来了，小心翼翼地问我说，你还在听吗？

我说，在听……我刚从阙崇才家里出来。

潘京沉默了一会儿才说，你信吗？我看到了我父亲，在闪电里。他的脸在云端上跟着闪电灵光乍现，被我捕捉到了，没什么，他只是长胖了。

我说，挺好。

"我爸是被逼的……他被闪电要挟，他后悔了，没脸见人，所以跟随闪电走了……他不是被闪电掳走的，是自愿，他自投罗网，他必须换个地方生存。我看到了他内疚的样子。"

我信。

"你在闪电里看到了什么？"潘京问，"能看到你父亲吗？"

我说，看到了，我父亲也长胖了。他在闪电里过得好好的。

"宇宙万物，世间百态，一切都是被安排好了的。"潘京说，"总有一天我们在闪电里也能看到自己的影子。"

我无言反驳。我说，幸好有闪电……

潘京也说，幸好有闪电……

前面是巨大的黑暗和雨幕。我紧紧地抓住方向盘，此刻我真有点害怕被闪电误抓，神不知鬼不觉地消失在宇宙深处。

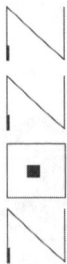

"闪电击中了自由女神！"潘京仍在我耳边喃喃道。

电话那头的声音越来越弱，最后什么也听不到。然而，我头顶上的闪电越来越明亮，越来越炫目，像一把利剑劈向黑茫茫的大地，剑锋直指竖城阙宅，它肯定要击中什么。

原载《钟山》2022年第1期

点评

　　人物关系比较复杂，主题也较为深刻。但小说并没有将这些置于前台，而是不断以意象、错位、陡转、跳跃、伏笔等艺术手段将种种人物及其关系作背景化、隐匿化、互文化处理，从而凸显"讲述"本身所具有的价值、意义。首先，双方父母的神秘消失、母亲的隐匿之途、潘京的言行之谜，以及彼此间若隐若现的日常交集，都被作者置于隐显之间，最终又借助失踪母亲的最后露面而将这一切点破，从而赋予小说一种众流归源、柳暗花明的呈现效果。其次，以"我"和潘京的认识、交集为中心，逐渐揭开阙崇才和母亲、宋桃和黄国安、潘京和阙崇才之间的秘密，并由此引出对欺骗、罪恶、爱恨等人性经验的审视和考辨，从而使得这个短篇在思想表达方面拥有了某种深度。再次，作为小说核心意象的"闪电"多次出现，寓意丰盈。在此，它不仅是对小说主题、氛围、意绪、语调的一种统摄，更是对潘京、"我"等人物内心世界的一种诠释或显影。甚至在小说最后，仍以闪电意象收束全文——"像一把利剑劈向黑茫茫的大地，剑锋直指竖城阙宅，它肯定要击中什么。"——更进一步升华了小说的主题。小说在极致处戛然而止，留给读者的思考似才刚刚开始。

（张元珂）

公司有规定／

／周瑄璞

早上八点多，我正准备出门，电话响了。

"我是来取退货的。"一个年轻的声音说。

"稍等十来分钟，我去上班，给你带下去。"

"好，我就在附近，你下来打电话。"

女人出门总是难的，中年妇女更是麻烦，从开始换衣服，到真正出家门，没有十分钟走不利索，有时到电梯口还要折回。装扮好一切，背上包包，拿着原封包装的三件裙子，分量还不轻，在电梯里给快递员打电话，说我马上下楼，你到小区门口吧。他说好的。

出了小区门，左看右看，近看远看，没有一个快递员的身影。给他打电话，他说："我就在你小区门口啊。"

"可我没看见你，马路对面也没有，你到底在哪个门口？"

"就是药店对面，有银行的这个门口啊。"

"那不是我小区门口。算了，你站着别动，我走过来，反正我上班要路过那儿。"

向北走几十米，果然看见一个矮个儿敦实的小伙子，二十岁上下，一张新鲜的圆脸红润天真。我说："你怎么跑到这个门口？不是按订单上的地址来的吗？"

他一脸懵懂，看看小区里边。"这不是区政府家属院吗？"

"这是区政府家属院，可我不在区政府家属院啊。订单上清清楚楚写的我家小区的名字，你黏啥呢？"

他脸上立即呈现出与黏字挺般配的表情，又看看手机上的订单。嘿嘿一笑，知道自己跑错了地方。

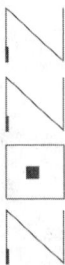

话说这个万能的"黏"字，发"然"音，是"陕普"里使用率极高的一个字，每个西安人都说过别人"黏得很"，意思大概是糊涂、错乱、不清醒、不灵活，说白了就是笨，相当于上海人的拎不清、北京人的傻帽儿。它另有一个意思是纠缠、胡闹、霸王硬上弓，不合规定强行做事，但不是本文所指之意。

我将东西交给他，说："这是我要退换的三件裙子。"

"我这单子上显示是两件。"他说。

"退的两件，换的一件，共三件。"

"我只能按单子规定，收走两件。你看，两件蓝色裙子。"他让我看手机。

"这三件都是同一个品牌，从一个库房里发出。退两件，换一件，我订单上都给他们标清了，三件一起退回，他们收到后将其中一件给我换大一号寄来就行。"

我讨厌事情出岔子。现在是上班路上，他只收两件，那我就得将那件换号的拿到单位，或者再走回去，放到家里，那又得浪费十分钟，而我是个爱惜时间的人。总之两种情况都挺麻烦，于是让他一定将三件拿走。那小子赌气般地说，我得看看。打开包装，把三件连衣裙数了两遍，嘴里嘟囔，明明订单上是两件，你却非得给我三件。

"都拿走就是，没有问题的。"我强行交给他，"快递费多少？来，加个微信，给你转钱。你新来的吧？我好像没有你微信。"我扫他，他通过，说二十元。他的名字后面，跟着电话号码，是快递人员的标准格式。我给他转了钱，彼此各走各路。

前天想在网上买条春秋连衣裙，挑来拣去，看中两个款式，一个只有蓝色的鱼尾裙，另一个一蓝一紫的喇叭裙，我拿不定主意，要蓝的还是紫的。为了减少来回对比调换的麻烦，我决定下单购买三条，寄来后试穿，至少留下一条，其余的一条或两条寄回。在这个网站买过几次东西，都是让同事帮忙下单，因为要注册会员、捆绑银行卡，这些程序在我来说很是烦琐，不愿意花费时间去弄，而同事在此网站是注册会员，我买东西只需把链接给她，她来帮我操作。于是我让她下单三件，到时退掉裙子的钱会回到她卡上，而我只给她转实际购买那条的钱。

裙子到了后，蓝色鱼尾那条干脆就穿不进去，不知道使用的哪个星球的号码，而那个一蓝一紫的款式，明明也是按照我的号码买的，却穿着有点儿紧，胳膊箍着，肚子绷紧。明白了，这个牌子做衣服以省料子为原则。我选中紫色，换个大一号的。看来并不是我想象的只把不要的一件或两件寄回退货那么简单。于是昨晚又请同事帮忙在网上退换货，标明紫色的换成中码，另两件退掉。

此网站服务还真是好，一大早就有快递人员收货。这样的话，三天后出差的我，说不定就能穿上号码合适的新裙子。

晚上七点多，厨房里一派繁忙，炉火熊熊，我正在炒菜。女儿打开厨房门，手机递给我，有快递员说："我是负责来换货的……"油烟机轰轰响，后一句没听清，只道是新裙子送来了。服务还真是好，退的还没收到，新的就给寄来了，或许是同事信用记录好，可以给先寄来？我赶忙关火，下了楼去。小区门外却仍然没有快递人员身影。我打电话问，他说，在小区里，刚给一个人把大箱子送到单元门口。

我又进到小区，在门内见到昨天那个小伙子，手里拿个包裹。我伸手去接，他也向我伸手："你退的那件哩？"

"退的那件？交给你了呀。"

"你啥时交给我了？"他睁大眼睛问。

"昨天早上，八点半，在北边那个小区门口，三件一起给你的呀。"

"我没见到你的东西。"他脸上表情更认真了。

"怎么能没见，咱俩微信都加了，你是不是叫苏小明？"

"苏小朋。"

"不管叫啥吧，反正是你有点儿黏，那条裙子昨天已经给你了。来来，我找出昨天的快递费转款记录给你看。"我俩说着，一起走出小区，来到他的小车旁边。"你看，这是你不？"

他仍然一脸无辜的样子。"不行，换货要拿回旧的，给你新的。这是公司的规定。"

"可是旧的我昨天早上给你了呀。"

"你不能昨天早上给我，你应该现在给我。"

"可是你昨天早上没有说这么明白呀，你只说订单上是两件，我以为订单没搞清呢。你要是昨天早上告诉我这是两个渠道，我也就不会硬要把那个给你了。"

他站在小车旁，呆愣愣一会儿，看看我，看看手中包裹，突然双脚跺

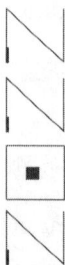

地，躬腰向前，像大笨鹅一样扇动双翅。"少一件东西，我要赔钱的呀，这是公司规定。"他痛心疾首，双手拍打两腿。

"没有少呀，那件已经寄回库房了，公司凭什么要扣你钱？"

"哎呀，你不懂，姐我给你说啊。"

"你应该叫我阿姨。"

他一屁股坐在自己敞开门的小车上，短胖的手指滑动手机："你看啊，我把这件裙子给你，我必须再拿回去一件交给公司寄回，否则就是货物丢失，得扣我的钱，这是公司规定。"他鼻尖冒汗，快要哭了的样子。

"货物没有丢失啊，规定是死的，人是活的。我再让同事跟网站联系，让他们那边告诉你们公司，说收到了三件，不就行了？"

"不行，我今天必须拿回去一件裙子。"

"那你这件先不要给我，你拿回去，等事情搞清楚再给我送来，这不结了？"

"不行，我拿回去就得寄走。而这是你的快递，得交给你，你要在单子上签收。"

"那你就给我呗。"

"可我拿不回去东西，要扣我钱。"

"你这啥公司？这么不讲理。得，得，我正做饭呢，你要么把这条裙子给我，要么先拿回去，就这么简单，你决定吧。"

他又愣怔了一会儿，灯光里，一张圆脸现出悲壮，把软乎乎的包裹拍到我手上："你拿走吧。我回去先跟领导汇报下，看咋办。"

我上楼回家，刚炒好菜，还没有端上桌，他的电话又来了。一个不是他的人问我事情经过，口气挺像小班长的样子。我说千真万确，昨天当面交清三件。那边人声嘈杂，许多人在说话、走动，忙着装车、运货的火热场景里，传来那小子沙哑的哭喊声："现在要让我赔钱哩！"好像是他夺过了电话，大声问我，你这条裙子多少钱？我说，四百多。他说，妈呀这么贵，多少天白干了。我说，不会让你赔钱的，我会跟那边落实清楚。当发现拿电话的又换成了小班长时，我说，先别下结论，不能随便扣钱，等我问清楚再说。一时间，我家的晚餐也成为一场打闹似的，八点还没吃到嘴里。我得尽快让那个惊慌无措的孩子稳定下来，顾不上吃饭，给他发了条短信：放心吧，无论如何，不会让他们扣你钱，实在不行，损失我来承担。

他回复两个字：谢谢。

饭后，立即呼叫同事，让她联系那边客服，确认一下收到的是三件。

那条失控的裙子，已经走上了一条不归路，在那个由无数人交接传递的运送带上，现在不知走到了哪里。

第二天晚上，同事语音告诉我，那边库房确认，收到的是三条裙子。明天业务经理会给我打电话，确认一下事情经过。因为他们有明确规定，退货是一个单子，换货是一个单子，现在两个单子要对到一起才行。

第三天上午，没有接到电话，下午我要去机场，还是没有电话，而我害怕飞到天上的时候，他们来电话，于是又语音同事，能否把客服电话告诉我，我给打过去。同事说，她没有客服电话，是网站QQ联系的，他们会打过来的。过一会儿，接到一个电话，却是快递公司的，用十分规范的语音和措辞，先说一串订单号，好像我能记住那串号码似的，并说此次通话会被录音，然后问我事情经过。我讲清楚之后，对方问当时快递员是否提醒过我他只能收走两件。我简直怀疑这一切是由机器或电脑在控制，而处在链条末端的苏小明小朋友，反而成为最没有发言权的人。也不知跟我说话的这个女声是人工合成还是真实的人，我强调快递员提醒过我，而我不是快递专家，不懂得你们的业务流程，我的理解是三件一起寄出更方便，硬要交给他的。总之，这件事已经落实清楚，那边收到了三件，所以不能随便扣快递员的钱。那不知是人还是机器的女声，发出珍贵的笑声，说，没有要扣他的钱，只是要把事情经过落实清楚，证实他按照公司规定，当时提醒过你。

我过了安检，正在向登机口走的时候，终于，卖衣服的客服来电话了。如此这般跟刚才那个电话同样的开头，我又说了事情经过，她也亲口告诉我，库房收到的是三件裙子。我说，那请你跟快递公司那边说一下，不能处罚快递员。那同样不知是人还是机器的女声说，抱歉，这个不属于我们的业务范围。挂了电话。

而这所有的来电，都是受程序操控的一个指令，如果程序继续下指令，还会不会有第三个、第四个人来电话，询问我事情经过，而她们得到的声音是：对不起，你所拨打的电话已关机。在这个由无数人接力参与

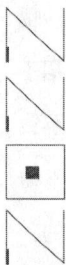

但不允许有多余感情溢出的链条上，必须有一个人明确地告诉苏小明：不会扣你的钱。那么让我来用一个非程序操控的真实的声音，给那孩子打个电话：

"苏小明。"

"苏小朋。"

"嗯，不管你叫啥吧，我告诉你，事情搞清楚了，不会扣你的钱。不过你下次得注意，脑子不能再黏，要明确告诉顾客，这是两个单子，两条通道，不能一起寄。"

"嗯，知道了，谢谢你。"

过了几天，晚上八点多，他打电话说有我快递。我下去取的时候，小车停在路边，他正坐在敞着门的车斗里。车内空着，看来是货物送完了。他将快递交给我，说，那件事要谢谢你。

"不客气，我说了嘛，不会扣你钱的，看你吓得那样。不过你那天确实没跟我说清为啥不能一起寄，因为首先你自己没搞清楚，如果你明白业务，那么就算我一起给你，你可以寄走两件，留下一件第二天再寄呀。我说你有点儿黏吧，你还不信。"

他低头对着手机，突然一笑，似乎认可了自己的黏。

"为啥总是晚上来送，都几点了，还不下班？吃饭了没？"

"没有上下班时间，反正得把货送完。"

从此他对我的友好表示是，电话里告诉我快递的内容。

"你的一箱水果，给你放西门柜子里了。"

"你的一个小盒子，北京来的，不知是啥东西。"

"你给娃买的辅导书到了，方便来西门取一下不？"

"娃的课外书到了，给你放柜子里。"

花样还挺多，大概他认为娃们的课本是学校发的，而但凡自己买的，都是复习资料课外读物之类。总之，只有孩子和学生需要买书，大人是不用读书不必买书的。

那天他又说："你给娃买的课外书，给你放西门柜子里吧？"

"不用放，我再有二十分钟到家，直接给我就行。"

"一箱子，挺沉的，你拿不动，放柜子里，让你老公回来拿。"倒挺会关心人。

那天下着冬季里的第一场雪，他又来电话："有三箱水果，你推个车车，来西门取吧。"我在门卫那里推个车子出去，他在纷飞的雪花里站在自己的小车旁边，三个大纸箱已经放在地上。见我出来，连忙搬起一个放到车里，直到把三个纸箱全部放好，高高地堆起，说，我帮你推到单元门口吧。我说不用，然后问他，你有小刀没？他说有。我说，拿来我用下，包装打开，给你拿几个橙子。他靠着自己的小车厢，坚硬的线条突然柔软，只用一条腿站立，另一条腿打弯在前，脚尖点地，轻轻晃动，好像已经吃到了橙子似的，有些甜蜜而害羞地说，那多不好意思，你掏钱买的。但脸上表情分明是，他那快乐的小刀已经在车厢里跃跃欲试了。我说别客气，南方新来的，给你几个尝尝。他立即伸头进去，从车里拿出小刀，推出刀刃，走过来利落地把最上面的一箱划开胶带。我分两趟拿了六个放进他车里。他嘴里直说，哎哟太多了，拿两个就行了。脸上是开心的笑，像个孩子一样帮我推着小车，上缓坡送到单元门口。

上班或者买菜，常看见他的身影。停在小区西门或南门，与那些货物厮守，扫描、搬动和分拣；抱着摞得老高的包裹，挡住了脸，小心地拧着脖子上台阶，走进菜鸟驿站；或者站在他的小车旁翘首以待。他比别人上班早，比别人下班晚，晚上八点多，还能接到他的电话。我叫他苏小明，他说，苏小朋。我说，你该叫我阿姨。他龇牙一笑，说，叫姐显得你年轻嘛。他努力做出走向社会了的成熟的样子。

有天晚上快九点，他发来微信：亲，现在说话方便吗？我刚忙完。我语音直接问，你干吗？他惊吓地说，哎呀发错了，对不起发错了。

有一次，我要从单位寄几本书，给他打电话，请他到城墙内来取一下。平时我都是叫另一个公司的快递员小高，价格便宜一些，苏小明的快递公司，起步价稍贵，但服务很好，我想到这孩子怪不容易，照顾他一单生意。不想人家却说："城墙内不属于我管，你在手机上下单，公司会指派快递员过去。"

"我下单地址还是我家，应该属于你。"

"公司有规定，不能跨区揽件。"

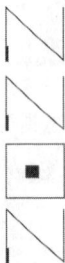

"相当于让你帮我把一箱子书从城墙里运到城墙外，再从我家小区门口发货，怎么就跨区了呢？"

"姐，你听我给你解释。"

"烦人，再见。"我挂了电话。解释啥呢，没时间跟你闲扯，看来你这孩子不是一般的黏。于是给小高打电话，立即来了。不也是家里单位都可以吗？人家怎么不怕跨区揽件？一堵城墙就能阻隔你来取件吗？话说这个小高，三四十岁，几年来一直由他来取我的快递。在他之前是他表弟，守时温柔有礼貌的一个男士，说一口标准普通话，每年春节发消息问候，"感谢对我事业的帮助"之类一长串。很多日子里，我想到他的"事业"二字，便挺受感动，一个人可以把自己从事的职业变成令人尊敬的"事业"，可不是闹着玩的。后来表弟回老家开展快递业务了，将他表哥小高介绍给我。我总是不断往外邮寄签名书，尤其新书出版后，几乎每天都有，还常常超重，快递费动辄几十元，可能在他们眼里，我也算是一个重要客户吧。过年的时候，小高也会发来一串问候语，竟然还有红包，点开一看，二点二元。哈，开心笑纳，给他回发一个十六点八。小高的孩子已经从老家接到城里上学，有时请他来取快递，他会说，晚一点儿可以吗？我现在到南郊接娃去。或者说，这地址就在我娃学校旁边，我下午接娃时给你捎去。我也就直接给他微信转钱，不管他是否拿回公司下单，因为下单走流程的话，明天才能送到。

还有两次，临下班时让小高到单位取快递。他请我坐上他的小车，把我送到小区门口。两人并肩坐在一起，我的头发都飞舞起来，感觉小车随时会散架，一再要求，开慢点儿开慢点儿，安全第一。他说，放心，车技一流。说这话的气派，很像是电影里开豪车的男主角。我们的业务是靠抢时间得来的，速度不能慢。他的声音被气流撕成碎片，在空中飞舞。小高是个业务娴熟、聪明灵活的人，有时候我下楼早了几分钟，站在路边等待，感觉他的电动车像是飞机刚落地一样，滑翔而来。他从来不说公司规定这样的话，或许多年以前，踌躇满志地投身于快递事业时说过？有一阵，他照常来取件，拿到东西时说，我给你转到另一家公司吧，同样送到的。我也没有在意。几次之后才告诉我，他已经到那个"另一家公司"上班了，原来要在我这里平稳过渡。

无论如何，快递员成为我们生活中密不可分、不可或缺的重要角色。小区门口、单位门外、快递柜前、菜鸟驿站、大街上、小巷里，都有他们的身影，骑着走着蹲着拿着抱着捧着等着，与小车和货物长在一起，和"事业"二字紧密相连。有一天晚上，我路过苏小明的快递点门口，几十辆小车安安静静挨挨挤挤地停在黑暗里，像一群乖孩子。白日的喧嚣完全退去，所有的货物一扫而空，每辆小车的主人不知去往哪里。或许有家的开上小车回了附近自己的家，而小车停在这里的主人都是单身青年，公司提供住处，他们就在卷闸门里面统一入睡了。明天天不亮，他们从四面八方汇聚在这里，将货物装满自己的小车，用年轻的身体，沸腾起新的一天，将汪洋大海般的货物，变成一簇簇浪花、一滴滴水珠，输送到每个人的手里，而我们每个人都是这货物链条上的一个环节，不能出错，否则麻烦大大的。而小高那样的年纪，是否已经意识到自己体力不再充沛，有了某种危机感？大太阳下，我看到一个瘦弱干枯的年轻人，低头蹲在一个单位的门口扫描货物，汽车擦着他的衣服缓慢通过，他浑然不觉。他占地面积如此之小，呈现出极其温顺的姿态，像一张小纸卷，可以卷一卷装入口袋里似的，那样子好像从来没有年轻过。他蹲得那么投入，快要融化在地面，整个人仿佛只剩下花白头发的、小小的、万分专注的脑袋。

苏小明也是少白头，有一少半头发是白的，但他毕竟年轻，远没有被这项事业搞憔悴，尽管白发但不显得沧桑。我暂时还想象不到他有朝一日会被快递业务消耗成什么样子，他和自己的事业、公司还在蜜月期呢。

有一天我去菜鸟驿站取快递，排队的人挺多，两个工作人员繁忙地在狭窄深长的小屋里拿取货物。苏小明横着身子坐在门口的凳子上，很占地方，满脸沮丧，工作人员顾不上理他。他看到我在排队的人里面，像见到了亲人，伸着脖子说，哎呀姐，你小区一个女的，咋是这样的人哩，我回回给她送货上门，就今天一天忙不过来没送，人家就把我投诉了，要扣我五百块钱哩。我说，你出来说出来说，坐那里头，碍人家事。他站起身，挤出来，小屋里立时通畅了。他站到我旁边的台阶上，鼻尖冒汗，眼里闪着泪花，又把刚才的话叙述一遍。

我说："你好好跟她说说，让她把投诉撤了呗。"

他说："人家不理我，打电话不接，敲门也不开。"

"不可能吧，肯定你哪里没做好，让人家生气了，我们小区的人，都

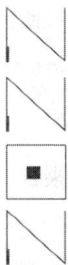

是很讲道理的。"

"哎呀真的，你去问她，我回回都给她送上门，就今天实在没空，放快递柜了，就投诉我。"

"我又不认识她，到哪里去问？怎么，快递还送上门吗？你咋从来没给我送上门过？只给她送，看把毛病惯出来了吧。"

"有一个预约处理提醒，姐你下次预约的话，我就送到你家。"

我取了快递，问他："那你坐这里干吗？他们又解决不了。"

"心里戳气，扣五百块钱，几天白干了，干脆，休息。"他跟在我身旁，一直送到小区门口，委屈似乎还没诉完，依依不舍地停在门外。我说，也好，休息半天吧。我对他的遭遇无能为力，只是安慰一下。

我走在小区里，在手机上看他说的那个预约提醒，点来点去，点出他的画面，有评价，有投诉，还有给快递员赠送礼物，礼物下面一行小字：您的赠送将直接进入快递员账户，公司不扣取任何费用。我想，如果投诉的话，下面是否也会有一行小字：您的投诉已经受理，公司核实后将从快递员工资扣除500元。同小区那女人，也真够狠的，手指一动，苏小明500元没了。赠送礼物有送香甜、送美味、送温暖，图案分别是1.88元的蛋糕、5.88元的桶装面、10.88元的围巾。我的手指在三个图案下徘徊一番，点了1.88元的送香甜，多少是个心意，让那孩子心里好受些。

过几天，早上八点，电话响，又是苏小明。

"姐你给娃买的书到了，小区西门，这回少，就两本，你能下来取不？"

"你放柜子里吧，我一会儿下去取，这是要拿到单位的书。"

"疫情原因，西门柜子封了，用不成，现在统一都放南门柜子，那我给你放南门吧。"

"那不用放，我二十分钟下去，你应该还在附近，到时联系，你再给我。"我想，凭借着六颗橙子、一个香甜的交情，他不管在几百米远的地方，开上他快乐的小车，给我送过来，不是碎碎个事吗？

我在电梯里给他打电话。

"你现在在哪儿？"

"还在小区南门。"

"给我把书送到西门吧。"

"哎呀姐我走不了。"

"怎么走不了？开上你的小车，半分钟就过来了。"

"不行，东西会丢的。"

"东西在你车上，你开着车，怎么会丢呢？我着急上班呢，你给我送过来一下呗。"

"哎呀真不行，公司有规定，东西丢失我要赔呢，麻烦你自己过来取吧，要不我一会儿给你放南门柜子里，你下班回来再取。"

"算了算了，我过来取，真是的。"

惜时如金的中年妇女，疾走如飞，三分钟来到小区南门，见他的小车停在外面，地上摊了好些东西，大的小的，盒的袋的，横的竖的，这些天天天来了去了，无有穷尽，跟他有关却又无关的包裹，他与它们命运相连心手相牵，他低头蹲在那里，对着这个扫一扫，拿起那个看一看，搬起一个放到另一个上面，像孩子摆弄积木。在送出去之前，每一个都是他的重要财富，是他亲亲的宝贝，不能有任何闪失。

我走过去，说声哎，他拿起地上那个白色气泡袋子，手机扫了一下，递向我。

我劈手夺过，佯装生气："开上车过去，半分钟的事儿，这个小忙都不帮，非得我吭哧吭哧走过来。"

"哎呀姐，人货不能分离，公司有规定。"他丢给我一个闪电般的笑，转回头去，又对着地上一摊宝贝，不再理我，完全不像吃过我六个橙子、一个香甜的样子。那万般投入的表情，任战争地震洪水大火，都不能让他离开他心爱的货物。

我边走边撕开包装袋，心里说，小子，你信不信，把你写进我小说里。

原载《人民文学》2022年第2期

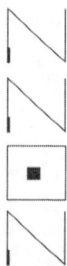

点评

　　这是一篇关于知识者与劳动者互审互视、带有温暖情调的短篇小说。小说为一个快递小哥立传，从"我"的角度观察、记录、讲述他的日常生活和工作状态。在小说中，这个快递小哥时常被误解，屡屡被差评，每一次遭遇都要费心费力才能渡过；他正值青春，奔忙不歇，有辛酸，也有收获。"我"和他的日常交集，虽也偶有小纷争、小矛盾，但彼此间始终释放着善意、理解、包容。作者以小说方式关注、记录、书写当代中国为人所习焉不察的生活一角，从中揭示一种生长于人间的人性、人情，并由此将写作融入人间烟火，读来，也特触动人心。小说处处洋溢着浓郁的生活气息，人物对话简短、有趣，叙述节奏轻松、自然。如今，快递业与每个人的日常生活息息相关。各类快递小哥，以及因快递而引发的各种故事，每个人也都遇到过不少。作为一种题材、原型、经验，快递员形象进入小说也就实属必然。鲁迅先生说："无穷的远方，无数的人们，都和我有关。"优秀的小说家都是观察者、记录者、沉思者。周瑄璞就是这样一位观察者、记录者、沉思者。

（张元珂）

纸　船

／付秀莹

　　我赶到茶楼的时候，老娄早已经到了。他坐在一张很宽大的沙发里，坐姿舒适。面前摆着一杯茶，丝丝缕缕的热气冒出来，看上去有点虚弱。桌子上那张餐巾纸，被折叠成一只挺精巧的小船，停泊在桌子的边缘，好像是临时搁浅，又好像是要随时远航。看样子，他早就在等我了。

　　这家茶楼就在五环边上，躲在一个四合院里头。门脸儿倒不起眼，不过是那种看上去顶普通的一处院子，灰扑扑的，门楣上挂着红灯笼，姑娘们穿着旗袍，里头养着竹子，好大一缸睡莲，水流潺潺，小路铺着鹅卵石，姑娘们的高跟鞋走在上面，歪歪扭扭，惹得客人们紧盯着看。

　　来啦？老娄把那只纸船往桌子边缘推了推，眼睛并不看我，好像是在跟那纸船说话。老娄今天穿一件墨绿色棉布衬衣，糙白休闲裤，眼袋明显，一看就是睡眠不好。他扬起手，一个姑娘碎步跑过来。一样。老娄指一指他面前的茶杯，低声吩咐。

　　我在对面坐下来。室内冷气很足，外面带来的暑热一下子就褪去了，浑身的汗毛孔唰地收紧，能感觉到背上一粒一粒的凸起，跟我的雪纺连衣裙轻轻摩擦着。我静静地打了个寒噤。

　　昨天又闹了一夜。老娄说，声音沙哑。我这才注意到他的眼镜腿儿坏了一只，白胶布粘着，看上去有点滑稽。但我不敢笑。老娄遭遇不幸，我还有闲心取笑，显得太不厚道了。虽然，我对老娄的不幸早就见怪不怪了。他们夫妇俩三天一大吵，两天一小吵，几乎成了家常便饭，朋友们，包括我在内，都习惯了。要是他们有一阵子不吵架，我们倒觉得稀罕。女人哪——真他妈的难伺候。老娄抬头看我一眼，又说，对不起，不是说你哈。一个姑娘端着茶水过来，在我们面前一板一眼地展示茶艺。这姑娘不

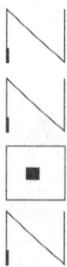

是方才那一个，生得饱满丰腴，举手投足却笨拙迟疑，一看就是个新手。老娄把那只纸船拿开，免得被茶水弄湿了。那姑娘被老娄的动作分了神，水溢出来，顺着杯子的边缘往下流。幸亏我眼疾手快，扯了张餐巾纸替她擦了。那姑娘红着脸，连说对不起对不起。老娄摆摆手，打发了她去。

你的意思我懂，就是我不算女的呗。我端起茶杯，尖着嘴啜了一口。这种老白茶入口极淡，回甘却是绵长的。其实我对茶不大懂，我的有限的关于茶的知识，都是老娄贩卖给我的。老娄是北方人，娄太太却是地道的南方人，对喝茶颇有心得。

我压根就没把你当女的。我把你当哥们儿。老娄把手里的纸船摆弄来摆弄去。不知道是不是因为茶水的滋润，听上去，他的嗓子好像没有那么沙哑了。

好啦，废什么话呀。我把身子往后一仰，悠闲地跷起二郎腿，俨然是一副哥们儿的姿态。说吧，又怎么啦？

鸡毛蒜皮——都提不起来。老娄长叹一声。我也是堂堂一教授，怎么连个女人都搞不定呢。这一阵子，老娄应该是没有顾上染头发。从我的角度看过去，白色的发根雪花一样翻上来，有点刺眼，好像是一下子老了十岁。我心里一震。老娄是个多么讲究的家伙呀，有时候，简直讲究得有点过分。穿衣打扮，永远是一丝不苟。我周边的那些个男的，大都衣着随意，对自身形象一副无所谓的样子。老娄是讲究的。老娄的讲究，还引来同性们的一片嘲笑，当然，也许还夹杂着羡慕和嫉妒。老娄笑眯眯的，对这些嘲笑和攻击全盘接受。老娄脾气好，大家都知道。老娄的好脾气给他带来好人缘。一般情况下，有才华的人都有那么一些难相处。说好听点是个性，说不好听呢，就是，独，各色，不懂事儿，不通人情世故。老娄的难得之处就是，他既有才华，又好相处。这样的人，你能拿他怎么办呢。

婚姻这东西——老娄坐直了身子，端起茶杯观察了一下，慢慢喝了一口——无聊得很。这么多年了，我不止一次听老娄谈论婚姻这东西。有时候，我常常想，我是不是中了老娄的毒，才迟迟不敢走入婚姻。对了，我好像是忘记说了。我单身，母胎solo。在北京，像我这样的大龄女青年，多了去了。大城市就是这一点好处。大家都忙，各顾各的，谁都没闲工夫儿盯着你的生活评头论足。就算是老娄，多年的朋友，他也不大问及我的感情生活。这太私人化了。不是吗。

这么不舒服，为什么不分开？

话一出口我就后悔了。都说劝和不劝离，宁拆一座庙，不毁一桩亲。虽然我对老祖宗的这些训条不以为然，但这样直来直去劝人家离婚，是不是太过分了。况且，老娄的太太，我也是见过的，斯文和煦，长得呢，不是那种叫人惊艳的第一眼美人，却是经得住端详的。那一回她握着我的手，温和宜人。我私下里暗想，是不是她看我容貌平凡，才对我这般友好呢。一个长相平平的女子，是没有资格作为她的假想敌的。以我有限的人生经验判断，一个容貌平淡的女人，往往会轻而易举地获得更多的同性友谊。

你不懂。老娄喝了口茶，摇摇头。

他这是什么话？我不懂。我当然不懂。我一个从来没有结过婚的人，真的搞不懂，人们为什么非要奋不顾身地跳进婚姻的泥坑里打滚儿，滚来滚去，没完没了，没完没了。

她可能就是更年期吧。更年期综合征。我跟你说，完全像是变了一个人。以前，她不是这样的。有时候我都怀疑，她还是不是当初那个人，是不是有人使坏，偷摸儿给我换了一个。我这个人，唉，你知道——我就是觉得委屈，你懂吧，委屈，委屈得不行。老娄一口气说了大堆，他好像是憋坏了。日常生活中，老娄是个寡言的人。当然，课堂上除外。据说老娄在课堂上神采飞扬，妙语连珠，女生们被迷倒一片。那应该是另外一个老娄。

那就好好过呗。我看着那只纸船，有点言不由衷。我能说什么呢。作为朋友，作为哥们儿，或许我只能做一个耐心的倾听者。对于他人的生活，我们永远无法真正参与和介入。我也是很久之后才明白这个道理的。那只纸船被老娄弄得精致，跟真的一样。它停泊在桌子的边缘，很刁钻的角度，好像随时就要跌落下来。

你是站着说话不腰疼。老娄忽然变得激动。他的声音很大，像是吵架。方才那个姑娘远远地看着我们，她一定以为，我们话不投机，我们吵架。当然，不大可能是夫妻。到茶楼来喝茶的，大多不是夫妻。我吓了一跳。不知道老娄为什么这么激动。他看我的目光，好像我是一个刽子手，要亲手把他的幸福生活斩草除根。你知道吗，我都快被她折磨疯了。这样一个女人，简直是不可理喻——我早晚得死在她手里。老娄的情绪像是火药桶，一点就爆。我的脑子里闪过他太太的样子，斯文，恬静，甚至

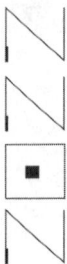

有点羞涩。还有她的手，柔软温暖，带着淡淡的沁人的芬芳。我觉得老娄有点夸大其词了。男人就是这样。他们总是站在自己的立场上说话。这一点，老实说，我挺看不上。

热水没有了。我摁了呼叫铃，一个姑娘应声过来。并不是方才那个姑娘。我疑心这茶楼里有多少姑娘，个顶个年轻好看。在北京，年轻好看的姑娘太多了，几乎遍地都是。像我这样的容貌平平的女人，青春耗尽，注定了就是婚恋市场上的失败者。要么孤独终老，要么，就降格以求，一咬牙一闭眼，随波逐流跳进婚姻的泥潭。这姑娘穿一件豆绿旗袍，腰身玲珑，姿态轻盈。滚圆的肩膀滚圆的手腕子滚圆的屁股，青春逼人哪。仅仅从女人的眼光看过去，我都不得不承认，这姑娘浑身散发着小母兽一般迷人的气味。我偷眼看了看老娄，老娄还是懒懒向后仰着，眼睛越过桌上的纸船，越过宫廷风味的吊灯，越过古典格调的屏风，不知道在看什么。老娄的目光辽远，有点渺茫，又有点忧伤。我顺着他的目光看过去，除了窗子上的一片日光，还有摇曳的竹影，什么都没有。

是不是因为——因为小关——我忽然说，心里却惊讶于自己的单刀直入。关于小关，老娄从来没有亲口跟我提起过。小关这个名字，在我们之间，在朋友们之间，仿佛一个禁忌。大家都小心翼翼的，不去碰触。我这是怎么了？是不是，茶楼这样安静的氛围，令我觉得安全妥帖，觉得，再隐私的话题，都可以被包容，被接纳。

小关？老娄吃了一惊。他显然没有料到，我会这么红口白牙地当面提起小关。他摸了摸鼻子——心理学家说，这是一个人要撒谎的前奏。哪个小关？老娄很镇定地喝了一口茶。他是在思考接下来该如何应对吧。

还能有哪一个？我对他的故作镇定有点恼火。都这个时候了，还装什么呢。这个时代，也不仅仅是这个时代，这个世界上，真的有所谓的永远的秘密吗？我不相信。我相信的是，纸里包不住火。我还相信，若想人不知，除非己莫为。老娄这家伙，一个大教授，难道这么简单的道理都不懂吗？

英子，你听我说——老娄粗大的喉结咕噜滚动了一下。我坐直身子，看着他的眼睛。老娄却把眼镜摘下来，开始擦他的镜片，用那张弄脏了的餐巾纸，擦了一会儿，才觉出不对。他重新扯了一张餐巾纸，小心翼翼地擦起来。我看着他擦眼镜。从我的角度看过去，我发现，老娄头顶的头发已经十分稀疏了，马上面临着秃顶的危险……令我吃惊。说是"老"娄，也不过四十出头吧。我们老娄……把他都叫老了。当然，老娄老成持重，也是当得起这个"老"……的。老娄的"老"，不仅仅代表着年龄，还代表着资历、影响、身份、江湖地位。老娄是专业领域内的大牛、领军人物，咖位高，分量重。这都是圈子里公认的。其实吧——老娄终于擦完他的眼镜，他面色平静地看着我。我真希望他说，英子，其实吧，那就是一个误会。不是吗。这个世上，自古以来，有多少这样的误会或者谣言。它们被无数嘴巴加工，改写，传播，添油加醋，按照自己的想象和理解，不断偷梁换柱，改头换面，形成各种版本，在世间到处流传，又最终被时间湮没。老娄肯定也不例外。虽然，老娄人缘那么好。老娄虽然人缘那么好，还是难免会遭人忌恨。有时候，忌恨这东西，是不需要理由的。你的存在，就是遭人忌恨的理由。

她——是一个保洁工。老娄长吁了一口气，好像是说完这句话，需要花费很大的力气。我一时愣在那里。说出来，你可能不相信。老娄慢慢喝了一口茶。看得出，他的神情渐渐平静下来。她——也就是小关，是我们小区物业的保洁，安徽人，临时聘用的那种。她负责我们那栋楼的卫生保洁。我几乎每天都能看见她，进进出出，忙忙碌碌的，扫地，擦地，给电梯消毒，给快递开对讲门，帮人家把婴儿车推进电梯间，扶老人上下台阶。我每次看见她的时候，她都在忙碌。她的身上有一种，我不知道该怎么形容，有一种热气腾腾的朝气，单纯明亮，我承认，很吸引我。老娄停顿了一下，看了我一眼。我故作平静。但其实我内心里翻滚得厉害。我不肯承认，我被这个小关给伤害了。是的，我早就听人家说起过小关。老娄跟小关。小关跟老娄。这样。那样。然而，听老娄亲口当面说起，完全是另外一回事。我这是怎么了？我犯得着吗。我是谁？我不过是眼前这个男人的朋友，或者说，哥们儿。我发誓，对这个男人，我从来没有动过男女私心。我这是吃的哪门子干醋哇。老娄端起茶，慢慢喝了一口。我突然觉得口干舌燥。

有一回——老娄把茶杯握在手里——有一回，家里没人，我有个快递，她替我签收了——

我忽然有一种莫名的期待。但我神色冷静，装着心不在焉的样子。我盯着那只纸船，好像在认真欣赏。我的样子告诉他，我对他们之间的故事一点兴趣都没有。

算了——不说了吧。老娄忽然停下了。这种故事，老套得很。我不说，后面你也能猜出来。老娄自嘲地笑了笑。这是我们今天见面以来，他第一次露出微笑。有点苦涩，好像也有那么一丝怅惘，甜蜜的怅惘。

太阳底下无新事。我惊讶于自己声音里的嘲讽意味。但我不想掩饰。

她是一个单纯的人。老娄说。我跟她之间，什么都没有。我审视地看着他。他避开我的目光。你肯定不相信吧。真的。什么都没有。我们之间，干干净净的，什么都没有。我心里冷笑一声。爱都爱了，还这么不担当。

当然，我喜欢她。是不是爱，我不知道。但我知道，我什么都给不了她。我不能伤害她。老娄变得有点语无伦次。英子，你是不是很看不起我？老娄依然不看我，只是看着那只纸船。

我们这个座位靠窗，夏日午后的阳光从纱帘缝隙里悄悄溜进来，把木质的长方形桌子分割成两半，一半明亮，一半阴影。那只纸船正好停泊在那条分割线上。

不会啊。我看着那条分割线，它正在随着纱帘的摇曳，微微晃动。但是——我停顿了一下，你打算怎么办，这件事？

我的语调可能过于严肃了，老娄终于抬头看了我一眼。

我不知道。他叹口气。也是邪门儿了。你是女的，你说说看，女人究竟是个什么样的物种？直觉简直太厉害了。老娄苦笑一下，喝口茶。一根茶叶梗子浮在他的右嘴角，他浑然不觉。这阵子，老是找碴儿，找碴儿吵架。今天要检查我手机啦，明天又忽然电话查岗啦。就说昨天，我就是下班后没有及时把口罩扔垃圾桶，就唠唠叨叨个没完。我是忘了，你帮我扔掉不就行了？为一个破口罩没完没了。从这个口罩，说到我的个人卫生，说我钢铁直男，说我自私，不顾及家人健康，这也就算了，毕竟疫情期间，小心没大错。可说着说着，陈芝麻烂谷子，从谈恋爱到结婚，再到现在，这么多年，大大小小的不如意，都要拿出来跟我清算。还逼问我，爱不爱她？到底还爱不爱？这都哪跟哪啊你说？老娄终于觉察到了右嘴角那根该死的茶叶梗，他没有抹掉它，反而卷进嘴里慢慢咀嚼起来。我不说话，等着他继续讲。他慢慢咀嚼着那根茶叶梗，仿佛在品尝其中特别的滋味。你说，女人是不是都这样？无论说什么，最后都有本事绕到爱不爱这个问题上。我算是服了。老娄终于咀嚼完了，伸手扯了一张餐巾纸，把剩余的渣滓吐到上面。

这很正常。我听到自己声音很冷静，甚至能感觉到冷静的缝隙里满满的冰碴子。女人跟男人不一样。女人就是女人。

老娄惊讶地看着我，好像是刚刚认识我一样。他可能才发现，自己对面这个人，原来是个女的。这么多年了，我总是刻意模糊自己的性别，在男人队伍里厮混，跟他们称兄道弟，大大咧咧，让他们忽略我的性别。我知道，这给了我很大的方便。没有人把我当女的看。在这种学术圈子里，各种会议，各种论坛，各种高大上的公共场合，放眼望去，黑压压的都是男人。这是没有办法的事。我从来不穿色彩鲜艳的衣服。我的衣服永远都是黑白灰，永远都是基础款。我剪短发，不化妆。脂粉香水从来都与我绝缘。我成功地把自己装扮成中性气质的学者教授，只有在那些会议名单上，才能从姓名背后的括号中看出我的性别。我不知道，我究竟是自卑呢，还是自负。

英子，你不懂——

我是不懂。当然，我没有结过婚。可我没吃过猪肉，还没有见过猪跑吗？这么多年，身边的人聚了散了，在情天恨海里折腾来折腾去。我眼见着他们起高楼，眼见着他们宴宾客，眼见着他们楼塌了。

你是城里长大的孩子，你不懂。老娄把那只纸船拿在手里，翻来覆去地看，好像是，生活的玄机就藏匿在那只小小的纸船里。像我们这样的寒门子弟，靠着念书，从乡下闯出来，要经历多少？道德，责任，义务，牺牲。我们的词典里，这些个都是关键词，日常用语。我跟你说，你知道那种感受吗，一眼望去，四面都是墙，没有门。要想破墙而出，只能是提着自己的脑袋去撞。老娄的脸笼罩在重重的阴影中，逆着光，我发现他法令纹很深，很长。眼睛，像一个标准的括号，这令他看上去有一种说不出的威严。对了，我可能忘了说了。老娄不光学问做得好，仕途也很顺畅。新近刚刚提了副校长，主管教学。不得不承认，老娄这家伙，是块材料。

不知道什么时候开始，茶楼里浮动起琵琶的弹奏，好像是《春江花月夜》。曲子如同一江春水，在月色中缓缓流淌。姑娘们鱼儿似的，自由游弋。不远处，邻座客人的说话声隐约传来，听不大真切。外面是阳光炙烤

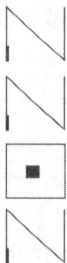

下的北京。夏日午后,整个城市仿佛盹着了。而茶楼里,凉爽舒适,简直是另外一个世界。

我跟她之间,其实什么都没有。老娄脸上的线条渐渐放松下来,变得柔和。小关,其实就是一个念想,一个梦,白日梦——我知道我这么说你不赞同——人世艰难,有点念想,做做白日梦,这有罪吗?老娄的声音忽然愤激起来。我不过是想让眼下的生活变得容易一些。就说昨天晚上——老娄的声音低下来。昨天晚上,为了个破口罩,跟我闹个没完,歇斯底里地,追问我什么爱不爱的——无聊不无聊?

她是不是知道什么了?

不会吧?老娄摇摇头。不会。这个问题,她问了半辈子了。他苦笑。你不知道,她好像是有点自虐倾向。就说昨晚吧,吵着吵着,也没说什么,她忽然就抽起自己耳光来。我吓得赶紧抱住她,求她别这样,别伤害自己。你知道吧,她这一招很见效。每一回,都是以我的认错告终。

我脑子里闪过娄太太的样子,笑容和煦,神情温柔。无论如何,我都无法把这个形象跟老娄的描述联系在一起。

她的这种自虐,既令我害怕,又令我心疼。她知道,我是一个心软的人。耳根子又软。她总是拿这个来威胁我制服我。后来,反反复复,她动不动就抽自己耳光。我先是惊惶,后来是惧怕,厌倦。渐渐的,我的心被她揉搓得冷了,硬了,粗糙了,麻木了。有一回,当她又披头散发啪啪啪啪抽自己耳光的时候,我居然一点感觉都没有了。我甚至不无恶毒地想,你尽管抽。是你自己要抽,疼的人反正不是我——我是不是挺不是个东西?

我不知道该说什么。老娄把那只纸船摆在桌子上,推过来,推过去。反反复复,反反复复。我发现,他那只大手在微微颤抖。看得出,他在极力克制自己内心的情绪。

对不起——我听见自己声音干涩。我不知道——我还以为——

一个姑娘过来续茶。这姑娘高挑身材,盘着一个圆圆的发髻,右嘴角有一颗美人痣。她手脚麻利地续好茶水,摆好茶楼里赠送的下午茶点,一碟自制绿豆糕。她看了我一眼,又看了一眼那只被推来推去不得安宁的纸船。好像是抿嘴笑了一下,又好像是没有笑。

你猜——老娄冲我摆摆手,不让我说下去。她怎么猜测我们的关系?

这个嘛——我没想到老娄会问这样的问题。你猜呢？

不好说。老娄有点心不在焉。他的卧蚕挺大，一绺头发掉下来，软塌塌趴在前额，这令他看起来有一种脆弱无助的小男孩气质。

那么，你打算怎么办呢？我岔开话题。

我不知道。老娄说。其实，她已经走了，回老家——结婚。他说结婚这两个字的时候，声音枯涩，仿佛是在努力吐出难以下咽的东西。她走的时候，跟我发微信，说再见。再见。我想，我们这辈子都不会再见了。

老娄摘下眼镜，那副坏了一条腿儿的眼镜被他拿在手里。白胶布是崭新的，边缘有丝丝缕缕的纤维纷乱地摇摆着。他把脸埋进手掌心里，久久地，一动不动。

《春江花月夜》的曲子已经结束了，现在好像是《十面埋伏》。我觉得有点荒唐。茶楼这种地方，居然放起了《十面埋伏》。从《春江花月夜》到《十面埋伏》，曲调的骤然巨变，叫人一下子无所适从。

没有预告。没有提醒。没有警示。连一个暗示的眼神都没有。命运的跌宕变化，生活的波诡云谲，从来便是如此的吧。

良久，老娄才缓缓抬起头来。他依然看着那只纸船。那纸船变得软塌塌的，不知道是被泪水打湿，还是被茶水浸湿了。老娄却渐渐平静下来。他脸上的细纹变得舒缓，就连那又深又长的法令纹，也好像不那么明显了。他重新戴上他的眼镜。我不知道该不该提醒他，那条坏了的眼镜腿儿，胶布的边缘应该修剪一下。这并不是一件多么麻烦的事儿。

你——没事吧？我觉得自己这个问题很愚蠢。茶水早已经失去了原来的颜色。而《十面埋伏》的曲子反反复复，叫人心乱如麻。一个姑娘远远地侍立着，不时朝这边看一看。她的豆绿色旗袍，跟这盘绿豆糕的颜色倒十分相配。

老娄摇摇头，长长地舒了一口气。好像是叹息，又好像是如释重负。

手机忽然地响起来。是郑医生。这阵子，他追我追得很紧。我指了指手机，示意我要出去接个电话。

说起我跟郑医生的相识，简直就像是通俗肥皂剧的桥段，充满了戏剧性，荒谬，却真实。这么说吧，郑医生人还不错，但是有一点遗憾的是，

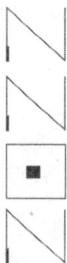

他是妇科医生。说实话，我对这个挺抵触的。

郑医生约饭。我说不去，疫情呢，不安全。郑医生约电影。我说不行，疫情呢，少聚集。郑医生说，那咱们去森林公园走路去？我不好再推，扭扭捏捏答应了。

这家茶楼的洗手间不错。熏着檀香，暗香袭人。我立在镜子面前洗手，整理自己，忽然发现，镜子里那个女的满脸霞光，叫人陌生。我跟那人对峙了良久，心里纳闷得很，镜子里那个人，究竟是谁呢？

《十面埋伏》的曲子还在循环。老娄背对着我，手机举在耳边。

——知道，排骨——小排？尾骨？腔骨？好，腔骨。葱？好。紫皮蒜，独头的那种？明白。还有——卫生巾？老牌子，嗯，日用夜用都要——夫人放心——知道——知道——

我在老娄背后一米左右的地方停下来。他沉浸于他的通话中，竟然没有觉察我的脚步。我不知道，我是不是应该打扰他的通话。忽然间，他转过身来，看着我，怔住了。

电话还没有收线。娄太太的南方普通话清晰地从电话里传出来，软软的，温柔动听。

喂，老娄？老娄？你在听吗——老娄？

原载《湘江文艺》2022年第1期

点评

《纸船》讲述大学教授老娄遭遇的情感困境、婚姻危机。在京城一茶楼内，老娄向"我"诉说他们夫妻间的诸多不愉快、不和谐。那个未出场的娄太太，在"我"印象中"斯文，恬静，甚至有点羞涩"，但在老娄心目中则是一个经常吵架、起摩擦的主儿。"我"作为老娄的倾听者，偶尔也参与交流，彼此所分享或能够展开交流的，也无非仅限于那些心照不宣或已成为常识的层面。然而，老娄话语中的娄太太形象即使有诸多不堪，那也仅是他的一己之见吧。当把老娄和小关的暧昧摆上前台，无论老娄面对"我"的言说，还是

"我"面向老娄的交流，事实上，所谓话题也就显得那么尴尬、苍白、无力。同时，作为"我"也同样面临来自自身的问题——"我"不是也深陷一个自造的意识牢笼吗？在此，老娄的困境，"我"的拿捏不定，彼此互为"镜像"，共同映照出现代人情感或婚姻中的游移、恍惚与迷失。这难道不是一种普遍存在的现代人的现代情绪和精神处境吗？作者善于从细微处精准把握和表现人物心理图景，表现在这个短篇中，即尤其注重从细节和细微处——比如"老娄把那只纸船往桌子边缘推了推，眼睛并不看我，好像是在跟那纸船说话。""忽然间，他转过身来，看着我，怔住了。"——表现人物的心理活动，呈现人物的精神状态。

（张元珂）

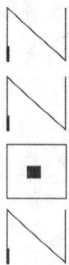

乌龙岛

/劳 马

我的家乡所在的省份无人不知。

我的家乡所在的城市人人皆夸。

我的家乡所在的县域知者甚少。

至于我出生长大的那个村落，几乎没人听说过——乌龙岛，原名叫黑石湾。

一般说来，如果在本县有人问你是哪里人时，你会提起乡村的名字。

如果在本市，你会告诉别人你是某县人。

如果在本省，你会自我介绍说是某某市县的。

如果你出了省，则以省份表明自己的来路。

当然，如果你去了国外，肯定会一口一个"中国人"。

我也一样，只是在国内，我会习惯地把自己说成某某市人，虽然她仅仅是个地级市，但知名度极高，谁都知道她在哪里，不必前缀省份名称。

这种自我介绍对我而言既简洁省事又得意自豪，对方一听即知且赞不绝口：噢，那地方漂亮！我去过！太美了！公园一样！即使没到过那城市的人也会表现出身虽未至、心向往之的神情和态度。这让我的虚荣心随时得到满足，转瞬即逝的骄傲也能令我精神为之一振，自信心倍增。

其实，我的老家离市里老远，说我是某市人也只是行政区划意义上的，抽象而边缘，陌生又遥远，没有归属感。心里真正认同的家乡，还是童年的短腿跑过丈量的小村庄，即曾经的黑石湾，如今的乌龙岛。

家乡美不美？美！家乡可不可爱？可爱！谁都会这么回答。小时候，我从未听过乡亲们提出过这样的问题。在我远离那个村庄之前，我并没有意识到她的美与可爱，饥饿一直是横在村民面前的一条狰狞的野狗，像极了浮出水面的那一片片崎岖丑陋的黑色礁石，瘦硬瘆人。如果眼前那层层叠叠、密密麻麻、高高低低的黑石能化作苞米、土豆、地瓜、小麦，即使是烧焦了，我会觉得她更美更可爱。空荡的胃与饥饿的眼丧失了对食物之外的审美能力。

如今的家乡长成了花枝招展、风情万种的大美女，早已褪去了往昔的土气和羞涩，变成了远近闻名的旅游景点，游客络绎不绝地竞相一睹她的芳容。她的名字也换了，叫了数百年的黑石湾，突然唤作乌龙岛，路标、招牌、通讯地址等等一夜之间重新命名，仿佛置身于一个新的世界。正是从那时起，故乡变成了他乡，我再也没回去过。

整整十年，十年没回家。

我生了家乡的气，父母和兄弟姐妹知道这件事，爸妈很理解：不回就不回吧，我们老两口去看你。这些年二老常远赴千里之外，来我工作的城市看儿子，小住些日子，跟我讲讲家里和乡亲们的故事。

我哪有那么大的胆量和脾气，敢跟家乡生气？

我之所以不回去，是因为不能也不敢回家。当初家乡的大领导，县里的父母官，拍着桌子，指着我的鼻子下达指示：你是不受欢迎的人，滚出去，马上消失，别让我再看见你！

这是一段伤心的往事，深埋于我的心底。我从未跟外人谈起，生怕人家笑话和误解。被家乡逐出之人，想必罪大恶极。其实，并没那么严重。县官乃一县之主，一语定音，一手遮天。当年他的勃然大怒，也是一气之下的过激言论而已，后来并没有派人追拿我。说到底，我仔细想过，我并非恶意得罪他，顶多算是轻度冒犯。前年，此县官老兄犯事了，"情节严重""性质恶劣""严重违纪违法""涉案金额特别巨大"等等，因而入狱。从新闻中看到的这些关键词并不能使我一眼认出是他本人，类似的表述可以用在很多人身上。

也许是因为自己生性懦弱，缺乏必要的斗争精神，尽管县官大人把我逐出老家，我心里很生气，都没有因此采取进一步行动，比如举报之类的，或者上访申诉讨一个说法等等。我只用小时候经常安慰自己的那句话一带而过："不让回家乡？老子还不稀得回呢！"于是精神彻底胜利了。我的胜利并不意味着他的失败。恰恰相反，县官大人从我的胜利走向了他更大的胜利，他在我离开之时，当即宣布：就叫乌龙岛！我说了算！

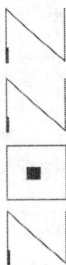

我的故乡黑石湾从此蒸发了。

在这里，我不想说出他的真实姓名，尽管他将在监狱中度过余生。我也没有为他的罪行添加新证据的念头。你早干啥了，为什么不早点举报他？

不，不会的，这是两回事。我甚至有些同情和惋惜。

即使再过若干年，我依然会清楚地记得十多年前的那个阳光明媚的午后，我们站在鹰角石上，犹如站在一只展翅欲飞的雄鹰背上，面向大海，云开雾散。他，作为新到任的县里一把手，不时地挥手指向远方，随行的记者选择了一个极佳的角度抓拍了一张珍贵的"历史瞬间"，我至今仍保存着这张照片，见证了他意气风发指点江山的高光时刻。正是在这个定格瞬间，他说出了影响深远的那句话：你们看，正前方，一条巨龙，正劈风斩浪，跃出海面，多壮观啊，此地应叫乌龙岛！

我顺着他指向的前方眺望，一脸茫然。此时已开始退潮，近处的黑色礁石露出了脑袋和身子，远处则若隐若现，时有时无。大家愣了片刻，才有人带头附和，兴奋地拍手欢呼：真像，太像了，真是一条黑色的巨龙！

有个人小声嘀咕着：我怎么没看见，哪里有龙？

新领导不乐意了，大声斥责：笨，你就是个凡夫俗子，操，有眼无珠！

我也没看见什么黑龙的踪影，潮水退却，一段连绵曲折、断断续续、普通常见的黑石礁链尽显无遗，看不出任何龙的形状和姿态。

新领导正在两个下属扯起展开的地图上指指点点，兴致勃勃地谋划着黑石湾这个古老淳朴落后的小渔村的光明未来。因为中午喝了点白酒，他的情绪格外高涨。对着陪同他的干部们滔滔不绝，时有批评之声飘在海风之中。

他说，你们都他娘的没文化，守着金饭碗讨饭！这是天然的大公园，是人间仙境……

我由衷地赞成他的观点，尤其是那句"他娘的没文化"，我当时认为他说到点上了，用成语说叫"切中要害""一针见血"。

我出生在这个小渔村，熟悉这里的一草一木一石一礁。村子里有所小学校，就叫黑石湾小学。

读初中时去了镇里，离村子仅有十里左右。乡镇没有高中，所以我考上高中便进了县城。十八岁离开家乡，去了遥远的大城市读大学，这在当年可是轰动全村乃至全乡的大事件。

说是渔村，但多数村民都以耕种为主，土地量少质差，所以收获的粮食除了上缴外，余下的难以维持一年四季，特别是春天，家家户户很难能吃顿像样的饱饭。海里的鱼螺虾蟹是重要的食物补充来源。临岸浅海区域是孩子和妇女们的游乐场，成年男人很少光顾，除了夏天洗洗海澡。女人们只要闲下来，就聚到海边的礁滩上，在传播交换一些村子内外家长里短、流言蜚语的同时，用蛎钩子敲开长满黑石礁的海蛎子。海蛎子学名叫褶牡蛎，还有许多别名，不同地方有不同的叫法，钰、白蛙、壕、蛎黄、蚵等差不多都是指向同一类，至少彼此长得很像，起码是亲戚。它软体而有硬壳，壳体粗粝而肉质细嫩，生吃熟吃皆宜，味道相当鲜美。

孩子们则擅长摸鱼捞虾，在水中嬉闹，在礁石间跑跳，稍不留神脚掌就会被尖锐的石头刺破，鲜血直流。性格温和、胆小怯弱者则待坐在礁石上垂钓，一根简陋的鱼竿，钓线上拴个铅坠或螺丝帽，鱼钩上挂点海蛆作诱饵，鱼儿便前赴后继地走向死路。黄鱼、黑鱼居多，二三两重一条。最讨厌的是河豚，嘴小身短肚子大，总爱咬钩，钓到岸上便气哼哼的，若用棍子拍打几下，肚子就像小皮球一样充气鼓胀，孩子们趁机抬脚使劲一跺，只听噗的一声，瞬间五脏俱裂，一命呜呼。河豚有剧毒，不可食，所以小时候把它视为仇敌，遇之必虐杀。家长们一般并不会因为自家孩子从海里捞回满筐的海菜鲜货而欢心，他们的实际反应往往相反：给孩子一顿猛揍。在大人眼里，小孩子去海边，纯属贪玩儿。在海水里泡着，格外消耗热量，浪费粮食，他们会额外多吃许多。从海里寻找食物的办法并非良策，结果适得其反。

相比粮食的匮乏，这里的精神生活几近空白。那个时代无书可读，更无电话网络。除了村里有个大喇叭，偶尔播报点台风来袭的讯息，全村最大的"阅览室"就是我家住的那三间破瓦房子，屋内四壁糊满了各种报纸，不知父亲从哪里搞到那许多报纸，连棚顶都贴得严严实实、满满当当。我就是从这些过期的报纸上认识了许多新鲜的字词，学会了说一些似懂非懂的大人话。读小学二年级时，我就能流利地背出一段段经典语录，甚至隔三岔五地被"借调"到村里的大队部帮助村干部"写材料"，是村民眼中的"文化人"，干部口里的"小秀才""笔杆子"。

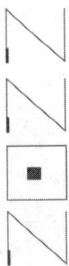

新县官说我们当地人没文化是一语中的。据我观察，在我老家，能把一句话说利索的，就能当干部，包括脏话。主、谓、宾语完整的就可以做教师了。极少数会用状语或补语的，后来都去做学问了。县里的新任一把手是从外地调来的，讲话有水平、不仅句子成分完整，而且常有四个字一组的成语脱口而出，与通用的当地脏字连缀在一起，自然流畅，既不显得矫情外道，也不失身份体面，他的滔滔不绝，给老家的官场带来了一股新风。

按照新领导的指示，县乡村三级围绕着把黑石湾打造成全市乃至全省的"风景地""名胜区""标杆村""先行者"的宏伟蓝图开始描绘并迅速付诸实践。我十分荣幸地被家乡聘任为该工程的科学顾问并受到新领导的亲切接见，迎来了那个阳光明媚的午后。

接见时，他热情洋溢、兴高采烈地谈起他的宏伟构想，仿佛在我眼前展示了一幅家乡走向未来的壮美画卷，甚至画面中的每一个细节他都想到了，全在他的预见和把控之中。他结合自己的成长经历和工作业绩，主要是以往的成就担保了这项事业的成功概率："百分之百能干成！必须的。"那始终如一的亢奋情绪，令我不知所措。我坐在那里搜肠刮肚地想找个什么词或说句与他的真诚、热情相匹配的格言附和一下，但一直插不进去，他丝毫不给我留下任何开口的机会。我只好采取竖起拇指频频地冲他"点赞"的方式表达我对他的钦佩赞美之情。他还表扬了我："你是我们家乡人的骄傲！牛！三十多年前能考上名牌大学，从这个小破渔村走出去，叫作鲤鱼跳龙门，祖坟冒青烟了，厉害，牛！"

会见后的工作餐非常丰盛，各类海鲜摆满一大桌子。由于是中午，饭后要去岸边实地考察，加上新领导酒量一般，只喝了一杯本县酿造的低度白酒，不超过二两。借着酒精刺激的新兴奋，我们去了鹰角岩，县领导站在鹰背上，挥手一指，发现了那条黑龙，在退潮的浪涌中若隐若现，乘风破浪跃出水面，大伙儿拍掌欢呼。然而，我和另外两个人显然因为没能捕捉到龙的踪影而一脸茫然，当场被领导定性为凡夫俗子且有眼无珠。

接下来的一年间，我根据县里将黑石湾申报为地质公园的要求，带了两个研究生对黑石湾及周边区域的地质成因和演化进行实地调查。简单地说，这里属于基岩海岸，由坚硬的岩石连片组成。基岩的主要成分是碳酸钙等，即通常所说的石灰岩。一般说来，基岩是被海浪冲击形成的海蚀岩台等海蚀地貌，比如海蚀洞、海蚀崖、海蚀柱、海蚀平台、海蚀拱桥，海岸线曲折，岬角与海湾相间分布。岬角向海突出，海湾深入陆地。由于波浪和潮流的作用，岬角受到侵蚀，湾内形成堆积。亿万年前，黑石湾还是一片陆地，气候湿热。经过地壳运动，陆地变为海洋。这里的岩石原本呈灰色，海洋面，层层叠积，日久岁长，颜色由灰变黑，故名黑石礁。耸立于海面上的"石林"，是裸露的石灰岩经过海水长期溶蚀而成为滨海的喀斯特地貌。这里奇特的壮美景观，全是大自然留给人类的珍贵遗产，正如一切金山银山、绿水青山，说到底都是地质运动的结果。

两个月后，我把全套勘查报告上报县里，并在主题办公会上当面向县领导做了简短的介绍……

"我要的不是这些破玩意。什么基岩、石灰岩、海蚀柱、溶什么蚀，喀什么特地貌，全是些废话，谁能听懂，老百姓能听懂吗？游客感兴趣吗？""一把手"越说越来气，抓起装订成册的调研报告啪啪地往桌子上摔。

"长点脑子好不好？动点脑筋好不好？得有亮点，得说人话，得好好说话。这个报告绝对不行，没有狗屁价值，擦屁股都嫌硬。"他冲着下属们大吼。

"要重新取一些好名字，编点好故事，文化局、教育局也必须加入专班。尽是些吃干饭的，吃啥啥不够，干啥啥不会。全县就找不着个长脑子的文化人？报告和方案要重写，来点干货，别净整些没用的。"没等大伙儿反应过来，他便摔门而出。

我脸上跟火烧过一样，屁股下钻出了一片钉子，实在坐不住了。"唉，走！"我长叹一声，起身要离开。

县里的副职马上拽我坐下，劝我说："没事没事，领导就是这么个爽快人。有啥说啥，您是大教授，可能不习惯。"他边说边示意与会者坐好，其实除了我，别人一直静静地待在原座位上。

接着，副职围绕着"一把手"的最新指示谈了个人的想法，并招呼各委办局的头头儿们先后表态，大家都认为领导说得对，为地质公园的下一步申报和建设工作指明了方向。

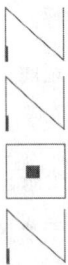

我的脑袋嗡嗡的，没能听清他们到底说了什么具体的详细的内容，只想着早点散会，不失尊严地离开这个该死的会场。

散会后，副县长又专门与我推心置腹地聊了聊，说了一番"掏心窝子"的"心里话"，让我理解新领导的奇思妙想和战略意图，贯彻他关于把黑石湾打造成北方亮丽名片的种种构想。希望我怀着对家乡父老乡亲的一片深情，继续细化地质公园建设方案，不要计较领导态度上的急躁和直率。用副县长的话说，他们喜欢这样的领导，直来直去、有话直说，不藏着掖着，让下级无法琢磨，猜东猜西。我觉得有必要在家乡父母官的面前表现得大度一点，故意做出一副满不在乎的样子，说只要领导信任，尽量按时保质地完成所交付的任务。我只有一个请求——修改完善后的方案直接交给副县长，由他再向领导汇报，我本人不再与新领导见面。副县长同意了我的请求。

在接下来的日子里，我绞尽脑汁地将生僻的地质术语尽可能通俗化；为每个自然景观重新更名，使其更具有吸引力，把形状各异的岸边和海上礁石根据"三分像七分想"的原则一一命名，还编写了一个小册子，作为导游词供导游人员参考使用，内容兼顾了地质科学知识、景观审美价值和当地风土人情。修改补充后的方案及时报给了副县长。一周后，我接到了要我参加由"一把手"召开的新一轮论证会的通知。我再三推辞，副县长说：你必须去，这不能商量。专家不去怎么行？但不用你汇报，你坐在那儿听就中，不必说话。

那天的论证会由"一把手"亲自主持，他先夸了夸方案的改进之处，认为专家组下了不少功夫，花了不少心思，比上一个方案进了一大步，大家辛苦了！接着，他话锋一转，明确指出了新方案的各种不是：首先，他质问副职，那条"黑龙"跑哪里去了，没有破浪而出的黑色巨龙，这公园还有什么价值？你们胆子也太大了，到底是谁"杀死"了那条神秘的黑龙，这要追究责任。这不是工作疏忽的问题，是把他的意见"当成放屁"的政治问题。其二，海上"石林"的说法太土，与广西和云南的石林雷同，要改叫"石阵"，英国就有这个说法，要向国外借鉴学习。第三，那些景观的名字还得重新研究，不能拘泥于所谓的地学概念。第四，缺乏古老的神话传说……第五，不能停留在"三分像七分想"的低标准，要大胆想象，把想象力发挥到极致……要敢于做技术处理，把长相不规范的黑色礁石处理得惟妙惟肖、栩栩如生……第六……第七……第八，要拆除有碍观瞻的老旧房屋，让居民后撤十公里……第九……第十，要禁止村民随便到岸边或礁石上钓鱼、摸虾，原居民可以一户一杆，在外围指定区域垂钓……

我终于没能憋住，在没有安排我发言的情况下，打断了其他人的众声附和。我耐心地解释地质公园建设的基本标准，特别补充了世界地质公园的发展历史和地质遗迹保护、"地球记忆的权益"国际宣言。我明确反对随意更改地名，反对用所谓的"技术处理"破坏自然形成的原始景观，不需要拆迁沿海而居的原地村民，反对编造杜撰一些假冒伪劣的"古老传说"……"一把手"发火了，他拍着桌子说：什么世界公园、什么联合国组织，什么国际宣言，你少在这儿瞎白话，唬谁呢？联合国不是国，碘酒不是酒，世界管不了咱这个小渔村。我又不申报世界地质公园，凭什么听外国的，标准我们自己定。这儿我说了算……从现在开始，黑石湾不存在了，就叫乌龙岛，黑龙出没之地，有龙则灵。

你少拿那套专业术语蒙人，缺了谁地球照样转，死了张屠夫也不至于吃活猪，滚出去，你的家乡不欢迎你，立马消失，我不想再看见你！……

整整十年没回过家乡，梦里偶有童年时光再现，那山那水那黑硬的礁石，那鱼那虾那嬉闹的海湾……

地质公园不到两年就竣工落成，从视频、照片和宣传画册上，我看到了家乡旧貌换新颜。一条黑色巨龙昂首破浪，"石林"改称"石阵"，一段浮桥通向大海，"丑陋的"石礁被炸平，经过技术处理的自然景观更加逼真，"鹊桥会"的一端新"发现"的阴阳石格外引人注目：一柱一洞，酷似男女生殖器，生机勃勃。每当潮水退却，牛郎织女、玉皇大帝、梁山好汉、八大金刚、嫦娥奔月、吴刚伐桂、猪八戒娶妻等各种造型的人物形象和故事场景纷纷跃出海面，或远或近，或高或低，渐次呈现于游人面前。游客站在礁滩上以这些形态各异的黑色礁石为背景摆拍留念。待海水涨潮时，这些"大自然鬼斧神工"的雕刻杰作，渐渐被潮水淹没，潜入海底。海潮的一涨一落，就像舞台上的幕布一开一合。当然，还有一些耸立岸边的礁石，形象也很生动奇特，他们不受潮水涨落的影响，始终与游人在一起，看得见，摸得着。

从导游词中，我对自己生于斯、长于斯的家乡渔村黑石湾（现在正式

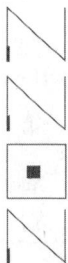

改叫乌龙岛）悠久的历史和深厚文化有了全新的了解。这里曾经发生过一场神人厮杀的血腥大战，一个王八精和一个乌贼精同时盯上了村里的一位貌若天仙的渔家美女，都想占为己有，娶作王后。为此各不相让，大打出手。

到此巡游的一条白龙看不下去了，它是正义的化身，岂能容忍王八与乌贼强抢民女？于是，白龙奋不顾身地与王八、乌贼拼死搏斗，在乌贼败下阵来仓皇逃窜之时，喷出大量墨汁，迷住了白龙的双眼，染黑了海水、礁石和白龙的身体，白龙变成了乌龙。而那只王八精趁机死死咬住了乌龙的尾巴，四爪紧紧地嵌入坚硬的礁石缝中，使乌龙不得脱身，最后同归于尽。渔家少女得救了，乌龙却长眠于浅海近岸，龙首昂起，面朝大海。这段新鲜出炉的古老传说，让当地村民倍感振奋，他们会指给外来的游客看那礁石化的乌龙和王八，而且龙尾处确有一段钢筋连着一片扇形礁石，"那就是铁的证据！你看，乌龙身下的大王八嘴巴正好咬在钢筋上。"

我相当佩服家乡父母官特别是那位新到任的"一把手"的想象力和推动力，是他把不起眼的默默无闻的小渔村黑石湾迅速打造成了一个远近闻名的风景胜地乌龙岛。修路、架桥、筑坝、炸礁……为省级地质公园建设付出了许多，以此拉动了县里的经济增长。一些临海而居的渔民住进了宽敞明亮的楼房，心里美滋滋的。"一把手"因公园建设政绩突出而获得提拔，直到前年被抓，当地百姓都替他惋惜，至今念及他的好。

我的祖屋也列入了拆迁范围，父母用补偿款在县城里买了新房。他们不想住在乌龙岛，因为村民们常在背后大声议论他们有个不肖之子，差一点坏了县里的好事。

我家老宅被拆除后，在原地建了个公共厕所，供游客方便使用。

原载《钟山》2022年第2期

点评

这篇小说在写法和风格上近似近年来风行文坛的"非虚构写作"。当地政府要把一个叫"黑石湾"的海边村落打造成旅游风景区，遂请"我"作为专家出一份调查和论证报告，但"我"基于实事求是考察后作出的报告，却接连两次遭到县"一把手"的嘲笑和否决。这个小说的"看点"就在此，一方面，基于科学考察、论证后出具的报告不被采用，反而依靠胡编乱造而成的方案大受欢迎，"一把手"依此方案建成风景区（改名"乌龙岛"）而被上级认定为伟大政绩并得到提拔；另一方面，坚持真理、维护地质原始景观的"我"被勒令"滚出家乡"。原因不过是"我"的坚持阻碍了"一把手"的计划。在全国，这并非个案，应是一种普遍现象。各地纷纷建设自然风景公园，为了出新、出彩，随意编造历史文化、肆意破坏原始自然风貌者并不鲜见；小说中这位飞扬跋扈、粗俗不堪、后因贪污入狱的"一把手"形象，在基层也并不少见。这是一幕讽刺剧，对当下普遍存在着的建设乱象予以集中展现，具有广泛而深刻的警示意义。

（张元珂）

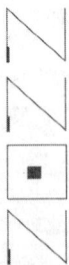

八大人起 /

/ 王方晨

他是个安分卑屈的农民，每见八大人，眼睛都要带出一点惊惶，面容要比八大人苍老得多，其实八大人才小他俩月单五天。

就为这俩月单五天，本来排行老七，却被叫成了"八大人"。出生没满月，母亲不幸病逝，大姐抱回家与儿子共乳。

小的争不过大的，却拗不过大姐偏心。争了半年，大的争不过小的。六坐七滚八爬，才九个月，小的就知道把奶往大的那边推。大的两手紧抱着另一只奶，怕被强盗抢了呢。大姐奶水足，由不得劝小的，"够吃，够吃。"他偏要等大的吃过那个，再吃这个，吃得饱饱的才罢。

没周岁就知道让奶！孔融再世。

每当大姐哺乳，都会引得人看。奶奶看，妯娌看，大姑子小姑子看，就爷爷和大伯哥、二伯哥不能看。到底忍不住，爷爷厚着脸皮，潦草瞄了一眼：

"这小大人。"

经爷爷这么一说，谁看那老七都像个小大人。

会走路了，才跟外甥分开，但直到长大成人，不是你去我家，就是我去你家。好在相距不远，一个在牛王庙，一个在张岔楼。

八大人去张岔楼从来不空手，哪怕只带去一只烤熟的肥蚂蚱。沿途谁都认得这个老成孩子，远远看见，就说：

"喃，八大人来了！"

不知何时，八大人走路就是大人架势。迈动外八字，不紧不慢，像个老干部，像个小学老师，也像个老爷爷，就差没长白胡子。

外甥大号张天舜。很难说他能跟张天舜玩到一块儿。张天舜跟他有霄壤之别，小时候像猴子。一看他俩在一起，大人们就拢来逗趣：

"小嘎嘣豆，你俩谁小谁大？"

张天舜当仁不让：

"我大！"

说完就跑。大人们齐对八大人喝：

"八大人，起！"

他腾地跳起来，以大人想不到的速度追上去，一把薅住张天舜的后衣领子。想丢下老舅一个人，没那么容易。

八大人回了家，过三天不来，小猴却又坐不住。等不到第四天，就去牛王庙找他。牛王庙没牛王，有吃的。

后来张天舜才明白，不是牛王庙富足，是八大人总能找到食物。茅根、马泡、酸浆、龙葵，食之不尽。

牛王庙的蚂蚱，大的赛蜥蜴。

有一年，张天舜吃过八大人突然从裤兜里掏出来的一根肉条。黑不拉叽，揉搓得少皮无毛，味却极美。他接过来就吞了。问还有没有，说没有。问什么肉，说是蜥蜴腿肉。

只恨吞得过快，再看不到。

想象中的肉条，跟屋椽一样粗细，那蜥蜴又如何？

对贡献给人类一条美腿的蜥蜴的浪漫想象，伴随了张天舜几十年，直至从电视上目睹了热带丛林里恐怖的巨蜥。他迎来了一次迟到的干呕。

八大人的五哥错过了适婚年龄。村里光棍成堆，八大人自己也没把打光棍放心上。从大姐口中听到张天舜要成亲的消息，他愣在原地，但立刻就高兴起来。

张天舜怎么搞来的老婆谁都不知道，反正他没看上。村里也没人看得上，不同之处，他没看上也很高兴。

婚礼上，八大人忙得欢。一对新人入洞房。碍于长辈身份，他停在洞房外的夜色里，才感到一丝凉雾般的落寞。

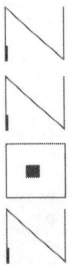

深夜，洞房里传出猪哼哼，因为张天舜的老婆像猪，坐卧行止都像猪。

张天舜的老婆走在街上，常有半大小子跟在后面大声起哄。八大人看见了，就赶。那时候八大人变得很凶。赶跑了半大小子，八大人就问张天舜的老婆：

"天舜家的，去哪里？"

人们似乎才想起来，这个猪样的女人是"天舜家的"。八大人叫起"天舜家的"，又亲切又得体。很快，人们发现，八大人来张岔楼比以往来得更勤了。

天舜家的长得差，却有一样好处，笑起来不难看。她少言寡语。没有八大人在场，这笑容就成了她唯一的武器，足以击退那些妄想欺负她的人，比张天舜还管用。被逼到墙角，朝人家一笑，人家就散了。一群半大小子围着她起哄，张天舜眼睁睁无可奈何。

八大人来张岔楼，人们对他喊：

"起！"

他朝小学校的操场拔腿飞奔，果然看到天舜家的被围攻。

其实只要听到他的脚步声，半大小子们就会走散。他把天舜家的领回家，天舜家的很乖的样子，有时候还朝远处的人笑哩。

这一回忽然想起什么，就转身去找小学校的老师。

"你们得管管！"

小学校的老师将两手一摊，不语。

天舜家的明知小学校操场的危险，却动不动就去那里。操场上有根旗杆，又高又直，插在一个一米见方的石座上，杆顶从没挂过旗子。去了小操场就呆呆地往杆顶上看。如果不被打搅，能看一天。张天舜吼过她：

"旗杆有什么好看！你能爬上去？"

八大人曾制止："你这样吼是不行的，她是你娶来的。"

张天舜很不讲理地说："我就是毁在她手上的。"

一来二去，天舜家的也看出了门道。张天舜再吼她，她就去拉八大人的胳膊。一见她拉八大人的胳膊，他就不吼了。

"母猪一生一窝，"他低着头，坐在柴火堆里嘀咕，"她一个也不生。"

看不出天舜家的有怀孕迹象。她那么大肚子，说里面装了个石磙人们都信。八大人兄弟姊妹七个，自己不大关心下一代。

没想到大姐着急起来，时常对他念叨。

你说留不下个人芽，天舜两口子老了，谁伺候他俩？

他想说自己管他们，又把话咽了。

八大人很聪明。牛王庙有家卫生室，他没生过病，过去很少去，几乎理不着卫生室的"驴大夫"。几天没见他，张天舜来牛王庙找他了。人家告诉他，他七舅在"驴大夫"那里。去了一看，八大人正跟"驴大夫"说得入港。

从"驴大夫"那里能学到什么？

才半个月时间，他就记清了人体穴位。这给他未来的人生埋下了伏笔。一年三百六十五天，正穴三百六十五处。奇经八脉，又加三百五十五。共七百二十个穴位中，三十六个是死穴……

他在幻想以穴位为张天舜的后代取名。生男叫百会，生女叫迎香。

没等学成，天舜家的被送进了医院，没能走出来。做过手术，那女人肚子就塌了，躺在床上认不出是她，所以，张天舜没哭。

过去了半年，张天舜还像没想到自己是光棍。这期间，八大人天天来，第一次带酒，他就喝醉了。这一醉不打紧，扯天扯地哭嚷。

八大人吓住了，大姐也吓住了，由不得抱怨他总往家带东西，带那些吃的还不够，又带酒。

倒是村里人劝慰，让张天舜哭哭也好。

哭过的张天舜，就像没了力气，整日软绵绵的。他这时候知道有个猪一样的老婆好了。一提起死去的老婆，还是想哭。也像他老婆一样，爱往小学校操场去看旗杆了。要不就是去牛王庙。在牛王庙的人看来，像走丢的孩子。

八大人略懂了医术，却没用号脉也能下诊断。保准给他个女人就又

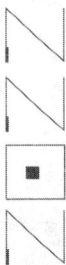

好了。

吃的穿的好弄，女人不好弄。八大人有心给他捏一个。

真没想到，八大人从此走在了给张天舜捏女人的路上。当然啦，捏女人不能用泥巴、橡皮。女人是生命，他得用心血。

大姐对他的责备像绳子把他绑住了。绑住的是腿。他不去张岔楼了，干完地里活就出村当小贩。地里活也像多了，总也干不完。

这一年是1981年，农村刚刚实行生产责任制。转过年，五哥娶了个寡妇。娶过来才五天，五哥就让他出去住。他起初以为寡妇不善，很晚才知是五哥的主意。五哥不喜欢张天舜。他没地方住，就在院前的坑边上动手和泥垒屋。

垒着垒着，止不住也像张天舜一样大哭。一边垒一边哭，引来一帮人看热闹，也都不帮他。张天舜来了，他才止住。

甥舅俩一起垒。墙垒起来，封不了顶，因为没梁椽。搭了两捆棒子秸，算是挡住了天。在土屋潮湿的地上睡到半夜，张天舜受不住，爬起来说：

"起，起，去我家。"

八大人仰着脸，慢慢吐出一句：

"面包会有的，牛奶会有的，一切都会好起来的。"

他不去张岔楼，张天舜就一回一回地来。

张天舜一来他就下地，反正不在家里。在地里干活，张天舜也帮一帮。他总不能只是旁观吧。

张天舜干活不行。比如给棉花打叉子，八大人伸手就把叉子掐了，他却要瞅上半天，确定不了似的。比如点种子，挖个埯点上就是，他却把种子丢在地上，再挖埯。埯挖好了，种子也找不到了。从地里走一趟，会把庄稼踩得七倒八歪。

跟八大人久了，也有进步。至少看上去，像干活的意思。

过去从八大人家里，他想拿什么就拿什么。麦子、棒子、地瓜、土豆、芝麻、花生、粉丝、豆豉，八大人的家成了他家的粮仓、杂货铺。更多的时候是八大人往他家送，不讲原则，怪不得五舅生气。现在，一粒黄豆都不让拿。他来，干什么都白干。

冬天，他在屋里跟八大人一起搓棒子，五妗走来，说要给八大人介绍个女人。八大人头都不抬。五妗说那女人是迎河村的，就带一个，守了六七年了。五妗带俩。五妗说，凭七弟这么能干，那女人不会不答应。八大人对她有误解，没好气地说，你走吧。

他不识好人心，五妗也无奈。

五妗悻悻走了，张天舜就出神。刚才五妗跟八大人说话，他一直朝她看，却被她无视。

"人活着不能像虫子。"八大人对他说，"人得站起来。站得像旗杆。"

这话太深奥，张天舜却一下子听懂了，随之仰仰脖，像在张岔楼小学校操场看旗杆顶。不得不说，八大人对五妗怀有成见。他找老婆的标准，得比他五哥高。他穷得住着两间漏风泥屋，还以为自己正青春年少。

但是，张天舜身上慢慢起了变化。

夏天到了，张天舜向八大人借钱做生意。八大人找了个破木箱，刷成白色，送给他。他要卖冰棍。

进价一毛一根的冰棍，能卖两毛。五块钱批发五十根，卖出去就赚五块。当时五块是个大数字。

几天不见他的影子，八大人兀自担心。八大人也不闲着。地里没上紧的活，就去贩鱼虾。天不亮赶到微山湖，从渔船上趸了货，直奔县城集市。这一次，特意留下几条一斤来沉的乌鳢，去了张岔楼。一进张天舜家院子，就看见了丢在地平的白木箱。

张天舜还在床上躺着。一问，卖赔了。

卖不了的，自己吃了，坏了两天肚子。

大姐走来，又责怪他带东西。他有些日子没来过了，忽然想去小学校操场看看，一言不发，就走了出去。

那根旗杆还在。他已经很了解，原来旗杆后是栋大门楼，楼前旗杆左右各一根，均高约三丈。早年间门前竖旗杆的，都不是寻常人家。

张天舜来叫八大人回家吃鱼，八大人悄悄对他说："生意还得做。"

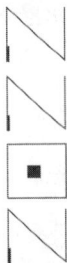

把今天贩鱼虾的钱，连本带利都塞给他。

张天舜卖了一夏天的冰棍，人黑得像乌鳢。

要问他赚没赚钱，只有他知道。三天打鱼，两天晒网，能赚钱就邪门了。八大人不改初衷，多大窟窿都给他补上。

人啊，很怪。小时候是个猴子，怎么长大了像换了个人？他卖冰棍不吆喝，有时候穿过一个村子也卖不出一根。除非看见他背着个木箱子，问一句才知道是卖冰棍的。

跟他相反，八大人总有的赚。八大人也带过他，但离了八大人就不成。算下来，做过的买卖不下十几种。收辫子，贩知了猴、蚕蛹，反正想到过的，甥舅二人几乎都做过。方圆百里的集市，也都赶过。

八大人还住在那两间泥屋里，五哥看不下去了，警告他说："咱这个外甥啊，坑舅，就是个无底洞。"他端着碗只顾吃饭，像没听见。五哥知道他不爱听这样的话，不敢多说。

实行生产责任制这些年，村里除了八大人，家家都过得去。新房如雨后春笋，东一个，西一个。大姐死在这一年清明节后两天，临死忘不了的，不是他们甥舅俱各光棍一人，而是八大人没口像样的住屋。

半夜，五哥听到外面轰的一响，跑出来一看，八大人的土屋倒了。以为八大人被砸在了里面，忙呼喊救人。

众人手忙脚乱，扒着扒着，就说不要扒了，就这薄墙，一只鸡也砸不死。喊了几声八大人，没应声，也就算了。

获知八大人的下落，是在一年以后。他跟张天舜去了伟大祖国的南方。算起来甥舅二人是当地最早从北方到南方打工的人。

张天舜一个人回来了，告诉人们，热。

没了八大人陪伴，人们才好像真正看清他的面目。他其实还是长得像猴子，脸很小。额上布着三道抬头纹，刀刻一般，无声言说着心中的愁苦。从人前走过，会让人下意识躲闪一下，像躲霉气。所以，他去小学校操场，几乎从没被挡过路。

他蹲踞在小学校操场边上看旗杆，能一看一下午。这样，抬头纹更深了。

"看什么呢，天舜？"

他给人笑一笑。

不笑还好，一笑，就射出一团飞霜似的凄凉，甚而凄惨。

除了天热，南方怎么样，他都不说。做了什么活，住什么地方，挣没挣钱，受没受欺负，都是人们关心的事情。他把什么都埋在了心里。

一天，绿衣邮差骑着自行车直奔他家。往日都是把信件送到村委会，再由村干部通过大喇叭通知去取。他接到一笔不小的款子。

接下来，用三天时间修理一辆破旧的自行车。还是不能骑，就推着车去了塔镇。修理车的师傅没出摊，就把车子推了回来。隔了一天再去，才算把车修好。

回来的路上，因躲避疾驰的卡车，摔到了道沟里。浸在水里，爬不出来，只能呻唤。凑巧同村人路过，发现是他，登时就笑个不住。

车子没摔坏，腰扭了。同村人把他弄回村。本是一件倒霉的事，全村得知了，却都忍不住哈哈笑。他感到羞愧，反正腰扭了，索性在床上躺几天。饿了，伸手从筐里摸出一个干馍馍充饥。

以后，不时骑车出村，不到天黑不回来，跟谁也不说做什么生意。大小是个商业秘密，人也不好硬去打听。

给人的印象是，他只是驮着空气，在山东大地上漫无目的地游荡。

一年里至少两次，会收到八大人的汇款。数目有大有小，村里人帮他合计，这笔钱够他吃喝。庄稼不种，生意不做，每天看旗杆也能活。

真是个倒霉的人！贩什么，什么贱。

大雨后去微山湖趸鱼虾，赶到集市，鱼虾成灾，因为河水暴涨，冲得沟沟汊汊都是鱼。又是烈日炎炎，他行路慢，半路上鱼虾就在筐里臭了。他还挺会过日子，臭鱼虾弄回家里，炖一大锅，全村人都跟着他闻腥臭气。

年底，镇里干部来慰问贫困户，揭开墙角一个瓦罐，差点被熏个倒仰。问他罐里黑乎乎浮着白醭的是什么，他呶唧道：

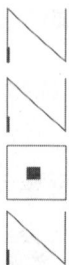

"鱼酱。"

那年月还兴三提五统，他活得不成样子，也不能搞特殊。

责任田里种了豆，草盛豆苗稀。打下来的豆全被收走，还不够，还要他拿钱。出面的村干部心中有数，他若不拿，也不能收他的臭鱼酱，他却一要就给。

敢情花钱不心疼。八大人的钱哪！

元宵节过后，八大人从祖国的南方回来了。他不像人们想象的那样，穿一身港装，而是一件藏蓝色的中山装，露着卡其色的毛衣领。

出租车停在村口，他走下来，八字步。乍一看去，像个打下江山的老干部。他步子还跟往昔一样，不紧不慢，每一步都踏实。

那时候人们还不知道他是径直来了张岔楼。甥舅二人好得不得了，同做饭，同打扫院子，同去看旗杆。

到此为止，必须说个明白了，旗杆有什么好看？人们不去打搅他们，风却把他们的说话声吹了过来。

"爱秀在天上过得还好吧。"

谁是爱秀？

有年岁的人才恍惚记得，张天舜娶过一个猪一样的女人。那女人在世，张天舜对她呼来喝去，还像亏了他八辈子恩情。这是人没了，才觉出她的珍贵。

可是，八大人是她的舅舅，他也来掺和，不知记她什么好。

八大人与张天舜形影不离，在张岔楼住了三天才离去。八大人走后一天，牛王庙的人就跑了来。原来八大人没回牛王庙。

五舅气得最严重，脸红脖子粗的，指着张天舜的鼻子说：

"你害了你七舅！"

张天舜不语，他五舅扇他两巴掌都有可能。

虽没见上八大人，大家都觉得几乎全世界的人都知道八大人如今在南方过好了。想起他来，却不是富豪的模样，是庄严的老干部，家里养着勤务员。

从张岔楼的人口中，他们得知了八大人的打扮，而从张天舜那里，屁都问不出一个。

下一次汇款单到，就有张岔楼的人及时告诉了牛王庙的五舅。五舅马上赶来，抢走了汇款单。

几天后，五舅又把汇款单送回，举着汇款单让他承认哄骗了八大人。

"七舅让我做生意的。"张天舜只是无力辩解。

"你坑舅，说！"

"七舅让我做生意。"

"说你坑舅！"

"我做生意……"

五舅再也忍不住了。

"你做个毛生意！"

五舅扬手将汇款单摔到他脸上。到底是做长辈的，又忍了忍。

"种好你的一亩三分地，强似你东跑西颠。你这个样子，自己想想，只给舅舅们抹黑吗？你给国家抹黑，给政府抹黑！"说得有点严重，不严重压不住他浮躁的心。

牛王庙的人有好几天没见到五舅，都猜他按图索骥，去找八大人了。回来了什么也不说。

被退回的信，标明"查无此人"。

在八大人走过的路上，隔三岔五也能看到五舅了。去张岔楼，不空手，带的东西多少而已。东西递到张天舜手上，却不忘说一句："我是你五舅啊。"这就是跟八大人的区别。

不光五舅来，五妗也来。

五妗帮他拆洗了两床被褥，还带给他一个好消息，说她娘家村里有个女的看上他了。他去她娘家村收芫荽，那女人喜欢他的公道，就找她提亲。

他马上想起秋天去胡家洼收菜的情景。他是收过一个女人的芫荽。那女人独自过活，种了半亩芫荽。

脸上的皱纹有了舒展的迹象，但又蓦地消失了，就像什么也没听到。

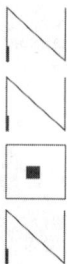

遭过八大人冷漠拒绝的五妗，竟不由得有了顾忌。

“你好好想想，两个人的日子总好过一个人。”五妗说，“人家这回可是铁了心，要自己做主。”

五妗走了，张天舜就在屋里转悠。

张天舜又去小学校操场，远远地看。没看旗杆顶，看石座。

过两天，八大人来了。牛王庙的人也来了，呼隆隆几十口子，挤满了张天舜的院子。像是挟持，将八大人带回了牛王庙。

八大人在牛王庙没有家。在世的哥哥还有三哥、五哥、六哥。去三哥家吃了饭，半夜里又被一个侄子开摩托车送回张天舜身边。

张天舜不说五妗给自己介绍寡妇的事。

这一次八大人在张岔楼住的时间挺长。他和张天舜一起去过一趟微山湖。

没赔。

晚上回家炖鱼吃，整个村子都香了。

像被鱼香吸引，一个叫振杰的走了来，嘴里说着“好香啊”。八大人今天骑的车，就是从振杰家借的。他是村干部，家住小学校一旁。八大人邀他一起吃，他本吃过了，仍旧一口答应。又开了瓶酒，三个人就喝起来了。

振杰吃了鱼，喝了酒，直言不讳。“七舅，”他说，“收手吧。”

八大人一愣。

“全村人瞧出来了，”振杰接着说，“天舜不是做生意的料。问题出在他太本分，太公道。做生意是贱买高卖。他是反着来，从不讨价还价。你说，能让他不本分，不公道么？左右村上，有养羊发财的。改天我送他一只小尾寒羊。羊生羊，羊又生羊，不出几年就是一群羊。不信把日子过不好。七舅，从此，你也省心些。”

八大人不语，看张天舜。

张天舜木木的。

“生财之路千万条，不一定非得当贩子。”振杰说着，目光看向八大人，想得到八大人的呼应。

“听孩子的。”八大人轻声说。

过了好一会，张天舜身上才发出动静。

"我做生意。"张天舜声细如蝇，却明白。

振杰走了，舅甥两人好像都没察觉。

八大人还没回过神来。他第一次把张天舜叫作"孩子"。

顺口就叫出来了，想都没想。

下一次八大人从南方来，村委会召集全体村干部，商议如何帮扶张天舜，专门把他请去旁听。振杰详细阐述了养羊致富的可能性。一不愁草料，二不累，三有情调。羊在河边吃草，人躺在岸上，可听水流淙淙，可看白云悠悠。小尾寒羊，大的能长成个牛犊子，一只羊卖两千块，十只羊两万块……生态饲养，肉质鲜美，不愁卖。

振杰说到兴头上，双目炯炯，满面红光。

忽然发现，八大人像有话说。

"七舅，您讲。"

八大人张张嘴，又合上了。

"您讲，七舅。"

八大人头上出了汗。

振杰的堂叔也是村干部。他堂叔也催：

"八大人，有话就讲。"

"他缺女人。"八大人终于说出口。

这不是算账，振杰听了，却埋头掰起手指头。好像总也算不清。

振杰的堂叔一听就笑了，从凳子上站起来。

"这不好办么！"他说，"交给我。"

就听振杰疑惑地问道："给他女人他就会做生意了？"忽然明白了。

"给他找个识秤的来教他！"说着，笑逐颜开起来。

显然，张岔楼广大干部群众，低估了给张天舜找老婆的难度。张天舜秤上从不坑人，很多人得过他的好处。关键的，他有个七舅八大人，待他若己出。八大人孤身一人，在祖国南方挣大钱，将来家产还不给外甥留

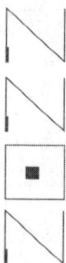

一份？八大人就是张天舜的造钱库。为之动心的女人是有，被振杰和堂叔频频带到他家去，但又被原封不动带出来。村里那些老光棍遇上，就会嬉皮笑脸地拦住说："咱也是缺老婆的啊。"并表示，黑丑瘸瞎，均不计较。

振杰托亲戚，拜朋友，方圆二十五里都寻不到又漂亮又与张天舜年龄相当的老姑娘。听说莱河东小李楼有个四十多岁、离婚不离家的女人不错，兴冲冲赶了去。不料那女人劈头一句："小伙儿，你是看上我了吧。"拉住他不让走。他闹了个大红脸，张天舜的名字也没说出口。说了也白搭，张天舜不配。

自此，就不再给张天舜忙活了。

心想，过个几年，他到了六十五，给他办个外保，政府养着他就是。

那小李楼女人却在他心里安了营。一闭眼就想起她。这么好的女人，独守空房，真是浪费资源。一想她，就心旌摇荡。

眼看影响了工作，一个人忽然跳进脑中。

八大人也缺老婆！不知从谁口中，听说八大人在南方住别墅，钱都是用麻袋装的，还养了仆人。就没听说他有老婆。

小李楼女人白白净净有福相，为什么就不能介绍给他呢？

振杰开始盼望八大人回来了，而且还想亲口问问，在几座城市有房产。

八大人有两年没回来。这期间振杰去小李楼偷看过那个女人好几次，像怕她突然嫁掉一样。那女人远看很安静，他觉得像是在等八大人，还莫名地有了感动。

暗夜，睡不着，走出家门。村巷空无一人，天空高远，不由心生寂寞。随意走了个来回，正要进门，忽觉心头一跳，转身向小学校操场走去。

小学校操场也是寂寞的，因为几年前，各村小学合并，张岔楼小学就整体搬出去了，操场和校舍都空了下来。

"谁？"

"我。"旗杆下蹲踞着的黑影回答。

"八大人？"振杰惊，"你怎么在这里？什么时候回的？"

"刚到。"八大人支吾。他站起来。

振杰邀他去家里，他谢绝了，背起行李向张天舜家走去。望着他模糊在夜色里的背影，振杰觉得他就是个无家之人。

一个计划在振杰脑中瞬间形成：帮助八大人成家，然后请他在张岔楼定居。

第二天早上，甥舅共同出现在张天舜家的院子里。八大人扫地，那个懒蛋张天舜站着看。

"不走了。"八大人告诉人们。

没谁信。不走了，那些豪华大别墅留给谁？上海几套，杭州几套，广州几套，东莞几套，佛山几套。祖国南方的土地上，处处都有八大人的别墅。

"借过，"振杰上前说，满脸通红。"七舅，我的意思，小李楼的女人……"

"兄弟！"

牛王庙的人急匆匆赶来了，哥哥们齐声大叫。

五哥抢先抱住他，泣不成声。三哥嫌他丢人，连声说"回家，快回家！"一帮人挟裹着八大人往外走。张天舜好像刚刚明白怎么回事，忙追上去，却被五舅轻推一把，就倒了。

人走光了，张天舜坐在地上还没起来。

他的模样，再没有比这个时候更像一个卑屈倒霉的农民了。他确实有过还算快乐俏皮的童年、少年，却如同转瞬即逝，剩下的几乎全是漫长岁月里的不如意。爱情没有来得及滋润那干渴的心田，就已杳然远去，然后，发现自己身上并没有太多本事，就只有这样一边潦倒，一边挣扎，像头老牛，打一鞭子才挪上一步。不是他懒散，也不是自暴自弃，是不成功的时候太多，神仙都会失了耐性。

他就是一个实实在在、泥巴一样跌在地平的人！

不怪他见到八大人，眼里都会闪出一丝惊惶。八大人是几十年唯一从不间断对他枯寂的心灵予以抚慰的人，因为一想到有可能失去他，眼里随之带出了绝望。

哪里是五舅推倒了他？是跟命运摔跤，一出场就注定了失败。若不是振杰返身回来扶起他，他会在地平坐到死去。

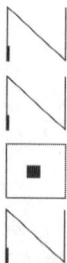

"养只羊吧。"振杰念念不忘，"羊生羊，羊再生羊……"

张天舜凄寥的眼神让他说不下去了。

接着就病了，躺在床上，不说话，两眼空洞。伺候他的是八大人。当天傍晚，八大人从牛王庙赶了回来。问他怎么了，他没反应。

村里人都来看他，拿来的鸡蛋放满了筐。振杰坚持把他送医院，说抬也得抬去了。八大人摆手。八大人一来就给他号了脉。

"都忙去吧。"八大人对人表示了感谢。

现在，八大人已消除对五哥的误解。当年五哥实在受不了张天舜。哥哥们商议，共同出资给八大人这个最小的弟弟建口屋。近些年，牛王庙没建过新屋，因为有可能合村并居，不允许新建。年轻人娶亲，事先都去城镇买楼。但村里特批，可以给八大人建，而且答应破例给八大人办外保。

八大人依旧没住牛王庙。

即便有八大人在张天舜身边，振杰也不放心，隔一两个小时就来一趟。"好些了吧，好些了吧。"一遍遍地问。看八大人拉着他的手给他搭脉，很好奇。"你怎么会这个？"八大人淡淡说"这算啥"。他更惊了。他有些担心小李楼女人配不上。"借过。"他问八大人外面有没有女人。八大人看他一眼，不说有，也不说没有。

牛王庙答应给八大人破例建屋和办外保的消息传过来，振杰急了。

至少张岔楼也可以给张天舜破例。

张天舜病了，冲冲喜或许就好了。立马跟村干部们商量，一致同意。都是村子，谁比谁落后呀。

振杰迫不及待说给张天舜。吃了外保多好，再不用做生意了，比生养儿子还好。生儿为儿做牛马。多少人眼热起了村里那几个吃了外保的光棍汉？

张天舜在床上动了动，又不动了。

"起，起。"八大人不管振杰在场，对张天舜叫起来。

振杰疑惑。八大人又叫"起"。

张天舜像饿瘪的虫子一样轻轻蠕动了一下。他要从床上起来。振杰一犹豫，没去帮他，跟八大人一同，眼看他慢慢坐起，把腿挪到床下。头重脚轻似的，到底还是站住了。

八大人前头走，他跟随其后，独把振杰留在他家里。

他们去小学校操场看了旗杆。

八大人又要去祖国的南方了。临行前，去了一趟振杰家。不巧振杰午睡时落枕，只得扭着脖子跟他说话。他让振杰坐了，张开五指，"啪啪啪"，在他脖后根上猛按了几下。

振杰"咦"一声，说"好了"，问八大人在哪儿学的。八大人不说，告诉振杰自己明天就走，恳求振杰鼓励张天舜。

"他还要做生意。"八大人说。

振杰一咬牙。"七舅，他都做一辈子生意了！"他说，"事实证明，他没有做生意的才分。您老可就别为难他了。"

"孩子自己的意思。"八大人轻轻说，举目往空中看一看。

振杰立刻觉得他看到了旗杆。

旗杆下有个女人，叫爱秀。

振杰还不死心。"我把外保申请递到镇党委了。"他说，"鉴于特殊情况，镇党委会特批。"

"我也不吃外保。"八大人说。他又加重了语气。"我们爷俩儿都靠自己。"

"村里能脱贫的都脱贫了呀。"振杰说。

八大人要走。

"他可以养羊。"

八大人走了。

就在八大人走后次日，振杰碰到张天舜出村做生意，本想叮嘱他两句，却又一扭头，装作没看见。他实在觉得没什么可说。

有一本账振杰至今还没能算明白。张天舜有了女人就会做生意，做生意发了财，就会娶到好女人。问题是，目前他娶不到好女人。娶个小

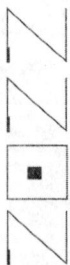

他三十岁的女人不实际。别说他，八大人也娶不到小自己三十岁的女人了。幸亏没提小李楼的。他跟八大人差了不止一点两点，小李楼女人怎会看得上他？什么做生意？这是走进了一个永远也走不出来的怪圈。不如吃外保。

八大人又给张天舜汇钱了。不管八大人在南方住没住别墅，至少比他强。八大人不想吃外保，还有点道理。你张天舜，凭什么呀？

让你养羊，小瞧了你。你心比天高。养羊发财的，村里有四五个了，挣得多的，年入二十万，比大多数人都强。

从没像现在一样，振杰看张天舜不顺眼。尽管如此，他在背地里也帮了他许多次。

比如，这个傻蛋，从崔口冷库买了一百斤蒜皮，分量不大，体积挺大。正赶上刮风，别说骑了，自行车推都推不动。他又不舍得扔，半天没走一里路。振杰得知了消息，马上给孔楼的表弟打电话，让他开三轮车去路上把蒜皮买下来。

当时刚把几大包蒜皮搬到三轮车上，包崩开了，白色蒜皮在大风里飞扬，仿佛漫天大雪。

傻蛋看傻了。振杰表弟早走了，他还站在原地。

回了村就有人问他，天气预报看过么？那你该让大风停下来。

他似乎觉得人家说得挺对。

你呀，怎么不帮人家捡蒜皮？

似乎也对。

还有人一本正经地说，养羊户去冷库买蒜皮喂羊，都不是零买。冷库偏在大风天气零卖给张天舜，明显是捉弄他，不是好东西！

过两天，他又出村。这回是去孔楼。他要把蒜皮钱还给人家。不好说还了没有，反正他回来的时候天黑了。

他没到家去。他在空寂的小学校操场看旗杆。

从此，张天舜每走出张岔楼，都会留下一个疲惫不堪的背影。出去的时候少了，但仍旧会出去。那样的背影，人都不忍心看。

而那样的面容，也不忍看。

老喽，真的老喽。脸上的纹路不仅更深了，还更加杂乱。苍老得像把干草，一点生命的润泽都没有了。

他经历了什么样的人生啊！好像还没来得及欢笑，没来得及让生命闪亮，就开始倒霉。八大人无数次让他相信，未来的日子还会有一个完好的女人在等他，但这微茫的寄托仿佛也要失去了。

在他的前面，什么也没有。

他快走不动了。

他已走不动了。

终于有一天，连小学校的旗杆那里，也会走不到了。听说小学校操场将被改造成村里的娱乐中心。不知旗杆还会不会立在那里，但人多之处，皆不是他的地方。

他没想到，在这年冬天滴水成冰的日子，他迎来此生第二次难忘的远行。

目的地，祖国的南方。

八大人病了。专给振杰打电话，这么说的。振杰瞬间想到很多，想到八大人与牛王庙的疏离，想到他传说中的财产，那些别墅，他与张天舜非同一般的甥舅情……

振杰决定陪张天舜去看望八大人，他觉得八大人给自己打电话就是这个意思。地址没有错。他下意识要为八大人保密。次日天不亮，他和张天舜悄悄出了张岔楼。

乘汽车，坐高铁。朝辞山东乡村，暮至南方一个一等一繁华地界。

振杰跟张天舜比，算得上乡村成功人士了，一出车站，也遮不住农民的形影来，抹一把头上的汗，小声对张天舜说："热。"张天舜脸儿蜡黄，头晕了一样。振杰到底明白一些，若有所思地说："七舅病了，给的是住址。他该去医院才对啊。"准备给他打个电话，却又说："算了。他已经不好了，不能再让他费心。接好不接好呢。"

找到八大人，还算顺利。不假，八大人住别墅。一个人住一个很大很大的别墅。看到他们来，八大人一点也不意外。

八大人不像有病的样子。这么快就好了？两人连问都没问一句，因为

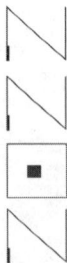

光顾着惊奇了。左看右看只有八大人一个人，心想，那些仆人、勤务员都藏着呢。主人不叫不敢露面。

天晚了，没怎么谈叙，八大人给他们弄来吃的，又领他们到了一个卧室，指点他们怎么使用卫生间。

在卧室，两人都不敢乱动，也不敢睡。

半天，振杰问张天舜，"你热不热？"张天舜说，"冷。"他说的是实话。卧室里开着空调。但是，他们头上都在冒汗。这个样子怎么能躺床上去？

他们去洗了澡。也没想到分先后，光溜溜一起去的。像以前泡大澡堂，相互搓了背。振杰给张天舜搓下了半吨泥，竟一点没觉嫌恶。

不知是什么时辰，振杰忽然听到一种奇怪的动静。他并没睡着，忙小声叫张天舜留意。张天舜也没睡着。别墅里肯定又来了人。那动静是连续的，但没有多少变化，像一个人在原地踏步。到底按捺不住好奇心，两人悄悄下床，走出门去。大厅里透出一线亮光，动静就来自那里。

他们简直不敢相信自己的双目。

八大人身穿一件旧的藏蓝色中山装，双膝跪地，神情像一条羞怯的小狗。随着一只巴掌扇动，他那张面孔娴熟地配合着侧来侧去。而他面前的沙发上，盘踞着一个巨人样的男人，身子像张岔楼的水塔，脑袋像插旗杆的石座。

"啪！啪！啪！"

那肥厚的巨掌好像没怎么用力呢。用力的话就把人打飞了，从祖国南方打回山东老家去了。那巨人也好像不可能觉察到别墅里还有另外两个人。

"七舅！"张天舜呼叫一声，扑上前去。

"啪！"

那巨人沉浸在自己的世界里，任何人都难以打搅。

"啪！"

张天舜不由得畏惧了。他站在那里。"七舅……"声音发颤。

八大人脸上红云飞渡，对他看也不看。

"啪！"

张天舜身子一软，要矮下去，但他极力站着。"七舅，起……"他筛着糠说，

"七舅，起。七舅，起。七舅，起。"

忽然，振杰喊了出来：

"八大人，起！"

张天舜咸腥地喊：

"八大人，起！"

张天舜和振杰被八大人亲自送到高铁站。依着他俩，一天不待，但八大人苦留，就住了两天，也没出别墅大门。

八大人说你们来了知道我老七在南方住别墅就行了。张天舜和振杰还知道了很多。

巨人每周才来一次。八大人就是被巨人召唤回来的。

之前八大人长期陪侍巨人的母亲。老太太死了，八大人回到了家乡。

最初，在一家商店门口，这位母亲昏厥在地，八大人正好路过，伸手就点中了她身上的一个穴位，让她立时醒来。从此，被她招到家中，住上了各种各样的好房子。

算起来，在这栋豪华别墅住得最久。

"十年了。"八大人两手张开五指。

在车站，振杰试图劝说八大人一同回乡。八大人坚定地摇头，振杰感到自己受了耻笑。有什么好担心的？

倒是张天舜，迫不及待要回去也似。

没到村口，张天舜非要从出租车上下来。振杰看他独自往村里走，喉咙里有点痒。他想喊："起，张天舜！"没喊。

不用喊。看张天舜急切的猴子样，前面村子里的旗杆下正有人在等他。

他何时这样过呢？

那肯定是个女人。

是不是叫爱秀，除了八大人和张天舜，山东大地上，已没人记得。

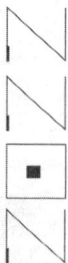

点评

　　为乡村世界里的奇人立传，讲述他们虽身处边缘但也足够个性、典范的生命故事，首先从题材、立意、方法上为新乡土小说写作提供了一种新经验、新写法。张天舜和"八大人"从形象到内涵都给人留下了深刻印象。他俩都是乡村世界里的小人物：作为农民，从出生到成年过程中，他们始终相互帮助、相互扶持，生活虽艰苦、逼仄但也不乏快乐；作为农村世界里的边缘人物，他们一生在物质、情感、婚姻等方面也必然遭遇一连串的挫折，他们当然有其不可摆脱、无可化解的愁苦、孤独、无奈，但他们并未因遭遇种种不堪而彻底沉沦、自暴自弃，他们也有独立、自适的生存之道和生命伦理；成年后，"八大人"去南方闯荡，在其来往于南北之间的不乏神秘的行踪中，他不断给张天舜寄钱，由此在小人物之间所生成的这种纯粹的道义、情义，也着实触动人心。对他俩来说，那唯一最能根本性慰藉并解决其人生问题的方法，不过是求娶一个可以共同生活、传宗接代的女人，可这似也是一个遥远的梦想。小说语言精练、简洁、含蓄，耐人寻味，且不乏传神之笔；叙述老练，讲求节奏，风格独到。

（张元珂）

爱情买卖/

/房 伟

一

梅雨季节，黄昏，小雨很密，贼头贼脑的，摸得你的心发痒。

我想出门。我在屋里转了六十六个圈。我在屋里打转，步子很慢，拖鞋拍打着地砖，地砖上有好些油渍，沾在脚上，像奋力阻止我的诅咒。

父亲没死前，我们就住在这栋回迁房里。这也是面粉厂并购前的最后福利。父亲死后，狭窄的两居室，宽敞了不少，我还是感觉，他躲在瘸腿书橱后面，蜷缩着腿，瑟瑟发抖，头发里有面粉飘落，或者鼓着腮，潜藏在水缸深处，吐着泡泡，默默注视着我。我长得像父亲，他也胖，藏起来不容易。

母亲闭着眼，喝着桑叶茶。她很瘦，看到肥肉，都会不由自主地颤抖。她不许父亲同床，让他睡在沙发上。她的肉从皮肤下逃走，只留下一道道褶皱。她躺在油腻的躺椅上，挠着肚皮上的那块白癣，吐出茶根，讨厌地说，你转得我头晕，你真是作死。

我想出去。母亲却说，雨凉，风也不小，不要去了。

"要少吃哇，"母亲强调，"别像你那死肥鬼老爸，太胖了，追不到女人的。"

母亲露出被茶叶染得黑黄的肿胀牙龈，笑着。

我晚上只吃一碗蛋炒饭。我做的炒饭好吃。我不过多加了一个蛋。

我回到屋子，打开手机。我和"闲看花开"约定在这个时间聊天。我盯着墙上的钟表，迟迟不愿打开微信。

离婚后，我不愿和陌生女人接触。相亲我也不去。两个人，牲口配对

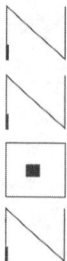

似的，对摆在台前，唇枪舌剑地"杀价钱"。"买卖"太诡异了。我不想被当成牲口。母亲骂我假清高："你不过是失业在家的厨子，你以为自己是贾宝玉？"

有两百多斤的"贾宝玉"？如果有，肯定是我。可惜，没有。

我不是贾宝玉，也不是种猪，我下定决心，就算风干成老腊肉，也绝不跳进不喜欢的"锅"。半年前，我离开了团结湖酒店。我炒菜不难吃，前妻都不说我做的饭难吃，是老板经营不善，饭店倒闭，关我屁事。母亲从不说我烧的饭好，她皱着眉头，不断抱怨，说："花生油放得太多，浪费钱，又堵塞血管，想害死我，你就是'啃老'的败家子。"

这些事，我只对"闲看花开"讲。

我想对交通广播电台深夜节目"田姐夜话"谈谈，她很不耐烦，哼哼唧唧地应付我，我骂她是个傻×，挂断了电话。

没人听我絮絮叨叨讲这些，只有"闲看花开"。我问过她，为啥喜欢听我说无聊的事？她说，我都闲得看花开了，也不差你这点破事。

她主动从"附近的人"加了我，四十多岁的女人，年龄和我差不多，头像照片气质还行，就是眼袋有点大，脸上肌肉松弛。我问她要照片，她不给，想来照片也不一定是真的，我没计较，虚拟世界嘛，不必太认真。

我手贱，加上了她。我不想搞女人。我只是无聊罢了。

深夜，下着小雨，我打着应急灯，在微信里和"闲看花开"瞎聊。母亲不让我开灯，说浪费钱。手机屏幕一闪一闪，我关上声音，只能看到一行行字，不断从蓝色屏幕上蹦出来，像一列列整齐的黑蚂蚁。我们聊得很嗨。我好像看到了父亲，他藏在天花板里，从年久失修的、裂开的三合板材之间，露出眼，调皮地眨着。他鼓励我和女人交往。我有些担心，他太胖了，会从天花板上掉下来。

那个雨夜，噩梦开始了。

二

母亲还没睡。下雨天，她的风湿病会犯。她的呻吟声，从外屋传来，若有若无。从肉联厂内退，她身上毛病不断，舍不得花钱治疗，只按照收音机指导，弄点土方子，金银花、桑叶、枸杞、柠檬片，还有乱七八糟的东西，她用热水泡好，大口吞服。她说，是在肉联厂冷库冻出的毛病。我不这么认为。

她呻吟半个小时，慢慢睡去。母亲睡相不好，打呼噜、磨牙，她还喜欢骂人，通常是骂父亲。我听到了叽里咕噜的骂声。父亲肯定趴在床底，抖成一团。我打扫房间，常在母亲床底发现些面粉似的粉末，肯定是父亲留下的。我拈起一小撮儿闻了闻，有股冰海鲜的怪味，想必父亲前些日子躲在冰柜里。

这栋破旧的单元楼，生活永远乏味单调，外面有沸腾的生活，我却丧失了闯进去的勇气。我还在发微信。"闲看花开"给我各种指令，我按照她的要求，聊天或发短视频。不知何时起，我的生活已离不开"闲看花开"了。

开始我们只闲聊，天南海北，乱七八糟。我很惊讶，我居然这么能"尬聊"。我和前妻好几年说过的话，都不如和她说得多。她的性格有些多愁善感，常转发鸡汤文、情感类小散文，搞得像文学青年。我说，你这个状态像"笔友"啦。她惊讶地问："笔友是啥？"我被她逗笑了，说："你是啥文化？我可是正经职业中专，烹饪专业毕业。咱们这个年龄的男女，咋不晓得笔友？我喜欢《知音》和《女友》。那时的刊物会登载寻找笔友的启事，也是男女交往方式，类似'陌陌'这类交友软件。我认识了几个女的，常给她们写信，我还写过小诗呢。"

"你还写诗？笔友还联系吗？""闲看花开"问道。

"那都是20世纪的事啦。我那点浪漫心思，早被油烟味熏没了。笔友也早不知落在何处。我现在是啃老宅男，失业的无聊家伙。"

聊天时间长了，我要求视频。我对她有些好奇。她让我在抖音注册小号，专门给她一个人发生活短视频。我可不干，太麻烦，我有时间还要打游戏呢。《王者荣耀》要练级，《英雄无敌》这种老款单机游戏，也是我"怀旧"的菜。我没时间弄短视频。我问她："为啥不愿和我微信视频，发照片也好哇。"她说："我长得丑，怕吓到你。你们男的喜欢美女，看到我，就没兴趣了，还不如朦胧点好。"

老女人都古怪。我怀疑，她是残疾，或烧伤过，要不就是超级大胖子。可"乔碧萝"都能修图成网红，不就是开个滤镜，多操作几套工具？再说，她让我发视频，我又看不到她，这不太公平。我想了想，老女人挺

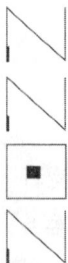

可怜，就发了一张生活照。她收到后，居然给我发了一个百元红包，说是奖励我。我眼疾手快，迅速点了接收，贼兮兮地说："人丑不怕晒。"我虽然胖点，年轻时还挺清秀，眉眼五官说得过去。虽然现在身材走样，可颜值这块，对老女人，还是有些"小自信"。

"闲看花开"也晒图，都是摆拍各种美景和美食图片，五星级酒店吃早餐、高级料理店享受寿司、西藏雪山朝圣、大兴安岭看森林这类东西。我在心里说，这可好，改"凡尔赛版"图文鸡汤啦。我试探着问她："你是富婆？怎么这么闲？"她说："前夫有几个钱，离婚后我靠出租公寓过活，日子凑合吧。"

也是离异的。我有点心动，嘴上说："富婆爱小鲜肉，没工夫搭理我这肥腩肉。"

"小鲜肉有啥好，太轻浮，男人还是老点有味道。""闲看花开"说道。

"闲看花开"口味真重，连我这样油腻的大叔，都会欣赏，我真"热泪盈眶"了。话虽如此，我也没当真，没傻到求包养，求同居。我只把她当一般朋友。她那么闲，这让我羡慕，我也闲，但没钱就麻烦了。母亲催促我去找工作。

我吃过午饭，在打游戏。自从不上班，中午到下午三点多，是固定的游戏时间。早上起得晚，大约九点多，早饭就省掉了。上午我上网、看影视剧，或看看闲书。我翻出少年时热爱的温瑞安武侠小说，看得津津有味。无所事事的感觉太爽了，再也不用听老板的呵斥，也不用担心上班迟到。

日子宁静舒适，也让我越来越懒散。下午，我陷在阳台的黑色躺椅上，昏昏欲睡，淡蓝色耳机线垂下，从那股电流冒进我耳朵的，是张国荣的粤语歌《风继续吹》。迷迷糊糊的梦中，我仿佛看到父亲慈祥的面孔。他胖胖的头颅，似一个发面团。他笑嘻嘻地，拍着我的肚皮说："胖胖崽，想吃烙油饼，还是牛肉包子？"父亲活着的时候，是面粉厂最会做饭的员工。我干厨师，也是受到他的影响。此刻，暖融融的阳光映衬下，我闻到父亲身上淡甜的面粉味。我的眼角，挂着几滴眼泪。我太想念他了。此刻的阳台，如同被春日阳光烫伤的白铝锅，散发着聚集而来的团团热量。我燥热无比，下身肿胀得难受。老婆的身影又冒了出来，她冷冷地盯着我的下身，满眼都是鄙夷。可她的手还是伸向我的裤腰带。我哆嗦着，老婆的脸又幻化成一张从未见过的丑脸。她有大大的龅牙、猿猴似的眉骨，烂眼圈里还滴着黄水。她笑着说："我是'闲看花开'，我会让你舒服的……"

我在母亲的怒骂声中惊醒，这才发觉，裤裆竟湿了一片。四十多岁了，居然还"梦遗"，我真是太闲了。母亲用鸡毛掸子抽打我的胳膊，"啪啪"作响。她警觉地看了眼我的裤子，羞怒的表情更加不可遏制。我吃光了家里的菜，而从不去买菜。我宅在家里后，我们就是各做各的饭。母亲瞧不上我的厨艺。从小到大，她从没有肯定过我。她最常说的话，就是"像你那个死鬼老爸般烂没用"。

"你必须找工作！"母亲怒吼着，"你必须交生活费！我生了你，养了你，还要给你养老送终？真是个没卵子的废物！"

三

"你打了老妈？""闲看花开"问我。

"我被母亲打了。事实就是这样。我怎么敢打母亲。我从小到大，都是被她打。"

"你够怂的，也够衰，一把年纪，没女人泻火，还没几个岛国动作片？"

我真没有。自从跟老婆离婚，我对那种事提不起多大兴趣，专心在家当"唐僧"，谁承想，做梦也能搞出事。可能我必须找点事做了。

我到劳务市场转了转，活儿还是有，但送外卖不行。我年龄大，又是肥人，跑不过精瘦的小伙子。干这行的都是些带鱼似的家伙，像一张张卡片，飘着就飞速送来吃的。我不行，我只能点外卖。送快递也不好，我不习惯被人管得太紧。4S店招人洗车，我不会开车，也讨厌车，只能作罢。最后，我发现，成衣厂要男工，只是干粗活儿，打扫卫生啥的。我面试了一下，我有本地户口，虽然年龄大了，好在他们不挑，就让我上岗了。一个月三千多元，加上补助能到四千元，虽然不多，好歹也是收入。我回家告诉母亲，她铁青的脸色，终于缓和了一点。我干了半个月，十五号发工资，给了母亲两千元，她撇了撇嘴，终于不再找我麻烦。

有了工作，不能和"闲看花开"常聊天了。我只能晚上回去，和她聊会儿。她非常不满，连续发了几个"金鱼冒泡"图，在微信里说，这点钱，有啥干头？要不，你就整天陪我聊天，我给你五千元，包含全勤奖

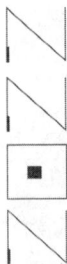

啦。我苦笑着说，别拿我开玩笑，我找个活儿，可不容易。

我是想好好干的。可我干了一个月，整天被主管骂，就辞了职。母亲对此怒不可遏，也无可奈何。我说啥也不愿再去成衣厂了。

"她为啥骂你？""闲看花开"问。

我说："闲下来，我总要找大号衣裤，自己试穿一下。"

"你在工厂很闲？""闲看花开"不解。

我说："累得要死，上厕所不能超过两分钟，我一刻不停地忙着打扫，处理衣服废料，还有清洁厕所。"

"那不是很好嘛，干活儿，正好可以减肥。""闲看花开"说，送上张"棕熊跳舞"动态图。

"好个屁，累得头昏，放个屁都要夹着，生怕耽搁时间。"我抱怨着，顺便还了她一张"痛哭的唐老鸭"图。我俩喜欢在微信上"斗图"，有时斗上几十张，玩得不亦乐乎。

"你为啥偷着试穿衣裤？""闲看花开"又问。

"成衣厂女人多嘛，那些女工，像养鸡场的白羽母鸡，手脚运转飞快，发出'咯咯叫'似的缝纫机的声音。"我答非所问。

"缝纫机不是'咯咯'叫，而是'嗒嗒嗒嗒'，像撞针撞击在人的心上。""闲看花开"纠正我说。她说："这和你偷试衣服有啥关系？"我不同意，在我的眼里，"机器"就是"咯咯"叫着的。女工像一群勤劳的、摇着屁股的"母鸡"。我不喜欢"母鸡"，但我也承认，的确有几个女工让我动心。她们身材好，脖子白皙纤细，像混在鸡群里的"天鹅"。

我不是"辞职"，而是被"辞退"。我试穿大号衣裤，也是借口，我借机和一个管大码服装的女工搭讪。尽管我使出浑身解数，她不为所动，还向主管举报了我。这种糗事，自然不能和"闲看花开"说。

"你为啥不再去当厨师？""闲看花开"又问。

"我累了，"我说，"我是个好厨师，可我讨厌油烟味，也不喜欢收拾厨房。"

"一个不喜欢当清洁工的厨师，肯定不是好裁缝。""闲看花开"调侃我。

"离家出走"的短暂生活，很快结束了。我恢复到从前的状态。母亲又焦躁起来。她开始持续不断地找我麻烦。她嫌弃我起床晚、不打扫卫生、不洗澡，也不爱换衣服，诅咒我吃饭时噎死。最主要的责骂，还在于我没钱给她。她把厨房锁起来，让我做不了饭。那把大号铁锁，就像一只巨大的铁问号。我只能挨饿打游戏，将吃饭改为吃零食，或者点些便宜外卖。我一天只吃得起一顿饭。我再也不能在阳台晒太阳，母亲说，这妨碍她吸收阳光。阳台是她的，房子也是她的。她必须为自己的健康着想。我只能退守到那间属于我的小屋。从少年起，那间小屋就是我唯一的天地。现在，我的地盘也只有这么大了。

一天，我看到她带着一个贼眉鼠眼的老头儿，偷偷溜进来。老头儿是她跳广场舞认识的。母亲穿着一件大红舞蹈服、紧身健美裤，这让她干瘦的身体，显出几分健美。她的脸红扑扑的，泛着几朵"老年桃花"，她脖子上的青筋，因为过于兴奋，跳个不停。她把那养生的、自配的桑叶茶，也给老头儿喝。两人依偎在阳台上，说着情话。老头儿的手，在母亲的衣服里不断游走，好似一条贪婪的老蛇。

我路过阳台，他们并不回避。母亲挑衅地看着我。我低下头，看到父亲的脸从肮脏的地板中冒出来。那张圆滚滚的胖脸，似乎有着无限悲哀。他的脸，慢慢变成了与格子花瓷砖一样的花纹，又慢慢变黑、发肿，像杂粮面馒头。他心肌梗死，最后离开世界时，头和脸都大了一圈，也是这样子。他的面容带着忧愁，眉毛扭结。

我避开母亲和老头儿，去卫生间。母亲叫住我，说："不准在家里上厕所，小区有公共厕所，离得也不远。家里的水费最近又花了不少。"我点头答应。母亲歪着头，看了看阳台上的老头儿，又看看我，冷冷地说："你最好在下月搬走，我和你温叔，两情相悦，他要搬过来，你也想看到妈妈晚年幸福，你自食其力吧。"

我没说话，回到小屋，打开电脑，开启了QQ号。我不想用手机，我需要面对一个大一点的、会发光发亮、会说话的东西，讲讲心事。"闲看花开"的QQ号也一直在线上。我发语音告诉她，我今天糟透了，母亲要赶我走。她说："那你就搬走呗。"我回答道："我没有钱。"

"工作这么多年，怎么没积蓄？""闲看花开"有点不理解。

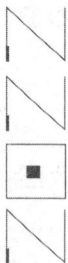

我要求她打开摄像头，和我视频，否则今后再也不理她了。停了几分钟，她答应了我的要求。我打开摄像头，画面里是个模糊的女人，衣着老旧。她戴着一个加菲猫面具。"闲看花开"说，这是她的最大限度了。她不能让我看到脸，这是她的底线。

我同意了，就在摄像头前，我的眼泪"吧嗒吧嗒"地掉了下来。这是无声的泪，没有抽噎，没有号叫，我就这样默默地哭。

"闲看花开"非常惊讶，说："为什么？她不让你住，你就搬走吧。"我讲起了我的事。我的积蓄很少。职业学校毕业，当上了厨师，我每月都要将一半以上的工资交给母亲。母亲说，这是回报她的养育之恩。这样持续了二十多年。妻子之所以和我离婚，也是受不了我婚后还要将大半工资交给母亲。再加上我们没孩子，她终于离开了这个家。二十年前，房子还便宜。我计划搬出去，买一个小单元。母亲不同意，说她只有我这一个儿子，我要照顾她，将来这房子就是我的，没必要浪费钱。我没办法，只能同意了。就这样，我这个四十多岁的男人，没有自己的房。就这样，我要被母亲赶走，不知到何处流浪。

"你为啥不愿再当厨师？""闲看花开"问。

"这件事上，我也撒谎了。我不想当厨师，很重要的原因，是我的味觉退化了。我做的饭，不是咸了，就是淡了。我去医院检查过，医生也说不出啥，我只能离开团结湖酒店。酒店老板指着我的鼻子大骂，说我就是骗子，有病还在酒店上班，把他的生意全搅黄了。只有炒饭这件事，我有把握。即使完全没有味觉，我也能做出好吃的炒饭。"

"你太惨了。""闲看花开"的语音，充满了同情。

"我咬了咬牙，决定明天找地方搬走。我受够了母亲。我要工作，哪怕被别人骂，去工地搬砖，去掏下水道，也不要再面对母亲和那个猥琐老头儿。"

"你可以不离开。""闲看花开"突然开口。她摇动着加菲猫头套，声音听上去有磁性，不像四十多岁女人的声音，虽然有点小沙哑，倒像是哑嗓的少女。有钱人就是懂得保养。

"你可以继续住，还可以让那个老头儿滚蛋。""闲看花开"的声音，充满诱惑。

"不要安慰我，更别耍人，我惨透了，没时间陪你瞎聊。"我气鼓鼓地说。

"我说真的，""闲看花开"停了一下，飞快地在屏幕前打了个响指，说，"你只要陪我聊天，随叫随到。就这么简单。我每月给你发六千元工资。你交给母亲三千元，并让老头儿走，今后不再干涉你在这个家的自由。"

这样也可以？打个响指，就有六千元？她是女"灭霸"？我怀疑自己的耳朵。可事情偏偏就这么怪异。我成了"专业陪聊"。也许，她就是富婆，有钱人的世界，我真搞不懂。

四

我将三千元放在母亲身边，说我已有了工作，是"网络主播"。母亲非常疑惑。她不理解，为啥对着摄像头尬聊，就能挣钱。我又不是美女或帅哥。主播是虚拟的，钱是真实的，母亲摩挲着那些钱，得到了我的保证，每月都可以有这些钱。她终于下定决心，赶走温老头儿，也对我开放了"空间使用权"。我又可以自由自在地在阳台打盹儿，使用厨房和卫生间了。我明白，这不是长久之计，可我不想改变。我喜欢宁静安稳的生活。

某天晚上，贼兮兮的温老头儿，失魂落魄地站在我家阳台下，吹着一把绿色小喇叭。那是他们广场舞的装备。小雨淅淅沥沥下个不停，小喇叭的声音被淋湿了，肿胀而呜咽，最终哑了口。母亲咳嗽着，始终没有探出头看他一眼。老头儿还是不了解母亲。她是一个非常坚定的女人，没有男人能改变她的主意。

收到第一笔工资，我和"闲看花开"的关系变得微妙了。我们不再是普通朋友。她成了我的"雇主"，我成了"打工仔"。这种感觉不太爽。好在"闲看花开"没什么过分要求。她发微信给我，我要陪她聊天，和她交流购物心得，更多的时候，她喜欢听我讲童年和青年的故事。她很少说自己的事，就喜欢听我聊。我从最初的童年记忆讲起，讲到少年的叛逆、青年对爱情的渴望、中年的失败和困顿、父亲的死和妻子的离开。我讲得越来流畅，越来越投入。我的表情越来越丰富，肢体语言也越来越灵活。我好像忘记"闲看花开"的存在，全心全意地投入了回忆。

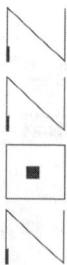

深夜，为了不影响母亲休息，我关上灯，只有电脑屏幕闪烁着蓝光，仿佛是来自另外一个世界的入口。我变成了一个喷吐咒语的男巫，对着奇异的光芒诉说，对着迅捷无比又无处可见的电波信号诉说，对着虚空诉说，进行一次又一次灵魂的召唤。我又看到了父亲。他端着大大的棕色水杯，里面泡着胖大海。在面粉厂工作的人，肺部都不太好。父亲喜欢喝胖大海。他就站在旁边，肥胖的身躯，似乎也变得轻盈，隐藏在屋内的黑暗中。他咳嗽着，被屏幕染成绿色的小眼，闪烁着奇异的、喜悦的光芒……

我想起很多自己以为已遗忘的往事。我想起童年第一次吃冰糕的感觉，我想起九岁时掉进冰窟窿差点被淹死。我向"闲看花开"描述了冰水呛入肺部的绝望感受。我记起了初恋，那是我第一个喜欢的姑娘。一个白净羞涩的女孩，有着天鹅般的脖颈。我忘记了她的名字，但依然记得那种感觉。我不敢表白，每天晚上放学，偷偷地跟踪她回家。她要经过一片白杨树林，我小心地跟着。树叶被风吹得响动，我胆战心惊，又燃烧着激情，我生怕她发现我，又渴望着她的发现。

"闲看花开"喜欢这些故事。她时而落泪，时而欢笑。她说，你该去当作家，太会讲故事啦。听说我是流行歌爱好者，她让我给她唱歌，都是20世纪90年代的老歌。我高中时喜欢刘德华，常在街头唱一首歌一元的"街头卡拉OK"。现在的孩子不能想象那场景：萧瑟的秋风，落寞的江南小城，大排档前还零落有些烤串爱好者。我的父亲，一个谨小慎微的面粉厂中年工人，拎着酒瓶子，在一个个摊前转悠，执着地寻找能为他付账的熟人，像个落魄的诗人。父亲没啥钱，被母亲管得死死的，他又喜欢喝两口，只能用这种没出息的方式讨酒喝。不远处，我刻意躲避着父亲，然而，简陋的话筒和摆在摊前的电视机吸引着我。我的初恋，就住在不远的小区里那栋灰色的小楼上。她的家在三楼，如果打开窗，就会听到我的歌声。我用粤语唱刘德华那首《缠绵》："爱得越深越浓越缠绵，会不会让天红了眼，爱得越深越浓越缠绵，不问有没有明天。"歌词写得太好啦。我的歌声饱含深情，那扇窗却从未打开过。

"后来女孩怎样了？""闲看花开"问。

"她学习很好，考上一所不错的大学。在大学，她不再羞涩，成了学校的风云人物，当了学生会副主席。一个帅气阳光的男同学爱上了她。我恰好有个关系不错的同学，和她考入同一所大学。每年暑假回家，我都要去找他玩，向他打听女孩的消息。"

"她的人生很成功。""闲看花开"说。

"她没有嫁给男同学。大三那年，一个同宿舍的女同学，嫉妒她的爱情，用滚烫的开水，将她重度毁容。她变成了'怪物'。她无法承受，割腕自杀了。"

"结局反转太大啦，""闲看花开"说，"肯定是你编的，搞得我好伤心呀。"

"这就是命运，"我叹息着说，"不是每个女人，都像你这样，可以当富有的包租婆，还可以买上六千块钱的爱情故事听。"

"说得也对。""闲看花开"打出一行字，沉默良久，又说，"鉴于故事非常感人，要对你特别奖励，希望下一个故事同样精彩！"

我的微信跳出个鲜艳的小红包，我大吃一惊，这次打赏了一千元呢。我惴惴不安地说："我现在是你的员工，陪你聊天是正常工作，超额打赏，我很不好意思。"

"这有什么，""闲看花开"满不在乎地说，"就当奖金啦。"

母亲对我的"工作"非常好奇。她常打着各种借口，闯入我的直播室，在镜头中进进出出，"闲看花开"很不满。母亲就不敢再打扰我了。但会悄悄地试探我。当得知"陪聊"是我的工作，她大为惊叹，也表现出羡慕的神色。母亲说："我最喜欢聊天，你改天把我推荐给富婆吧。我只要两千元就好。"我没好气地说："你觉得她愿意和您老人家聊吗？"母亲因为我的鄙视大为恼火，但转念一想，也无奈地同意了我的判断。

过了几天，她又对我说："富婆不会看上你了吧？"我说："你儿子是小鲜肉吗？连你都恨不得赶我走，一个中年富婆，凭什么看上我？""说得也对。"母亲搔着头皮，苦思冥想。她的头皮屑，像纷飞的小雪片，落到桑叶茶里。她的脸皮皱纹堆垒，那些很深的皱纹，是雪花膏无法掩盖的。岁月刀砍斧斫的痕迹，没有让母亲变得慈祥，反而更加狰狞。她对我的金钱来源不死心，总想控在手里。她威胁我说："胖胖崽，你是老娘肚子里爬出来的，你肠子里有几根蛔虫，我都一清二楚。不要和我耍花样。老温和我说了，你可能利用网络，搞非法色情活动。如果发现

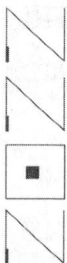

了，我要大义灭亲喔。"

我不理会威胁。贼老头儿还不死心，想搬进来。我怀疑他想霸占这套房。我在这里长大，房子也有我一份儿。我不会让他们的计谋得逞。我的办法，就是少和他们接触。我一天到晚，把自己锁在小屋，只有母亲出去活动，我才走出房门。我一天只吃一顿饭，也是在她不在时偷偷做的。母亲受不了整天待在家里，她的大部分时间，都在跳广场舞，和老头儿打情骂俏。晚上回来，她辗转反侧，疼得呻吟。她有胃病，肝功能不好，她吃得少，瘦得可怕，时常发低烧，心脏也出过问题。我还年轻，可以熬过她。

我买了哑铃和瑜伽垫，锻炼身体。我把锻炼视频发给"闲看花开"，她也非常喜欢。她说我锻炼的样子，像只胖企鹅。我在抖音和微视注册小号，只有她一个好友。只要她不出门，有了时间，就会通过各种工具和我聊，或看我录好的视频。我渐渐了解了她的生活规律。她睡得很晚，起得也很晚，喜欢泡夜店，去高档酒店吃饭，也去健身房和高级养生中心。每个月，她都外出旅游，通常是国内，也去国外瞎转悠。

几个月下来，连工资和打赏，我收到"闲看花开"好几万元，比我在酒店当一年厨师挣的钱都多。这让我信心大增。我每天做俯卧撑、玩哑铃，跟着网络上的瑜伽教练进行燃脂训练。我慢慢瘦了些，气色也越来越好。我和"闲看花开"的关系也越来越亲密。我甚至有了种错觉，她就是我最亲密的女人。我不敢向那方面想，怎么可能？差别太大了。她只是一时兴起，过段时间，她会厌倦我，她会毫不留情地抛弃我，寻找一个新的可以聊天的男人。可我怎么办？我还能再回到成衣厂扫废料？还能忍受朝五晚九的限制和无休止的管制？

我突然很害怕失去"网聊"这份工作。我幻想着，能否真当"网红"，我先后试验"吃播"和"日常播"。我的业绩很差，既不如有特色的中年吃播男，也没有小鲜肉的颜值，靠唱歌跳舞获得打赏。奇怪的是，我对着"闲看花开"口才很好，但面对广大观众，却张口结舌、呆头呆脑。试验过几次，我的"网红"事业彻底失败了，我也缺乏坚持的勇气，只能老老实实地做"一个人的主播"。

她还是最喜欢听故事。我千方百计、绞尽脑汁地回忆，当故事缺的时候，我就翻找当年的《读者》和《女友》。那上面有很多有意思的故事。我尝试将很多小说和电影的故事，改编给她听，她也说不错，但还是说，以我为第一人称主角的，掺杂着回忆和虚构的故事，最真实，最有代入感。她最喜欢，打赏往往也很多，别人的故事，听起来假假的，索然无味，打赏自然就少。

下雨的夜晚，特别适合听故事和讲故事。为了直播，我换上干净的黑西服，扎上领带，特意刮了脸，修剪了头发，看着年轻了不少。这一次，我讲了刚参加工作时认识的女人的故事："我只是一个国有大饭店刚上岗的见习厨师，二十岁出头。张姐比我大六七岁，长着一张娃娃脸，倒不显岁数。她结婚了，有个四岁的女儿。张姐爱笑，喜欢跳舞，厨艺不高，但仔细认真，很受大家欢迎。她教会了我很多东西。一些老师傅的私藏秘诀和绝招，她都偷偷告诉我，特别是怎么做蛋炒饭。"

"你的绝活儿，就是从她那里学会的？""闲看花开"问。

"的确是张姐。她帮了我很多，我永远不能忘记，那双长睫毛的眼，还有甜美的笑容。她有意无意地握着我的手，温热滑腻的感觉，让我心惊肉跳。"

"你们在一起了？"

"我把第一次给了张姐。我什么也不懂，慌乱之中就弄脏了她的裙子。我们躲在厨房的那间杂物室里。那是深夜，我们不敢开灯，借着月光，我看到她红润的皮肤，泛着点点汗珠。"

"你们为什么没有走到一起？"

"我的心隐隐作痛。我爱张姐，那是一种深入骨髓的爱，可我害怕被人们指责。我们很快暴露了。元旦快到了，饭店组织联欢会，那年元旦，天空飘着小雨，大家又跳又唱，非常热闹。张姐穿了件红色女式软绒大衣，她突然拉住我，用半是疯狂、半是哀求的语气说，上台唱首歌吧，我晓得，你最拿手的，是刘德华的那首《缠绵》。我点头答应。她又说，你要在唱歌前，在大庭广众下宣布，将这首歌送给你的爱人——张芊！"

"你说了吗？""闲看花开"也有些激动。

"我没说，我甚至没说这首歌是送给她的。张姐哭着跑出联欢会现场。她在雨里奔跑，像一团红色的花火，她在涌动的车流中，跌跌撞撞地飘动，像一条流动的血蛇。这团花火，或者血蛇，最终被一辆摇晃的汽车撞得粉碎……"

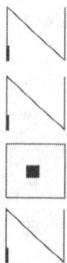

"她死了吗？""闲看花开"哽咽着说。

我哀伤地点头，眼泪适时地挤出一点。"闲看花开"太容易动情，简直不像四十多岁的中年妇女。不过，无论哪个年龄的女人，都相信凄美的故事。哪有那么多悲情？张芊没死，也没出车祸，都是我编的。她尖叫着逃走，被丈夫狠狠打了一顿。她的丈夫到单位闹了一场，我被迫辞职，去了团结湖酒店。"闲看花开"也许不想听到这些真相。她居然发来五千元红包。我的心里乐开了花，盘算着用这笔钱买点游戏装备。

意想不到的事发生了。"闲看花开"在微信发来几行字：

"你讲得真好，虽然我不爱你，但我爱上了你的讲述。现实生活中，我不能成为你的爱人，就让我们在虚拟世界成为恋人吧！"

我拒绝了，不是我假清高，我只是打份工而已。虚拟世界相爱也许不麻烦，可我还想保持点可怜的尊严。我可以"卖"隐私故事，"卖"时间，但我不想"卖"我的爱。尽管，我也没啥爱心可卖。这世上，除了死去的老爸，没什么人真心爱过我，张姐只能算半个吧。

"世上的事物，都有价，你的爱，也并不值钱！"

"闲看花开"生气了，打出一行字，不再回应我。我发微信，发现已被她拉黑了。

我有些茫然和担忧。我的"主播生涯"，到此为止了？

五

离开"闲看花开"那段日子，我非常焦虑。她不再回应我的呼唤。我不明白，自己为何如此倔强地拒绝了她。不就是"虚拟恋人"吗？没啥了不起。就是真娶她，也没啥。我这样的人，还有女人喜欢，就算不是富婆，长得丑，我也该知足。

我期盼她再次联系我。

母亲对我的一举一动非常关注。我不再直播，她勉强挤出来的笑容，也就消失了，好像绽裂的美丽水泡。温老头儿的身影，再次晃动在我的家。威胁我的东西，又缓缓地逼迫而来，带着沉重的影子。我暗自哭泣，决定离开。我四处寻找着父亲的影子，希望他能出现，挽留我，安慰我。春天过去了，他却消失了，门缝、橱柜角、卫生间镜子后面，甚至厨房案板下面，都没有他。逐渐燥热的空气，弥漫着紫色微尘。阳台的光，变得刺眼，仿佛要将躺椅上的我，烤成一片金黄的、淌着油的厚面包。

我收拾行装，准备搬走。母亲进来，拉住我的手，面色哀戚。我讽刺地说，不用赶我，我自己走。母亲瞪着眼，号啕大哭，沉重的眼袋，坠在她的脸上，似两块松弛的月牙形年糕。她告诉我，自己得了癌症，肝癌，她很害怕。温老头儿也不会再来了。我不动声色。我观察着母亲，她清瘦的脸，蒙着一层灰蒙蒙的死亡气息。她的慌乱，不像假装。她平时很忌讳说癌症这类话题，如今提出来，恐怕是有所求。

她说，手术需要一大笔钱，她的积蓄不够，让我拿出十五万元。我说，没钱，我很快就搬走。母亲试图抱住我，一股冰冷的气息，传到我的身上。她很少抱我，我记忆中的拥抱，也只是在幼年时期。突如其来的热情，让我无比慌乱。母亲说，只要我能给她凑够钱，就将房主的名字改成我的，并写下遗嘱，将所有东西都留给我。"你死了，所有东西不也是我的吗？"我冷冷地说。母亲凶狠地把我推在地上，咬牙切齿地说："胖胖崽，不给我凑手术费，就赶紧滚出去，我会写遗嘱，一分钱不给你。"

突然而至的难题，让我颇费脑筋。我真没那么多钱。我准备搬走时，手机响了，是"闲看花开"的微信。她先发了几个表情包，沉默许久，才说："不想和你联系，可我实在无聊，还是找你聊聊吧。我这个月还支付了薪水呢。"

我将家里的情况告诉了她，并说，只能找到出租屋后，继续直播了。"闲看花开"说："十五万元嘛，小意思，只要答应我的条件，就转给你。"

"闲看花开"答应一个月内将钱转给我，条件是和她签"虚拟合同"，一个月内，遵从所有要求。我必须光着屁股，全裸，拿着身份证，念一段誓言。如果我不守信，这份视频就会曝光在各大聊天平台和网络社区。

网贷全是这种套路。我也只能不要脸，先要钱了。凑足了钱，母亲会写下遗嘱，将房主的名字改为我，我才能安稳度过下半生。

"闲看花开"的语音留言，仿佛沙哑的幽灵之音。她说："这一个

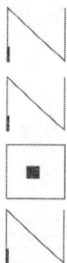

月，你是我的爱人，我会付你钱，你必须满足爱人和雇主的一切要求，这是你的责任和义务。你能做到吗？"

我打了个寒战，隐隐感到后悔。我难道和魔鬼做了什么可怕交易？

我拿到第一笔三万元钱，心里稍微安定了点。我将转账记录给母亲看，她非常满意，乐颠颠地去医院交了部分费用。她拒绝住院，要在家里监视我，直到我拿到十五万元为止。"我爱你！亲爱的老公！你是我的啦！""闲看花开"勇敢地表白。"老公"这个词如此遥远而陌生。我这个网络虚拟的"老公"，拿钱买来的，一个月的"老公"，并不喜欢称呼她"老婆"。

开始"闲看花开"并不过分，甚至有几分甜蜜。她要求我说情话，念各种爱情箴言，表达各类肉麻的海誓山盟。我勉强应付，按照她的吩咐做，她兴奋不已，"老公，老公"叫个不停，我直想呕吐。她还要求我汇报每天都干了什么，事无巨细，这让我想起有很强控制欲的前妻。后来，"闲看花开"的要求非常怪异，她要求我讲最痛苦难堪的记忆故事，爱情故事听腻了，她要更刺激的，她说："你要宠我哟，老公。"

我想讲讲母亲的故事："母亲在肉联厂冷库上班。她抱怨说，她的人生是失败的，原因不是她初中毕业后，就在冷库挨冻，而是嫁给了一个窝囊丈夫，生了一个窝囊儿子。母亲年轻时有几分风情，身材瘦削高挑，就是眉眼长得凶。十一岁那年，我亲眼看见母亲出轨。那是夏天的一个下午，母亲和冷库主任张伯伯在床上滚来滚去，母亲发出快乐的呻吟。我吓傻了，呆呆地站在门口，看着他们翻滚，像两张热情的烙饼。张伯伯首先发现了我，尖叫着跳起，套上裤子，飞快奔出我的家门，好似一只受到惊吓的大象。母亲赤裸着上身，从床上跳下，抽了支烟，冷冷地盯着我，说，胖胖崽，你要告诉你爸，我就打死你。母亲打了我一个耳光，鼻血顺着嘴唇流下，成了两条暗红小溪。母亲的手是冷的，带着冰屑刺骨的疼，还有冻带鱼的腥味，狠狠地拍在了我脸上。我的右边脸颊高高肿起，耳朵里全是轰鸣声。"

"你告诉爸爸了吗？""闲看花开"问。

"我跑去了河边，步伐很慢，我从小就是胖子。那是条肮脏的小河，就在如今已废弃的国有东风化工厂的后面。夏天的阳光刺目，河水泛滥着黄色刺鼻的氨水味，还有一堆堆绿色或白色的泡沫。那一刻，我第一次想到了死亡。母亲说要打死我。我想象自己，仰面躺在这条小河里的场景。泡沫会涌入我的口，将我泡成一具巨大的肉山，无数蛆虫会在我的身体里欢乐地唱歌。这简直是天下最可怕的事。"

"你到底有没有和你父亲说？"她又问。

"我当然没说。张伯伯年底发奖金，多给母亲发了几百块。母亲买了大衣，笑得开心。当我肿着脸，见到父亲，他似乎什么都明白了。他流着泪对我说，没关系的，胖胖崽，这不是你的错。父亲还给我买了两块香甜的巧克力蛋糕。"

"闲看花开"对这个故事不满意，她没有打赏。她气咻咻地说："你们男人就是贱德行，没钱时，怕老婆；有了钱，就去养情人。你卖什么惨？"母亲也非常生气。每次我直播，她都在门口窃听。她暴跳如雷，说我污蔑她的清白。我没好气地说："编故事好不好，故事不刺激，人家不给钱。"母亲没了脾气。她搔着头皮，喃喃地说："还有这么痴的女人，陈芝麻烂谷子的事，有啥说头？"

六

"闲看花开"要求越来越多，条件越发苛刻。她让我表演吃肥肉，让我学猫叫狗叫，让我在小区下面的健身器材旁，跳钢管舞。我咬牙忍耐，吃肥肉吃到吐；我学的猫叫，吸引了很多寂寞的母猫；我跳钢管舞，也触犯了小区老头儿和老太太们，他们以为我是精神病。我只要满足"闲看花开"的要求，就会听到她的甜言蜜语，得到奖赏，最高一次一万元。我看着不断增多的存款，慢慢陷入疯狂，也陷入了对她百依百顺的受虐快感。脸皮算什么，总比在车间累死累活地扫地，在灶台汗流浃背地炒菜要好。

母亲喘息着，脸上露出病态的嘲讽，说："天上掉馅饼，也不晓得有没有毒，你就傻吃吧。"

我管不了这么多，我现在要赶紧凑够十五万元，把房子拿到手。她对故事的要求也更高了，我只能讲了和老婆离婚的事："老婆是肉联厂大集体工，农村出来的女人。她的远方舅舅是肉联厂财务科科长。她长相平常，胖墩墩的，性子温顺。母亲正是看上这一点，才把她介绍给了我。我刚被国有饭店撵走，人生在低谷，老婆对城里人很向往，对我还好，

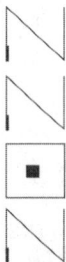

我也没啥更好的选择，就同意和她结婚。我们的婚后生活平平淡淡，就是要不上孩子。"

"没有去医院检查过？""闲看花开"问。

"检查过的，说是输卵管堵塞，要治疗，花费不小，而且可能还要做试管婴儿。我们哪有那么多钱。这件事就拖了下来。母亲对老婆看不上眼，经常打骂。老婆被打急了，也和她对打，也破口大骂，说的是乡下土语。我一点也不懂。老婆原来也不温顺。那些打仗的日子，杯子和凳子乱飞，头发和头发缠绕，母亲扯住老婆的耳环，老婆扒下母亲的上衣。她们滚来滚去，像两只丛林里的母兽，鲜血和喘息声，让狭小的房间更加拥挤嘈杂。我和父亲只能下楼去，到小区凉亭待上几个小时。我们相对无言。父亲的病已比较严重了，他还没有戒烟。我忘不了，他溃烂的眼角，还有忽明忽暗的烟头，在黄昏暗影中，发出红灯似的警告。"

"她们谁厉害？恶婆婆还是悍老婆？""闲看花开"又问。

"母亲当然打不过老婆，但她骂人厉害，还专门对着老婆的下身猛踢。老婆向我摊了牌，继续留在这个家，就离婚。否则，两人搬出去过，和母亲断绝关系。我不能决断，老婆就离开了我。她临走时，哭得一塌糊涂。她有些爱我的，尽管我说不上多爱她。她说，怀不上孩子，总归对不起我，就偷偷塞给我几千元，都是她辛苦攒下的。我不能要她的钱，她一个乡下女人，生活也难。我说，你还有啥要求？她说，给我做碗蛋炒饭吧，我最喜欢吃你做的炒饭。我流着泪，用心做了一顿，她吃得特别香。这也是我做得最好的一次炒饭。当老婆艰难地背着行李，推开房门走出去，我这才意识到，这些年，我们其实已经有了感情，只不过，我一直忘不了张姐……"

我的眼角有点湿润。这个故事是真实的，完全没有虚构。不知为何，我竟忘记给故事加料，就这样直白地讲了出来。我抱歉地说，不好意思，故事干瘪无趣，不算数了，算是奉送吧。"闲看花开"沉默着，我惴惴不安。过了许久，她才说："这是这些天，我听过的最好的故事。"我说："真那么好？"她说："真实的故事最感人，也让人感慨。我要奖励你。"我的微信跳出一个红彤彤的转账红包，竟是两万元。我很高兴，都忘记了刚才回忆前妻时的悲伤。

"老公，想不想最快速地挣到十五万元？""闲看花开"问我。我没反应过来，"闲看花开"在视频里发出低低的声音，左摇右晃，好像喝了不少酒，她还是戴着该死的加菲猫面具。她神经质地笑着说："当然可以，我说行就行。我看了看，还有七万元左右。如果你答应我的要求，今天晚上，就都转给你，我亲爱的老公。"

"老婆，我要怎么做？"我答应着，声音有些颤抖。

"先脱光衣服。"她的声音依旧沙哑。

我扒下上衣和裤子，露出凸起的肚腩和腿上浓密的毛。

"转几圈，摆个POSE（姿势）我看看。"她又下命令。

我笨拙地扭动，很丑，我听到"闲看花开"刺耳的尖笑。她恐怕真有些精神异常，谁会喜欢看老男人的裸体？无所谓，她疯了，只要我不疯，就有钱赚。她马上赏给我五千元，又下了一道奇怪命令，她让我炒饭，炒出一锅香喷喷的饭。

我光着屁股跑，找各种配料。冰箱有冷剩饭，鸡蛋和葱花是现成的。我还拿了青豆、香菇、洋葱和火腿。我疯癫的样子，把母亲吓坏了。她说："四十几岁的人，怎么不知羞耻，在妈妈面前不穿衣服。"我飞快地说："我要直播，不要打扰，今天我就能赚到十五万元。"母亲追着我，要在我的腰间围上一块布。我扭动着，摆脱了她，将食材拿到厨房，打开手机直播。

我的动作无比娴熟。蛋炒饭做得好坏，关键看配料和火候。火腿切丝和香菇丁搅拌，目的是提鲜；洋葱要切碎，防止油腻；青豆可以增加口感和炒饭的色泽，"扬州炒饭"常用它来点缀。炒蛋也很关键。一半蛋液，要在热油里搅成"金丝"；另外一半，要在米饭炒得变硬时淋下，然后爆炒，才能变成金黄颗粒。程序我太熟啦，闭着眼也能做好。油烟不断升腾，火光映衬着我沉重的肉身。我还按照"闲看花开"的要求，唱起那首很久不唱的《缠绵》。我的声音已变调，缺乏感染力，可我依然唱得撕心裂肺，兴高采烈。

"闲看花开"始终疯狂地笑着，还伴随着抽动。

我仿佛又回到青春时代。死去的初恋，坐在锅台上，瞪着眼，盯着我，一言不发。张姐站在身边，鼓励着我，你行的，能做好这顿饭。前妻则抽着烟，悠闲地吐着烟圈，时不时给我鼓掌，烟灰都掉到我的脚掌

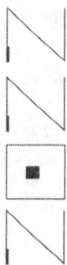

上，我也毫无察觉。父亲还藏在天花板上，下面女人多，他不好意思露面。他躲在缝隙里，担忧地看着我。他的眼里含着泪水，眼泪"吧嗒吧嗒"地落下，险些掉到锅里，破坏了炒饭。父亲有什么担心的？我马上就会有钱，继承这套房子，把贪心的温老头儿撵走。我走上正轨，治好味觉的病，重新变成一个优秀的厨师。我会娶妻生子，过上幸福生活。我看到手机不断振动着，一个个大大小小的红包，从天而降，仿佛是血红的魔丸，五百元、一千元、两千元、三千元、一万元……

蛋炒饭终于做好了。它们安安稳稳地"坐"在盘子里，冒着热气和香气，像一群听话的娃娃。我陶醉着，冷不丁打了个寒战，这才发现，裸体实在太冷了。我问"闲看花开"："老婆，可以穿衣服吗？"她继续笑着说："老公喔，还差两万块，答应我最后一个要求，马上转给你。"我说："老婆吩咐吧。"

"很简单，割开手腕，把血滴在饭里，给我快递过来，我就在网吧包间里，等着吃呢。""闲看花开"撒着娇。

我感到了恐惧。她不是绿茶婊，也不是寂寞的富婆，她是疯子。我对着屏幕，破口大骂，要和她一刀两断。"闲看花开"的沙哑声音，还是那么平稳，就飘浮在幽暗的、充满油烟味的厨房。她说："老公，别怕，割开一点点就好，我喜欢看血。"我说："回家割你自己吧。"她不生气，继续说："我会补偿你，只要你割了，我不只打给你两万元，还会追加三万元。流点血嘛，大男人怕什么，轻轻松松挣到五万元。"我套上内裤，准备关上视频。她又说，语气里有点威胁，"你不割也可以，我就把你所有视频，做成系列片，发到各大网站上……"

我的眼泪不争气地淌下，双手不停颤抖。我被这疯子控制了。我不能想象那些画面出现在网上的场景。我颤巍巍地举起一块刀片，对准自己的手腕。我仿佛看到，父亲化作一股青烟，缠绕在我的手臂上，试图阻止我，可我不能停止。我只能继续表演爱情。爱的极致，就是死亡吧。母亲也从外屋冲进来，她抱着我大哭，吼叫着："胖胖崽，不要和这个歹毒的女人聊天，钱我们不要了。再这样下去，你就是不死，也要疯掉。你要是疯了、死了，我依靠谁？"

寒光的刀片，凑到了手腕，我听到血液"汩汩"流动的声音。它们也迫不及待了。

"我吃了有你鲜血的饭，你就永远是我的人了。你一辈子别想摆脱我。""闲看花开"的笑声，继续从手机传来，像暴风雨中的海妖在哭泣……

七

团结湖酒店关门后，换了新老板。原来的二厨徐师傅，升任了大厨。我和他原本关系不错。他听说了我的事，很同情我的遭遇，打电话让我回去。他还说动新老板，给我涨了工资。他说："味觉的毛病，慢慢治。你炒不了菜，就打扫厨房，管着配菜啥的。咱们都是老伙计，我肯定罩着你。"

我又有了工作和固定薪水。新老板人很好，还给我安排宿舍，和两个年轻人住在一起。我很高兴，能搬出母亲的家。经过那件事，母亲不再逼我，她也承认，所谓癌症，都是骗人的。是她和温老头儿想出的馊主意，要榨干我的钱。她答应我，拿出部分钱，补贴我在市郊买个二手小房。我的新宿舍就在大成路，高架桥附近。晚上睡觉有点吵，也无所谓了。我听着室友的鼾声，看到高架桥上飞奔着一辆辆汽车，发出各式各样的震动、轰鸣和黑黑的尾气。楼下有家二十四小时便利店，我睡不着，去那里买最便宜的啤酒。我蹲在路边，喝着啤酒，吃着三块钱一包的卤香干。春夜星光灿烂，好似大海上游船的点点灯火。

想起这几个月的事，仿佛做了一场噩梦。虚拟世界是可怕的。我从未这么有钱过，也从未如此疯狂。我只是一个安静的胖厨师。

我被送到医院，母亲报了警。警察做了笔录，很快逮住了"闲看花开"。该死的女人，让我险些丧命。过了几天，警察说，她想见我。我想也是，她一直戴着面具，我倒要看看，这个歹毒的女人，到底是啥人，是奇丑无比的怨妇，还是个疯子。

警局的审讯室，我见到了她。小女生，大约十六七岁，长得白净，身材不是很好，有些臃肿，穿着挺时尚，浓妆艳抹，眉眼间全是戾气和不耐烦。她啃着指甲，敲着手铐。

"老公是你吗？我们终于见面啦。"她笑着，这不是我听到的"闲看花开"的声音，她马上说，"我用了变声器，这才是真正的我。"

我冲上去，打了她一个耳光，被警察拉开了。我一个四十多岁的老男人，居然被一个未成年小女孩，弄得割腕寻死，太丢人了。

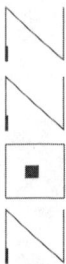

她哭泣着，蹲坐在地上，嘴里喊："老公，我没想真逼死你。"

真是精神病。我离开审讯室，头脑一片混乱。现实和虚拟之间，竟有着如此大的差别。一个好心的中年男警察，走过来，递上一支烟。他告诉我："女孩家里开工厂，挺有钱，她很叛逆，小小年纪就不上学，到处胡混。我们问过她，为啥这么做？她说，你长得像她老爸，她的亲妈，被她爸逼得割腕自杀，她恨父亲，纯粹拿你当了他。"

"她还说了，"警察摸着下巴，嘴角有点若有若无的笑意，"她喜欢你呢。"

我没说啥，就离开了警局。警局那扇黑色大门内，就关着年幼的"闲看花开"。我突然明白了，她的微信头像，可能是她的母亲，甚至微信号可能就是她母亲的。她见我时的口吻、穿着，也是她母亲的。她在虚拟空间扮演了她母亲，她努力模仿一个中年人的爱情经历。可她不是她母亲。活人永远不能了解死人的秘密，网络世界也不行。

她给我的钱，她的父亲说，不算数，因为她未成年，必须退还，但可以考虑补偿。我算了一下，有二十多万元了，要都还回去，真有些肉疼，就等着警方处理吧。

一个月后，我买了房，在离母亲家不远的小区。我没钱装修，还暂住在职工宿舍。晚上，在汽车的轰鸣声中，我常做噩梦，梦到"闲看花开"，梦到死去的父亲。如果真有一个为所欲为的虚拟空间，我会用扮演父亲的方式想念他吗？我惊醒后，去了便利店，买了几瓶啤酒，用隔天的报纸垫在屁股底下，坐在路边，看着浩瀚的星空。星辰灿烂，好似无限虚空的电子屏幕，我想起那碗带着血的炒饭。那天起，我再也不吃炒饭，也不再做炒饭了。

母亲赶走温老头儿，依旧每天喝着桑叶茶。她坐在阳台的躺椅上，就能看到我的房子。她喜欢上了和我视频，提出各种要求，我也无可奈何。此刻，她正吐出口茶渣，淡淡地说："胖胖崽，你哪里会做买卖，还是搬回来吧。"

原载《中国作家》2022年第3期

点评

　　《爱情买卖》讲述了一个具有"灰色调"和"丧文化"风格的网游故事。在小说中，"我"和陌生女人"闲看花开"的网聊可谓触目惊心，在最后高潮阶段差点葬送了"我"的生命。从现实生活走向网络世界，虽然彼此也能暂时转移或消解现实中的烦恼、压抑、痛苦，但一旦把虚拟等同于现实、把"仿像"等同于真实，甚至无拘无束、肆无忌惮地付出生命中的一切，危险和悲剧也就不可避免地发生了。对"我"来说，"爱情"等同于金钱，网聊就是工作，为了金钱可以无所不做、无所不为；对于叛逆女孩"闲看花开"来说，母亲被父亲所逼而"割腕自杀"的经历，让她如坠梦魇，因"我"长相类似其父，她代母复仇的夙愿也就转移到"我"这儿。然而，"仿像"是虚幻的、致命的，女孩的日常、身体、精神被"仿像"的力量所吸附，继而找到"我"并把"我"作为报复对象，一场预谋中的网游在快感和虐杀的双重挟持下，也就一步步走入危险境地。背对生活，沉溺网络，并把技术、虚拟等同于消解或拯救自我的灵丹妙药，对任何人来说都是一种深不见底的终将被吞噬的身心消耗。从这个角度来说，这篇小说中的人物和故事对当下也有极强的镜鉴意义。

（张元珂）

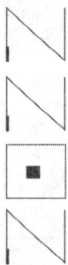

竹楼海/
/陆颖墨

一

一片大大的白云轻纱一样飘过，老乔看到了他的礁盘。从天上看，他忽然发现礁盘像一片小小的荷叶，荡漾在无边无际的海面。今天涨潮，珊瑚礁盘在水面下膝盖深，呈淡绿色，在大片深蓝的海洋里，显得很清秀。

又绕过一片白云，直升机开始下降，那片"荷叶"也越来越大。在南沙守礁十多年，老乔还是第一次在飞机上俯瞰礁盘。他感情复杂地打量着"荷叶"上让太阳照得熠熠闪光的三粒"珍珠"，那是礁堡、竹楼，还有一座航标灯塔。"珍珠"越来越清晰，飞机朝着最靠近"荷叶"凹口处的那粒叫礁堡的"珍珠"下降。半个篮球场大的礁盘平台就是停机坪，上面的着落标志已经清晰可见。

"你们七号礁礁堡最好找了。"飞行员说。

"是啊，就在潟湖边上。"老乔得意地说。那"荷叶"凹处是潟湖，现在已经改成了一个小小的港池，码头就连着礁堡。别看整个礁堡只有一个篮球场大，孤零零地扎在水中，它可还承担着机场和军港两大功能。因为把礁盘看成了荷叶，他脑中也不由把自己所坐的这架直升机想象成了一只绿色的蜻蜓。他欠起身体，张大嘴睁大眼从舷窗朝下寻找到飞机的影子，看它是怎样在这"荷叶"上爬行的。

忽然机身一晃，猛地上升，在空中一个紧急盘旋。当，老乔与舷窗碰了一下，差点咬着舌头。

飞行员叫了一声："有鸟！"

老乔赶紧再朝下看，发现从竹楼里飞出一只小鸟，已接近飞机的降落航线。

"怎么搞的！"飞行员狠狠地长吁一口气。

老乔认出那是一只海鸥，心里更是一惊：小黑怎么还在？他既自责又后怕。他知道，飞机起飞和降落时，撞上鸟是很危险的。直升机飞得慢要好一些，但在海上，这也是很危险的。

海鸥让飞机气浪冲得坠落在礁盘海面上。直升机再次下降，稳稳降落到礁堡上。

老乔跳下飞机，踏上礁堡平台，便吼道："李冬冬，李冬冬，你给我出来！"

"来了，礁长。"礁堡下面传来回答。老乔扭头一看，新战士李冬冬正浑身水淋淋地从礁盘上朝礁堡台阶涉水走来。因为涨潮海水过了膝盖，行走速度不快。他怀里，还抱着那只海鸥。

老乔气不打一处来。要知道，机场防鸟是有一套规矩的，这礁堡平台虽说是最袖珍的机场，但也有它的管理制度。礁堡上一年来不了一回飞机，来这一回还是送自己的，偏还出这么大洋相。他再三向飞行员道歉，表示一定把这次事情的责任向上级报告。

飞机起飞了。

回过身来，李冬冬已抱着海鸥站在身边。

"小黑怎么还在礁上？"老乔厉声问李冬冬。

"它刚才被飞机撞到水里了。"李冬冬答非所问。

"它不掉水里，我和飞机就掉水里了。"老乔火气更大了，"我离开时不是再三嘱咐，补给舰来礁堡，一定要把它带回西沙永兴岛吗？"

李冬冬第一次守礁，刚上礁堡也就二十多天，明显没有觉察到事情的严重性和老乔的火气，他放下手中的海鸥，对老乔说："看飞机把它吓的。"而后对海鸥喊："小黑，礁长回来了，快去抱抱。"

海鸥已在李冬冬的安慰中安静下来，很快认出了老乔，它摇摇晃晃快跑几步过来，用翅膀抱住了老乔的腿，还把头靠在老乔的膝盖部位蹭蹭，以示亲热。老乔心中涌起一丝暖暖的感觉，火也发不出来了，对李冬冬说："赶快把它送回竹楼，快去快回。"

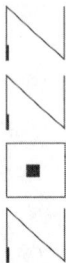

二

　　竹楼，就是南沙各礁盘上的第一代高脚屋，老乔当新兵时就住在里面。那时候，整个礁盘就五六个兵，挤在这十多平方米的屋子里。整个屋子用上好的毛竹搭成，做工真结实，到现在已经十多年了，还是好好的，一直矗立在那儿。这竹楼和礁盘相距二十多米，有一条竹栈道相通。本来还有个第二代高脚屋，是用铁皮制成的。现在这个礁堡建成后，因铁皮屋妨碍警戒观察视线，拆除了。为了和礁盘外的大海区分开来，官兵们把礁盘上这片水面叫竹楼海。竹楼和礁堡虽说不远，但见证了老乔由士兵到士官再到军官的成长历程。当然，现在的礁堡上人也多了些，七号礁现在就有十六名官兵。

　　李冬冬是机电兵，主管礁盘上的发电和电器维护，也负责灯塔的管理维修。二十天前，老乔带着李冬冬正在灯塔熟悉设备情况，突然海面上刮起一阵怪风，他们赶紧朝礁堡涉水返回。礁盘上有大大小小不少海沟，就像落叶上弯弯曲曲的纹路，竹楼和灯塔之间直线距离只有三百多米，因为中间有一条将近两米的海沟，绕开它又要多走六七百米。这条海沟，李冬冬昨天第一次见到就要直接跳过去，老乔没有同意，说在水中跳远和在陆地上大不同，助跑、起跳要有技巧。特别是落地更险，礁盘上凹凸不平，容易扭脚摔伤。有一条老乔没说：万一掉进海沟，下面有八百多米深，很危险。老乔有经验，想等李冬冬的脚在礁盘上涉水行走找出感觉来，再练起跳。

　　看着风大，李冬冬想抄近路跨过那条海沟，老乔怎会同意？拉着他绕路返回。

　　刚刚绕到竹楼脚下，又一阵狂风在水面上翻滚着追了过来，两个人赶紧抱住竹楼下的支柱。这支柱是用槽钢做成的，特稳。

　　一阵浪劈头扑过来，两人一头水。忽然，李冬冬喊了一声"不好"，老乔马上看到一只小海鸥从竹楼顶上掠过，直接砸到了水面。小海鸥艰难地扑腾两下，没飞起来，很快被海浪打进了那条宽海沟。

　　喊声未落，李冬冬已追着海鸥掉落的方向跑了过去。

　　老乔喊了声小心，马上追着李冬冬，奔到了那条海沟边上。海鸥在海沟那边，紧贴着一块露出水面的大型砗磲化石。显然，它受了伤。

　　又有狂风过来，海沟里涌起了不小的浪，眼看海鸥要撞在砗磲化石上，李冬冬起身跃过海沟。但是他太不了解水中的弹跳，又是顶风，落地时一只脚踩了空，身子斜着倒向海沟。

就在这时，一只有力的大手拽住了他的右臂，把他拉到了礁盘上，倒在了水中。

是老乔，他在李冬冬起跳时就觉察到危险，紧跟着也跳起越过海沟，在腾空中把李冬冬拽起。当然，这一招很难，特别是在大风中。一般人很可能抓不准，更可能让李冬冬把他反拽进海沟。

但是他成功了，因为他是老乔。大家叫他老乔，不是因为他年纪大，而是因为在这南沙礁盘上，他资历很老，应该没几个人比得上。

把小海鸥抱进礁堡，他们发现它的左翅膀受了伤，好在伤不重。卫生员赶紧给伤口做清洗和包扎。

老乔正琢磨这小东西怎么安置时，李冬冬提出这只海鸥由他来看护。老乔不同意，说他刚上礁，自己还要别人带呢，好多地方还要适应和训练，还是让老兵来照料。看这伤，一星期也差不多了。十天后，有补给舰过来，让它跟舰飞走。

李冬冬说，影响不了工作，他从小就喜欢鸟，在老家浦东读初中时就参加了护鸟队。

老乔有些迟疑，说他那护的上海的鸟，和这海鸥是一回事吗？

李冬冬咧嘴一笑，说他们护鸟队每周末都有人到崇明岛去护鸟，崇明岛地处长江入海口，有时也有海鸥前来歇脚。他们护鸟，主要防止有人捕捉，特别是鸟类繁殖、迁徙的旺季。护鸟队队员来自全上海，各个职业的人都有，忙的时候都倒休换班去看护。他忽然眼前一亮："我还会鸟语呢！"

老乔气不打一处来："我还会花香呢！你以为我老乔在礁上待了十一年，就是十一岁的智商？"

李冬冬却很认真地说："真的。"说着，他冲着海鸥叫了一声，那声音还真像海鸥叫。不可思议的是，这小海鸥一下子有了精神，起身不顾伤痛扑了一下翅膀，朝李冬冬叫了一声。

李冬冬又叫了一声，海鸥更精神了。

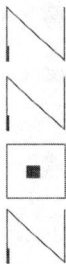

老乔赶紧晃了晃脑袋，以为自己是做梦了。好半天，问李冬冬："你这是从哪儿学的？"

李冬冬认真地说，崇明岛东滩附近有个村民也参加了护鸟队，那村民就会各种鸟语，说是祖传的。他父亲原先用这口技帮一些鸟贩子捕鸟，特别是学母鸟叫，招呼小鸟来入网，很残酷。后被人举报判了几年刑。释放回来后不久，得了场重病。他说自己是作孽太多，便让儿子参加了护鸟队。李冬冬是跟他儿子学的。

老乔有点信了："那你这刚才叫的啥？"

李冬冬说："我是说要开饭了，哦就是喂食了。你看，它张着嘴等着呢。"

老乔信了，对卫生员说："快去开个罐头。"

卫生员把海鸥抱走了。

老乔问："你会多少个鸟语单词？"

李冬冬红了脸："海鸥在崇明岛上不多，待的时间也不长，我就学会了'开饭'这一个词。"看着老乔失望的表情，他又补了句，"崇明岛上白鹭多，我会白鹭的叫声，并且还会得不少。"

"好好好，希望南沙哪天能飞来一只白鹭。"老乔虽然脸上露出一丝遗憾，但还是拍拍李冬冬的肩，算是同意了，吩咐一会儿把它送到竹楼上住着，在这儿会影响部队工作训练。

"那个竹楼上条件太差了吧？"

"太差？我刚当兵那会儿，在上面住了两年呢。"

李冬冬吐了一下舌头。

过了两天，风浪小多了。老乔寻思借着前天那股劲头，可以开始训练李冬冬跨那条海沟了。他先领着李冬冬在礁盘上练助跑，再练起跳、落地。一切都很顺利，李冬冬很聪明，要领掌握得也快，一个上午全都搞定。下午，老乔让李冬冬飞越一条一米的小海沟，李冬冬一下就过了。老乔目测了一下，他跳出了三米多宽。要过那条不到两米的宽海沟，看来一点问题都没有。

但是，到了那条海沟面前，李冬冬刚助跑了几步，就停了下来，走到那海沟边，看了看摇摇头："我过不去。"

老乔一愣，马上急了："你怎么过不去呢？刚才都跳三米远了！"

李冬冬问老乔："礁长，这下面有好几百米深？"

老乔一怔："没那么回事。"每次新兵训练，怕有心理障碍，跨越完成前，都严格保密这数据。看来这密保不了了，老乔又补了句："是卫生员告诉你的？"

李冬冬没有正面回答："我还以为自己救了海鸥一命，没想到是你救了我一命。实话跟你说，这是我第二次遇险。我七岁那年，在河里游泳，一个猛子扎到了岸边一长溜木排下面，出不来了。幸好有人水性好，把我找到救了出来。送到医院抢救了好一阵，我才苏醒过来。"

老乔无语了，他非常理解李冬冬。他知道这条海沟，虽说水面只有两米，但礁盘下面会越来越宽，人掉进去，就像掉进木排下面一样，很难出来。看来得另找法子帮他训练。老乔沉吟一会儿，对李冬冬说："那算了，这条海沟你不用跨了。这段时间你集中精力把灯塔看好，把海鸥养好。"

李冬冬不相信自己的耳朵，看老乔的神色，不像是说气话。

第二天，海测船就来了他们七号礁。

因为老乔熟悉礁上的地形和周边海况，上级让老乔做海测大队向导。老乔一下忙坏了，礁堡、测量两边管，也没有精力来注意这只海鸥了。

连着好几天，不值班的官兵都喜欢坐在平台上，看着竹楼那边。他们总能看到两个身影，一只海鸥和一名水兵，那是李冬冬在训练他的部下小黑。

小黑这名字还是老乔给起的。李冬冬说不怎么文艺，但老乔非要坚持这么叫，李冬冬也就没和领导争执。

这儿的测量作业原定五天，到第三天晚上，上级紧急通知有较强的土台风来袭，让测量船进潟湖避风。测量队队长很着急，因为眼下还没到台风季，也没有预报台风，土台风没有在原计划内。在这儿避风五天，会导致其他几个礁盘的测量任务完不成。再拖下去，过二十多天，就是台风季了。等台风季过去，完成任务的时间要差好几个月，耽误大事。

老乔给他们出了个主意，紧急转场到离这儿较远的礁盘作业，避开风头。他还提醒，土台风来无影去无踪，要防止这种情况下再有变化，到了那几个礁盘，也要因地制宜，抢风头，赶风尾，打好穿插。队长马上把

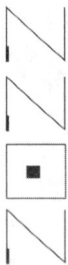

这个意见上报，上级很快通知，让老乔跟着测量船一道转移到三、四、五号礁盘，帮助掌握海情。七号礁礁长先由舰队来礁上挂职的一位参谋暂时代理。老乔苦笑着说："提了个建议，把自己搭进去了。"说归说，做归做，他还是痛快地跟着测量船转场了。

海测船离开时，海鸥正围着竹楼飞翔。启航前，老乔又站在舷边，隔着跳板再三嘱咐李冬冬，土台风过后几天内有运输船过来送台风季补给，一定要让海鸥跟着运输船飞到永兴岛去。他特别强调，再过一个月，漫长的台风季节就来了，不会再有船只到这一带。看气象，土台风过后有三天风雨天，一定要让海鸥在风雨天出去飞几次……

多亏老乔跟着去，土台风也捎带刮到了那几个礁盘，老乔带着他们打了几个穿插，没怎么耽误作业。等土台风一过，老乔搭进去十多天了。指挥礁堡派出直升机，抓紧把老乔送回。因台风季快要来了，他得先回去部署防台风。

三

晚饭后，等李冬冬从竹楼喂完食回来，老乔把他叫到礁盘平台。

"我叫你让补给舰把小黑带走，你为什么不执行命令？"老乔口气很严厉。

"那天下着雨，雨还很大，我怕它在雨中飞不动。"李冬冬有点理亏的样子。

"海鸥不就是跟着船飞吗？二十天前，它那么小，怎么能从南半球飞过来，有船跟着怕什么！"

"那它不是也让风吹得受伤了吗？"李冬冬有点不服。

"那是因为它犯了自由主义的错误，脱离了队伍。"老乔抬高了声音。在南沙礁上这么多年，每年都能看到海鸥的迁徙，这方面他确实有发言权。再远的航程，再坏的海情，海鸥只要跟着航船，肯定没事。就怕落单。

李冬冬没有吱声，知道自己理亏。

老乔说："真难为你，学了一声鸟叫，就是开饭，就是吃吃吃。现在好了，吃这么胖，还飞得动吗？我问你，这二十天，它会自己下海觅食了吗，它会顶风斗浪了吗？时间一长，这海鸥不就废掉了吗！"

李冬冬嘟囔一句："怎么不会飞呢？海鸥生两个翅膀不就是天生会飞的嘛，哪一只海鸥不是搏击风浪？我是看它还小，伤又刚好……"

老乔打断他："你知道我为什么给海测船提议赶风头、抢风尾，在大台风中间穿插作业吗？"

李冬冬张了张嘴，看着老乔。

老乔说："你说我们海测船顶风硬扛行不行？"

李冬冬说："那哪行呀。"

老乔又说："我们躲台风要是不知道台风走向行不？"

李冬冬说："那也不行，这次不就是因为你熟悉海情，怕土台风测不准，上面才让你跟着作业的嘛。"

老乔说："海鸥搏击风浪也是这样，并不是冲到浪里去，那样会让浪打掉淹死。小黑掉到海里，你不是亲眼见了吗？海鸥最大的本领就是敏锐捕捉大浪的浪头浪尾，在波涛之间自由穿梭。这不靠它的鲁莽，恰恰是它的敏捷。你看看现在这小黑，还有这个能力吗？你让它到风浪里练了吗？这能力，它天性里就有，让它飞几次就激发出来了。你这十几天，让它反而退化了。你老实说，它是不是还不如不久前的时候，现在就知道吃吃吃了？"

李冬冬又嘟囔了一句："退了就慢慢练，在礁上待着就行。等我轮休下礁时，再把它带走。"

老乔一下子火了，脸上皮肤黑看不出，但他脖子上的青筋暴起来了，他喘了几口粗气，忍住了。想了想，他说："走，你跟我来。"说着，拉着李冬冬走下礁堡台阶，上了栈桥，不一会儿进了竹楼。

海鸥正靠在门口栖息，看到他俩，兴奋地扑腾起来，要和李冬冬拥抱。看来，这段时间，李冬冬和海鸥的感情很深了。这也难怪，李冬冬救了海鸥的命，而李冬冬又差点为它丢了命。

李冬冬摆了一下手势，海鸥乖乖到一边去了。

老乔抚摸着竹楼结实的竹门，把目光眺向远方的海面。

夕阳将海天相连之处都染得血红。

老乔看看那夕阳说："我刚当新兵时，我们都住在这儿。有一天早上一开门，飞进来一只小黄鸟，当时看外面风浪大，我们就没轰它走。没过几天，大家发现它变形了，翅膀也变成黑色了，原来是只小海鸥。大家本来叫它小黄，后来都改叫它小黑。这小黑在礁盘上待了半个多月，就会飞

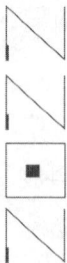

了。就在这时，台风季来了，我们带着它守在这竹楼里。第一季台风一共刮了二十多天，到第十二三天，小海鸥在屋里憋得受不了，满竹楼乱窜乱飞。当时风很大，整个竹楼都随着下面的支柱摇晃，像在一只船上。大家都晕得不行，顾不了它，也没法顾它。后来，它要出去，开不了门，它就用脑袋撞击竹门，那撞击声很响。"

老乔用拳头敲打着竹门，发出"啪"的一声，李冬冬听了身子一震。老乔又敲了一下，李冬冬身子又是一颤。老乔连着敲了起来，李冬冬受不了了，一把抓住老乔的手："别敲了，别敲了。"

老乔停了下来。

李冬冬怯生生地问："后来呢？"

老乔说："我虽然晕得不行，还是挣扎着起来，在台风的间隙，把竹门打开了，它飞出去了。那风真大，要不是礁长拉着我，我也就被刮跑了。"

"再后来呢？"李冬冬问。

老乔没有回答，依然在看着那轮正在慢慢进入海平线的夕阳。李冬冬看到老乔眼角闪着明显的光亮，他不再吭声，眼前也模糊起来。

不知过了多久，老乔回过头来，问他："台风季还有十多天就要来了，你想让小黑一直关在竹楼里吗？"

李冬冬急了："不不不！那，那怎么办？"

老乔说："明天起，你的任务，就是让它赶紧飞起来，瘦下去。别的我来想办法。"

李冬冬连连点头，说："你可一定要想出办法呀。"

四

第二天一早，老乔告诉李冬冬，他联系了上级。海测船完成那边的任务后，要在台风到来前，返回西沙永兴岛，把最后一站安排到七号礁，作业两天后把海鸥带走。老乔很认真地说："从现在算，八天，你只有八天时间！"

虽然不舍，但李冬冬还是坚决地点了点头。他有些不好意思地问老乔："为这事还要麻烦海测船专门调整计划，为一只鸟，上级会同意为一只鸟？"

老乔黑黑的脸上看不出表情："为一只鸟就不行？我刚当兵那会儿，有一只鸽子落到了竹楼上，应该是遭到猛禽袭击受了伤。我们看它脚上有一个铜环，但上面的字母不认识。上报后，上级告诉我们，这是一只国外参加比赛的信鸽。也是在台风到来前，让补给舰带到陆地养好伤放飞了。"

按照老乔的要求，当天就断了小黑的"伙食"。李冬冬把它抱到灯塔那边放下，让它自己觅食。没想到，他刚返回，小黑已经飞到了礁堡上，冲到李冬冬的房间，直接叼住了床头的一包饼干。李冬冬追到平台，从小黑嘴里扯下那包饼干："你居然做起强盗了，给我走。"他抬高声音，做出很凶的样子。

海鸥呆呆地看着他，像不认识他似的。李冬冬摆手势叫它走。小黑也就后退了几步，又停住了。

李冬冬抓抓头皮，不知怎么办了。

这时老乔出现了，他端着一支枪，拉开枪栓，对准小黑，大吼一声："回灯塔去！"

李冬冬吓着了。他真没想到老乔会拿出了枪！

小黑明显也吓着了。它不是被枪吓着，是被老乔的吼声吓到。小黑待在那儿，仿佛不知自己该怎么办。但它很快缓过神来，认出老乔，摇晃着又想抱他的腿。

老乔又拉了一下枪栓，压低枪口，对准小黑。小黑一扑双翅一下抱住了枪管，还用脑袋在上面磨蹭，仿佛那就是老乔的腿。老乔也有点沮丧了，显然这小东西压根就不认识枪，以为自己递过去的是玩具呢。

他想了想，回到了礁堡内的食堂兼学习室，拉开柜子，翻开了一沓碟片。他找了找，找出一部枪战片，打开电视，放了起来。老乔让李冬冬带着小黑坐在他边上。

屏幕上的枪战开始了。小黑还是没有太注意，还在没心没肺对着李冬冬撒娇，很快又过来抱住老乔的枪。老乔把电视音量调到最大，又把窗帘都拉上，画面的冲击力马上凸显出来了。

很快，屏幕上一团团枪口冒出的火花伴随着阵阵枪声，让小海鸥明白了，小黑一下子放开了枪管，跑到了门口。老乔看到海鸥失态的样子，有些不忍，但他还是举起了枪，用枪口对准它。

海鸥马上飞离了礁堡，飞向属于它的竹楼，在竹楼上空盘旋。

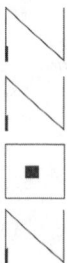

李冬冬赶紧从栈道跑过去，招手叫海鸥过来。也许是惊魂稍定，也许是飞累了，也许是老乔不在，海鸥落了下来。李冬冬过去把它抱住，下到礁盘上，涉水把海鸥送到了灯塔的基座。小黑显然是饿坏了，刚才李冬冬给它挖的海藻和小贝类还在，它马上吃了起来。不一会儿，小黑吃完了，李冬冬故意准备得量少，没有让它吃饱。它冲着李冬冬叫几声，还想要。李冬冬没有理它，把它丢向海中。小黑扑腾了两下，飞了起来，在水面上开始寻找。很快，它一头扎下去，咬住了一块海藻，边飞边吃了起来。再一会儿，它又扎了下去，看准了另一排浪尖的海藻，但是没有咬准，叫了一声，又飞起来盘旋。

"你看，它什么都会，这段时间你喂罐头把它喂废了。"老乔突然出现在李冬冬的身边，他是跨越海沟抄近道过来的，李冬冬没有发现。

李冬冬有些惭愧："不光罐头，还有剩菜。"

老乔又好气又好笑地看他一眼："什么剩菜，你是不是老把自己的菜拨一半给它，自己吃罐头？"

李冬冬很惊讶："这你也知道！"他明白了，老乔和自己一样关心小黑。

老乔没有回答他，动情地说："我看你不是护鸟队的，是宠鸟队的。要是谁家孩子这么宠着，不废了才怪呢。"

海鸥看到老乔来了，飞得远了一些。

李冬冬说："小黑怕你了。"

老乔表情复杂地说："它是恨我了。"

五

当天夜里，突然起了风浪，凌晨还下起了雨，这应该是台风季到来的前奏。一起床，李冬冬找到老乔，请求今天能不能停一天，风雨太大。

老乔很诧异，说这不是大好的机会吗，他还怕这风起不来呢，他问李冬冬："以后它离开了我们，风雨天就不飞了？那还叫海鸥呀！"

李冬冬知道是这个理，无奈，顶风冒雨把小黑又送到了灯塔的基座处，而后朝空一抛，让它飞了起来。

虽然在海面上晃晃悠悠的，但还是能勉强飞着，扑腾了十来分钟，海鸥飞回了基座，如此几个来回。李冬冬放心了，就涉水回到了礁堡平台，许久没有进屋，冒雨看海鸥不时在海面上迎风逐浪扑腾。

不一会儿，风加大了，雨打在脸上生疼。李冬冬找到老乔，说天气海情都有点复杂，是不是可以让海鸥先回竹楼多待一会儿。

老乔跟李冬冬走出礁堡，顶着大雨看灯塔方向，见海鸥的飞翔更加艰难，有点像没放起来的风筝。忽然一个大浪过去，海鸥再也不见飞起来了。

又一个大浪打了过去，过一会儿还是不见海鸥。

李冬冬大喊一声"小黑"，就忙着从栈道顶风跑到竹楼，从竹楼下了台阶。

老乔喊："没事，李冬冬回来。"没喊住，他就赶紧追了过去。等他下了竹楼台阶，心一下子悬起来。李冬冬没有绕道，径直奔那海沟而去。太危险了！

老乔赶紧冲过去，刚跑几步，停住了——他看到了李冬冬弹跳起来，那刚刚腾起的姿势告诉他，李冬冬过关了。

这一跃，李冬冬轻松地跳过了那条海沟。这一跃，李冬冬从竹楼到灯塔的距离缩短三分之二。

很快，海鸥又从风浪里飞了起来，李冬冬也原路返回了。看到海沟，他迟疑了一瞬，还是轻松地跨过了。

两人都进了竹楼。李冬冬抹了一把脸兴奋地说："没事，这小东西狡猾，躲到了灯塔的那一边。"

老乔说："喊你都没喊住，就这点风浪，它又没受伤，对付不了还叫海鸥？哎，刚才那海沟你怎么过去的！"

李冬冬说："嘿，刚才急着去救小黑，哪还有心思想它有多深，放下了，也就过去了。"

老乔说："回来的时候，又差点放不下？"

李冬冬想了想，感慨地说："是有点，但放下过一次，还在乎第二次吗！"

老乔擂冬冬一拳："放得好！走，赶紧回去洗个澡。"

"洗澡？现在淡水太紧张，擦擦就行了。"李冬冬虽说来礁时间不长，也知道淡水太金贵了。

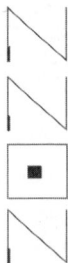

"不，就洗淡水澡，洗个痛快！"老乔大声说，用手指指天空。李冬冬马上明白了，兴奋得仰天大吼一声。

两个人都回到礁堡。除了值班员，老乔把大家都叫到平台，官兵们把衣服全部脱光，欢叫着冲进大雨，面对大海的汹涌波涛，尽情地享受着老天赐予的淡水。风吹来，雨打来，好久没有这么痛快洗过一个淡水澡了。礁堡上的淡水太紧张，平时没谁舍得用，下海作业穿的服装也得用海水洗。

一道闪电从空中掠过，李冬冬有些害怕，脖子缩了一下，看周围没有人当回事。他们在礁上待久了，太习惯了。

忽然有人大喊一声："竹楼海的雨，下得再大些吧！"

六

风雨三天后才走。李冬冬也完全放手了，吃、飞，都由着海鸥自己。风雨过后，小黑飞得更轻松了；每天去检修灯塔，李冬冬也快多了。检修完，都会守着小黑在那儿嬉闹一会儿。

礁堡里的老乔每天都看在眼里，心中也有些不平静。再有几天，海测船要过来，也许海鸥飞走后，再也见不到了。离别的时刻就要到来，李冬冬会怎样？小黑又会怎样？想着想着，他心里发紧。这天，他终于下定决心拿起那杆枪，走到了竹楼，向李冬冬招手。

李冬冬很快跃过那条海沟，上了竹楼。

老乔把枪递给李冬冬："端好，对着小黑瞄准。"

李冬冬糊涂了："礁长，这是干啥？"接过枪，像发现新大陆似的，他说："你这是啥枪，怎么和我的不一样？"

老乔说："要不，怎么叫你练呢。"

"哦。"李冬冬端起枪，瞄了一会儿，说，"这准星太虚，瞄得不准。"

"那是你不熟悉这枪。别放，继续瞄。"老乔说，"就要你瞄不准。"

"为什么？"李冬冬放下了枪，偏不瞄了，"瞄不准让我瞄啥！"

"瞄准你不就打中小黑了吗？"老乔说。

"怎么，真要开枪，打它干什么？"李冬冬一下瞪起了眼珠。

老乔告诉冬冬：这是一杆驱鸟枪，是他们这个"小机场"早就配置的，主要是在飞机起飞降落时，防止鸟群撞击引起事故。这枪可是特地研制的，它的枪声很响，弹头火光很亮，伤害性不大，就是为了吓鸟，这枪还能防止流弹误伤人员。特别是这海上渔季渔船多，所以这枪安全要求高。

"不管什么枪，都不能对小黑开枪。"李冬冬的眼珠快要跳出来了。

老乔叹口气，说他也不愿这样做。现在的问题是，就怕小海鸥舍不得离开礁盘，半道上不跟船飞，又折回来，那在海上就是死路一条。因为几天后台风季就要来了，这海测船是最后一班，如果飞行中没有舰船栖息，只能淹死。他问李冬冬："你愿意这样吗？"

李冬冬摇摇头，又说："让船员把它带到西沙不行吗？"

老乔说："我都想过。这儿到西沙三十多个小时的航程，船员们哪有精力管它，就算锁在舱室里，也有可能出其他意外。要是到了西沙，它还是铁了心往这儿飞，那就更糟了。所以，必须在船驶离两海里后，请船员在后甲板把海鸥放开，它肯定要朝礁堡飞，只有开枪，才能帮它飞回西沙。"

李冬冬半天没有作声，终于说："真要开枪啊，那打中了怎么办？"

老乔说："那你就好好练，保证打不中！"

李冬冬还是不忍心："要是真得开枪，还是你来，你熟练。"

老乔说："它要飞回来冲的是你，只有你开这一枪，才能让它死了心，放下这儿。"说完，他心中一阵呻吟，没人知道自己也舍不得这海鸥，但那天看过电视用枪瞄准过它，海鸥已经怕他了。其实，当时他就想当着海鸥的面开一枪给它看看，但担心在礁堡上距离太近，枪声和火光太大，吓坏了它，变着法让它看了电视。

李冬冬好半天没吱声，老乔帮他把枪端好："好好练吧，只有你放得下，才能拿得起。只有拿起了，它才能放得下，也才有生路，也才有更加广阔的海洋和天空。"

李冬冬艰难而又坚决地点点头，端起枪眯了一下眼睛，又开始瞄准起来。

七

告别时刻终于到来了。

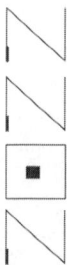

　　傍晚，海测船启航前，李冬冬把海鸥抱起来递给拥上平台的守礁战友们，他们挨个抱起小黑用脸颊贴一下，一个个传递下去，最后又还给了李冬冬。老乔在室内没有出去，他知道小黑怕自己，于是默默地看着这一幕。

　　接着，李冬冬把海鸥交给海测船上的水兵。他轻轻拍着海鸥翅膀说："小黑，到了永兴岛，就不要乱跑。等台风一过，我到永兴岛找你，别让我白找。"说完，再看小黑的眼神，他觉得它像是听懂了。

　　很快，海测船驶出了潟湖改成的港池，驶入了海面，海面上阴沉沉的。

　　礁堡上的所有官兵，都站在平台上，紧张地盯着那渐渐远去的海测船，盯着后甲板上那抱着海鸥的水兵。

　　终于，水兵用力一抛，海鸥飞上了天空，在海测船上空盘旋了两圈，扭头就朝礁堡直飞过来。

　　老乔马上拉动枪栓，冲出来把枪递给了李冬冬，让大家闪开，好让海鸥看清开枪的是谁。

　　李冬冬举枪瞄准，忽然他退缩了。海鸥似乎看到了枪，转身朝竹楼飞去。

　　老乔急喝道："快开枪，要不它追不上海测船了。"

　　李冬冬对准设定的方向，扣动了扳机。一团金色的火球，在海鸥的下方炸开，紧接着传来一声巨响。

　　海鸥也许被火光吓着，也许被火星烫着，一声惨叫，疾速升空。在空中，它盘旋着，似要清清楚楚看看这块荷叶一样的礁盘，看看它曾经拥有的竹楼和灯塔。

　　但是，它很快改变飞行方向，直冲礁堡，它似乎要看清楚开枪的是不是李冬冬。

　　李冬冬感觉自己要窒息了，有些不敢正视，但他还是命令自己马上直视了。当他感觉到自己的目光和小黑的目光相碰时，浑身如电击一样。

　　海鸥也像被电击了一下，在空中大叫一声，追着军舰飞奔而去。

　　叫声撕裂了灰蒙蒙的夜空。

　　李冬冬在这叫声中头皮发麻，心头发颤，他清楚地记住了这叫声。他想，等这次守礁任务完成后，他一定要休假回趟上海，去东滩问问那会鸟语的村民，海鸥最后对他说的到底是什么。

　　不知过了多久，老乔拿过他依然举着的枪，拍了拍他的肩膀，说："等台风一过，咱俩去永兴岛，看小黑。"

李冬冬使劲地点点头，又摇了摇头，努力不让自己的眼泪掉下来。

礁盘上灯塔亮了，照亮了铅灰色的海面，也照亮了竹楼海。

原载《解放军文艺》2022年第8期

点评

　　这是一篇讲述新兵李冬冬与一只海鸥从相处到相离的故事。在南海某礁盘上，新兵李冬冬在此驻守，但他因对新环境、条例、规则不适应、不熟悉而屡屡自缚手脚。比如，当老乔行将驾机落定时，他竟然没有落实机场防鸟工作；因胆怯而不能跨越竹楼和灯塔之间近两米的海沟。这一切都因为一只受伤的海鸥的到来而彻底改变。海鸥被撞伤，李冬冬承担起救护之责。这只海鸥给李冬冬带来快乐，经由李冬冬陪伴、养护，它也很快恢复健康。海鸥有其天性，老乔告诉李冬冬，须把这只恋礁的海鸥驱走。最后，李冬冬只好忍痛开枪驱走了它。这个短篇之所以引人关注，就在于它隐含两种"成长"模式：一种是海鸥的成长。作为鸟类的海鸥有其特有的生存法则和生长规律，从长远看，人类施予的关爱有悖这种规律，因此，被救治好的海鸥必须离开李冬冬，但由此所产生的断离舍，又让他一时难以接受；离开李冬冬，对于这只海鸥来说，同样难舍难分。于是，两种情感、两种伦理在此相遇、纠缠。最后，自然界不可违逆的生存法则胜过人为施予的溺爱，李冬冬必须驱走这只海鸥。另一种是新兵李冬冬的成长。作为一名新兵，他和这只海鸥一样，自我意识和意志同样经历一个从被动到主动、从弱到强的演变过程。从胆怯、躲避到首次跨越海沟，从不熟悉岛礁环境、驻岛规则到熟悉并积极融入集体生活，以及从与海鸥的相依相伴到认识到必须迫使其离开，都可见证他在新环境中身心的成长。小说通过对这两种成长模式的营构，充分展现了当代军人守礁、爱礁、传递大爱的动人形象和深远境界。

（张元珂）

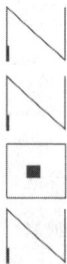

浣花溪记/

/张鲁镭

　　铁头风风火火抱个痰盂从外面跑进来，开心得像抱个奖杯。他把痰盂往餐桌上一墩，翠儿嗷一声从椅子上弹起来，他们正吃麻辣火锅，翠儿这么一叫，筷子上夹着的牛肉丸掉进蘸料碟里。火红的蘸料油汪汪溅在脸上，就像一颗颗红色的泪珠。

　　翠儿、翠儿，杨树救火似的赶紧用纸巾帮她擦。烫到没？烫到没？然后对铁头吼，哪儿弄来的这玩意？铁头往门口一指，他买的。老杨在门口换鞋时，就听到翠儿踩了耗子尾巴似的尖叫。又是火锅，红彤彤的一大盆。痰盂也是红色，上面有喜字还有龙凤吉祥的印花。别说，同桌上火锅的颜色蛮搭。

　　一个商店清仓，居然还有这东西。才三块钱，我结婚时工会送了一个。那时候还四块二呢！老杨一面说一面把痰盂放到墙角。

　　晚上老杨去餐厅拿痰盂，看见翠儿正对着它啪啪拍照。痰盂也算稀罕物？现在的年轻人啊！老杨听到翠儿回房间的脚步声才又去餐厅，他要把痰盂拿进屋，装个烟头废纸也好。

　　喂，你爸是不有病？虽说听墙根有些阴暗，但老杨还是站住了。之前左一把右一把买马桶刷，现在又买痰盂。你爸才有病呢！哎哟！咯咯咯……服了服了……

　　早晨老杨送铁头去幼儿园，还把萨克斯背上。铁头说班里的于小兵也会吹这个。是翠儿让你吹的？她让你练几个小时？铁头忽然停下，你能帮我个忙吗？翠儿过几天出差，她说让你监督我弹琴。好烦……哦，你想让我睁一只眼闭一只眼！铁头让老杨蹲下，然后在他脸上狠狠香一口。

　　浣花溪公园里不少人在晨练，老杨来到沧浪湖旁边的一处空地，支望远镜的周老头没来，那个免费观看的牌子仍靠在树下。老杨选个角度把萨克斯拿出来。他觉得现在这块牌子需改写一个字——免费观听。

　　老杨脱掉外套，里面的衬衫雪白簇新。他又从包里摸出一个黑领结套脖子上。

下厨就要扎围裙，吹曲儿就要系领结。干啥像啥。老杨拿出他的看家本事《望春风》，他准备在浣花溪公园冒个泡。

老太婆拉着小孙子走过来，在湖边跑步的小伙子停下来，连白鹭也踏着清水来到岸边。老杨兴奋，一曲结束气儿都没舍得多喘。老杨在老年大学学过好几首曲子，今天他要把会的通通吹一遍，连《我在马路边捡到一分钱》都吹了。

老杨实在舍不得让那几个围观者散去，又不好意思从头再来一遍，体力也欠佳，对，他可以向大家宣传一下吹萨克斯的好处。

吹这个吗？可以锻炼肺活量，增强人的心肺功能。还可以改善人体的神经系统心血管系统。从而调节睡眠，促进消化，强心健脑，降低血压。俗话说十指连心，手指头这么一活动，就刺激大脑了。所以啊，吹萨克斯还能延缓衰老，预防老年痴呆。老杨沾边就往上扯。

两个穿保安制服的人走过来，你好，我们是浣花溪公园治安巡逻处的，刚刚接到周边居民投诉。您以后只管来遛弯锻炼，这东西还是不要吹了。我吹萨克斯也犯法？老杨很不服气。个头偏高的说，当然不是，只是您在这里吹，影响了周边居民休息。有人小声嘀咕，那边有个"草堂之春"别墅区，住的都是厉害角色。

保安还算客气，您是外地人吧？这话老杨不爱听，外地人怎么了？我把儿子养大，供他读了大学，这小子在给你们做贡献。他不在这边安家，我还不稀罕来呢！

杨树决定留在成都后，老杨特意把那首歌换成手机铃声，真是好听啊，诗情画意地把成都夸成一朵花。"和我在成都的街头走一走，哦哦哦，直到所有的灯都熄灭了也不停留……"呦，老头蛮时髦嘛！我儿子在那边。哦，成都可是个好地方，看您这福气！其实在老杨心里，哪儿都不如自己家。

老杨在家活得蛮舒坦，老年活动室的牌局，老兄弟们的自驾游，老年大学的音乐课，老单位组织的夕阳红演出，这些足以把日子填得满满当当。还有那熟悉的老街巷老口味。老杨楼下开着一家杀猪菜馆。他和几个老兄弟每周都要在那儿聚聚。这么滋润来成都干啥？还不是杨树一天八个

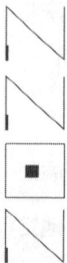

电话！还不是马红霞先撤了！

昨天送完铁头转到浣花溪公园，他看见湖边支着一架望远镜，有个老头一边指着免费牌子一边朝他招手。来，过来看看！不花钱的。老杨在望远镜里看到好多白鹭，他就想到一行白鹭上青天的诗句。

老头手里捧着水瓶很热情地向他炫耀自己的装备，这是美国星特朗专业天文望远镜，口径一百零二，焦距一千三百二十五，焦比十三，什么意思呢？用通俗的话说，就是我这台望远镜，连那些白鹭双眼皮单眼皮都看得清。

你还卖望远镜？卖什么？还准备买呢！就为免费让人看白鹭单双眼皮儿？算慈善公益！当然也图一乐儿。来呀，过来看看，免费！老头继续招呼着。免费谁不会？可人家偏偏不允许他老杨免费。

有人说"草堂之春"那边投诉问题就严重了，老头你还是去别处吹吧，从这儿出去过马路坐二路公交车，四站下，那边有个广场吹拉弹唱干什么的都有，吹破天都没人管。老杨捧起萨克斯，鼓着腮帮子狠狠吹两口。

他坐在公园长椅上望天，天上刚好有架飞机经过，坐飞机用不上半天他就到家了。他特别想念那些老伙伴，不知道那些老家伙又去哪里开心了？正准备拿手机勾搭，就看见不远处两个小伙子正掏出烟卷儿点。

一个小伙子还金鱼似的嘴巴一鼓一鼓吐烟圈，老杨三步并作两步奔过去，这里到处都是花草树木还敢抽烟？你还吐烟圈儿，一把火点着，等着吃官司吧。两个小伙子赶紧掐掉，老杨找到点感觉了，来旅游的？是的，叔叔。这里是成都最大的森林公园，号称"城市之肺"，国家五A级风景区，不管本地人外地人，都要爱护环境。这些都是老杨昨晚在网上查到的。两个小伙子一阵风似的跑路，大概怕罚钱。

刚才那两位保安正巧经过，个头偏高的朝老杨竖起大拇哥。他看看一旁的同事，和你商量点事，我们这儿正缺个巡逻，每月一千五百块，工作吗？刚才那样蛮可以了。还有这事？老杨本想说回去和孩子商量商量，又觉得一个大男人。不好婆婆妈妈的。

他把萨克斯背到肩上，明天上班？不急，还需要做个身体检查。你不急我急，老杨翻开手机，这是电子体检单，身体倍儿棒，吃啥啥香，上个星期儿子带我刚查完。

铁头太喜欢这身保安制服，穿上衣服，戴上帽子，满屋撒欢跑，爷爷当保安了，爷爷当保安了。天天逛公园还有人给钱，再说也不耽误接送铁头，老杨这样对儿子儿媳说。晚上翠儿扒着杨树耳朵，你爸怎么想起来当保安了？估计闲得难受……

这事闹的，吹萨克斯竟然吹出一份保安的活儿。老杨不知道那投诉者是男是女是老是少，倒真成全了他。他都快被闲给累死了，这一阵天空总雾蒙蒙的，可老杨心里却钻进一个大太阳，他的新晋身份——浣花溪公园保安。

安顿铁头睡下，老杨套上制服来到楼下。郑老头见了笑，哪儿买的？怎么是买的？我当保安了。帽子被铁头压到枕头底下。在浣花溪公园，时间蛮好，不耽误接送孩子。

郑老头摸着制服上的扣子，以后你每天都可以逛公园了。那地方风景好，赶上过年还有草堂祭圣诗颂新春的活动。天黑了，两个老人坐在小区的亭子里，就算不讲话也愿意多坐一会儿。他们是东北老乡，郑老头已经来成都四个年头，也是来发挥余热的。只是他任务更艰巨些，儿媳刚刚生了二宝，他每天负责买菜做饭接送大宝。

刚来时老杨在小区里转，看见一个老头手指头虾米似的勾着一大堆购物袋。他过去帮忙，居然还是老乡，天下东北人是一家。老杨高兴得直拍手，你会下象棋不？军棋跳棋也行。扑克俩人也能对掐。这个，郑老头晃晃手里的袋子，白天太忙，晚上没问题。

郑老头晚上一个人住，儿子那边两室一厅，亲家母刚来时，他睡客厅沙发。进进出出不方便，就在儿子那个单元租一间。老杨去下过几次棋喝过几次酒，郑老头总犯困，老杨觉得他白天工作量太大。

老杨睡不着，看看表还不到十一点。睡了吗？他用微信问马红霞。还没，刚刚把小朋友哄睡。我找了个活，就在给你发照片的那个浣花溪公园当保安。儿子同意？这事我自己说了算。

看照片那个公园是真漂亮。那当然，有上百只珍稀水鸟在那里繁衍栖息。什么时候来？我带你悠闲悠闲。那边忽然没声了……

马红霞是老杨女朋友，笑什么？老头就不能有女朋友？你说岁数大一般都叫相好的？可老杨腰板挺拔脸上没皱。体检各项指标均合格，他还

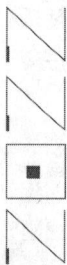

会吹萨克斯还会唱，关键他还有一颗热爱生活年轻的心。综述以上，叫女朋友没问题吧？

如果马红霞不去日本给女儿看孩子，老杨说什么也不会来这边。马红霞走得很坚决，几乎没犹豫，根本没考虑他的感受。正巧翠儿的弟妹生小孩，亲家母要去那边照顾。杨树恳求，帮帮忙，帮帮忙，就接送铁头，碗都不用你刷。

老杨恶狠狠地给马红霞发条信息，你走我也走，像谁没地方去似的！

老杨和马红霞退休前在一个单位，当时接触并不多，后来单位组织夕阳红春游，两人才算熟络。他们又搭伴报了旅游团，搭伴儿读了老年大学，又慢慢从搭伴演变成搭伙。

他们在一起那段日子，进进出出老杨脸上都挂着两朵花儿。马红霞虽一脸平静，可老杨知道她的花儿开在心里。杨树大学毕业那年，老伴走了，日子一下子变得杂乱无章。马红霞的出现，让生活变得更有滋味，一切都那么令人满意。或者说正朝着令人满意的方向发展。哎，美好的东西总不长久！混到这把年纪还搞异地恋。

铁头要吃奶糕，店铺还没开门。成都这地方怪，即便在最忙碌的早晨，人们也迈着方步气定神闲。有人居然还停下来望望树上的鸟，有人居然还在路边的椅子上打瞌睡。这都什么时候了？要说城市也会睡觉的话，成都的睡眠可谓太充足太饱满。那么长的一个大夜，做梦娶媳妇儿都够了。

卖奶糕的小伙子打开卷帘门，很有耐心地搅和着鸡蛋，那么笃定自然，他一点都不急，哒哒哒，唐宋元明清。哒哒哒，上下五千年。得等到什么时候？老杨和铁头商量，咱明天吃吧。铁头说自己肚子里有条小虫，不给吃它要闹翻天。乖，爷爷第一天上班怎么好迟到？铁头拍拍脑袋，把这事忘了，他对正搅和鸡蛋的小伙子说，我爷爷当保安了，看这衣服多帅！

个子偏高那人居然是保安队长，老杨被分派到白鹭洲巡逻，一个叫老山西的和他搭档。老山西总是眯着一双眼，脸上多数地方黑，应该是太阳晒的。没晒到的褶皱里一条条白，大脸猫似的。老山西提议分头行动，你往东我往西，这样才不浪费人力。老杨心里还是愿意热闹，两个人一起说说笑笑就把活干了。

浣花溪公园山水交融曲径通幽，美得一塌糊涂。公园隔壁就是杜甫草堂，之前老杨去过，一张门票六十块！老杨感慨，那杜老爷子真会找地方。这样的环境待久了，俗人也能冒出几句诗。啊！沧浪湖！啊！万树林！啊！那个一行白鹭上青天！

老杨热情高涨充满新鲜感，有个小孩在湖边玩，喂，小朋友注意安全。有个男人爬到树上拍照，NO！NO！老杨扯着脖子喊。看见地上的废纸和饮料瓶，他立刻捡起来扔进垃圾箱。老杨吸吸鼻子，一股清凉涌进心田。和我在成都的街头走一走，哦哦哦，直到所有的灯都熄灭了也不停留……

老杨在湖边看着自己的倒影，早晨刚刚刮过的脸泛着青光，这人都花甲之年了身板还如此挺拔精神还如此矍铄，还被邀请当保安，保安是谁都能当的？那要看身体素质要看精神面貌要看思想境界。老杨干枯的生活一下子吸足了水分，安定饱满，嘴角不再起大泡。

支望远镜的周老头看见老杨一愣，你这是？我在这儿巡逻了，每月一千五，以后差不多天天碰面。不为那几个钱，关键是有个事儿干。对，这个岁数谁还图钱？人不能闲着，这活巴适得很，周老头感叹，看看我新换的镜片。

老杨又在望远镜里看见白鹭，看它们用长长的嘴巴梳理羽毛。看它们舞动翅膀展示绰约的身姿。对面也由我分管，现在老山西在那边。老山西！老山西！老杨在望远镜里看见老山西了。

老山西弓着腰，两只手正在垃圾箱里忙活。他迅速把矿泉水瓶一个个掏出来，然后装进旁边的黑色塑料袋，然后拎着塑料袋继续向前……然后老山西的塑料袋越来越鼓，越来越鼓……

队长来电话让老杨去大门口帮个忙，不一会儿老山西也赶过来，他两只手插在裤兜里走得不紧不慢。

翠儿出差，杨树去学习。老杨在超市里买了猪拱嘴，铁头哈哈笑，爷爷你吃它？这是整个猪头的精华，有嚼头！那我要吃汉堡。翠儿规定铁头每个月只能吃一次，现在翠儿出差了。

爷孙两吃着自己心仪的食物，都很开心，关键是精神上放松。铁头弹一小会儿琴便去看动画片，不过这一小会儿他弹得还算认真，因为老杨要录成小视频发给翠儿。

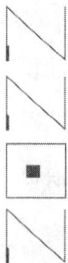

老杨和马红霞聊天，他发了好多公园里的照片，还有自己穿保安制服的照片。马红霞把做的寿司端给老杨看，老杨假装伸出舌头，说不知道自己啥时候有这口福。其实老杨不爱吃这玩意，主要是逗马红霞开心，没话找话呗。

铁头嚼着薯条看看老杨，要是总我俩一起该多好。老杨说你早点睡，明天还要去幼儿园。铁头只顾低头看动画片儿。这孩子平时被翠儿管得太紧，又是钢琴又是国学又是英语。听说还要报奥数围棋班。一个五六岁的孩子哪吃得消？

铁头上床睡下后老杨赶紧下楼，郑老头在小区亭子里等他。郑老头忙家务没什么娱乐，只盼着晚上和他聊聊天。那个老山西居然捡矿泉水瓶，那么大一袋子，不晓得藏在哪儿。郑老头晃晃脑袋，一把年纪还要为生计操劳，想想他咱也该知足，起码不再为赚钱奔波。

我买啤酒去你那儿喝点儿？手机响了，杨树问，铁头睡了？睡了睡了。我也马上睡了。客厅抽屉里有份文件，你拍照片发给我……

铁头还在看动画片，那会儿是装睡。老杨一离开，他马上从被窝里坐起来。这个熊孩子，老杨赶紧夺下平板。

早晨铁头赖着不肯起，说不准备去幼儿园了，他要一直睡到吃晚饭。老杨急，去不去幼儿园没关系，可他还要上班。老杨说起来吧，起来吧，晚上还给你买巨无霸汉堡。铁头两眼闭得紧紧的，老杨说，起来吧，起来吧，咱晚上就弹一小会儿琴。铁头居然打起了鼾，老杨说，起来吧，起来吧，你可以随便看动画片，铁头一咕噜爬起来。

老杨在他的分管区域转一圈，就去周老头那边看看，转一圈又过去看看，主要是在望远镜里看老山西。他一边和周老头有一句没一句地聊，一边洞察着老山西。

老山西走到小桥下面去，他在草丛里蹲下了，这哪儿有垃圾箱，大便？可前面不远就是卫生间！

午休一小时，老山西吃饭快，怕别人跟他抢似的，然后擦擦嘴巴说，上工去了。队长就表扬老山西，说他爱岗敬业，说他有主人翁精神。试想人人都如他这般，我们的城市将变得多么美好，我们的国家将变得……有人关心队长，快吃吧，菜都凉了！

老杨下班就去幼儿园接铁头，路上顺便把各自的吃食搞定，老杨喜欢猪头肉猪拱嘴猪耳朵，铁头喜欢汉堡比萨薯条。到家把大大小小的食品袋堆到餐桌上，铁头两只小脚也搭到桌上。他都快嗨死了！

公园里有好多古树，香樟古桂银杏……搭出个绿油油的天然屏障。绿荫下还有一排诗人雕像，都营造出绿竹通幽径，青萝拂行衣的境界，老杨看看四下没人，对着那排诗人说，爱听京剧不？听好了您那！"一见公主盗令箭，不由本宫喜心间，站立宫门叫小番，小嗷嗷嗷番……"调门起高了，小番二字唱得像宰猪，连他自己都乐了。

"人说山西好风光，地肥水美五谷香，左手一指太行山，右手一指是吕梁……"原来是老山西，看样子心情蛮好。山西风景确实好，老杨说他去过五台山。那都是我们老祖宗一砖一瓦盖出来的，看老山西那副得意样，就像是他自己一砖一瓦盖出来的。

有空去我们东北玩儿，我请你吃杀猪菜。血肠炖酸菜，张作霖最得意那口。我们山西厉害人物也好多，关汉卿演戏写剧本赚钱，马远和米芾摆摊卖字画，还有武功高强的卫青和关云长……这算啥？我们那儿可出过皇帝，老杨想把清朝那十二位皇帝从头数一遍，可惜顺序记不清了。老杨暗笑，一把年纪怎么像小孩子的把戏。

你稍等，我去朋友那儿讨杯茶。老山西端着纸杯抿一口，这是峨眉竹叶青，还蛮懂行。那望远镜老头你认识？我朋友。东北人以广交朋友为荣，现在周老头和郑老头已经被老杨纳入朋友的行列，虽然彼此认识的时间并不长。

他以前在那边喂鱼，后来公园改造，就在这儿支个望远镜。有两个游人经过，老山西目光尾随着，没走多远，一个人把手里的矿泉水瓶扔进垃圾箱。老杨说要去趟卫生间……

翠儿和杨树回来时，铁头脸都圆了。翠儿捧着她儿子脸蛋儿啄个没完，开始还有点担心，谢谢爸，这一阵辛苦你了，翠儿拿出给老杨买的茶叶和衬衫。不辛苦，不辛苦，可好了！老杨实话实说。卧室里翠儿拱到杨树身上，没想到你爸看孩子一点不比我妈差。那当然，我爸是谁！

老山西送给老杨一小包茶，小到什么程度呢？就是只能泡一次的那种小包装。他说那个望远镜老头有点资源浪费，你看他整天又招手又喊免费，人家倒以为是陷阱。不如收个一块两块，看的人也心安理得。他就图

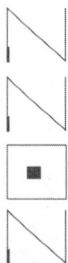

一乐!

我家里闲着一台,不如一起合伙。合伙? 老杨愣了。就是我把家里的望远镜拿来,我只要少部分利润,你家有望远镜没? 有的话也入一股,现买不划算,一年都回不来本钱。你去问问,行的话我明天就把望远镜拿来。

周老头正跟人视频,他把手机递给老杨,我孙子,刚过完一岁生日。都会叫爷爷了。和你住一起? 没,在北京呢。老伴在那边照顾,我在那边住不惯,每天嗓子眼都冒烟。

老山西说他家有一台望远镜,闲着也是闲着……那个老家伙就是钱包脑袋,以前他还在那边偷偷卖鱼食。

快看,那个不是老山西? 周老头把望远镜让给老杨,老山西直奔桥下,身影很快淹没在草丛中。这家伙怎么鬼鬼祟祟的?

铁头这阵儿添个毛病,就是他弹琴时总要带上老杨那顶保安帽。他觉得这样很威风。铁头脑袋小,弹琴动作稍大,帽子就往下掉。老杨可以睁一只眼闭一只眼,翠儿不答应。铁头偏要戴,一个喊一个叫,家里炸开了锅。

你现在不认真将来怎么办? 将来,将来我像爷爷一样当保安。铁头,你要气死我啊,没出息! 翠儿本来知书达理,现在她给气糊涂了。

老杨听不下去,一个幼儿园的孩子,让他学那么多品种,连个快乐童年都没有。现在给他一个美好童年,将来就会失去一个美好的成年。杨树小时候也没遭这份罪,照样上名牌大学! 现在和那时候怎么能一样? 谁家孩子愿意输在起跑线上? 杨树今晚加班,没人和稀泥。这么你来我往容易破坏和谐,老杨下楼找郑老头去了。

当保安很丢人吗? 我这也是老有所为自得其乐。她也不是诚心针对你,教育孩子罢了。如果你儿子从小立志当保安,你愿意? 她可以过后和孩子讲,当着面实在让人受不了。大家在一起就要多担待,我那个亲家母太仔细,装好的垃圾袋都要解开翻一翻,去个卫生间也不开灯,在一个屋檐下不好太计较。

都说知足常乐,如今有多少年轻人坐在家里啃老,儿子媳妇孙子全指望老子,有些老家伙被逼无奈就去捡破烂。郑老头以前在厂工会上班,他总能找到宽慰人的理由。老杨一拍大腿,那个老山西。

月亮的清辉把周遭镀上一层银,墙边的蜀葵开得正好,这种花一长老高,开出的花很有气势！两个老头坐在亭子里，憋闷呀心烦呀一股脑地往外倒。这就是男人，大事面前敢打敢拼，对于这些家庭琐碎却絮絮叨叨的。倘若换成两个女人，遇到这样的话题还不咋咋呼呼跟打架似的？

杨树来电话，说他路上买了夜宵回来。老杨努力控制情绪，汤热在锅里，我和郑叔叔在品翠儿带回来的茶……

翠儿撅着嘴，铁头怎么搞的？居然能三七二十八。弹琴也差劲，之前的曲子忘了好多。杨树两只手搂过去，那一老一小背着咱们搞花活……喂，你爸好像外面有人了，背地里偷偷摸摸打电话。那敢情好，你又多个婆婆疼……

老杨发现一个秘密，什么秘密呢？就是在老山西经常出没的桥下，居然有一片菜地，也不能说一片，是零零星星东一疙瘩西一块，分布极其零散极其隐秘。

大树下台阶旁杂草中，小油菜小白菜小菠菜小香菜小嫩葱……桥墩那儿还有两棵西红柿，已经挂上半红半绿拳头大的果子。小菜们青青翠翠样子可人，用手一碰都能滴下绿汁来。小菜四周还扣着一个个鸡蛋壳儿。这让老杨无端想起过去的日子，都有一份悠久的缅怀在里面。

老杨十五岁才从农村出来，顶喜欢田间地头的感觉。在家时他用泡沫箱种了些小菜，来成都前全部送了邻居。

老杨坐在那儿，心里先就伸出去一只手。他要摸一摸碰一碰尝一尝，看，老杨从心里把手掏出来了。他拔了根嫩葱，甩甩上面的土在河里过过水。咔哧咔哧，巴适得很呢！老杨又拔，小菠菜小白菜小香菜，一根一根又一根。刹不住闸了，小葱那儿都快给拔秃瓢了。

老杨也不是没见过世面，上千块的馆子下过多少回，关键还是环境滋生感情。蓝天白云流水潺潺，让老杨心思浩渺口中生津。就算菜场里那些名贵的绿色有机菜也不能比，此时老杨吃的并非小菜，而是一种回忆一种情怀。要是再来点豆瓣酱有张煎饼就更好了！

老杨理亏，便送给老山西一包茶叶，两包五香豆腐干。老山西迟疑着，他们也给了？他们？老杨明白了，这个"他们"指的是保安队里的其他人。没，两个搭档缘分不浅。那个望远镜的事儿？哦，周老头说他没准

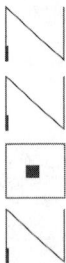

哪天就去北京……

午饭时队长拉开他抽屉找打火机，老杨看见里面有一包茶叶，两包五香豆腐干。第二天一早，老山西就把一袋西瓜籽塞到老杨怀里。去超市看过，那茶叶二十五块钱一包，五香豆腐干八块，二八一十六，这袋西瓜子刚好四十一……

老杨告诉马红霞，林子大了什么鸟都有，活了这么多年，也没见过老山西这号人。马红霞急着向他展示自己做的土豆饼和炸蔬菜，说还学会了包饭团。看这个，马红霞手里摇晃着。裙子？是和服！女儿给买的，逛庙会穿。对，过几天准备去洗温泉。奶奶的，这娘们在那边过得蛮熨帖。

最近老杨却有些郁闷。铁头被管制了，晚饭后翠儿直接把铁头关房间。琴声、哭声、单词、乘法口诀纠缠在一起。

家里的餐桌也比之前丰饶许多，翠儿一面啃着老妈兔头一面宣讲古人精神。孙敬悬梁苏秦刺骨，朱买臣负薪李密挂角，还有囊萤映雪、凿壁借光……翠儿小嘴生得俏，好看得像挂在脸上的菱角，那菱角噼噼啪啪噼噼啪啪，当然也有反面教材，小区对面摆抄手摊子的小伙算一个，超市旁边卖担担面的小姑娘算一个。

老杨三口两口把晚饭解决，他坐在小区亭子里把撕碎的一团纸扔出去，纸屑像白蝴蝶似的随风飘呀飘。被保安看见要吼的，郑老头一面折着韭菜。他两只手被韭菜染得绿莹莹的。连和铁头之间的玩耍都被剥夺。心情能好到哪去？

过日子嘛，总有许多鸡毛蒜皮的事，鸡毛蒜皮的事处理不好，日子也就不会安生。换成我高兴还来不及，巴不得一个人，郑老头用报纸擦掉手上的绿。

老杨说，等下去你屋里。明天起早到水产市场买鲶鱼，今晚要早点睡，不能下棋了。那什么，我想上趟厕所。上厕所？对，翠儿总是霸占卫生间，早晚两头占，洗了脸不行，还要洗头发。洗头发不行，还要吹头发。吹头发不行还要做面膜。一三五泡脚，二四六泡澡……那次把我给憋的！哪好意思敲门？本来两个卫生间，一个给改成了衣帽间。

离周老头不远的地方忽然支起一架望远镜，比他那个要高级好多，它被埋在泥土里固定住，上面那个小炮筒可以三百六十度旋转。人们忽然间就觉悟了就不爱占便宜了，举着手机扫到二维码。现在老山西也不时光顾这边，他望着那些人，眼神十分专注。看，有人摇着小炮筒对准周老头那方向，周老头用水杯挡住脸。不许向我开炮！

哎，周老头对老杨叹气，之前他在南边钓鱼，后来公园改造养锦鲤，就开始喂鱼。后来又不养锦鲤了，他就在这儿支个望远镜。这些都是排解寂寞的良方，一边和人交流一边畅谈感想！现在怕是这望远镜也要拜拜了。

公园里有不少背着长枪短炮的摄影爱好者，老杨建议周老头买个相机，周老头说自己有风湿性关节炎，那些费腿脚的娱乐都和他没缘。你还照旧，又不是抢生意。没人看有啥意思？明天，明天还来不来呢？

你在哪儿？什么时候转过来？茶都泡好了。这是老杨从周老头那儿离开不到十分钟收到的信息。周老头缠人，他都开始烦人了，老杨毕竟在上班！

再转过去，老杨举着免费牌子朝游人喊，过来，过来看看，不要钱的。真有个人被他喊过来，周老头很开心，明天给你泡碧螺春。周老头随身带着个竹节模样的大暖壶，茶是在家沏好的。热腾腾，香喷喷，没人的时候来几口。

队长正巧经过，老杨你怎么成了牵驴的？老头子怪可怜的。他给你开工资？没。老杨想说，谁都会老，谁都不容易。那一千五百块对他来说不算啥，他从石油系统退下来，退休金不低。你都未见得赶得上哦。

老杨把这些怨怼的话咽下去，他喜欢浣花溪公园，喜欢这里的山和水，喜欢这里的白鹭和画眉，喜欢脚下这千年的历史。一步一景，移步易景。再说铁头也愿意爷爷当保安。在铁头眼里当保安的爷爷超威风。

翠儿和杨树又双双出差，翠儿不愧是学霸，凡事都能找到最好的解决办法。为防止这一老一小不轨，居然在家里安上天眼，现在就算走到天边也无妨。手机轻轻一点，看你们再玩花活？

监控的意义是防贼防盗，这算什么？人家是担心儿子偷懒，你也不用想太多。没准是担心我偷懒吧！以为她学历高，相处上不会有障碍，谁知道会这样？我家儿媳妇的弟弟要来了，到时候家里更热闹了！老杨和郑老头你一句我一句，与其说在倾诉，倒更像自言自语，空气里弥漫着一丝忧伤，却是淡淡地浮在表面。内里更多的是倔强，不让人看见。

老杨很烦很无奈，一切都按翠儿的规章制度紧张地进行着。铁头弹琴

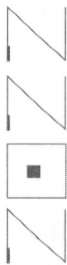

时他端坐在旁边，铁头背古诗他手里拿着课本，铁头吃饭他在一旁削水果。老杨快疯了，都想拿弹弓把那天眼射瞎。

伟人说，伟人说哪里有压迫哪里就有反抗。回家路上他们买了汉堡和猪蹄儿。一边走一边吃，一边走一边吃。到家门口把嘴巴一擦，然后等待翠儿订的营养套餐，装模作样吃点。奶奶的，怎么感觉这几天比几个月还长？

等铁头睡着，老杨打电话给郑老头，大宝急性肺炎住院，陪护呢。内急上厕所？走时太匆忙也没把房间钥匙留给你。不急，就我和铁头，现在家里厕所最安全，那小子拿着平板躲在里面。

郑老头不在，老杨就去小区对面的抄手摊子坐坐。就是被翠儿定为反面教材的小伙，小伙子手脚麻利。分分钟就把一碗抄手放到眼前。这孩子嘴和手一样勤，叔叔长，叔叔短，叔叔给你加勺热汤。摊子上的人吃完也不马上撤，愿意和他多聊几句。小伙子做的辣椒酱颇受喜欢，没问题！临走用塑料袋给你装点，小伙子爽快！老杨喜欢这朴素的市井烟火。他喊，再来一碗！

天上飘着绵绵细雨，这种时候周老头不会来，老杨就坐在小亭子里看水中的白鹭嬉戏。心头忽然涌上一股伤感，不知道马红霞在干什么？凄凉的思绪跟温馨的回忆搅在一起，酸酸甜甜。老山西也到亭子里躲雨，一副很开心的样子，这雨能让他的小菜喝个肚满肠肥。

翠儿推着拉杆箱回来时，后面还跟个人，翠儿妈！她来成都处理之前买的保险。

这老太太喜欢水，水龙头成天哗啦啦响着。她恨不能接一根儿胶皮管子，把家里从上到下冲一遍。她也喜欢太阳，被子枕头，棉衣拖鞋，萝卜干子西葫芦条。全部拿到太阳下面，她一面用扫把敲着棉被，天气巴适得很，都要晒晒喽！

翠儿妈举着马桶刷，看看这东西也放床上。我，老杨有些不好意思。我后背痒，老头乐根本不管用，还是这个有力道。之前买过好几把，翠儿不知情，都给放进卫生间。

晚上杨树加班，翠儿监督铁头弹琴，翠儿妈搞卫生，老杨要去找郑老头。翠儿妈朝他摆摆手，帮忙把桌子抬这边，帮忙把椅子拉那边，帮忙把沙发挪挪……柜子太重一起来，一二，翠儿妈没站稳一个趔趄，没事吧你？没事，再来。一二。铁头在房间里问，他俩在拔河？

老杨很久没料理过家务，之前晚饭都是翠儿和杨树负责。买半成品回来稍微加工即可。如果两个人都出差，那就更省事了。家里有洗衣机、洗碗机、扫地机器人，老杨也自得清闲。

翠儿妈不用洗衣机不用洗碗机，她用一双勤劳的双手，白馍自己蒸，火锅底料自己熬。她熬了好多放冰箱里备用，把家里搞得像火锅店，老杨不喜欢那味道，也嫌翠儿妈折腾。他和郑老头商量，要不我住你这儿？

我倒是愿意，可你儿子媳妇那边？她又不常住，再坚持坚持。到底也是帮你儿子家干活，请个保洁也要给钱。前几天儿媳妇弟弟来了。那小子要么吃要么睡，要么倒在沙发上玩手机。腮帮子一甩，能吃掉一整只鸡。

能住多久？他准备在这边找工作。睡客厅沙发？嗯，现在菜要多买，饭要多做，连碗都要多刷一个。来个翠儿妈那样的，我可美坏了。过几天可能要回趟老家，去换医保卡。郑老头像是很期待，回去先到浴池泡它一天，要上一壶老白茶！

小炮筒望远镜忽然坏了，老杨从那儿经过，见周老头正忙着，过来看看，我这是美国星特朗专业天文望远镜，口径一百零二，焦距一千三百二十五……老杨长吁一口，周老头真是需要望远镜来抚慰生活。

老杨使劲揉揉眼睛，不是做梦，他在公园里看见林黛玉和贾宝玉了，他们戴着头饰穿着长衫，林黛玉肩上扛个小锄头，贾宝玉胳膊挎个筐。拍电影的？老杨天生爱凑热闹。

开始两个年轻人互相拍，然后搭着肩膀自拍。还不时从一旁的旅行箱里往外拿道具，扇子、灯笼、琵琶，后来男孩拿出一把左轮手枪对准自己，咱拍贾宝玉娶不上林黛玉要自杀。

你们这是？我们在拍抖音。老杨虽然不懂，但也觉得有趣儿。

去前面拍，那边景色更好。老杨把他们领到一片竹林，男孩用支架固定好手机，女孩把一包粉色塑料花片交给老杨，大叔，帮个忙，一会儿我俩假装锄地。你把这个撒到我们头上。效果不好，视频里老杨那只手像魔爪一样起起落落。

重来，老杨爬到树上，他用树叶把自己遮严实，塑料花片从上面飘飘忽忽降落，两个年轻人满意极了。大叔你居然还能爬树，我都爬不上去。

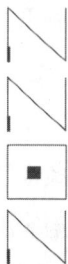

老杨说自己以前是运动员。大叔一起玩呀，女孩从行李箱里拿出一件红袍子让老杨披上。男孩递过一把扇子。大叔你从竹林那边走过来，开拍! 咔!

天上掉下个林妹妹，似一朵青云刚出岫，只道他腹内草莽人轻浮，却原来骨骼清奇非俗流。老杨摇着扇子晃着小步，有点意思，有点意思!

我还想拍个唱京剧的。没问题。女孩又拿出一件黑袍子，还有把宝剑。老杨想要是有头盔就好了，带翎子的那种……用我手机拍，也让马红霞看看我的快乐生活。

老杨好久没这么开心了，不是要去接铁头，他都想请两个年轻人吃一顿。

进门正撞上翠儿妈蹬着椅子挂相框，我来，老杨主动请缨。翠儿妈在下面指挥，往左往左，再往左。不对，再往左就能打滑梯了。老杨回头，看见翠儿妈整个身子在往右使劲。哈哈，两个人笑喷了……翠儿妈准备做泡菜，老杨也要露一手，凉拌心里美萝卜。他把萝卜切成条，红辣椒青辣椒切成块。糖醋咸盐花椒面，花生油芥末油小磨香油……要色有色，要味有味。一个做一个装玻璃罐，配合相当默契。

老杨把视频和照片通通发给马红霞，等了半天也没有回音，就去楼下找郑老头。老杨举着手机，今天可过瘾了。郑老头笑，你这班上得啥也不耽误。机票订好了，下周五回。去几天? 一个星期左右。你走了谁给他们做饭? 放心吧，地球离了谁都转，饿不死人的……

房间隔音太差，老杨听见翠儿对杨树说，喂，你爸是不是看上我妈了。啊! 什么情况……嘘……这不是扯淡，不过老杨还是在心里把翠儿妈和马红霞一番比较。一个高一个矮，一个胖一个瘦。马红霞典型的东北娘们儿，翠儿妈一干巴瘦小老太太。这么比着，老杨又觉得自己挺不要脸。

队长都瞪眼了，队长都掐腰了，队长都把唾沫星子喷老杨鼻尖上了。你还帮着牵驴，你还又是秧歌又是戏。看把你能耐的，这是工作，这叫上班! 你，简直中饱私囊，想想用词不当，你，简直假公济私。

从前老杨是个暴脾气，上班那会儿都跟厂长拍过桌子。这会儿老杨却软了弱了敛声了，一般人老了肚子里都能装船。他当保安纯属娱乐。人一旦衣食无忧，娱乐就显得尤为重要，和柴米油盐差不多。

怎么是假公济私? 他是一边巡逻一边兼顾娱乐。说起来老山西才叫假公济私，又捡矿泉水瓶，又开荒种地。但老杨不会检举，自己被雨点砸了，马上去喷别人，这种事儿他不干。

要么是队长厚道，要么是眼下找不到人，居然没让老杨滚蛋。没滚蛋心里也不舒服。谁被臭骂一顿能痛快。周老头又在微信里喊，你过来看看，飞机粘好了。小炮筒望远镜修好后，周老头又陷入寂寥，老杨就把铁头委托他粘的木板飞机拿给周老头，也算帮他打发时间。

下班后老杨跟周老头去了他家，房子不小，就是太乱。茶几上摆着没刷的碗筷沙发上扔着枕头……窗台上那几盆花也快干死了，周老头把沙发上一个背心儿团巴团巴擦桌子。他随手打开电视，我愿意开着电视，电视里的人声一按开关就来了。

老杨把路上买的吃食拿出来，猪蹄子扒鸡张飞牛肉，周老头从柜子里拿出一瓶五粮液。酒柜里放着好些酒，周老头说自己平时不大喝，不过看着这些大瓶小瓶，心里舒坦。

嘎嘎嘎，嘎嘎嘎，一只鸭子溜达进来，它左摇右摆挺着胸，好像对自己的模样过于自信。这鸭子确实漂亮，金褐色的头，通体金丝绒一样的墨绿。脖子上那一圈白就像戴着个银项圈。过来，滚呱呱。周老头给它喂了块牛肉。

养了快三年，滚呱呱可聪明了。周老头把刚才当抹布的破背心扔出去。滚呱呱一摇一摆给捡回来。上次带到公园，差一点让人偷走。我在外面就惦记它，周老头滚呱呱滚呱呱地叫，鸭子又一摇一摆过来，其实周老头喊它也没什么事儿，和鸭子能有什么事儿？喊着玩儿呗！鸭子和电视让屋子好不热闹！来，喝酒！

老杨一口干掉，奶奶的，上班那会儿厂长都不敢对他摆臭脸，周老头觉得，保安队长就是个芝麻绿豆官，科级都不算。老杨说可能和工厂里的班组长差不多。什么？连班组长都赶不上，他也是雇来的。我在那边钓鱼时，他就像你这样天天巡逻。

两人正聊得热闹，马红霞忽然来电话，在周老头这老杨本来不想接，可那边很执着。马红霞说她可能闯祸了，今天女儿带孩子出去玩儿，她就在家里搞卫生，窗帘床罩被单通通给洗了，晚上有人开车来敲门，她也听

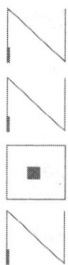

不懂说什么？正巧一位邻居经过，沟通后才知道，他们是自来水公司的，发现这家的水表走得飞快，以为是哪里漏了。不知道会不会罚款！

洗个衣服也这么多麻烦，老杨安慰她，实在不行就回来。你回我也回，不他娘的伺候了。好像有人摁门铃，马红霞赶紧挂掉。

谁呀？周老头问得暧昧。我原来的同事，在日本给女儿看孩子，之前我俩在老家又是旅游又是老干部大学，日子过得有山有水，见日见月。现在也只能靠手机联系。周老头忽然就愤怒了，他一拍桌子，老年人就不能有自己的生活？我现在后背痒痒就往墙上蹭，一口热饭都没人给做！你、你买一把马桶刷！

想到和马红霞在一起的那些快乐时光，想到他们在灰蒙蒙的夜空里找星星。老杨悲从中来，干一杯，又干一杯！电视里正在演昆曲牡丹亭，那年轻貌美的杜丽娘正在屏幕里且歌且舞。"一轮明月照窗前，愁人心中似箭穿……"老杨这边也唱上了。

没看出来你还有这两下子。那当然！老杨把手机递过去，给你看个视频。就因为这个让队长臭骂。

谁？这谁？周老头指着手机，老杨这才发现，视频里一棵大树后面有个人影晃来晃去，两人反复看过几遍，同时喊出三个字——老山西。

两个老头边喝边骂，他居然去告密。这个时候老山西就成了一道下酒菜。不比猪蹄子张飞牛肉差。妈的，周老头说旁边那台望远镜一定是老山西的。之前不是还想合伙？看自己没同意就去贿赂管事的。老杨也想起来，那次送他茶叶，老山西居然转送给队长了。

两个老头喝到脸庞红，喝到脖子粗，喝到两眼一片迷蒙。一个有趣而解恨的念头跳出来，他们挥舞着拳头。周老头说我给你报仇去。老杨说我给你报仇去。我去！我去！他们勇敢得像上战场。

不只说说，都开始行动了。周老头在阳台找到一把铁锹。老杨在桌子上发现一把螺丝刀。周老头还翻出给孙子买的玩具枪。一扣扳机呜嗷呜嗷叫。

他们带上武器跌跌撞撞来到楼下，外面漆黑，已经夜里了。两个老头脸蛋泛着紫红，像两盏奄奄一息的破灯笼。他们就着这点可怜的光亮，搀扶着前行。

两个都不是坏人，只是在酒精的作用下脑门一热，彰显了男人有仇必报的好斗精神，这是动物的本性，人毕竟是动物一种。

街上的凉风让他们有了一丝清醒，黑灯瞎火偌大一个成都去哪儿找老山西？两个老头开始迷茫，公园，去公园……周老头往前指。马上到了，周老头却一屁股坐地上，他痛心疾首从嗓子眼挤出一句，你上，我掩护……

队长给老杨放那段监控视频，老杨脸上一阵红一阵白，他尴尬地笑笑，也罢、也罢。他先把帽子摘下来，然后把衣服脱下来，还没到手的工资留下赔偿。走在街上老杨还在心里回放那段视频。太帅了，他简直太帅了，对着小炮筒望远镜一顿拳脚后开始挖。前边挖后边挖，左边挖右边挖，小炮筒在他强大的攻势下轰然倒下。

看身手哪里像六十岁的人？顶多三十出头！夜晚画面不清晰，那也遮不住他帅气的身姿。视频不完整，之后他又去了桥下，彻底捣毁了老山西那些菜地。

老杨在街上漫无目的地转，他发微信告诉马红霞自己被开了。想想不妥马上撤回，随手拍一张街边花坛的照片发过去。对面不知道谁家在拉二胡，声音过来一下过去一下，过来一下再过去一下，老杨在街边长椅上睡着了。

晚饭后老杨去敲郑老头的门，一个满脑袋黄卷毛的小伙子出来，今天下午郑老头坐飞机提前回了，黄卷毛就是那媳妇弟弟。

这小子也不见外，大叔进来帮个忙，手机支架坏了，帮我拍段视频。稍等，我先准备一下。现在年轻人都爱玩这个？老杨以为他是换衣服拿道具。黄卷毛却端出一个大白盘，盘子里是一只油汪汪的鸡。干啥？拍我吃鸡。

黄卷毛太能吃了，太会吃了！一只鸡腿塞嘴里，三下两下便吐出光溜溜一根鸡骨头。鸡脖子鸡翅膀通通如此，变戏法似的能让骨肉分离。

这小子满脸满手油，一头黄卷毛就像开在日光灯下的向日葵。老杨对他竖起大拇指，厉害！真厉害！只要功夫深，铁杵磨成针，我练了大半年了。老杨都开始羡慕了，现在的年轻人就是聪明，总能找到让自己开心的办法。

早晨老杨照样送铁头去幼儿园，现在他只负责送，接的任务归翠儿妈

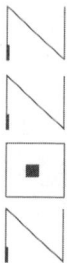

了。老杨在街心公园看人打牌，期间跟马红霞通个电话。那边一片哇哇哇，老杨以为马红霞在池塘边。掉进青蛙池子了？带孩子打预防针呢，正忙着，挂了！

玩具店门口放个大水盆，里面泡着几只黄色橡皮鸭。老杨打电话给周老头，哎，可累死了！周老头那边气喘吁吁，他在整理东西，过两天儿子同学去北京也把他带去。你不怕嗓子冒烟？到时候喷西瓜霜，总好过天天吃凉饭。嘎嘎嘎，嘎嘎嘎，到阳台玩去！滚呱呱也带去？嗯，飞机托运。

翠儿妈来了十几天，不知道她什么时候回去？

老杨想到对面台阶上坐坐，对面是一家超市，超市台阶上坐了不少人，细看都是些耄耋之年的老头老太太，他们坐在那里发呆，坐在那里等死。老杨还没到等死的时候，没过去。

老杨在小区里碰到黄卷毛，他举着手机，真没看出来，大叔你还蛮火。火什么？老杨听不懂。这个不是你？老杨在黄卷毛手机里看见自己穿着戏装在唱戏。

你怎么有这个？上抖音全世界都能看见。呵呵，我的粉丝也在涨。那个吃鸡视频又吸了不少粉。你也看见，我那是真吃，不像有些人弄虚作假一边吃一边偷着吐。做事要讲职业操守，下一步我准备一次吃掉一只鹅。

我不会抖音，谁给弄的？一个叫宝哥哥的人发的，连微博上都分享了。能知道是哪天发的吗？这简单，黄卷毛说了时间。就在那天拍完视频之后没几分钟，这事儿闹的！

杨树来电话，翠儿妈过几天要回去，等下过来接他们去饭店，老杨心里一下子亮堂许多。

饭店很高档，老杨还是头一次下这种馆子。都是人手一盅一份的菜式，精致又清爽，每吃完一道，便有服务员收走，再上下一道。服务确实到位，却是吃得匆忙。生怕吃不完浪费，压力很大。

老杨愿意喝白酒，可杨树翠儿都说红酒，那就红酒吧。除了上菜，还有专门倒酒的服务员。拿着醒酒器一圈圈转。丢手绢似的暗中留心，看谁的杯子空了，立马续上。

铁头拉着老杨说要到外面转转，原来他从窗户看见外面有个卖棉花糖的。一个男人正拿根筷子一圈圈转棉花糖，车把上挂一块牌子，一支两元。

那人朝老杨点点头，原来是浣花溪公园的一个保安。两人都有些尴尬，不去那边了？白天去，晚上帮老婆卖棉花糖。老杨出来没带手机。还好身上有五元钱，来一个。那人朝旁边一努嘴，掌柜的收钱，一个女人从矮凳上站起来。这个画面让老杨心头一热，他就想起杨树妈。老杨递过钱，不用找了！

老杨拉铁头回去，不行，翠儿看见要骂的，就在外面吃光光。

来这儿吃饭？是啊！你们都是有钱人，这里很贵的，一顿饭要好几千。知道吗？那个老山西，他居然住在"草堂之春"别墅区，"草堂之春"就在浣花溪公园旁边，那是多少人的梦，有人甚至连梦都不敢做。你说老山西住"草堂之春"？

他儿子是大老板，在郊区有块地，他去那边种地了。他不去浣花溪了？不去了。说起来那也是个怪物，家里那么有钱还去公园当保安，还一边巡逻一边捡矿泉水瓶，都藏在公园的一个山洞里。昨天他儿子派人来拉，整整装了一车。我们几个保安也跟着帮忙装，每人给了两百块。那车破瓶子也不值两百……

你也是个人物，还会唱戏，挺像那么回事，队长给我们看了那个抖音。老杨拉铁头回去。爷爷，刚刚你付了五块钱。棉花糖是两块钱一支，可以再吃一支，还剩一块钱。那人笑笑又给铁头转了两支。

晚上马红霞向老杨诉苦，说她腰疼，说她腿疼，说她背疼，说她哪儿哪儿都疼。老杨一拍胸脯，那就回家，你定下日子我这边就订机票。隔天老杨再问。马红霞说她贴了日本膏药，这膏药太神了。过几天马红霞又说她腰疼、腿疼、背疼，哪儿都疼。然后继续贴她的日本神仙膏药。

去年老杨和马红霞到丽江旅游，那边的东西多是旅游品，价格很贵。为了有纪念意义，他们买了一盏台灯。那种景泰蓝花瓶的样式，环绕着两只铜质的小鸟，在枝头彼此依恋。花了三千多块钱，售货小姐说这叫长相依，寓意特别好。临来时有一只鸟忽然掉下来，老杨觉得这辈子和马红霞见面的机会不多了。

两个月了，郑老头还没回来，说是下楼梯摔断了腿！那天老杨跟他视频电话，郑老头缠着绷带坐床上喝茶，滋溜一口，滋溜又一口，哪有半点腿被摔断的痛苦？

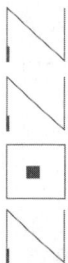

翠儿妈又回来了，翠儿怀了二胎。她有点贫血时常头晕，现在像大熊猫一样被一级保护着。要不了多久，呵呵，老杨就会接过郑老头的衣钵……郑老头说过，人一忙就顾不上烦了，人一累就只知道睡觉了，人一睡觉就什么都不想了……

那天他走到浣花溪公园，看见那个小炮筒依旧傲然矗立，只是下面多了几个加固的铆钉。小桥下面一片荒草萋萋，谁能想到这里曾经青菜片片，那些鲜嫩的小菜，用手一碰就能淌出绿汁来……不知道老山西郊区那边的菜种得怎么样了？他让朋友寄来不少菜籽儿，一种叫甜青的小菜，碧绿的像蒲扇一样圆圆的叶子，可以生着吃，炒着吃，煮汤喝。不知道什么时候才能看见他……

原载《十月》2022年第1期

点评

老龄化和老年人的生活越来越成为当今社会的一大问题。这个短篇因关注和表现老年人的退休生活、情感世界而具有典型意义。已退休的东北人老杨到成都儿子家帮忙照看小孙子，但在异乡异地总感觉不自在、不舒服。到浣花溪公园溜达或者吹吹萨克斯，成为其摆脱这种不适的方式之一，但因"扰民"而被公园管理员制止。后来，他也成了保安中的一员，他的工作是，每天送孩子上学后在公园巡逻。老杨的故事原本平常，也是现实生活中很多退休老人都曾有过的经历，然而，不平常之处就在于，小说让他和另两位同样担任保安工作的老人相遇，继而引出他们由于身份、性格、志趣、言行不同而发生的一系列让人意想不到同时又引人深思的故事。这包括："老山西"捡矿泉水瓶、开荒种地，实则是一种调剂落寞生活的方式，他并不缺钱；周老头和老杨不满"老山西"的所谓"告密"行为，在酒精刺激下"报复"他——破坏他开出的荒地；老杨和马红霞之间一直保持着一种若即若离、似有若无的"黄昏恋"，老人也有其独立的、私人的情感空间。

（张元珂）

太行往事/

/邢庆杰

一

我们四个人坐在一棵大树下午餐。天地和远远近近的群山沉寂无言，耳畔只有时光掠过时发出的那种神秘的鸣响。炙热的阳光铺满了周围的石头和黄土，光线有些耀眼。虽然听不到一丝风的声音，树梢上的叶子亦纹丝不动，但在足有半亩大的树冠下，巨大的阴影自然成风，若有若无，抚摸着我们的身体。我懒洋洋地用军刀撬开牛肉罐头的铁皮盖子，把里面的固体食物切成几块，几乎没有咀嚼就咕咚一声吞咽下去了。罐头盒子上用红字印着"ぎゅうにく"（牛肉），其实几乎全是淀粉，没有多少牛肉的成分，用力吸鼻子才能闻得到若有若无的一点点夹杂着怪味的肉香。旷日持久的战争，使我们本土和脚下这片被我们占领的土地越来越贫乏，供给越来越差。

一群鸟儿从我们的头顶掠过，在午后的阳光下化作一个个黑点儿，投入不远处的山林中。对面的山峦上，两只小猫般娇小的羚羊在悠闲地散步……猛然，它们像被什么惊动了，身子一扭，就不见了踪影。

我拿出军用水壶，灌下了几大口水，一股饱胀感从胃部漫了上来，让我的头脑有些昏沉，迷迷糊糊的，竟然靠着石头睡着了。

……浅浅的一个短梦，把我渡到了遥远的家乡北海道……海滩上到处爬满了肥肥的海蟹，我赤着脚，在海边捉蟹，刚抓起一只，就被夹住了手指，一下子疼醒了。我睁开眼睛，发现左手食指上趴着一只硕大的蚊子，它已经吸饱了我的血，整个细长的肚子都鼓鼓的，呈现出饱满的暗红色。太行山的蚊子真是名不虚传。我一掌将它拍死，发现食指已经红肿了。

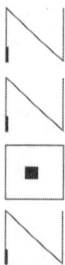

我捡起一片枯叶擦了擦手上的血迹，看着面前陌生的群山，心神却还停在家乡的海边。我是在哈尔滨出生长大的，父母从年轻时就在东北做生意，我来到这个世界之后，他们还从来没有回过北海道，有关那里的印象，都来自母亲不厌其烦的描述。我入伍的时候，妈妈抹着眼泪说："要是早知道有这一天，应该让你认识一下自己的家乡……等战争结束了，我们一定回家乡看看……"

可这场该死的战争什么时候能结束呢？我站起来，心绪突然烦躁到了极点，飞起一脚，将罐头盒子踢了出去！那个铁皮盒子在坚硬的石头路面上蹦了几个高，发出叮叮当当的锐响，在午后寂静的山中显得特别刺耳。我身边的两名士兵吓了一跳，都用异样的目光盯着我。

晴子走过去，将罐头盒子捡回来，藏在一丛密密的杂草中。她站在我背后，轻轻拍了拍我的肩膀说："一夫，你这次回来，好像变了一个人。"

我没有看她，弯腰拍了拍腿上的尘土说："都是这场该死的战争。"

晴子用拳头在我的后腰上用力戳了一下说："请注意你的言行！你回来后总在抱怨这场战争，如果让上司知道了，会有麻烦的。"她有意压低了声音，但语气却十分严厉。

晴子三岁时就随从事皮货生意的父母来到中国，再也没有回过日本。她和我一样，是在哈尔滨长大的，既会日语，又有一口地道的东北腔。战争爆发后，我们都在当地应征入伍，被编入一个中队里。不久，我们又同时被抽选到情报机构，一块儿参加培训，一块儿工作。相似的成长经历、相似的口音，使我们一见面就产生了亲近感，再加上在陌生人群中的孤独和对战争的恐惧，我们很快走到了一起。几个月前，我在一次战斗中受伤掉队，和部队失去了联系。等我找回部队时，却要面对严格的审查，幸亏晴子以生命担保，才使我获得信任，重新回到情报部门工作。

"一夫，我们是在执行秘密任务，请你控制好自己的情绪。"晴子转到我的面前，目光犀利地盯着我的眼睛说。

"晴子，取情报的地点，离这儿还有多远？"

这次行动由晴子全权负责，取情报的地点，也只有晴子知道。

晴子瞟了我一眼，过了片刻，她才用手往西边指了一下。

我掏出望远镜，往西边望了望，那里到处是连绵不绝的山峦，山脚下有一个小小的村庄，几缕稀疏的炊烟在村子上空飘荡。这是我第一次随行动组来这儿取情报，也是最后一次了。行动组给代号"黑蛇"的卧底带来了一台发报机。黑蛇以前的发报机，上次随军转移时，没有条件带走，只好销毁了埋在山沟里。所以，半年多来，他一直以眼下这种原始的方式向我们传递情报。

晴子看了看怀表，终于下达了行动命令。

我们沿着弯弯曲曲忽高忽低的羊肠小路向山脚下的那个村子进发。晴子走在前面，她穿一身印着大花的劣质粗布做的衣裤，胳膊里挎着一只当地常见的荆条编织的篓子。我一身农夫打扮，扛着一把锄头，跟在她的身边。那两名士兵——井上和小野——都是山民打扮，每人背着一个大背篓，里面装满了蘑菇、药材之类的山货。两个人间隔一定的距离，不远不近地跟在我们后面。发报机就隐藏在井上的背篓里。

走了一个多小时，路上连个行人也没有遇上，顺利得让晴子都有些疑惑了，她回过头来，擦了一把脸上的汗珠说："大白天的，路上怎么连个人影都没有？"

我笑了笑说："这是我们运气好，难道你希望遇上八路军？"

晴子瞪了我一眼，摇了摇头说："今天总感觉有些不对劲儿。"

话音刚落，前面传来了一阵歌声，嗓音粗犷而嘹亮：

一道道那个山来一道道岭，隔不断哥哥和妹妹的情……

从前面拐弯的山脚处过来了一对青年男女。男的在前面，牵着一头黑色的驴子，边走边唱；女子穿得花枝招展，骑在驴背上，斜挎着一个鼓囊囊的大红包袱。

待那两人走远后，我对晴子说："你不要太紧张了，这么热的天，谁没事会顶着这么毒的太阳出来？"

晴子回头望了一眼那两人的背影，又把目光落到我的身上，眸子里闪出一丝异样的光彩。

我冲她笑了笑，说："这个小女子是回娘家呢。"

直到接近目的地，晴子才告诉我们，取情报的地点是在离村口二里多远的一个庙里。远远看去，庙极小，只有一间小房子孤独地矗立在路边，

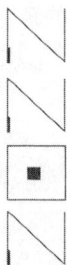

庙后面是一片茂密的杂木林。我们先悄悄潜入林子里，稍事休整。我掏出望远镜，仔细观察了一下庙的周围，确认安全后，对晴子点了点头。

晴子从篓子里掏出手枪，拉开保险，然后将枪掖在后腰里，对井上说："把电台给我吧！"

我急道："有这么多男人，怎么能让你一个女人去冒险？"

晴子说："只有我知道情报放在哪里，还有电台应放的位置。"

"那我陪你去。"

晴子摇了摇头说："人多了太扎眼，你们在这里给我警戒吧。"

我加重了语气说："不行！你自己去太危险了！"

晴子诧异地看了我一眼，从她的眼神中，我读出了她想说的话：你和以前不一样了。以前，什么事我都依着她。

我命令两名士兵原地警戒，把装有电台的背篓负在了自己的背上，大步走出了树林。

这是一座到处可见的关帝庙，庙内很逼仄，正对门的是高大的关羽像，周仓和关平分列两厢。关羽左手持卷，右手捻着长须，目光威严而平静。左边，周仓将关公的大刀竖在身旁，两眼瞪得溜圆。右边，关平手握剑柄，玉树临风，双目英气逼人。三座神像已经占了一大半的空间，神像的前面，是一张石砌的香案，案前铺着一个草编的蒲团，足有八仙桌那么大，从香案一直铺到了门口。香案上的石头香炉内，插着三根燃了不到一半的土香，香烟正袅袅上升。晴子在门口蹲下，将蒲团掀到一边，用手在蒲团下的地上敲了敲，竟发出"咚咚"的回响。她掏出匕首，从地上划开了一层浮土，露出一块土黄色的木板来，掀开木板，底下是一个长方形的土槽。土槽挖得整齐又规范，土质的颜色非常新鲜，显然是刚刚挖好的。我将背篓里的电台取出来，放在了土槽里。晴子重新盖好木板，盖上一层土，抹匀，又将蒲团原样放好，退后一步看了看，看不出任何破绽，这才冲我露出如释重负的一笑。她笑起来的样子真好看，尤其是两只眼睛，像清澈的天空般纯净。

晴子把手探到供桌底下，摸索了一阵，取出了一个巴掌大的油布包，冲我晃了一下说："走吧！"

二

一行四人，分成两组，每组拉开一段距离，沿原路返回。

我和晴子走在最前面。这一片全是八路军控制的地盘，晴子的眼睛一直警惕地扫视着路边的山丘和树木。走了一个多小时，路上先后遇上了几个打柴的山民，还有一个挑担的货郎。为了缓解晴子的紧张情绪，我喊住了货郎，在一堆精致的小物件中为晴子挑选了一支银发簪，并为她插在了发间。待货郎走远，晴子小声呵斥道："江口一夫，以后执行任务时，不准节外生枝！"

我大踏步走在她的前面，一言未发。过了一会儿，她赶上来，靠近了我，换了一种柔和的口气说："不过，这支簪子我还是很喜欢的。"我仍旧没有理她，回头看了看不远处那两名士兵。

离清漳河越来越近了，已经看到了河堤上那一排高高的白杨树，晴子整个人才放松了下来。过了清漳河，就是我们的地盘了。晴子碰了碰我的胳膊，小声说："一夫，我给你道歉了。"

我冲后面招了招手，不一会儿，两名士兵从后面赶了上来，脸上都带着紧张过后的松弛和惬意。

前面是一个只有几户院落的小村子，来的时候我们已经侦察过，是个废弃的荒村，房子大多坍塌了。我对晴子说："咱们进去歇一歇，吃点儿东西再走吧。"

晴子摇了摇头说："我们再坚持一下，过了河再休息。"

我点了点头说："好的，那我进去找个地方方便一下。"

我走进路边一个荒草丛生的院子，刚撒了一泡尿，就听到外面有人喊："干什么的？有路条吗？"

晴子的声音："我们是山下村里的，来挖药材的。"

"我没问你，是问他们两个，你们两个是干什么的？"

没有回音。忽然响起一片拉动枪栓的声音。接着有人问："你们两个到底是干什么的？"

井上和小野都不会说中国话，所以来的时候，晴子已经嘱咐让他们装

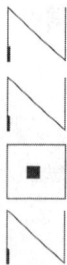

哑巴。

"怎么不说话？把路条拿出来！"

井上忽然暴喝了一声"八嘎"，枪声就炒豆般响了起来，接着是两声惨叫。

晴子飞跑了进来，边跑边喊："快走，八路军的巡逻队！"

我急忙问："他们俩呢？"

晴子拉了我一把说："都为天皇效忠了，我们快走。"

背后传来一阵杂乱的枪声，子弹打得身边的土墙尘灰飞扬。

我和晴子飞身从一堵矮墙上跃出院子，借着墙体的掩护，奋力向八路军还击。

从火力上分析，八路军那边有十几个人，用的是步枪和驳壳枪。

我小声对晴子说："趁他们还没有对我俩形成包围，咱边打边撤，要尽快撤到河边。"

对面的枪声停了下来，有人躲在墙后面用日语喊："你们已经被包围了，缴枪不杀，我们八路军优待俘虏！"

晴子冲着对面连开三枪，算是给他们做了答复。

枪声又爆响起来。我们且战且退，对方死死缠住不放，密集的子弹不断在头顶和两边呼啸而过。他们在火力的掩护下，一直尝试着冲过来，都被我和晴子用密集的子弹逼了回去。子弹消耗得非常快，交火仅仅一盏茶的时间，我就只剩下一个弹夹了。

背后数百米之外就是清漳河，河边有一条提前预备的小船，只要跑到河边，上了船，就安全了。

是时候了，我在心里说。

我靠近晴子："快！你把子弹都给我，我掩护你撤退！"

晴子冲我凄然一笑，脸上忽然换了一副决绝的表情："死也要死在一块儿！"

我怒斥道："都死了，情报怎么送回去？！"

晴子摇了摇头，仰脸看着天空，不让泪水滴落下来。

我将枪口顶上了自己的太阳穴："我只数三个数，你若不走，我就开枪了！一！二……"

晴子愣了一下，凄然地看了我一眼，将她仅剩的一个弹夹扔给我，抽身离去。

我趴在一堵矮墙头上，漫无目的地向着对面开枪，一枪一枪地单发，把子弹打光的时候，我回头看了一眼，晴子正站在清漳河边，远远地望着我。我举起胳膊，冲她挥了挥手。她的身子猛然一拧，消失在河边。

我蹲在墙根处，点燃了一支烟，深深地吸了一大口，慢慢闭上了眼睛。

三

太阳落山时，我被带到了八路军关岭根据地。几条枪押着我从街上走过时，根据地一片欢腾，无数军民都拥在路边观望。我低着头，感觉自己像被江湖艺人牵着的一只猴子。

我被送进了审讯室，有两名军官对我进行了讯问，问我来这里有什么目的，和谁接头……面对审问，我一言不发，用沉默维持着帝国军人的尊严。他们审了我两个多小时，其间，有人给我端来了一碗米饭，我没有吃，只向他们要了一点儿水喝。后来，他们见在我这里问不出什么有价值的情报，就把我关进了一间漆黑的禁闭室。

黑暗中，我盘腿坐在厚厚的稻草上，闭目养神。外面渐渐静了下来，偶尔传来夜鸟飞翔的声音，还有遥远的狼嚎声。不知从什么时候开始，外面下起了小雨，唰唰的雨声像催眠的小曲，将我慢慢引向梦乡……

门外忽然传来的声音将我惊醒，我睁开眼，面前一片漆黑。

一只手掌轻轻将我的嘴捂住。

我心中一凛：来得好快！我原以为要在这里待几天呢。

"是江口太君吗？"黑暗中，耳边传来一个低低的声音。

我用力眨了眨眼，在黑暗中看到一个人影蹲在我的面前。我点了点头。

黑影将一把手枪塞到我的手里，小声说："请跟我走。"

我把枪紧紧握在手里，小声问："是黑蛇先生吧？"

黑影凑近我的耳朵说："出去再谈。"

我们一前一后，摸黑走出了禁闭室的门。

我们刚刚迈出屋门，面前忽然亮起无数个火把，一排黑洞洞的枪口对准了黑影。

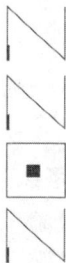

黑影身子一抖，我一掌将他手里的枪打落在地。

黑影惊道："你！你——不是江口一夫！"

我学着江湖人士的样子，冲他拱了拱手说："黑蛇先生，在下正是江口一夫，感谢您冒险搭救！"

几名八路军战士冲上来，把黑影捆了起来。

几个月前，关岭根据地的军事行动经常被日军所获悉，几次行动都受到了不同程度的损失。八路军敌工部怀疑内部出了奸细，为了找出这个隐患，敌工部的同志来麻田八路军总部找到我，让我打回日军本部，帮忙找出这个奸细。按照我们商定的计划，我先是上演了一出大张旗鼓的出逃，从根据地逃出去，然后以失散日军的名义回到了驻辽县的日军本部。我出逃的消息，奸细肯定会报告给日军，又有恋人晴子以生命为我担保，我便顺利地被接纳，重新回到日军情报机关。潜伏下来后，经过几个月的等待和谋划，我终于有了这样一次来取情报的机会，就通过地下联络人报告给了八路军总部。清漳河边的截杀行动，看似偶然遭遇，其实是早就谋划好的。那场枪战虽然激烈，但八路军的子弹是长了眼的，绝不会打在我和晴子的身上。

四

第二天上午，日军根据晴子拿回去的情报，来蜈蚣岭设伏，准备偷袭在此过境的八路军某部。他们肯定没有想到，这份"情报"是关岭根据地故意散布出去的。这是敌工部设计的一箭双雕的计划：甄别奸细和伏击日军。此时，八路军投入了三个团六千多人的兵力，已经在日军必经的一条山谷两侧埋伏好了。

这是一场居高临下的伏击战。八路军在地形上占尽了优势，日军武器精良，双方各有优劣，战斗特别激烈。

激战了两个多小时，日伪军全面溃败，一个日军大队加一个团的伪军，计三千余人，只有数百日伪军突出了包围圈，留下了遍地的尸体和伤员，还有数百个投降的伪军。

我没有获准参加这次战斗，是在战士们打扫战场时赶到的。我怀着复杂的心情，在遍地狼烟中焦急地寻找着晴子。我既想见到她，又怕见到她，心中祈盼她没有参加这次战斗……即使参加了，也安全撤退了……内心深处又盼望她留下来，还能安然无恙……

把枪放下! 缴枪不杀……

我被一阵呵斥声吸引到一个偏僻的山坳里,我终于看到了晴子,她腿部受伤,背靠一块山石,面对渐渐逼近的八路军战士,她忽然将手枪抵在自己的太阳穴上,我还没来得及出声制止,她已扣动了扳机!

刹那间,我几乎窒息。好在,只传来一声轻微的脆响:她的枪里没有子弹了。

我拨开众人,冲上去,一把夺过她的手枪,把她紧紧地抱在怀里说:"晴子,不要!"

晴子推开我,愣了一下,忽然又扑上来,用两只手臂轮番抽打着我的头、我的脸,哭泣着说:"你这个骗子! 叛徒! 你骗了我……"

我把她紧紧搂在怀里,轻轻拍打着她的后背说:"晴子,冷静、冷静……请听我解释……"

军医李美娜走过来,拍了拍我的肩膀说:"江口同志,让我看看她的伤。"

晴子充满敌意地怒视了她一眼,粗暴地将她推开。

我安抚着晴子,待她情绪稍稍平复了,郑重地对她说:"晴子,这位李美娜医生是我的救命恩人,没有她,你就永远见不到我了。"

晴子认真地看了看李美娜,倔强而仇恨的眼神终于慢慢柔和下来。

李美娜看了看晴子的伤,对我微笑了一下说:"放心,她没伤到骨头。"她为晴子仔细地包扎了伤口后,又去照顾别的伤员了。晴子擦干了眼泪,执拗地盯着我问:"你怎么会……会背叛天皇陛下?"

我叹了口气说:"中国有句话叫一言难尽……"

在回麻田八路军总部的路上,我和晴子共骑一匹战马。我把自己被俘后的真实经历全部告诉了她……

五

三个月前,我带着一支十几个人的骑兵小分队,一早就从辽县出发,来太行山腹地侦察地形。傍晚,在返回县城的路上,邂逅了押运粮车的吉

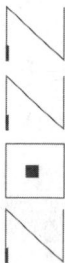

野。我们两支队伍结伴而行，向县城进发。后来回想起来，八路军是冲着吉野的押运队去的，我因为和他们同行，也被捎上了。

那一天，天上喷着火，空气中没有一丝风。山路两边连棵像样的树也没有，间或有几棵奇形怪状的柿子树，连树叶子都耷拉着脑袋。士兵们的军装都被汗水湿透了。那些赶着马车运粮的老百姓，都脱了上衣，汗珠子不断从黑亮亮的后背上滚落。

前面是一段狭长的山谷，根据经验，八路军最喜欢在这种地方设伏，我看了看蹒跚前行的十几辆粮车，忽然有一种不祥的预感。

我停下来，擦了擦脸上的汗水，有几滴渗入了眼睛，眼珠子又痒又痛。我小声对从后面赶上来的吉野说："吉野君，前面地形险要，我们是不是先派几名士兵去侦察一下？"

吉野为人有些骄横，他不屑地看了我一眼说："江口君，你是让八路军打怕了吧？"

然后，他不等我再说什么，大声道："统统地加快速度，前进！"

我恼怒地瞪了吉野一眼，开始后悔和这个狂妄的家伙同行。

我们刚刚进入山谷的狭长地段，山梁上就传来一声枪响，吉野的脑门上突然爆开了一个血洞，他仰起脸，呆呆地看着天空，不甘心地从马上摔落尘埃。

随后枪声大作。那些运粮的百姓，听见枪响，就如听到了命令般，都麻溜地钻到了粮车底下。显然，这是一场早有预谋的伏击。

八路军的火力很猛，步枪、机枪、手榴弹、石块下雨般从两边的高坡上倾泻下来，我们措手不及，还未投入战斗，就有一多半士兵倒了下去。

我从懵懂中清醒过来，立即下了马，正准备组织士兵反击，轰！一颗手榴弹在我身边爆炸了！我被气浪推得向后飞了起来，又重重地摔了下去，后脑一阵剧痛，失去了知觉……

我在一缕花香中醒了过来，耳边是一片清脆悦耳的鸟鸣声。迷蒙中，我感觉回到了白桦林里那个伴随我长大的小屋。那是松花江边的家，小时候，我经常在百花的香气和鸟鸣声中醒来，起床后，就有妈妈做的寿司和鲜鱼汤。我慢慢睁开眼睛，看到一些穿着灰色破烂军装的人正在打扫战场。我斜倚在一块大石头上，一个身穿白衣的女医生正在给我的头部做包扎。

战斗结束了？是的，战斗真的结束了，到处是我们日军的尸体。我竟然没有死？我被俘了……我从懵懂中逐渐清醒过来，不！我是大日本帝国的军人，该为天皇陛下效忠了……亲爱的晴子，来生再见了！

我的右手缓缓地摸向后腰，猛然抽出手枪，把枪顶在女医生的胸口上，大喊道："滚开！快点儿滚！"

女医生吓了一跳！不过，她很快镇静下来，轻声说："别冲动！我是医生，你后脑的伤，若不及时包扎，会有生命危险。"

我用左手一把扯下头上的绷带，一阵头皮撕裂般的剧痛。我咬着牙没有叫出声来。我用手枪粗暴地把女医生顶了个趔趄，然后把枪口顶在太阳穴上，高喊了一声："天皇陛下万……"

话没说完，手枪就被旁边一名小战士用枪托打飞了！然后，他飞起一脚，把我踹倒在地。

那个女医生赶紧过来，将我扶起来，让我重新倚到那块大石头上。

那名满脸稚气的小战士气哼哼地说："姐，这种人你管他干吗？一枪崩了算了！"

女医生呵斥道："你不知道咱们八路军优待俘虏的政策吗？"

小战士不耐烦地说："那你快点儿，鬼子听见枪声，大队人马很快就会扑过来，到时候再撤就来不及了。"

女医生重新给我包扎伤口，还用严厉的口气警告我："别乱动，你后脑的伤口很深，要是发了炎，你就彻底没救了。"

在她严厉的口气中，我感受到一种被关怀的温暖，心突地热了一下……但是，我被灌输的武士道精神突然涌上了心头：帝国军人绝对不能当中国人的俘虏……

我往四周扫视了一下，周围已经打扫干净了，什么武器也没有。我忽然想到，自己的匕首就藏在长筒靴里，就悄悄提了提裤腿，然后伸手把匕首掏了出来……

"你不要做傻事！"

女医生发觉了，她放下手里的绷带，双手紧紧地抓住了我的手腕。

我警告她说："你松手！不然我可不客气了！"

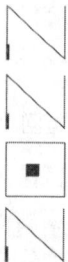

她反而抓得更紧了，并拼命把匕首往她怀里夺。

我急了，脑袋一阵晕眩，手忽然之间绵软无力了，她却用力过猛，把匕首刺进了自己的右肩！

啊——她惨叫了一声，松开了手。

我猛然清醒，倒转刀尖，用力刺向自己的腹部！

忽然，我的头被重重地击了一下，又失去了知觉。

我先是感觉脸上湿漉漉的，开始有了模糊的意识，蒙蒙眬眬中，有人在给我包扎后脑的伤口。

刚才那名小战士的声音："别给他包了，他伤了你，我崩了他也不违反纪律！"

女医生的声音："他一心想自杀，他们都被军国主义洗脑了，也挺可怜的……"

我的意识渐渐清晰起来，缓缓睁开眼睛，看到女医生刚才还红润秀气的脸已经变得纸一般惨白了，胸前的白衣上浸满了鲜血，右肩上缠了厚厚的一圈绷带。

我成了此役唯一的俘虏，也是日军唯一的幸存者。

两名八路军战士将我抬上担架，那个女军医递给我一个水壶，让我喝水。想到我们对待中国战俘的残酷折磨和屠杀，想到我们军方宣传的中国军队对俘虏的残杀，我内心一片茫然。

我被安置在八路军驻地一个简陋的病房里。那个女军医重新给我清洗了伤口，换了药和绷带。临出门前，她冲我笑了笑说："我叫李美娜，住在隔壁，有事你就让人喊我。"她指了指在门口站岗的一名战士。她的牙齿很洁白，笑起来特别好看。后来我才知道，李美娜是印籍华侨，她父亲在新德里拥有一家大型私立医院。自小学医的她，抗战爆发后自愿回国，加入抗战队伍，还携带了大量的医疗器材和药品。

我在惶恐中度过了极其不安的一夜。我不知道，他们最终会不会杀了我。其实我并不想死，我还没有跟妈妈回过故乡。

第二天一早，我刚在病房吃过早餐，一个身材瘦高的男人走了进来。

我借着晨光仔细一看，吃了一惊。来人竟然是在新兵联队时的战友柳生太郎，早就听说他投靠了八路军，加入了一个什么反战联盟。

我冲他冷笑了一声说:"柳生君,你是来做说客的吧?"

柳生太郎微微一笑说:"江口君,你还真猜对了,你已经亲眼看到了八路军是怎么对待你的,他们才是真正的正义之师啊。"

刚才吃饭时,李美娜医生拿给我的是馒头和缴获的罐头,而她自己吃的却是掺了野菜的窝头和萝卜咸菜。那一刻,我领略到了八路军的仁义,也有了小小的感动,但转念一想,这也许是他们收买人心的把戏。

我冷冷地说:"可是,我们是帝国的军官,怎么能背叛天皇陛下,屈尊加入中国人的队伍?"

"江口君,你醒醒吧,不要再迷信军国主义的谎言!这是场赤裸裸的侵略战争……"

我看着柳生太郎循循善诱的样子,心想,这个大和民族的败类,算是被共产党八路军彻底赤化了,看来,他们的宣传工作确实厉害……转念又一想,我还不能和他闹翻,我要利用他拖延时间,然后找机会逃离这个荒僻的山沟,重返部队。

我假作思索了一阵,然后郑重地对柳生太郎说:"柳生君,你让我向八路军投降,我一时还无法接受,你得容我认真考虑一下。"

柳生太郎以为我思想已经松动,脸上露出了满意的笑容。

几天后,我的脑袋不再晕了,能下床活动了。我每天都在门前的院子里散步,舒展几下筋骨。慢慢地,我能够在八路军部队驻扎的这个山村自由活动了。我暗暗观察了几天,发现并没有人监视我。看来柳生太郎做了不少工作,八路军战士们好像已经不再对我设防。晚上,柳生太郎常约我下象棋,和战士们一块儿打扑克。为了麻痹他们,我也装出高兴的样子和他们一起娱乐。在这期间,我利用散步的机会,把周围的地形摸熟了。村子建在一个高高的山冈上,只有一个朝南的出口,有士兵昼夜轮值,不可能出得去。村东村西都是悬崖,下面是几十丈深的山谷,也无逃跑可能。只有村子的北边,峭壁的坡度较缓一些,而且离下面的地面只有十几米高,借助峭壁上突出的石头和小树、蔓藤,应该能够安全地溜滑下去。

我被俘大约一个月后的一个晚上,部队的指挥员都到一二九师师部去开会了。晚饭后,天上飘起了小雨,院子里空荡荡的,没有一个人影。我

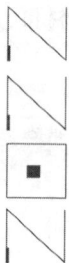

拿着手电筒，悄悄从病房走出来，沿着墙根儿，转到了房子的后面。我早想好了，如果遇到人，我就说去房后小便。我在房后站了一会儿，听了听周围的动静，感觉没有人，就借着房屋和树木的掩护慢慢向村北摸了过去。

我来到村边，先在潮湿的峭壁边上坐下来，然后打开手电筒，往下照了照，我以前看好的那个突出的石头就在脚下。逃离就在眼前了，我的内心一阵激动，心跳骤然加快起来。我稳住心神，将右脚探下去，踩到那块突出的石头上，感觉石头挺结实，就将左脚也往下探去，没想到，左脚刚一悬空，右脚下的石头就松动了，我整个人顺着峭壁滚摔了下去，头部一阵剧痛袭来，就失去了知觉……

醒过来的时候，我发现自己还在原来的病房里，李美娜医生坐在床前的凳子上看着我。一瞬间，我产生了错觉：落崖的事情只是一场噩梦？

门口光线一暗，同时进来两个人。我仔细一看，是柳生太郎和一个英武的中国军人。

柳生太郎握着我的手说："天哪！你总算醒过来了！"

我装作什么都不知道的样子问："柳生君，我这是怎么了？"

柳生太郎说："那天晚上，我去找你下棋，没找到你，就发动全体战士找，找了一夜没有结果，直到第二天早晨，才在村北的崖下找到你。当时你已经昏迷了，头部的旧伤被石头划开，又淋了雨水，严重发炎，你已经连续三天高烧不醒了……"

说到这里，他忽然指了指旁边的中国军人说："这是八路军一二九师的刘伯承师长，特意从司令部赶过来看你的。"

我吓了一跳，不敢相信这是真的：大名鼎鼎的刘伯承师长会来看我？看一个冥顽不化的俘虏？

我挣扎着想坐起来，刘伯承师长轻轻按住我，和蔼地说："躺着别动，我给你带了一点儿酱菜，你就着能多下些饭，伤口会好得快一些。"

我知道，在我们日军的严密封锁下，八路军的供给十分困难，连食盐都非常紧缺，酱菜对他们来说，是十分紧缺的食品。

我实在控制不住自己了，滚烫的泪水小溪一般顺着两颊流淌下来，浸湿了枕头。

几天后，我和柳生太郎被接到麻田八路军总部。在这里，我接触到了杉本一夫先生创建的"在华日人觉醒联盟",其成员都是我的日本同胞,都曾经是日本军国主义的刽子手、杀人机器,但现在,他们都已脱胎换骨,全力投入反战工作,为自己的过往赎罪。那时,我才真正了解了这场战争,明白了这场战争背后的罪恶阴谋。

来麻田后不久,我就加入了"在华日人觉醒联盟",成为这个组织的早期成员之一。

讲完我的经历,我们也随部队来到了麻田八路军总部。我把晴子从马上扶下来,将她背到了我和柳生太郎的房间。

自始至终,晴子一句话也没有说。

我把她放在床上,摸了摸她的脸,郑重地对她说:"晴子,我和中共站到了一条战线上,但这并不代表我背叛了我们的国家和民族,相反,我所做的,是将我们的同胞尽快从战争的深渊中解放出来……"

晴子看着我,一言不发。我不知道她是否听懂了我的话,但我知道,她一定在深深地思考。

六

根据地的生活,为晴子打开了一扇新的窗子。这扇窗子是明亮的,驱散了战争在她心头积聚的阴霾,她原本善良的心性渐渐得到了复苏。几天后,她主动要求加入了"在华日人觉醒联盟"。

在八路军的帮助下,我们的盟员越来越多,逐步对太行山区的日军开展了宣传、瓦解工作。虽然我们人手有限,但我们了解自己的同胞,熟知他们的思想动向、风俗习惯等,就利用日军中的同乡、朋友等关系,通过向日军据点喊话、写信、通电话、送慰问袋等各种方式,直接或者间接地和日军士兵联络感情,收到了很好的效果。很多日军知道战争的真相后,产生了思乡厌战的情绪,不断发生士兵逃亡和主动向八路军投诚的事件,军队战斗力也在不断下降。那几年,我们成了抗日战场上瓦解日军必不可少的重要力量。

1942年7月1日,我双喜临门。第一喜:我和晴子、柳生太郎同时加入了中国共产党。第二喜:这一天是农历的五月二十九,按中国的古老皇

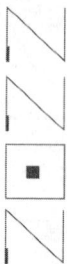

历，是个适宜嫁娶的黄道吉日。我和晴子在麻田八路军总部举行了简朴而热闹的婚礼，刘伯承司令员亲自为我们主婚。

三年后，二战结束了。我和晴子回到了哈尔滨。半年后，我们又随父母回到了家乡北海道。在中国太行山的那段经历，我们将永远铭刻在心间。

原载《小说月报·原创版》2022年第3期

点评

　　小说以"我"（"江口君"）为视点，综合采用倒叙、抑扬、伏笔等手法，讲述抗战期间太行山根据地一对日军特务人员从死战、"效忠天皇"到被八路军俘获、软化，最终加入"反战同盟"的一段往事。小说主要从三个层面展开：讲述"我"进入中国受训、参战以及在一场伏击战中受伤、被俘、被救助的过程；再现"我"和晴子如何相遇、相助、相爱以及在八路军教导下如何一步步转向厌战和加入反战组织的发展过程；不断插叙从刘伯承到一般医护人员对"我"和晴子的关心、照料。解放区日人抗日反战同盟会，总部设在延安，各根据地都有支部，成员主要是由厌战的日本人组成。这个短篇中的人物、故事、内容关涉这一段历史。以小说方式处理一段历史，也就为在文学与历史之间尝试出另一种写作，作了有益的探索与实践。小说故事性强，叙述一张一弛，尤其注重以细节和心理描写烘托人物形象，在艺术上也可圈可点。

（张元珂）

呼伦贝尔牧歌/

/海勒根那（蒙古族）

那两匹马，一红一白，一前一后，一会儿后面的追过前面的，一会儿又并辔而行。马背上的人也随之并肩而行。

刚进六月，连绵的丘陵草原已绿得沁人心脾，那种一目九岭的重峦是摄影家们所喜爱的。昨夜刚刚下过一场透雨，空气好得没的说，春风空阔而浩荡，万顷草香从春风里倒出来，正沿着草地、山坡、沟壑，四处流淌，迎面扑入鼻孔，就会被那稚嫩的草香熏晕，熏醉，熏出一把鼻涕眼泪。这样的天气难得极了，阳光明媚又不耀眼，像泉水一般清凉，又长着细小而柔软的天鹅绒羽。而天是深蓝的，是画家用纯粹的油彩涂上去的，被雨后舍不得离去的一簇簇青灰色的云朵拥挤着，像海的波澜一样涌在天空。而最接近那些波澜的，是远处丘陵峰顶之上的一排排高大突兀的金属物，正在阳光下闪闪发亮，那是一杆杆风力发电机，像极了高耸入云的银色风车，并且随着丘陵的跌宕起伏而错落有致，使得这片丘陵草原看上去更为瑰丽。此时行在其间，似乎感觉蒙古族人的细长眼睛有点儿不够用了，不能再贪婪地多装些景色。

那两个牧人打扮的骑手就在这壮美的丘陵间爬上爬下。

"这么多年，还以为你不会骑马了呢，没想到你还真行！"说话的是骑红马的汉子，宽肩厚背，短粗的脖子缩在一字型肩上，他戴着老式前进帽，帽遮压得很低，一双豹子才有的赭黄色眼睛眯成一条缝隙。

"不会忘记的，骑马就像吃饭一样，多少年也不会忘。"白马背上的汉子顶的是温州产的那种塑料编织的牛仔帽，帽檐下面，一张乌铜色的脸像刀削一般棱角分明，一圈黑胡子连着双鬓。与骑红马的汉子相比，他更精瘦些，却是那种日行千里的马才有的结实。

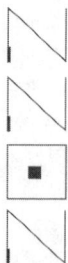

"该把胡子刮一刮，把头发理一理才是。"前进帽说，"这个样子，巴德玛都认不出你了。"

"你又没提前说，我洗了脸就算不错了，我可快一周都没洗脸了。"

这会儿，空中不知悬停着多少只云雀，叫声一只比一只嘹亮，把两个汉子的耳朵都灌满了。两个粗声大气的汉子不得不再提高些嗓门，你喊上几句，我再喊上几句。

一条村村通公路像铁灰色的蛇盘旋在丘陵间，忽左忽右，一会儿又被丘陵遮蔽了，不时有货车呼啦啦驶过。临近公路的一顶彩条布帐篷里拴着五六匹马，靠路边的牌匾上写着"巴尔虎骑马场"。

"那是做什么的？"牛仔帽问。

"你说的是那个拴马的地方？那是招揽游客骑马的，这会儿游客还没上来。等七八月份，一百匹马也闲不住。"前进帽说，"现在咱们呼伦贝尔旅游很热，旺季大客车都得排队。"

牛仔帽沉默了一会儿，摸出兜里的矿泉水灌了两口。

"这些年变化大着呢，喏，邻近的满洲里城里，建的都是俄式洋楼，前些年贸易火的时候，满大街都是俄罗斯人，也有蒙古国人。等过些天我休假，带你和巴德玛去城里喝几杯。"

"阿哈（哥哥），先别想那么远好吧，连人家的面都没见到呢。"

前进帽乐了乐。此时两人正爬上一道矮山梁。两匹马都是一顶一的好马，肌肉紧致得犹如石磙，皮毛像锦缎般油滑闪亮，随着颠簸像波浪那样涌动，爬坡上岗如履平地。此时两匹马生龙活虎地打着响鼻，飘散着瀑布似的鬃尾，与马背上的汉子一样亲如兄弟。俩汉子则歪斜着身子，赖在马背上，随着马的步伐晃来晃去，这种骑法有点儿养精蓄锐的意思，假如一个人久不吱声，那一定会嘟噜起一串鼾声。

"再往前面就是呼伦湖了。"前进帽说，"过去这里可是弘吉剌部落的营地，成吉思汗九岁的时候就是来这儿相的亲，半路遇到孛儿帖姑娘的阿爸德薛禅，便做了他的乘龙快婿。咳，对了，巴德玛家的阿爸也和她一起放牧呢，我们没准会在呼伦湖边遇到他，那可是吉祥的征兆啊！"

"快别开我的玩笑了。"牛仔帽的脸再红也看不出来，他笑了笑，表情里却隐藏着几丝忧郁，"你确定巴德玛想见我？当年她可是对我有着怨恨的，况且我也不是当年的小伙子了，而是刚刚释放的……"

"咳咳，今天咱不说那些。对了，巴德玛那儿，我已经和她说过你好多次，上次在甘珠尔庙遇到她，她还主动提起你，盯着我问东问西的，她还在关心你，这是她的眼神告诉我的。我说你一切都挺好，出狱后，村委会给盖了新房，村集体还以苏鲁克（代管畜群）的形式赊给了十几头牛和一群羊，人也今非昔比了，也不喝酒，一天到晚只知道干活儿赚钱，一门心思致富呢。"

"我可没你这个第一书记说的那么好，不过说真的，我已经十多年不喝酒了，年轻时总因为喝酒闯祸，我要长这个记性。"

"蒙古族男人不酗酒就不叫什么喝酒，那只是就餐的饮料。"前进帽笑笑，"都（弟弟），那时你年轻气盛，就像匹争强好胜的烈马，动不动就和人动手，比谁的拳头硬。不过，你倒是从来不欺负弱者，专门和那些臭鱼烂虾或者欺负别人的劣狼过不去。"

"我和他们打架，七八个人一起都不是我的对手，我照例打他们个屁滚尿流。那时我真是有浑身使不完的劲儿，抡扇刀打牧草可以一连抡上十几天不知疲惫。我也能吃能喝，一个人一顿能吃掉小半只羔羊，喝光塑料壶里所有的酒……你还记得吗？那年呼伦贝尔那达慕上，一百八十多个搏克手（摔跤手）里，我夺了魁，还赢得了一峰骆驼十只羊呢。"

"还不是额么格额吉（祖母）把你喂养得好，总拿你当两个月的失孤羊羔嘛！"前进帽又笑。

"奶奶是世界上最心疼我的人，可我对不起她……"

"那时，每次你和别人打架回来，老人家又气又恨，拿着烧火棍狠狠地打你的屁股，可回过头来看你哪儿受了伤，又心疼地把你搂在怀里，又擦盐水又涂'马粪包'的，整夜不睡地看护你……"

"是啊，额么格额吉从小把我养大，她明明知道我不是她的亲孙子，是她从海拉尔医院门口捡来的孩子，我听别人说，包裹我的襁褓里有纸条，上面写的是汉字，是我的汉文名字和出生日，可额么格额吉从来都没和我说过这些，她生怕被我知道我是她抱养来的。我四五岁的时候，她还让我裹她干瘪的奶子呢，虽然那里早已是干涸的河床没有一滴奶。现在你

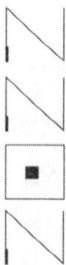

瞧我的模样，小眼睛高颧骨，长得越来越像她老人家了。"

"你喝了呼伦贝尔的水，吃了这里的牛羊肉，晒了草原上的太阳，当然要长成牧人的样子，都，你的性格更像个蒙古族汉子，人们常说的'一方水土养一方人'，就是这个道理。"

"我还会唱蒙古族歌呢，还记得奶奶教的那首长调吗？那首呼伦贝尔牧歌还是奶奶的阿爸的亲身经历呢。"

"我当然记得，那个爱情故事凄美得让人落泪，奶奶总在睡前讲给我俩听——'阿爸'年轻时，给一个大户人家放马，那年春天他在牛泉和冷泉边游牧，遇到了一个总驾着牛车来打水的叫作道丽格玛的姑娘，她是另一户大牧主家的雇工，除了放羊之外，每天有干不完的活计。先前，年轻羞涩的'阿爸'还不敢靠近她，不敢和她说话，只远远地望着她轻盈远去的背影，心早被姑娘掳去了。后来是道丽格玛姑娘主动接近的'阿爸'……"

"我怎么觉得这段有点儿像我和巴德玛。"

"接下来更像呢。"前进帽打趣着，接着讲，"那年春天，一个牧马人和一个牧羊女就像天上的两只云雀那样相爱了。'阿爸'流连在牛泉和冷泉边，帮道丽格玛驮水、起圈、剪羊毛……'阿爸'每次骑马来时，人马未到他的歌声就到了，道丽格玛和年迈的父母亲相依为命，她家又小又旧的蒙古包坐落在牧主家的夏营地里。'阿爸'骑马站在对面的山坡上，冲着姑娘家的毡房唱长调。他会的歌儿多着呢，能装满九辆勒勒车，一首接一首，直到心上人听见歌声远远地迎面跑来。"

"她手里一定挥舞着头巾，白色的羊绒头巾……"

"这个奶奶可没讲。"

"不，是我想起了巴德玛。"牛仔帽神情迷离着。

"后来的故事就悲情了……"

"阿哈你接着讲啊，我好久没听这个故事了，想听呢。"

"我不讲了，讲了心里会难过的。"

"那我来讲吧……后来两个相爱的人终成眷属了，贫苦人也有了家，一对恋人在姑娘家的蒙古包旁扎了同样的毡房，毡房后面唯一的一辆勒勒车的箱子里，装的是道丽格玛的嫁妆。两个相爱的人啊还没缠绵亲昵够呢，管旗章京前来征兵，'阿爸'只得与新婚妻子作别。送'阿爸'走的那天，道丽格玛跟着骑兵队伍小跑着，不断嘱咐丈夫别忘了写信，早点儿平安回来。她在马蹄掀起的尘烟里追出好远，直到马队将她抛在身后，她又跑到山冈上去泪目瞭望……'阿爸'去了远方，头两年还有鸿雁传书，等后来战争爆发，'阿爸'越走越远，便和道丽格玛断了音信。等他有一天历经九死一生终于回到草原，竟找不到自己的家了——牧主家的夏营地还是那个夏营地，可他所熟悉的那两个又小又旧的蒙古包却没了踪影，更不见朝思暮想的爱人和她的双亲。他以为他们转场走了呢，骑着快马还未到牧主家，半路遇到了老羊倌阿拉木斯大叔。老人见到'阿爸'，抓住他的马缰绳就老泪纵横了，原来道丽格玛和双亲已葬身于去年春天的一场草原大火……"牛仔帽不再讲述了，瘦削的脸抽动了几下，眼前一片朦胧。

"后来'阿爸'是在一片蒙古包的圆形废墟和灰烬里找到亲人的遗物的。那是他俩的定情信物——一枚镶嵌着呼伦湖岸蓝玛瑙的戒指，是'阿爸'亲手打制的。'阿爸'无家可归了，魔怔了似的，没黑没白地去到他和妻子最初相恋的牛泉和冷泉边，那种痛心的思念化作了泉水般的歌声从心底流淌出来……"

"是啊，奶奶没事总哼起那首牧歌，声音又软又悠长，好似风吹锦缎那样，可真好听，里边的忧伤像雾似的，又像长长的鞭子抽打在心上。"说着话，前进帽轻声哼起了歌儿——

我离开湖边来到新的草场，

可是我的马群不肯吃草，

捧起盛满奶食的碗，

可是我却无法下咽，

我到处去寻找你的踪影，

我的心永远都无法安稳

……

"这歌儿让我想奶奶了，可我却没能为她老人家尽孝，我在监狱里每天晚上都会梦见她。阿哈，说到这儿，还得谢谢你，是你一直替我照顾

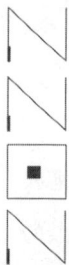

"别说这些客气话，你的额么格额吉也是我的奶奶，谁让我俩是从小一起长大的好伙伴儿呢！还记得小时候我阿爸阿妈在苏木（乡）忙工作，就把我送到额么格额吉的蒙古包里。阿爸年轻时在额尔敦苏木下过乡，当时就住在奶奶家，奶奶也胜似他的额吉。他对奶奶说，这匹小马驹子就交给您了，把他和您的马驹拴在一起放养吧，让他也尝尝牛粪的味道，在草地里多打几个滚，见识见识狼长什么样，否则在城里只知道看《猫和老鼠》，闻汽车的臭屁味儿。奶奶右手把我搂过来，左手搂过你，眯起眼睛上上下下地看，满是皱纹的嘴巴都合不拢了。两匹马驹子进了蒙古包可是要翻天的。我俩挤在一张床上睡，整天打打闹闹，玩呀乐呀，弄得所有家什和锅碗瓢盆都挪了位，就差把蒙古包顶掀翻了，可奶奶一点儿都不怪你我，还抿着嘴笑个不停。她老人家一辈子没儿没女，所以喜欢孩子，怎么看怎么喜欢。等到玩闹累了，奶奶才重新将家什和锅碗瓢盆一一归位，然后变着花样给我们做好吃的，什么羊肉面条、巴尔虎馅饼、布里亚特包子、俄式列巴，就着山丁子、稠李子果酱，还有奶茶，真是好吃极了！"

听到这儿，牛仔帽落下了眼泪，雨点儿似的啪嗒啪嗒地，挂在胡子的尖梢上，"可惜，奶奶临走时我都没能送上一程，我真不孝。"

"老人走得很安详，那些天我一直守在她身边，邻居们也在。奶奶生前做了太多善事，草地上的孩子有几个没受过她的百般呵护、吃过她做的美食？包括当年那些城里来的知青，天天长在奶奶家，奶奶对他们就和对自己的儿女一样，吃的用的穿的，老人家倾其所有。"

"是啊，后来好多知青返城了，还会偶尔回来看望奶奶呢。"

"奶奶临终时说，她要回到草原上去。依照老人家的遗嘱，我和乡亲们把瘦削成小女孩儿似的她用被子包裹了，放在勒勒车上。那天是我赶的车。那会儿正是春天，山坡上的雪都化了，偶有残余也变成煤黑色，软塌塌的。裸露的草地湿润着，一片金黄中还看不出什么绿色，可浩荡的春风已裹挟了小草的气息，它们新发的嫩芽，正努力隐藏在去秋的枯草里。送行的人们赶着勒勒车沿着车辙走啊走，而奶奶躺在车上就像睡着了那样，她也一定闻到春天的气息了，听到云雀和百灵子的欢叫了……到达胡拉尔山一处阳坡时已接近傍晚，穹庐似的天空布满了杏红色、粉紫色、赭石色、青蓝色的云彩，山脚下刚融化的胡拉尔河淙淙流淌，额么格额吉就在这里'安身'了，从勒勒车上轻轻地滚落下来，蜷卧在那片宁静的山岗上，太阳最后一抹光就照在那儿……"

牛仔帽沉默着望向远处，山坡那儿正有成群的马儿和牛羊忙不迭地埋头食草。那寸把高的鲜嫩且茂盛的青草是大地历经一个漫长的冬季孕育的，是长生天对牲畜的犒劳。这个季节母畜的奶水也最为充盈，而那些欢叫连天的白羊羔、活蹦乱跳的黄白花牛犊，还有或棕或红或黑的四处撒欢的马驹，正你一帮我一伙儿，把绿意盎然的草原点缀得越发生机勃勃。

前进帽长叹了口气，说："瞧见那些小畜了吗？人和它们一样，也是一辈一辈传下来的。再说，奶奶最见不得我俩不开心，她看到你我这个样子一定会摇头生气的。"他停顿了一会儿，"还是说说巴德玛吧。应该是你出事之后的第三年，她才嫁的人。那时你的案子还没落听。她最后一次来找我，打听你的消息，因为人们都传说你的案子很重，出不来了。我不忍心欺骗她，只能告诉她。巴德玛听了，满脸的失望和哀伤，她打马走远的背影失魂落魄的，打那以后就失去了她的音信，直到有一天听说她与一个巴尔虎小伙子结了婚。这个也不能怪她，是你伤了她的心，如果没有后来的事情，你俩肯定是棒子也打不散的一对鸳鸯。"

"也许命运就是这么安排的，听说巴德玛已经是两个孩子的额吉了。"牛仔帽眼神怅然，"她现在怎么样？"

"岁月对谁都是公平的，不会落下一个人。巴德玛的容颜当然也会变。自从丈夫去世后，她一个女人家拉扯两个孩子长大，里里外外都是她，可想而知她有多么操劳、多么辛苦。可她的心一点儿没变，她的性格也是。"

"她的丈夫是怎么死的？"

"巴德玛生下小儿子的那年秋天，那时已经时兴捆草机了，那个巴尔虎男人和他弟弟去打牧草，不小心被捆草机的绳子带了一下。弟弟在前面驾驶室里，回头不见了哥哥，下车去找也没找见，最后在草捆里发现了他，他已经和草捆在一起了……"

"捆草机？这样的事故多吗？"

"嗯，每年草原上都会因为这个伤人。"

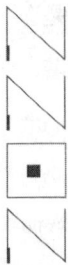

"机械上应该设有风险防控装置。"

"对了，你对机械在行，没事研究研究，没准能行。"

"我在里面也做农机修理，还是技术能手呢。试试吧，不能总让机械伤人。"

"那些年，巴德玛好不容易供两个孩子去镇上读了中学，阿爸又因风湿病瘫痪在床了，为给阿爸治病，巴德玛家成了典型的贫困户。这几年好了，她所在的嘎查（村）一直把她家列为重点帮扶对象，驻村工作队帮阿爸办理了慢性疾病本、大病医疗保险，又协调北京义诊的专家给老人家治病，直到他老人家能拄拐下地走路。为了使巴德玛尽快脱贫，工作队还帮她跑来了贷款，买了五十只基础母羊，牧忙季节帮扶干部一起上门帮工，巴德玛有了奔头儿，干起活儿来也起劲儿。这不，牧闲时还给镇上的一家外贸公司做民族服饰呢。"

"你们工作队真没少给牧民做好事，连相亲的事都管了。我就说你一大早牵马来找我，不会只为和我赛马。马背上的感觉真舒服，我可十多年没骑过马了，小时候我们俩天天在一起骑马放牧……"

"是啊，都，我很想和你找找少年时的感觉，让你看看我这个驻村干部还没忘本，还会骑马，还和牧民一样。"

"你不会忘本的，就凭你还没有忘记我。谁忘本你也忘不了。阿哈，记得你接我出狱的那天，我还以为奶奶不在了，自己像'阿爸'那样无家可归了呢。进了嘎查你指着新房子给我看，说这就是我的家，我当时想，一定是你这个做第一书记的为照顾我'以权谋私'了，后来才知道，那一排新建房都是政府给老百姓盖的，当时我的眼泪就止不住流下来了，为了不让你看到，我背过了脸去。那天，你们工作队还给我拿来了米、面、油、土豆、大白菜，这些我都记得，一辈子也不会忘。从那天起，我就想，我一个大男人决不会成为贫困户，我有手有脚的，决不会拖村委会的后腿！"

有一只鹰在低空盘旋。临近正午了，太阳开始变得热烈了，细密的汗水从额头鼻尖冒出来，像清晨草尖挂的露珠。前进帽抬头望了望，原来那些流云已聚拢到另一方泼墨挥毫去了。两匹马还没有半点儿疲倦，霍霍地从丘陵的半坡处绕下来。眼下是一片开阔的再无遮拦的草地，一直延伸到天际。东南方向的一侧铅色浓重，似云非云，似雾非雾。前进帽伸马鞭指了指，说："瞧，那儿就是呼伦湖，我嗅到鱼腥味儿了。"

"这么说快到巴德玛家了？"

"那还远着呢，过了呼伦湖东岸，还要走几十里路。"

"阿哈，还记得我俩是在哪儿见到的巴德玛吗？是在阿拉坦额莫勒镇上，她和阿爸去卖羊毛，我看到她第一眼就像被主人牵走的马那样，魂就跟着她的身影走了。要知道我可是一头没人能驯服的野狮子。后来我从收购站打听到，她的家在甘珠花嘎查。第二天我就骑马去了那里，沿着乌尔逊河找到了她家。"

"后来你喝多酒动不动就骑着马跑到巴德玛家的敖特尔（放牧场）去。"

"去是去了，我可没耍酒疯。"

"巴德玛都嗅到你歌声里的酒味儿了！这么说，一定是奶奶讲的故事影响了你，和当年的'阿爸'一样，你骑马跑上几十里路，然后也要站在姑娘家对面的山坡上唱歌，唱那首奶奶教会的长调。见到喜欢的姑娘，你这头野狮子比'阿爸'还羞怯几倍，要不是姑娘像道丽格玛那样到山坡上寻你，你还不敢靠前一步呢！"前进帽哈哈大笑。

"那个傍晚真让人难忘。巴德玛快马奔向我，等她提着鞭子从马背上跳下来，我以为她要抽打我赶我离开呢，可她却反手把鞭子搭到马背上，挑着眉眼问我叫什么名字，为什么总跑到这儿来唱歌，是要唱给她家羊群听的吗。我一时紧张得不知怎么回答她，只有挠头的份儿。见我一副尴尬相，她止不住咯咯地笑了，等她笑够了直起腰来，对我说，你唱了那么久的歌儿一定口渴了，到包里喝碗奶茶再唱吧。我大脑一片空白，跟着她走下坡岗，两条腿像别人的一样。她家那几条牛犊一般高的牧羊犬冲我吠叫，被巴德玛呵斥到一边去。我进了巴德玛的毡房，端奶茶碗的手抖成一团。巴德玛又捂着嘴笑，她笑起来真好看，圆圆的脸蛋儿就像贴上了两片晚霞。她的头发乌黑乌黑的，梳着两根又长又粗的辫子，说话时总把一根辫子甩到后背去。那天晚上她的阿爸阿妈很晚才放牧回来，我和巴德玛说了一星空的话，我至今还记得她的笑声，又甜又爽朗，像含了稀米丹（稀奶油）和蜂蜜似的。

"后来，我几乎一有空闲就去巴德玛家的营地，我帮着她起羊粪砖，

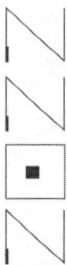

修理羊圈、网围栏，和巴德玛一起去乌尔逊河边用水车拉水。有时她故意把水泼到我的头脸上，把我弄得像落水老鼠似的，然后咯咯地大笑，我抹一把脸没事人一样。等回去的路上，我赶着牛车专挑有石块或有坑洼的地方走，这样水车里的水就会不时迸溅出来洒她一身。她一路惊叫着，笑着，捶打我的后背，那年轻的时光可真难忘啊。

"可是你知道吗，阿哈，我那时只知道想她，一分钟不见她我就受不了，像丢了魂儿似的。每天睁开眼睛，脑海里都是她的身影，我就拼命干完自己家的活计，然后策马去她家营地。见了面，我又忘记说那句最想说的话，说出来也怕她拒绝。那句话对我来说太重要了，有生以来从没和谁说过。我不说，比我大两岁的巴德玛也羞于说，每次听到我的马蹄声，她就急切地从蒙古包或营地里跑出来，放下手里活计向我使劲招手，或者挥着白色的羊绒头巾，对，像云朵一样白的羊绒头巾，迎着我跑过来。她的两根辫子飞舞着，那个样子真像一匹小马，那是我的小马，我的爱……

"那次我在镇子上，与两个欺行霸市的牛贩子打架，一个家伙被我打歪了鼻子，另一个的眼睛成了乌鸡屁股。待我飞身上马逃掉，却不敢回额么格额吉家，怕她知道我又在外面惹祸，就一路跑到巴德玛的营地去。那会儿天都黑了，我敲了巴德玛的包门，她见是我，忙不迭地让我进屋，给我煮面条熬奶茶，却忽然发现我额头那儿爬着一条蚯蚓状的血流。这可把她惊吓到了，问我到底发生了什么。我瞒不住她，和她说了实情。巴德玛帮我剪了伤口周围的头发，拿出医药包为我处理了头上的伤口。做这些时她挨我那么近，我都嗅到她的体香了，有股奶子的清甜，又像六月青草的气息。我禁不住把头依靠在她的怀里，她就轻轻地抱住了我的头。我一个大男人竟像羊羔那样乖顺了。那是母性的怀抱，像奶奶的怀抱一样温暖，但比奶奶的年轻，柔情似水，让我融化。巴德玛后来和我说了好多话，劝诫我以后不要再做傻事了，有的是说理的地方，遇到不公平或看不下去的事儿，可以去找工商所派出所，不能动不动就使拳头逞能，那样早晚有一天会把自己害了。她说，你都是二十岁的小伙子了，已经不是无知少年，你想做个浪子吗？总惹是生非让额么格额吉为你操心，整天为你担惊受怕，你觉得心里过得去吗？那天巴德玛说的话我听进了一些，可我更愿意迷失在爱情的醉人芬芳里不作任何思考。那天我吻了巴德玛，我俩都不太会，只是胡乱地亲了又亲。我还想有别的举动，但被她拒绝了，她附耳对我说，等提亲后才行……那天晚上，我和她拥在一起入眠，听着她睡梦中细微而香甜的呼吸，觉得自己忽然长大了，要娶一个女人为妻就应该好好做人，日后不能再好勇斗狠了。

"我和奶奶分得的草场少，发展畜牧受限，我决定到镇子上开个农牧机修理部。你知道我打小就对机械感兴趣，记得你阿爸送给奶奶的收音机和电视机都被我拆了个稀巴烂，当时恨不得把里边说话的小人儿统统掏出来。不过，这些盒子最后还是被我完好无损地组装上了。等上中学的时候，我更是利用寒暑假的时间一头扎进各种修理部当学徒，所以农机方面基本懂个大概。我一边开着修理部一边学习技术，白手起家，生意做得很有起色。那段时间，巴德玛一有空闲就来看我，我和巴德玛就像奶奶讲的'阿爸'的爱情故事那样，相互想着恋着。那会儿我每天精打细算，准备再多赚些钱就去巴德玛家提亲……

"可是后来……后来我是怎么学坏的呢？有一段时间巴德玛的母亲病了，她好久没来找我。镇上一帮小野马驹子却来找我了，他们听说我能打架，特意来'会'我。我的拳头当然不是白给的，征服他们没的说。野马驹子们心服口服，就推举我为'老大'。原来他们在镇子上也是分帮分伙儿的。我那时年轻气盛，虚荣心作祟，早把巴德玛的话忘在了脑后，稀里糊涂地当了他们的'头儿'，天天和他们花天酒地鬼混在一起，修理部的生意也荒废了。与之相比，整天满身油污做一个搬搬拧拧的修理工太枯燥无味了。记得巴德玛后几次来找我的时候，我不是酒醉不醒，就是在和那些弟兄们吆五喝六。我也不再关心巴德玛，她母亲病重几次到医院我竟没去看望，秋天打草季节我也没能帮忙。我成了一个没心没肺的'混球'。直到那次'舞厅事件'，我们和另一伙野儿马驹子们在小镇的一家舞厅火拼，两败俱伤，我没处躲藏，又跑到了巴德玛家。巴德玛没有把我拒之门外，但她不再像红彤彤的火炭那样对我了，脸上总似秋天枯黄的草原蒙着一层霜雪。可我没有扪心自问，却对巴德玛抱怨起来，甚至和她无端地发火，大吵特吵。就在这时，一个叫索道的小子找到巴德玛家营地向我通风报信，说对方还要约架，一决胜负。这次要动马上的功夫，地点选在乌胡尔图汗山，那里据说曾经是成吉思汗和札木合'阔亦田之战'的对战

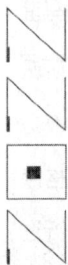

之地。巴德玛刚巧端着牛粪走进毡房，听到了这些混账话怒不可遏，挥起马鞭驱赶索道，待他骑上马背还使劲抽打他的马，那马慌不择路地跑掉了。巴德玛这才一屁股坐在毡房外，把头埋在膝间失声痛哭。她骂我是个走路没有影子的人，除了豺狼没有别的朋友，迷途的羔羊迟早要被风雪埋掉……如果我就此收手，巴德玛或许还会原谅我，时间的风还会把沟壑抚平。可我鬼迷心窍了，一股争强好胜的血在我的血管里奔突，仿佛自己就是年轻时的成吉思汗，就要为胜利者的'荣光'而战。忘乎所以的我没等第二天天亮就从巴德玛家偷偷溜了出来，抓了一匹骟马向灰暗的天边驰去……后来的事不说大家也知道，是巴德玛报的警，我们两伙儿坏小子刚从乌胡尔图汗山探个头，就被抓获了。出事的那会儿，我第一个想到的是奶奶。我想我真是不孝，她老人家该多么失望，她的心会疼的；然后我就想到巴德玛，我想我完了，我再不会见到她了。"

有那么一阵儿，前进帽和牛仔帽不再言语了，俩人皱眉眯眼作沉思状，又仿佛无所想，只是被明媚的草原景色晃得睁不开眼睛。

"现在，一切都过去了，你犯的错也受到了该有的惩罚，不是吗？都！"前进帽点了根烟抽。

"可我不能原谅自己，十多年来我的内心一直充满悔恨。"

"人不能总活在过去，就像太阳总会在黑夜后升起一样。都，知道吗，我之所以要陪你走一遭，就是想解开你心里的疙瘩。一切都重新开始了！"说着话，两匹马爬上一片缓坡，等人和马从坡顶露出头脸，前进帽就兴奋地喊起来："你看，你快看！"

好家伙，原来是一片浩浩渺渺的大湖出现在面前，仿佛是突然从草原上冒出来的一般。那种铁灰色的无边无际的水面正像大海一样荡漾着，一浪跟着一浪拍打着湖岸，而它的更远处却是一片宁静的幽蓝，分不清水和天的界线。两个汉子勒马驻足，听着满耳的湖鸥和各种水鸟的叫声，嗅着潮湿扑面的带着鱼腥气的风，一时间只有静静瞩望的份儿。

"它还和我小时候看到的一样，没有变化。好像湖水更清澈了！"

"是啊，前些年它的四周都是旅游点和偷捕的渔船，现在都被拆除、清理了，而且全面禁渔了，所以，这片大湖又恢复了原来的模样，有道是'绿水青山就是金山银山'！"

"阿哈，我想和你赛马，我们兄弟俩就像少年时那样赛一次吧！"

"真有你的，我刚刚也这么想！"前进帽从肩上摘下军用水壶，举起来晃了晃，里面有液体唰唰地响，他吧嗒吧嗒嘴，"知道这里装的是什么吗？"

"什么都瞒不过我这个猎狗鼻子，我嗅到它的味道了，可我早戒了酒。"

"今天破例，都，今天我就要你和巴德玛说出那句话！"

"不喝酒我也能，我不是当年那个羞涩少年了。"

"那就更应该喝点儿，我还想听你对着巴德玛家的敖特尔唱歌呢！"

"原来你为了这个。"

前进帽哈哈大笑，双脚一磕马镫，红马立刻精神抖擞起来，牛仔帽也勒正了马头。其实两匹马早不耐烦了这不紧不慢，听得一声尖如鞭鞘甩出的口哨，便撒开了四蹄，伴着一阵震天动地的足音，恍若被巨大的旋风刮走了似的，两匹马眨眼间跃下丘坡，驰向一马平川的草原，后面唯余滚滚烟尘和俩汉子呼啸般的吆喝。

风渐次分开，向身后疾去，牧草是被风带走的箭镞，密集地分射向两边，四面的丘陵也随着飘扬的马鬃依次飞去。大地颠簸得恍若大海，而马上的两个汉子一如在大海中驾着起伏跌宕的海舟乘风破浪。他俩将双腿直直地站立在马镫上，这样身子就更高出了大地，然后伸展开手臂就像伸展开翅膀，俩人你一声我一声地欢呼。胯下的马也受了主人的感染，咴咴地嘶鸣。这个架势远远望去，仿佛那不是牧人与马，而是两只翱翔啸叫的鹰。

这会儿，红马上的汉子取了酒壶狠灌了一口酒，有几许清冽从嘴边泼洒出来，在空中散成落花，再随手扔给同伴儿。那酒壶没有拧盖，翻了几个筋斗却一滴不洒，只是角度偏高。牛仔帽就从马背上一跃而起，仿佛是从云朵里抓到了它，屁股还没落在马背上，酒已咚咚入口。两匹马越发狂飙，身后的烟尘直扯到云天，而马背上的汉子则像燃烧的两团火，火苗左冲右突，蓬勃乱蹿。此时白马已把红马落下十几步远，牛仔帽仰头喝掉半壶酒后，看都不看，反手丢给红马，那壶侧落到红马的胯下，触到了牧草

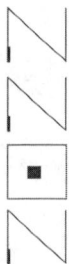

的尖梢。前进帽不慌不忙，海底捞月般探身向下，一个斜翅将酒壶提在手中，也不起身，一脚别着马镫横于马的一侧，把那壶竖叼在嘴里。

"阿哈，你真能！"牛仔帽喊着，索性摘了帽子像飞碟那样抛向远山。

"你也是，都！"前进帽也撇了帽子，他的前进帽在空中飞翔时有点儿失衡，像野鸭子那样扑棱棱的。

"阿哈，我还要去镇上开修理铺！"

"你能！我赞成！"

"奶奶会保佑我们的！"

"奶奶还要你娶巴德玛呢……"

接近黄昏的时候，那两匹马来到了乌尔逊河岸。那河从贝尔湖迢迢而来，像一条灰蓝色的长不可及的飘带，将呼伦湖连接起来，呼伦贝尔草原因此得名。巴德玛家就在乌尔逊河的入湖口。此刻金子般的夕光正笼罩在这片丰美无垠的草原上，那像马头琴曲一样低缓的草地深处，一座蓝瓦红砖的新房舍正静静地矗立在那儿。它的旁边是洁白如蘑的蒙古包，一缕歪歪扭扭的炊烟袅袅地从那儿升起，一直爬到蓝天上。房舍的旁边是整齐划一的羊圈、彩钢房的牛舍、机井闸杆和牛羊饮水的水泥槽；房舍的后面，七八个勒勒车连成一串，洋铁皮箱体像镜子那样反射着太阳的光芒。离居所不远处，一群圆滚滚的绵羊、山羊仿若珍珠般散落开去，又似一大片白云缭绕在那里；与羊群掺杂一处的是十几头乳牛，远远望去，像极了绣在绿毯上的黄白相间的花朵。而这番景致都被蜿蜒的乌尔逊河围绕着，左段堆满了碎银，右段闪闪烁烁，再往夕阳处却是水天一色的玫瑰红，一直红到天边。这番景致仿佛是为了陪衬一个扎着白头巾的女人，她的身影是忽然闪现的，就像一场盛会的主角会在最后登场。她站在乌尔逊河边，站在羊群和乳牛之间，遮目向这边张望。她看到了不远处高坡上的红马和白马，以及红马和白马背上那两个汉子，隐隐约约地，她还听到了源自其中一个汉子的歌声——

> 我离开湖边来到新的草场，
>
> 可是我的马群不肯吃草，
>
> 捧起盛满奶食的碗，

可是我却无法下咽，

我到处去寻找你的踪影，

我的心永远都无法安稳

……

　　没错，那是她熟悉得不能再熟悉的牧歌！女人先是怔了一下，随之记忆被轻轻唤醒，就像春天被风轻轻唤醒，晚霞和流云也被唤醒，在她的头顶旋转开来。长生天也旋转开来，好似巨大而深邃的罗盘。女人呆呆地伫立在那儿，忽而听到一对云雀在空中婉转啁啾，仿佛与那骑马的汉子赛着歌喉……

原载《民族文学》2022年第5期

点评

　　一对从小在一起长大的草原汉子，各骑一红一白的马在草原路上慢行，两人边赏景边聊天，继而引出昔日从童年到少年时期的种种往事；戴"前进帽"的汉子已是当地驻村扶贫干部，骑白马的汉子因打架斗殴入狱几年，此番，由"前进帽"陪同他去见几十里地之外的心上人巴德玛。"前进帽"作为小说中的一个人物，只是引导者、倾听者，即以他为视角和中介，引出关于骑白马汉子的一段甜蜜、美好、惆怅但也不堪回首的青春历程，并由此旁及奶奶的阿爸与道丽格玛的爱情悲剧。

　　小说主述骑白马的汉子及其家人在过去几十年间所遭遇的一系列令人悲伤、惆怅的家庭变故及成长中的创伤经历，但旨归在以此作对比，以扶贫作为背景，揭示呼伦贝尔草原在新时代所发生的翻天覆地的变化。

　　这个短篇在艺术上也很有特色：首先，从大草原风景描写，到草原歌谣和历史文化的点染，再到草原母亲形象的素描，都展现了其独有的草原文化风味。其次，语言富有诗意，字里行间漫溢着牧歌调

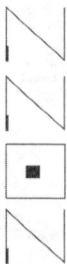

子，也有对乡愁和乡恋的深情表达。另外，骑红马的汉子，迎接骑白马的汉子归来，细细品味，也分明传达一种象征——呼伦贝尔草原像一位胸怀宽广的母亲，呼唤着游子们回家。

（张元珂）